高等院校中文专业创新性学习系列教材

涂险峰　张箭飞　主编

外国文学

北京大学出版社
PEKING UNIVERSITY PRESS

图书在版编目(CIP)数据

外国文学/涂险峰,张箭飞主编.—北京:北京大学出版社,2014.3
(高等院校中文专业创新性学习系列教材)
ISBN 978-7-301-23908-7

Ⅰ.①外… Ⅱ.①涂…②张… Ⅲ.①外国文学—文学欣赏—高等学校—教材 Ⅳ.①I106

中国版本图书馆 CIP 数据核字(2014)第 022559 号

书　　名	外国文学 WAIGUO WENXUE
著作责任者	涂险峰　张箭飞　主编
责任编辑	艾英
标准书号	ISBN 978-7-301-23908-7
出版发行	北京大学出版社
地　　址	北京市海淀区成府路 205 号　100871
网　　址	http://www.pup.cn　新浪微博:@北京大学出版社
电子邮箱	编辑部 wsz@pup.cn　　总编室 zpup@pup.cn
电　　话	邮购部 010-62752015　发行部 010-62750672 编辑部 010-62756467
印刷者	三河市北燕印装有限公司
经销者	新华书店
	965 毫米×1300 毫米　16 开本　34.75 印张　598 千字 2014 年 3 月第 1 版　2023 年 12 月第 7 次印刷
定　　价	99.00 元

未经许可,不得以任何方式复制或抄袭本书之部分或全部内容。
版权所有,侵权必究
举报电话:010-62752024　电子邮箱:fd@pup.cn
图书如有印装质量问题,请与出版部联系,电话:010-62756370

"高等院校中文专业创新性学习系列教材"
总编委会

主任委员：赵世举　刘礼堂

副主任委员：涂险峰　於可训　尚永亮

委员（按姓氏音序排列）：

陈国恩　陈文新　樊　星　冯学锋　李建中　卢烈红
王兆鹏　萧国政　张　杰　张荣翼　张思齐　赵小琪

"高等院校中文专业创新性学习系列教材"总序

一

这套系列教材的酝酿已有七个年头儿了。2002年我受命担任武汉大学中文系副主任,分管本科教学工作。正值新世纪之初,经济全球化进程日益加快,我国现代化建设全面推进,高等教育也随之迎来了新的机遇和挑战。面对新的形势,如何更好地培养适应时代要求的高素质人才?这已是摆在我们高等教育工作者面前的不得不思考、不能不应对的当务之急。正是在这一背景之下,为了适应人才观和教育理念的发展变化,我与时任系主任的龙泉明教授策划,以汉语言文学专业为试点,从修订培养方案入手,全方位地开展本科教学改革。举措之一,就是大刀阔斧地调整课程体系,压缩通史性、概论性课程,增加原典研读课程和实践性课程,旨在强化学生素质和能力的培养。与此相应,计划编写配套的教材。起初,为了加大原典阅读的力度,配合新培养方案增设的语言文学名著导读系列课程,我们首先组编了"高等学校语言文学名著导读系列教材",2003年正式出版。与此同时,也酝酿编写一套适应新需要、具有新理念的基础课教材。从那时起便开始思考、调研、与同仁切磋。经过几年的准备,2006年开始系统谋划和全面设计,2007年正式组建了编委会,启动了编写工作。经过众多同仁的不懈努力,今天终于有了结果,令人欣慰。

这套教材是针对现行一些教材存在的问题,根据当今社会对人才的新要求,为培养高素质、创新型、国际化人才而设计编写的。旨在引导学生进行自主学习、创新性学习,养成勤于思考的习惯,强化不断探索的意识,增添勇于质疑的胆略,培育大胆创新的精神。这也是我们把这套教材命名为"创新性学习系列教材"的用意。全套教材共有12种,基本上涵盖了中文类本科专业的基础课和主干课。

客观地说,现有本科基础课教材已是铺天盖地,其中也不乏特色鲜明、质量上乘之作,但从总体上看,适应新时代新需求的优质教材品种不多,相当多的教材由于时代和条件的限制或受过去教育理念的影响,相对于当今人才培养的新需求而言，还存在着一定的局限性和薄弱点。很多同仁感到不少教材存在的比较突出的问题是：

1. 重知识传授而轻思维启迪和素质能力培育，主要着眼于将基本知识传授给学生。这恰恰顺应了学生从中学沿袭下来的应试性学习的习惯，容易导致学生只是重视背记教材上的知识要点，仅仅满足于对一些知识的记忆，而缺乏能动思考、深入探究和自我训练，不能很好地消化吸收，内化为素质和能力。

2. 习惯于"定于一"，兼收并蓄不够，吸收新成果不多，较少提供启发学生思考和进行思想碰撞的不同学术视角、观点、立场和方法的内容，启发性、研讨性、学术性不足，不利于培养学生的思辨意识、研究能力和创新精神。

3. 内容封闭，功能单一，较少对学生课外自主研习、实践训练、拓展提高给予足够的引导，更未能对具有较大的学术潜能、更多的学识追求以及创新意识的使用者提供必要的帮助。即使学生有进一步阅读、训练、思考、探索的愿望，在学习了教材之后仍往往茫然不知所措。因此教材的有效使用对象也仅限于较为固定、单一、一般的层次。

显然这些问题与当代人才培养的需要是不相适应的。社会的发展呼唤知识基础好、综合素质高、实践能力强、富于创新精神的人才，而不需要只会死记硬背的书呆子。因此，着眼时代需要，转变教育理念，吸收新的教学成果、学术成果和现有教材的经验，进行教材编写的新探索，是完全必要的，也是必需的。

二

我们这套教材正是针对上述问题，根据时代的需要所做的一种新尝试：在重视知识传授的同时，更加注重引导学生思考，帮助学生拓展，强化学生训练，指导学生探究，激发学生创新，着力将传授知识与提高素质、培养能力、启发智慧融为一体，充分发挥教材的综合功能。

正是从上述理念出发，这套教材的编写主要致力于体现如下特色：

1. 注重基础与拓展的有机结合。即在浓缩现行教材重要的基本知识体系的基础上，增加拓展性的内容，给学生提供进一步拓展提高的空间、路径和条件。

2. 体现将知识传授与素质提高、能力培养、智慧启迪融为一体的理念。在教材中增加探究性内容和训练性环节，以促使学生发挥能动性和主动性，激发学生积极思考,深入钻研,注重训练,敢于质疑,勇于创新,从而使学生获得能力的锻炼、知识的积累、素质的提高、情感的熏陶和思想的升华。

3.贯彻课内外一体的精神,将课堂内外整体设计,注重课内和课外学习的有机衔接,加强对学生课外学习和训练的指导。除了提供课堂教学所需要的内容之外,还增加了指导学生课外自主学习、自我研讨和自我训练的内容,将教学延伸至课外,实现课内课外的有机结合和优势互补,帮助学生有效地利用课余时间。

4.引导学生改变被动学习、简单记忆的惯性,培养学生进行自主学习、创新性学习的能力和习惯。尽量多给学生一些启发,少给一点成说,把较多的空间留给学生,让学生自己研读,自己咀嚼,自己品味,自己感悟,自我训练。努力构建以学生为主体,以教师为主导,全面调动学生学习积极性和能动性的师生有机互动的新型教学模式。

5.强化文本研读。即浓缩概论性、通史性内容,加大经典原著阅读阐释比重,促使学生扎扎实实地读原典,把学习落到实处,从而夯实专业基础,汲取各方面的营养,获得全面提高。

6.构建立体化教学资源系统。除了纸质教材之外,我们还将研制与之配套的辅助性多媒体教学资源,如适应学生自主学习的电子文献库、专题资料数据库、习题与训练项目库、自我检测系统、多媒体课件、网络课程、师生互动学习平台等,为学生提供形式多样、方便适用、全方位的学习服务。

此外,本套教材也与我们已经编辑出版的"高等学校语言文学名著导读系列教材"互为补充、相得益彰。

本套教材在基本结构上,每章都由以下四个板块组成:

1.基础知识

根据国家有关部门和组织颁布的以及现在通行的各门课程要求,参照全国有影响的各种教材的做法,精选基础性教学内容。本着"守正出新"的原则,去粗取精,提纲挈领,注重点面结合。一方面重视知识的系统性、普适性和知识结构的完整性、科学性,另一方面突出重点问题,深入讲解,并努力吸收较成熟的最新学术成果。此外我们还尽量注意,对于中学讲授过的和其他相关课程有所涉及的内容,一般只简要归纳和适当拓展与深化,不作重复性铺陈。

2.导学训练

就本章的课内外学习和训练提出指导性意见,引导学生抓住关键,掌握

方法,自主研习,创新学习。主要包括以下内容:

(1)导学。对本章的学习提出意见和建议,必要时也对主要内容进行归纳,对疑难问题和关键点进行阐释。

(2)思考题。努力避免简单的知识性题目,着重要求学生从不同角度、不同层面对本章的内容进行爬梳、归纳、提炼和发挥,或就一些问题进行理论思考。

(3)实践训练。设计了一些让学生自己动手动口动脑的实践性项目,要求学生联系学过的知识去验证、训练、研讨、演绎、发挥。

3. 研讨平台

就本章涉及的若干重要内容或有争议的问题、热点问题提出讨论,旨在强化、深化学生对这些问题的认识,培养学生的问题意识、质疑精神,提高学生的思辨能力和研究能力。主要包括两方面的内容:

(1)问题概述。就要研讨的问题作引导性的简单概述,包括适当介绍相关的学术史尤其是最新进展,为学生思考提供背景知识,指点方向、路径。

(2)资料选辑。围绕要研讨的问题选辑一些重要著作和论文中的重要片段,包括立场、观点、视角、方法各不相同的材料和最新学术前沿信息,供学生学习、思考,以丰富学生知识,开拓学生视野,启发学生思维。

4. 拓展指南

介绍有助于本章学习理解的文献资料和有助于进一步深化提高或开展专题研讨的文献资料,不仅包括纸本文献,也包括各类电子文献、数据库和网络资源等,以引导学生广泛而有效地利用各种相关资源进行深入学习和探究。主要包括两方面的内容:

(1)重要文献资料介绍。选择与本章内容有关的若干种重要文献进行简要介绍,以便学生有针对性地学习。

(2)其他相关文献资料目录与线索。

以上四个板块中,"基础知识"和"导学训练"是基础部分,主要提供本科生应该掌握的最基本、最重要的系统知识,培养本科生应该具备的素质和能力;"研讨平台"和"拓展指南"两个板块是提高部分,一方面是对基础部分的提高和深化,另一方面也是为进一步学习和研究做好铺垫,指点路径和方法,在程度上注意了与研究生阶段的区别与衔接。主旨是从各科教学入手,引导学生学会怎样自主学习、思考问题、分析问题和解决问题,培养学生的综合素质、研究能力和创新精神。简而言之,提高部分的主要作用是:激发学生兴趣,促使学生学会思考、掌握方法,提高素质和能力。

三

　　这套教材的编写,是我们整体教学改革的有机组成部分。几年来我们一直慎重其事,不仅注重相关的理论思考,而且努力进行实践探索,同时还积极学习借鉴兄弟院校的经验,不断丰富我们的想法。为了保证编写质量,2007年我正式拿出编写方案之后,多次召开会议进行专题研讨;各部教材也都分头召开了编委会,反复研究具体编写方案,不断深化认识、完善思路、优化设计。因此这套教材是集体智慧的结晶,也是我们教学改革的成果之一。

　　在编写队伍方面,我们约请了本院和其他部属重点大学的学术带头人或知名教授担任各书主编和主要撰稿人,并组建了总编委会,负责总体把关,各科教材则采取主编负责制,以确保编写质量。

　　十分感谢北京大学、北京师范大学、中国人民大学、清华大学、复旦大学、南京大学、四川大学、中山大学、厦门大学、西北大学、西南大学、华东师范大学、华中师范大学、暨南大学、华中科技大学、湖南大学、华南理工大学、中国社会科学院研究生院以及上海师范大学、南京师范大学、首都师范大学、华南师范大学、湖南师范大学、新疆大学、北京第二外国语言大学(随机列举)等校同仁的大力支持和积极参与,他们为这套教材的编写奉献了智慧,付出了汗水,增添了光辉。

　　北京大学出版社为这套教材倾注了极大的热情,鼎力支持,尤其是责任编辑艾英小姐参与了很多具体工作,尽心尽力,令我们感动,在此谨致谢忱!

　　古言道:"苟日新,日日新,又日新。"教材建设是一个需要根据社会发展的要求不断与时俱进的常青事业,探索创新是永恒的。我们编写这套教材,无非是应时代之需,在责任和义务的驱动下,为这项永恒的事业做一份努力。毋庸讳言,作为一种新的探索,肯定还有不少需要改进的地方,我们真诚希望使用本教材的老师和同学提出宝贵的意见,帮助我们不断改进和完善,使之更加适应高素质、创新型人才培养的需要。

赵世举
2009 年 7 月于珞珈山麓东湖之滨

本书编委会

主　编：涂险峰(武汉大学文学院)
　　　　张箭飞(武汉大学文学院)

副主编：汪树东(武汉大学文学院)

编撰者(以章节先后为序)
　　杨　龙(华东交通大学人文社会科学学院)
　　张　岱(武汉大学文学院)
　　赵　坤(武汉大学文学院)
　　吕　梁(美国普渡大学东亚系)
　　刘　燕(北京第二外国语学院比较文学与跨文化研究所)
　　余迎胜(湖北大学文学院)
　　杨　丽(三峡大学文学与传媒学院)
　　尹　锐(中南民族大学外语学院)
　　范　劲(华东师范大学中文系)
　　范小青(武汉大学留学生教育学院)
　　黄承英(武汉大学外语学院)
　　姜振华(武汉大学文学院)
　　宋时磊(武汉大学文学院)
　　何　宁(南京大学外国语学院)
　　卢文婷(华中科技大学人文学院)
　　李志斌(武汉工程大学外语学院)

黄　艳(武汉大学文学院)
朱宾忠(武汉大学外语学院)
郑文东(武汉大学外语学院)
何山石(湖北大学历史文化学院)
冯　樨(武汉大学文学院)
陈　溪(武汉大学文学院)
王宛颖(周口师范学院文学院)
彭贵菊(广东工业大学外国语学院)
陈　了(湖北科技学院人文与传媒学院)
谢　淼(湖南师范大学文学院)
余婉卉(武汉大学国学院)
肖书文(华中科技大学外国语学院)
梅晓云(西北大学文学院)
曾　琼(天津外国语大学比较文学研究所)
刘曙雄(北京大学外国语学院)
张　玮(安庆师范学院外国语学院)
彭石玉(武汉工程大学外语学院)

目 录

"高等院校中文专业创新性学习系列教材"总序 …………………… 1

导　言 ……………………………………………………………… 1

欧美卷

第一章　古希腊罗马文学 ………………………………… 11

第一节　概述 ……………………………………………… 11
第二节　《荷马史诗》 ……………………………………… 21
第三节　索福克勒斯 ……………………………………… 24
第四节　阿里斯托芬 ……………………………………… 27
第五节　维吉尔 …………………………………………… 30

【导学训练】 ……………………………………………… 32
　一、学习建议 …………………………………………… 32
　二、关键词释义 ………………………………………… 33
　三、思考题 ……………………………………………… 34
　四、可供进一步研讨的学术选题 ……………………… 34
【研讨平台】 ……………………………………………… 34
　一、希腊神话中的人与神 ……………………………… 34
　二、荷马式英雄 ………………………………………… 35
　三、人之谜：俄狄浦斯悲剧与自我认知 ……………… 36
　四、古希腊悲剧中的命运观 …………………………… 37
【拓展指南】 ……………………………………………… 39
　一、重要研究资料简介 ………………………………… 39

二、其他重要研究资料索引 ··· 40

第二章 中世纪欧洲文学 ·· 41

第一节 概述 ··· 41
第二节 但丁 ··· 51

【导学训练】 ·· 55
一、学习建议 ·· 55
二、关键词释义 ·· 56
三、思考题 ··· 56
四、可供进一步研讨的学术选题 ··· 57
【研讨平台】 ·· 57
一、中世纪概念再思考：断裂或延续？ ·· 57
二、中世纪文学与建筑的互文关系 ··· 58
三、但丁的哲学思想 ·· 59
【拓展指南】 ·· 61
一、重要研究资料简介 ··· 61
二、其他重要研究资料索引 ·· 62

第三章 文艺复兴时期欧洲文学 ··· 63

第一节 概述 ··· 63
第二节 薄伽丘 ·· 67
第三节 拉伯雷 ·· 69
第四节 塞万提斯 ··· 72
第五节 莎士比亚 ··· 75

【导学训练】 ·· 82
一、学习建议 ·· 82
二、关键词释义 ·· 82
三、思考题 ··· 83
四、可供进一步研讨的学术选题 ··· 83

【研讨平台】 …………………………………………… 84
 一、文艺复兴学:现状与学派 ……………………… 84
 二、文艺复兴时期文学与殖民主义想象 …………… 85
 三、疯癫与文学:以文艺复兴时期为例 …………… 87
【拓展指南】 …………………………………………… 88
 一、重要研究资料简介 ……………………………… 88
 二、其他重要研究资料索引 ………………………… 89

第四章　17 世纪欧洲文学 ……………………… 91

 第一节　概述 ……………………………………… 91
 第二节　弥尔顿 …………………………………… 97
 第三节　莫里哀 …………………………………… 100

【导学训练】 …………………………………………… 103
 一、学习建议 ………………………………………… 103
 二、关键词释义 ……………………………………… 103
 三、思考题 …………………………………………… 104
 四、可供进一步研讨的学术选题 …………………… 104
【研讨平台】 …………………………………………… 105
 一、古典主义概念再思考:从新古典主义到浪漫主义
  再到现代主义 …………………………………… 105
 二、隐喻问题:新批评范式里的玄学派诗歌 ……… 106
 三、影响的焦虑:弥尔顿与前辈诗人 ……………… 107
【拓展指南】 …………………………………………… 109
 一、重要研究资料简介 ……………………………… 109
 二、其他重要研究资料索引 ………………………… 109

第五章　18 世纪欧洲文学 ……………………… 110

 第一节　概述 ……………………………………… 110
 第二节　卢梭 ……………………………………… 123
 第三节　歌德 ……………………………………… 125

【导学训练】 130
  一、学习建议 130
  二、关键词释义 130
  三、思考题 131
  四、可供进一步研讨的学术选题 132
【研讨平台】 132
  一、思想启蒙、情感培育及卢梭的"善感性" 132
  二、魔鬼靡菲斯特及其功能 133
  三、《项狄传》的独特叙事及其当代阐释 135
【拓展指南】 136
  一、重要研究资料简介 136
  二、其他重要研究资料索引 137

第六章　19世纪欧美文学(一):浪漫主义 139

  第一节　概述 139
  第二节　华兹华斯 146
  第三节　拜伦 149
  第四节　雨果 152
  第五节　荷尔德林 156
  第六节　霍夫曼 159
  第七节　霍桑 161
  第八节　惠特曼 163

【导学训练】 166
  一、学习建议 166
  二、关键词释义 166
  三、思考题 167
  四、可供进一步研讨的学术选题 168
【研讨平台】 168
  一、浪漫主义概念再思考:古典主义、启蒙运动与
    浪漫主义的关系 168

二、自然概念之辨析:生态批评的解读 ………………… 169
　　三、浪漫主义的东方想象:后殖民主义的解读 ………… 171
　　四、德国浪漫主义与音乐 ………………………………… 171
　　五、美国浪漫主义与超验主义及清教主义 ……………… 173
【拓展指南】………………………………………………………… 174
　　一、重要研究资料简介 …………………………………… 174
　　二、其他重要研究资料索引 ……………………………… 175

第七章　19世纪欧美文学(二):现实主义 …………………… 176

　　第一节　概述 ……………………………………………… 176
　　第二节　司汤达 …………………………………………… 185
　　第三节　巴尔扎克 ………………………………………… 189
　　第四节　狄更斯 …………………………………………… 193
　　第五节　福楼拜 …………………………………………… 197
　　第六节　陀思妥耶夫斯基 ………………………………… 200
　　第七节　托尔斯泰 ………………………………………… 205
　　第八节　易卜生 …………………………………………… 209
　　第九节　哈代 ……………………………………………… 212

【导学训练】………………………………………………………… 215
　　一、学习建议 ……………………………………………… 215
　　二、关键词释义 …………………………………………… 215
　　三、思考题 ………………………………………………… 216
　　四、可供进一步研讨的学术选题 ………………………… 217
【研讨平台】………………………………………………………… 218
　　一、巴尔扎克:观察、洞见与风格的开创 ……………… 218
　　二、福楼拜:多元特征及现代性 ………………………… 219
　　三、陀思妥耶夫斯基的"地下人"与存在主义 ………… 220
　　四、巴赫金的对话主义与复调理论 ……………………… 221
　　五、托尔斯泰主义与中国先秦思想 ……………………… 222
【拓展指南】………………………………………………………… 223
　　一、重要研究资料简介 …………………………………… 223

二、其他重要研究资料索引·· 224

第八章　19世纪欧美文学(三)：自然主义及其他·················· 226

　　第一节　概述·· 226
　　第二节　左拉·· 232
　　第三节　波德莱尔·· 235

【导学训练】·· 238
　　一、学习建议··· 238
　　二、关键词释义··· 238
　　三、思考题·· 239
　　四、可供进一步研讨的学术选题··· 239
【研讨平台】·· 240
　　一、自然主义与现实主义的孪生和异质关系··························· 240
　　二、唯美主义：艺术、现实和道德的张力······························· 241
　　三、前期象征主义与浪漫主义的变奏······································ 242
【拓展指南】·· 244
　　一、重要研究资料简介··· 244
　　二、其他重要研究资料索引·· 244

第九章　20世纪前期欧美文学··· 246

　　第一节　概述·· 246
　　第二节　普鲁斯特·· 256
　　第三节　托马斯·曼··· 259
　　第四节　艾略特·· 263
　　第五节　乔伊斯·· 266
　　第六节　里尔克·· 270
　　第七节　卡夫卡·· 274
　　第八节　布莱希特·· 279
　　第九节　福克纳·· 283
　　第十节　布尔加科夫··· 287

  第十一节 肖洛霍夫 ············· 290

【导学训练】 ············· 293
 一、学习建议 ············· 293
 二、关键词释义 ············· 293
 三、思考题 ············· 294
 四、可供进一步研讨的学术选题 ············· 295
【研讨平台】 ············· 296
 一、超现实主义者对"超真实"的阐释 ············· 296
 二、普鲁斯特小说中的时间与记忆 ············· 297
 三、文学中的疾病主题与《魔山》 ············· 298
 四、《尤利西斯》的主题与研究方法 ············· 299
 五、卡夫卡小说中的空间 ············· 301
【拓展指南】 ············· 302
 一、重要研究资料简介 ············· 302
 二、其他重要研究资料索引 ············· 303

第十章 20世纪后期欧美文学 ············· 306

 第一节 概述 ············· 306
 第二节 萨特 ············· 317
 第三节 贝克特 ············· 320
 第四节 罗伯-格里耶 ············· 324
 第五节 杜拉斯 ············· 327
 第六节 博尔赫斯 ············· 331
 第七节 纳博科夫 ············· 335
 第八节 索尔仁尼琴 ············· 338
 第九节 马尔克斯 ············· 341
 第十节 卡尔维诺 ············· 344
 第十一节 昆德拉 ············· 347
 第十二节 艾柯 ············· 350
 第十三节 耶利内克 ············· 353
 第十四节 菲利普·罗斯 ············· 356

【导学训练】 …………………………………………………… 360
　一、学习建议 ……………………………………………… 360
　二、关键词释义 …………………………………………… 360
　三、思考题 ………………………………………………… 361
　四、可供进一步研讨的学术选题 ………………………… 362
【研讨平台】 …………………………………………………… 362
　一、对"存在"命题的不同阐释 …………………………… 362
　二、荒诞派戏剧的"荒诞"主题与表现方式 …………… 363
　三、法国新小说派"新"在何处？ ……………………… 365
　四、博尔赫斯作品的奇幻特质 …………………………… 366
【拓展指南】 …………………………………………………… 367
　一、重要研究资料简介 …………………………………… 367
　二、其他重要研究资料索引 ……………………………… 368

亚非卷

第十一章　非洲文学 …………………………………… 373

　第一节　概述 ……………………………………………… 373
　第二节　《亡灵书》 ……………………………………… 379
　第三节　马哈福兹 ………………………………………… 382
　第四节　戈迪默 …………………………………………… 386
　第五节　索因卡 …………………………………………… 390

【导学训练】 …………………………………………………… 394
　一、学习建议 ……………………………………………… 394
　二、关键词释义 …………………………………………… 394
　三、思考题 ………………………………………………… 395
　四、可供进一步研讨的学术选题 ………………………… 395
【研讨平台】 …………………………………………………… 395
　一、口传文学与现代主义及后现代主义的关系 ………… 395
　二、早期基督教文学在埃及 ……………………………… 396

三、戈迪默小说中的日常生活与种族政治 ················· 397
　　四、索因卡作品中的非洲文化传统 ····················· 398
【拓展指南】 ·· 399
　　一、重要研究资料简介 ································ 399
　　二、其他重要研究资料索引 ···························· 400

第十二章　东亚及东南亚文学 ································ 402

　　第一节　概述 ·· 402
　　第二节　《源氏物语》 ································· 414
　　第三节　夏目漱石 ···································· 417
　　第四节　芥川龙之介 ·································· 420
　　第五节　川端康成 ···································· 423
　　第六节　大江健三郎 ·································· 426

【导学训练】 ·· 429
　　一、学习建议 ·· 429
　　二、关键词释义 ······································ 430
　　三、思考题 ·· 431
　　四、可供进一步研讨的学术选题 ························ 431
【研讨平台】 ·· 431
　　一、日本文学中的物哀之美 ···························· 431
　　二、川端康成与虚无意识 ······························ 432
　　三、芥川龙之介的审美意识 ···························· 433
　　四、新感觉派的表现主义 ······························ 434
　　五、日本存在主义文学探讨 ···························· 435
【拓展指南】 ·· 436
　　一、重要研究资料简介 ································ 436
　　二、其他重要研究资料索引 ···························· 437

第十三章　南亚文学 ·· 439

　　第一节　概述 ·· 439

第二节 《摩诃婆罗多》 449
第三节 《罗摩衍那》 452
第四节 泰戈尔 455
第五节 伊克巴尔 457
第六节 安纳德 459
第七节 拉什迪 462

【导学训练】 465
  一、学习建议 465
  二、关键词释义 465
  三、思考题 466
  四、可供进一步研讨的学术选题 466
【研讨平台】 467
  一、吠陀"梵我一如"思想对西方哲学的影响 467
  二、神猴哈奴曼与中国的孙悟空 468
  三、结合印度文化理解《吉檀迦利》中的"神" 469
  四、贱民形象、种姓制度与甘地思想 470
  五、欧洲文学中的印度想象 470
  六、文化身份与写作策略 471
【拓展指南】 473
  一、重要研究资料简介 473
  二、其他重要研究资料索引 474

第十四章 西亚文学 476

第一节 概述 476
第二节 《吉尔伽美什》 487
第三节 《一千零一夜》 490
第四节 纪伯伦 494
第五节 帕慕克 497

【导学训练】 500
  一、学习建议 500

  二、关键词释义 …………………………………………… 500
  三、思考题 ………………………………………………… 502
  四、可供进一步研讨的学术选题 ………………………… 502
 【研讨平台】………………………………………………… 503
  一、冲突中的融合：中世纪阿拉伯文学与欧洲文学的互动 ……… 503
  二、吉尔伽美什形象的矛盾特征 ………………………… 504
  三、《一千零一夜》中讲故事的哲学意义 ………………… 505
  四、帕慕克小说的文化与文明观 ………………………… 506
 【拓展指南】………………………………………………… 508
  一、重要研究资料简介 …………………………………… 508
  二、其他重要研究资料索引 ……………………………… 508

附 录 主要作家作品名称中英文对照表 ……………… 510

后 记 ……………………………………………………… 529

导　言

一

在绵延不绝、深远幽邃的世界文明史中,文学一直占据着举足轻重的地位。对于古代人而言,文学尚与宗教血脉相连,共同阐释着生死的奥秘与世界的存在之道,讲述着神灵和英雄的奇幻经历,维系着民族的自我认同,例如古巴比伦的《吉尔伽美什》,古埃及的《亡灵书》,古印度的《摩诃婆罗多》《罗摩衍那》,希伯来的《圣经·旧约》,古希腊的神话传说和《荷马史诗》等。随着历史的缓慢发展,社会分化渐趋明显,个人意识慢慢凸现,神灵和英雄渐渐淡出文学家的视野,文学开始更关注人性的内在性和丰富性,更关注世俗人生的悲欢离合。《神曲》中的但丁穿行于地狱和天堂之间,莎士比亚笔下的哈姆莱特忧郁地思考着重整乾坤的重任,塞万提斯笔下的堂吉诃德在价值秩序渐趋朦胧的世界里开始进行生命的探险;而紫式部的《源氏物语》则唯美地叙述着宫廷贵族青年男女挥之不去的生命哀愁,《一千零一夜》中的商贾行旅开始在追逐财富的冒险之途中恣肆地享受人生。当现代文明汹涌而来时,文学更勇敢地反思、批判文明的偏至,寻找灵魂的突围之旅,如华兹华斯等浪漫主义诗人高举返回自然的大旗,陀思妥耶夫斯基等现实主义作家发掘现代人性的阴暗王国,寻找生命的深层真实,卡夫卡等现代主义作家书写着现代人异化命运的悲怆和无奈。

文学自始至终伴随着人类文明的沉重步履。当人的生活沉闷单调时,是文学赋予了他们想象的翅膀,使他们的心灵能够翱翔九霄、纵情四海;当人的情感萧索落寞时,是文学拓展了他们的情感世界,使他们领略到人生的姹紫嫣红、世界的千姿百态;当人的意志消极沮丧时,是文学振作了他们的心魂,使他们困兽犹斗,再次于人生险途劈波斩浪、叱咤风云。德国哲学家伽达默尔曾说:"诗是一种保证,一种许诺,使人在现实的一切无秩序之中,在生存世界的所有不完满、厄运、偏激、片面和灾难性的迷误中,与遥远得不可企及的真实意义相遇。"①的确，文学总是引领人心在有限的世界中去领悟无限，在尘世的速朽中去观照超越的永恒，在残缺中去寻觅完满，在个体中去窥视整体。总而言之，文学保存着人类的想象力，丰富着人类的情感世界，柔化着尘世中日益僵硬的心灵，呼唤着迷途的灵魂踏上归乡之旅。

二

正因为文学在人类文明中具有如许重要的价值和意义，当我们整体观照恢弘壮阔、五彩缤纷的世界各国文学时，才会更清晰地意识到学习外国文学对于当今人文教育的重要性。

如所周知，当今世界功利主义肆行无忌，消费主义甚嚣尘上，人性的内在性和丰富性受到严重威胁，支撑着人类文明的人文精神岌岌可危。早在两百年前，德国文学家席勒就曾感叹道："如今是需要支配一切，沉沦的人类都降服于它那强暴的轭下。有用是这个时代崇拜的大偶像，一切力量都要侍奉它，一切才智都尊崇它。在这架粗糙的天秤上，艺术的精神功绩没有分量，艺术失却了任何鼓舞的力量，在这个时代的喧嚣市场上艺术正在消失。甚至哲学的研究精神也一点一点地被夺走了想象力，科学的界限越扩张，艺术的界限就越狭窄。"②的确，当市场的力量无往不胜无远弗届时，当科学技术日益成为人类发展的第一推动力并向其他文明领域不受限制地大肆殖民时，现代文明的铁笼就日益强固，人类的生存就越来越高度物质化、机械化，心灵受挤压，灵魂遭排斥，信仰被边缘化，人文精神成为笑谈。这样，全人类性的精神危机和全球性的生态危机便迫在眉睫，逼迫现代人不得不重新反思现代文明的根本方向，重新思考人文教育的迫切性和必要性。

而人文教育的首要目标无疑是培育平衡的人、全面发展的人。德国哲学家费希特曾说："人受教育的目的就是观察天国。"③也许，对于长期信奉无神论传统的中国人来说，费希特的说法呈现出太过高古的品格，较难理解；但若换成较通俗的说法，其实也就是说，人文教育的根本是培育人的心

---

① 〔德〕伽达默尔：《美的现实性》，见刘小枫：《拯救与逍遥》，上海：上海人民出版社1988年版，第56页。

② 〔德〕席勒：《审美教育书简》，冯至等译，见张黎编选：《席勒精选集》，济南：山东文艺出版社1998年版，第670页。

③ 〔德〕费希特：《论学者的使命 人的使命》，梁志学等译，北京：商务印书馆1997年版，第59页。

灵领悟能力,把人当作目的,使之能够真正获得内心的自由和幸福。而文学无疑是人文教育最核心的力量,可以说,世界文学中的伟大作品一直以想象的方式引领着人对自身的审视,从而促使其全面发展。《伊利亚特》中的阿喀琉斯体现了人对荣誉的高度珍惜,《奥德赛》中的奥德修斯则展示了人永恒的返乡之旅;塞万提斯笔下的堂吉诃德呈现了人为理想主义而战的崇高,歌德笔下的浮士德则演绎了现代人永难停息的追寻悲剧;陀思妥耶夫斯基笔下的梅什金公爵揭示了纯真人性的美好与脆弱,托尔斯泰笔下的聂赫留朵夫则表现了人性的沉沦和救赎;罗曼·罗兰笔下的约翰·克里斯朵夫以不屈的精神唤醒了现代道德灰烬下面灵魂的火焰,海明威笔下的硬汉形象则彰显了永不灭绝的强悍的人性力量。这些外国文学中的人物形象,栩栩如生,熠熠生辉,各具异彩,千百年来活跃在人心之中,对于许多读者来说甚至远比任何现实人物的影响力都要大,因为正是他们呈现出人性的各种可能性和不可能性,鞭挞着现实的堕落,引领着理想的高升,从而培育了我们自身的人性发展。

　　人文教育就是要弘扬人文精神,而人文精神的核心内涵是人道主义、理性意识和对人生超越性的追求。在世界文学史上,所有伟大的作家都是人道主义者,都是尊重人、关心人,强调人性、人道、仁爱的人。当然,像狄更斯、巴尔扎克、雨果、陀思妥耶夫斯基、托尔斯泰等19世纪西方现实主义小说家对人道主义进行了最集中、最富有魅力的阐释和叙事,全世界人民至今都深受其恩泽。伟大的世界文学传统中还绵延着清晰的理性精神。古希腊人本来就崇尚知识崇尚智慧,古希腊悲剧总在探寻着富有主体性的悲剧英雄们道德理性的坚守意义;《神曲》中的但丁也是在象征着理性的诗人维吉尔的引导下神游地狱,遍览人性的丑陋和残缺;文艺复兴中的莎士比亚和蒙田都具有强烈的怀疑主义的理性意识;至于古典主义、启蒙主义作家更是高张理性的大旗;而浪漫主义、现实主义、现代主义等作家则在强烈的文明批判、社会批判、人性批判的意义上张扬理性精神。至于对人生超越性的追求方面,在信仰和理性的引导下,伟大作家总是不屈地探寻着人性超越的可能性,叙述着终极关怀的各种故事。

　　在全球化浪潮席卷世界的今日,人文教育也需要全球视野,过度执迷于狭隘的民族主义和国家主义无疑与世界潮流背道而驰。而要了解世界其他国家、其他民族的精神文化,最好、最直接的渠道之一无疑是通过文学,因为一个民族的文学最能够体现其精神气质。第二次世界大战期间,一位记者曾采访当时的英国首相丘吉尔,问他是印度重要还是莎士比亚重要,丘吉尔却答道,宁愿失去五十个印度,也不愿失去一个莎士比亚。由此可知,莎士比亚对于英国人具有不可或缺的象征意义。其实,就像莎士比亚之于英国,蒙田、卢梭、巴尔扎克、雨果之于法国,歌德、席勒、荷尔德林之于德国,塞万提斯之于西班牙,但丁之于意大利,普希金、陀思妥耶夫斯基、托尔斯泰之于俄罗斯,惠特曼、马克·吐温、福克纳之于美国,马尔克斯之于哥伦比亚,博尔赫斯之于阿根廷,泰戈尔之于印度,紫式部、川端康成之于日本,等等,无不具有举足轻重的象征意义,他们的作品往往是民族性和人类性的完美结合。因此,通过学习外国文学,我们可以踏上一条通往全人类心灵的意趣盎然的康庄大道,获得全球性的宏观视野,领悟到普世价值的超然之大美。

三

作为高等院校中文专业主干课程体系之重要组成部分,外国文学课程所涉及的内容具有以下显著特征。

特征之一,是其广袤性。外国文学课程涵盖中国以外世界各国古往今来的一切文学。内容之所及,就地域分布而言,横跨欧美亚非几大洲文学成就显著的众多国度;就历史阶段而言,纵贯从人类文字产生之前的口传文学直至当今仍活跃于世界文坛的作家及其创作。其内容广袤无垠,浩瀚无垠,可谓"上下三千年,纵横八万里"。在众多的文学课程中,就覆盖范围的辽阔性和囊括内容的丰富性而言,可谓无出其右。

特征之二,是其多元性。外国文学课程所涉及的各国文学,发源和植根于充满差异性的文明传统。它不仅与中华文化传统迥然相异,自身内部也千差万别。在亚非文学中,东亚、南亚、西亚和非洲基本属于彼此独立的文明板块,尽管相互之间存在着碰撞、交流、影响、融合,但独立的文化传承和文明特征使其文学精神、样态和发展脉络均呈现出千姿百态的面貌。欧美文学尽管属于一个相对统一的西方传统,但在希伯来文化传统和希腊文化传统之间,在不同历史阶段的政治、历史、社会思潮的代际更替之中,亦体现出尖锐的对峙和激烈的分化。在同一文明板块乃至同一地域内部,各民族文学都有自身的文化传承、民族认同、价值体系、语言习俗、审美形态。即使在全球化浪潮席卷世界的现代社会,也会不断催生出各式各样的反全球化力量,而文学自身的发展史也始终充满着自我否定、追新逐异的反叛性力量。个体作家在"影响的焦虑"驱使之下,也会不断另辟蹊径,展开个性化追求,给世界文学的多元性增添更多的复杂性和多样化色彩。

特征之三，是其经典性。世界文学之广袤无边，决定了本课程有限篇幅所描述的对象往往只能是举世公认的经典，是世界各国文学最高水平的体现，是经受历史考验、具有不朽价值的传世之作。当然，经典化的文学判断也存在着相对性和约定俗成性，必须诉诸历史变迁，交付后世重新勘定。外国文学领域的经典，也受制于当代学术评判标准，并且也会被后世重新评价，重新经典化。此外，对于不少当代外国文学作品而言，其经典性尚难确定，有待时间检验。但无论如何，外国文学代表性作品在整体上的经典性是显而易见的。

总体而言，呈现在外国文学学习者眼前的，是伟大经典的荟萃，是不朽丰碑的聚集，是大千世界在想象之中的巨大投影，是滚滚红尘在心灵之中的强烈折射，是悲欢离合在叙事之中的娓娓流淌。它是人类欲念、痛楚、矛盾、困惑的厚重积淀，是人类思想、智慧、梦想、期盼的美丽升华。

以上这些特性，决定了学习外国文学既是一项毫不轻松的艰巨任务，也是一项激动人心的智力挑战。外国文学的学习是伟大作品的巡礼，是超越时空的灵魂之旅。深入这一魅力无穷的浩瀚领域，我们不愁不会饱览千姿百态的文化景观，不愁不会获得多元思维的强劲砥砺，不愁不会感受伟大灵魂的激烈震颤，不愁不会领悟醍醐灌顶的生命洞见，不愁不会置身超凡绝尘的奇思妙境，不愁不会开启独辟蹊径的艺术新篇。但它也意味着这远非一门课程的讲授、一部教材的研读所能完成的使命。相对于外国文学自身的丰富性和深邃性，任何教材的讲解都只能是点到为止。甚至可以说，这门课程最成功的开设，便是由此激发我们到世界文学浩瀚的智慧海洋之中揽胜遨游的持久热情，使这门课程的学习成为终生探究世界文学伟大奥秘的精彩起点。

四

本教材作为"高等院校中文专业创新性学习系列教材"之一，凸显如下特色和新意：

第一，四个板块打造出富有学术景深的思维空间。本教材的每一章均由四个板块组成，即"基础知识""导学训练""研讨平台"和"拓展指南"。"基础知识"部分注意吸收较成熟的最新学术成果，例如对英国的玄学派诗歌、墓园派诗歌的介绍，就更好地呈现了英国文学史的内在脉络。相对于国内一般外国文学教材，"导学训练""研讨平台""拓展指南"是本教材的创新。通过这三部分,更为深远的学术背景渐次呈现,与文学史基础知识构成呼应。例如第三章的"研讨平台"中,通过对文艺复兴时期文学中的"疯癫与文学"主题书写的探讨,学生便可就现代性问题与哲学家福柯进行对话,大大拓展文学史学习的学术深度。

第二,更新文学史编撰的观念视野,增补前沿内容,加强现当代文学的介绍力度。无论是"欧美卷"还是"亚非卷",本教材都秉持古今兼顾、尤重现当代的原则。对古希腊罗马文学和中世纪、文艺复兴、17世纪、18世纪的欧洲文学,在介绍了系统的文学史知识之外,坚持从简原则。而对19世纪、20世纪的欧美文学,则大大增加篇幅,尽可能将重要的现代作家设专节讲解。介绍亚非文学,亦是如此。在完整地呈现亚非各地区的文学史图景之外,古代的亚非文学基本只选取最有代表性的民族史诗设专节介绍,而将重要篇幅留给曾产生过世界性影响的现代亚非作家。这种编写原则,与现当代外国文学日新月异、蓬勃发展、艺术创新层出不穷的发展态势有关,也与我们对它们的了解研究相对滞后、远远不够、亟待加强有关。此外,现当代外国文学自身的复杂性、多样化、前沿性、探索性、未知性,自然也会吸引教材更多的笔墨,以满足读者的学习兴趣和需求。

第三,更新代表作家的遴选标准,吸纳更多富有文学史意义的重要作家,设专节重点讲解。荷尔德林、霍桑、里尔克、布尔加科夫、罗伯-格里耶、杜拉斯、博尔赫斯、纳博科夫、索尔仁尼琴、卡尔维诺、昆德拉、艾柯、耶利内克、菲利普·罗斯、戈迪默、芥川龙之介、伊克巴尔、安纳德、拉什迪、帕慕克,等等,这些在世界文学史中占据重要地位的作家,在国内时下通行的外国文学教材中有些仅仅是一笔带过,有些甚至不见踪影,而本教材均设专节。其中不少作家是首次在国内的外国文学教材中有了专节的地位。按照传统的文学史观点,这些作家也许不无争议性,但也正是这些作家的纳入,使得本教材打破较为封闭的审美观,呈现出更为生动、更具挑战性的外国文学编写面貌。

第四,强调研究性和实践性。本教材在编写中特别强调尽可能调动学术研究的前沿问题意识,对经典作家、重要作家的阐释都尽可能地充分汲取较新的研究成果,从而在给学生提供基本知识教育之外,能够启发他们富有现实感、针对性地去学习。"导学训练""研讨平台""拓展指南"都为学生的研究性、创新性学习提供了最好的指引。"研讨平台"把富有学术吸引力的文学史问题呈现出来,而大量的思考题、学术选题则可以让学生摆脱停留于文学史常识的学习惰性,主动去探寻更有意义的学习方式,获得更好的学习效果。

五

当然,再好的教材对于教学而言也只是一种辅助、一种引导,要学好外国文学,关键还是依靠教师创造性地教和学生创造性地学。对于有志于深入外国文学领域揽胜的学习者,我们提出如下建议,以供参考:

首先,尽可能结合本教材的基础知识,多阅读外国文学经典作品。阅读文学作品,是学习外国文学史至关重要、必不可少的环节。正如再精美的旅游指南也不能代替亲眼欣赏旖旎风光、亲身游历奇山异水,我们也不能仅用熟读外国文学教材来取代对于外国文学原著的阅读。如果不读经典原著,即使背诵再多的外国文学史知识,仍旧意义甚微。意大利作家卡尔维诺曾说:"经典作品是一些产生某种特殊影响的书,它们要么本身以难忘的方式给我们的想象力打下印记,要么乔装成个人或集体的无意识隐藏在深层记忆中。"①他甚至认为,是经典帮助我们理解我们是谁和我们所到达的位置。但前提是,我们必须自己去阅读经典,让经典进入我们的生命核心之中。一方面,通过课程学习掌握世界各国文学的发展主脉、主要文学思潮流派的嬗变更替,以及主要文学现象、作家创作背景和历程等基础知识,另一方面,努力通过阅读经典文学原著,来巩固、拓展、深化对于文学的理解。在阅读原著时,有两点值得注意:第一,选择最佳版本和译本。理想的阅读,自然是直接阅读原文作品,但外国文学遍涉全世界的语言,任何一位学习者都难以企及,因此有必要通过优秀的中译本或出色的外文译本来阅读作品。第二,及时撰写读书随笔。建议在阅读经典文学时,养成趁热打铁地及时撰写读书随笔的习惯。读书随笔的撰写,不仅具有记录意义,也是思维的延续和深化。新的理解、思考、联想,往往在读书随笔的撰写过程中油然而生、纷至沓来。阅读作品时的原初体验值得珍惜,而读书随笔是阅读者的一笔宝贵财富,也是进一步探索研究的最佳出发点,日积月累,将收获巨大。

其次,尽可能按照本教材的指导,将训练、实践环节落到实处,培养问题意识,深入思考,展开研究。初步阅读之后,知识不足、人生经验不够、学术积累不厚的年轻学生往往难以深入理解经典,这时就需要前人的指引。本教材在"基础知识"之外,提供的"导学训练""研讨平台"和"拓展指南"中的材料会为你指出最有针对性的理解路径,营造富有潜能的思维和对话空

---

① 〔意〕卡尔维诺:《为什么读经典》,黄灿然等译,南京:译林出版社2006年版,第3页。

间,也会指引你进一步研读具有参考价值的学术文献,引领你创造性地理解作品,提出新问题,设计新课题,开展创新性研究。需要说明的是,本教材在"拓展指南"中提供的大量思考题和研究课题,其功能在于启发学生的问题意识和研究意识,而非包办供应现成的研究课题。这些学术选题仍重在学术训练,重在思维启发,帮助学生举一反三。学生可根据这些建议选题开展研究实践,但不能以此一劳永逸地代替独立研究课题的设计。

最后,转识成智,将学习外国文学与反思人生、获取智慧、提升境界联系起来,培育自身的人文情怀和生命智慧,促使人文精神在你自己的生命中养成。人文精神是一种理念、素质、能力、智慧、道德、情感浑然一体的崇高的心灵境界。哲学家冯友兰曾说:"按照中国哲学的传统,它的功用不在于增加积极的知识(积极的知识,我是指关于实际的信息),而在于提高心灵的境界——达到超乎现世的境界,获得高于道德价值的价值。"[①]其实,不但中国哲学传统如此,所有人文学科的学习均如此,而学习外国文学的真正目的亦如此。

[①] 冯友兰:《中国哲学简史》,北京:北京大学出版社1996年版,第4页。

欧美卷

第一章 古希腊罗马文学

第一节 概述

一、古希腊罗马文明

古希腊地理范围主要以巴尔干半岛及其周围岛屿为中心,北及黑海沿岸,南接北非的埃及地区,东至小亚细亚,西到地中海的亚平宁半岛。

希腊历史第一页是爱琴文明的历史,包括先后形成的克里特文明(也即"米诺斯文明")和迈锡尼文明。前者在"王宫时期"(约前2000—前1300)达到鼎盛。后者由希腊半岛南部的阿卡亚人建立,并在公元前15世纪后期侵入克里特岛,将克里特文明毁灭殆尽。公元前1250年前后,迈锡尼面临贸易出口危机,开始远征小亚细亚的特洛伊,最终攻陷并洗劫了这座富庶的城市,但也因此元气大伤。公元前12世纪末,北方多利亚人侵入希腊半岛,摧毁了迈锡尼,古希腊进入"黑暗时代"。

"黑暗时代"是迈锡尼文明与城邦制的希腊文明之间的一个过渡期,直至公元前8世纪。这个时代留给后世希腊人最为珍贵的文化财富是《荷马史诗》,故又称"荷马时代",也称"英雄时代"。这一时期希腊渐由氏族公社向国家过渡,到荷马时代末期,诸城邦开始形成,希腊相继步入"古风时代"(前8—前6世纪)和"古典时代"(前6—前4世纪下半叶)。古典时代是古希腊文化的鼎盛期。

自公元前8世纪开始,希腊陆续出现一些城邦国家,此后二百多年在整个希腊地区出现了大小二百多个城邦。古风时代的城邦主要是殖民城邦,如小亚细亚的爱奥尼亚城邦等。古典时代的城邦则主要是氏族制度解体后建立起来的城邦,其典型如伯罗奔撒半岛上的斯巴达和阿提卡半岛上的雅典。以斯巴达为首的伯罗奔尼撒同盟与以雅典为首的提洛同盟长期对峙争雄。当然,其间发生希波战争(前492—前449)时,斯巴达和雅典主动携手共同抗击了波斯入侵。希波战争最终以波斯人的失败而告终,使得希腊诸城邦消除了来自东方的最大的军事威胁,同时也迎来了古希腊空前的文化繁荣时代。斯巴达是一个尚武的城邦,雅典则有"希腊学校"(伯里克利语)的自誉,是一个崇尚文化的民主制城邦。古典时代的希腊文化很大程度上应当说是雅典文化。雅典文化的繁荣与雅典民主政治的兴盛息息相关。雅典历经梭伦改革、克里斯梯尼改革乃至伯里克利执政时代,民主政治制度日益完备,而这一时期雅典在文学、艺术、哲学等领域人才辈出,达到西方古代文化的高峰。

但繁荣的同时又迎来斯巴达与雅典之间的伯罗奔尼撒战争(前431—前404)。这场内战严重摧残了几乎整个希腊的经济与文化。与此同时,希腊近邻马其顿迅速崛起,击败以雅典为首的反马其顿同盟,征服了希腊。身为亚里士多德弟子的马其顿国王亚历山大酷爱希腊文化,他于公元前334年开始渡海东征,拉开征服世界的序幕,同时也开启了"希腊化时代"——这个时代一直延至公元前1世纪末叶奥古斯都打败安东尼,灭亡埃及托勒密王朝。希腊化时代是古希腊文化广泛传播于欧亚非许多地区的时代,也是希腊文化自身走向衰落的时代。

亚历山大死后,罗马崛起并征服马其顿,希腊作为行省纳入罗马版图,但罗马在一定意义上又被希腊文化所征服,成为希腊文化的继承者和传播者。

关于罗马人的起源,素有不同传说,其中流传最广的说法认为他们是特洛伊英雄埃涅阿斯的后裔,并且其后世子孙罗慕路斯与雷慕斯创建了罗马城,这对孪生兄弟是靠母狼喂养长大的。

自罗马建城到共和国建立,是罗马史上的"王政时代"(约前753—前509),这是罗马从军事民主制向正式国家过渡的时代。相传王政时代先后有七个王,公元前509年罗马人推翻"高傲者"塔克文的残酷统治,进入共和国时期(前509—前27)。

罗马共和国建立了一套由执政官、保民官、元老院三方构成的政权体系,实权在元老院。罗马闻名于世的两个方面,一是法律,罗马法乃西方大陆法系的源头;二是战争,罗马建国之初,不过是意大利半岛台伯河畔一个小小的城邦共和国,自公元前4世纪中叶起发动大规模扩张战争,至公元前2世纪下半叶,罗马已地跨亚非欧三大洲,变地中海为"内陆湖"。但罗马共和制越来越受到挑战,奴隶与奴隶主、平民与贵族、征服者与被征服者以及统治者内部,诸多矛盾不断激化。公元前60年,庞培、克拉苏、恺撒秘密结成"前三头同盟",十五年后恺撒公然独裁,激怒了共和派,于公元前44年遇刺身亡。翌年,恺撒的外甥兼养子屋大维同雷必达、安东尼公开结成"后三头同盟",十年后屋大维确立独裁地位。公元前27年元老院授予屋大维"奥古斯都"(至圣至尊之意)称号,共和国宣告覆亡,罗马进入帝国时代(前27—476)。屋大维积极扶持文化艺术,在他统治时期出现了所谓"黄金时代"。

屋大维之后,罗马帝国经历了三个王朝:克劳狄王朝(14—68)、弗拉维王朝(69—96)、安东尼王朝(96—192)。安东尼王朝结束后,帝国发生严重危机,经济全面衰落,政治混乱,内战频仍,社会动荡,导致帝国于395年正式分裂为东、西罗马帝国。此后,西罗马帝国遭遇匈奴人、西哥特人、东哥特人、勃艮第人、汪达尔人等诸多蛮族入侵,终于在公元476年正式灭亡。而东罗马帝国继续存在近千年,后为奥斯曼土耳其所灭。

二、古希腊文学

古希腊文学是西方文学的滥觞。古希腊文学内容丰富,成就辉煌,主要类型有神话、史诗、抒情诗、寓言、悲剧、喜剧、散文等。

神话是古希腊人最古老的意识形态。马克思曾指出:"希腊神话不只是希腊艺术的武库,而且是它的土壤。"①古希腊文学其他体裁如史诗、抒情诗、寓言、戏剧等都从神话得到孕育和滋养。

希腊神话包括神的故事和英雄传说。其中关于神的故事,涉及开天辟地、神的产生、神的谱系、神的活动和人类起源等。

神的谱系以卡俄斯(混沌神)为开端,从卡俄斯诞生出地母盖娅(大地女神)等,盖娅又生下天神乌拉诺斯等。乌拉诺斯与盖娅婚配后生下十二提坦,其中克罗诺斯用镰刀阉割了父亲,成为第二代主神。克罗诺斯与姐姐瑞亚生下三儿三女。其中的宙斯经过十年激战,推翻了父亲克罗诺斯的统治,成为第三代主神,并在奥林匹斯山组建了一支新神队伍,主要有天后赫拉、海神波塞冬、冥王哈得斯、农神得墨忒耳、智慧女神和女战神雅典娜、爱与美之女神阿芙洛狄忒、火神赫淮斯托斯、战神阿瑞斯、月亮和狩猎女神阿尔忒弥斯、太阳神阿波罗、神使赫耳墨斯等。

希腊神话将人类起源归功于提坦后裔普罗米修斯。普罗米修斯富有智

---

① 〔德〕卡尔·马克思:《〈政治经济学批判〉导言》,见《马克思恩格斯选集》第二卷,北京:人民出版社1972年版,第113页。

慧,知晓天神的种子蕴藏于泥土,便捧起泥土调和河水,按照天神模样捏成人形,并从动物灵魂中摄取善与恶封进人的胸膛。雅典娜惊叹之余,朝具有一半灵魂的泥人吹入神气,使之获得灵性。之后,人类经历了五个时代,即黄金时代、白银时代、青铜时代、英雄时代和黑铁时代。

英雄传说起源于对氏族部落祖先尤其是杰出首领的崇拜。对希腊人而言,"英雄"既是文学人物,又是历史人物,也是民众膜拜的宗教人物。他们是"半神",即神与人之子,具有超人的能力和禀赋,成年后接受各种考验,努力建功立业。他们不问成败,竭尽所能追求目标,最终赢得不朽荣耀。赫拉克勒斯是古希腊英雄的典范,一生立下十二件功业。著名的英雄传说还有忒修斯斩杀米诺斯迷宫牛怪、伊阿宋率领阿耳戈英雄夺取金羊毛、卡德摩斯创建忒拜城等。

大致说来,希腊神话具有以下特征:

一是具有浓厚的人间色彩和鲜明的社会特性。

神人同形同性,是希腊神话的重要特征。希腊神是人格化的神,具有人的形体、性格和欲望。他们虽有超人的能力和手段,但所追求的目的却是充分人性化的。希腊神话的基本倾向是肯定世俗享乐。例如主神宙斯风流成性,常与凡间美女发生爱情,而每每引起天后赫拉嫉妒;又如爱神阿芙洛狄忒与战神阿瑞斯有私,被其夫赫淮斯托斯用特制大网罩在床上而无法脱身,诸神目睹此景却哈哈大笑,兴致勃勃。

希腊神话诸神的神秘色彩相对淡薄。神不是最终的决定力量,主神宙斯既不是创造天地万物也不是决定世界走向的最高力量,时常有一种既主宰人类又主宰神祇的更高存在,即"命运"。例如,人类的维护者普罗米修斯因知道宙斯的命运,故敢于反抗宙斯。简言之,希腊诸神与其说是宗教崇拜的对象,不如说是人间强权的化身。

二是蕴含着丰富的象征性和深刻的哲理性。

古希腊神话传说中有许多寓意深刻的故事,如司芬克斯之谜、西西弗斯徒劳地推石上山、代达罗斯飞向太阳的悲剧、"普罗克拉斯提斯铁床"强求一律扼杀生命的故事,等等。这些神话故事意蕴深厚,富有哲理,体现了希腊神话永恒的思想艺术魅力。

三是具有高度的系统性。

古希腊神话具有相对完整的故事系列,有居于独尊地位的主神,围绕主神形成复杂而明晰的神际关系网,并曲折地反映了广泛的社会生活内容,成为完备自足的神话体系。

希腊史诗主要指《荷马史诗》，它是现存最古老的希腊文学作品，代表了古希腊文学的伟大成就。

其后出现的叙事诗人赫西俄德，生活在公元前8世纪末至公元前7世纪初，是教谕诗的创立者。其教谕诗《工作与时日》用讽喻口吻劝诫弟弟改邪归正，同时将劳动实践和伦理教导置于人类历史的更大视野中，讲述人类连续被贬、历经五个时代神话。此外，相传系他所著的叙事长诗《神谱》更近似史诗，是关于宇宙起源和神的谱系的最早的系统描述。

进入古风时代，希腊氏族社会进一步解体，奴隶制城邦渐次形成。随着社会结构改变，个人意识觉醒，促使抒情诗取代史诗而兴盛。古希腊抒情诗源于民间歌谣，主要分为双行体诗、讽刺诗、琴歌和牧歌，成就最高的是琴歌。独唱体琴歌的代表人物是阿那克瑞翁（约前570—？）和被柏拉图称为"第十位缪斯"的女诗人萨福（约前612—？）。阿那克瑞翁写了5卷诗，歌颂爱与美酒，风格优雅、单纯，形成所谓"阿那克瑞翁体"。萨福写了9卷诗，但留存下来的只有两首是完整的，其余为残篇。她的诗多写缠绵悱恻的爱情，语言艳丽无比，情调伤感真挚。合唱体琴歌的代表人物当数品达（前518—前442），其诗多半歌颂神祇和竞技胜利者。他一生共创作诗歌17卷，现存4卷完整的竞技胜利者颂，计45首诗。品达是希腊贵族最后的代言人，他着意将胜利者作为贵族理想的高贵代表来歌颂。

与此同时，民间流传着许多以动物生活为主要内容的寓言，相传为一个叫伊索（生卒年不详）的被释奴隶所作，经后人增添、整理汇编而成流传至今的《伊索寓言》。《伊索寓言》文字简练，故事生动，想象丰富，饱含哲理，反映了下层平民和奴隶的思想感情。其中《农夫和蛇》《狐狸和葡萄》《狼和小羊》《龟兔赛跑》等，已在全世界家喻户晓。

古典时代戏剧开始登场并逐步走向繁荣。这一时期的戏剧很大程度上即指雅典戏剧，包括悲剧和喜剧。

古希腊悲剧直接起源于祭祀酒神狄奥尼索斯时赞美酒神的颂歌，当时称"山羊之歌"（即此"悲剧"的原意）。原本酒神颂并不复杂，只是歌队的合唱，讲述酒神故事，既无音乐变化，也无戏剧表演。公元前6世纪末叶累斯博斯人阿里翁在表演酒神颂时，临时编了几句诗回答歌队长的提问，讲述酒神在人世漫游和宣教的故事。希腊悲剧即从这种临时口占发展而来。公元前534年雅典人忒斯庇斯在歌队中增加一个演员表演悲剧；后来埃斯库罗斯为其增加第二名演员，这样两个演员能够对话，才能表现戏剧冲突和人物性格；其后索福克勒斯增加第三名演员，从此演员数目被固定下来，同时说话的人物也就限于最多四个(包括歌队长)。

古希腊悲剧是史诗与抒情诗的结合。其题材取自《荷马史诗》和神话传说，戏剧对话形式也取自《荷马史诗》，戏剧的合唱歌风格则取自抒情诗。希腊悲剧重心不在于"悲"，而在于"严肃"，亚里士多德《诗学》作了著名的定义："悲剧是对于一个严肃、完整、有一定长度的行动的摹仿。"①

自公元前6世纪末叶起，雅典固定在春季"酒神大节"举行戏剧竞赛，戏剧演出成为民主政治实践的重要内容。公元前5世纪，尤其是民主制的黄金时代——伯里克利执政时代(前461—前429)，雅典悲剧艺术高度繁荣。这一时期产生了大批悲剧诗人和大量悲剧作品，但其中只有三大悲剧家埃斯库罗斯、索福克勒斯和欧里庇得斯的部分悲剧作品流传于世。

埃斯库罗斯(前525？—前456)是希腊悲剧创始人，出身贵族，政治上拥护民主派，青年时期多次参加抗击波斯侵略的战争并立功受奖，是位伟大的爱国者。

据传他一生写了约70部剧本(一说90部)，并喜用四联剧(即三部悲剧加上一部羊人剧)形式进行创作，但只留下分别来自4个不同四联剧的7部完整的悲剧，即《乞援人》《波斯人》《七将攻忒拜》《被缚的普罗米修斯》，以及《俄瑞斯忒亚》三部曲(《阿伽门农》《奠酒人》《报仇神》)。

《波斯人》以希波战争中的萨拉米海战为背景，是现存唯一一部以历史事件为题材的古希腊悲剧。但剧中并无战争场景，场景被安排在波斯首都，完全通过对波斯人的描写来表现主题，而希腊人作为战胜者却未曾登场。该剧主旨在于表达这样一个思想：傲睨神明必遭天谴。波斯国王薛西斯公然违抗天意，最终招致毁灭。进而言之，与其说是宙斯神，不如说是真正的希腊精神摧毁了薛西斯。于此，埃斯库罗斯歌颂了雅典的民主和自由，这就是希腊人作为"自由人"与他们眼中的"野蛮人"——波斯人的根本区别。埃斯库罗斯进行戏剧化处理的不是历史事件，而是其内在意义，这亦可印证亚里士多德的格言："写诗这种活动比写历史更富于哲学意味。"②

《俄瑞斯忒亚》是埃斯库罗斯唯一完整保存下来的三部曲，以著名的伯罗奔尼撒家族世代仇杀的传说为叙事背景。这一背景漫长而复杂，埃斯库罗斯将其置于剧情之外(其实在雅典，其来龙去脉尽人皆知，这也是以神话传说为素材的一大好处)，而集中表现家族后裔、迈锡尼国王阿伽门农一家

---

① 〔古希腊〕亚里士多德：《诗学》，罗念生译，北京：人民文学出版社1962年版，第19页。
② 同上书，第29页。

夫妻反目、骨肉相残的血亲复仇悲剧。前两部《阿伽门农》和《奠酒人》展现两场仇杀，情节结构相似，都分为三个阶段：准备谋杀、实施谋杀和面对后果。前者写克吕泰墨涅斯特拉在与奸夫埃癸斯托斯合谋下杀死从特洛伊凯旋的丈夫阿伽门农，后者写被克吕泰墨涅斯特拉放逐的儿子俄瑞斯忒斯长大归来，在二姐厄勒克忒拉的帮助下为父报仇，弑杀其母及奸夫。

《俄瑞斯忒亚》三部曲充斥着因果报应的命运观念，这种观念在末部《报仇神》中最终得到清算：弑母之后的俄瑞斯忒斯遭到复仇女神追逐，不得不逃到雅典，雅典保护神雅典娜将案件交给雅典的战神山长老法庭审理。俄瑞斯忒斯和阿波罗站在父权立场为杀母替父报仇辩护；复仇女神则体现古老的氏族原则，维护母系血亲关系，认为克吕泰墨涅斯特拉杀夫无罪，因为她跟丈夫并无血缘关系，而俄瑞斯忒斯杀母却是犯了重罪。法庭投票表决，双方票数相等，这时作为审判长的雅典娜把关键的一票投向俄瑞斯忒斯。俄瑞斯忒斯被判无罪，而复仇女神也在狂欢气氛中被邀请定居雅典，成为福佑城邦、为民众所崇拜的神祇。这样的结局使得《俄瑞斯忒亚》三部曲具有一定的喜剧性。这是父权制对母权制的胜利，而民主审判取代血亲复仇，又体现了法治观念对因果观念的胜利。

埃斯库罗斯悲剧风格庄严、崇高、雄浑有力，但有时过分夸张；人物形象单纯高大，性格比较固定；戏剧结构比较简单，情节发展较为平直；剧中歌队占据重要地位，参与剧中活动，推动情节发展，抒情气氛十分浓厚。埃斯库罗斯对悲剧早期发展做出了许多开创性贡献，被尊为"悲剧之父"。

稍后于埃斯库罗斯的悲剧家索福克勒斯使悲剧艺术达到完美境界，被文学史家誉为"戏剧艺术的荷马"，是亚里士多德眼中的典范悲剧诗人。他的创作标志着古希腊悲剧进入成熟阶段。

与索福克勒斯同时代的悲剧家欧里庇得斯（前485？—前406）却显示出与索福克勒斯迥异的思想气质，悲剧风格也别为一家。他出身贵族，早年热衷哲学，并与当时的新思想家们尤其是智者派哲学家保持着密切交往。欧里庇得斯的悲剧中常出现论辩场景，这种气质既是戏剧的也是批评的，因此他又被称为"剧场里的哲学家"。智者派强调个人作用，提倡个人意志自由和思想自由，否认人对神可能有合理的认识。欧里庇得斯也不相信命运，在他看来，人的命运不受神的支配，而取决于自己的行为。欧里庇得斯的剧本据说共有92部，今传只有17部悲剧和1部羊人剧，其中12部以妇女遭遇为题材，最杰出的代表作是《美狄亚》。

《美狄亚》取材于希腊神话传说"金羊毛"的故事，重点描述美狄亚向伊阿宋复仇。美狄亚本是黑海东岸科尔喀斯的公主,并且是个女巫。她狂热地爱上了希腊英雄伊阿宋,并为助其达到目的而背叛父亲、杀死兄弟、促使伊阿宋那个篡位的叔父死亡。美狄亚出场时,已相夫教子多年,将一生完全交给了伊阿宋,而后者竟要离弃她去娶科林斯公主。

在剧中,美狄亚挑战了男人的优越地位,女性和男性的视野在她那里结合起来。除了做妻子和母亲外,她最终还扮演了英雄和英勇复仇者的角色。在个人情感上,美狄亚遭到背叛,同时,婚姻誓约和社会认可也都被违背。她既是为自己复仇,也是因神的法律被破坏而代行神的报复。在后一种情况下,她是一位报仇神;在前一种情况下,她像一位不愿容忍侮辱的英雄。美狄亚身上这种女性与男性的结合,是该剧动人心魄的效果和力量的一个主要来源。将女性的家庭圈子和男性的英雄世界混合起来,是对雅典社会公认的秩序界线的一种消解。同时,两性世界的矛盾对抗被揭开。当美狄亚按照男性的英雄法则行事时,她的复仇导致了令人恐惧的毁灭性后果,这种后果亦使得传统的英雄法则遭到一定的价值解构。

欧里庇得斯的心理刻画才能在《美狄亚》中得到淋漓尽致的展现,该剧被称为"破碎的妇女心灵的悲剧",它突出地引起了恐惧与怜悯之情:对美狄亚最后复仇的恐惧,对她的困境和孩子们的死亡的怜悯。为此,亚里士多德在《诗学》中称道"欧里庇得斯实不愧为最能产生悲剧效果的诗人"[①]。

欧里庇得斯的创作标志着旧的"英雄悲剧"的终结。"正像索福克勒斯所说,他按照人应当有的样子来描写,欧里庇得斯则按照人本来的样子来描写。"[②]欧里庇得斯的悲剧尽管也采用神话传说题材,所反映的却是日常生活场景。他笔下的诸神及英雄都已失去神性和英雄主义色彩,与现实世界的普通人相去不远。同时诗人甚至把奴隶、农民及普通人作为剧中重要角色,使悲剧更接近现实生活。

古希腊喜剧起源于祭祀酒神的狂欢歌舞和民间滑稽表演。公元前487年雅典才在酒神节正式开始上演喜剧,比悲剧晚了近半个世纪。喜剧多半取材于现实生活而非神话传说,情节多为虚构,上场人物也比悲剧多,同时说话人一般为三个,多为日常语言。喜剧中歌队的作用比悲剧更为次要,人

---

① 对亚里士多德的这一论断,历来不乏异议,比如汉密尔顿在《希腊精神——西方文明的源泉》中批评道:"伟大的评论家亚里士多德……错将悲伤和悲剧混为一谈了。欧里庇得斯是所有诗人中最悲伤的,而且也正是因为这个原因他不是最具有悲剧性的。"参见汉密尔顿:《希腊精神——西方文明的源泉》,葛海滨译,北京:华夏出版社2008年版,第245—246页。

② 〔古希腊〕亚里士多德:《诗学》,罗念生译,北京:人民文学出版社1962年版,第94页。

数越来越少,地位越来越下降。总之喜剧比悲剧表现出更大的自由度。

古希腊喜剧的发展同民主政治和言论自由有密切关系,它随着历史的发展而分为旧喜剧(前487—前404)、中期喜剧(前404—前320)、新喜剧(前320—前120)。古希腊喜剧的成就主要在旧喜剧,具有强烈的政治讽刺和社会批判色彩,多采用夸张手法批评政治权贵和社会名流,后遭法禁。旧喜剧的代表是阿里斯托芬(前446—前385),旧喜剧诗人中只有他留下了完整作品。中期喜剧很少谈论政治,只讽刺宗教、哲学、文学等,并开始将重点转向日常生活现实。到希腊化时期,中期喜剧演变为新喜剧,不再涉及政治和讽刺个人,一般以家庭生活和爱情故事为主,把生活理想化,淡化社会矛盾。新喜剧的代表是米南德(前342—前291),作品有《恨世者》和《萨摩斯女子》等,主题较温和,主要是劝善规过。

此外,古希腊在散文方面也有很大成就,其繁荣是在公元前5世纪,主要体现在历史、哲学、演说等领域。历史方面如希罗多德(前484—前425?)的《希波战争史》,修昔底德(前460?—前400)的《伯罗奔尼撒战争史》,色诺芬(前430?—前354?)的《希腊史》《远征记》与《回忆苏格拉底》等,哲学方面如柏拉图(前427—前347)的《苏格拉底的申辩》《会饮篇》等,演说方面如狄摩西尼(前384—前322)的三篇《反腓力辞》等,都是古希腊散文的代表作。

三、古罗马文学

古罗马文学是在继承古希腊文学的基础上发展起来的,一方面,它相当长时间内都只是对希腊文学的模仿,另一方面,它是连接古希腊文学和欧洲近代文学的桥梁,尤其作为古典拉丁文学对文艺复兴时期文学的发展影响深远。同时,古罗马崇尚武力,追求社会与国家、法律与集权的强盛和完美,这种独特的民族精神气质也孕育了古罗马文学区别于古希腊文学的思想、艺术个性。古罗马文学具有更强的理性精神和集体意识,在艺术上强调均衡、严整、和谐,重视修辞与文法,技巧上偏于雕琢和矫饰。

罗马神话很早就实现了同希腊神话的融合,几乎所有的罗马神都可以在希腊神话中找到原型,通常只是变换了一下神祇的名字。

罗马共和国时期,罗马文学形成并得到初步发展,留存下来的最早作品是戏剧。罗马戏剧主要有悲剧和喜剧两种,有的模仿希腊,也有以罗马历史和现实生活为题材的。悲剧都已失传,流传下来的喜剧主要是普劳图斯和泰伦斯的作品。

普劳图斯(前254—前184)写过百余部喜剧,流传20部。这些剧本都采用希腊新喜剧、尤其是米南德喜剧的题材和背景来反映罗马社会生活。主要作品有《吹牛的军人》《一坛黄金》等。普劳图斯的喜剧从平民观点讽刺社会风习,特别针对当时淫乱、贪婪、寄生等现象予以针砭。

泰伦提乌斯,又称泰伦斯(前190? —前159),写过6部喜剧,绝大部分是改编或翻译米南德的作品,多是通过父子、兄弟等家庭成员间的关系反映老少两代人之间的矛盾。作者为年轻一代的行为不检辩护,主张宽恕容忍。代表作有《婆母》和《两兄弟》等。

帝国时期,尤其是奥古斯都时代,是罗马文学的黄金时代,产生了三大诗人:维吉尔、贺拉斯和奥维德。维吉尔以史诗闻名,是拉丁诗人的最伟大代表,其作品成为罗马文学的象征。

贺拉斯(前65—前8)是讽刺诗人和抒情诗人,其抒情诗集《歌集》题材广泛,成功借用希腊抒情诗的各种格律,熔哲理与情感于一炉,使罗马抒情诗达到庄严华贵的境界。他的文论名著《诗艺》与亚里士多德的《诗学》齐名,论及诗歌创作的一般原则、诗歌的形式和技巧、诗人的修养与任务,其中最著名的是提出了"寓教于乐"的诗歌功能原则。

奥维德(前43—18)所撰《爱的艺术》《变形记》等,堪称古典拉丁文学中爱情悲歌的最后绝响。他肯定爱欲是一种创造力量,把恋人的爱情意志当作人的自由、完整性以及道德美的核心来赞扬。奥维德的起点是作为快乐主义者的人,追求快乐的个人化的自我,而挑战以法律和帝国为核心的非人格化的罗马理想。他的代表作《变形记》根据毕达哥拉斯的"灵魂轮回"说,以"变形"为线索串联250个大小故事,从开天辟地一直写到奥古斯都时代。但《变形记》不止是一部令人愉悦的古典神话故事集,它更关涉诸神的不负责任与残酷,关涉人类的无知与致命的愤怒,关涉一个遭受苦难的世界,且这种苦难总是瞬间变得毫无意义和无可挽回,同时它又揭示了爱的意义,通过爱情这种神秘方式,苦难可以被超越。奥维德表现在爱情中遭遇挫败的人,他们的爱情被诸神或人神双方或他们自己所破坏。他们尽管可能软弱,在激情中似乎堕落,却倾向于某种高贵,显示出一种对于完善和真理的异常渴望。在奥维德诗歌的核心,是一种对于人类需要并能够达到道德改善的信仰,身体变形是这种道德改善的隐喻。

古罗马散文名垂后世。老加图(前234—前149)首次用拉丁文写作的历史著作《创世纪》(已亡佚),被认为是拉丁散文的发轫。著名演说家西塞罗(前106—前43)的散文,主要是演说辞和书信,被后世奉为拉丁文学的典范,代表作有《论善恶的定义》《论雄辩术》《论友谊》《反对安东尼》等。恺撒(前100—前44)的史学名著《高卢战记》《内战记》,文风单纯朴素,也堪称散文杰作。此外值得一提的还有两位希腊语散文作家:普鲁塔克(40—120),著有传记作品《希腊罗马名人传》;叙利亚人琉善(约120—180),主要创作对话体讽刺散文,作品有《神的对话》《冥间的对话》等。

在罗马帝国晚期,还出现了一些著名的小说作品,主要是佩特罗尼乌斯(约27—66)的《萨蒂利孔》和阿普列尤斯(约125—约180)的《金驴记》。

第二节 《荷马史诗》

《伊利亚特》和《奥德赛》两部史诗是古希腊现存最早的文学作品,相传为盲行吟诗人荷马所作,故名《荷马史诗》。

一般认为《伊利亚特》和《奥德赛》并非出于同一诗人手笔,可能最初由随军诗人吟唱,生活在公元前9—前8世纪荷马加以整理吟诵,公元前6世纪形诸文字,公元前3至公元前2世纪由亚历山大城的学者将其修订印行。荷马应当确有其人,"历史之父"希罗多德曾为他写了第一个简要传记。

《荷马史诗》的叙事背景即传说中的特洛伊战争。根据神话传说,古希腊英雄阿喀琉斯的父母——阿耳戈英雄珀琉斯和海洋女神忒提斯结婚时,设宴遍请奥林匹斯众神,却唯独忘掉了不和女神厄里斯,于是厄里斯在婚礼上丢下一个"引起争吵的金苹果",上有"献给最美丽的女神"字样。天后赫拉、智慧女神雅典娜和爱神阿芙洛狄忒都想争得这一殊荣,宙斯让她们找牧羊人帕里斯裁判。帕里斯接受了阿芙洛狄忒许他以世上最美女人为妻的诺言,把金苹果判给了她。帕里斯本是由于神谶不祥而被抛弃的特洛伊王子,后来身份得到承认,回到王宫,在出使希腊途经斯巴达时,趁国王墨涅拉俄斯外出未归,诱拐其妻海伦——她是宙斯化身天鹅和丽达所生的全希腊最美的女子。帕里斯的诱拐行为激起希腊英雄们的愤慨,墨涅拉俄斯会同哥哥迈锡尼国王阿伽门农联合其他城邦组成希腊联军杀奔特洛伊,引起历时十年的大战。《伊利亚特》描绘的就是这场战争第十个年头约五十天里发生的事件。《奥德赛》讲述的是希腊英雄、伊大卡国王奥德修斯在献木马计赢得特洛伊战争后,历险十年返乡的故事。

虽然《伊利亚特》和《奥德赛》都充满了斗争,但迥然有别:前者为愤怒的激情所笼罩,而后者在斗勇之外更多地依靠斗智。在《伊利亚特》开头,诗人就开宗明义直切主题,即要"歌唱珀琉斯之子阿喀琉斯的致命的愤怒"。但诗中的"愤怒"不仅是阿喀琉斯的愤怒,还有包括神和人在内的所有角色的愤怒。阿喀琉斯的两次愤怒只是它显性的中心情节,它本质上处理的是人和神的激情及其效果。"争吵"(阿喀琉斯与阿伽门农的争吵,甚至战前金苹果引起的三女神争吵)及其带来的"愤怒",左右着人和神,而这归根结底"就这样实现了宙斯的意愿"。

阿喀琉斯的第一次愤怒,源于他和阿伽门农之间的冲突,但更早地是由于阿波罗的愤怒:阿波罗因其祭司克律塞斯赎取女儿遭到阿伽门农粗暴拒绝而愤怒,给希腊联军降下瘟疫。阿喀琉斯受赫拉指使,要求阿伽门农归还克律塞斯的女儿,以平息阿波罗的愤怒。阿伽门农尽管最终同意归还,却抢夺了阿喀琉斯分得的女俘作为抵偿。荷马的英雄们始终相信他们的荣誉直接与他们的物质财产有关,违背意愿地被夺走财产,意味着财富和荣誉的同时失去。于是阿喀琉斯愤而退出战斗。

阿喀琉斯的母亲海洋女神忒提斯恳求宙斯为自己的儿子报复阿伽门农,在阿喀琉斯罢战期间让特洛伊人暂时占上风,给希腊人带来重大伤亡,以证明阿喀琉斯不可取代的武功与荣誉。在宙斯的应许和操纵下,希腊军队节节败退,损失惨重。阿喀琉斯的朋友帕特洛克罗斯不忍坐视希腊人伤亡,借用阿喀琉斯的盔甲盾牌,冒充阿喀琉斯出战,结果被特洛伊主将、大王子赫克托耳杀死并夺走甲胄。得知好友噩耗,阿喀琉斯悲痛欲狂,又一次愤怒,带上火神赫淮斯托斯为其重铸的战具,与赫克托耳对阵,最终将其残酷地杀死,并拖走尸体。当夜,特洛伊老王普里阿摩斯冒险进入阿喀琉斯营帐乞求归还儿子的尸身,阿喀琉斯被打动,答应了老王的请求。在特洛伊人为赫克托耳举行的隆重葬礼中,全诗结束。

《伊利亚特》的剪裁与结构艺术历来被称道。尽管是直接描写特洛伊战争,诗人却并未面面俱到地叙述战争全过程,而是撷取其中一段,集中描绘战争第十个年头约五十天里发生的事件。而且在这五十天的事件中,又紧紧围绕"阿喀琉斯的愤怒"展开,叙述了愤怒的起因、后果和愤怒的消解,而对于其他相关事件,诗人采用大量穿插、补叙手法予以交代。这样,《伊利亚特》体现出高度的情节整一性,因而也赢得了亚里士多德的盛赞①。

与《伊利亚特》一样,《奥德赛》所写的也只是奥德修斯十年返乡历程最后四十天内的事情,之前的诸多历险则由奥德修斯本人在国王菲埃克斯的宴席上加以讲述。一定意义上,《奥德赛》的叙事比《伊利亚特》既更简单又

---

① 〔古希腊〕亚里士多德:《诗学》,罗念生译,北京:人民文学出版社 1962 年版,第 82—83 页。

更复杂:更简单是因为它集中于一个人物,更复杂是因为它时间上既向前又向后运笔,遍历许多地区。同时,这部史诗包含奥德修斯海上漂泊与忒勒马科斯寻父两条线索。

《奥德赛》一开篇,奥德修斯羁留在仙女卡吕普索的岛上已七年,这已是他离开特洛伊返乡的第十个年头。在他的家乡伊大卡,多年来,他家住满了前来向其妻珀涅罗珀求婚的贵族,都觊觎他的王权与财产。当年他出征特洛伊时尚在襁褓的儿子忒勒马科斯,现已长大成人。忒勒马科斯憎恨求婚者,担心家产沦落他人之手,在雅典娜的启示下出门寻父。同时,在宙斯的命令下,卡吕普索释放奥德修斯,奥德修斯来到斯克里亚岛,受到国王菲埃克斯的热情款待,并在酒席上讲述自己的漂泊经历。讲述完毕,国王及王后等为之动容,赠与大量礼物,派人送他回乡。奥德修斯到伊大卡岛后,与寻父未果归来的儿子忒勒马科斯相遇并相认,共同设计铲除所有求婚者,夺回家产,与妻子团圆。《伊利亚特》是一部阴郁而宏伟的悲剧诗,但《奥德赛》有一个愉快的结尾,是一部喜剧诗,其中的英雄是一位具有智慧而非激情的人。

《荷马史诗》歌颂氏族英雄,故又被称为"英雄史诗"。尤其是《伊利亚特》以英雄业绩为中心,着重展现英雄们的勇敢无畏和以荣誉为核心的英雄主义观念,其中突出的两位英雄阿喀琉斯和赫克托耳即是这样的英雄典型。阿喀琉斯之所以先后两次愤怒,主要是出于个人荣誉被玷辱。赫克托耳则以城邦为己任,舍己为公以维护个人荣誉。这种英雄主义又密切呼应着英雄们富于悲剧感的命运观。阿喀琉斯预知自己的命运与赫克托耳紧密相连,杀死赫克托耳意味着他自己的末日也将不远,但他依然义无反顾地走向战场。《奥德赛》中记载奥德修斯游历冥界时遇见统领万千鬼魂的阿喀琉斯,对于奥德修斯的欣羡之辞,阿喀琉斯以那段流传千古的名言傲然作答:我宁可在世上为奴,也不愿在冥间为王。① 像每个希腊人一样,阿喀琉斯崇扬生命,充满现世主义精神,然而一旦个人荣誉和友谊遭到损害,他便置命运于不顾,毅然选择战斗,以身殉名,显示出英雄气概。赫克托耳明知特洛伊必将毁灭,妻儿将被掠为奴,却独支危局,矢志为祖国战斗到底,体现了直面命运并反抗命运的大无畏精神,以及勇于担当、敢于牺牲的崇高责任感。《奥德赛》中的英雄主人公奥德修斯则不适合旧式英雄主义的常规模

---

① 〔古希腊〕荷马:《奥德赛》,王焕生译,北京:人民文学出版社1997年版,第238—239页。大意如此。

式,他首先关心和筹谋行动的最佳方略,是一个更多凭恃个人巧智的英雄形象。由此也可看出《荷马史诗》在英雄形象塑造和英雄主义观念上的前后变化。

《荷马史诗》是古希腊文学的一座伟大丰碑,也是西方文学传统中难以企及的伟大经典,对后世的影响深邃悠远。它不仅是崇高的文学典范,也是上古希腊历史文化乃至西方古代文明的知识宝库,其思想和文化蕴藏博大精深,散发着永恒的魅力。

第三节 索福克勒斯

索福克勒斯(前496?—前406)是雅典三大悲剧家之一。他漫长的人生,贯穿了公元前5世纪雅典的文化鼎盛期,并见证了雅典民主制城邦盛极而衰的转折。索福克勒斯的生平提供了一种悖论:这位具有最深刻悲剧感的诗人,却以心性平和、生活幸福、一生好运以及兼具公共精神、宗教虔诚和政治热情而著称。

索福克勒斯的公共活动既包括政治也包括宗教。政治方面,他曾担任司库、将军等职,与伯里克利过从甚密。宗教方面,他担任过一位名为阿尔孔的次要医神的祭司,还在家里接待医神阿斯克勒庇俄斯的神蛇,并献颂歌给阿斯克勒庇俄斯。

索福克勒斯的盛年正值雅典政治和文化的黄金时代,即伯里克利时代。时代风气是崇尚民主,反对僭主专制,歌颂英雄主义,重视人的才智和力量。对人的才力的意识,削弱了对神的崇拜,但现实道路的艰难带给人的困惑依然存在,因此索福克勒斯悲剧中表现出的命运冲突较之埃斯库罗斯悲剧反而更为激烈。索福克勒斯认为题材并不重要,重要的是人物行动的英雄主义,他常通过一些偶然事件把人物置于不可逆转的情境中以表现英雄主义。他打破了埃斯库罗斯式的"三部曲"形式,将其变为三部独立的悲剧,每部情节更为复杂,结构更为完整。索福克勒斯创作过123个剧本,但只有7部传世,其中最有代表性的是《埃阿斯》《安提戈涅》《俄狄浦斯王》和《俄狄浦斯在科罗诺斯》。

《埃阿斯》是索福克勒斯现存最早的悲剧,集中反映英雄主义观念价值的嬗变或新旧英雄的冲突。《埃阿斯》讲述特洛伊战争结束后,埃阿斯与奥德修斯竞争已故英雄阿喀琉斯的盔甲,经阿伽门农任命的审理委员会将盔甲判给了奥德修斯,而足以与阿喀琉斯相媲美、最够资格继承盔甲的埃阿斯陷入极度愤怒而致疯狂,趁着夜色去找辱没他荣誉的阿伽门农、奥德修斯等人复仇,不料误入牛圈杀死了一些被俘的牛和两个牧人,至天亮,埃阿斯目睹眼前景象方才醒悟,羞愤难当,独至海边拔剑自刎。埃阿斯在此被描写成最后的英雄,他的死意味着旧式荷马英雄主义行为模式被消解,英雄主义的贵族理想被更适于城邦制度的民主观念所代替。其中,任命一个审理委员会来决定阿喀琉斯盔甲的归属问题是个奇特事件,它标志着以阿喀琉斯为代表的英雄时代以及这个时代特有的依赖暴力、毫无纪律和个人英雄主义的结束。在民主时代看来,埃阿斯是在司法程序陷阱中牺牲的头脑简单的英雄原型,他不再适合生活在一个有序而合理的社会中,这个社会的个体存在基于民主协商和团结合作。而懂得与时俱进、洞晓人生无常的智者奥德修斯,从本质上说最适于城邦生活。英雄发愤的激情已蜕变为庸常算计的理智——这正是新的时代精神和现实,其中寓含着难以名状的悲剧感。

《安提戈涅》《俄狄浦斯王》和《俄狄浦斯在科罗诺斯》讲述的是忒拜家族的悲剧故事。这个家族的不幸命运最初可以追溯到俄狄浦斯的父亲拉伊俄斯那里,拉伊俄斯曾在流亡时逼迫珀罗普斯之子克律西波斯与自己发生同性关系并携其私逃,致使其于羞愤中自杀身亡。此事激起神灵愤怒,从此注定忒拜家族的不幸命运。《俄狄浦斯王》中,拉伊俄斯暮年膝下无子,遂至阿波罗神庙祈求神佑,获悉将得一子,但此子必杀父娶母。不久其妻伊俄卡斯忒果然产下一子,慑于神谕,拉伊俄斯将此子刺穿双脚后弃于荒野("俄狄浦斯"意即"肿脚的")。大难不死的俄狄浦斯被一位牧人送到科林斯王宫,被同样无子的科林斯国王收养。俄狄浦斯长大后从阿波罗口中得知自己即将杀父娶母的命运,由于误把养父母当作亲生父母,他逃避命运远走他乡,在流浪途中杀死不肯让路的一位长者和三个侍从,不料这位长者正是他的生父——忒拜国王拉伊俄斯。俄狄浦斯继续前进,来到忒拜城,猜破司芬克斯之谜,拯救了当地苍生,因而被新丧君主的忒拜人民拥戴为王,并依惯例娶前王遗孀伊俄卡斯忒为妻。十多年后,当俄狄浦斯和伊俄卡斯忒已生育两儿两女,正沉浸于国泰民安的幸福生活时,命中注定的报应开始降临,一场严重的瘟疫袭击忒拜。德尔斐神庙的神谕表明,唯有放逐杀害拉伊俄斯的凶手后灾难才会消除。这场搜寻凶手的活动最终将事实真相昭示于众,俄狄浦斯发现可怕的神谕已借助他自己的力量而得以实现。面对自身行为酿成的苦酒,伊俄卡斯忒自杀身亡,俄狄浦斯刺瞎自己的双眼,不忍目睹自作的罪恶,从此四处流浪。

俄狄浦斯传说在索福克勒斯之前数百年间已被文学、艺术加工过,如

《荷马史诗》《伊利亚特》和《奥德赛》即有提及,但索福克勒斯在《俄狄浦斯王》中特意对既有情节重新布局,打乱原有顺序,从"查找凶手"落笔,由几位关键人物忆述以往,层层展开谜团,在结构上形成一系列的"突转"与"发现",并最终在命运被证实时达到"恐惧与怜悯"的悲剧效果,这也正是亚里士多德在《诗学》中将《俄狄浦斯王》树为悲剧典范的根由。

《俄狄浦斯王》是索福克勒斯最负盛名、影响最大的作品,历来各种阐释、探讨纷繁复杂。就作为典型的命运悲剧而言,《俄狄浦斯王》集中表达了人的自由意志与命运的冲突。命运不是神,而是抽象、盲目、邪恶的力量,人无法抗拒其捉弄和摧残。命运的惩罚落在没有过错却具有英雄品质的人物身上,反映出命运的盲目性和邪恶性。俄狄浦斯具有希腊英雄精神与民主派君王品质,意志坚强,勇敢无畏,正直诚实,具有高超的智慧和治国安邦的卓越才干、强烈的民主意识、高度的责任感和诚实坦荡的胸怀。俄狄浦斯没有希望的抗争,其精神支柱是自身的英雄主义。

《俄狄浦斯在科罗诺斯》描述了俄狄浦斯的结局。俄狄浦斯在女儿或姊妹安提戈涅的引导下来到雅典的科罗诺斯,在那里,面对乡村长者们的质询,他勇敢地直面过去的污点,充满激情和自信地为他的道德无辜辩护,因为他行动时一无所知。对过去的净化这一主题主宰着该剧。最后,俄狄浦斯听从诸神的召唤,走下墓穴,成为阿提卡地区受祭拜的一位英雄。

《安提戈涅》故事发生在俄狄浦斯死后,情节上接续了埃斯库罗斯的《七将攻忒拜》,讲述安提戈涅给纠结外邦军队进攻忒拜以致兄弟相残而死的哥哥波吕涅克斯略行葬仪,违背了忒拜新主克瑞翁的禁令,因而被囚于墓室,最终自缢身亡。这部悲剧近似《埃阿斯》,展示了时代精神嬗变所导致的观念冲突。这一次,安提戈涅不是为个人荣誉而战,而是为了神的法律,这法律要求她给自己的家庭成员合适的埋葬。克瑞翁的禁葬令针对波吕涅克斯引敌攻打母邦的叛国行为而发,却违背了古希腊人的传统信仰。对此,黑格尔曾多次表达过一个著名观点,即《安提戈涅》的冲突是神法(不成文法)与国法(成文法)的冲突,是善与善的冲突,二者都是公正的。① 故悲剧不单是落在安提戈涅身上,克瑞翁最终也遭遇了丧子丧妻的惨痛命运。

索福克勒斯使悲剧艺术达到完美境界,被称为"戏剧艺术的荷马"。他着重写人而非神。他善于描写人物,且喜用对照手法,人物性格各异、相互

---

① 可参阅黑格尔《美学》第2卷、《宗教哲学》中卷、《精神现象学》下卷、《历史哲学》、《哲学史讲演录》中相关章节段落。

映照,成为剧情发展的动力。他的悲剧结构更是受到后世推崇。他最讲究情节的整一,重视戏剧内部的有机联系。他的悲剧结构复杂、严密而又和谐,情节发展呈渐趋紧张之势,连贯自如,没有闲笔。

第四节　阿里斯托芬

"喜剧之父"阿里斯托芬(前446—前386)生活在雅典民主政治由盛转衰时期。他的喜剧创作反映了雅典民主制发生危机时的思想意识,揭示了一系列重大的社会问题和政治问题。作为喜剧家,他却带着严肃的目的进行创作,在笑声中包含尖锐的批判锋芒。他站在自耕农立场上,竭力维护传统宗教信仰和伦理道德,以教育人民、挽救城邦为己任,反对战争以及一切他认为有害的思想。

阿里斯托芬共创作44部喜剧,仅有11部传世。它们按题材大致可分为四类:第一类揭露民主政治的衰落,包括《骑士》和《马蜂》;第二类反对内战、提倡和平,包括《阿卡奈人》《和平》和《黎西斯特拉达》(又译《吕西斯特剌忒》);第三类讨论哲学、文艺问题,包括《云》《地母节妇女》和《蛙》;第四类讨论社会问题,包括《公民大会妇女》《鸟》和《财神》。

阿里斯托芬是旧喜剧的代表诗人。旧喜剧一般具有较为固定的程式,即由开场、对驳场、合唱歌、插曲和终场组成。旧喜剧结构较松散,在阿里斯托芬的喜剧中,语言效果往往重于情节。阿里斯托芬的语言艺术——充满巧智的隐喻和双关,比故事情节与戏剧更相配合、更相统一。同时,幻想贯穿了他的几乎所有喜剧,喜剧的连续统一性会在独特的幻想王国中被找到。

《阿卡奈人》是阿里斯托芬现存最早的喜剧,基本主题是反战。公元前431年至公元前404年,以斯巴达为首的伯罗奔尼撒同盟与以雅典为首的提洛同盟之间发生旷日持久的内战,挫伤了希腊社会的元气,给民众生活带来巨大痛苦。《阿卡奈人》开场,雅典农民狄开俄波利斯(意为"正义城邦")参加雅典公民大会,贪婪自负的各式官员阻挠公民大会讨论与斯巴达议和事宜,对此他彻底愤怒了,于是派安菲忒俄斯为他一家人同斯巴达人议和,并最终定下三十年和约。接下来,在对驳场,他准备和家人在酒神节上表演,大大庆祝一番,但来自阿卡奈乡村地区的老邻居们(即阿卡奈人组成的歌队)对他与敌人私自媾和感到愤怒;在阿卡奈人的恐吓之外,还有自负而好战的将军拉马科斯的威胁。为了对付心怀敌意的歌队,狄开俄波利斯决定做一个关于伯罗奔尼撒战争起因的演说。他向阿卡奈人发表了他的辩护词。歌队一半人赞成他,另一半人则固执地斥责他。狄开俄波利斯因这一半成功而变得胆大,便嘲弄式地侮辱主战派将军拉马科斯,以此又说服了歌队另一半人。在合唱歌过后,狄开俄波利斯开放了和平市场。在戏剧终场,诗人直接让狄开俄波利斯和拉马科斯竞争。两个信使进场:一个命令拉马科斯上前线,另一个邀请狄开俄波利斯参加饮酒竞赛。最后将军跳过壕沟时扭了脚,主人公狄开俄波利斯赴宴归来,喝得醉醺醺的。歌队的终场诗歌颂了主人公和他的葡萄酒囊,后者是到现在为止都作为和平与欢庆象征的道具。

《阿卡奈人》采用对照手法,剧中雅典农民狄开俄波利斯单独与斯巴达人媾和而过着幸福的生活,而主战派将军拉马科斯则为战争所苦,以此凸显了反内战、求和平的基本主题。全剧由一系列闹剧场面组成,但每一个场面都包含了严肃的思想。该剧容纳了此后阿里斯托芬喜剧为数众多的母题,譬如,好剧场和好政府的对应清楚地反映在《蛙》中;城乡紧张关系在《云》的开场白以及《和平》和《鸟》中得到集中探讨;老少代际冲突是《云》和《马蜂》中的重要主题;战争及其后果提供了《和平》和《黎西斯特拉达》的背景;此外,《阿卡奈人》还涉及一点文艺批评,剧中将欧里庇得斯作为一个人物并评讥其作品的手法,在《地母节妇女》和《蛙》中运用得更为鲜明。甚至可以说,《阿卡奈人》在某种意义上成为诗人未来创作的总纲。

《鸟》是阿里斯托芬现存剧本中最长、可能也是最伟大的一部。一个名叫庇斯忒泰洛斯(意为"会劝说的同伴")的老头,由他的朋友欧厄尔庇得斯(意为"大有希望的人")陪同,决定逃避雅典的债务和税务,去寻找逍遥乐土。他们遇见戴胜鸟,询问何处有乐土,戴胜鸟一连推荐几个地方都未令他们满意。最后庇斯忒泰洛斯构思了一个辉煌的理想:为什么不在鸟的领地建立一个新的共和国呢?在对驳场,他劝告由起初怀有敌意的鸟组成的歌队,说它们是宇宙的原始统治者,他要领导它们去收复被人类篡夺的权力和威望。庇斯忒泰洛斯融合了幻想与现实政治,指出鸟们战略上位于神人之间:若其中任一者不肯听从它们的统治,它们可以从上面攻打人类,从下面拦截献给诸神祭品的馨烟。歌队愉快地抛弃了怀疑,催促庇斯忒泰洛斯付诸行动。在合唱歌后,情节转向空中新城堡"云中鹁鸪国"的建设和命名。随后波塞冬、赫拉克勒斯和蛮神天雷报罗斯组成的神使团前来讲和。庇斯忒泰洛斯巧施妙招,迫使他们同意允许他娶象征宙斯君权的巴西勒亚女神。当喜剧结束时,新城堡落成典礼宴会变成了婚宴,庇斯忒泰洛斯登上王位,娶了新妇,而具有讽刺性的是,上等的精美食物中许多都是烤禽。

《鸟》是现存唯一一部以神话为题材的"旧喜剧",充满奇异幻想,但其中一些段落又很容易地令人联想起当时雅典的政治气候和社会氛围。应该说,《鸟》是阿里斯托芬讽刺和幻想相结合最清晰、最辉煌的例证,既讽刺了雅典的政治现实和社会风习,又包含了一个遁世主义的乌托邦幻想。

此外,《鸟》也是旧喜剧中少有的结构较为严谨的作品。该剧上半部写庇斯忒泰洛斯和众鸟的冲突以及鸟国的建立,下半部写庇斯忒泰洛斯与诸神的冲突,这是剧中主要矛盾,最后以诸神应允庇斯忒泰洛斯的条件达到剧情发展的顶点,随之在终场,迅速地以婚礼宣告结束。整部喜剧总体上构成一个有机整体。

《蛙》是阿里斯托芬以喜剧形式写成的文艺批评,对埃斯库罗斯和欧里庇得斯的悲剧作了一番富有道德主义色彩的重估。该剧中,戏剧保护神即酒神狄奥尼索斯读了欧里庇得斯的《安德洛玛克》,渴望见到这位最近亡故的剧作家,于是化装成赫拉克勒斯,携其奴仆前往冥界。在冥界经历了一些因误会造成的滑稽闹剧后,狄奥尼索斯开始为新近来到冥界的欧里庇得斯与埃斯库罗斯之间的文学争论作裁判。这次竞赛的奖赏将是有机会和狄奥尼索斯一同上升还阳。两位剧作家首次被邀请概括性地为自己的作品辩护。欧里庇得斯夸耀他将日常事物引进悲剧舞台的革新技巧,而攻击埃斯库罗斯风格的沉重膨胀。埃斯库罗斯通过引证他的英雄主题的良好道德例子来为自己辩护,并认为欧里庇得斯的错误在于人物的堕落。其间狄奥尼索斯不时地用小丑般的评论打断竞争者,直至最后变得严肃,陷入了两难选择:他认为埃斯库罗斯富于创造力而缺乏戏剧技巧,风格崇高而失之夸张;他称赞欧里庇得斯改进戏剧技巧,批评他的风格油腔滑调。最终,他试图根据政治道德而非美学批评作出决定,前提是悲剧的真正检验标准在于它是否为城邦提供了正确建议。但是甚至这条检验标准也没有产生明确结果,狄奥尼索斯不得不以相当专断地选择埃斯库罗斯告终,仅仅因为埃斯库罗斯看似比欧里庇得斯更能产生有益的道德效果——其实,欧里庇得斯的悲剧未必就没有英雄人物和崇高思想。

阿里斯托芬的喜剧人物大都类型化,缺乏个性和内心特征,且惯于使用夸张手法产生戏剧效果。讽刺与幻想两者充满活力的结合是阿里斯托芬喜剧最大的特征。一方面他剧中的情节都是虚构想象的,往往离奇荒诞;另一方面他的主题却是现实的,具有强烈的讽刺意义。他的语言来自民间,风格常常是严肃与诙谐、朴素与优雅相交织,有时却也不免掺杂粗俗。

第五节 维吉尔

维吉尔(前70—前19)是罗马奥古斯都时代的杰出诗人。维吉尔的伟大文学成就在于,他在希腊及意大利传统都陷于穷途之际,创造了一种崭新的、真正的罗马诗歌,并根本改变了罗马人长期感到艺术上逊于希腊人的局面。他的诗富有学问,荷马、赫西俄德、索福克勒斯、欧里庇得斯等希腊诗人都是他主要的追摹对象,为他所知并加以利用。

维吉尔是罗马著名的麦凯纳斯文学集团成员,麦凯纳斯乃屋大维的亲信,维吉尔因此很受屋大维赏识和礼遇。他流传下来的有3部主要作品:《牧歌》《农事诗》和《埃涅阿斯纪》(一译《伊尼德》),后两者分别应麦凯纳斯恳求和屋大维建议而作。

《牧歌》完成于约公元前36年,这卷诗共10首,其希腊范本是希腊化诗人忒奥克里托斯的诗歌。忒奥克里托斯创造了牧歌这种最文雅的体裁,描绘田园风景,吟咏牧羊人的爱情。维吉尔公开借用了他的牧歌体裁,但不像他只是进行零散牧歌的堆集,而是将牧歌组织在一本书中,构成一个整体。而且,维吉尔的《牧歌》不仅仅是对田园风光和乡村生活的纯粹讴歌,还包含对当下社会现实的看法和感受。

大约公元前36年,维吉尔转向写作《农事诗》,这是一部关于农业的教谕诗,分为4卷,分别对应4个专题:种谷、植树、畜牧和养蜂。维吉尔将大量技术材料融入诗中,例如,如何制造犁、检测土壤的方法、绵羊疥癣的救治等等。但这不止是一本经过诗意加工的农业手册,亦非通常所认为的专为屋大维支持农业运动的努力做宣传,否则也不会让敏感而具有哲学倾向的维吉尔在人生盛年时期为之耗费七年之功。维吉尔将这首诗称为"对罗马诸城市的赫西俄德式歌唱"(卷2,第176行)。他以赫西俄德的《工作与时日》为范本,亦将农事活动的专门知识与地理、自然、历史乃至神话传说相融合,表现了一种诗性的生活理想。

史诗《埃涅阿斯纪》是维吉尔的杰作,也是整个罗马文学中享誉最高的典范作品。维吉尔为其倾尽最后十年(前29—前19)心血,仅完成初稿,但并不满意,打算再用三年时间修改完善,并为此亲赴希腊、小亚细亚游历考察,不料病逝于返回意大利途中,此作遂成绝响。维吉尔遗嘱要求友人焚毁诗稿,经屋大维下令得以保存。

《埃涅阿斯纪》取材于特洛伊英雄埃涅阿斯在特洛伊失陷后逃亡至意

大利拉丁姆立足、奠定罗马建国基础的传说。全诗共12卷,近万行,很明显地模仿了《荷马史诗》:前半部类似《奥德赛》,后半部类似《伊利亚特》;前半部写海上漂泊,后半部写陆上战争;前半部写往昔的特洛伊,后半部写现在的意大利。

结构谋篇上,《埃涅阿斯纪》借用了《奥德赛》的手法,先从"中间"写起,亦即从埃涅阿斯率领特洛伊人经历海上漂泊的第七个年头开始。此时埃涅阿斯船队已临近意大利,憎恨特洛伊人的女神朱诺却命令风神刮起逆风将其吹至地中海南岸的迦太基。在那儿,埃涅阿斯受到迦太基女王狄多的热烈欢迎和盛情款待,宴席之上,他讲述了特洛伊陷落情景和自己七年的海上漂泊经历。爱神维纳斯是埃涅阿斯的母亲,正希望儿子结束漂泊定居于此,便派小爱神丘比特让狄多心中燃起对埃涅阿斯的炽热爱恋,二人结婚。然而大神朱庇特遣使告诫埃涅阿斯勿忘建国使命,命令他离开迦太基到意大利去建立新王国,狄多再三挽留不成,愤而自尽。埃涅阿斯登陆亚平宁,女先知西比尔带他到地府会见他的父亲安奇塞斯,安奇塞斯指点他预览他的后裔——罗马国家的一系列统治者,从罗慕路斯直到恺撒及"奥古斯都"屋大维。随后特洛伊船队沿海岸北上至台伯河口,受到拉丁姆国王拉丁努斯的欢迎,拉丁努斯钦佩埃涅阿斯的英勇,愿嫁女与他,却激怒了早先已与其女订婚的另一当地国王图尔努斯,于是战争爆发,持续三年,双方互有伤亡。最后战斗变成埃涅阿斯与图尔努斯的单独决斗,图尔努斯被埃涅阿斯杀死,全诗结束。

这部史诗的主旨显而易见,即追述罗马的神圣起源和建国历史,歌颂罗马祖先的创业功绩,讴歌"罗马的光荣",并直接歌颂屋大维统治的历史必然性。维吉尔将爱神之子埃涅阿斯的神话传说与罗马历史糅合起来,梳理出从埃涅阿斯到恺撒及屋大维的高贵血统,这一方面有利于维护奥古斯都的统治,另一方面增强了罗马民族的自豪感和凝聚力。英勇尚武、忠诚爱国、富于责任感、坚忍刚强的罗马精神,在史诗中得到突出强调,尤其体现在主人公埃涅阿斯身上。埃涅阿斯英雄主义的最首要标志就是他的责任感:出于拯救亲人、延续种族的责任,他率众突围,逃出特洛伊,在海上长年漂泊,历尽艰险;出于建国立业的责任,他抛下多情的狄多,放弃安乐的生活,卷入与图尔努斯的战争。也正是缘于这种对集体、氏族、国家以及神的意志负责的精神,与《荷马史诗》中的英雄相比,埃涅阿斯显得缺乏个性,却融合了《荷马史诗》中各种英雄的优秀品质,既具有阿喀琉斯勇敢无畏的战斗气概,又具有赫克托耳忠诚负责的牺牲精神,也具有奥德修斯足智多谋的才能禀赋,等等。

作为西方第一部文人史诗,《埃涅阿斯纪》尽管在人物刻画、情节结构、叙事细节等方面明显模仿了作为民间创作的《荷马史诗》,却能熔裁古今、别创一家,自有其独异之处。除上述存在于诗中的异常突出的使命感、责任感,《埃涅阿斯纪》迥然有别于《荷马史诗》的另外一个突出之点就是对于战争的态度。《埃涅阿斯纪》开篇首句即是:"我要说的是战争和一个人的故事。"[1]从对特洛伊陷落的追述,到拉丁姆平原上与当地土著的厮杀,战争同样贯穿于这部史诗,但维吉尔的哲学倾向与和平天性却使其对战争持保留态度,既肯定为了民族、国家大义而掀起战争的英勇行为,又对战争造成的牺牲流血、生灵涂炭抱有悲悯和怀疑。而从一开始,维吉尔就坚持着和解的希望,届时非理性的无序力量将服从秩序和理性。这显然不同于《荷马史诗》尤其是《伊利亚特》对战争的歌颂以及对英雄激情的渲染。在《埃涅阿斯纪》中,诗人潜藏着的忧郁情绪常常溢于言表,流露出"万事都堪落泪"的文人情调。这一点也反映在维吉尔擅长爱情心理描写的才能上。《埃涅阿斯纪》第4卷叙述狄多的爱情悲剧,尤其刻画了狄多殉情时动人肺腑的微妙心理,历来为世人所感佩。

维吉尔生前身后都载誉甚高,在死后的两千多年里,他既是教科书又是经典。作为经典,维吉尔被认为体现和捍卫了罗马文明的理想。中世纪所知的拉丁经典作家中,当首推维吉尔。文艺复兴的先驱但丁在《神曲》中奉维吉尔为老师和引路人。一般认为,维吉尔是继荷马之后最重要的史诗诗人,他的《埃涅阿斯纪》被后世视为史诗的典范,产生了广泛深远的影响。

【导学训练】

一、学习建议

结合希腊文明从民族部落到雅典城邦民主政治的时代特点、罗马文化的特性及其与希腊文化的承继关系来理解古希腊罗马文学。梳理古希腊、罗马文学发展脉络,了解希腊神话、史诗、悲剧、喜剧等作为西方文学源头的发生意义及其对后世的深远影响。重点掌握希腊神话、《荷马史诗》、索福克勒斯的悲剧、阿里斯托芬的喜剧以及维吉尔的《埃涅阿斯纪》等内容。

---

[1] 〔英〕维吉尔:《埃涅阿斯纪》,杨周翰译,南京:译林出版社1999年版,第1页。

二、关键词释义

荷马式比喻：《荷马史诗》用质朴流畅的口语写成，具有明显的口头文学特色，善用比喻，在描述人物和事件时，约二百多次使用从日常生活和自然现象中选取的比喻，这些比喻在烘托人物、渲染气氛、激发联想等方面发挥了巨大作用。由于当时的文学尚不擅长于环境描写，这种比喻既能增强读者的现实感，又能收到形象化的效果，克服了过远的审美距离。《荷马史诗》中比比皆是的这种根据生活中的直接观察或取之于自然现象的比喻，被后人誉为"荷马式比喻"（Homeric simile）。

琴歌：琴歌（lyric poetry）是古希腊抒情诗中成就最高的类型，是一种伴随着音乐的歌曲类诗体，以竖琴伴唱，分为独唱琴歌和合唱琴歌两种。独唱琴歌由诗人自弹自唱，抒发个人情感，其代表诗人是萨福和阿那克瑞翁。合唱琴歌主要赞美神和运动会上的竞技胜利者，代表诗人为品达。

山羊之歌：古希腊悲剧起源于酒神祭祀，每年春秋两季，古希腊人都要祭祀酒神，并装扮成他的侍从半人半羊神萨提儿的模样，围绕着神坛跳"羊人舞"，唱酒神颂，这是悲剧最初的形式。"悲剧"一词在希腊文里作 tragoidia，意即"山羊之歌"。此名的由来与演出前以一只山羊祭奠，或获胜者的奖品是一只山羊，或歌队由扮作山羊的歌手组成有关。

三部曲："三部曲"（trilogy）又称"三联剧"，古希腊早期悲剧经常采用，由三部互相承接又相对独立的悲剧组成整体，是一种按照时间顺序单线进展的叙事结构，所表现的是一个简单而完整的行动，其中第一部提出情境，第二部发生逆转，第三部解决，典型代表如埃斯库罗斯的《俄瑞斯忒亚》三部曲。古希腊悲剧的三部曲形式一方面表现出脱胎于"山羊之歌"中正歌、反歌、合舞的痕迹，另一方面也反映了古希腊人关于任何完整性事物都应该包含头、身、尾三部分的整体观念。正是这种结构形式，使得大多数悲剧三部曲的最后结局并非我们所理解的灾难性的悲惨结局，而是更加接近喜剧的团圆结局。

四联剧："四联剧"（tetralogy）是古希腊悲剧的演出形式。在古希腊戏剧节上，要求每位悲剧诗人主持演出他写作的三部情节连贯的悲剧（即"三部曲"）和一部萨提儿剧（Satyr play，即"羊人剧"，一种介于悲剧与喜剧之间的形式），统称"四联剧"。

旧喜剧：指公元前5世纪在雅典上演的喜剧作品，此时雅典城邦处于兴盛时期，民众拥有较大民主权利，诗人敢于批评政治。旧喜剧以政治讽刺剧和社会讽刺剧为主，代表作家是阿里斯托芬，他是唯一有完整作品传世的旧喜剧诗人。他的作品体现了旧喜剧的基本格式，即大致由开场、对驳场、合唱歌、插曲和终场五部分构成。

新喜剧：古希腊后期的喜剧形式，又称世态喜剧或风俗戏剧（comedy of manners），始于公元前336年左右。新喜剧进一步使喜剧由五场剧组成的规范形式固定下来，格律进一步简化，歌队变得微不足道，只不过用来给剧本分段。新喜剧一般不涉及政治，讽刺相对温和，大多是描写当时社会各种人物之悲欢离合的世态剧。新喜剧诗人中最著名者当推米南德，代表作有《恨世者》等。

三、思考题

1. 古希腊神话作为史前想象的智慧结晶，蕴涵深广，寓意深刻，包含着大量隐喻。请结合古希腊神话故事的一二实例进行分析和阐发。
2. 试比较《伊利亚特》和《奥德赛》在叙事结构、主题风格和英雄塑造方面的异同。
3. 分析《俄瑞斯忒亚》三部曲中的因果观、命运观与法治观。
4. 亚里士多德《诗学》在对《俄狄浦斯王》所做的著名论述中，提出所谓的"过失说"，认为俄狄浦斯因犯过失而导致悲剧。阅读亚里士多德相关段落，结合该剧分析俄狄浦斯所谓"过失"。
5. 分析司芬克斯之谜与俄狄浦斯王的命运之间的关系。
6. 分析古希腊旧喜剧向新喜剧的转变所折射出的希腊社会文化精神的蜕变。
7. 举例剖析古罗马文学对古希腊文学的模仿与再造，着重透视彼此差异，探讨其中所体现的民族文化精神、审美价值取向的不同。
8. 比较《埃涅阿斯纪》与《荷马史诗》之异同。

四、可供进一步研讨的学术选题

1. 论述古希腊神话在后世西方文学经典作品中的变形与重构。
2. 从《荷马史诗》看希腊社会形态与价值观念。
3. 古希腊三大悲剧家作品中体现的命运意象的内涵嬗变。
4. 雅典城邦民主制与希腊戏剧关系研究。
5. 尼采的"酒神精神"与古希腊悲剧。
6. 希腊戏剧的互文性研究。
7. 《鸟》与乌托邦文学。
8. 《埃涅阿斯纪》中的忧郁。

【研讨平台】

一、希腊神话中的人与神

提示：希腊神话是古希腊人对自然宇宙和社会人生的一种感性的直观把握，包含着对人的存在和人生意义的一种前哲学、前逻辑的思考和诠释。耐人寻味的是，在人与神之间，古希腊神话的重心在人，其中充满了人对神的蔑视与反抗，并大量突出人的神性与神的人性。

1. 让-皮埃尔·韦尔南：《古希腊的神话与宗教》（节选）

……把人与神联系在一起的火在祭坛上被点燃，一直冲向高高的天空。这火，它源于上天又返回上天。而它贪馋的热情，则使它像其他受吃的必然规律制约的生物一样会趋向死亡。神和人的界限完全被连接二者的祭祀之火穿越，这使宙斯掌握的天火和普罗米修斯为人窃来的火之间的对比更加鲜明。……

对于特尔斐神谕来说,"认识你自己"就意味着"知道你不是神,也不要犯声称要成为神的那种错误"。柏拉图转述的苏格拉底从自己的角度重提这个公式,它要说的是:认识那在你之中、就是你自己的神。在可能的情况下,使自己尽量与神接近。

(杜小真译,北京:三联书店2001年版,第61、86页)

2. 依迪丝·汉密尔顿:《希腊的回声》(节选)

……希腊人之所以取得惊人成就,最重要的就是他们深信:唯有人是自由的,他们的躯体、心灵、精神都是自由的,唯有每个人自觉地界定个体自由,人类的至善才有可能。唯有通过自由人的克己与自制,一个文明之邦、一件艺术品和思想集大成者才可能出世。
……

把握限度和分寸感就是善,这是希腊人的基本常识。……不仅凡人,还包括所有的思想家和艺术家都在紧紧把握着生命的真实。《荷马史诗》的神不是超自然的灵异,而是以希腊方式愉快生活的凡人。希腊人不需要玄虚与超智的东西。他们需要真理,从不认为逃避现实就能发现真理。希腊艺术中最优秀和几乎最全部的特征就在于从不超出现实范畴。……

(曹博译,北京:华夏出版社2008年版,第3、5—8页)

3. 阿尔贝·加缪:《西西弗神话》(节选)

西西弗是荒诞英雄。既出于他的激情,也出于他的困苦。他对诸神的蔑视,对死亡的憎恨,对生命的热爱,使他吃尽苦头,苦得无法形容,因此竭尽全身解数却落个一事无成。这是热恋此岸乡土必须付出的代价。……
……

西西弗沉默的喜悦全在于此。他的命运是属于他的。他的岩石是他的东西。同样,荒诞人在静观自身的烦扰时,把所有偶像的嘴巴全堵住了。……

我让西西弗留在山下,让世人永远看得见他的负荷!然而西西弗却以否认诸神和推举岩石这一至高无上的忠诚来诲人警世。他也判定一切皆善。他觉得这个从此没有主子的世界既非不毛之地,抑非微不足道。那岩石的每个细粒,那黑暗笼罩的大山每道矿物的光芒,都成了他一人世界的组成部分。攀登山顶的奋斗足以充实一颗人心。应当想象西西弗是幸福的。

(见《加缪全集·散文卷I》,沈志明译,
石家庄:河北教育出版社2002年版,第137—139页)

二、荷马式英雄

提示:《荷马史诗》之所以又被称为"英雄史诗",在于其塑造了一系列不朽的氏族英雄形象,他们被赋予"荷马式英雄"的美誉,共同负载了足以彪炳千古的英雄主义的精神信念、价值理想和人生激情,这些也正是古希腊思想文明的精髓。

1. 王以欣:《神话与历史:古希腊英雄故事的历史和文化内涵》(节选)

古代文学作品中的英雄们,其思想和行为遵循一套所谓的"英雄准则"。他们的生活目标、行为规范、荣辱观和价值取向带有古朴粗放的时代特征。他们的基本生活目标就是追求荣誉,炫耀武力,显示男子气概,个人的荣辱高于一切,甚至重于生命!

(北京:商务印书馆2006年版,第4页)

2. H.D.F.基托:《希腊人》(节选)

……荷马式英雄的独特灵魂。造就其英雄业绩的,不是我们理解的责任——对他人的责任——而是对他自己的责任。他追求我们译作"美德"(Virtue),而在希腊文中叫做aretê(卓越)的东西。而阿伽门农和阿喀琉斯所争的也不仅仅是一位姑娘,而是"战利品",即为公众所承认的aretê;它贯穿于希腊人的生活之中。

(徐卫翔、黄韬译,上海:上海人民出版社2006年版,第51页)

3. 克西尔·鲍拉:《英雄史诗》(节译)

英雄是实现人类愿望的斗士,即突破人性弱点所难以承受的阈限,去追求更完整更有活力的生命;不遗余力地追求自信的男子气概,即不被任何困难吓倒,即使失败,只要竭尽所能,就心满意足了。

(Cecil M. Bowra, *Heroic Poetry*, London:St. Martin's Press,1969, p.4)

4. 让-皮埃尔·维尔南:《希腊人的神话和思想——历史心理分析研究》(节选)

希腊悲剧根据自己的需要对英雄传统进行了改造。希腊人在这个历史时刻提出了有关人类本身的问题:人在其命运面前的位置;人对其行为的责任(这些行为的起源和后果都是他不能控制的);人的选择中包含的各种价值的矛盾性,但人又必须做出选择。

(黄艳红译,北京:中国人民大学出版社2007年版,第378页)

三、人之谜:俄狄浦斯悲剧与自我认知

提示:"司芬克斯之谜",也即人之谜,自始至终高悬于俄狄浦斯的悲剧命运之上。正如加缪《西西弗的神话》所云,俄狄浦斯一旦对命运有所觉察,悲剧就发生了。恰恰是阿波罗借助俄狄浦斯启动了对凶手的追查,相应地,也启动了俄狄浦斯对自我的发现和认知。

1. 施密特:《对古老宗教启蒙的失败:〈俄狄浦斯王〉》(节选)

索福克勒斯把德尔菲-阿波罗的命令"认识你自己"放进他的作品中:通过神指派的

追查杀害国王拉伊俄斯的凶手这一任务,索福克勒斯让俄狄浦斯自己卷进一场认识过程中去。这一认识过程的终点就是自我认识。通过认识自我,俄狄浦斯发现自己有局限、有欠缺的脆弱本质。……俄狄浦斯同样发现他个人的无知。最终他知道,他其实一无所知。

(刘小枫、陈少明主编:《索福克勒斯与雅典启蒙》,
北京:华夏出版社2007年版,第17页)

2. 伯纳德特:《索福克勒斯的〈俄狄浦斯王〉》(节选)

俄狄浦斯的名字,作为他的缺陷的标识,表明斯芬克斯之谜的普遍真实不适于他自己。答案"人"没能涵盖俄狄浦斯这个例外。然而,缺陷把他置于人的类属性之外,让他旁观这种类属性。俄狄浦斯从不反省他同人类的差别在哪儿,也不明白为什么唯独他能解开这个谜。

……

不管怎样,人的知识有别于神的或神启的知识,不如俄狄浦斯想象的那样纯粹和开放。……俄狄浦斯带着嘲弄质问忒瑞西阿斯为何他不解开斯芬克斯之谜(第390—394行)。答案明摆着:这谜有个不折不扣的关于人的谜底,而忒瑞西阿斯仅在人与神们的关系中懂得人。俄狄浦斯没有任何超人知识的支持——"这个一无所知的俄狄浦斯"(第397行)——解决了它,因为他正是人的范例(第1193—1196行)。

(刘小枫、陈少明主编:《索福克勒斯与雅典启蒙》,
北京:华夏出版社2007年版,第144、147页)

3. 弗洛伊德:《梦的解析》(节选)

他的命运之所以打动我们,是因为他的命运可能就是我们自己的命运。早在我们降生前,神明就把施加给他的那个诅咒也施加给我们……俄狄浦斯王杀死父亲拉伊俄斯并娶了母亲伊俄卡斯忒只不过是一种愿望的满足——我们孩童时代的愿望满足。鉴于我们没有变成精神神经症患者,我们比他幸运,因为自孩童时代起,我们已经成功地收回了对母亲的性冲动,并淡忘了对父亲的嫉妒。通过我们的竭力压抑,我们已从满足我们孩童时代原始欲望的对象身上摆脱出来,而这些欲望从孩童时代起就在我们的心中受到压抑。当诗人让俄狄浦斯经过调查使其罪恶真相大白时,他也迫使我们察觉到我们自身内在的自我,就在那里,同样的冲动依然存在着,尽管受到了压抑。

(赖其万、符传德译,北京:作家出版社1986年版,第168页。
此处参照王以欣《神话与历史:古希腊英雄故事的历史和文化内涵》
第235页据英译本所作的汉译略作改动。)

四、古希腊悲剧中的命运观

提示:命运观,不仅是理解古希腊精神世界的关键,更是理解古希腊悲剧的关键。

尽管古希腊悲剧并非完全都是命运悲剧,但其中蕴含着深邃的命运之思。古希腊悲剧中的命运之思兼具思想史和文学史双重意蕴,归根结蒂所表达的是对人的生存的困惑与阐释,对此应当密切结合古希腊思想文化和精神信仰发展变迁的整体语境来思考。

1. 弗里德里希·黑格尔:《美学》第 2 卷(节选)

……这种统一体和神们的个性与相对的有限性处于对立地位,是一种本身抽象的无形象的东西,也就是必然或命运,它在这种抽象状态中只是一般较高一级的东西,对神和人都有约束力,但是本身又是不可理解的,不可纳入概念的。命运还不是一种绝对的自觉的目的,因而还不是一种有主体性的有人格的神的意旨,而只是一种超然于个别的神们的特殊性之上的唯一的普遍的力量,因此它本身不能再表现为一个个体,否则它就成为许多个体之一,而不是统摄一切个体而超然于这些个体之上了。因此它既无形象,也无个性,在这种抽象状态中,它只是一种单纯的必然,无论是神还是人,都要把这种必然当作命运来服从,只要他们是作为特殊个体而互相分裂开,互相斗争,力求片面地伸张自己的那一份个别力量,要超出自己的界限和需要之上;因为命运对于他们是不可改动的。

(朱光潜译,北京:商务印书馆1979年版,第 252—253 页)

2. 朱光潜:《悲剧心理学》(节选)

……我们已经看到,悲剧的悲悯并不是为作为个人的悲剧人物,而是为面对着不可解而且无法控制的命运力量的整个人类。……

从整个希腊悲剧看起来,我们可以说它们反映了一种相当阴郁的人生观。生来孱弱而无知的人类注定了要永远进行战斗,而战斗中的对手不仅有严酷的众神,而且有无情而变化莫测的命运。他的头上随时有无可抗拒的力量在威胁着他的生存,象悬岩巨石,随时可能倒塌下来把他压为齑粉。他既没有力量抗拒这种状态,也没有智慧理解它。他的头脑中无疑常常会思索恶的根源和正义的观念等等,但是却很难相信自己能够反抗神的意志,或者能够掌握自己的命运。埃斯库罗斯和索福克勒斯象亚加米农(即阿伽门农——引者)和俄狄浦斯一样感到困惑不解。他们不敢公开指责上天不公,但也不愿把恶的责任完全加在人的身上。他们的言论之中的矛盾就显露出他们的困惑不解,也更增强了他们的命运感。……

(张隆溪译,北京:人民文学出版社1983年版,第 97、101—102 页)

3. 赵林:《论希腊悲剧中的命运意象》(节选)

希腊悲剧的根源不在于恶的力量从外部对善的力量进行压制、摧残、吞噬,而在于某种从根本上超越了善恶的形而上学的决定论(命运)。就此而论,希腊悲剧是一种更深刻意义上的悲剧,它不是把悲剧看作人的自由意志(恶)的结果、看作某种人为的插曲或某种超出常规的意外,而是把它理解为生活或生存的一般规律和某种终极性的宿命、理解为人的自为存在(自由意志)与自在存在(命运)之间的一场不可避免的永恒冲突。
……

与感性意义上的神谕相比,命运的另一层含义则要更加诡异神奇得多,这就是连诸神也难以抗拒的命运,即潜藏在神谕背后的命运。希腊悲剧通常只是将注意力放在英雄们的命运上,这种命运说到底是由神的诅咒或神谕决定的,质言之,在希腊悲剧中,神的自由意志构成了潜藏在英雄的自由意志背后的不可逆转的必然性。至于更深层次上的命运,即潜藏在神的自由意志背后的必然性,连希腊悲剧也无力拨开它那扑朔迷离的神秘雾霭。……

(载《广西大学学报》[哲学社会科学版]1998年第2期)

【拓展指南】

一、重要研究资料简介

1. 〔英〕吉尔伯特·默雷:《古希腊文学史》,孙席珍等译,上海:上海译文出版社1988年版。

简介:作者系英国著名的希腊学专家,研究硕果累累。原著自初版印行至修订定稿,前后历半个多世纪之久。书中对于古希腊文学,上起荷马,下讫亚历山大时期和罗马时期,包括史诗、抒情诗、悲剧、喜剧、文艺批评以及散文文学之发生发展,追本溯源,考证翔实,议论精湛,独具卓见,且兼及历史、哲学和其他自然科学,材料十分丰富。

2. 王焕生:《古罗马文学史》,北京:中央编译出版社2008年版。

简介:该书是我国第一部古罗马文学通史专著,系统叙述了自公元前8世纪古罗马产生至公元5世纪后期西罗马帝国灭亡期间整个古罗马文学的演变发展轨迹,重点介绍和评述了古罗马文学在不同时期的主要特点和成就,特别是对古罗马文学的兴衰变化原因提出了深刻精辟的创见。

3. 陈中梅:《神圣的荷马:〈荷马史诗〉研究》,北京:北京大学出版社2008年版。

简介:本书展示了荷马诗学的精微,探讨了希腊神话中的"英雄",其中最重要的观点是重新追溯希腊智识的起源:古希腊的智识始于苏格拉底,还是《荷马史诗》?苏格拉底代表了"逻各斯(logos)"的取向,而史诗和神话则代表了西方文化的另一个取向,"秘索思(mythos)"。

4. 陈洪文、水建馥选编:《古希腊三大悲剧家研究》,北京:中国社会科学出版社1986年版。

简介:该书汇集了古希腊到20世纪有关古希腊悲剧研究的重要文章,大致勾勒出一条学术史的脉络,从同时代作家的评论到后世的研究,对希腊悲剧文本从多个视点、多个侧面进行审视。

5. 罗念生:《罗念生全集》第8卷《论古典文学》,上海:上海人民出版社2007年版。

简介:该书收录了罗念生先生毕生发表的论述古希腊罗马文学的全部文章,分为论古希腊戏剧、论古希腊罗马文学作品以及散论三个专辑,全面系统地评述了古希腊罗马文学的发展历程,并重点分析了具有代表性的名家名作。

二、其他重要研究资料索引

1.〔英〕H. D. F. 基托:《希腊人》,徐卫翔、黄韬译,上海:上海人民出版社2006年版。

2.〔美〕依迪丝·汉密尔顿:《希腊精神——西方文明的源泉》,葛海滨译,北京:华夏出版社2008年版。

3.〔法〕让-皮埃尔·维尔南:《希腊人的神话和思想——历史心理学分析研究》,黄艳红译,北京:中国人民大学出版社2007年版。

4.〔英〕F. I. 芬利主编:《希腊的遗产》,张强等译,上海:上海人民出版社2004年版。

5.〔英〕理查德·詹金森编:《罗马的遗产》,晏绍祥译,上海:上海人民出版社2002年版。

6. 朱龙华:《罗马文化与古典传统》,杭州:浙江人民出版社1993年版。

7. 王以欣:《神话与历史:古希腊英雄故事的历史和文化内涵》,北京:商务印书馆2006年版。

8. 隋竹丽:《古希腊神话研究》,哈尔滨:黑龙江人民出版社2006年版。

9.〔匈〕格雷戈里·纳吉:《荷马诸问题》,巴莫曲布嫫译,桂林:广西师范大学出版社2008年版。

10. 陈中梅:《荷马的启示:从命运观到认识论》,北京:北京大学出版社2009年版。

11.〔美〕伯纳德特:《弓弦与竖琴:从柏拉图解读〈奥德赛〉》,程志敏译,北京:华夏出版社2003年版。

12.〔古希腊〕亚里士多德:《诗学》,罗念生译,北京:人民文学出版社1962年版。

13.〔德〕尼采:《悲剧的诞生》,周国平译,北京:三联书店1986年版。

14. P.E.伊斯特(P.E.East):《剑桥文学指南——希腊悲剧》(英文版),上海:上海外语教育出版社2000年版。

15. 刘小枫、陈少明主编:"经典与解释辑丛"No.19《索福克勒斯与雅典启蒙》,北京:华夏出版社2007年版。

16. 刘小枫、陈少明主编:"经典与解释辑丛"No.24《雅典民主的谐剧》,北京:华夏出版社2008年版。

第二章　中世纪欧洲文学

第一节　概述

一、中世纪欧洲社会

公元 476 年,盛极一时的西罗马帝国灭亡,标志着欧洲古代奴隶制社会的终结。由此,欧洲进入了封建制度占统治地位的漫长的中世纪时代。中世纪始于 5 世纪,讫于 15 世纪,整整跨越了一千年。"中世纪"之"中"是以其他时代来参考自身,顾名思义,具有过渡意义。拉丁文中的"中世纪"一词(Medium Aevum)最先由意大利历史学家比昂多(Flavio Biondo,1388—1463)首创,后被人文主义者和新教徒们接受,特指处于古典文明的消亡和当时现代文明的确立之间的整个时期,而更常见的 Medieval Age 或 Middle Ages 一词则是 19 世纪的杜撰,人们藉此思考历史,强化自身文化和文明的差异性甚至优越性。很长时期里,Medieval Age 总是指向"血腥的""残暴的""粗鲁的"等负面意义。尽管中世纪的人并不认为他们是"中世纪的",但在 15 世纪的人文主义者看来,刚刚过去的时代是"黑暗的时代""野蛮的时代"。这种观念否定了中世纪的文明成就,被当今学界普遍视为片面而过时。[①] 虽然存在战争、饥荒与瘟疫,总体而言,中世纪并不是一个野蛮、迷信和黑暗的时代,而是一个富于变化和曲折前进的时代。它所形成的一系列关于文化教育、政府结构、社会管理、宗教信仰与公平正义的价值观念超越了欧洲国家的界限而深深影响了整个世界。

泛泛而言,中世纪相当于封建社会,一般史学家认为中世纪社会最根本

---

① 美国历史学家斯塔夫里亚诺斯(Leften Stavros Stavrianos,1913—2004)指出,正是因为北方蛮族的长期入侵导致古希腊罗马文明被摧毁,帝国的传统发展轨迹被迫中止,欧洲才没有出现中国式大一统的"破坏——修复——破坏"的历史循环进程,而是重新开辟了一种具有多元体制的新文明。

的政治制度就是封建制(feudalism)。但英国历史社会学家佩里·安德森(Perry Auderson,1938—　)反对滥用"封建制"这一概念,指出欧洲封建制具有独特的政治制度和法律体系,只有在受到古罗马奴隶制残余和日耳曼原始部落社会残余影响的地区才会产生。美国中世纪史学家汤普逊(James W. Thompson,1869—1942)也认为,是罗马世袭的财产所有权制度和日耳曼忠诚的人身关系概念共同建构起欧洲封建制度,并将其概括为"一种政治的形式,一种社会的结构,一种以土地占有制为基础的经济制度"。这是一个严密的金字塔式结构,土地分封制渗入到欧洲封建社会的政治、军事、法律乃至社会权力体制的方方面面,构成了中世纪文化的重要内容。

作为新兴生产力因素的工商业为中世纪社会经济、文化的新发展提供了重要动力,也直接推动了城市的兴起与发展。10、11世纪以后,随着欧洲生产力水平的普遍提高,以农业为主的自然经济不再占据统治地位,工商阶层逐渐活跃起来。由于商人和工匠的活动基本不受制于土地,严苛的封建领主制度对这一阶层几乎失效,进行自由贸易的市民人数迅速增加,形成和庄园并存的欧洲封建社会的另一经济中心:城市。市民成为僧侣和贵族之后的一个特殊等级,这个等级后来被称为"第三等级"。与此同时,贵族也开始通过向市镇颁发特许状来逃避对封建领主的义务,自治城市的行政权利得到保障。很快,城市这一体制外的新兴经济中心发展为新兴权力中心,一方面使得传统的闭塞状态被打破,各地区和民族之间的往来逐渐增多,并在自由贸易的需求刺激之下,推动欧洲由分散的割据状态走向统一;另一方面"与体制内的权力中心发生冲突,最终导致封建社会的崩溃和资本主义社会的诞生"。

欧洲中世纪的又一个重要特征是基督教会广泛介入政治、经济与文化活动。它不仅是宗教组织,同时也行使政治、经济和社会权力,担当重构欧洲秩序和文明的重任。自《米兰敕令》(313)以来,教会组织迅速填补了西欧古代社会崩溃后思想文化领域的权力真空,生活在罗马帝国时期的教父们和11世纪之后的经院哲学家们共同完成了基督教教义的奠基和诠释工作,他们通过对各种异端思想的批判来确立正统基督教义,形成一整套关于现世生活应有方式的基督教伦理观。在以基督教神学伦理观为主导的"上帝王国"里,上帝被看成宇宙的终极本源,也是至善之源和人类的拯救者。上帝既是本体,也是认识的主体和目的。人性本恶,应压制一切肉体欲望,放逐现世生活,追求彼岸理想。由此而延伸出,在社会政治领域奉行"神权政治论",即宗教权威优于世俗权威,教会组织凌驾于人间帝国之上;在人类认知领域,形成神学信仰优于人的知识理性、永生幸福优于尘世幸福、精神追求优于肉体欲望等一系列基本认识。最终,基督教会建构起一个拥有共同宗教文化信仰的欧洲社会,极大地影响了中世纪欧洲的发展进程。

二、欧洲中世纪文学

一般而言,"中世纪文学"(Medieval Literature)指从5世纪西罗马帝国灭亡到15世纪佛罗伦萨文艺复兴时期之前的欧洲文学,主要涉及英雄史诗、骑士抒情诗和叙事诗、城市故事、民间传奇等类型。历史地看,中世纪的前几个世纪确实是黑暗沉闷的时代,没有什么特别的文化建树,但到了12世纪,新的艺术趣味已蔚然成风:"武士们开始以骑士的面目出现,并开始炫耀他们的纹章服饰。在显贵云集的宫廷里,贵妇人们要求得到温文尔雅的新礼遇。所有的艺术都发展了各自的新形式来满足该时期的优雅精致的奢侈趣味。哥特式建筑取代了笨重的罗马式建筑,骑士的浪漫传奇取代了旧的英雄史诗,音乐向复调音乐发展。"[①]这些新的艺术趣味投射到文学上,便产生了骑士抒情诗歌、市民文学等新的文类形式,它们不仅继承了古希腊罗马文学的遗产,更积累下文艺复兴文学的创新因素。随着基督教内部重新阐释教义、建构新神学体系的趋势愈演愈烈,基督教文化汲取、挪用和整合其他文化,人的主体性、拉丁古典诗歌、希腊科学等受到重视,因而历史学家查尔斯·哈斯金斯(Charles Homer Haskins,1870—1937)将这一时期称作"12世纪的文艺复兴"。

(一)中世纪文学与古希腊罗马文学遗产的关系

受文艺复兴时期人文主义者和新教徒们提出的"黑暗时期""野蛮时代"等观念影响,一些学者认为蛮族入侵割断了古希腊罗马文学在欧洲的传递或传播,中世纪文学生成于废墟之中。随着学术界对欧洲中世纪的历史、社会和文化进行重新认识,许多学者对"割断说"提出了质疑,认为中世纪文学与古希腊罗马文学遗产之间存在着继承关系,中世纪文学和后来的文艺复兴文学这两种特质鲜明的文学也是交辉互映的。

首先,从文化根源上看,欧洲中世纪文化并未和古典文化完全割裂。一方面,西罗马帝国灭亡后,东罗马帝国却在经济、文化上呈现出繁荣的景象。

---

① 〔英〕J. A. 伯罗:《中世纪作家和作品:中古英语文学及其背景(1100—1500)》(修订版),沈弘译,北京:北京大学出版社2007年版,第8页。

东罗马帝国保存着古希腊罗马的大量史料,继承了古希腊罗马理性的哲学思想,其文化和宗教对后来的东欧乃至西欧国家有着很大的影响。另一方面,在西欧,一度肆虐的文化野蛮主义并未将古典传统连根拔出。为了从信仰层面连接分裂的东西教会,控制混战不已、各自为政的蛮族王国,实现对所有基督徒的权威,罗马教会确立了拉丁文作为礼拜语言和国际语言的绝对地位。因此,为了阅读拉丁文和希腊文的《圣经》,进行学术交流等,僧侣们必须知晓或精通古典语言;在需要的推动下,古典文化的教育不仅在原罗马帝国地区延续不辍,而且延至位于罗马帝国边缘、没有接触过拉丁语的地区,如爱尔兰。在修道院,修士或修女们持之以恒地抄写古典典籍,将异教典籍和基督教典籍保留下来;基督教学者娴熟地使用拉丁语,发展出专注于神学阐释和争辩、圣徒事迹记载、典籍的翻译和挪用等宗教使命的拉丁语文学传统。这一传统成就于圣奥古斯丁(354—430)、波伊提乌(约480—524)、瓦拉弗理·史特拉博(约808—849)等伟大学者、作家之手,亦成就了诸如13世纪抒情诗集《布兰诗歌》、圣托马斯·阿奎那的《神学大全》、培根《新工具》这样的杰作。

其次,从文学表现上看,中世纪文学既体现出对基督教神学的宗教依附性质,又不乏古希腊罗马文学的人本主义精神,加上城市的兴起和市民工商阶层的活跃,以民间形态存在的种种边缘文学也在这一时期彰显出独特的魅力。此外,各种方言随着北方各族的入侵登陆欧洲,使得中世纪文学的记录文字除拉丁文以外,还出现了英语、法语、德语、意大利语、西班牙语等多种语言,共同建构起样貌丰富的中世纪文学。

(二) 中世纪方言文学的兴起

中世纪文学的一个显著创新就是处在大分裂大融合时期的欧洲各国民族方言文学的兴起、完善与成熟。比较而言,中世纪文学的界划最为繁杂。王国疆界的移动,称谓变更、语言使用的交错状态,再加上翻译问题等,使得清晰地绘制中世纪文学地图几无可能。仅按照当时的方言分类,中世纪文学大致包括盎格鲁-罗曼文学、盎格鲁-撒克逊文学、伊斯帕诺阿拉伯语文学、犹太阿拉伯文学、皮卡尔文学和斯拉夫文学这几个大的种类,其中每个种类又逐渐分化出更多的方言文学。各类方言文学之间互相借鉴,互相影响,不乏相似的形式和题材。因此,往往不能简单地把一部中世纪作品划入一种方言文学的范畴。

方言文学的发展与社会政治和文化的变革密不可分,经历了一个演变过程。中世纪初期,由于罗马帝国解体,与罗马政治体制息息相关的拉丁语失去了官方地位,加上其有限的语汇和复杂的语法结构远远不能适应巨变后的欧洲社会,虽经改进成为所谓的中世纪拉丁语,但应用范围仍不断缩小,逐渐演变成教会和学术界使用的语言,淡出日常生活,即使在拉丁语的故乡意大利也是如此。而与罗马文化相生相伴的希腊语更是未能经受住冲击。替代拉丁语和希腊语成为日常生活和文学中正式语言的,是一系列随之兴起的方言。由拉丁语直接演变而来的方言统称罗曼语,包括法语、西班牙语、意大利语等。由北方日耳曼民族语言发展而来的德语、英语也流行起来。其中,法语是中世纪前期影响最大的语言。中世纪中期,用法语写成的英雄史诗和用北部方言写成的英雄史诗一起,被广泛传唱。其中最杰出的作品是公元11世纪末的《罗兰之歌》。普遍流传的法语文学体裁还有骑士爱情诗。这些文学都对法语语言文字本身及欧洲文学传统产生了重要影响。

(三) 中世纪文学的主要类型及特征

从题材和形式来看,中世纪文学一般可分为两大类,一类是教会文学,另一类是世俗文学。

1. 教会文学

由于基督教思想在中世纪文化体系中的核心地位,弘扬和传播基督教教义及伦理观念的教会文学成为中世纪文学的重要组成部分。基督教会将一切学术都纳入神学范畴,当时能够阅读和写作的人口基本上集中在僧侣阶层——他们中的一部分成为宗教学者或作家,或通过重新诠释古典典籍,寻找一些可资利用的东西来调和异教传统和基督教信仰,或利用文学艺术的手段宣扬正统的教义。由于拉丁语是教会钦定的书面语言,拉丁语文学甚至在公元5世纪到10世纪这段漫长的时期作为欧洲唯一的书面文学而存在,奠定了中世纪教会文学的基础。后来欧洲各国方言写成的许多宗教诗歌,实际上都取材或直接翻译于拉丁语圣餐仪式诗。

一般而言,教会文学内容多取材于《圣经》,其体裁种类主要围绕教会事务展开,如圣经故事、圣徒传、教父传、忏悔录、祈祷文、赞美诗、搬演圣经故事和圣徒行迹的宗教剧[①]等。一方面,教会文学的本质使其背离了人的自由思想和日常生活,异化为宗教说教的工具;另一方面,它也不可避免地

[①] 宗教剧往往由基督教仪式演变而来,又依其题材被划分为表现耶稣诞生、受难、复活的圣诞剧、受难剧、复活剧,以及表现耶稣或圣徒们的超自然神迹和基督教道德寓意的奇迹剧、神秘剧、道德剧等。

受到时代精神的激励以及生活的反作用,体现出对人性和艺术价值的追求,表达了"对人类思想和灵魂之无限潜力的信念"。有些作品甚至溢出了教义的禁锢,挑战教会至高无上的权力,质疑理解上帝的可能性,显露出一些神秘主义的倾向。而中世纪的神秘主义往往成为宗教上的异端学说、哲学上的怀疑主义、文学上的浪漫主义的渊薮。

以凯德蒙为代表的一批英国僧侣的作品是迄今可考的最古老的英国文学。有着"英语诗歌之父"称号的英国诗人凯德蒙(约7世纪)是教会诗歌的代表人物。传说凯德蒙原本既不识字,也不会唱歌,偶然在梦中见到了天使,从此便会吟唱优美的赞歌。修女们知道以后,便将《圣经》的内容念给他听,由他用盎格鲁-撒克逊语将其改编成押头韵的诗歌。他留下的《凯德蒙组诗》大都是在《圣经》题材的基础上加入本民族生活的一些元素。英国诗人笔下,往往可见凯德蒙的影响,如弥尔顿的《失乐园》、拜伦的《该隐》等等。

用古英语写成的散文大多是布道词、圣徒故事和宗教律令与法规文献,数量多于诗歌。埃尔弗里克(Aelfric of Eynsham)是最早的古英语散文作家。他用英语写就了2卷阐释基督教文献的《经道讲疏》,翻译了《圣经》中的一些篇章,还创作了许多教会散文。他的散文语言既明白晓畅又生动优美,和凯德蒙等诗人一样,为英国本土语言的发展做出了较大贡献。

法国教会文学的代表作品如9世纪末的《圣女欧拉丽赞歌》、10世纪表彰主教殉道事迹的《圣徒列瑞行传》、11世纪中期的《圣徒阿列克西斯行传》、11世纪末描写耶稣故事的《受难曲》等;意大利教会文学的代表作品如圣·方济各(1182—1226)的《万物颂》、雅科波内(约1230—1306)的《赞歌》等;德国教会文学的代表作品如10—11世纪修女赫罗斯维塔(935—1002)的六部对话散文体短剧。12—14世纪一批妇女作家如希尔德加德(1098—1179)、梅希蒂尔德(约1240—1298)、克里斯蒂娜·德·皮桑(1364—1430)等人的写作,题材广泛,内容丰富,具有较高的文学价值,在当时就颇有影响。总体而论,她们所代表的中世纪妇女写作在教会正统派眼里属于离经叛道,鲜被正史记载。只有当中世纪研究发生了学术转向之后,特别是在女权主义研究的视域之下,中世纪妇女文学的意义和价值才逐渐凸显出来。人们通过她们的文本修正甚至改变传统的中世纪图景,看到了貌似严整而教条的教会文学的色差,觉察到主流精神压制下汹涌的人文主义暗流:对爱情的向往,对男权宰制的质疑,对女性身份的肯定或赞美等。

2. 世俗文学

中世纪的世俗文学主要包括英雄史诗、骑士文学和城市文学等。

中世纪的英雄史诗最初在民间口头流传,后经基督教神职人员或地方贵族整理成文,因此又带有一定的基督教思想或贵族色彩。现在流传下来的英雄史诗主要分为两类,一类是早期英雄史诗,主要反映民族大迁移时代和氏族社会末期的历史事件和部落生活,如凯尔特人的乌拉德系故事和英雄菲恩的故事、盎格鲁-撒克逊人的《贝奥武甫》、芬兰民间口头流传的《卡莱瓦拉》、冰岛的"埃达"和"萨迦"等,成书时间主要在 10 世纪以前;另一类是中古后期的英雄史诗,是欧洲各民族封建化以后的产物,包含着明显的封建国家意识和基督教观念,如法国的《罗兰之歌》、西班牙的《熙德之歌》、德国的《尼伯龙根之歌》和俄罗斯的《伊戈尔远征记》等,成书时间主要集中于 11—12 世纪。

《贝奥武甫》是现存早期英雄史诗中最为完整的一部,也是第一部以中古英语记载的长诗。据考证,《贝奥武甫》的成稿时间约在公元 725 年,现存最早的抄本属于 10 世纪,反映的是 6 世纪时盎格鲁-撒克逊人在欧洲大陆的生活。故事背景的前半部分在丹麦,后半部分在瑞典南部。6 世纪,盎格鲁-撒克逊人将口头流传的《贝奥武甫》带到不列颠群岛时,故事已经发展得较为完整,因此诗中虽未提到英国,但学界一般认为《贝奥武甫》的最后整理和成文工作是在英国完成的。该诗延续了盎格鲁-撒克逊人一贯创作的古老诗歌形式,全诗长 3182 行,每行押头韵,不押尾韵。贝奥武夫是瑞典南部耶阿特族国王许耶拉克的侄子,一个带有理想化色彩的氏族英雄。他拥有超凡的力量和过人的智慧,先后三次带领战士与巨怪作战。在前往丹麦协助霍格国王杀死巨怪格兰戴和它的母亲之后,贝奥武甫返回耶阿特接替王位。作为国王,他具有高度的社稷责任感和民生意识,在其治内的五十余年,人民安居乐业。直到贝奥武甫垂老之年,耶阿特又出现了一头喷火巨龙,他率领战士与火龙拼死搏斗,最终与其同归于尽。诗歌表现出昂扬的民族精神和战斗意志,又带有一定的悲剧色彩和宿命论意识,尤其是末尾描述贝奥武甫葬礼的挽歌部分,这主要是因为流传和抄写过程中受到了基督教神学思想的影响。

《尼伯龙根之歌》用中古高地德语写成,成书于 1200 年左右,全长 9561 行,反映公元 4—6 世纪日耳曼民族大迁徙时代的故事。诗歌由"齐格夫里特之死"和"克里姆希尔特的复仇"两部分构成。齐格夫里特是尼德兰的民族英雄,具有无穷力量和隐形之术。他利用神力帮助勃艮第国王恭特制服了强悍不逊的冰岛女王,也因此迎娶到心仪已久的勃艮第公主克里姆希尔特。不料十年后,齐格夫里特携克里姆希尔特回勃艮第省亲之际,克里姆希尔特因和成为勃艮第王后的冰岛女王结怨,便向其透露了当初恭特制服她的秘密。王后深感羞辱,指使侍臣哈根杀死了齐格夫里特,并将克里姆希尔特出嫁时的彩礼——尼伯龙根族宝物沉入莱茵河。在叙事诗的第二部分,克里姆希尔特展开激烈复仇。她先沉寂寡居十三年,然后嫁给匈奴王艾柴尔,利用匈奴武士杀死自己的兄弟恭特和侍臣哈根,夺回宝藏。克里姆希尔特此举挑起了匈奴与勃艮第的战争,勃艮第人浴血奋战,最终全军覆没,但克里姆希尔特自己也死于一位勃艮第英雄之手。《尼伯龙根之歌》将北欧神话传说和勃艮第王国在 437 年遭匈奴毁灭的史实联系在一起,化用德国神话人物及故事原型,既宏阔生动地反映了日耳曼氏族部落生活,又因后期加工和流传,更多地带有基督教道德色彩和封建意识形态。从题材和写法上来看,《尼伯龙根之歌》又明显受到古希腊神话与《荷马史诗》影响。从"忠诚和复仇"的主题到刚毅而质朴、"避免和女人感情纠缠"的英雄形象,从战斗场景描写到部落风俗再现,从民族起源神话到口头叙事模式等,《尼伯龙根之歌》与《伊利亚特》之间都有对应或对比关系,被称为"日耳曼的《伊利亚特》"。

犹如《尼伯龙根之歌》,《罗兰之歌》《熙德之歌》《伊戈尔远征记》等中世纪英雄史诗也大都歌颂了本民族具有封建道德的爱国英雄或理想君主的光辉事迹。在创作上,它们都或多或少地体现出古希腊罗马文学影响的痕迹。中世纪英雄史诗所共同形成的史诗传统在题材、思想和结构上持续影响了之后直至 19 世纪和 20 世纪的文学创作。

骑士文学的产生与中世纪封建制度的形成密切相关。封建领主为了对外作战及镇压内部反抗,都拥有一批骑士。骑士们通过作战建立功勋,获得奖赏甚至成为小封建主。公元 11—12 世纪,一方面,因为封建制度的完全确立,封建领主阶级的政治经济地位日益巩固,骑士地位大大提高,逐渐建立一系列特征鲜明的精神道德准则;另一方面,因为 11 世纪 90 年代以来的十字军东征,骑士得以接触东方文化,受阿拉伯传说等口头文学影响,骑士文学也随之兴盛。和英雄史诗不同,骑士文学从口头创作到整理成文字的时间间隔并不太长,加上 13 世纪印刷术的发明,许多骑士文学作品得以保存,并注有明确作者。这些作品大多宣扬骑士的勇敢冒险精神、忠君护教情操以及典雅的爱情观念。其叙事模式为虚构一两个作为中心人物的骑士的冒险经历和爱情故事,通过描写跌宕起伏的情节和浪漫缠绵的情感来展现人物性格和心理，传达作者的意图与思想。

　　法国的骑士文学最为兴盛，最早产生的是南部普罗旺斯地区的骑士抒情诗。骑士抒情诗的主要作者除王公贵族、封建领主和骑士以外，还包括一些与宫廷有往来的下层诗人，其中最为著名的是 12 世纪的若夫雷·吕代尔和贝纳尔·德·旺达杜尔。前者留下 6 首抒情诗，主旨是歌颂柏拉图式的纯洁爱情；后者则更以词句的优美明快和情感的细腻真挚见长，流传至今的作品有二十余首。骑士抒情诗内容多为讴歌骑士的风度、忠诚、勇敢和他们对贵妇人的情感，积极反映现世生活和美好爱情，体现出对基督教神学所提倡的禁欲主义道德的反叛和对骑士人格精神的肯定。从主题上看，骑士抒情诗包括破晓歌、夜歌、牧歌、赞歌、踏舞歌等类型，其中以"破晓歌"最为突出，主要描写黎明时分幽会的骑士与贵妇依依惜别的情景。从风格上看，骑士抒情诗突破了早先严峻的史诗风格，诗律精巧别致，语言生动明快。

　　骑士叙事诗分为古代系、不列颠系和拜占庭系三种。古代系产生于 1130—1160 年间，它是骑士叙事诗的最初形式，主要取材于古希腊罗马史诗中的一些战争英雄故事，并将其改写为中世纪骑士叙事。代表作品有勃诺阿·德·圣摩尔的《特洛伊传奇》（约 1165）、法国佚名作者的《埃涅阿斯传奇》等。不列颠系产生于 12 世纪下半叶，主要描写不列颠国王亚瑟及其 12 名圆桌骑士的冒险故事，又称为"亚瑟王故事诗"或"圆桌故事诗"，以克雷蒂安·德·特洛阿（约 1135—1191）所作的最为著名。亚瑟王本是不列颠凯尔特的一个封建领主，为改变等级森严的骑士制度，便下令制造一个圆桌，让骁勇善战而又风度翩翩的骑士们围桌而坐，共同商议战事，也谈论冒险和爱情。这一原型在英国浪漫传奇和德国骑士小说中也频有体现。亚瑟王故事强调骑士的人格精神和爱情理想，将其忠君护主的寄生生活形态和残暴凶悍的本性粉饰一新，具有浓厚的封建色彩；同时也宣扬了基督教神学意识，例如《圣杯故事》就在主人公的冒险经历中，插入了一段因其见到耀眼圣杯而产生顿悟、决心皈依基督的叙述。

　　中世纪最著名的骑士叙事诗还有《特里斯坦和伊索尔德》。故事起源于古代传说。特里斯坦是一位英勇善战的骑士，他受康沃尔国王马克派遣，前往爱尔兰迎接美丽的公主金发伊索尔德。返航之前，伊索尔德的母亲交予特里斯坦一瓶具有魔力的药酒，让伊索尔德和马克在新婚之夜饮用，可保二人永远相爱。岂料特里斯坦和伊索尔德误饮药酒，彼此产生爱情。后来，特里斯坦娶了布列塔尼的公主玉手伊索尔德，却仍无法忘却金发伊索尔德。他作战身负重伤时，请求金发伊索尔德前来救治，并以白帆作为对方前来的信号。心怀妒忌的玉手伊索尔德谎称对方船上挂的是黑帆,特里斯坦当场气绝身亡,金发伊索尔德也为之殉情。得知真相的马克王将二人葬在教堂两侧,试图使二人在泉下也无法相见。但特里斯坦的坟上生出繁茂的常青藤,将他和伊索尔德的坟墓紧紧连接起来,喻示二人永不分离。这一看似有违婚姻伦理的悲剧肯定了爱情的尊严和力量。

拜占庭系产生于 12 世纪下半叶到 13 世纪初,主要讲述拜占庭即东罗马帝国的历史与传说。由于当时已有城市文学萌芽,作为封建制度产物的骑士精神在拜占庭系骑士叙事诗中发生变形,由原来的信奉和吹捧转为讽刺和嘲弄。例如在 13 世纪流传的《奥卡森和尼科莱特》中,贵族公子奥卡森因为爱上地位悬殊的女俘尼科莱特,便放弃骑士梦想和职责,一心只想与其成婚。这部作品韵散糅合,交错叙述,在主题上表现了中央集权加强、战事相对减少和雇佣兵制度兴起后中世纪骑士精神的衰落,在形式上则标志着骑士叙事诗向散文乃至骑士小说的演变。

11 世纪以后,随着新兴工商业阶层和市民阶级的活跃,城市文化随之兴起。城市文化打破了教会在思想文化上的垄断地位,将诉求对象指向世俗民间,城市文学便是其中的重要产物。

从体裁上看,城市文学类型多样,包括韵文故事、讽喻诗、戏剧、谣曲及笑话等。从主题和风格上看,城市文学现实性强,多使用活泼的讽刺手法,批判腐朽的教会、专横的贵族和残暴的骑士,表现市民阶级的生活智慧和反抗精神,具有反封建、反教会倾向。

法国的城市文学最为发达,主要体裁是韵文故事和行吟诗人演唱的讽喻诗,保存下来的作品有一百五十余种。法国城市文学往往以农民和教士为讽刺对象,有时也嘲笑性格懦弱、思想保守的市民,具有一定的教谕作用。其中,成就最大的是列那狐(Renard the Fox)系列,它是在伊索寓言、阿拉伯寓言和法国民间故事基础上综合演变而成的一组寓言故事,产生于公元 1175 到 1250 年之间,共由 27 组小故事组成,包括《列那狐故事》《列那狐加冕》《新列那狐》和《冒充的列那狐》等,作者已不可考。故事围绕狐狸列那的一生展开,表面上描写动物王国中狐狸、狮子、狼、熊以及驴、乌鸦、麻雀等动物之间的尔虞我诈和弱肉强食,实际上以此反映中世纪法国的社会面貌。其中,列那狐代表机智狡黠却又唯利是图的市民阶层,它的死对头伊桑格兰狼代表有勇无谋、贪婪粗鲁的骑士,狮王诺布勒代表昏庸无度的国王,布伦熊代表残暴专横的封建领主,驴子贝尔纳则是教会的象征。这一系列中最早也最精彩的是《列那狐故事》。其中,狐狸列那总是利用一些投机取巧的把戏从狮王等身上骗取信任和利益,并乐此不疲地戏弄伊桑格兰狼,每次都几乎置其于死地。它也喜欢欺负一些比它弱小的动物,如麻雀、乌鸦等。它有时甚至头脑发昏地戏弄狮王,被逮到时就装出一副悔过的样子,其形象十分生动滑稽,带有荒诞的喜剧色彩。《列那狐加冕》写列那狐萌发政治野心,处心积虑地篡夺了王位,却肆意压迫穷人,维护富人利益。《新列那狐》写列那狐率领邪恶舰队在教会支持下打败狮王率领的美德舰队,列那狐被教皇加封为"世界之王",讽喻教会统治的不合理性。《冒充的列那狐》由独立的小故事组成,情节松散,主要通过主人公之口发表一些揭露封建制度的言论。列那狐系列故事如同一部中世纪法国市民社会的百科全书,以轻松幽默而又包含讽刺的笔调展现法国市民社会错综复杂的矛盾斗争,对市民阶级、教会、封建领主和骑士的描写惟妙惟肖,而主角列那狐作为一个足智多谋的骗子和喜剧英雄也吸引不少后世作家挪用或改编,从拉·封丹寓言诗到19世纪批判现实主义小说中都能发现它的后裔。

另一部广为流传的法国中世纪城市文学作品是故事诗《玫瑰传奇》。全诗分两部分,第一部分作者是纪尧姆·德·洛里斯(约1200?—约1240),他完成了其中的4669行。这部分写"情人"对女子"玫瑰"的痴恋和追求,后来"玫瑰"被"妒忌"及其走卒关进一座城堡,故事也因作者去世戛然而止。约四十年后,让·德·墨恩(约1240—1305)续写了18000行,让"理性"出场,劝导"情人"放弃"玫瑰",但"爱情"率军打败了"妒忌",使"情人"和"玫瑰"终成眷属。《玫瑰传奇》将始于奥维德《变形记》的梦幻叙事传统发展成一种更复杂精妙的梦幻—寓言风格,这一风格在整个中世纪文学创作中都有所体现。

由此,我们可以总结出中世纪文学在多元分化样貌以外的另一特征,即教会文学与世俗文学、边缘文学与主流文学之间不乏共性,旧的文学形态与新的文学形态之间有所传承,不同主题、不同形式的文学作品并非界限森严,而是相互影响、相互渗透。例如骑士文学,其主导倾向就介于英雄史诗和城市文学之间,既有对个人建立功勋或展开复仇等英雄主义情结的渲染,又有追求爱情、面向世俗人生的基本主题;既包含一定的封建等级思想,又张扬了古希腊罗马英雄般的个性与抱负,基督教神学思想也有所体现。

第二节 但丁

但丁·阿里盖利(1265—1321)是中世纪最伟大的作家。恩格斯称其为"中世纪的最后一位诗人,同时又是新时代的最初一位诗人"。艾略特则认为"但丁与莎士比亚平分了现代的世界,再没有第三者存在"。

但丁出生于意大利佛罗伦萨一个小贵族家庭。他的一生中,有两件事与其文学成就关联甚大。第一件事是1290年,他从9岁时起就钟爱的女子贝雅特丽齐(1266—1290)去世,这给但丁造成刻骨铭心的伤痛。1292—1293年间,但丁把关于她的诗歌整理成一部名叫《新生》的集子。不少学者将其视为《神曲》的先驱。贝雅特丽齐原名贝契(Bice),意为降福的女性。在但丁眼里,她是一个兼具美貌、修养、智慧和德行的天使,他对她的爱近乎柏拉图式的精神恋爱。在《神曲》中,这名女子化身为信仰和爱的象征,引领但丁游历天堂。

第二件事是但丁从事的政治活动。在但丁的故乡佛罗伦萨,支持罗马教皇、代表新兴市民阶级及城市小贵族利益的圭尔弗党和支持帝国皇帝、代表封建贵族利益的吉伯林党之间展开持续的斗争,直到1293年贵族政权被摧毁,吉伯林党被粉碎。然而残酷斗争却并未结束,执政后的圭尔弗党又分裂为黑白两党。作为白党的中坚,但丁不可避免地卷入残酷党争,1300—1302年间遭遇两次放逐,后一次被判永远不得重返佛罗伦萨。他流亡到拉维纳,受军事家坎·格朗德的保护,得以完成宏伟巨著《神曲》。后者命人整理、誊写和刊行,世人才得以见到这部几乎"失落的书"。但丁的从政生涯被一些学者看作是人生最大的错误,但恰好由于深度卷入,但丁才有机会观察到现实政治的运作和黑暗面,促使他思索教会权威与世俗权威之间的冲突等问题,写下《帝制论》,提出要把帝国权力和教廷权力区分开来,并使它们在各自领域都成为全能的、独一无二的权威,将人在世界的目的规定为对"尘世幸福"和"永生幸福"这两条相互平行的道路的追求。这样,世俗国家的存在就具有一种超脱宗教的属人的目的性和独立性。

流亡期间,但丁还完成了《飨宴》和《论俗语》两部著作,前者用意大利俗语写成,是引导人们立足于道德和知识、借以消除城邦纠纷的科学文化普及著作;后者用拉丁语写成,是一部论证意大利俗语之优越性的散文作品。

《神曲》原名 La Commedia,即《喜剧》。后人为表示对但丁的尊崇,在前面加上修饰语"神圣的",遂成 La Divina Commedia,译为《神曲》。当然这种增加也参照了诗人对自己作品的解释。在中世纪语境中,凡是由平静开篇而结局悲惨的可称为悲剧;始于困境和苦恼而终于顺境和喜悦的可称为喜剧。《神曲》中,作者本来迷失在人生的中途,但慌乱之后不久就被引导人所救,之后一直占据主宰众生的优势,对世界的罪恶展开惩罚,对善良正直者不吝褒扬,心理上是喜悦的。经历地狱、炼狱而至天堂至善之境,其中也蕴含着很多神圣内涵。此外,但丁多次提到维吉尔《埃涅阿斯纪》是高雅庄重的,而《神曲》是用意大利俗语写成,篇中很多对话都显得粗俗,风格上以通俗为特点。在这个意义上讲,这部著作也可以理解为"喜剧"。

但丁从 1307 年开始着手写《神曲》,从初创到完成共历经十四年。《神曲》的结构与古希腊剧作家常用的三联剧类似,包括《地狱》《炼狱》和《天堂》三部分,以梦幻—寓言的手法分别叙述但丁漫游地狱、炼狱、天堂三界的历程。

在《序诗》中,诗人描写自己在 35 岁的"人生中途"[①]梦见自己"迷失在黑暗的森林",被狮子、豹子和狼三只野兽拦住去路,它们分别象征野心、淫欲和贪婪。危急之时,古罗马诗人维吉尔出现并救他脱离危险。随后,维吉尔指引他游历了地狱和炼狱,贝雅特丽齐则引领他游历了天堂。

《神曲》中的地狱具有独特的面貌和结构,其地理环境与人的道德层次相对应。它共分九层,形如漏斗。有罪的亡灵按生前罪孽轻重被禁锢其中,越往下走罪孽越深。第一层住着善良的异教徒,包括荷马、维吉尔等先贤,他们由于生活在没有基督信仰的时代而只能置身地狱,但此处环境较为适宜,没有严酷惩罚。第二至第五层住着放纵者的灵魂,包括贪色、贪食、贪财、吝啬、浪费、暴躁易怒等缺乏节制之人的亡灵。第六至第九层则是恶意者的灵魂,其罪主要分为暴力和欺诈,其中欺诈比暴力更重,放在地狱更深处。诗中维吉尔又对各种犯罪类型进行了详尽描绘:暴力可施加于邻人(他人),如谋杀、抢劫、盗窃;可施加于自身,如自杀;也可施加于上帝和自然,如渎神等。欺诈则分为对不信任自己的人的欺诈和对信任自己的人的欺诈,犯有前者的包括伪善者、妖术惑众者、圣职买卖者、贪官污吏等,犯有后者的包括忘恩负义、叛国卖主者,最后一类被打入第九层地狱。

炼狱是一座海中孤岛,平生忏悔太晚的灵魂拘禁于此。炼狱本部有七层,加上底层的预备部和顶层的尘世乐园共九层。炼狱本部的七层分别对应基督教的七宗罪。但炼狱与地狱有质的区别:炼狱主要是涤罪所在而非惩罚场所;炼狱中的有罪亡灵仍有希望地生活在净化、赎罪之中;炼狱中没有地狱中那样污秽、可怖的景象,而是个忙碌的修行场所。炼狱中的罪人经过净化,最后到达顶部的尘世乐园。在炼狱中,但丁不再是旁观者,他自己

[①] 这一年应是公元 1300 年,是但丁第一次因政治斗争而遭遇放逐的时间,也是贝雅特丽齐去世十周年之际。但丁把这一年看作自己的人生转折点,并选择在这个时间开始灵魂漫游。

也经历了净化、提升的历程。在山顶的尘世乐园,维吉尔消失,天空中祥云缭绕,贝雅特丽齐翩然而至。但丁向她忏悔了自己信仰曾经动摇的罪过,饮入忘川水,卸下精神重负,然后由贝雅特丽齐引导他游天堂。

天堂与地狱和炼狱的景象都截然不同,但它也分为九层,包括月球天、水星天、金星天、太阳天、火星天、木星天、土星天、恒星天、水晶天,是生前善良虔诚、高尚有德之人的居所。但丁在天堂中不断上升的过程也是他在贝雅特丽齐和圣伯尔纳引导下领悟真理、接近上帝的过程。这是一个由知识理性逐渐走向神学真理、由形而下世界逐渐走向形而上境界的过程。它伴随着充满诗意的绚烂景象,天堂中越来越强烈的光芒与但丁接近上帝时心中的喜悦交相辉映。此时,光明、美德与爱笼罩着一切,在闪电般的瞬间,但丁终于见到上帝,全诗在这一高潮中结束。

《神曲》是一部具有强烈价值取向和深切人类关怀的伟大诗篇。其倾向鲜明,大致包括道德、宗教哲学和政治等方面的主题。

《神曲》的道德主题主要表现在三个层面:其一,是对人类罪恶和堕落的道德审判。如在《地狱》篇中,但丁对于一切人,无论其在世时地位权势如何,都毫不姑息,有罪必惩。他甚至把教皇尼古拉三世打入第八层地狱,还给未死的教皇也在地狱中预留了位置。他像一位严厉正直、明察秋毫的法官,对各种罪行详尽分类,一一量刑。其二,是个人道德的自我忏悔和自我净化。但丁在对人类堕落进行严厉批判时,并未把自己当作至上圣人,而是同时将批判锋芒指向自己,在炼狱中进行了深刻的自我忏悔和净化。其三,是对道德至善境界的不断追求。这种追求,既是个人趋向至善的过程,也为人类指明了趋向至善的途径。

《神曲》的宗教哲学主题集中体现为对如下两组关系的探讨和表现:一是现世幸福与来世幸福的关系,二是知识理性与神学信仰的关系。就前者而言,但丁并不认为现世毫无幸福、毫无意义。《神曲》中炼狱顶部的尘世乐园像伊甸园一样受到神的保佑,但尘世乐园只是到达永生和更高幸福的过渡,来世幸福高于现世幸福。而且,现世幸福也需通过灵魂净化才能达到。就后者而言,《神曲》既肯定和赞扬了人的知识理性,但又认为人类不能单靠知识理性得到幸福,只有在神的启示下才能达于至真至善至美的境地。但丁奉"善良的异教徒"、诗人维吉尔为导师,到达尘世乐园,这在一定程度上肯定了知识理性,但又强调知识理性的局限性。《神曲》为此改造了《荷马史诗》中尤利西斯(即奥德修斯)的故事。作为希腊智慧化身的尤利西斯,在《神曲》中成了不断开拓的人类精神的象征。他没有回家,而是要独自获取关于人类善恶的知识,但他在茫茫大西洋上漂泊五个月后,尘世乐园在望时,却被狂风吞没,葬身海底。尤利西斯的悲剧表明人类知识理性具有自身无法克服的缺陷,缺乏神的信仰指导便会误入歧途,酿成悲剧。

《神曲》的政治主题可概括为政教分离的主张和以王权统一的理想。但丁认为国家的分裂源自教会干预政治。《神曲》中以淫妇和巨人接吻的丑恶意象来象征教会与王权的勾结。但丁又将统一意大利的希望寄于神圣罗马帝国皇帝亨利七世身上,给他在天堂中预留位置,希望以此恢复宗法制的牧歌社会。

在艺术上,《神曲》既是中世纪文学的集大成之作,也是独具一格之作。首先,它以独创的艺术方式,实现了幻想与现实的诗意融合。它采用中世纪文学常见的梦幻形式,却又融入强烈的现实内容。《神曲》将现实生活中的真实人物、历史上实有其人的人物置于幻境之中,把玄奥的神学哲学概念与真实可感的人物结合在一起,将轮廓清晰的具体人物放在宏大抽象的宇宙模式中加以演绎,这使得它既不同于中世纪一般梦幻作品,也不同于后世现实主义作品,而是体现出非同寻常的独创性。其次,是象征和隐喻手法的有效运用。但丁大量使用象征和隐喻手法,制造出宗教神秘主义气氛。如用狮、狼、豹分别象征野心、贪婪和淫欲,用森林象征人生,用维吉尔象征理性和哲学,用贝雅特丽齐象征信仰和神学,用淫妇和巨人在车上接吻象征教会和皇权的勾结等等。整部《神曲》则象征着人类通过理性的引导、信仰的启示,经过考验,最后达于真理和至善境界的历程。再次,《神曲》具有严整精巧的艺术结构。全诗以结构严整、布局巧妙著称,而且往往以数字"3""9"来布局,如全诗分三部,采用三韵体的形式,每部33首,加上序诗共100首;地狱、炼狱和天堂都分为九层等。此外,《神曲》在诗歌语言运用方面也颇多创新之处。这部全篇用佛罗伦萨方言写就的伟大诗集,开创了意大利将俗语当作文学表现主要工具的先河,对意大利民族语言、民族文学和民族意识的影响比但丁用拉丁文写就的《论俗语》更为深远。

【导学训练】

一、学习建议

结合中世纪的民族大迁徙、封建领主制、教会文化以及城市文化等背景来理解中世纪文学。充分认识中世纪文化的多元性、复杂性,避免单一的阐释模式和教条的理解;既要看到中世纪文化的历史独特性,也要认识到它与希腊罗马文化、希伯来文化以及文艺复兴文化的内在联系。要求学习者能够梳理和概括教会文学、英雄史诗、骑士文学和市民文学等主要文学类型、特征及其代表作,并深入理解但丁代表作《神曲》的思想内涵、艺术特征及其重要意义。

二、关键词释义

中世纪:中世纪(The Middle Ages)指欧洲历史的特定时期,其开端标志是公元476年西罗马帝国的灭亡、古代欧洲奴隶制社会的终结和封建制的确立,结束标志是17世纪中叶的英国资产阶级革命。文学史上所讨论的中世纪一般不包括15世纪文艺复兴以后的时期,因为这一时期欧洲文化发生了总体转型,具有崭新面貌的近代文学开始萌生。

教会文学:教会文学是中世纪文学的主要组成部分,指在教会控制下、为教会相关事务服务的文学。教会文学以宣扬基督教神学思想为主旨,其核心包括肯定神权、否定人性,宣扬禁欲精神、原罪思想和来世主义等等。教会文学的内容多取材于《圣经》,体裁包括《圣经》故事、圣徒传、教父传、忏悔录、祈祷文、赞美诗、搬演圣经故事和圣徒行迹的宗教剧等,典型的风格特征是梦幻—寓言叙事。

世俗文学:世俗文学是教会文学之外的其他中世纪文学形式的统称,主要包括英雄史诗、骑士文学和城市文学等。世俗文学多指向现实人生,具有反教会、反封建的特性和人文精神。世俗文学最初在民间口头流传,后被以教会人员和地方贵族为主的一些人搜集、整理和记录下来,因此我们现在看到的世俗文学多半经过了改写,掺入了宗教色彩和封建思想,很多作品的原作者已不可考。

三、思考题

1. 从文化根源和文学表现上看,欧洲中世纪文学对于古希腊罗马文学有什么继承关系?
2. 中世纪的方言文学主要包括哪些?它们各自有哪些代表作品?
3. 把中世纪文学分为教会文学和世俗文学依据的标准是什么?它们之间是否存在互渗的关系?
4. 中世纪早期英雄史诗和后期英雄史诗有什么不同?
5. 中世纪骑士文学的产生背景是什么?主要包括哪几种类型?
6. 简述《列那狐》中的艺术形象及其现实意义。
7. 《玫瑰传奇》对后世文学创作具有哪些影响?
8. 《神曲》是一部长诗,为何其原来的标题是"喜剧"?
9. 在《神曲》中,维吉尔和贝雅特丽齐这两个形象分别具有什么意义?但丁为何会选择他们以及圣伯尔纳作为自己的引路人?
10. 作为"中世纪的最后一位诗人"和"新时代的最初一位诗人",但丁的思想和创作中有哪些矛盾?
11. 从结构层面上看,数字在《神曲》中具有什么功能?

12. 学术界一般认为,《神曲》中最为精彩的部分是《地狱》篇。而但丁研究专家乔治·霍尔姆斯却更为欣赏《炼狱》篇。就艺术价值来看,《神曲》的三个部分是否存在高下之分？应当如何评论？

四、可供进一步研讨的学术选题

1. "两希"传统在中世纪文化和文学中的冲突与融合研究。

2. 在研究中世纪方言文学时,利用语言学和古文献的研究方法而非仅限于批评研究的方法,可以获得哪些具有开拓意义的成果？试结合某一中世纪方言文学,拟出一个切实可行的研究路径。

3. 从早期骑士文学及但丁的《新生》《神曲》等作品看信仰时代的身体与欲望。

4. 中世纪主要英雄史诗对于《荷马史诗》母题的继承及其思想、历史、文化意义探析。

5. 《奥德赛》《埃涅阿斯纪》和《神曲》中的地狱想象之比较。

6. 在《地狱》篇中,"异教徒"和"邪教徒"分别被禁锢在地狱的第一层和第六层,从这一不同分层看但丁的宗教立场。

7. 《但丁传》作者、俄国学者梅列日科夫斯基曾提出:"但丁是一个不曾遭到谴责的'异教分子'。"试论《神曲》的宗教伦理观念之"异教性"。

8. 《神曲》中"门"的符号学意义与功能探析。

【研讨平台】

一、中世纪概念再思考:断裂或延续？

提示:拉丁文中的中世纪(Medium Aevum)一词最早由文艺复兴时期的史学家比昂多在《罗马衰亡以来的千年史》一书中提出,后被西方乃至全世界的学术界沿用至今。比昂多等人抱着古典主义的教养和趣味,认为中世纪频繁的割据战争使得古希腊罗马艺术传统遭遇了断裂,整个欧洲都处在蒙昧落后的"黑暗时代";文艺复兴则被看作是把人类从黑暗深渊解救出来的一道光。直到1860年,布克哈特还在《意大利文艺复兴时期的文化》一书中如是说:"走出了浓密的哥特黑夜,我们睁眼看见太阳的灿烂光芒。"即便是恩格斯,在他关于中世纪的两段述评中,其观念自身的矛盾性也显而易见。正是中世纪文明背后特殊的历史脉络及其呈现出的复杂样貌使得许多社会历史学家在对其进行评述时难以定论,也导致许多学者在引证时偏执一端,笼统地看待它。

1. 恩格斯:《德国农民战争》(节选)

中世纪是从粗野的原始状态发展而来的。它把古代文明、古代哲学、政治和法律一扫而光,以便一切都从头做起。它从没落了的古代世界承受下来的唯一事物就是基督教和一些残破不全而且失掉文明的城市。

(《马克思恩格斯选集》第7卷,北京:人民出版社1959年版,第400页)

2. 恩格斯:《路德唯希·费尔巴哈和德国古典哲学的终结》(节选)

这种非历史的观点也表现在历史领域中。在这里,反对中世纪残余的斗争限制了人们的视野。中世纪被看作是由千年来普遍野蛮状态所引起的历史的简单中断;中世纪的巨大进步,欧洲文化领域的扩大,在那里一个挨着一个形成的富有生命力的大民族,以及14 和 15 世纪的巨大技术进步,这一切都没有人看到。这样一来,对伟大历史联系的合理看法就不可能产生,而历史至多不过是一部供哲学家使用的例证和插图的汇集罢了。

(《马克思恩格斯选集》第 4 卷,北京:人民出版社 1959 年版,第 225 页)

3. 朱迪斯·M·本内特、C·沃伦·霍利斯特:
《欧洲中世纪史》(节选)

中世纪的欧洲不仅是当代世界的前奏,和当代世界相比,更是千差万别。许多不同之处在现在看来颇为奇怪,不可思议。中世纪的人们会幻想出奇形怪状的人种——没有躯干的人、独腿人,还有长角的人,并且还想象他们生活在已知的世界之外。他们为什么会有这样的幻想?在瘟疫为害一方时,中世纪的自笞者们会残酷地抽打自己,并陷入虔笃的悔恨直至发狂。这又如何解释?中世纪有奴隶,也有半自由的农奴,他们为什么能接受一些人成为奴隶,另一些人成为佃农的事实?有些独特的习俗今天只能在一些虚构的故事中才能看到,比如关于火星人或外星人的好莱坞电影。有些则可见于一些非欧洲的文化:有的文化就将自我鞭笞当做一种宗教情绪的自我表达。……对于中世纪,我们不仅仅要观察,更要去理解。

(杨宁等译,上海:上海社会科学院出版社 2007 年版,第 3 页)

4. 佛郎·霍尔:《西方文学批评简史》(节选)

中世纪不再认为是一个峨特式的黑暗时代。这样一种新古典主义偏见已被浪漫主义所摧毁。我们对中世纪作家的文学艺术的赞赏与年俱增……被新古典主义者鄙薄为"峨特式"和野蛮的中世纪受到雨果的欢呼,被认为是近代文学的温床。

(张月超译,南京:南京大学出版社 1987 年版,第 25 页)

二、中世纪文学与建筑的互文关系

提示:英文的"建筑"Architecture 一词是由希腊文 Archi 和 tekt 衍生而来,前者意为首位的,后者则是含有美的艺术在内的技艺之谓。在西方的文艺美学研究领域,从柏拉图到奥古斯丁,从海德格尔到罗斯金,都不约而同地从建筑出发来探讨艺术的价值和人的生存意义,并试图发掘建筑艺术和文学艺术之间内部相通或互渗互补的关系。就中世纪而言,哥特式的宗教建筑和初期城市建筑与富有魅力的宗教文学、世俗文学相生相伴,构成一幅神秘而又多彩的画面。尤其在《神曲》中,但丁建构了一个逻辑结构严谨、功能布局清晰的三界图景,这一设计常常被看作讨论文学与建筑互文关系的重要样本。

1. 张永和:《文学与建筑》(节选)

文学建筑又是什么呢？帮助回答这个问题的惟一线索是意大利建筑师朱塞佩·特拉尼在1938年设计的但丁纪念堂,其建筑是对《神曲·地狱篇》的空间性建构性阐释。它不是古典风格的建筑,但充分反映了古典的人与建筑的关系,也不是为活人的。因为但丁纪念堂未能实施,它的文学性尚无法直接验证。但从图纸上看,墙柱等建筑构件以及空间之间都因为文学的重叠出现了非常微妙的关系,已是一幢极不寻常的建筑。

(见《作文本》,北京:三联书店2005年版,第98页)

2. 约翰·麦茜:《世界文学史》(节选)

中世纪的艺术天才,不表现于我们目前所讨论的文学,而表现于建筑及其与建筑有关的艺术。当时的哥特式寺院,如果不能使一个近代人觉得自己的渺小,至少也可以打击他的傲慢,使他不敢对他的中世纪祖先取鄙视的态度。

(稚吾译,北京:中华书局1934年版,第114页)

3. 丹纳:《艺术哲学》(节选)

如此纤巧与过敏的想象力绝对不会满足于普通的形式。先是对形式本身不感兴趣;一定要形式成为一种象征,暗示庄严神秘的东西。正堂与耳堂的交叉代表基督死难的十字架;玫瑰花窗连同它钻石形的花瓣代表久恒的玫瑰;叶子代表一切得救的灵魂;各个部分的尺寸都相当于圣数。另一方面,形式的富丽,怪异,大胆,纤巧,庞大,正好投合病态的幻想所产生的夸张的情绪与好奇心。这一类的心灵需要强烈,复杂,古怪,过火,变化多端的刺激。他们排斥圆柱,圆拱,平放的横梁,总之排斥古代建筑的稳固的基础,匀称的比例,朴素的美。……从发展的普遍看,哥德式建筑的确表现并且证实极大的精神苦闷。这种一方面不健全,一方面波澜壮阔的苦闷,整个中世纪的人都受到它的激动和困扰。

(傅雷译,合肥:安徽文艺出版社1991年版,第100页)

4. 凯斯恩·L.芮耶逊等:《中世纪城堡:罗曼司和现实》(节译)

城堡是中世纪城乡居民日常生活最切实的一部分。作为当地司法的场所,权威和武力的象征,城堡对于中世纪的集体想象影响甚巨,在艺术和文学中得到反映。

(Kathryn L. Reyerson, Faye Powe, *The Medieval Castle: Romance and Reality*, Washington D. C.: Library of Congress, 1984, p.vii)

三、但丁的哲学思想

提示:对于《神曲》的伦理取向存在着一个传统认识,即该诗是以宣扬基督教正统教义规定下的伦理观念作为主旋律。然而,在重新审视《神曲》的意义时,可以发现文本中所传达出的宗教伦理观在精神实质上存在着浓重的反基督教色彩,实际上构成了对教义中所规定的"上帝王国"的伦理疆域的动摇甚至是颠覆,并提出了一种具有乐观主义和激进主义精神的新宗教伦理视界。在打碎与重建的过程中,但丁的思想尤其突出地蕴含着奥古斯丁—新柏拉图主义伦理学的精神因素,进而实现了与古希腊文化中朴素而富于思辨的哲学精神的汇合。

1. 乔治·霍尔姆斯:《但丁》(节选)

维吉尔所提到的亚里士多德模式,实际上,在以下两个方面并不适用于但丁的地狱之图。首先,亚里士多德并没有依据无节制、恶意和兽行的区别而建立一种分类目录;其次,但丁之使用第三种范畴,即兽行,那也是匆匆地一带而过。但丁所使用的术语和概念,大都来源于同时代的经院神学。例如,他将恶意、非正义等词都作为技术术语来使用。另外,他用来区分伤害自我、伤害他人和上帝的概念,我们都可以从阿奎那的书中找到。最后,关于暴力罪和欺诈罪的区分(地狱最底层的构成即是以此为根本依据的),很可能源于西塞罗的一本名为《论义务》的哲学著作。……由此但丁形成了自己的地狱模型。这里包含着亚里士多德、西塞罗和阿奎那的思想因素。

(裘珊萍译,北京:中国社会科学出版社1989年版,第97页)

2. 霍金斯:《梦魇与梦想——但丁〈神曲〉中的地上之城》(节选)

这里并不是否认,但丁对于罗马、维吉尔以及政治秩序的积极方面有着与奥古斯丁大相径庭的看法;不如说,奥古斯丁为但丁提供了一个关于城(Civitas)的深刻的心理学观念。这种观念看起来不仅解释了诗歌世界的某些地方,而且还直接产生了诗歌的一些主要形象。奥古斯丁将共同体定义为对爱的对象的分享,他所树立的伟大典范是天上中的上帝之城(Civitas Dei),这城邦就像其初创时和被希望的那样,其中的每一种造物,不论是天使还是人,都在上帝中找到了欲望的终极目标。

(见刘小枫:《古典诗文绎读》西学卷·古代编[下],
北京:华夏出版社2008年版,第438页)

3. 詹姆斯·L.米勒:《但丁与异端:僭越的美学》(节译)

他(但丁)乐意坦承自己不是保罗,他也无意去做保罗,甚至无意去像做一个追随保罗的皈依者,亚略巴古的丢修斯……他是一个凡俗诗人,抱有一种危险的倾向:以多明我会的方式将自己得救的希望哲学化。这一倾向的推手乃是势头迅猛的理性主义,正是理性主义一度使巴黎大学里的多明我会修士们与正统教义发生冲突。尽管他一再谦卑地辩称自己的目的就是去见到"圣彼得的大门",但是他也很清楚经院主义哲学的巨大风险:试图先通过知识,然后再通过对上帝的爱来赢得救赎。

(James L Miller, *Dante and the Unorthodox: the Aesthetics of Transgression*,
Waterloo: Wilfrid Laurier University Press, 2005, p.35)

4. 查尔斯·E. 诺顿编：《神曲·地狱》（节译）

但丁的道德体系的基石是意志的自由，换言之，就是在有考虑之可能的条件下的个人判断之权利，这是但丁，也是人类，经由精神世界之旅所要追寻的自由，这种自由须在神圣的恩典启发下，通过正确的使用理性而获得。这种自由乃将人之意志与上帝之意志融为一体。

（*Dante's Inferno*, translated by Charles Eliot Norton, A Digireads.com Book, 2005, pp.9-10）

【拓展指南】

一、重要研究资料简介

1.〔英〕J. A. 伯罗：《中世纪作家和作品：中古英语文学及其背景（1100—1500）》，沈弘译，北京：北京大学出版社2007年版。

简介：该书分为"时代与文学""作家、听众和读者""主要文学体裁""寓意的程式""中古英语文学的继续存在"五章。作者自称该书并非一部中古英语文学史，也不是对中古英语文学的概论，而是作为该题目的一个导论，为首次接触中古英语作品的现代文学读者消除陌异感。事实上，该书的作用远不止于此，作者的视野几乎囊括了所有中世纪作家和作品，而又重点讨论了它们在英国文学传统中的重要地位及与现代文学作品之间的复杂关系。此外，作者所推崇并亲身实践的语言学和古文献学研究方法，对我们研究中世纪文学、尤其是方言文学具有很大的启发意义。

2.〔俄〕梅列日科夫斯基：《但丁传》，汪晓春译，北京：团结出版社2005年版。

简介：为伟大诗人但丁做传的不在少数，早在文艺复兴时期，意大利作家、学者薄伽丘就已经进行了这项工作。然而梅列日科夫斯基的《但丁传》却是但丁研究者们无法忽略的一部著作。作为俄罗斯著名文学家、宗教哲学家和神学家，梅列日科夫斯基在《但丁传》中绝不局限于记述但丁的生平事迹，而是加以富有启发性的述评，可谓一部真正的"评传"。该书完全摆脱了学院派的繁琐主义，具有鲜明的现实针对性，且行文清新晓畅，带有强烈的艺术感染力。

3.〔英〕C. S. 路易斯：《中世纪和文艺复兴时期的文学研究》，沃尔特·胡珀编辑，胡虹译，上海：华东师范大学出版社2010年版。

简介：该书收录了C.S.路易斯13篇引人入胜的论文，其中一半是路易斯有生之年没有发表过的。这些论文对斯宾塞、但丁、马洛礼、塔索和弥尔顿以及改编中世纪经典著作的天才们的研究让人耳目一新。该书对中世纪文学做了一个总体介绍，并分别探讨了诸如但丁（《神曲》）、马洛礼（《亚瑟王之死》）、斯宾塞（《仙后》）和弥尔顿（《科马斯》）等重要作家的作品。路易斯富有洞察力和亲切感的写作，能让对中世纪及文艺复兴文学感兴趣的读者和研究学者深受启迪。

4.杨慧林、黄晋凯:《欧洲中世纪文学史》,南京:译林出版社2001年版。

简介:我国目前的西方文学史著述中,断代文学史相对稀缺,尤其是关于研究难度相对较高的中世纪文学。《欧洲中世纪文学史》是具有标志意义的著作。从研究深度来看,该书一反文学史按照时序梳理流派、作家和作品的方式,而是将时代背景、宗教哲学思想等因素全部糅入其中,例如单立章节来讨论两希传统与中世纪文学的关系,大大增加了史书的深度和思辨性。从研究广度来看,该书进行了文学史跨学科研究的努力,将中世纪欧洲的基督教发展史、宗教发展史、方言发展史等全部囊括其中,虽因篇幅有限,这些讨论都未能深入,但其先驱姿态不容忽视。从研究的翔实程度来看,该书搜罗了许多国内研究领域极少提及的作家作品和研究支派,例如神秘主义文学就在书中专列一章详细讨论。

二、其他重要研究资料索引

1.〔英〕约翰·麦克曼勒斯主编:《牛津基督教史》,张景龙等译,贵阳:贵州人民出版社1995年版。

2.〔美〕汤普逊:《中世纪经济社会史》,耿淡如译,北京:商务印书馆1997年版。

3.王宪明:《世界中世纪文化教育史》,见史仲文、胡晓林主编:《世界全史》第38卷,北京:中国国际广播出版社1996年版。

4.梁工主编:《基督教文学》,北京:宗教文化出版社2001年版。

5.〔英〕乔治·霍尔姆斯:《但丁》,裘珊萍译,北京:中国社会科学出版社1989年版。

6.〔意〕托比诺:《但丁传》,刘黎亭译,上海:上海译文出版社1984年版。

7.〔美〕路易斯:《地狱与天堂的导游:但丁的自我发现与救赎》,刘会梁译,台北:左岸文化出版社2003年版。

8.〔美〕乔治·桑塔亚那:《诗与哲学:三位哲学诗人卢克莱修、但丁及歌德》,华明译,北京:北京大学出版社1991年版。

9.残雪:《永生的操练:解读〈神曲〉》,北京:北京十月文艺出版社2004年版。

第三章　文艺复兴时期欧洲文学

第一节　概述

一、文艺复兴时期欧洲社会

文艺复兴运动是一场声势浩大且影响深远的文化运动,兴起于意大利佛罗伦萨,遍及欧洲各国,从14世纪晚期一直延续到17世纪中后期。它以复兴希腊、罗马古典文化为开端,以人文主义价值观和方法论为核心,引起了人类思想意识的大变革,并在此基础上建立了近代学术思想、教育、艺术、文学的基本观念和价值体系,开创了近代欧洲文化和文学体系,深远地影响了文学、哲学、艺术、政治、科学、宗教和人类思想认知的其他诸多方面。学者们普遍认为,这一时期是沟通中世纪文化与现代文明的桥梁。

文艺复兴时期是东西文化交融的时期。奥斯曼土耳其帝国成为欧洲东部最大的政治势力之一。虽然土耳其苏丹保护古典罗马文化,但仍有一部分东罗马帝国的学者带着古典典籍逃往意大利。这就直接推动了古典文化在欧洲其他地区的进一步复兴。同时,伊斯兰教文化也开始渗透到欧洲文艺复兴的文化艺术当中。许多学者认为,在文艺复兴时期,东方与西方并没有在地理、政治以及文化上泾渭分明。东西之间互相隔阂的观念是到19世纪初期才形成的。但不可否认的是,文艺复兴时期也是文化对立的时期。许多文学艺术作品都传达了欧洲价值观与伊斯兰世界价值观的直接冲突。在塔索的史诗《被解放的耶路撒冷》中,在莎士比亚的《奥赛罗》中,可以看到欧洲对于奥斯曼土耳其帝国不断扩张的焦虑。但总体来说,日益频繁的东西文化交流是文艺复兴的特征之一。

文艺复兴时期是宗教改革的时代,也是欧洲政治势力重新整合的时代。自中世纪以来,关于宗教价值和教会权威的辩论一直没有停息。1378—1416年,天主教会经历了大动荡和分裂。教会的分裂引发各国君主之间的战争、农民的暴乱以及人们对于教会腐败的声讨。15世纪早期,罗马天主教会已处于危机之中。为了确立罗马在基督教世界的中心地位,教皇马丁五世及其继任者们开始了野心勃勃的工程,要重建罗马建筑,依次恢复和重整罗马教会的权威。具有讽刺意味的是,重建罗马并没有加强罗马教会的权威,却引来了对天主教信仰内涵的更为广泛的质疑。1517年,马丁·路德发表了针对天主教会的征讨檄文《九十五条论纲》,抨击天主教会滥用职权,反对教会出售赎罪券,宗教改革由此正式拉开序幕。许多地区都出现了圣像破坏运动,教会的财产被破坏或没收。在瑞士、匈牙利、德意志、法国和北欧,新教运动不断扩大,并与神秘主义及人文主义相结合;在日内瓦,加尔文进行了更为激进的宗教改革;在法国,天主教徒与跟从加尔文的胡格诺派之间的斗争引发了残酷的宗教战争;在英格兰,亨利八世的离婚案直接引发英格兰教会于1533年与罗马教廷决裂。

宗教改革深刻影响了欧洲的政治格局。从15世纪晚期开始,各种新型政权也在不断兴起,君主及各级统治者取代教会控制了欧洲的世俗生活,各国君主新的民族意识推动了民族主义思潮的形成。以英国为例,对法国的不满导致英国诗人开始用本国语言创作文学作品,刺激了英格兰本土文学的发展。

文艺复兴时期是大航海和地理大发现的时代。1488年,葡萄牙人迪亚士(1451—1500)向西南航行到达好望角。1492年,意大利人哥伦布(1451—1506)受西班牙王室资助探索东方未知海域,从欧洲向西航行到达哥伦布所认为的"印度",即现在的西印度群岛。1498年,达·迦玛到达印度西海岸。葡萄牙人麦哲伦(1480—1521)的船队在1519—1522年间完成了第一次环球航海。

航海大发现彻底改变了欧洲人的地理知识和想象,影响到欧洲人思想生活的各个方面,欧洲人开始面对新世界的文化、语言和信仰。对新世界的想象成为文艺复兴时期许多文学作品的主题。

二、文艺复兴时期欧洲文学

文艺复兴时期文学的思想核心是人文主义。人文主义思潮始于14世纪的佛罗伦萨,最初的形式是复兴古典拉丁、希腊文本。到15世纪中期,人文主义内容得到新的扩展,成为"人文研究"(studia humanitatis),内容涉及语法、修辞、道德哲学、诗艺和历史。不同于中世纪的经院哲学家,文艺复兴时期的人文主义者致力于恢复和研究古代文化典籍,吸取其中的智慧来重塑欧洲文明。佛罗伦萨人彼特拉克(1304—1374)是人文主义思潮的奠基者,他收集了大量来自拜占庭帝国的典籍,并以罗马演说家西塞罗、历史学家李维和诗人维吉尔为创作楷模。荷兰人文主义者伊拉斯谟(1466—1536)翻译并注释基督教经典,对经文做出不同于经院哲学家的新阐释。他的《愚人颂》(1509)是一部将古典精神与基督教理念相结合的讽刺性作品。伊拉斯谟还见证了另外两部人文主义巨作的诞生,即马基雅维利(1469—1527)的《君主论》和托马斯·莫尔(1478—1536)的《乌托邦》。这两部书被看作维护政治权力和创建理想社会的经典著作。从彼特拉克到托马斯·莫尔,人文主义者都与哲学思考、宗教辩论以及政治事件密切联系。

(一) 抒情诗与十四行诗

文艺复兴文学的第一个时期以意大利为中心。在意大利,诗歌成就最高,内容不再局限于神学讨论或追溯古典时代的希腊罗马历史与传说。诗人们将目光投向自身。他们的作品或反映典雅的骑士之爱,或者反映诗人对于柏拉图主义的哲学沉思。彼特拉克是抒情诗的先驱。在用意大利语创作的十四行诗集《歌集》中,他将自己的爱人劳拉理想化,同时也抒发了自己复杂而深沉的情感。彼特拉克体的抒情诗既是诗人探索自己的精神世界的过程,也是诗人进行道德沉思的载体。在彼特拉克影响下,西班牙诗人加尔西拉索·德·拉·维加(1503—1536)、法国七星社诗人龙萨(1524—1585)和杜贝莱(1522—1560)以及英国诗人锡德尼(1554—1586)开始改革本国诗歌语言。十四行诗由此成为一种固定的诗歌体裁,并由莎士比亚等诗人发扬光大。

(二) 史诗与田园诗

文艺复兴时期,史诗得到极大发展。荷马和维吉尔的史诗给文艺复兴时期的诗人提供了范本和母题,中世纪的罗曼司为诗人提供了叙述技巧。这一时期的一些史诗反映了欧洲不同政治权力的源头、建立、扩张以及权力更替,另外一些史诗则继承了《奥德赛》的英雄漫游主题。意大利诗人阿里奥斯托(1474—1533)的《疯狂的奥兰多》描述了中古时期查理曼大帝同他的骑士奥兰多与侵犯欧洲的撒拉逊人(阿拉伯人古称)的征战。塔索(1544—1595)的史诗《被解放的耶路撒冷》主要描写十字军从穆斯林手中夺取耶路撒冷的故事。葡萄牙诗人贾梅士(1524—1580)的《路济塔尼亚人之歌》,又名《葡国魂》,围绕达·伽马开辟通往印度的新航线的历史事件,描述葡萄牙帝国在15世纪的兴起。这部史诗将古典神话与基督教沉思联系在一起。贾梅士认为他的诗歌已经超越古代史诗,因为他所讲述的英雄事迹跨越了更广阔的地理空间。英国诗人埃德蒙·斯宾塞(1552—1599)的《仙后》追溯都铎王朝自亚瑟王以来的谱系,以此为伊丽莎白女王的统治增加荣耀。诗人首创的斯宾塞体,对后世英国诗人影响深远。

从文艺复兴时期开始,田园诗成为欧洲文学最重要的题材之一。如果说史诗体现了一个国家的民族和文化身份,那么,田园抒情诗则反映了当时文人的精神世界。诗人们独具匠心地营造一个个遥不可及的田园梦想。很多作者在田园诗中强调审美的自由和享乐,同时加以讽刺。最早的田园诗人大多是宫廷诗人。如西班牙情诗的奠基人洛佩·德·维加(1562—1635)、意大利诗人桑那扎罗(1458—1530)、英国诗人菲利浦·锡德尼爵士等。锡德尼的作品《阿卡迪亚》是一部融合田园诗、史诗与浪漫传奇等诸多风格的作品。作者从人文主义者视角重新再现了古典时代的黄金世界。

(三)流浪汉小说

在叙述文学方面,宗教主题、古典传说在这一时期的文学中仍占据重要地位,但越来越多的作家开始关注世俗生活。欧洲各国出现了一种新的叙事体裁:流浪汉小说。流浪汉小说始于西班牙的《拖美思河上的小拉撒路》(又名《小癞子》)。这部作品发表于1554年,作者匿名。主人公小癞子依靠智慧在一个虚伪的社会中求得生存。与田园罗曼司的浪漫传统不同,流浪汉小说常以讽刺笔调、幽默细节以及较为独立松散的结构来描写社会底层人物的冒险故事。流浪汉小说揭开了西班牙文学的黄金时代。16、17世纪,流浪汉小说创作蔚然成风,出现不少名作,并影响18世纪以后的现实主义小说创作。笛福的《鲁滨逊漂流记》《摩尔·弗兰德斯》,菲尔丁的《大伟人江奈生·魏尔德传》《汤姆·琼斯》以及狄更斯的《匹克威克外传》,都有流浪汉小说的影子。

(四)散文和随笔

蒙田(1533—1592)是法国文艺复兴运动的代表人物,最有影响力的散文家和思想家。蒙田大大发展了"随笔"这样的文学体裁。随笔(Essais),原意即尝试,作者在他的写作中尝试去观察、思考,并对这个世界作出独到的判断。在《随笔集》中,蒙田用一种简朴而流畅的笔调讨论经验、相貌、想象、荣誉、年龄、恐惧、书籍、友谊、教育等问题,探索人类的生存方式、思想感情和自我意识,将哲学思辨、知识性思考、逸闻趣事与自传式的个人经历融合起来,见解独特精辟,用蒙田的话来说,他自己就是这本书的内容。蒙田及其随笔影响了后世的培根、帕斯卡尔、笛卡尔、卢梭、尼采等作家。

(五) 戏剧

英国是文艺复兴时期戏剧创作的中心。英国文艺复兴戏剧已跳出中世纪道德剧传统而有了新的发展。中世纪道德剧多以宗教说教为主题。到 15 世纪末期,出现了一种新的戏剧类型:幕间剧。这类世俗短剧多以喜剧、闹剧、歌舞表演为主,每逢节日庆典期间在贵族官邸和宫廷里上演。伊丽莎白女王统治期间,英国戏剧进入繁荣期,产生了托马斯·基德(1558—1594)、罗伯特·格林(1560—1592)、约翰·赖利(1554—1606)、克里斯托弗·马洛(1564—1593)、本·琼生(1572—1637)等重要剧作家。这些作家革新了中世纪戏剧,用新颖、大众化的戏剧形式吸引了大批观众,使得戏剧成为当时最为流行的文学形式。克里斯托弗·马洛被视为英国悲剧之父,他用无韵诗创作出激情澎湃的戏剧语言,其作品诸如《马耳他的犹太人》等为莎士比亚提供了不少灵感。其代表作《浮士德博士的悲剧》是较早使用浮士德题材创作的重要作品。马洛英年早逝后,英国剧坛也就失去了与莎士比亚才华比肩的剧作家。

文艺复兴时代的戏剧极大地发展并完善了悲剧、喜剧、历史剧等不同类型的戏剧体裁。随着护国政体的统治和清教运动的兴起,繁荣的英国戏剧渐渐走向萧条。1642 年,在清教政府的压力下,伦敦所有剧院关闭。伟大的文艺复兴戏剧时代就此终结。

第二节 薄伽丘

乔万尼·薄伽丘(1313—1375)是意大利作家、诗人、人文主义者。他 6 岁开始学习拉丁文语法,阅读奥维德的神话、罗马史以及但丁作品。13 岁时随父亲来到那不勒斯,在银行当学徒。几年的学徒生涯使薄伽丘见多识广,接触到来自意大利各地、欧洲大陆和亚洲、非洲的各色商人、冒险家和水手以及那不勒斯社会各阶层。这些经历和见闻都为其日后的叙事作品提供了素材。薄伽丘对从商不感兴趣,不久进入那不勒斯大学学习法律。此间,他积极阅读但丁、贺拉斯、塞内加、圣奥古斯丁以及罗马讽刺诗人普里西乌斯的大量作品,深入了解希腊和拜占庭的文化,探索用世俗语言创作诗歌的种种形式。1335 年左右他创作了八行体长篇叙事诗《菲洛斯特拉托》。全诗主要取材于古希腊特洛伊战争中特洛伊罗与克瑞西达的故事。这部作品反映了薄伽丘对新的诗歌形式的探索,开创了八行体诗歌的先河。1339—

1341年间，薄伽丘创作了12卷长诗《苔赛伊达》，讲述忒修斯与亚马逊和忒拜城的战争。爱情和勇气是这首诗的主题。这时的薄伽丘已积累了很多写作修辞和形式上的经验，能驾轻就熟地用意大利语书写史诗以及其他叙事题材。他在1341—1342年间创作了意大利第一部田园小说《亚梅托的仙女故事》，其中大量采用隐喻，体现出《神曲》的影响。他这一时期最重要的作品是《菲亚美达的哀歌》，被一些学者视为欧洲最早的心理小说。

完成《十日谈》之后，薄伽丘作为佛罗伦萨共和国大使出使各国。1351年，薄伽丘见到仰慕已久的诗人彼特拉克，两人成为至交，在创作上互相鼓励。彼特拉克非常欣赏《十日谈》。薄伽丘全身心地投入古典研究和文学创作中。1373年，薄伽丘撰写最后一部作品《但丁传》，并应佛罗伦萨政府邀请，连续数月向公众作关于但丁的演讲。1374年，彼特拉克逝世的消息沉重打击了薄伽丘。薄伽丘失去知音，在孤独中继续文学研究和写作，于次年在契尔塔多病逝。

薄伽丘的代表作《十日谈》于1348年开始创作，1351年左右完成。1348年3月间，欧洲黑死病爆发，仅佛罗伦萨就有10万人丧生，包括薄伽丘的父亲、继母和很多亲朋好友。薄伽丘见证了人类城市在浩劫中变为废墟的过程。作为长子，薄伽丘背负起家庭重担，每天为日用所需而奔波，这段人生阅历使他能够深入了解各种现实生活问题，为《十日谈》的创作提供了丰富的现实基础。

小说首先交代了背景：黑死病肆虐佛罗伦萨。七个姑娘和三个小伙子为躲避瘟疫，逃离佛罗伦萨，来到附近的费所勒山避难。他们在山上别墅住下，享受赏心悦目的风景，唱歌跳舞，继续享用欢宴，借此躲避和忘记灾难。为消磨时间，十个年轻人从周一到周五每人每天各讲一个故事，十天共一百个故事。其中的主题包括因祸得福的故事、梦想成真的故事、失而复得的故事等。每个故事之间穿插这些贵族青年的描述和活动以及意大利语民歌。

《十日谈》取材广泛。许多故事来自历史事件，有些源于《金驴记》、法国中世纪寓言、《一千零一夜》《马可·波罗游记》《七哲人书》等，还有一些故事则直接取自街谈巷议、宫廷传闻。在《十日谈》中，薄伽丘也展现了独特的原创能力。薄伽丘深受但丁的影响，采用隐喻的叙事传统。不同的是，但丁在《神曲》中使用隐喻来传达基督教宗旨；而薄伽丘则用隐喻来讽刺天主教及其教会、教士的虚伪可笑。在黑死病的恐慌中，人们对天主教会的不满日益增加。薄伽丘将这种不满写入《十日谈》中，使全书具有强烈的喜剧效果。比如，第一日的第一个故事，如题所示："无赖之徒恰泼莱托临死时拿一番虚伪的忏悔,哄骗老神父,生前无恶不作的他,死后却博得圣者的盛名,被尊为圣恰泼莱托";第二个故事是,"犹太教徒亚伯拉罕受老友真诺的劝诱,亲赴罗马,在那里看透僧侣的邪恶,后来返回巴黎,改犹太教为基督教"。由这两则故事可以看出作者对天主教会和宗教神学的批判态度。薄伽丘也因此得罪教会势力,《十日谈》备受其咒骂攻击。两个世纪以后,马丁·路德重新改写了这两则故事,以宣传他的宗教改革思想。

《十日谈》的重要性在于,薄伽丘描述了普通人的日常生活,在讽刺挖苦贵族、僧侣与教会的同时,称赞了普通人的智慧与才干。与《神曲》相比,《十日谈》被称为"人曲"。《十日谈》将古典文学和民间文学熔为一炉,用写实风格描述了普通人的生活。在某种意义上,薄伽丘开创了以"人"为核心的文学新纪元。薄伽丘被称为欧洲现代叙事文学之父,乔叟的《坎特伯雷故事集》就是深受《十日谈》影响而创作的杰作。

第三节　拉伯雷

弗朗索瓦·拉伯雷(1494？—1553)是法国作家和人文主义者,在欧洲文学史上是与但丁、莎士比亚、塞万提斯并肩的文化巨人。他从中世纪民间文学和古典文学中汲取智慧和幽默,营造出一种与以往文学作品不同的亲和力,在破除文学教条和成规的同时,进一步发扬了古典文学的精髓。长期以来,拉伯雷文字中的怪诞和狂欢色彩受到教会的抨击和轻蔑,也使得他成为世界经典文学中最难解读的作家。

拉伯雷出生于法国著名酒乡希农(Chinon)附近的拉德旺涅。他对家乡习俗和方言俚语非常熟悉,《巨人传》中很多场景反映了此地的乡风民情,还有大量欢宴豪饮场面。某种程度上,《巨人传》是民间酒文化的颂歌。

1520年,拉伯雷成为一名修士,后因不满教规严格的方济各教会而转入本笃会修道院。不久,他又因不愿服从修道院规则而彻底放弃神父职务,进入波伊提尔大学和蒙彼利埃大学学习医学和拉丁语。1532年,拉伯雷来到里昂行医。他利用闲暇时间写作并出版了一些幽默故事集。这些故事大多是针砭时弊、讽刺宗教权威的寓言,其中也包含他自己对以"人"为核心的人文主义的理解。这些具有颠覆性的小册子是当今读者了解16世纪上半叶法国社会政治、宗教状况的重要文献材料。

1532年,拉伯雷用亚勒戈弗里巴·那西埃(Alcofrybas Nasier)的笔名出版了他的第一部作品《庞大固埃》。其笔名由拉伯雷重新排列自己姓名字母所得。这部书成为《巨人传》第二部,书名全称为《巨人高康大之子、迪波沙德王、鼎鼎大名的庞大固埃的可怖而骇人听闻的事迹和功业记》。正如书名所示,这部作品惟妙惟肖地记述了巨人庞大固埃和他的朋友们骇人听闻的事迹和功绩。全书通篇都是笑料,令人捧腹。作者用华丽的文字描写怪诞可笑的巨人欢宴生活、耸人听闻的战争屠杀和冒险。用拉伯雷自己的话说,他要描写一种"庞大固埃主义"(Pantagruelism),或曰"巨人哲学"。作者以深厚的古典文学功底叙述了巨人的生活,并给"巨人哲学"下了定义:在对偶然事件的蔑视中烂醉如泥,精神尽情欢乐。这部作品很快风行全国。不久,拉伯雷又用"那西埃"的笔名出版了《高康大》,主要记载庞大固埃的父亲高康大的故事。它被列为《巨人传》第一部。

拉伯雷的作品是笑的文学。他深受古罗马作家琉善的讽刺文体影响,师承伊拉斯谟的《愚人颂》和莫尔的《乌托邦》的讽刺性叙事,融合古典文学的谐趣文字和民间传统的插科打诨,在笑声中阐释人文主义精髓。拉伯雷的作品从一开始就充满争议。一方面,他为自己招来许多敌人。他的所有作品在问世之初总是在社会上掀起狂风巨浪,常常遭到禁毁。另一方面,他也得到不少王公贵族和学者的仰慕与资助。正是在让·杜贝雷家族、倾向于宗教改革的法国国王弗朗索瓦一世和亨利二世及内瓦拉皇后玛格丽特的资助和扶持下,他陆续完成并出版了《巨人传》的第二、三、四部分。

晚年拉伯雷因生活所迫,重新回到教会担任神父职位,为穷人免费治病。他很可能在这一时期创作了《巨人传》第五部。1553年,拉伯雷辞去神父职务,并于同年4月在巴黎去世。在遗言中,拉伯雷说:"我没有财产,我欠人不少,把我留下的送给穷人。"

《庞大固埃》于1532年在里昂出版,巨人家族的编年史由此正式开始。作品标题虽是关于庞大固埃的事迹和功业,但作者并没有一开始就描写庞大固埃的英雄事迹,而是追溯其家族史,描写他的出生、成长以及对世界的探索,从中展示巨人及各色人物的滑稽行为。全书以庞大固埃传记体叙事为主线,穿插许多分散的叙事线索,情节显得较为复杂。拉伯雷广泛吸取了世俗文学的幽默传统,同时采纳了骑士文学中的叙事框架,从当时法国舞台上的讽刺剧、愚人剧和滑稽戏中选取了一些人物和极具方言色彩的语言,渲染出一种狂欢的热烈气氛。

《庞大固埃》共34章,仿《圣经·旧约》文本来列举巨人家族的谱系。高康大在520岁的时候生了庞大固埃,意为"天下普渴",意思是他诞生的时候,世界正害干渴。庞大固埃一生下来就饭量惊人,一顿饭要喝4600条母牛的奶。他比父亲聪明,在父亲的鼓励下一心向学,成为第一个上大学的巨人。他一共上了九个大学,在所有科目上都很优秀,把所有学者、教授、演说家全都驳倒。在巴黎求学期间,庞大固埃遇到了流浪汉巴汝奇(意思是"无所不为"),二人开始了奇异而荒谬的漫游历险。途中,庞大固埃能够公平合理地断案,赢得"举世称颂",法学博士们无不衷心拜服,钦佩庞大固埃超凡的学识和见地。在庞大固埃与英国学士的辩论中,巴汝奇让英国人大出洋相之后战胜了英国学士,并赢得了巴黎贵妇名媛的青睐。巴汝奇因追求一位贵妇人遭拒,就用恶作剧将她弄得极为狼狈。书中随后描写了庞大固埃如何大败巨人军,聆听死而复活的伙伴哀庇斯特带来的地狱里的情况。作者极尽夸张地描写了庞大固埃的巨大身躯、力量和智慧。作者甚至将自己写入书中,进入庞大固埃巨大的口腔世界。作者充分运用其丰富的医学知识,强调巨人身体的巨大和复杂结构,并围绕"身体"这一中心形象,惟妙惟肖地描写了大量怪诞的形象,这种风格后来被巴赫金称为"怪诞现实主义"。

《庞大固埃》之后创作的《高康大》,讲述庞大固埃的父亲高康大的冒险故事。教育和战争是其中两个重要主题。《高康大》延续了《庞大固埃》的风格,以怪诞滑稽、极具讽刺性的笔调描写了巨人高康大出生、成长、求学和冒险的经历。与《庞大固埃》相比,《高康大》更易于现代读者阅读。全书结构清晰,叙事线索脉络分明,栩栩如生地塑造了高康大、大肚量、霹雳火国王和约翰修士等人物。全书以高康大赢取战争胜利为叙事高潮,以战后修建"德廉美"修道院(Abbaye de Thélème)结尾。"德廉美"原为希腊文,意为"自由意志"。拉伯雷一改戏谑笔调,用优美的语言描绘了德廉美修道院的建筑、内部装饰、修女的装束、修士们的生活方式等内容,营造了一个乌托邦式的人文主义乐园。德廉美修道院成为西方文学和哲学史上的一个重要寓言。

从《巨人传》第三部开始,拉伯雷重新回到庞大固埃和巴汝奇的故事,但二人形象和性格已与《庞大固埃》中相差很大。全书不再是线性叙事,而是采用对话体形式来讨论巴汝奇是否应该结婚,在结尾时,庞大固埃和巴汝奇开始了海上旅行。《巨人传》第四部继续描写二人的海上历险,用喜剧形式讲述了类似于《奥德赛》的故事。在第四部中,拉伯雷将自己对1551年前后的动荡时局和宗教危机的见解写入书中。于此巴汝奇成为小说中心人物,他与庞大固埃、约翰修士一起出发,寻找能解答一切问题的"神瓶"。他们一路经过许多国度与岛屿,如香肠国、灯笼国、无鼻国、诉讼国、伪善岛和反教皇岛等地。1564年,在拉伯雷去世十余年之后,《巨人传》第五部出版发行,在这部书中庞大固埃一行终于找到了神瓶。长期以来,读者和批评家一直质疑第五部《巨人传》的作者并非拉伯雷。虽然第五部逊于前四部,但仍然承袭拉伯雷的写作风格,因此也常被列于《巨人传》中。

第四节 塞万提斯

米盖尔·德·塞万提斯·萨阿维德拉(1547—1616),西班牙小说家、诗人和剧作家。1547年出生于马德里附近的埃纳雷斯堡。父亲是一名外科医生,家中子女众多,家境艰难。因此,塞万提斯在童年时代并没有接受良好的教育。他随家人颠沛流离,直到1566年才定居马德里。后来,进入比利亚学院学习,并开始创作诗歌。

1569年,23岁的塞万提斯来到意大利,成为红衣主教胡里奥·阿夸维瓦的贴身随从。意大利作为文艺复兴运动的发源地,使塞万提斯重新发现了古典文化的辉煌,认识到古典世界是"复兴当代世界的强大推动力"[1]。塞万提斯开始研读阿里奥斯托的骑士小说和诗歌艺术。他对古典文化的向往,以及对文艺复兴早期艺术家的推崇,都被写进他后来的作品。1570年,塞万提斯应征入伍,成为西班牙海军步兵团士兵。在著名的勒班多海战中,塞万提斯作战勇敢。在长诗《帕尔那索斯山之旅》及其他不少作品中,塞万提斯回顾了他在战场上的英勇搏杀。从1572年到1575年,塞万提斯一直在那不勒斯服役。1575年,塞万提斯在从那不勒斯回国途中,被阿尔及尔海盗劫持,从此开始五年奴隶生涯。其间他四次企图逃走,都以失败告终。直到1580年父母缴纳赎金之后,塞万提斯才回到西班牙。这段经历成为塞万提斯日后创作的重要素材,他在《堂吉诃德》与剧作《阿尔及尔的交易》《阿尔及尔的浴池》中多次加以描述。回到西班牙,塞万提斯四处谋职,曾经担任西班牙无敌舰队采购员,后来成为税吏。他经历了一次失败的婚姻,试图去美洲谋职未果,并因负债至少两次入狱。他自述《堂吉诃德》第一部在狱中构思而成,是"监牢里诞生的孩子"。1606年,半生颠沛流离的塞万提斯在马德里定居,他的多数作品都在马德里写成。

1585年,塞万提斯出版《伽拉泰亚》第一部。这部田园罗曼司描述几个

---

[1] Federick A. de Armas, *Quixoti Frescoes: Cervantes and Italian Renaissance Art*, Toronto:University of Toronto Press Incorporated, p.32.

牧羊人和牧羊女之间的爱情,是塞万提斯青年时代服兵役期间完成的。同时,塞万提斯早期的包括《努曼西亚》在内的三十多部戏剧在马德里上演。塞万提斯很快就失望了:无论是他的戏剧还是诗歌,都未获公众好评,也未能帮他实现卖文养家的目的。

年逾 50 岁的塞万提斯开始创作《堂吉诃德》。1605 年,《堂吉诃德》第一部《奇情异想的绅士堂吉诃德·台·拉·曼却》出版,立刻获得赞誉,迅速流行于西班牙及整个欧洲。读者翘首以待第二部出版,但很快却有一位化名作者伪造了小说第二部。1614 年,塞万提斯创作的《堂吉诃德》第二部正式出版,再获成功。在《堂吉诃德》中,塞万提斯讽刺了骑士小说和沉迷于其中所带来的不切实际的幻想。小说叙事引人入胜,语调幽默,人物描写惟妙惟肖,开创了现实主义小说传统,是欧洲小说史上的一座高峰。

塞万提斯还创作了《训诫小说集》和《喜剧和幕间剧八种》等作品。1616 年 4 月,塞万提斯在马德里逝世。他因《堂吉诃德》在后世获得很高荣誉,人们甚至称西班牙语为塞万提斯的语言。堂吉诃德与哈姆雷特、浮士德等人成为西方文学中最具代表性的形象。浪漫派诗人海涅、小说家狄更斯、福楼拜、托尔斯泰、屠格涅夫、陀思妥耶夫斯基等都高度赞扬过塞万提斯和他的作品。陀思妥耶夫斯基更将《堂吉诃德》看作人类思想中最根本、最崇高的杰作。

《堂吉诃德》继承 16 世纪晚期流浪汉小说传统,采用较为松散的插曲式结构,记述没落绅士堂吉诃德和他的侍从桑丘·潘沙的三次冒险经历,塑造了两个截然相反的经典形象。

五十多岁的乡绅堂阿隆索·吉哈诺(Alonso Quixano)沉迷于骑士小说,因而"完全失去理性"①,自称骑士堂吉诃德,想要像游侠骑士那样猎奇冒险,行侠仗义,除暴安良。与古代英雄骑士的英武形象不同,堂吉诃德身材瘦削,哭丧着脸,骑一匹具有所谓"驽骍难得"雅号的瘦马,满身披挂着修补拼凑出来的盔甲。按照骑士惯例,他为自己指定了一位意中人,一位像男人一样粗壮的牧猪女,并给她起了一个贵族名字杜尔西内娅·台儿·托波索,意为温柔甜蜜。第一次出门,他把酒馆当成城堡,把妓女当作贵妇淑女,为了保卫他自制的盔甲而与骡夫大打出手,替一位少年向主人讨要工钱,反而害得少年事后被主人变本加厉地毒打一顿……总之,堂吉诃德第一天的冒

---

① Federick A. de Armas, *Quixoti Frescoes: Cervantes and Italian Renaissance Art*, Toronto: University of Toronto Press Incorporated, p.13.

险就以头破血流告终,也使邻居街坊们都知道了他的疯癫病情,焚毁了堂吉诃德的许多骑士小说。

堂吉诃德游说农夫桑丘·潘沙做他的侍从,许诺要给他一座海岛。于是桑丘骑着驴,跟随堂吉诃德开始第二次冒险。一路上,他们遇见各色人物,村夫、修士、小客店主人等,堂吉诃德总要显示他的骑士道,把各种事件构想成骑士小说里的奇遇,众人都认为他着了魔道。只有桑丘·潘沙渐渐把主人的话句句当真。于是,堂吉诃德的疯癫和桑丘的傻气制造了一连串滑稽可笑的事件,最有名的当属堂吉诃德把风车当作巨人,径自与之大战。

《堂吉诃德》第二部较为严肃阴沉,描述了堂吉诃德的第三次冒险,在滑稽故事中穿插了不少哲学思考。堂吉诃德和桑丘因为第一部所描述的事迹而闻名遐迩,世人都想看到二人更加"别开生面的"疯狂。堂吉诃德不止因为自己的疯狂而吃苦头,还屡屡陷入那些等着看他笑话的人设置的陷阱。在公爵设立的圈套中,桑丘当上总督,却干得有声有色。最终,村里几位好心人让堂吉诃德与一位乔装打扮成骑士的少年决斗。败下阵来的堂吉诃德只好遵守骑士原则放弃游侠生活,回到家中。他的疯狂在他临死前得到治愈。在遗嘱中他将所有家产都留给了外甥女,条件是她不得与读过骑士小说的人结婚。

塞万提斯用幽默反讽的笔调描述了"疯子和傻子的游侠史"。疯狂是这部小说的一个重要主题。堂吉诃德这个人物形象之所以为人津津乐道,主要是因为在他身上,疯狂和崇高结合在一起,他是一个典型的以反讽为特征的人物形象。堂吉诃德到底是可笑的疯子,还是可悲的英雄?17世纪以来,人们一直在这个问题上有着不同的见解。堂吉诃德想入非非,因此在现实的世界中处处碰壁。他崇高的意愿在别人眼中只不过是疯癫的表现。这样一个既可笑又充满悲剧性和崇高性的人物成为欧洲文学中最重要的人物形象,也使得"疯癫"这一文学母题得到了最充分的文学诠释。《堂吉诃德》绝不仅仅是对骑士制度的单纯讽刺,也不只是嘲笑一个疯子的喜剧,而是一部闪耀着人文主义光辉的悲喜剧。作品探讨在两个互不相容世界的对立和并置中疯狂的意义和价值,这也是文艺复兴时期文学的一个重要主题。

不同时代有不同的文学观念和看法,对《堂吉诃德》的评价也随着时代变迁而变化。在塞万提斯时代,这部小说被看作是逗人发笑的滑稽故事,并未被当作经典。当时评论家都认为塞万提斯只不过是个逗笑作家,甚至说他"不学无术"①。很长时间里,西班牙人并不重视塞万提斯和《堂吉诃德》。但是,随着《堂吉诃德》在1612年被托马斯·谢尔登翻译成英文,这部作品却在英国等国被奉为经典。② 包括亨利·菲尔丁(Henry Fielding)在内的许多作家高度评价《堂吉诃德》及其疯狂主题,并由此引发了创作"堂吉诃德式"人物的传统,即塑造疯狂、可笑、可敬而又可怜的人物形象。这一传统在19世纪英国作家狄更斯、萨克雷的小说中得到了充分体现。法国大革命之后,浪漫主义兴起,从此堂吉诃德的疯狂也具有了浪漫和崇高的意义,堂吉诃德因此又被视为悲剧性人物。在浪漫主义批评家弗雷德里希·施莱格尔看来,堂吉诃德精神是一种"悲剧性的荒谬"③。19世纪浪漫主义之后,堂吉诃德就成为一个为了信仰而历经磨难的悲剧英雄形象,堂吉诃德的理想主义式疯癫也被冠以"堂吉诃德主义"头衔,继续影响着世界各国的小说创作。

《堂吉诃德》是西方文学史上第一部真正意义的小说,也常被批评家看作最伟大的小说。无论是堂吉诃德还是桑丘,都已成为世界文学中最重要的经典形象,经由后世杰出小说家如福楼拜、陀思妥耶夫斯基、纳博科夫、博尔赫斯、昆德拉等的模仿或改写,发展成一个庞大家族。

第五节 莎士比亚

威廉·莎士比亚(1564—1616)是用英语写作的最伟大的作家和戏剧家,也是文艺复兴时期英国最杰出的人文主义者。他为后世留下的37部戏剧、154首十四行诗、两首叙事诗以及几首短诗,代表了文艺复兴时期文学创作的最高成就。

莎士比亚出生于英格兰中部的斯特拉福特镇。父亲是一位皮匠和商人,曾一度担任镇长。莎士比亚曾就读于该镇的文法学校,学习过拉丁文、希腊文、基督教义及古典文学,阅读过奥维德、塞内加和普劳图斯等人的作品。

1579年左右,父亲事业出现变故,家道中落,莎士比亚被迫辍学。1582年,18岁的莎士比亚与比他年长9岁的安·哈瑟维结婚。1585年,21岁的

---

① Federick A. de Armas, *Quixoti Frescoes: Cervantes and Italian Renaissance Art*, Toronto:University of Toronto Press Incorporated, p.3.
② Ibid.
③ Ibid., p.7.

莎士比亚迫于生计离开家乡，1585—1592年间经历不详。有人说他曾做过教师、学徒，并参加一些戏班演出，不久来到伦敦，在一家剧院做演员。他可能于1588年开始戏剧创作，最早创作的剧本有《亨利六世》三部曲、《泰特斯·安德洛尼克斯》《理查三世》《错误的喜剧》。28岁左右，蜚声于伦敦剧团。

1592—1593年间，鼠疫席卷伦敦，所有剧院关闭，莎士比亚可能在这段时间创作了叙事诗《维纳斯与阿都尼斯》以及《鲁克丽丝受辱记》①。两首诗都是献给莎士比亚年轻的庇护人南安普顿伯爵的。1594年，瘟疫过去，莎士比亚加入"宫内大臣剧团"，从此终身都在这家剧团创作演出，并成为剧团股东之一。莎士比亚凭其卓越的戏剧才华迅速成为伦敦戏剧界的中心人物。在接下来的五六年中，他进入创作的黄金时期。

莎士比亚的所有喜剧都作于1600年之前，最后几部喜剧包括《无事生非》《皆大欢喜》和《第十二夜》。从1599年开始的十年内，莎士比亚创作了最广为人知的悲剧《哈姆莱特》《奥赛罗》《李尔王》《麦克白》和《安东尼和克里奥佩特拉》。这些悲剧深入探讨了死亡、阴谋、野心、背叛等主题，代表了莎士比亚戏剧创作的高峰。在这十年间莎士比亚还探索新的戏剧体裁，相继创作出了《特洛伊罗斯与克瑞西达》《终成眷属》《请君入瓮》（又译《一报还一报》）等问题剧。这三部戏分别取材于乔叟的《特洛伊罗斯与克瑞西达》、薄伽丘的《十日谈》、钦提奥(1504—1573)的《寓言百篇》。问题剧代表了莎士比亚创作的一个阶段，他不再囿于早期的浪漫喜剧和历史剧的创作，而将一种更阴沉灰暗的色彩引入到喜剧创作中，因此这三部戏剧还常常被称作"阴沉的喜剧"。此外，这一时期莎士比亚还创作了悲剧《克里奥兰纳斯》与《雅典的泰门》。

从1609年到1612年，莎士比亚开始采用一种新的戏剧题材"罗曼司"或称传奇剧(romance)，相继创作了《泰尔亲王配力克里斯》《辛白林》《冬天的故事》和《暴风雨》。在传奇剧中，场景一般设立在遥不可及的异国他乡，情节往往是关于海上冒险、死而复生、分离后重逢等，常以悲剧开始，以喜剧结束。宽恕与和解是莎士比亚传奇剧的主题。传奇剧是莎士比亚一生创作的总结，不久，他告别戏剧创作。

除戏剧外，莎士比亚还创作了后来录入《十四行诗集》的154首诗歌。

---

① William Shakespeare, *The Riverside Shakespeare: The Complete Works*, second edition, Boston: Houghton Mifflin Company, p.5.

全诗前 126 首献给一位青年朋友,主要歌颂友谊和人文主义理想;第 127 首以后写一位黑肤女郎,表达诗人对她的爱慕和失恋的痛苦。《十四行诗集》秉承了彼特拉克以来的浪漫抒情诗歌传统,是文艺复兴时期英国抒情诗的经典作品。

1613 年,莎士比亚的历史剧《亨利八世》在环球剧场上演,不幸发生火灾,剧场化为灰烬,似乎宣告莎士比亚创作时代的终结。不到 50 岁的莎士比亚离开伦敦①,回到斯特拉福特镇,后于 1616 年去世。

莎士比亚的生命并没有随着他的离世而湮灭。他在伦敦剧场的两位同事将他的剧本编辑成集,于 1623 年出版莎士比亚首版戏剧集。这个版本习惯上称为 1623 年对开本,印有 36 个剧本,此后又加上了《泰尔亲王配力克里斯》,共计 37 部。首版戏剧集用本·琼生的一首诗为题词,诗中称莎士比亚是"时代的灵魂",是属于所有时代的财富。

莎士比亚戏剧创作的第一个繁荣期是 1595—1600 年间。这段时间他一共创作了 15 个剧本,其中大多是喜剧和历史剧。

莎士比亚的喜剧主要有两种类型:一是浪漫爱情喜剧,如《仲夏夜之梦》《威尼斯商人》;二是充满节日气氛的田园喜剧,如《无事生非》《皆大欢喜》和《第十二夜》。它们都散发着自然健康、愉快温馨的气息,渗透着人文主义的乐观精神。

《仲夏夜之梦》(1595)将场景置于雅典森林,在这幻想的森林仙境中同时上演了四段爱情故事。在仙王、仙后和精灵出没的超自然世界中,年轻的恋人们在身份错位和嬉笑追逐中寻找到真爱。全剧在四对有情人的婚礼中结束。婚庆成为莎士比亚这一时期喜剧的主要结局方式。莎士比亚从神话故事、民间传说和古典文学中取材,用轻盈的笔触勾画出一个瑰丽多彩的仙境世界,讴歌了纯洁的爱情。

《威尼斯商人》(1596)的情节主线是威尼斯富商安东尼奥与夏洛克之间的冲突;另一情节线索是巴萨尼奥与鲍西娅的爱情。两条线索在法庭作证这场戏中交汇。安东尼奥为资助好友巴萨尼奥追求才貌双全的贵族女子鲍西娅,向贪婪的犹太高利贷商人夏洛克借债。夏洛克与为人慷慨的安东尼奥积怨很深,特别怨恨他促成了夏洛克女儿杰西卡的私奔。夏洛克假装不要利息,但如果安东尼奥不能按时还款,就要从他身上割下一磅肉。安东

---

① David Bevington, Anne Marie Welsh, Michael Greenwald, *Shakespeare: Script, Stage, Screen*, New York: *Pearson*, 2006, p.10.

尼奥商船失事,无力偿还借款,夏洛克在法庭上要求安东尼奥履行诺言。正当夏洛克举刀冲向安东尼奥的时候,女扮男装的鲍西娅赶到,以律师身份指出:按协议规定,夏洛克可取安东尼奥一磅肉,但不可令他流血。结果夏洛克败诉,被剥夺财产。

《威尼斯商人》将童话般的爱情世界与以金钱利益为基础的现实世界并置:一面是甜美的爱情和友谊,一面是你死我活的仇恨和孤独。优美的彼特拉克式的诗歌语言与现实残酷的法庭语言结合在一起。这些特征赋予该剧极大的艺术魅力,但它也因涉及排犹浪潮、资本积累等问题而在后世引起较大争议。

《皆大欢喜》(1599)是一部线索复杂的田园喜剧。公爵的弟弟弗雷德里克篡位,公爵和一众追随者被迫流亡至亚登森林。后来,公爵的女儿罗萨琳也被放逐,她和叔叔的女儿西莉亚、小丑试金石也逃亡到亚登森林。随着众人来到森林,仇恨化解,爱情孕育,四段婚姻幸福美满。全剧以皆大欢喜的大团圆结局。亚登森林作为另一座人文主义乐园,体现了莎士比亚的生活理想。作者着重塑造了罗萨琳这位女性人文主义者形象,聪明幽默,乐观开朗。她男扮女装,进入乐园般的森林,嘲笑矫揉造作的虚情假意、拿腔作势的爱情。此外,作者还成功塑造了小丑试金石和郁郁寡欢的杰奎斯等形象。他们妙语连珠,其中"全世界是一个舞台"等诗句成为莎士比亚最著名的独白之一。

莎士比亚的历史剧杰作包括《理查二世》、《亨利四世》(上、下)和《亨利五世》这套历史剧四部曲以及《理查三世》《约翰王》等。《亨利四世》(1597)再现了王军和叛军对峙的宏大战争场面,塑造了颇有心机的哈尔王子(即亨利五世)与他所宠信的酒肉廷臣福斯塔夫两个重要的人物形象。由于福斯塔夫太受欢迎,应女王要求,莎士比亚又专门写了一部《温莎的风流娘们》来表现恋爱中的福斯塔夫。大腹便便、懦弱胆小的福斯塔夫爵士处处散发着人文主义时代的乐观气息,是莎士比亚作品中最重要的人物之一。

1600—1608年间是莎士比亚戏剧创作的又一个繁荣期,主要成就是悲剧。他最为人称道的四大悲剧《哈姆莱特》(1601)、《奥赛罗》(1604)、《李尔王》(1605)和《麦克白》(1606)就写于这一时期。

《哈姆莱特》是莎士比亚最著名的代表作之一。自1602年以来,丹麦王子的血腥复仇成了被搬上舞台次数最多的莎士比亚作品。哈姆莱特的多重性格、险恶处境和复杂思想使他成为戏剧史上内涵最丰富的人物形象。

这部悲剧因其扣人心弦的情节、富于哲理的思考、严谨复杂的结构,几百年来散发着持久魅力。在第一幕中,观众被带入充满腐败堕落气息的艾尔西诺城堡,死亡幽灵从一开始就笼罩着丹麦宫廷。除霍拉旭以外,几乎所有主要人物都在剧中相继死去。我们在这部戏中可以"听到奸淫残杀、违背人性的行为,冥冥中的审判,冷漠的屠戮,用诡计和阴谋制造的死亡"①。莎士比亚表面上给观众上演了一场惊心动魄的复仇和屠杀,实则通过跌宕起伏的剧情讨论了生存与死亡、思想与行动、理性与疯狂等人类的重大问题。

复仇是全剧的核心情节。哈姆莱特的复仇、雷欧提斯的复仇和挪威王子福丁布拉斯的复仇构成了悲剧的三条主要线索。较之雷欧提斯的果断决绝和福丁布拉斯的雄心壮志,哈姆莱特的复仇被他阴郁的情绪、复杂的思想活动一再拖延。他在一个腐败邪恶、颠倒混乱的时代中丧失了行动能力。他认为世界是一所巨大的牢狱,丹麦就是其中最坏的一间(第二幕)。在这样一个世界中,哈姆莱特开始沉思生存和死亡的意义。

在以"生存还是毁灭"这一"值得考虑的问题"开头的著名独白中,哈姆莱特思考着自杀的可能性,他的思绪将他与世界和他人隔绝开来。此时他似乎并未考虑父亲的鬼魂交给他的复仇任务,也没有考虑他所编导的《贡扎古之死》即将上演。他对生与死的思考已经使他不能采取任何复仇的实质行动。哈姆莱特在《贡扎古之死》中影射叔父克劳迪斯是杀死父亲老哈姆莱特的凶手,引起叔父的极大不安。哈姆莱特本可以在惊恐不安的国王克劳迪斯忏悔之际为父报仇,但他的行动再一次被思想活动延宕了。已放弃最佳复仇机会的哈姆莱特突然变得敢于行动起来。他在与母亲的会面中咄咄逼人,责问其不忠,并杀死了躲在幕后偷听的波洛涅斯。这时丹麦宫廷斗争已十分险恶,悲剧转折点也由此开始,情节急转直下。目睹挪威王子福丁布拉斯亲率两万人马为争夺一小块地方而流血牺牲,哈姆莱特发出感叹:"从今以后,我的头脑里只许有流血的念头!"(第四幕第四场)

哈姆莱特很快被放逐到英国。他的叔父已在那里布下陷阱,只要他一到就会被斩首。哈姆莱特偷到国王诏书并做了修改,要求英王处死一直监视他的侍臣罗森格兰兹和吉尔登斯吞,随后在海盗帮助下回到丹麦。同时,丹麦宫廷的悲剧继续上演。奥菲利娅由于父亲被恋人哈姆莱特杀死、自己被遗弃而精神失常,坠溪身亡。奥菲利娅的兄长雷欧提斯从法国秘密归来,

---

① William Shakespeare, *The Riverside Shakespeare: The Complete Works*, second edition, Boston: Houghton Mifflin Company, pp.383-385.

要为父亲和妹妹报仇。国王等待着哈姆莱特被处死的消息,却发现哈姆莱特已回到丹麦,便立刻设下圈套,利用复仇心切的雷欧提斯对付哈姆莱特。在致命的决斗中,哈姆莱特被毒剑刺伤,雷欧提斯也被自己的毒剑所伤,王后喝下预备给哈姆莱特的毒酒身亡。雷欧提斯死前与哈姆莱特和解,并揭露了国王的阴谋。哈姆莱特杀死国王,自己也中毒死去。此时,福丁布拉斯兵临城下,攻占丹麦宫廷,接受王位,完成了为父亲挪威国王报仇的事业。

《哈姆莱特》是莎士比亚最长的一部戏剧。它着重刻画了人物心理的复杂性,将丹麦的宫廷斗争和哈姆莱特的复仇内化于主人公剧烈的思想冲突。自诞生以来,该剧一直是舞台表演与文学批评的焦点。批评家们用不同视角解析哈姆莱特的复杂性格和充满矛盾的思想,并对全剧主题、结构和人物塑造作出了不同诠释:有人说它是一部以宗教为主题的悲剧,有人说它是一部存在主义者的狂想,有人说它是一部政治宣言,也有人说它是戏剧史上对人类精神世界最深刻的洞察。可以说,《哈姆莱特》把尖锐的戏剧冲突和主人公的复杂思想结合起来,并借哈姆莱特表达对生与死、忠贞与背叛、欲望与虚无等问题的思考。

《李尔王》(1606)常被认为是与《哈姆莱特》并列的悲剧高峰。全剧描写老不列颠王主动放弃权力之后的悲惨遭遇以及王国分裂后你死我活的权力斗争,情节跌宕起伏,场面壮阔宏大。整个大自然、国家和个人都笼罩在痛苦、混乱、阴谋、欺诈、叛逆和纷乱当中,而老国王和他的老臣们痛苦地等待着走向坟墓。全剧采用双重线索,分别围绕国王李尔与三个女儿的关系以及大臣葛罗斯特与两个儿子的关系展开。冷酷狡诈的大女儿高纳里尔与二女儿里根为了夺取父亲的权力,在李尔决定分割国土时阿谀奉承;而真诚倔强的小女儿考狄利娅则出于人格尊严不愿奉承,因而丧失继承权和父亲的欢心,遭到驱逐,随法兰西国王离开不列颠,做了法兰西王后。高纳里尔和里根获得权力和领土之后,立刻开始玩弄权术,限制李尔的权力,并最终抛弃了年迈的父亲,使他无家可归,流浪荒野,只有一个弄人和乔装为乞丐的忠臣肯特相随。在暴风雨侵袭的原野上,疯狂的李尔站在无处掩蔽的黑夜里悲怆地哀叹自己碎裂的心和心中的暴风雨,并开始怜悯他从来没有想过的衣不蔽体、无家可归的人。

另一条线索围绕大臣葛罗斯特与嫡生长子爱德伽、庶出次子爱德蒙之间的关系展开。葛罗斯特听信爱德蒙谗言,放逐长子爱德伽,却遭爱德蒙出卖,被挖去双眼,也流落荒野。疯子李尔先是遇见乔装为疯子汤姆的爱德伽,随后又与瞎子葛罗斯特在荒野上相逢。这也是全剧最为悲恸的时刻。

美好和善良的人物相继被驱逐,不列颠的政权中心充满贪婪和邪恶。考狄利娅为救父亲率军攻入不列颠。在肯特帮助下,疯李尔来到法军营地。考狄利娅原谅了父亲,帮助他渐渐恢复神智。考狄利娅的法兰西军队被不列颠军队打败,考狄利娅和李尔被俘。爱德蒙密令处死二人,随后在与哥哥爱德伽的决斗中被刺伤,临死之际他决定违背本性要人去救李尔父女,但为时已晚,李尔在杀死凶手后,抱着被缢死的考狄利亚心碎死去。而他的大女儿和二女儿因为欲望和权力相互嫉妒,或中毒死去,或在绝望中自杀。老臣葛罗斯特也早在听到爱德伽即将得胜的消息时承受不了猛烈的情绪冲击死去。《李尔王》为观众展示了人类生活中最大的苦难和不幸,正如剧中所说的:"一切都是凄惨的、黑暗的、阴郁的。"(第五幕第三场)

《麦克白》(1606)是莎士比亚最短的悲剧,探索了血腥暴力之后黑暗的精神世界,是关于野心幻灭的悲剧。正如麦克白在绝望时所说的:"它是一个愚人所讲的故事,充满着喧哗和骚动,却找不到一点儿意义。"麦克白是苏格兰战功赫赫的功臣,刚刚平息考特爵士的叛乱被加官晋爵。在听到三位女巫对未来的预言之后,麦克白开始相信自己必然要君临一国。在国王邓肯驻留麦克白城堡的晚上,麦克白与夫人一同谋划,杀死了睡眠中的邓肯。邓肯的两个儿子马尔康与道纳逃往英格兰与爱尔兰。麦克白成为苏格兰王,但同时也永远失去了宁静。在无尽的恐惧与焦虑中,麦克白开始了一连串的屠杀。他先后杀死朋友班柯、麦克德夫的夫人和儿子等人。班柯的儿子弗里恩斯侥幸逃脱。麦克白夫人被罪恶感折磨,精神崩溃而死。麦克白最终在绝望中死于麦克德夫刀下。马尔康被加冕为苏格兰王。莎士比亚在全剧开始时通过女巫的预言告诉观众,班柯的儿子会成为国王①,这就意味着更多的政治陷阱还将继续上演。

《麦克白》在阴霾恐怖的气氛中开始,在毁灭和绝望中结束,是莎士比亚最血腥、最阴沉的剧作之一。象征恶的三位女巫引诱麦克白在罪恶的泥淖中越陷越深,逐渐丧失了自己的本性。《麦克白》的伟大意义就在于它直接深入地探讨了野心与欲望、罪恶与绝望的关系,精彩地刻画了人物黑暗的精神世界。

莎士比亚是文艺复兴时代的文化巨人,是戏剧史上最伟大的剧作家。他对各种戏剧体裁和题材进行了前所未有的探索和革新,永远改变了西方戏剧的面貌。他的声名在19世纪达到顶峰,成为哈罗德·布鲁姆所谓"正

---

① 时值来自苏格兰的詹姆斯一世统治,他的家族是班柯的后裔。

典的中心"。萨缪尔·约翰逊说,莎士比亚教我们理解人性,理解我们本身。通过表现人的意志、能力、缺陷、崇高精神、痛苦经历以及人在精神世界中的危机和求索,莎士比亚为我们提供了一面具有普遍意义的镜子,让世世代代的人们认识自己的灵魂,审视自己的过去和未来。

【导学训练】

一、学习建议

学习文艺复兴时代的文学,应在细读、通读代表性作品的同时,深入考察作家所处的历史时代背景,掌握文艺复兴运动精神及人文主义思想内涵,了解同时代作品之间的横向联系,同时注意文艺复兴时期文学与其他时代文学的互文性。要求梳理文艺复兴时期意大利、法国、西班牙、英国文学的基本脉络和代表性作家作品,重点掌握薄伽丘、拉伯雷、塞万提斯和莎士比亚的创作。

二、关键词释义

文艺复兴:文艺复兴(Renaissance)是一场发生在14世纪到17世纪欧洲的改变近代文明的文化运动。它以复兴古希腊、罗马文化为开端,以人文主义价值观和方法论为核心,在复兴和革新中开创了近代欧洲文化和文学体系。作为文化运动,文艺复兴引起了西方思想意识的大变革,深远地影响了文学、哲学、艺术、政治、科学、宗教和人类思想认知的诸多方面。

人文主义:人文主义(Humanism)是一种以人的价值和利益为出发点的世界观和方法论,它拒斥宗教反人性的禁欲主义伦理,肯定人性的需求、尊严和权利,推崇古希腊罗马文化中的俗世价值。人文主义思潮是文艺复兴运动的重要组成部分,它兴起于14世纪晚期的意大利,彼特拉克是奠基人。

乌托邦:乌托邦最早出自托马斯·莫尔1516的拉丁文小说《乌托邦》(Utopia),是小说中大西洋一个小岛的名字。Utopia 源自希腊语的两个词根,意味着"乌有",一般指理想的社会或者具有完美的社会、政治、法律体制的国度,在政治、历史、文学、宗教等多个层面被使用。在文学层面,则指一种对理想社会的想象,与现实社会形成对照,成为批判现实的参照系或出发点。一般认为乌托邦文学始于柏拉图的《理想国》。文艺复兴时期乌托邦文学的代表作包括莫尔的《乌托邦》、康帕内拉的《太阳城》(The City of Sun,1623)、培根的《新大西洋城》(New Atlantis,1627)等。

庞大固埃主义:庞大固埃主义(Pantagruelism)是拉伯雷在《巨人传》中根据主角"庞大固埃"发明的一个术语,用来描述其性格和气质,代言作者的乐观主义哲学。庞大固埃体格巨大,精力充沛,能吃善饮,百无禁忌,诙谐乐天,智识卓越,是畅饮知识、畅饮真理、畅饮爱情的人文主义者的象征。

堂吉诃德主义:或称吉诃德主义(Quixotism),是塞万提斯在《堂吉诃德》(Don

Quixote)中通过堂吉诃德的性格和行为所体现的一种近乎滑稽荒唐但具有深刻悲剧性的理想主义品质。一般用来描绘与现实脱节、不计后果、追求梦想或乌托邦理想的过分状态或倾向,或指一种具有骑士豪迈、慷慨、自我牺牲精神的英雄主义。在启蒙运动时期,堂吉诃德主义常常沦为理性主义的对照或反面,与华而不实的热情、自大和虚幻的骄傲联系在一起。

三、思考题

1. 分析比较薄伽丘、塞万提斯和拉伯雷小说中的人文主义。
2. 为什么说堂吉诃德精神是一种悲剧性的荒谬?以堂吉诃德和哈姆莱特为例分析文艺复兴时期的疯癫主题。
3. 分析堂吉诃德的信仰与疯癫的关系。
4. 文艺复兴时期,狂欢化是人文主义文学的重要特征。分析拉伯雷《巨人传》中的狂欢主题及其意义。
5. 莎士比亚四大悲剧的主题各是什么?通过分析莎士比亚的悲剧,你如何为悲剧体裁下定义?
6. 任选一部莎士比亚历史剧来分析暴力与国家的关系。
7. 《罗密欧与朱丽叶》是行动悲剧、性格悲剧还是命运悲剧?请用亚里士多德的《诗学》进行分析论证。
8. 比较分析《亨利四世》中的福斯塔夫与《巨人传》中庞大固埃的形象。怎样理解文艺复兴时代中的巨人形象?
9. 你如何理解哈姆莱特的悲剧形象?《哈姆莱特》与传统的复仇悲剧有何异同?
10. 在文学史上,文艺复兴并不是以复兴古典文明来实现文化更新的唯一时代。浪漫主义和现代主义时期,古希腊罗马文学也受到高度重视和充分利用。举例分析西方古典文学与近现代文学的互文关系。

四、可供进一步研讨的学术选题

1. 文艺复兴时期小说、戏剧、诗歌体裁的发生与发展。
2. 《乌托邦》与《愚人颂》的主题及其对文艺复兴时期人文主义思潮的影响。
3. 航海探索与文化帝国的兴起。
4. 文艺复兴文学的政治隐喻。
5. 文艺复兴时代的权力话语研究。
6. 文艺复兴时代的文献出版与审查制度。
7. 文艺复兴时期的田园风景诗学与意识形态。
8. 莎士比亚作品中的法律。
9. 文艺复兴时期诗歌中的"朝拜者"形象与宗教变革意识。
10. 文艺复兴文学发生的哲学背景研究。
11. 文艺复兴文学中的性别身份与想象。

12. 文艺复兴文学中的现代科学概念与知识的等级。
13. 文艺复兴文学中的地理想象与现代民族国家的兴起。
14. 黑死病、瘟疫与文艺复兴文学。
15. 文艺复兴文学中的城市、城邦与现代政治制度。
16. 文艺复兴文学中的宫廷、权力和文化政治。
17. 文艺复兴文学中的医学与药学知识。
18. 人文主义与个人主义的源头。
19. 文艺复兴的拜占庭文化背景。
20. 文艺复兴与文化考古。
21. 《暴风雨》中的早期殖民想象。

【研讨平台】

一、文艺复兴学:现状与学派

提示:在现代文艺复兴研究中,兴起于20世纪80年代早期的新历史主义影响很大。新历史主义是以文艺复兴时期文学为主要研究对象的西方现代批评学派。它深受西方马克思主义以及福柯边缘化史学研究与"权力话语"学说影响,重新审视有关文艺复兴时期文学的传统概念与意识形态,以去中心、边缘化的方式重新书写文艺复兴时期的文学观念史。格林·布拉特(Stephen Greenblatt)、蒙特洛斯(Louis Montrose)、多利莫尔(Jonathan Dollimore)、穆雷尼(Stephen Mullaney)、海登·怀特(Hayden White)等学者的著作和学说日益将新历史主义与文艺复兴研究变成不可分割的整体。

1. 彼得·伯克:《欧洲文艺复兴:中心与边缘》(节选)

与把文艺复兴置于舞台中央的传统做法不同,在此我们将呈现"去除中心"的文艺复兴。事实上,我们的目标是将西欧文化看做是诸多文化的一种,它与邻近的文化,尤其是拜占庭文化和伊斯兰文化共存并互相影响,而后两种文化都有各自的"希腊和罗马古典文化的复兴"。不消说,西方文化本身也是多元而非一元的,它包括了许多少数族群的文化,如犹太文化。其中许多都参与了意大利和其他地方的文艺复兴。总的来说,有关阿拉伯人和犹太人对这一文化运动的贡献,研究文艺复兴的史学家关注和记载得都太少。

(刘耀春译,北京:东方出版社2007年版,第3页)

2. 约翰·布朗尼甘:《新历史主义与文化物质主义》(节译)

在此讨论的每一种批评——新历史主义、文化诗学和文化物质主义肇始于此种意识:"整个世界是个舞台",文艺复兴的社会和政治是深刻剧场化的,当它们视文艺复兴剧场超乎了戏剧的娱乐和美学原则时,它们也就渐入危境。事实上,早在1975年,历史学派批评家斯蒂芬·奥格尔就认为伊丽莎白一世与詹姆斯一世的宫廷剧场和政治的切实融合非常明显,致使文艺复兴剧场反而显得是"反戏剧的",(这一现象)使得文艺复兴戏剧研究成为王权、政治等级制及它们亦在其中的文化体系之作用的探究。

(John Brannigan, *New Historicism and Cultural Materialism*,
New York: St.Martin's Press, 1998, p.55)

3. 伊丽莎白·赫吉斯:《法国文艺复兴时期的城市诗学》(节译)

长久以来,蒙田、笛卡尔、帕斯卡被当作理解个人在文学作品中如何表现他们自己与集体性之关系的试金石;"现代性的"个人被发明被当作一个历史时刻——这一点得到确认,文艺复兴目睹了自我新模式的产生,新模式视个人为自主的、塑造出来的、脱离了神学意义的身份概念。人文主义对古希腊罗马文明再发现为构想早期的现代性个人提供了古代模式,但文艺复兴亦从人与地方(place)的关系中追溯自我认同的根源,在这一过程中,没有什么地方比城市更重要了。《法国文艺复兴时期的城市诗学》提出我们理解现代性的个人,不仅要从人与时间和历史之关系的角度,而且要从人与地方、领土、土地和民族之关系的角度。

(Elizabeth Hodges, *Urban Poetics in the French Renaissance*,
Farnham: Ashgate Publishing Limited, 2008, p.2)

4. 丽莎·霍普金斯:《创建莎士比亚》(节译)

犹如许多新历史主义批评的分析所做的那样,路易·蒙特洛斯对于《仲夏夜之梦》的分析始于一则逸闻,不过,打破惯例的是,这则逸闻与梦相关——一个与伊丽莎白女王半相关的半色情的梦,伊丽莎白时期的"魔术师"西蒙·佛蒙(Simon Forman)做了这个梦并记录了下来。……但是,不像传统的精神分析学家,蒙特洛斯视心理是由历史条件决定的:"男性依赖于妇女这一幻想表达于并包括在男性控制着妇女这一幻想之中;演员依赖于一位女王这一社会现实书内刻于剧作家控制着一位女王这一想象性现实之中。佛蒙的私人梦幻文本与莎士比亚的公共戏剧文本代表了私人与公共关于性别和权力想象之间的辩证关系——一种特定的文化辩证关系;二者均有伊丽莎白文化形式的典型特征。"

(Lisa Hopkins, *Beginning Shakespeare*, Manchester:
Manchester University Press, 2005, pp.74-75)

二、文艺复兴时期文学与殖民主义想象

提示:帝国的兴起与新世界的发现是文艺复兴时期最重要的历史事件。文艺复兴时期文学的一个重要特征就是关于帝国兴起和新世界的殖民想象。例如,蒙田的《论食人族》(Of Cannibals)一文中就描述了对新近发现的新世界的向往与好奇。他甚至将新世界中土著人的生活方式理想化,在那些想象的食人族生活中看到黄金时代的生活。

同时蒙田还在文章中批评了欧洲殖民者对新世界的屠杀和掠夺,而莎士比亚的《暴风雨》显然受到蒙田影响。《暴风雨》将背景设置在地中海的一座小岛上。欧洲的公爵贵族与野蛮丑恶的奴隶凯列班之间的冲突构成了全剧重要的戏剧张力。

文艺复兴时期文学在对新世界的处理上有两种基本态度:一方面,蒙田对新世界的理想化体现了欧洲文化的自我中心意识开始形成;另一方面,《暴风雨》中的早期殖民想象却体现了欧洲思想与早期现代性对殖民地"他者"的压抑与改造。

1. 约翰·吉列斯:《莎士比亚与差异地理学》(节译)

……也许我们可以借助莎士比亚式的人物(经常与他者有关)来界定莎士比亚对于欧洲之外的地理概念。犹如他者,这个人物亦是极致性的造物,地平线的造物,是 terra incognita,即哈姆雷特谓之的"此境乃无人知晓之邦","自古无返者"。在莎士比亚的内外研究中,他者已然是我们熟悉的对象,而这类人物尚未获得注册。因此,我要命名他(和她)"航海人"(the voyager)。航海人也许与他者相反,正如普洛斯彼罗与卡列班相反,但他们也许可以结盟,正如安东尼与克里奥佩特拉可以结盟。

(John Gillies, *Shakeapeare and the Geography of Difference*, Cambridge: Cambridge Unversity Press, 1994, p.3)

2. 乔纳森·贝特:《暴风雨·导引》(节译)

(此时)英帝国的奴隶贸易和香料航线尚未形成。莎士比亚的这部戏背景设在地中海,而非加勒比海,严格地说,卡利班不能算作岛上的土著。然而它还是感觉到了殖民占有与剥夺的动因,这一感觉如此有力,令人惊异,以至于1950年奥可塔沃·马诺尼在其《殖民化心理学》一书中提出:一对互补的精神症状——殖民者一方的"普洛斯彼罗情结"和被殖民一方的"卡利班情结"促成了(占有与剥夺)的过程……对许多20世纪后期加勒比海英语作家来说,《暴风雨》以及卡利班这一人物形象成为一个焦点,他们借此去发现自己的文学声音。与其说此剧反映了帝国的历史,不如说它预示了帝国的历史——毕竟,普洛斯彼罗是个流放者,而非冒险家。

(Johnathan Bate ed., *The Tempest*, Stratford-upon-Avon: The Royal Shakespeare Company, 2008, p.9)

3. 陶德·W.瑞瑟尔:《亚里士多德的新世界:文艺复兴游记文学中性别化的比喻》(节译)

众所周知,在文艺复兴时期,亚里士多德一般被用于支持欧洲对于新世界土著的统治。在其经典研究——《亚里士多德与美洲印第安人:现代世界种族偏见研究》一书中,刘易斯·汉克(Lews Hanke)讨论了16世纪西班牙的分歧:卡萨斯(Las Casas)与瑟普贝达(Sepulveda)就如何运用亚里士多德判断美洲印第安人各执一端。……与瑟普贝达不同,卡萨斯认为土著有能力满足亚里士多德谓之的"美好人生"所需条件,因此拒绝许多人的一个观点:土著人就是"半动物",他们的财产和人力应该受欧洲人支配。在亚里士多德式体系里,妇女/妻子,孩子和奴隶扮演着他者的角色,与克制的雅典男人相对。在文艺复兴文化里,这种联系经常以性别和性欲的方式建立起来或暗示出来。

(Freeman G. Henry, *Geo/Graphies: Mapping the Imagination in French and Frencophone Literature*, Amsterdam: Rodopi, 2004, pp.43-44)

三、疯癫与文学:以文艺复兴时期为例

提示:疯癫是文艺复兴时代的一个重要主题。从阿里奥斯托的史诗《疯狂的奥兰多》、塞万提斯的《堂吉诃德》到莎士比亚的《哈姆莱特》《李尔王》,疯癫在文艺复兴时期文学中体现出不同的症候与形式。疯癫作为文学主题,最早出现在古典戏剧当中。在中世纪,疯癫常常与放逐的命运联系在一起。中世纪"愚人船"的隐喻传统继续影响着文艺复兴时期的文学和艺术。尼德兰画家博斯(Hieronymus Bosch)在15世纪末创作了《愚人船》,1494年法国的人文主义者圣巴斯蒂安·勃兰特写出了《愚人船》。1509年伊拉斯谟创作了《愚人颂》。米歇尔·福柯在《疯癫与文明》中指出:"在文艺复兴时期的想象图景上出现了一种新东西;这种东西很快就占据了一个特殊位置,这就是'愚人船'……这些愚人船很可能是朝圣船。那些具有强烈象征意义的疯人乘客是去寻找自己的理性。"①疯癫与理性的关系也成为这一时期文学中的重要课题,并一直萦绕着整个文艺复兴时期的文学想象。在接下来的文学发展史上,古典的疯癫体验最终在巴洛克文学、新古典主义以及启蒙主义的理性潮流中被体制化乃至消解,直到现代世界才频繁地在许多作品中爆发出来。

1. 艾伦·泰赫尔:《陶醉于疯癫:医学和文学中的精神错乱》(节译)

如果我的读者乐意接受这一假设,即一种自我的新概念、一种自我的新体验出现在17世纪早期(这一观点已为许多思想家提出),那么他们允许我如此推论:正在那些非医学界的作家那里,对于自我的新意识引发了对于疯癫自我的新理解……莎士比亚、塞万提斯和笛卡尔,这三个作家的作品中疯癫以及疯癫世界得到不同的、新颖的表现,对疯癫的发展史贡献甚巨。简言之,当寓言不再是讨论疯癫的主要方式后,这三位作家,也许还有其他作家,对于现代疯癫话语的建立至关重要。

(Allen Thiher, *Revels in Madness: Insanity in Medicine and Literature*, Ann Arbor: University of Michigan Press, 1999, p.75)

2. 李连·费德尔:《文学中的疯癫》(节译)

李尔王对"威权伟大的影子"的揭露引起埃德加的惊呼:"啊,正经话和疯话夹杂;疯

---

① 〔法〕米歇尔·福柯:《疯癫与文明:理性时代的疯癫史》,刘北成等译,北京:三联书店2003年版,第5、7页。

狂中的理智",他对李尔王充满洞见的评价已成经典之句,契合疯癫症状。……保罗·费邓如是说:"每个精神错乱的人心智并不弱,具有足够的智力领悟并接受对其病理机制的解释。他的心灵疾病会引导他更接近直觉和理解,正常人、俗人和精神分析师反而因逻辑、情感和自我因素的阻力,排斥直觉和理解。"

(Lillian Feder, *Madness in Literature*, Princeton:Princeton Unievrsity Press, 1980, p.98)

3. 丹尼尔·黑普尔:"疯癫作为哲学洞见"(节译)

在近期发表的《西班牙黄金时代的忧郁与世俗心灵》一书中,特丽莎·苏法斯超越了疯癫症状研究,转而揭示忧郁不仅是一种心灵疏离,而且还是理智与社会疏离的迹象——在一个封闭的社会,疯癫是一种完美的手段,用来隐藏对社会价值和规范的批评。……进一步的研究体现在专著《文艺复兴文学中的愚蠢与疯癫》(Ernesto Grassi 与 Maristella Lorch 著)中。作者考察了有关愚蠢的写作,诸如费西洛对神圣的狂怒的赞美,伊拉斯谟的《愚人颂》,认为它们对于哲学话语做出了最深刻的贡献。作者提出:从一开始,愚蠢,而非理智,是人类智力活动的要素;愚蠢,而非理智,甚至在心智层面把人类与动物区分开来。……愚蠢表明了一种存在的意识(而这种意识,动物不会有,或至少不会表达出来),这是一种人类独有的能力:以矛盾和悖论的方式表达存在意识,理解存在。黄金时代的表达"世界一团糟"传达出的反讽意味,只有人类的智力才能理解。通过研究疯癫话语的种种特征,我们进而研究疯癫是人类诸多表达形式中的一种,是对反讽和悖论的感觉,颠倒了我们对事件和存在的理解。

(F.A.Armas ed., *Heavenly Bodies: The Realms of La Estrella de Sevilla*, Cranbury : Associated University Presses, 1996, pp.136-137)

【拓展指南】

一、重要研究资料简介

1. 〔瑞士〕雅各布·布克哈特:《意大利文艺复兴时期的文化》,何新译,北京:商务印书馆1997年版。

简介:这是第一部全面深刻、细致入微的关于文艺复兴运动的文化史书籍,自1860年问世以来一直在文艺复兴研究中占据着举足轻重的地位。全书深入分析13世纪后期到16世纪中期的意大利文艺复兴运动,用主题叙述的方法剖析了文艺复兴时期的意大利政治文化生活、早期人文主义、古典文化的复兴、节日庆典和宗教与道德等内容。它为读者提供了全景式的文艺复兴运动图景,是用传统历史主义解读文艺复兴运动的重要读物。

2. 〔美〕斯蒂芬·格林布拉特:《英国文艺复兴的形式力量》(*The Power of Forms in the English Renaissance*),London:The Book Service Ltd,1983。

简介:这是新历史主义的纲领,也是运用新历史主义解读文艺复兴运动的代表作品。它首次使用了"新历史主义"概念。它以莎士比亚的《理查二世》与埃塞克斯叛乱之间的关系开篇,还原该剧最初上演时所处的复杂历史环境、意识形态以及政治话语,将莎士比亚的文本作为一种政治文化力量的体现。

3. 〔英〕C. S. 路易斯:《被抛弃的意象:中世纪与文艺复兴文学导论》(*The Discarded Image: An Introduction to Medieval and Renaissance Literature*), Cambridge: Cambridge University Press, 1964。

简介:路易斯是中世纪及文艺复兴文学专家。他的这部著作详尽地介绍了中世纪及文艺复兴时代的历史文化背景,是研究中世纪与文艺复兴文学关系的重要著作。

4. 〔美〕斯蒂芬·格林布拉特:《文艺复兴的自我塑造:从莫尔到莎士比亚》(*Renaissance Self-fashioning: from More to Shakespeare*), Chicago: University of Chicago Press, 2005。

简介:这是文艺复兴研究中的里程碑式作品。它以莫尔、廷代尔、怀亚特、斯宾塞、马洛、莎士比亚六位作家为例,研究作家的创作主体在权力话语中的互相制约、交流与影响,是新历史主义的代表作。

5. 〔美〕哈罗德·布鲁姆:《莎士比亚:人类的创造》(*Shakespeare: The Invention of the Human*), London: Fourth Estate Limited, 2008。

简介:这部莎士比亚研究专集极富争议,是布鲁姆莎学研究的总结。他认为莎士比亚在戏剧中创造了现代人的基本品质。他深入剖析了哈姆莱特与福斯塔夫的人格魅力和现代意义。虽然某些观点较为极端,但布鲁姆运用他对文本精神的理解和互文性阅读有力地论证了莎士比亚对现代人品格的创造。

二、其他重要研究资料索引

1. 〔英〕沃尔特·佩特:《文艺复兴》,李丽译,北京:外语教学与研究出版社 2010 年版。
2. 〔美〕哈查金斯:《十二世纪文艺复兴》,张澜等译,北京:三联书店 2008 年版。
3. 〔美〕保罗·奥斯卡·克里斯特勒:《文艺复兴时期的思想与艺术》,邵宏译,北京:东方出版社 2008 年版。
4. 〔英〕C. S. 路易斯著,沃尔特·胡珀编:《中世纪和文艺复兴时期的文学研究》,胡虹译,上海:华东师范大学出版社 2010 年版。
5. 〔英〕彼得·伯克:《欧洲文艺复兴:中心与边缘》,刘耀春译,北京:东方出版社 2007 年版。
6. 〔英〕霍普金斯(Lisa Hopkins)、斯戴格尔(Matthew Steggle):《文艺复兴时期的文学与文化》(英文版),上海:上海外语教育出版社 2009 年版。
7. 〔法〕米歇尔·福柯:《疯癫与文明:理性时代的疯癫史》,刘北成等译,北京:三联书店 2003 年版。
8. 〔苏〕巴赫金:《拉伯雷的创作与中世纪和文艺复兴时期的民间文化》,见《巴赫金全集》第 6 卷,李兆林等译,石家庄:河北教育出版社 1998 年版。

9. 文美惠:《塞万提斯和〈堂·吉诃德〉》,北京:北京出版社1981年版。

10. 〔美〕纳博科夫:《〈堂吉诃德〉讲稿》,金绍禹译,上海:上海三联书店2007年版。

11. 〔美〕斯蒂芬·格林布拉特:《莎士比亚式的商榷》(*Shakespearean Negotiations: the Circulation of Social Energy in Renaissance*),Berkeley:University of California Press,1988。

12. 〔英〕格蕾西亚(Margret de Grazia)、〔英〕威尔斯(Stanley Wells)编:《剑桥文学指南:莎士比亚》(英文版):上海:上海外语教育出版社2003年版。

13. 〔英〕斯坦利(Stanley):《剑桥文学指南:莎士比亚研究》(英文版),上海:上海外语教育出版社2000年版。

14. 杨周翰编选:《莎士比亚评论汇编》,北京:中国社会科学出版社1980年版。

15. 张泗洋等:《莎士比亚引论》,北京:中国戏剧出版社1989年版。

16. 张泗洋主编:《莎士比亚大辞典》,北京:商务印书馆2001年版。

第四章 17世纪欧洲文学

第一节 概述

一、17世纪欧洲社会

对欧洲而言,17世纪既是一个政局不稳、社会动荡的变革时代,又是一个科学与理性大踏步前进的时代。封建贵族与新兴资本主义两种势力此起彼伏,各国发展很不平衡。德、俄、东欧各国处于四分五裂的封建割据状态,经济落后;意大利、西班牙等文艺复兴时期的强国逐渐被后进的英、法取代;欧洲主要国家进入早期现代化阶段,开始向美洲拓展殖民地。

(一)近代国家的确立:君主立宪制与君主专制

在英国,自1603年伊丽莎白女王去世后,英王与议会之间的矛盾日趋激烈,保王的国教和革命的清教之间展开信仰、思想和权力之争,宗教、政治与经济等方面的冲突引发了一场血腥的内战(1642—1649)。1649年以克伦威尔(1599—1658)为代表的清教徒把英王查理一世送上断头台,推翻斯图亚特王朝,成立共和国,史称"清教革命"(1649—1660)。① 后来王政复辟,几经妥协,1660年查理二世建立君主立宪制。此后,英国成为欧洲最发达的国家,工商业快速发展,殖民开拓、海外贸易、国家交往与国际战争日益频繁;现代哲学与政治思想、科学技术得到广泛应用与传播;文化进入巴洛克文化、清教文学和古典主义等齐头并进的繁荣时期。

与英国实行君主立宪制不同,16世纪后期法国逐渐消灭封建割据,建

---

① 英国清教(Puritan)是16世纪下半叶从英国国教内部分离出来的新教派别。16世纪上半叶,英王亨利八世与罗马教皇决裂,建立以英王为首的国教会(圣公会),但保留了天主教的主教制、重要教义和仪式。16世纪60年代,许多人主张清洗圣公会中的天主教残余影响,废除主教制和偶像崇拜,减少宗教节日,提倡勤俭节忍,反对奢华纵欲,得名清教徒。这反映了新兴资产阶级的信仰和愿望。

立起中央集权的君主专制政体。在路易十三(1610—1643)和"太阳王"路易十四(1643—1715)时代,王权达到高峰。他们在政治上统一思想,调和资产阶级和封建贵族之间的矛盾,经济上推行重商主义和殖民扩张。这一时期兴起的古典主义①与君主专制、宫廷趣味形成密切关系,它既受王权保护、鼓励与培植,又为之服务和效命。虽然巴洛克文化也风行法国,但其最高成就仍是古典主义戏剧。

(二)"我思故我在":科学精神与理性主义

从文艺复兴开始的科学精神在16、17世纪催生了一大批知识巨人,如天文学家伽利略、开普勒和物理学家牛顿等。近代实验科学的奠基人弗兰西斯·培根(1561—1626)开创了以经验为手段、研究感性自然的经验哲学。这些科学成就、观念和方法深刻地影响了17世纪的理性主义。英国的霍布斯(1588—1679)、荷兰的斯宾诺莎(1632—1677)和法国的笛卡尔(1596—1650)被认为是欧洲三大理性主义哲学家。霍布斯的《利维坦》(1651)在自然法基础上系统发展了国家契约学说,设想了共和体制。斯宾诺莎的自然学说和泛神论思想影响深远。笛卡尔认为理性是构成普遍"人性"的核心,人必须运用"纯粹的自然而然的理性"来认识世界,用理性克制情欲、代替盲目的信仰;认为万物之美皆在于真,而真存在于条理、秩序、统一、均衡、对称、明晰、简洁之中。这确立了理性的主导地位。

(三)《钦定本圣经》:信仰权威与英语的普及

为调解英国国教和清教之间的矛盾,也为了让更多普通人能够知晓"上帝的旨意",1604年英王詹姆斯一世(1566—1625)决定用国王名义出版《圣经》。1607—1611年间,翻译和推出了《英王钦定本圣经》或称《詹姆士王译本圣经》(King James Version of the Bible,KJV)。

《钦定本圣经》以其忠实准确的传达、简洁优美的语言及典雅古朴的文风给《圣经》翻译带来了一场革命。它确立了英国基督教信仰的纯正性和圣言的权威性。虽然人文主义复兴和科学发现对传统基督教产生了较大冲击,但这并不意味着人们抛弃了信仰,而是重新思考、划分知识与信仰的界限。《钦定本圣经》因其通俗易懂而广为流传,不仅促进了现代英语的形成,推进了英伦三岛不同民族之间的文化认同,而且还随着大英帝国的殖民扩张遍及全球,使英语成为当今世界的通用语言。《钦定本》可以看作17

---

① 又称"新古典主义"(Neoclassicism),有别于古希腊罗马的古典主义。

世纪英国文学的一个有机组成部分,弥尔顿、班扬、德莱顿等作家都从《钦定本圣经》中得到不少艺术素材和灵感。

二、17世纪欧洲文学

(一) 巴洛克风格和巴洛克文学

巴洛克艺术主要流行于17世纪上半叶。"巴洛克"一词源于葡萄牙语baroco,原指"一种不规则的珍珠",含有"不整齐、扭曲、怪诞"之意,与严整、匀称、和谐相对立。它最初是建筑风格术语,后用于音乐、绘画、文学等领域。16世纪文艺复兴时期的人文主义者常用此词批评那些不按古典规范制作的艺术作品。巴洛克风格与文艺复兴盛行的单纯、庄重、典雅相区别,也不同于古典主义的秩序、统一与高贵,而是追求一种金碧辉煌、精致细腻、繁复夸饰、富于动感的艺术情趣。富丽堂皇的宫廷、炫耀财富的贵族和奢华的排场为巴洛克艺术的兴盛提供了必要的物质条件,以至欧洲17世纪有"巴洛克时代"之称。

文学上的巴洛克起源于16世纪的意大利、西班牙,在17世纪的法国达到高峰,同时流行于西欧。它主要宣扬基督教思想和王权主义,偏向信仰危机和厌世思想,追求生死灵肉、人生意义等终极问题,带有虚幻神秘色彩;它关注形式美,喜用夸张的比喻、冷僻的典故、奇特的意象,文句松散,语言雕琢浮夸。意大利以服务宫廷的马里诺(1569—1625)为首,形成"马里诺诗派",其长诗《阿多尼斯》(1623)取材于希腊神话,堆砌典故,善用比喻、对偶、夸张等手法,绮丽浮华,迎合贵族审美趣味。西班牙的"贡哥拉派"以贵族神父贡哥拉(1561—1627)为代表,创造出一种华丽冷僻、故弄玄虚、晦涩难懂的诗歌语言,被称为"贡哥拉主义"或"夸饰主义",其影响力一直延续到18世纪。① 卡尔德隆(1600—1681)是继维加之后西班牙最重要的戏剧家,代表作《人生如梦》描写暮色苍茫、荒山阴暗时刻,悬崖塔楼之中,不幸的人们受命运驱使,演出一连串悲剧,展示人世生活之毫无价值。德国的巴洛克文学以格里美豪森(1622—1676)的流浪汉小说《痴儿西木传》为代表,描写主人公西木在底层社会流浪的屈辱经历,最后他告别苦难人间,皈依上帝。法国的巴洛克文学经贵族沙龙而风行一时,出现了于尔菲(1567—

---

① "夸饰主义"的词义来源是"精心培育"的意思,文艺复兴时期的塞万提斯、维加等西班牙作家虽然反对这种过于雕琢的风格,但其作品也难免受到这种流行风格的影响。后来散文中的"概念主义"就来源于此。

1625)的田园牧歌小说《阿丝特蕾》,描写的是牧场上的田园风光、谈情说爱以及虚情假意、乔装打扮、荒诞无稽的爱情纠葛。

(二) 英国玄学派诗歌与清教文学

17世纪上半叶英国诗歌有两个派别:一个是以骑士和朝臣为主的骑士派,歌咏爱情,宣扬及时行乐;另一个是以神秘主义诗人约翰·多恩(1572—1631)、安德鲁·马韦尔(1621—1678)、乔治·赫伯特(1593—1633)、亨利·沃恩(1622—1695)、理查·克朗肖(1613?—1649)等为代表诗人的玄学派①,多以爱情、宗教和讽刺为题材,喜弄玄学,常用突兀的意象(image)、奇喻(conceit)、隐喻(metaphor)、机智(wit)和诡辩(paradox)等手法表达晦涩而迷人的思想,在节律与语调上运用戏剧性陈述和交流方式,把细腻的感情与微妙的思辨融为一体。多恩原是一位天主教徒,后改为英国国教徒,成为著名的布道家,他写下了许多爱情诗、讽刺诗、格言诗、宗教诗及布道文。其诗不同于当时流行的彼特拉克式的甜美抒情风格和传统诗歌意象,而是采用了莎士比亚式的机智隐喻、奇特丰富的想象和多变的格律:如《跳蚤》以"跳蚤"叮咬一对恋人为话题,推断两人生命实际上已结合在一起,说服情人接受主人公的求爱;《离别辞:节哀》使用当时的科学术语"圆规"来比喻一对恋人的难分难舍。与其他玄学派诗人相比,马韦尔的诗虽然不多,却善于从日常生活和广博的学识中寻找令人惊叹的奇喻,标志着英国文学从文艺复兴的抒情时代向古典主义的理性时代过渡。其爱情诗《致他的羞涩的情人》通过意象的多样化和幻想推论的多层次展开,把表面的调侃轻盈与内在的严肃阴郁奇妙地融为一体,使人惊愕与沉思,体现了英国诗歌的高度成熟。艾略特赞赏马韦尔把机智这一技巧提升到多恩从未超过的高度。玄学派诗歌一直为世人所忽视,在20世纪艾略特、兰塞姆、爱伦·泰特、奥登等现代诗人的发现和阐发下,才得到前所未有的关注,并对现代主义诗歌产生了深刻影响。

17世纪英国清教作家以约翰·弥尔顿和约翰·班扬(1628—1688)为代表。班扬是一位虔诚的基督徒,虽未受过良好教育,却凭借对《圣经》的潜心研读与坚定信仰,写下名著《天路历程》(1684)。此书采用梦幻形式讲述作者梦中所见,一个名叫"基督徒"的男人在上帝指引下离开家乡"毁灭城",经过"绝望潭"、听"晓谕"揭示真理,仰望十字架而挣脱重负。他大战

---

① 有时也被归为巴洛克文学。

魔王亚坡伦,与"守信"结为好友,但好友却在"名利场"中被杀害。"基督徒"还经过"疑惑寨""迷魂地"等形形色色的艰难险阻,最后胜利到达"天国城"。其妻在得知丈夫的英勇事迹之后也带着全家和邻居们一起进入窄门,踏上天国之路。《天路历程》用寓言再现了《圣经》的信仰内涵,语言通俗精练,自出版之日起,其影响经久不衰,成为英国普通家庭除《圣经》之外的必备书。19世纪的英国作家萨克雷还借用其中的"名利场"为自己的小说命名。

英国复辟时期(1660—1700),重新开放被清教徒关闭的剧院,戏剧获得新生。宫廷戏剧以法国古典主义为楷模,推崇理性,强调明晰、对称、节制、优雅,追求艺术形式的完美与和谐。第一位被封为桂冠诗人的约翰·德莱顿(1631—1700)被誉为"英国文学评论之父",是英国古典主义的倡导者和实践者,他在《论戏剧诗》(1668)中具体阐述了古典主义戏剧法则。他创立的"英雄双韵体"(heroic couplet)成为英国诗歌的重要形式之一。其"英雄悲剧"和"风俗喜剧"描写贵妇人和骑士的爱情纠葛,歌颂旧时理想,美化宫廷生活。德莱顿的文学评论从理论和技巧等方面探讨了古典时期的诗人和剧作家,对莎士比亚的评论独树一帜。从他开始,英国文学逐渐由创作时代转向批评时代,并被蒲伯和约翰逊推向顶峰。难怪文学史家把这一时期的英国文学称为"德莱顿时代"。

(三) 法国古典主义戏剧与"路易十四风格"

在法国,君主、宫廷和贵族成为法兰西民族文化的主导者,波旁王朝建立了一系列奖金、津贴和检查制度。路易十三用优厚的年俸和地位笼络艺术家。1635年在首相黎塞留领导下,成立推行国家文化政策的"法兰西学院",院士40人,绝大部分是文学家,完成了字典和语法方面的编撰工作。路易十四亲自在宫廷设立剧场,鼓励戏剧创作,甚至参与演出,他既喜欢崇高壮丽的悲剧风格,也欣赏滑稽讽刺的喜剧风格。在凡尔赛宫的倡导下,"路易十四风格"盛行一时,逐步扩展到英、德、俄等国宫廷,影响欧洲文坛二百余年。

布瓦洛(1636—1711)的《诗艺》(1674)用亚历山大体写成,为文艺创作制订了普遍、永恒而绝对的法则,以适应宫廷和贵族风尚的需要。布瓦洛明确指出理性是文学创作的基本原则和评介标准,所有戏剧都必须遵循"三一律"(Three Unities):"要用一地、一天内完成的一个故事/从开头直到末尾维持着舞台的充实。"①诗人的任务是研究宫廷,描写各种不变的自然人性;语言力求纯洁、明晰、简练;逼真即自然,即美。作为文艺上的唯理主义,古典主义文学试图通过理性、秩序与法则纠正文艺复兴以来过分强调个性天才、否定秩序、语言不规范、艺术形式杂乱的现象。《诗艺》成为古典主义文学的经典理论,它促进了民族语言的规范化与标准化,有利于民族国家的身份认同;但其过度规范的约束必然导致文学创作的类型化、程式化、僵死化。

古典主义戏剧往往从古希腊古罗马文学中汲取艺术形式和题材,大多描写主人公的感情与家族责任、荣誉观念或国家义务的冲突,表现出拥护中央王权的强烈政治倾向;要求"逼真、得体",摹仿"自然"即"普遍人性";严格遵循"三一律"的艺术规范;讲究简洁洗练、明朗精确、华丽典雅的文风,表现出较多的宫廷趣味。其悲剧代表是高乃依和让·拉辛,喜剧代表是莫里哀。散文方面有科学家和宗教家帕斯卡尔(1623—1662),其《思想录》(1670)对信仰、人生和宇宙的看法,天才地揭示了人因思想而伟大这一主题。这一时期,朗布依耶夫人(1588—1665)主持的贵族沙龙格调高雅,被视为上流社会风尚的中心。沙龙促进了诗歌和小说的发展,创造了雅风和爱情理论,倡导并发表了关于人物描写、格言和书简等新的文学形式,使之成为法国古典主义文学的重要类型。拉法耶特夫人(1634—1693)的心理小说《克莱芙王妃》(1678)被视为沙龙雅风的代表作。让·拉封丹(1621—1695)的《寓言诗》(1668)取材于古希腊罗马、印度及法国的民间故事,以动物世界寓指人类社会,在嬉笑怒骂中揭露和谴责了王朝的黑暗和贵族的暴虐。

高乃依(1606—1684)是古典主义悲剧的创始人,写过《熙德》(1636)、《贺拉斯》(1640)、《西拿》(1642)、《波里厄克特》(1643)等三十多个剧本。《熙德》取材于西班牙诗人卡斯特罗的历史剧《熙德的青年时代》,描写出身名门的罗德里克面对履行为父报仇(女友施曼娜的父亲因嫉妒罗德里克的父亲当上太子师傅,打了对方一记耳光)的义务而产生的内心冲突。罗德里克为了摆脱困境,走向战场,击退摩尔人入侵,为国立功。最后国王出面裁决,一对有情人终成眷属。当男女主人公面对荣誉、义务与爱情的冲突时,是理性战胜情欲,国家利益战胜家族义务。高乃依的戏剧庄严崇高,人

---

① 〔法〕布瓦洛:《诗的艺术》,见伍蠡甫主编:《西方文论选》(上),上海:上海译文出版社1979年版,第290、298页。

物道白明确有力,充满激情(在一定程度上受巴洛克戏剧影响);语言具有雄辩遒劲的阳刚之美,体现了古典主义所追求的理想美,以至于有"美得像熙德一样"的成语流传至今。

法国古典主义悲剧的另一个代表是拉辛(1639—1699)。他写过《安德洛玛克》(1667)、《费德尔》(1677)、《阿塔莉》(1691)等11部悲剧和1部喜剧。《安德洛玛克》被认为是最标准的古典主义悲剧,上演时遭到保守派攻击。它是五幕诗剧,取材于欧里庇得斯的悲剧《安德洛玛刻》和《特洛亚妇女》,参考了荷马与维吉尔史诗相关情节,主题是爱情与嫉妒。拉辛的悲剧简练集中,剧情干净利落,语言自然流畅,善于描写人物矛盾心理。与高乃依的悲剧取材于古罗马、侧重崇高感情和责任义务相比,拉辛的悲剧更多取材于古希腊,关注人性中的激情和欲望,将人本身的悲剧性作为情节推动力,这是因为他生活于古典主义后期,其时弥漫着对英雄主义和理性的怀疑与悲观思想。虽然高乃依和拉辛的悲剧仍未摆脱宫廷趣味,但已具备现代戏剧的基本形式,有一定的幕数,适宜于在一定时间内演出。"三一律"对他们不是束缚,而是使其艺术才能得到充分发挥的最好形式。

随着市民教育水准的不断提高以及对社会现实的不断关注,古典主义的各种教条逐渐成为文学发展的桎梏,引发一场长达百年的"古今之争"。争论的焦点是:作家应当学习古人,还是学习今人?1687年,厚今薄古派的查理·贝洛勒(1628—1703)认为路易十四时代与罗马奥古斯都时代相比毫不逊色。厚古薄今派的布瓦洛则以荷马和维吉尔为例,说明古代作家绝对卓越。两派文人意见冲突,相持不下,一直延续到18世纪初。最后以厚今派的胜利而告终。"古今之争"标志着古典主义的衰落,预示着18世纪启蒙思想家的自由批判精神和19世纪浪漫作家个性与天才意识的诞生。

第二节 弥尔顿

约翰·弥尔顿(1608—1674)出生于伦敦一个富裕的清教徒家庭,一生经历了伊丽莎白王朝的尾声、共和国时期及王朝复辟时代。弥尔顿在大学期间就开始用拉丁文和英文写诗,深入钻研古希腊罗马和文艺复兴时期的文化和文学。1638年他到意大利旅行,拜会被天主教会囚禁的伽利略等文人志士。这一时期写有一些短诗,如悼亡诗《利西达斯》(1637)是为好友爱德华·金而作,弥漫着感伤的情绪,感情真挚动人,文字朴素,形式完美。1639年,弥尔顿积极投身资产阶级革命,曾任克伦威尔革命政府国务院拉丁文秘书，撰写大量捍卫共和国的政论，如《为英国人民声辩》(1650)。因劳累过度，双目逐渐失明。1660年查理二世复辟，弥尔顿被捕入狱，后获释回家，从此专心写诗，在双目失明的状态下，完成了三部长诗《失乐园》(1667年)、《复乐园》(1671)和《力士参孙》(1671)。

《失乐园》和《复乐园》取材于《圣经》故事，主题是"引诱"。《失乐园》写亚当、夏娃经受不住魔鬼的引诱而堕落，人类无法用理性控制情欲，陷入原罪。《复乐园》写耶稣——第二个亚当来到人间，经受了撒旦的考验，用信仰战胜了各种情欲，通过为人类受难而消除人的罪。诗人描写了耶稣如何拒绝撒旦的各种诱惑，从而证明他具有应付任何考验的能力。《力士参孙》(1671)取材于《旧约·士师记》，是弥尔顿长诗中最有力量、感人至深的英国诗剧。以色列民族英雄参孙被妻子大利拉出卖给非利士敌人，眼珠被挖掉，每日给敌人推磨。看见非利士人庆祝胜利，参孙痛苦万分，此时父亲劝他和解，妻子的忏悔给了他刺激。面对敌人的威胁和侮辱，参孙在表演武艺后撼倒了大厦支柱，与之同归于尽。力士参孙的伟大形象体现了失明之后的弥尔顿不屈不挠的坚强意志、饱经考验的信仰和牺牲精神，是诗人对神的引领的祈求、对个人灵魂的重视和对人类复兴的信念。

《失乐园》分12卷，长约万行，主要取材于《创世纪》《以西结书》《以赛亚书》和《启示录》等，把《圣经》的诸多片段融为一体，创造出一个气势磅礴、丰富多彩的艺术世界，把基督教信仰化为优美的形象和铿锵的诗句。这部伟大的近代史诗采用了古典史诗从"故事的中心"开始的倒叙手法。大天使撒旦骄矜自满，纠合一部分天使和上帝作战，被打入地狱（卷一、二）；他冲过混沌，潜入人世，来到亚当居住的乐园，企图毁灭上帝的创造物人类。上帝知道撒旦的阴谋，但为考验人类对他的信仰，便不阻挠撒旦（卷三、四）；上帝派遣拉法尔天使告诉亚当面临的危险、撒旦的堕落缘由（卷五、六）以及上帝创造世界和人类的经过（卷七、八）；但亚当和夏娃意志不坚，受撒旦引诱，吃下禁果；上帝决定惩罚他们（卷九、十），命迈克尔天使把他们逐出乐园，并告诉他们将要遭遇的灾难和考验（卷十一、十二）。

弥尔顿试图通过《失乐园》来解释人类不幸和苦难的根源，从而"阐明永恒的天理，/向世人昭示天道的公正"。弥尔顿试图说明撒旦的堕落是由于野心勃勃，骄傲自满；夏娃的堕落是由于盲目求知，妄想成神；亚当的堕落是由于溺爱妻子，感情用事。人类不幸的根源在于理性不强，感情冲动，意志薄弱，经不起外界引诱。在第三卷中，诗人展示了上帝与撒旦、人类堕落与自由意志及拯救的关系之奥妙，这成为全诗的核心思想："我凭正直公平创造了他,本可以/站得稳,然而也有坠落的自由。/……如果不给以自由,/只照不得已行事,/显不出本心的主动,那么凭什么/证明他们的真诚、实意、忠信、和执爱呢?意志也好,理性也好/(理性也包括选择),若被夺去自由,/二者都变为空虚、无用的了。/……坠落的天使,是自甘堕落,诱惑自己,/而人的堕落是受骗于前者,/所以人可以蒙恩,前者则不能。"(朱维之译)

《失乐园》成功地塑造了一个饱满生动的恶魔形象——撒旦。他在凶险的地狱背景下,挑战上帝的决心毫不妥协。这种叛逆精神赋予撒旦古典史诗英雄般的品格和悲剧性,不过却是颠倒的英雄气概,由恶与骄傲而非善与顺服所支配。撒旦一面发出豪言壮语,一面却巧言令色;表面狂傲强悍,内在却虚弱无比。史诗采用寓言方法揭示撒旦的本质:他产生反抗上帝的思想后,头脑中生下女儿"罪恶",与之乱伦后,生下"死亡",这两个恶魔把守地狱大门,它们一起构成了"撒旦——罪恶——死亡",与天堂中的"圣父——圣子——圣灵"三位一体构成对照。撒旦是恶的象征,上帝允许其存在,是为了考验人的信仰是否坚定,给人以自由意志,在善、恶之间进行选择,但是由于自身的骄傲和撒旦的诱惑等原因,人类始祖未能经受考验而堕落,其后代也陷入原罪之中。不过,作为虔诚的基督徒,弥尔顿相信上帝仍然给予堕落的人类一条拯救之路。

与骄傲自满、桀骜自私的撒旦相反,神子耶稣降格为人,甘愿挑战魔鬼,以其"神圣的怜悯,无限的慈爱,无可测量的恩惠"为世人赎罪,这也是《复乐园》的救赎主题。弥尔顿的清教文学继承了但丁以来的基督教人文主义思想,不过,与文艺复兴初始但丁在《神曲》中把维吉尔作为理性带领人的信念不同,弥尔顿对人类理性和知识进行了反思与批判。他认为有科学与智慧而没有信仰与正义,人类不会得到和平与幸福。弥尔顿肯定人的自由、进取心和自豪感,但否定骄傲、野心和无限制的享乐。在他看来,人类最高的知识在于认识上帝,如果离开上帝(最高真理)而追求理性,必然陷入更深的罪。只有皈依上帝的人才能享有真正的自由,获得拯救。

作为诗人,弥尔顿总是骄傲而又谦卑地把自己和荷马等前辈联系起来。他自豪地声称《失乐园》创造性地使用了无韵英雄诗体:"它树立了一个样本,在英语诗中第一次摆脱了近代韵脚的枷锁,而恢复了英雄史诗原有的自由。"[①]《失乐园》继承并发展了欧洲史诗传统,运用了璀璨瑰丽、富有抒情气

---

① 作者序《本诗的诗体》,见〔英〕弥尔顿:《失乐园》,朱维之译,上海:上海译文出版社1984年版,第1页。

氛的比喻、独特的拉丁语句法和雄伟庄严的文体,气势恢宏,感情澎湃,长短错落,质朴有力,掷地有声。其节奏与声响模式与诗人的思想意境密切相关,互为补充。德莱顿在《题弥尔顿画像》中认为弥尔顿是继荷马、维吉尔之后最伟大的诗人,糅合了前者的高雅和后者的雄浑,为英格兰增添了夺目的光辉。19世纪批评界对弥尔顿的评价大致有两种。一种是"唯撒旦派"的误解:一些人把弥尔顿视为类似撒旦的革命时代的叛逆者,把恶魔视为诗中主角和英雄人物,浪漫主义诗人布莱克(W. Blake)就持此看法。另一派却忽视弥尔顿的思想、道德和信仰,只欣赏诗歌的伟大风格。维多利亚时期,弥尔顿的影响日益衰退。20世纪初,庞德、艾略特、燕卜逊等人认为弥尔顿的诗歌冗长拖沓,对17—18世纪诗歌产生了不良影响。二战后,弥尔顿重新赢得批评家关注。美国批评家哈罗德·布鲁姆高度评价道:"《失乐园》的不同凡响在于其不可思议地融莎士比亚的悲剧、维吉尔史诗及《圣经》预言这三者于一体。《麦克白》中恐怖的病态与《埃涅阿斯记》中的噩梦体验,以及希伯来圣经中的独断权威等相互融和。这种融合可以让任何文学作品堕入九层地狱,但眼盲并遭到政治失意打击的弥尔顿却是坚不可摧的。西方文学中也许没有比这更成功的宏伟想象。"[1]难怪在英国诗人中,弥尔顿常被列于莎士比亚之后,而在所有其他诗人之前。

第三节　莫里哀

莫里哀(1622—1673)是法国古典主义喜剧最杰出的剧作家。他原名若望—巴蒂斯特·波克兰,莫里哀为艺名。他出身富裕资产阶级,自幼喜爱戏剧,儿时常随外祖父观看民间戏剧演出,后决心以戏剧为终生事业。1643年,他和一些志同道合者组织"光耀剧团",结果因负债累累而被捕入狱,靠父亲还债才得以出狱。1645—1658年,他继续与合伙人浪迹外省,深入民间,巡回演出。1652年莫里哀成为"光耀剧团"领导人,集剧团老板、编剧、导演、演员于一身。1658年他回到巴黎,在卢浮宫上演《多情的医生》,获得成功。其讽刺喜剧《可笑的女才子》(1659)嘲笑贵族沙龙故作优雅的习气,一度被禁演,由于路易十四干预,禁令被解除。"光耀剧团"得到了国王的支持,成为莫里哀喜剧事业发展的阵地。

---

[1]〔美〕哈罗德·布鲁姆:《西方正典:伟大作家和不朽作品》,江宁康译,南京:译林出版社2005年版,第130页。

《丈夫学堂》(1661)和《太太学堂》(1662)标志着莫里哀找到自己的创作方向,即反映"一般人的良知",主张节制、务实的世界观和人生观,揭露资产者对金钱的过度追逐、对贵族的盲目羡慕和对人生常理的无知,用笑声来娱悦观众。

1664—1669年是莫里哀创作的全盛时期。他把风俗喜剧和性格喜剧结合起来,写出了《伪君子》(或称《答尔丢夫,又名骗子》)(1664—1669)、《堂璜》(1665)、《愤世嫉俗》(1666)、《屈打成医》(1666)、《吝啬鬼》(1668)和《乔治·唐丹》(1668)、《贵人迷》(1670)、《司卡班的诡计》(1671)、《女学者》(1672)、《没病找病》(1673)等。喜剧在法国有悠久的传统,如中世纪的傻子剧、笑剧等。不同于悲剧描写英雄人物或大人物,喜剧植根于市民阶层,适合描写小人物和丑角。莫里哀反对当时盛行的把文学体裁分为优劣等级的看法,认为喜剧不比悲剧低,有时写喜剧甚至比写悲剧更为困难。莫里哀的喜剧关注民生现实,忧患意识强烈,善于刻画形形色色资产阶级的怪相和丑态,对金钱、欲望、婚姻、教育、继承权、阶级关系等社会问题进行了深刻的思考。其喜剧有时用诗体(多采用亚历山大体),有时用散文,语言流畅自然,吸取了民间口语,不少句子已成谚语。

《伪君子》塑造了一个身披教袍、无恶不作的骗子和伪君子的典型形象。答尔丢夫满口仁爱和灵魂得救,用花言巧语骗取资产阶级奥尔贡的信任,披着慈善事业的外衣,陷害倾向信仰自由的人。奥尔贡和母亲受其蛊惑,把他视为圣人,颂扬他,供养他,甚至打算把爱女嫁给他,把财产托付给他,把不可告人的政治秘密告诉他。由于答尔丢夫的挑拨,奥尔贡狠心驱逐儿子,剥夺其财产继承权。答尔丢夫还试图勾引奥尔贡的妻子欧米尔,霸占奥尔贡的全部财产,并陷害奥尔贡。直到答尔丢夫的罪行完全暴露后,奥尔贡才恍然大悟:他所敬爱的"上帝的意旨"的执行者原来是个卑鄙小人,一个被物欲、金钱和虚伪道德扭曲了的可悲之人。

《伪君子》深刻地揭露了答尔丢夫伪装虔诚的罪恶用心在于贪财好色。他表面上"把世界看成粪土一般",实际上是贪图享乐的酒肉之徒。他"一顿饭吃两只竹鸡、半只羊腿、一离开饭桌就睡觉",看到女仆桃丽娜袒胸露背时竟扭过脸去,掏出手帕,要她把胸脯遮起来。然而,他一边答应做奥尔贡的女婿,一边又向奥尔贡的妻子求爱。当奥尔贡送他一点钱时,他总是说"太多了,一半已经太多";但当奥尔贡把全部家产赠给时,他没说半个"多"字。他一看见欧米尔太太就垂涎欲滴,"要拔去上帝这样一个障碍"。当罪行面临败露时,他伪装深受委屈而不予计较,致使奥尔贡盛怒之下将儿子赶出家门,并立下字据,把全部家产赠给答尔丢夫。最后当其伪善面目无法继续时,答尔丢夫竟要把奥尔贡一家赶出大门,并向宫廷告发奥尔贡私藏政治犯的秘密文件,想置之死地。"答尔丢夫"已成"伪善"的同义语。

《伪君子》严格遵循了古典主义的"三一律":剧情时间限于24小时之内,地点是奥尔贡的客厅,全剧结构紧凑,在情节与行动上高度统一,都是表现答尔丢夫的虚伪与欺骗。莫里哀运用卓越的艺术手法来塑造答尔丢夫的形象。如这出戏的开幕被歌德称赞为"现存最伟大和最好的开场":答尔丢夫直到第三幕第二场才出场,但在前两幕通过奥尔贡及其家庭成员的分歧,暗示答尔丢夫的作为、欺骗、影响和权威。观众从奥尔恭一家人对他的不同评价中感到了他的存在,这既展示了剧中主要人物之间的辩论,渲染了主人公的浓重登场,也使观众从一开始就带着清醒的批判眼光审视答尔丢夫的虚伪表演,从而不会有片刻被其表面伪装所蒙蔽。戏剧中一波三折的情节扣人心弦,答尔丢夫第一次被达米斯揭露后反败为胜;第二次采用桌下计,又未能赶走他;第四幕结束时,剧情几乎要以悲剧告终;第五幕忽然急转直下,在全家抱头痛哭时答尔丢夫出人意料地被抓走。国王明察秋毫,救了奥尔贡一家,这充分体现了古典主义戏剧歌颂王权的政治倾向。

莫里哀在形象塑造方面类似莎士比亚,显示出卓越的辩证法,即善于用集中、夸张、概括性手法,使其性格有别于他人,从而丰富这个形象。如将伪善者的一切特征集中在答尔丢夫身上,使之成为伪善的化身;把吝啬集中于阿尔巴贡(《吝啬鬼》)身上,使之成为吝啬的代名词。据说,布瓦洛给莫里哀取了"静观人"的绰号,认为他善于观察各种人物,无论是资产者或无产者、商人或农民、少爷或小姐、贵人或流氓,在其笔下皆被塑造得栩栩如生,人物形象超出了传统喜剧人物的类型化范畴而获得不凡的艺术魅力。

作为"法国古典笑剧之父",莫里哀成为欧洲戏剧发展的推动者。歌德在同爱克曼的谈话中经常提到:"莫里哀如此伟大,每次读到他的作品,每次都重新感到惊奇。他是一个独来独往的人,他的喜剧接近悲剧,戏写得那样聪明,没有人有胆量想模仿他。"① 歌德的评价有助于我们理解莫里哀的深远意义,可以说18世纪欧洲喜剧都是从莫里哀那里派生而来的。博马舍、伏尔泰、谢立丹和哥尔多尼等戏剧家都从中获益匪浅。

---

① 《中国大百科全书·外国文学》,北京:中国大百科全书出版社1982年版,第731页。

【导学训练】

一、学习建议

结合17世纪欧洲社会新的时代特征，关注英国清教革命、《钦定版圣经》发行和法国路易十四王朝封建君主专制政体下的特定文化现象，以及霍布斯、笛卡尔、弥尔顿等思想家的理论学说及其影响，以此为背景来理解17世纪欧洲文学的发展流变。要求能够梳理巴洛克文学、英国玄学派诗歌、清教文学和法国古典主义戏剧的脉络、特征、代表作家作品，重点掌握弥尔顿、莫里哀等作家的创作。

二、关键词释义

古典主义：古典主义（Classicism）又称新古典主义（Neoclassicism），是17世纪最早出现于法国并流传到英、德、俄等西欧国家的一种文学思潮，因其在理论和创作实践上强调以古希腊罗马文学为典范，故称"古典主义"。这一名称通常特指具有如下特征的17世纪法国戏剧思潮或戏剧类型：政治上拥护中央王权，主张国家统一；思想上崇尚理性；艺术上模仿古代，遵从三一律等规范。

三一律："三一律"（Three Unities）是17世纪法国古典主义戏剧的结构原则，即要求剧情时间跨度不超过一天，地点只能有一个，只能有一条情节线索。这一原则在布瓦洛的《诗艺》中得到集中概括。

巴洛克：巴洛克（Baroque）是17世纪欧洲流行的一种过分雕琢和华丽的艺术风格的总称，发源于罗马，迅速在意大利流行，并传播到当时的法国、荷兰等国。它主要体现在教堂建筑、绘画、室内装饰、庭院设计、文学等方面。巴洛克文学借鉴了中古文学的象征、寓意、梦幻手法，多写带有神秘宗教色彩的生死、哀怨，表现出华丽纤巧、夸张乃至矫揉造作的风格。

玄学派诗歌：玄学派诗歌（Metaphysical Poetry）指17世纪英国流行的一种诗歌派别，以约翰·多恩、安德鲁·马韦尔等倾向于表达智力复杂性的诗人为代表。其特征是喜用令人震惊的奇喻（conceit）表达玄妙的思想情感，即把截然不同的意象或不伦不类的思想概念结合在一起，或从外表不同的事物中发现玄妙的相似点，往往含有机智诙谐和反讽的语气，反映出一种超然的思辨态度。玄学派诗歌在20世纪的现代主义诗歌中得到复兴，为新批评派所推崇。

风俗喜剧：风俗喜剧（Comedy of Manners）起源于古希腊剧作家米南德的新喜剧，到17世纪英国王朝复辟时期形成一个独特的戏剧品种。这类喜剧塑造智慧的仆人、年迈的父母、命运沉浮的年轻恋人以及富有的情敌等。英国"风俗喜剧"以威廉·康格里夫（William Congreve，1670—1729）为代表，写有《以爱还爱》（Love for Love）、《如此世道》（The Way of the World）等。在法国古典主义喜剧家莫里哀那里，风俗喜剧达到一个高峰。它表现了貌似高雅实则充满尔虞我诈的上流社会的风流韵事，其戏剧效果表现在人物之间的机智对答和滑稽讥讽。

三、思考题

1. 17世纪英、法两国的历史、政治和经济如何影响其文学艺术的发展？
2. 17世纪的欧洲文学主要包括哪几种类型？分别简述其特征。
3. 文艺复兴与古典主义都倡导向古希腊、罗马学习，比较两者对古希腊、古罗马文艺的"复兴"之差异。
4. 比较"巴洛克风格"与"路易十四风格"的异同。
5. 为什么说《钦定本圣经》对17世纪英国及此后的西方文学产生了无可估量的影响？
6. 简述法国古典主义戏剧中"三一律"的由来与影响。
7. 以《熙德》《安德洛玛克》或《伪君子》为例，说明法国戏剧家如何根据"三一律"创作优秀剧作。
8. 分析莫里哀的《伪君子》中答尔丢夫的喜剧形象，为什么说答尔丢夫成了伪善者与骗子的代表？
9. 以多恩的爱情诗《跳蚤》或马维尔的《致他的羞涩的情人》为例，说明英国玄学派诗歌如何运用"奇喻"和"隐喻"的艺术手法。
10. 具体分析《失乐园》的撒旦形象，联系弥尔顿的清教信仰，说明这首史诗的主题思想。
11. 《失乐园》继承了欧洲两种最重要的文学传统（古希腊—罗马与文艺复兴），请举例说明。
12. 浪漫主义诗人布莱克认为："弥尔顿之所以在写天使和上帝的时候力不从心而写魔鬼和地狱时却得心应手，是因为他是一个真正的诗人，与魔鬼为伍却不知晓。"但是C.S.路易斯、道格拉斯·布什等20世纪批评家认为创造非凡恶魔的作家自己不一定是恶魔。分析《失乐园》中的英雄与恶魔。

三、可供进一步研讨的学术选题

1. 考察法国古典主义建筑的代表卢浮宫及古典主义美术作品，探究它们如何与文学上的古典主义一脉相承以及如何体现理性原则。
2. 分析巴洛克艺术继承文艺复兴艺术的方式以及它对19世纪浪漫主义兴起的影响。
3. 从文体学角度，比较欧洲"巴洛克文学"与中国古代"赋"文学的异同。
4. 比较法国古典主义与20世纪50—70年代中国"为政治服务"的文艺政策，以此探讨政治意识形态、权力话语与文艺的关系。
5. 从布瓦洛的《诗艺》和德莱顿的《论戏剧体诗》之比较看法英古典主义理论的渊源关联及不同体现。
6. 从女性主义视角分析高乃依的《熙德》或拉辛的《安德洛玛克》中的女性形象。
7. 从歌德对莫里哀的评价看法国喜剧家莫里哀如何提升喜剧在欧洲戏剧中的地位

以及莫里哀对后世戏剧家的影响。

8. 从传播信仰、促进文艺、规范语言等角度探讨《钦定本圣经》对英国文化、文学和语言产生的影响,并与19世纪末20世纪初《汉语和合本圣经》对白话运动的影响进行比较。

9. 以T.S.艾略特对多恩的评价为案例,解析英国17世纪玄学派诗歌在20世纪的现代主义诗歌中得到重新发现与复兴的现象,以此探讨现代与传统的隐秘关系。

10. 以《天路历程》《失乐园》和多恩的布道文为例,探讨清教信仰在文学主题、文学形象、意象、语言等方面对英国基督教文学的影响。

【研讨平台】

一、古典主义概念再思考:从新古典主义到浪漫主义再到现代主义

提示:与法国古典主义相关的理性、秩序、均衡、典雅等理念,在20世纪现代主义中再次得到回应。在意象派和后期象征主义诗人看来,真正优秀的艺术都是出于理性的分辨力和合理的思索,而非宣泄自我。20世纪批评家韦勒克指出:"在当代非学院派的英美新批评中,我们发现许多不妨视为新古典主义(new classicism)的文学。……艾略特对于诗人的非个人性和客观性的强调,他的诗人像'铂丝'(催化剂)的看法,可以视为新古典主义原理的一种更生。"①在某种意义上,现代主义强调秩序与纪律,是对古典主义精神的一种回归,以此反对19世纪后期情感泛滥、内容空洞的浪漫主义。

1. 阿多诺:《美学理论》(节译)

形式的理想,总是被看作是与古典主义同一,它会落实到内容本身。形式的纯粹是由题材的纯粹模塑出来的,它建构自身,意识到自身,并剥夺自身的非同一性。此种形式与内容的关系否定了非同一性。不过,它还是暗含着形式与内容的区别,隐匿在古典主义的理想里的区别。

(Theodor W Adorno, *Aesthetic Theory*, edited by Gretel Adorno and Rolf Tiedemann, London:Continuum International Publishing Group, 2004, p.212)

2. 乔纳森·哈里斯:《洛可可、古典主义、浪漫主义·卷三导言》(节译)

所谓"古今之争",在豪瑟尔看来,"远不只是一种风格辩论的症状",它"标志着传统与进步的冲突、古典主义与现代主义的冲突、理性主义与情感主义的冲突已经开始,而此种冲突将在前期浪漫主义者狄德罗和卢梭那里体现出来"。

(Arnold Hauser, *Rococo, classicism and romanticism*,
Vol. III, London:Rutledge, 1962, p.XXXIV)

---

① 〔美〕雷纳·韦勒克:《近代文学批评史》第1卷,杨岂深、杨自伍译,上海:上海译文出版社1997年版,第1页。

3. H. W. 贾森等:《艺术史:西方传统》(节译)

反讽的是,新古典主义既是浪漫主义的反面,又是它的一个方面。问题在于这两个术语没有直接的可比关系。新古典主义是古典主义遗产的复兴,当然比起早期的古典主义,它有所变化。它与启蒙思想联系在一起,至少开初是这样的。与之对照的则是浪漫主义——浪漫主义并不意味着一种特定的风格,而是一种展示多种风格,包括古典主义在内的态度。因此,浪漫主义的概念要更加宽泛,更加难以界定。

(H. W. Janson and Anthony F. Janson, *History of Art: the Western Tradition*, Upper Saddle River, NJ: Pearson Education, 2004, p.672)

4. 玛格丽特·伊丽莎白·考文:《巴洛克小说:重审玛格丽特·尤瑟纳尔小说中的古典性》(节译)

对这些现代作家来说,新古典主义意味着什么?回到一战后的法国,批评家雅克·利维埃(Jacques Rivière)预告古典主义的复兴,不是"表面的、模仿性的……而是一种深刻的、内在的古典主义"。对瓦莱里而言,它要求严格遵守的不仅仅是古典主义的规则,还包括古典主义的戒律、纯粹、形式、节制。

(Margaret Elizabeth Colvin, *Baroque Fictions: Revisioning the Classical in Marguerite Yourcenar*, Amsterdam and New York: Editions Rodopi B.V, 2005, p.36)

二、隐喻问题:新批评范式里的玄学派诗歌

提示:T.S.艾略特在《玄学派诗人》(1921)一文中称赞英国玄学派诗人是理性诗人(the intellectual poet)①。根据艾略特的看法,17世纪的玄学派诗人具有一种感受机制,能够同时思想和感受。他举多恩著名的诗句"绕在白骨上的金发手镯"为例,这句诗中"'金发'与'白骨'所唤起的联想之间那种突兀的对比产生了最强有力的效果。这种将各种意象和多重联想通过撞击重叠而浑然一体的手法是多恩时代某些剧作家的用语特征"②。读了这句诗,我们确实对多恩所要表达的思想(如生与死、短暂的爱与永恒的美)有了一种质感的体悟。而现代主义的主智特征是对玄学派诗歌的某种回归。

1. 爱娃·汤姆森:《俄国形式主义与盎格鲁—美国新批评》(节译)

没有玄学派诗人,新批评派就不会发展起来,这样说可能有些夸张。不过,这派诗歌锤炼了新批评派的敏感——对于文学作品那种不可言表的层面及其与语言的合一的敏感。玄学派诗歌向新批评派提供了一种参照,他们借此诠释创作于其它时代的诗歌,

---

① 〔英〕艾略特《玄学派诗人》,见《艾略特诗学文集》,王恩衷编译,北京:国际文化出版社1989年版,第31页。
② 同上书,第30页。

描述理想诗歌应该具备什么样的特质。

(Ewa Majewska Thompson, *Russian formalism and Anglo-American New Criticism: a Comparative Study*, Hague: Mouton & Co N.V Publishers, 1971, pp.140-141)

2. 约瑟夫·麦德利:《制造艾略特:文学影响研究》(节译)

"玄学派诗歌"一词最初由约翰逊在其《诗人传》(1762)中使用,用来指17世纪的一个诗人群,他们之间的关联不甚紧密,但作品共有特征:风马牛不相及的比较和哲学/宗教奇喻(conceit)。1926年,艾略特以此专指一个始于但丁和拉福格(Laforgue)的更大传统……他说特定时代的特定文化更有助于产生玄学派诗歌。玄学派诗人产生的环境就是"人类的敏感朝着某些方向大大扩展"。

(Joseph Maddrey, *The Making of T.S. Eliot: a Study of the Literary Influences*, Jefferson: McFarland & Company, Inc., 2009, p.128)

3. 大卫·帕金斯:《现代诗歌历史:现代主义及之后》(节译)

玄学派诗人在心里同时保有多种对比的态度、经验和理想。他们将思想(智识的机敏、逻辑、学识、明察、概括)与情感的张力和强烈的意象融合起来。18世纪、19世纪失去了他们所有的那种整合性感受,尽管"感受的分离"(艾略特的名言),早前已经发生。在这一时期的文学史里,思想过程变得更加抽象,与智力脱离,情感变成自我陶醉的感伤,语言……则与思考或情感分离。

(David Perkins, *A History of Modern Poetry: Modernism and After*, Cambridge: Belknap/Harvard, 1987, p.83)

4. 哈罗德·布鲁姆:《多恩和玄学派诗歌·导论》(节译)

我怀疑未来为多恩及玄学诗派辩护的人会像现代派那样一味赞美玄学派机巧的才智。多恩现在貌似斯宾塞一样古奥,本·琼生一样冷门。艾略特式的多恩热已经过去了,随之而去的是新批评派的诗歌观念:每首出色的短诗都应该师法多恩的抒情诗或沉思诗的范式。约翰逊对玄学派诗歌有力的批评也许不是绝唱。……在我看来,多恩和赫伯特并非斯宾塞和弥尔顿那般卓越的诗人,一个喜欢前者甚于后者的批评时代,作为品位史上一段怪诞的插曲,已经终结了。

(Harold Bloom, *John Donne and the Metaphysical Poetry*, New York: Infobase Publishing, 2010, p.8)

三、影响的焦虑:弥尔顿与前辈诗人

提示:根据哈罗德·布鲁姆的"影响的焦虑"理论,任何作家都会受到前辈文学名家和经典作品的影响,这种影响也会使后人产生受到约束的焦虑。尤其是弥尔顿以来的后继者对待前辈的态度如同儿子对待父亲一般,显得十分暧昧,如同弗洛伊德提到的"俄狄浦斯式的恋母情结":一方面他们仰慕、敬爱先辈,另一方面又憎恨、嫉妒、担心先辈的影响力过大而占据了自己的想象。只有少数天才作家才能克服或"否定"这种"影响的焦虑",并以自己的审美原创性解放艺术创造力。在布鲁姆看来,弥尔顿就是这类克服了"影响的焦虑"的具有"某种陌生性"(strangeness)的作家,因此把他纳入"西方正典"之列。

1. 哈罗德·布鲁姆:《西方正典》(节选)

弥尔顿在与约翰·德莱顿的一次交谈中脱口表白说斯宾塞是他"伟大的源泉",这句话我理解成是针对莎士比亚而作的防卫。莎士比亚是弥尔顿诗学焦虑真正的隐形来源,但矛盾的是,他也是弥尔顿经典性的催生者……莎士比亚之后最具莎氏风格的文学人物就是弥尔顿的撒旦,他是伊阿古、爱德蒙和麦克白等著名反派角色的继承者,也是反马基雅维利的哈姆莱特性格中的阴暗面的继承者。

(江宁康译,南京:译林出版社2005年版,第128页)

2. 哈罗德·布鲁姆:《影响的解剖:作为生活方式的文学》(节译)

年轻的时候,弥尔顿一直在孜孜不倦地思考自己的《麦克白》,无论如何也绕不开这个题目。在《失乐园》里,他写出了自己的《哈姆莱特》,没将丹麦王子作为主角:撒旦就是一个向坏处堕落的哈姆莱特。

(Harold Bloom, *Anatomy of Influence: Literature as a Way of Life*,
New Haven:Yale University Press, 2011, p.106)

3. 约瑟夫·艾里斯·邓肯:《弥尔顿的地上天堂:伊甸园的历史研究》(节译)

因为弥尔顿和但丁的天堂看起来属于不同的世界,二者之间的相似就令人感到吃惊了。人们可以理解多萝西·赛耶的"印象"——不管什么时候弥尔顿感觉到了但丁的影响,他都会煞费苦心地否认这一点。

(Joseph Ellis Duncan, *Milton's Earthly Paradise: A Historical Study of Eden*,
Minneapolis:University of Minnesota,1972, p.87)

4. 大卫·诺布茹克:《英国文艺复兴中的诗歌和政治》(节译)

斯宾塞是弥尔顿真正的诗歌"父亲",但更能直接引起弥尔顿"影响的焦虑"的人,却是拥有巨大文学权威的琼生(Jonson)。弥尔顿一直不想成为又一个"本的儿子",本的去世使他如释重负,正如弥尔顿的去世使德莱顿如释重负一般。

(David Norbrook, *Poetry and Politics in the English Renaissance*,
Oxford:Oxford University Press, 2002, p.256)

【拓展指南】

一、重要研究资料简介

1. 〔英〕托马斯·科恩斯(Thomas N. Corns):《剑桥文学指南:英国诗歌(从多恩到马韦尔)》(英文版),上海:上海外语教育出版社 2001 年版。

简介:该书由 14 篇观点新颖、视野开阔、角度多样、风格各异的文章构成,作者均为国际著名学者。第一部分从文化意识形态、政治经济状况和文学艺术传统等方面论述17 世纪英国诗歌的背景;第二部分是对玄学派诗人的个别研究。

2. 〔英〕罗伊斯·波特(Lois Potter):《弥尔顿导读》(英文版),北京:北京大学出版社 2005 年版。

简介:该书在历史社会文化的大背景之下,精选并细读了弥尔顿不同时期的诗篇,有助于现代读者理解其作品中所包含的清教主义及其伟大的诗歌艺术。

3. 〔英〕大卫·布拉德拜(David Bradby)编:《剑桥文学指南:莫里哀》(The Cambridge Companion to Moliere),Cambridge:Cambridge UniversityPress,2006。

简介:该书对莫里哀的生平、职业、剧院、戏剧创作、作品中的喜剧和讽刺特色及其独创的喜剧芭蕾(comedies-ballets)等进行了详细的介绍,资料丰富,观点多元,角度多样,富有启发性,是理解和研究莫里哀创作的富有价值的参考文献。

4. 伍蠡甫主编:《西方文论选》(上),上海:上海译文出版社 1979 年版。

简介:该书"十七世纪"部分收录了英法古典主义戏剧家和理论家高乃依、圣艾弗蒙、莫里哀、布瓦洛、德莱顿、艾迪生的 11 篇文论,有助于理解古典主义的批评理论。

二、其他重要研究资料索引

1. 〔英〕亚·沃尔夫:《十六、十七世纪科学、技术和哲学史》,周昌忠等译,北京:商务印书馆 1984 年版。
2. 杨周翰:《十七世纪英国文学》,北京:北京大学出版社 1985 年版。
3. 〔德〕海因里希·沃尔夫林:《文艺复兴与巴洛克》,王玉茹译,上海:上海人民出版社 2007 年版。
4. 赵毅衡编:《"新批评"文集》,北京:中国社会科学出版社 1988 年版。
5. 〔美〕艾略特:《艾略特诗学文集》,王恩衷编译,北京:国际文化出版社 1989 年版。
6. 〔英〕登尼斯·丹尼尔森(Dennis Danielson):《剑桥文学指南:弥尔顿》(英文版),上海:上海外语教育出版社 2000 年版。
7. 〔英〕马克·帕蒂森:《弥尔顿传略》,金发燊、颜俊华译,上海:上海三联书店 1992 年版。
8. 〔法〕皮埃尔·加克索特:《莫里哀传》,朱延生译,北京:中国戏剧出版社 1986 年版。
9. 〔俄〕布尔加科夫:《莫里哀传》,臧传真等译,天津:南开大学出版社 1985 年版。
10. 陈惇:《莫里哀和他的喜剧》,北京:北京出版社 1981 年版。

第五章　18 世纪欧洲文学

第一节　概述

一、18世纪欧洲社会及启蒙运动

历史进入 18 世纪,欧洲也从此进入一个纷扰复杂、错综矛盾的新时代。在百年之间,古典主义的余影依然笼罩,启蒙思想的新声从初啼到高昂,前浪漫主义的脚步依稀走近。

18 世纪,封建制仍是欧洲各国的主要社会制度。法国自路易十四以后,政体日趋专制化,以天主教士和封建贵族组成的第一、第二等级占据优势地位,几乎垄断一切社会资源;而以资产阶级和农民为主的第三等级却在承担绝大部分社会义务的同时,几乎被剥夺一切社会权利。18 世纪初,法国的阶级对立已非常尖锐。德国自中世纪以来一直处于分裂状态,形成了数百个以城市为单位的小国。这些割据势力彼此争斗不休,破坏了社会生产,阻挠了统一国家的形成。意大利的统一局面,在但丁最初设想的 300 年之后,并未成为现实。此时的意大利甚至沦为土耳其帝国占领地,失去了民族独立。希腊的状况与意大利类似,也在反抗外族入侵、争取民族独立的艰难斗争中苦苦挣扎。这一时期的例外是英国和荷兰。尤其是经过 1688 年"光荣革命"的英国,完成了社会政体的转型,进入资本主义蓬勃发展的时代,并在工业革命的进程中,引领了欧洲社会发展的潮流。

这一时代欧洲最重大的历史变迁是英国工业革命和法国大革命。前者是发生于物质生产领域的深远变革。工业革命促使人类生产由传统的手工工场方式转变为机器工业方式,极大地解放了生产力。后者是发生于社会政治领域的剧烈变革。法国大革命打破了封建政体不可动摇的神话,证明了资产阶级通过武装斗争取得政权的可能性,为欧洲社会革命树立了榜样。

如果说"光荣革命"是英国工业革命的前奏,那么启蒙运动则是法国大革命的前奏。产生于法国的启蒙运动迅猛波及全欧,在各国政治、哲学、文化、艺术、教育等领域产生了广泛深刻的影响。18世纪启蒙思想家普遍认为,一切现实黑暗与污浊皆来自封建专制和宗教偏见,拔民众于水火、发心智之灵光,是启蒙运动的重要任务。

启蒙运动中逐渐形成了以"理性"为核心的一系列思想。首先,启蒙思想家大力宣扬理性观念,强调理性是衡量一切的准绳,任何事物都要接受理性的评判。"理性"思想来自17世纪笛卡尔的哲学,而在18世纪法国思想家那里发生了重要变化:"理性不再是先于一切经验、揭示了事物的绝对本质的'天赋观念'的总和。……而是一种引导我们去发现真理、建立真理和确定真理的独创性的理智力量。"① 其次,启蒙思想家大力宣扬"天赋人权"观念,认为人权天生,不可以任何方式剥夺或践踏。在精神层面,天赋人权观念主要针对中世纪以来天主教会极力鼓吹的神权观念和圣体观念;在社会层面,天赋人权观念排除了以血统门第为依据的封建等级观念,要求平民拥有与贵族一样的社会地位和政治权利。再次,启蒙思想家大力宣扬自由、平等、博爱观念,树立新型的人际关系准则。针对封建宗法制之下的人身不自由、天主教会控制下的精神不自由状况,启蒙思想家提出自由观念,要求解脱人身束缚和精神束缚;针对封建等级制度的不合理,启蒙思想家提出平等观念,要求摆脱血缘论与世袭制;针对封建社会关系的不人道,启蒙思想家提出博爱观念,要求摆脱自上而下的统治关系。又次,启蒙思想家大力宣扬科学文化知识,反对自中世纪以来天主教会推行的神秘主义和蒙昧主义,把普及科学文化知识当作启蒙运动的重要内容。

经过近一个世纪声势浩大的发展,封建阶级在各个方面遭受沉重打击,启蒙运动所宣扬的理性思想已深入人心,并指导着资产阶级向夺取政权的道路迈进。

二、18世纪欧洲文学

18世纪欧洲文学呈现为新旧交替、纷繁复杂的局面。伴随着启蒙运动,启蒙文学在欧洲各国蓬勃发展,取得丰硕成果,其他文学形式也竞相绽放,使得这一时期的欧洲文学种类繁复,异彩纷呈。

(一) 18世纪欧洲文学的主要类型

18世纪欧洲文学的主要类型有启蒙文学、古典主义、感伤主义和哥特

---

① E.卡西尔:《启蒙哲学》,顾伟铭译,济南:山东人民出版社1988年版,第11页。

小说等,其中声势最大、影响最为深远的是启蒙文学。

1. 启蒙文学

启蒙文学是 18 世纪文学的主体。孟德斯鸠、伏尔泰、狄德罗、卢梭等法国启蒙思想家积极投身文学创作,将文学当作宣传启蒙思想、推进启蒙运动的武器。他们的创作涉及小说、诗歌、戏剧等门类。以笛福、斯威夫特、菲尔丁等人的长篇小说创作为代表的一批具有现实主义特点的英国小说,也从各自角度、以各种形式表达了启蒙主题和对人类文明发展进程的批判性反思。以莱辛、歌德、席勒为代表的德国启蒙作家,在积极追随、借鉴法国启蒙运动的基础上,结合本国国情,掀起狂飙突进运动。德国作家们在启蒙理性精神感召之下,在创作上奋力精进,为此前长期落后于欧洲各国的德国文学在世界文坛争得一席之地。

启蒙文学具有鲜明的时代色彩和人道关怀,富于思想性和艺术性。其特征主要表现为如下方面:第一,具有强烈的政治性。启蒙作家借助各种文学形式宣传启蒙思想、传达哲理,抨击封建统治下黑暗落后的社会现实,呼吁斗争和社会变革。第二,具有充分的民主性。启蒙作家改变以往作品中普通人只能充当配角的状况,大量描写民众的日常生活和思想感情,把平民百姓当作其正面主人公,赞颂其英雄行为和高尚情操,而王公贵族往往被描写成嘲讽、批判的对象。第三,具有明确的目的性。启蒙作家把文学当作社会改革的工具,把小说当作宣传启蒙思想的载体,把剧场当作道德改良的学校。第四,具有体裁的丰富性。启蒙作家打破了古典主义的垄断,推动了文学的多样化发展。这一时期不仅小说、诗歌、戏剧等文学门类丰富齐全,还引入和创造了多种新文体,如哲理小说、书信体小说、对话体小说、教育小说和正剧等。

尽管古典主义不像 17 世纪那样垄断文坛,但在 18 世纪的欧洲各国尤其是法国仍有顽强的生命力。自 17 世纪延续下来的"古今之争"还未分出胜负,众多作家仍信奉古典主义教条。英国自弥尔顿以来的古典主义文学传统在这一时期有所发展,出现了以蒲柏(Alexander Pope,1688—1744)为代表的古典主义诗人。德国作家歌德和席勒长达十年(1794—1805)的合作,确立了魏玛古典主义在德国文坛不可动摇的主导地位,甚至阻挠了新起的浪漫主义在德国的发展。当然,魏玛古典主义与法国古典主义的基本精神并不相同。在俄国,米哈伊尔·瓦西里耶维奇·罗蒙诺索夫(1711—1792)的诗歌创作以民族历史故事为主要题材,继承了中世纪英雄史诗《伊戈尔远征记》的传统,具有鲜明的民族特征,为俄国古典主义文学的发展开辟了道路。

2. 感伤主义文学

感伤主义文学(Sentimentalism)的兴起是这一时期重要的文学现象。感伤主义最早出现于英国,成就主要体现在诗歌和小说两个方面。诗歌方面的代表是墓园诗派。爱德华·杨格(1683—1765)、托马斯·格雷(1716—1771)、奥立佛·哥德斯密(1730—1774)等诗人以黑夜、死亡、坟墓为创作题材,表达对自然的崇敬和对生命的思考。其诗格调低沉,充满感伤、神秘气息。在格雷创作了典范之作《墓园哀歌》后,他们被称为墓园派诗人。爱德华·杨格(1683—1765)的传世诗作《哀怨,或关于生、死、永生的夜思》(1742—1745)以第一人称描述人生的种种痛苦,寄托对逝去亲人的思念,并希冀在宗教中寻到慰藉。诗歌最突出的部分是对死亡的无奈情绪,以及对生死的冥想。小说方面的代表作家是塞缪尔·理查生和劳伦斯·斯特恩。斯特恩的小说《感伤旅行》(1768)是感伤主义流派名称的来源。感伤主义文学反对以理性为核心的价值观,目光集中于悲苦的生存状况,擅长描写心理世界,宣扬情感和道德的作用,同时对以工业革命为标志的城市文明感到厌恶,流露出无可奈何的伤感情绪。

3. 哥特小说

哥特小说(Gothic Fiction)的出现,是18世纪欧洲文坛的新景象。贺拉斯·华尔浦尔(1717—1797)的《奥特兰托城堡》(1764)以中世纪意大利古堡为主要场景,描写鬼神作祟的故事,开创了哥特小说体裁。这一派的重要作品还有安·拉德克利夫(1764—1826)的《尤道弗的神秘事迹》(1794),以及19世纪玛丽·雪莱(1797—1851)的《弗兰肯斯坦》(1818)等。这批作家热衷于从中世纪民间传说中搜求素材,把故事设立在荒凉古堡、废弃寺院、历史遗迹等人迹罕至的场所,以描写恐惧、暴力、情色和神怪为重点。哥特小说重在描写和渲染,艺术上以细腻刻画见长。它满足了人们普遍的猎奇心理,同时表达了一种厌恶现实、逃离现实的态度,在18—19世纪的欧洲拥有大量读者。哥特小说对欧美犯罪小说和恐怖小说的兴起具有直接的推动作用。

(二) 18世纪欧洲各国文学

18世纪的英国、法国和德国出现了以笛福、斯威夫特、理查生、菲尔丁、孟德斯鸠、狄德罗、伏尔泰、卢梭、莱辛、歌德、席勒等为代表的一大批启蒙作家,他们共同创造了18世纪欧洲文学的辉煌。

1. 英国文学

英国是欧洲最早确立资本主义制度的国家,也是启蒙文学的发源地。

从笛福开始,英国文学进入启蒙时代。18世纪的英国文学呈现多样化特点,古典主义、感伤主义和现实主义并存。其中以现实主义长篇小说成就最高。

丹尼尔·笛福(1660—1731)是英国现实主义小说的奠基人。他的主要成就是晚年创作的一系列反映资产阶级精神的长篇小说,如《鲁宾逊漂流记》(1719)、《摩尔·弗兰德斯》(1722)等。《鲁滨逊漂流记》讲述英国人鲁滨逊因海上遇险,经历漫长的荒岛生活,最后重返故土的故事。小说题材来自水手塞尔科克孤身在荒岛生存的真实经历。赛尔科克流落荒岛仅四年,在孤独中丧失了记忆、语言和理智,形同野兽。鲁滨逊在荒岛二十八年,却凭借自身的勇气、智慧和劳动,克服严酷的生存条件和孤独寂寞,在蛮荒之地建构文明条件。他开办农场、放牧羊群、编织制造,甚至教导土著人识字念书,按照文明方式生存,维持着人类的社会性。笛福通过对主人公原型的改造,弘扬了代表时代进步力量的资产阶级精神,赞颂了人类的智慧、勇气和劳动创造的伟大力量。此外,小说刻画了鲁滨逊这个"真正的'资产者'"和殖民者的精神形象。作为一个资产阶级殖民者,他守护自己的岛屿,射杀来犯的土著,发展各项事业,扩大统治范围,征服邻近岛屿,用《圣经》教化被他俘虏的小土著人"星期五"。这些行为体现了资产阶级的冒险精神和对外殖民扩张的时代特征。此外,小说还以其真实可信的细节描写,生动刻画了鲁滨逊从事各种劳动的场景。笛福的创作对英国小说具有多方面的开创意义。他建立了以小人物经历为主线的叙述模式,采用了追求细节逼真的描写手段,确立了文艺来自现实生活的创作立场,为英国后世小说树立了榜样。笛福因其在英国小说创作中的开创性,被誉为"英国小说之父"。

乔纳森·斯威夫特(1667—1745)是一位激进而犀利的政论家、小说家,其创作以讽刺笔调著称。斯威夫特出生于爱尔兰,长期在伦敦生活,参与政治事务,对英国政治生活体会很深。《格列佛游记》(1726)是他唯一的一部长篇小说,通过英国医生格列佛航海漂流的离奇经历,影射英国的社会环境和政党制度。小说共分四卷,分别叙述格列佛在"小人国""大人国""飞岛""慧骃国"等奇异之地的见闻。第一卷"利立浦特游记"叙述格列佛在小人国的遭遇。利立浦特岛的小人平均身高只有6英寸,像人类社会一样建立了统治,却纷争不断,弊端累累。他们因为鞋跟高低之分和磕鸡蛋方式不同分裂为高跟党和低跟党、大端派和小端派,不仅争吵不休,甚至引发冲突和战争。作家借小人国乱象,影射英国的政党制度和议会制度,以及政治生活中无聊而有害的党派、教派之争。第二卷"布罗卜丁奈格游记"叙述格列佛在大人国的见闻。大人国统治者依靠仁德治国，百姓们尽管穷困却自得其乐、友爱相处。当格列佛向大人国国王讲述"近百年欧洲重大事迹"，把英国的宗教改革、圈地运动、玫瑰战争、光荣革命等当作社会进步吹嘘时，只换来国王的嘲笑，人类所谓丰功伟绩也受到国王的愤怒指责；当格列佛向国王建议制造火炮对付敌人并详述其巨大杀伤力时，遭到国王坚决拒绝。格列佛非常欣赏大人国国王的仁慈宽厚，打算在此终老，但由于意外原因，他最终离开了大人国。显然，大人国是格列佛心目中的理想社会形态。第三卷"勒皮他、巴尔尼巴尔、格拉奈格、格勒大锥、日本游记"，主要叙述格列佛在飞岛等地的经历。飞岛上居住着统治者，他们凌驾于大陆民众之上，作威作福，予取予夺，民众稍有不从，轻则派兵镇压，重则操纵飞岛驾临其上，将其夷为平地。由于作者的祖国爱尔兰被英国占领，显然，飞岛影射英国对爱尔兰的殖民统治。第四卷"慧骃国游记"，叙述格列佛在由具有高度智慧的马统治的国度的见闻。慧骃国纯朴自然，社会简单，友爱和仁慈是其公民的主要品质。此外，这里还生活着一种叫"耶胡"（yahoo）的人形动物，它们在太阳落山之后出来四处游荡、胡作非为，丑陋、野蛮、凶残、怯弱、淫荡、邪恶是它们的主要品质。显然，耶胡影射人类。作家尖锐指出，如果人类丧失理性，听凭情欲泛滥，必将沦为见不得阳光的禽兽。在《格列佛游记》中，斯威夫特借助对小人国和飞岛国的描写，对英国的社会现实和政治状况进行了全面批判，并通过对大人国、慧骃国的描写，表达了自己的政治主张和社会理想。作家希望理性支配一切，仁慈和友爱成为人际关系的准绳，社会政治组织单纯化。对丑恶现实的批判和对正义理想的向往，体现了小说的启蒙意义；对纯朴简单的原始宗法社会的向往和迷恋，则体现了小说的局限性。

塞缪尔·理查生（1689—1761）是英国感伤主义文学的开创者，主要小说作品有《帕美拉》（1740—1741）、《克拉丽莎》（1747—1748）等。影响最大的是书信体小说《克拉丽莎》。其主人公平民女子克拉丽莎不愿屈从家里对她婚事的安排，离家出走，不幸落入放荡贵族洛夫莱斯之手，不断反抗之后遭到侮辱，走投无路而悲惨死去。小说揭露了妇女婚姻不能自主的不合理现象，批判了封建贵族的道德败坏。理查生的小说题材较窄，内容一般限于家庭婚姻生活，注重描写人物的感情世界和心理活动，笔触细腻而深入，格调低沉而感伤。其创作风格对后来的英国女性作家有重大影响。

劳伦斯·斯特恩（1713—1768）是一位风格独特的作家，他的小说《项狄传》(1759—1767)成为18世纪最具形式实验性质和现代意义的作品。小说叙述者采用自由联想的方式陈说事件,打破故事的首尾连贯性和情节完整性,在一个接一个的枝节分岔中越来越远离最初的故事。这一叙事方式颇受20世纪现代作家和评论家赞赏。

18世纪英国另一位重要小说家是亨利·菲尔丁(1707—1754)。他的小说创作和小说理论为英国小说的进一步发展奠定了重要基础。菲尔丁的文学创作活动以戏剧开始,写有《咖啡馆政客》(1730)、《堂吉诃德在英国》(1734)、《巴斯昆》(1736)等剧本,开创了社会政治喜剧的新形式。其主要成就是四部长篇小说和关于"散文滑稽史诗"的论述。小说包括《约瑟夫·安德鲁斯传》(1742)、《大伟人江奈生·魏尔德传》(1743)、《弃儿汤姆·琼斯传》(1749)等,广泛反映了英国的当代社会现实,富有深刻的批判精神。

《弃儿汤姆·琼斯传》是菲尔丁的代表作,在英国文学史上具有里程碑意义。主人公汤姆是弃儿,被乡绅奥尔斯华绥收养。汤姆长大后与邻近庄园主魏斯顿的女儿苏菲亚相爱,遭到奥尔斯华绥的外甥布立非的嫉恨。布立非在舅舅面前诬陷中伤汤姆,致使奥尔斯华绥驱逐汤姆。汤姆离开庄园到伦敦流浪,遇到因抗拒包办婚姻而离家出走的恋人苏菲亚。在一系列矛盾纠葛之后,赶往伦敦的奥尔斯华绥最终明白真相,重新接纳汤姆,驱逐了坏蛋外甥布立非。汤姆的身世也真相大白,原来他正是奥尔斯华绥妹妹的私生子。最终汤姆与苏菲亚回到庄园,结成幸福的夫妻。这部小说包含多个重要因素,这些因素从几个方面奠定了英国19世纪小说的创作基础。第一是身世因素。汤姆的身世曲折离奇、扑朔迷离,能引起读者极大的好奇心。后世如《呼啸山庄》中的希斯克利夫、《双城记》中的得伐石太太等人物具有类似身世。第二是隐私因素。奥尔斯华绥的妹妹行为不检,后世作品如《傲慢与偏见》中的丽迪亚、《简·爱》中罗彻斯特的疯妻也与此相似。第三是流浪因素。汤姆受到诬陷打击不得不离家出走,辗转流浪,历经沧桑,后世如《大卫·科波菲尔》中年幼的大卫忍受不了非人的童工生活而出逃、《简·爱》中简·爱离开罗彻斯特庄园四处流浪,他们也在流浪中成长、成熟。第四是道德因素。汤姆身处逆境,遭受打击与诱惑,而最终能出污泥而不染,维持完善人格,后世如《名利场》中的爱米丽亚·赛特立、《大卫·科波菲尔》中的大卫,也能在艰难困苦中保持道德操守而不同流合污。第五是宽恕因素。汤姆饱受布立非折磨陷害,历经苦难,却能既往不咎,甚至多方接济仇人,体现了仁爱宽恕精神,后世作品如《傲慢与偏见》中达西周济造谣中伤自己的魏肯、《双城记》中梅内特医生接受仇人之子为婿,也都体现了这种人道精神。第六是圆满因素。汤姆历经苦难终获幸福,与心上人终成眷属,引起后世英国作家的一致效仿,直到哈代的"悲剧小说"才打破英国小说中的大团圆结局。这些重要因素,不但体现在菲尔丁的小说中,也为菲尔丁关于"散文滑稽史诗"的理论所论及。菲尔丁认为,小说是"现代史诗",因其宏大的叙事结构,得以像古代史诗那样纵横开阖、涉猎广泛,穷尽生活中的一切现象;因其深刻,得以像古代史诗那样细致刻画、深入开掘,发现生活中的一切本质。小说的主要品格是"滑稽",也就是采用讽刺幽默笔法,针砭时弊、品评风俗,达到对现实的批判目的。在《弃儿汤姆·琼斯传》中,作家使用对比手法突出了这种讽刺效果。例如宽厚仁慈的乡绅奥尔斯华绥与粗暴蛮横的庄园主魏斯顿、善良真诚的汤姆与狭隘自私的布立非的对比,充分反映了菲尔丁对人性"自然美"的歌颂和对放荡堕落行为的批判。因创作和理论的巨大建树,以及所坚持的现实主义风格,菲尔丁被誉为18世纪英国小说的总结者和后世英国小说的开创者。

在英国诗坛,继古典主义诗人蒲柏之后,威廉·布莱克(1757—1827)和罗伯特·彭斯(1759—1796)的创作把欧洲诗歌引向浪漫主义。布莱克不信仰理性主义,更认可情感价值。他的诗大多使用简单字汇,采用儿歌或谣曲形式,运用重叠手段达到强化感情的目的,颇具音乐性。布莱克在当时不受重视,但他是欧洲文学史上最早以宣扬情感力量对抗理性主义的作家之一,其创作价值在20世纪被不断发掘。主要作品有《天真之歌》(1789)、《经验之歌》(1794)等。

彭斯被视为苏格兰最伟大的诗人。他对英国诗歌的贡献主要体现在三个方面:一是搜集整理苏格兰古老民歌,多达三百余首;二是创作大量脍炙人口的抒情短诗,如《走过麦田来》和《往昔的时光》等,风格清新怡人,格调自然;三是写了许多尖锐深刻的讽刺诗,或批判英国统治者的专横,如《苏格兰人》等,或挖苦教会的虚伪,如《威利长老的祷词》等。彭斯的诗歌大多描写乡村生活,带有民歌色彩,但也将强烈的爱憎情怀融入字里行间,为诗歌注入了丰富的情感因素,预示并促进了英国田园浪漫主义诗歌的诞生。

英国戏剧则以理查德·谢立丹(1751—1816)的创作为代表。谢立丹擅长讽刺喜剧,以冷嘲热讽的语言和闹剧式的场面取胜。代表作《造谣学校》(1777)展现施尼威尔夫人的客厅如何成为一所"造谣学校",经常聚集一群贵族男女以造谣生事为乐,破坏别人的名誉和家庭幸福,以满足其猎奇心理。喜剧刻画了施尼威尔夫人之流造谣惑众者形象,揭发了贵族阶级的阴暗心理,颇具典型意义。

2. 法国文学

18世纪法国文学以启蒙文学为主体,以启迪大众、呼吁变革为主题,涌现出一大批以宣传启蒙思想为创作目的的作家。法国启蒙运动与启蒙文学的主要推行方式是创作哲理小说、编撰《百科全书》和上演市民戏剧等。

阿兰·勒内·勒萨日(1668—1747)是18世纪早期的法国小说家、戏剧家。他曾创作一批以暴露和嘲笑封建势力见长的喜剧作品,但其主要成就是长篇小说《吉尔·布拉斯》(1715)。小说继承欧洲流浪汉小说传统,并强化了现实批判性。它以西班牙下层青年吉尔的经历为主线,穿插讲述了流氓、骗子、强盗、绅士、戏子、仆佣、公差、法官、律师、大臣、主教、国王各色人等的故事,几乎涉及所有社会阶层,具有广泛的现实针对性。吉尔在一系列奇遇中,由一个本性善良的青年人蜕变为鲜廉寡耻的恶棍,最终获得名利,爬进上流社会。小说思想上的批判色彩、行文上的写实风格及体裁上的流浪汉小说形式,为欧洲小说的发展提供了有益借鉴。英国作家菲尔丁就从《吉尔·布拉斯》中发掘出许多有价值的因素,并在《弃儿汤姆·琼斯传》及小说理论中加以发扬。勒萨日的小说已初现启蒙思想的萌芽,后来的作家们则把启蒙思想推向高峰。

出于宣传启蒙思想的需要,启蒙作家们还创造出新的小说体裁,如书信体小说等。孟德斯鸠(1689—1755)的《波斯人信札》(1721)是欧洲第一部书信体小说,也是欧洲第一部重要的哲理小说。小说由两个旅居巴黎的波斯年轻人于斯贝克和黎加所写的160封信组成,在信中他们向家乡的家人朋友介绍巴黎的风土人情、所见所闻,广泛描写法国社会,尤其对各种放荡堕落、欺世盗名行为予以淋漓尽致的揭露,极具批判色彩。《波斯人信札》没有完整的故事情节,也不着意刻画人物性格,而重在以散碎的故事片段和人物印象表达启蒙观念和社会主张,成为18世纪书信体哲理小说的代表。

继开创者孟德斯鸠之后,伏尔泰(1694—1778)把哲理小说这一体裁推向高峰。伏尔泰是当时声望最高的启蒙思想家和作家。他的早期剧作带有古典主义倾向,在取材于维吉尔《埃涅阿斯纪》的史诗《亨利亚特》(1728)、取材于索福克勒斯同名作品的悲剧《俄狄浦斯王》(1718)、取材于古罗马故事的悲剧《布鲁图斯》(1730)等作品中,他仿照古典主义,歌颂开明君王,支持君主制。在稍后的取材于伊斯兰民间故事的悲剧《扎伊尔》(1732)和《穆罕默德》(1742)中,他宣扬了尊重教会和宗教宽容的折中主义。他曾根据元代纪君祥的杂剧《赵氏孤儿》写了悲剧《中国孤儿》(1755)。伏尔泰一生著述甚丰,几乎涉及所有文学体裁,而以哲理小说影响最大,代表作有《查第格》(1747)、《老实人》(1759)、《天真汉》(1767)等。《查第格》借饱受磨难的主人公查第格之口,控诉了现实社会的是非不分、善恶颠倒。《老实人》是伏尔泰最出色的哲理小说,采用流浪汉小说形式,讲述原以为世界"一切都十全十美"的老实人在社会上到处碰壁的故事。《老实人》反映了广阔的现实生活,从社会底层到上流社会,从宗教偏见到战争黑幕,从野蛮剥削到残酷统治,一一纳入老实人视野,使他最终认识到现实世界的冷酷与罪恶。小说嘲讽了盲目乐观主义,其最后结句"要紧的是耕种我们自己的园地",具有一定的现实启迪意义。

从18世纪中期开始,几乎所有的法国启蒙思想家都参与了《百科全书》的编撰,形成"百科全书派"。《百科全书》由狄德罗主编,长达33卷,涉及人类思想发展的各个方面,1751—1776年陆续出版。《百科全书》在各学科领域审视和批判一切不合理性的人类精神遗产,体现了理性至上的精神,是法国启蒙运动的重要标志。

"百科全书派"的领袖德尼·狄德罗(1713—1784)同时也是法国启蒙文学的代表作家。他开创了正剧理论,并在小说创作上取得丰硕成果。狄德罗的三部哲理小说在他去世后出版,包括《修女》(1760年完成,1796年出版)、《拉摩的侄儿》(1762年创作,1823年出版)、《宿命论者雅克》(1773年完成,1796年出版)。《修女》采用书信体,通过被家人强行送入修道院的少女苏珊的自述,揭露教会上层的腐败堕落。《拉摩的侄儿》采用对话体,借作家和音乐家拉摩的侄儿之间的对话,刻画了一个人格上既卑微又自得、对上层社会既妥协又背叛、对社会恶习既迎合又嘲讽的复杂形象,传达出对真假、善恶、美丑的辩证看法。《宿命论者雅克》采用游记体,记述雅克与主人的旅途见闻和主仆间的对话。雅克心地善良、聪明伶俐,但在生活重压面前失去斗争勇气,把一切不幸和灾难归结为命运,以此自我宽慰。小说通过对雅克的宿命论的描绘,指出教会推行的神秘主义与蒙昧主义是普通民众的精神鸦片。小说把雅克的主人描写成一个笨蛋,离开雅克就寸步难行,而仆人雅克却比主人高明得多,这种身份倒置具有鲜明的社会讽刺效果。此外,狄德罗还是法国市民悲剧的倡导者和理论家,他通过一系列创作和剧评致力于戏剧改革,提倡反映市民生活的"市民剧"。他将自己的剧本《私生子》(1757)和《家长》(1758)称为"严肃剧",并在论文《论戏剧诗》(1758)中系统阐述了他的正剧理论。狄德罗的努力使得法国戏剧逐渐摆脱古典主义清规戒律的束缚,走上为平民大众服务的道路。

卢梭是法国启蒙作家中另一位影响巨大的人物,也是启蒙思想家中激进民主派的代表,在思想史和文学史上具有举足轻重的意义。

18世纪后期登上戏剧舞台的加隆·德·博马舍(1732—1799),将狄德罗的平民戏剧精神发扬光大,成为启蒙时期法国戏剧家的代表。博马舍拥护狄德罗的正剧理论,提倡"严肃戏剧"。他的代表作是"费加罗三部曲":《塞维勒的理发师》(1772)、《费加罗的婚姻》(1778)、《有罪的母亲》(1792)。《塞维勒的理发师》(又名《防不胜防》)讲述年轻的阿勒马维华伯爵在过去的仆人费加罗的帮助下,用计谋打败霸尔多洛医生,与霸尔多洛医生的养女罗丝娜终成眷属的故事。这部戏剧发扬了莫里哀的民主精神,把仆人描写成具有智慧的英雄,贵族主人则显得愚蠢无能。这种对封建贵族的讽刺批判精神更透彻地体现在《费加罗的婚姻》(又名《狂欢的一天》)中。剧中阿勒马维华伯爵得知费加罗和女仆苏珊娜即将结婚,无耻地企图恢复贵族对女仆的"初夜权"。费加罗运用智慧与计谋,争取到伯爵夫人的支持,与背信弃义的伯爵周旋、斗争,最终成功实施调包计,使伯爵的无耻要求完全落空。全剧在费加罗盛大的婚礼狂欢中结束。《费加罗的婚姻》毫不留情地批判了贵族的灵魂沦丧与道德堕落,对劳动人民的智慧给予了赞美。在歌颂费加罗优秀品质的同时,作家也对他身上的市民气息予以展现,如对金钱斤斤计较,不愿轻易损失等。对费加罗的刻画,预示了在即将到来的市民阶级对贵族阶级的最后斗争中,市民将取得政治上、经济上、道德上的全面胜利。在《费加罗的婚姻》中,博马舍不但发扬了莫里哀的讽刺精神,还在法国戏剧史上第一次把仆人作为主人公来进行刻画,彻底改变了戏剧传统,使戏剧踏上民主化的道路。

3. 德国文学

18世纪德国处在严重的封建割据之中,全国分裂为三百多个城邦小国,经济政治滞后。这决定了德国启蒙运动的首要目的是唤醒民族意识,完成统一大业。反映在文学上,形成了与德国启蒙运动发展过程相辅相成的三个阶段。

第一阶段是启蒙运动时期(18世纪初至1770年)。这一阶段德国知识分子仿效法国启蒙运动,着手建立德国的民族文学,出现了高特舍特(1700—1766)和莱辛(1729—1781)两位重要戏剧家。高特舍特是莱比锡大学教授,写有文艺论著《为德国人写的批判诗学试论》(1730),提倡学习法国古典主义戏剧,强调戏剧的道德教化作用。尽管他对法国古典主义亦步亦趋的模仿颇受嘲笑,却为建立德国民族文学迈出了最初一步。

继高特舍特之后,莱辛作为德国民族文学和德国现实主义戏剧理论的奠基人,从理论和创作两个方面建构了德国市民悲剧。莱辛在其美学著作《拉奥孔——论绘画和诗的界限》(1766)中,从时空特性出发来区分绘画和诗的不同创作方法,分析其应有的特质。在戏剧方面,他拓宽了正剧的道路,树立了正剧在欧洲剧坛的主流地位。莱辛的戏剧工作包括评论和创作:其戏剧评论的主要成就是《汉堡剧评》(1767—1769),创作上的成就则是悲剧《萨拉·萨姆逊小姐》(1755)和《爱米丽亚·迦绿蒂》(1779)等。戏剧评论集《汉堡剧评》几乎涉及所有戏剧问题。在《汉堡剧评》中,莱辛指出德国戏剧应有自己的声音和特征,不能一味模仿法国古典主义,应遵循亚里士多德《诗学》中为戏剧开辟的道路,并学习莎士比亚处理历史题材和外国题材的方法;主张戏剧应面向人民大众,承担社会教育功能。此外,他还就一般戏剧规律发表了许多有价值的见解。莱辛的戏剧创作充分实践了他的市民悲剧主张。《萨拉·萨姆逊小姐》是德国第一部市民悲剧,《爱米丽亚·迦绿蒂》是德国最杰出的市民悲剧之一。《爱米丽亚·迦绿蒂》取材于古罗马故事,但把背景放在了15世纪的意大利。主人公爱米丽亚在结婚途中被觊觎她美貌的亲王赫托勒公爵抢夺至府邸藏匿,威胁她做自己的玩物。爱米丽亚的父亲得知之后,假托劝服女儿之名与爱米丽亚见面。在父亲面前,爱米丽亚表达了宁死不屈的意愿。悲愤的父亲听从女儿的要求,忍痛杀死了她。该剧对封建暴君的倒行逆施给予了愤怒批判,同时热情赞美了爱米丽亚及其父奥多雅多的道德品质和人格尊严,指出他们虽然在公爵面前身份卑微,却具有高贵的性情。这部悲剧主题严肃,反映了启蒙时期德国人民对封建贵族阶级的普遍不满。

第二阶段是狂飙突进运动时期(1770—1785),因克林格尔的剧本《狂飙与突进》而得名。这一阶段是德国启蒙运动的继续,涌现出以歌德和席勒为代表的一批激进青年作家,他们崇尚天才与情感,要求个性解放和信仰自由,高举"回到大自然"的旗帜,掀起声势浩大的民族文学运动。这一阶段的主要文学成就是戏剧、散文、小说和诗歌,出现了歌德的戏剧《铁手骑士葛兹·冯·伯利欣根》(1773)和小说《少年维特之烦恼》(1774),席勒的戏剧《强盗》(1782)和《阴谋与爱情》(1783),瓦格纳(1747—1779)的戏剧《杀婴女人》(1776)等一批优秀作品。赫尔德(1744—1803)是狂飙突进运动的理论代表和精神领袖,写有《论语言的起源》(1772)、《莎士比亚》(1773)等文艺美学论著,在促进德国民族语言的发展、重视民间文学的发掘、推动启蒙文学的进步等方面发挥了重要作用。

第三阶段是古典时期(1786—1805),因歌德与席勒在德国小城魏玛合作推动德国古典主义文学,又称魏玛古典主义。这一阶段是德国民族文学的最终形成期。德国古典主义强调向古希腊罗马学习,借助历史题材反映现实生活,具有明显的理性色彩。同时,由于文坛领袖歌德和席勒极为重视古典主义创作,德国 18 世纪末产生的浪漫主义文学思潮受到一定程度的抑制。

席勒(1759—1805)是与歌德齐名的德国诗人和剧作家,狂飙突进运动的领袖之一。其主要成就是戏剧创作,剧作有《强盗》(1780)、《阴谋与爱情》(1783)、《堂卡洛斯》(1787)、《华伦斯坦》三部曲(1799)等;还写有大量重要的美学著作,其中《审美教育书简》(1795)表达了德国古典主义美学理想,《论素朴的诗和感伤的诗》(1796)则讨论了现实主义与浪漫主义两种不同的创作风格。席勒的戏剧充分体现了"对整个德国社会挑战的叛逆精神"[①]。《强盗》描写主人公卡尔·穆尔投身绿林杀富济贫、改造社会的故事,歌颂了反抗封建暴政的勇武精神。剧本上演后因其锋芒毕露的批判精神引起轰动,为狂飙突进运动推波助澜。《阴谋与爱情》是"德国第一部有政治倾向的戏剧"(恩格斯语)。剧本讲述宰相瓦尔特的儿子斐迪南与宫廷乐师米勒的女儿露易丝之间的爱情悲剧。瓦尔特为讨好主子、巩固权位,逼迫儿子迎娶公爵的情妇,为公爵"善后"。对露易丝早有邪念的宰相秘书伍尔牧与瓦尔特密谋,设计陷害米勒,以反叛罪名将其投入监牢。当露易丝向瓦尔特寻求救助时,瓦尔特假意答应帮忙,但提出要她离开斐迪南的交换条件。伍尔牧则逼迫她给侍卫长写情书,并故意让情书落到斐迪南手中。不明真相的斐迪南大为恼怒,逼露易丝服毒自尽。最后,斐迪南得知实情,在悲愤与懊悔中自杀身亡。《阴谋与爱情》是一部杰出的市民悲剧,主人公露易丝出身平民,善良高洁,忠于爱情,富有同情心和责任感,却被丑恶的宫廷阴谋陷害致死。贵族青年斐迪南敢于冲破封建家庭束缚,反抗专横冷酷的父亲,爱上底层女子,表现了新一代德国青年反封建反礼教的决心和勇气。露易丝与斐迪南的爱情悲剧,传达了德国市民阶级要求追求自由平等的强烈呼声。另一方面,剧作通过对斐迪南在拿到露易丝被迫写下的情书时愤怒反应的刻画,展示其贵族名誉观和傲慢习性,因此,宫廷阴谋与斐迪南思想中残留的自私心理、贵族偏见,构成对平民少女露易丝的双重迫害。《阴谋与爱情》艺术技法纯熟,剧情严密凝练,节奏紧张急

---

① 恩格斯:《马克思恩格斯选集》第四卷,北京:人民出版社 1973 年版,第 454 页。

促,矛盾激烈集中,既达到了强烈的悲剧效果,又反映了当时德国社会矛盾的尖锐程度。

第二节 卢梭

让-雅克·卢梭(1712—1778)是法国启蒙运动领袖之一,代表当时的激进民主派力量,也是法国18世纪最重要的思想家和文学家。卢梭祖籍法国,出身于日内瓦钟表匠家庭。因家境穷困,他自小独立生活,先后当过学徒、仆人、家庭教师、秘书等。1741年卢梭来到巴黎,结识狄德罗等启蒙人物,加入《百科全书》编撰,从而正式踏上宣传启蒙思想之路。卢梭在其著名论文《论科学与艺术》(1750)、《论人类不平等的起源和基础》(1755)中,肯定人类的自然状态,反对以城市文明为标志的现代科学和艺术,指出人类不平等的根源在于私有财产和私有观念。他藉此提出人类放弃物欲、返璞归真、"回到大自然"的主张,这对后世浪漫主义潮流所提倡的讴歌自然、赞美本真人性的文学倾向产生了巨大影响。1756年之后,卢梭大部分时间隐居巴黎市郊,潜心写作,相继完成了《新爱洛伊丝》(1761)、《社会契约论》(1762)、《爱弥儿》(1762)等重要作品。卢梭晚年基本上是在流亡中度过,先后到过意大利、瑞士等地,完成了自传《忏悔录》(1781—1788)、《一个孤独散步者的遐想》等作品。

《社会契约论》是卢梭的社会政治学论著,它主张并维护资本主义法权,推动法国启蒙运动走入社会公共关系领域。卢梭认为,封建专制的核心特征是不受约束的极权,只能导致政府腐败和人民反抗,进而引起社会动荡和国家崩溃;而未来的资产阶级政权应该是建立在民众信赖与监督的基础上,应当像签约人履行合约一样履行对选民的责任和义务;政府一旦不能维持合约,人民则有拥护政府或者放弃政府的权利。这一观念为现代西方资本主义国家的"三权分立"政权模式奠定了基础。

卢梭最重要的文学作品是小说《新爱洛伊丝》《爱弥儿》和文学自传《忏悔录》。这些作品刻画细腻,感情真挚,描写自然美景,在艺术上对浪漫主义文学具有一定的推动作用,同时也为他赢得了"浪漫主义之父"的称号。《忏悔录》是卢梭在晚年写作、去世以后发表的文学性自传。它毫无掩饰地袒露了作者的真实人生及心路历程,以表现自我与内省精神著称。《爱弥儿》是卢梭著名的哲理小说,采用教育小说的形式,为当时法国盛行的哲理小说增添了一种新体裁。小说通过爱弥儿受教育和成长的故事,提出了教育应该"顺应天性"的主张,探讨了人类社会教育的若干问题,表达了卢梭期待新型教育造就社会人才而非培养封建奴才的愿望。在《爱弥儿》中,卢梭得出的结论是:自然与乡村使人幸福,城市与文明催人堕落。卢梭的创作,给 18 世纪的人类思想带来了新的因素,推动了欧洲革命的进程和文学的发展。他崇尚自然天性,反对陈腐的宫廷趣味;强调情感作用,反对盲目的理性崇拜;主张表现自我,反对单纯的写实风格。从拜伦到雪莱,从普希金到托尔斯泰,从雨果到巴尔扎克,几乎所有的 19 世纪欧洲重要作家都受到卢梭的影响和启迪。

《新爱洛伊丝》是书信体小说,内容由家庭教师圣·普乐和贵族小姐尤丽之间的通信组成。作品以中世纪法国经院哲学家阿伯拉尔(1079—1142)的经历为原型,叙述发生在 18 世纪法国青年身上的爱情悲剧。阿伯拉尔由于其激进思想,多次被教会判为"异端",受到排挤与攻击。阿伯拉尔与贵族小姐爱洛伊丝的爱情也遭到来自女方家长的反对,他自己更惨遭阉割,成为禁欲主义与思想专制主义的牺牲品。他与爱洛伊丝之间的通信,汇集成《阿伯拉尔与爱洛伊丝的情书》,广为流传。卢梭结合 18 世纪的社会现实,对其不幸遭遇进行艺术加工,在男女主人公身上融入了时代精神。阿伯拉尔身上最重要的两个特征——追求感情生活的自由与遭受禁欲主义的迫害,被移植到家庭教师圣·普乐身上。

圣·普乐出身平民,在贵族家庭担任教师,结识了贵族小姐尤丽,与之发生恋情。尤丽的父亲有很深的等级偏见,强行拆散他们,逼迫尤丽嫁给贵族德·伏勒玛。圣·普乐遭此打击,只好黯然离去。尤丽婚后把自己与圣·普乐之间的往事告诉给丈夫,得到谅解,圣·普乐得以重返尤丽的生活。他们朝夕相处,彼此关怀,却不能结合,只能以坚韧的道德力量抑制内心狂热的爱情,承受着巨大的痛苦。最后,尤丽在极度抑郁中生病死去。圣·普乐则来到乡下的修道院,过孤独贫困的隐居生活,把对尤丽无法忘怀的感情转移到对神学的潜心研究之中。《新爱洛伊丝》是一部凄婉动人的时代悲剧,作家以人道主义的悲悯情怀,歌颂了圣·普乐与尤丽之间纯洁真挚的爱情,批判了封建专制主义对世俗幸福的戕害,发出了反封建反教会的愤怒呼声。同时,卢梭对男女主人公身上坚忍的道德自制和理性力量给予充分肯定,他们表现出的纯洁品行与高尚伦理,与骄奢淫逸、丧廉寡耻的贵族上流社会形成鲜明对比。

在艺术上,《新爱洛伊丝》也取得突出成就。首先,小说采用书信体,以展现人物内心世界见长,达到了表现内在世界的目的。在这些信中,男女主人公敞开心扉直抒胸臆,他们在现实生活中被压抑的强烈情感和幸福理想得以完整宣泄。这种写法,对歌德小说《少年维特的烦恼》产生了有益的影响。其次,小说对自然美景和田园风光进行了细致描写,讴歌了不染风尘的自然天性,启迪了浪漫主义重视描绘大自然的风格。再次,小说并非凭空虚构,而是借助了发生在中世纪的原型人物和故事,给作品带来了真实可信的色彩,打动了无数读者的心灵,并激励着当今社会中的人们反思历史、正视现实。

第三节　歌德

约翰·沃尔夫冈·歌德(1749—1832)是德国最伟大的民族文学家,也是世界文学中的不朽作家,被誉为与荷马、但丁、莎士比亚齐名的"世界四大诗人"之一。他以卓越的思想贡献和创作成就,成为人类文化史上的一座丰碑。

歌德出身于法兰克福一个富裕市民家庭,自小受到完整良好的教育,先后在莱比锡大学和斯特拉斯堡大学研修法律,毕业时获得法学博士学位。大学期间,他结识了赫尔德,受其影响,师法莎士比亚,关注民间文学,投身狂飙突进运动,并很快成为其领袖人物。这一时期歌德的重要作品有历史剧《铁手骑士葛兹·冯·伯利欣根》(1773)、小说《少年维特之烦恼》(1774)以及抒情诗《五月之歌》等。《铁手骑士葛兹·冯·伯利欣根》取材于16世纪历史,刻画了一个敢于反抗暴政的斗士形象。但剧中英雄葛兹并未把反抗行动进行到底,而是脱离了农民起义队伍,最终被封建政权诱杀。该剧体现出对"三一律"等古典主义戏剧规范的全面反叛和挑战。

书信体小说《少年维特之烦恼》(1774)是狂飙突进时期最重要的德国文学作品,也是第一部获得世界声誉的德国文学作品。小说依据歌德及其友人耶路撒冷的感情经历写成。歌德和耶路撒冷均出身市民,都曾爱上一位少女而遭到拒绝,后者甚至因此自杀身亡。小说叙述市民青年维特在爱情与事业两方面的挫折失意。维特从学校毕业后,满怀着对生活的向往,接受了一位伯爵向他推荐的外交部职位。就职之前,维特应邀到乡下牧师家访问,结识了牧师的女儿、乡村少女绿蒂。绿蒂纯真活泼、心地善良,因母亲过世,既要照料几个年幼的弟妹,又要照顾年迈孤独的父亲。她的辛勤操劳和乐观天性深深地感染了维特。尽管明知道绿蒂已有婚约,维特仍不可遏制地爱上她。绿蒂也喜爱维特,但最终不能突破婚约束缚,拒绝了维特。维特怀着失落的心情离开乡村,前往充斥着贵族子弟的外交部。不可改变的平民身份使维特屡遭排挤、处处受阻,空有才华学识却无处施展。失望之余,维特再次来到乡下,但绿蒂已经结婚。最后,在给朋友留下遗书后,维特饮弹自尽。小说通过市民青年维特的遭遇,抨击了封建等级制度对德国青年一代的排挤和迫害,文笔优美感伤,情致细腻真切,动人肺腑,极富艺术魅力,甫一出版,即引起轰动。小说也受到保守力量的诋毁和曲解,因此引发了一场关于它究竟是爱情小说还是政治小说的争辩。一些德国青年甚至仿效维特,走上自杀的道路。小说被翻译成多种文字,流行于欧洲,同时在国外也遭受一些势力的强烈反对,如罗马教会下令公开焚毁这部"毒草"。从小说发表后的反响以及小说问世的背景和原型来看,它的确具有广泛而深刻的政治意义。

  1775年,歌德应奥古斯特公爵之邀,前往魏玛公国担任枢机顾问和宫廷大臣等要职。因事务繁忙,歌德逐渐与狂飙突进运动疏远,文学创作基本陷入停顿。在魏玛的最初十年,是歌德思想上最摇摆不定的时期,他一方面推行改革措施,另一方面又在敌对力量面前妥协退让,体现出思想上的矛盾性。

  1786年,歌德在精神烦闷中离开魏玛前往意大利,潜心于古希腊罗马艺术研究,逐渐形成古典主义文艺观并恢复创作。这段经历在《浮士德》中有所体现。其间歌德完成了剧作《艾格蒙特》(1775—1788)、《陶里斯岛的伊菲格尼》(1786)等。《艾格蒙特》描写16世纪艾格蒙特伯爵领导荷兰人民反抗西班牙入侵者的故事,颂扬了为争取独立自由而斗争的精神。

  《陶里斯岛的伊菲格尼》是歌德由狂飙突进精神转向古典主义的标志。剧情取自古希腊:希腊英雄阿伽门农之子俄瑞斯忒斯为父报仇而杀母,遭到复仇女神诅咒与追逐。在阿波罗的斡旋下,复仇女神要求俄瑞斯忒斯前往海上,以取回狩猎女神像为条件而放弃对他的惩罚。到达陶里斯岛后,俄瑞斯忒斯被国王囚禁在神庙,交给女祭司伊菲格尼看管。伊菲格尼正是多年前希腊英雄出征特洛伊时的祭品、阿伽门农的长女,于是姐弟得以相认。陶里斯国王以俄瑞斯忒斯的生命为要挟,试图迫使伊菲格尼接受求婚。伊菲格尼面对着三种不同的选择。一是听从弟弟的建议,私下放出弟弟并以杀戮国王的方式解决难题;二是听从同伴建议,假意答应国王求婚而乘机逃脱;三是听从自己良心召唤,以坦诚公开的方式说服和打动国王。最终,伊菲格尼维护了高洁的品性,向国王讲述自己的不幸身世和家庭惨剧,坦白了打算逃走的密谋,表明了回归故土的决心。国王被伊菲格尼的坦诚和信赖打动,放弃求婚并释放俄瑞斯忒斯,送姐弟离开陶里斯。该剧分析了人际关系的三种基本处理方式:以杀戮为代表的暴力方式、以欺诈为代表的智慧方式、以真诚为代表的友爱方式。显然,歌德以赞赏的描写肯定了伊菲格尼的选择,表达了作家希望建立以仁慈友爱为基础的新型人际关系的理想,充分体现了启蒙运动所宣扬的博爱原则。

在意大利,歌德与席勒重逢,彼此发现许多文艺观上的相似之处,萌发共同建立德国古典主义文学的想法。1788年歌德回到魏玛后,辞去所有政务,专心文学研究与创作,逐渐形成"世界文学"的观念。他与席勒展开了长达十年的合作,写出一大批奠定魏玛古典主义基础的作品。晚年歌德完成了小说《亲和力》(1809)、自传《诗与真》(1811—1830)、诗集《西东合集》(1814—1815)、随笔《意大利游记》(1829)、《威廉·麦斯特》(1789—1829)(包括《威廉·麦斯特的学习时代》和《威廉·麦斯特的漫游时代》两部)、诗剧《浮士德》等重要作品。

歌德一生中还创作了大量脍炙人口的优美抒情诗。它们是18世纪德国诗歌的顶峰,其中不少诗作由当时的作曲家舒伯特谱曲,传唱至今。《威廉·麦斯特的学习时代》中的《迷娘曲》组诗,运用优雅纯净的语言,描写大自然的美景,歌颂纯洁真挚的爱情,对德国抒情诗歌风格以及浪漫主义诗派的兴起有深刻影响。

诗剧《浮士德》1773年开始酝酿、构思、写作片段,1831年最终完成,历时五十八年。诗剧取材于德国16世纪民间传说,根据浮士德向魔鬼出卖灵魂以求得绝对自由的故事写成。欧洲许多作家曾依据这一素材写过作品,如1587年德国出版过《约翰·浮士德博士传》,英国剧作家马洛写有剧本《浮士德博士的悲剧》,狂飙突进时期克林格尔写有小说《浮士德的生平、业绩与地狱之行》等。在处理这一素材时,歌德改变了以往作品主要讲述离奇故事的重心,对民间故事进行了改造,将自己对人生和世界的体悟投射在主人公身上,赋予主人公改造世界和改造自我的热情,把浮士德刻画成一个不断求索进取、不断追求真理的形象。

在结构上,《浮士德》分为两部,第一部25场,不分幕;第二部25场,分为5幕。全剧的源起和主人公经历的由来,由诗剧开幕时的《天上序幕》涵括。《天上序幕》讲述上帝与魔鬼靡菲斯特的赌赛。魔鬼否定人类,认为人类不过是"情欲的奴隶";上帝肯定人类,认为"人在努力时难免犯错",但终将臻于至善。于是他们以浮士德的灵魂为赌注,开始了浮士德与魔鬼订约从而满足一切欲望的剧情。诗剧把浮士德的人生经历分为五个阶段,分别是知识生涯、爱情生涯、政治生涯、艺术生涯和事业生涯。在五个人生阶段的推进中,浮士德逐步接近真理,最后到达人生的真谛,"智慧的最后断案"。

第一阶段是知识生涯。浮士德年近五旬,独处书斋,精神苦闷。他自感"穷尽了一切学问,到头来毫不见聪明半点",反而迷失了人生方向。在绝望中浮士德起了自杀念头,只是由于教堂传来复活节的钟声才暂时使他平静,但精神危机并未消除。魔鬼靡菲斯特乘虚而入,与浮士德订立契约:靡菲斯特满足浮士德的一切愿望,直至他感到最大快慰;死后浮士德的灵魂则归魔鬼所有。于是浮士德跟随魔鬼来到街头的"巫女之厨",服下返老还童的魔汤,变为风度翩翩的贵族美少年,开始新的人生。

第二阶段是爱情生涯。浮士德与市民少女玛甘泪相爱,却难以得到世俗的承认。他心情烦躁,求助于靡菲斯特。靡菲斯特为他配制迷药,由玛甘泪暗暗给母亲服下。正当浮士德与玛甘泪情到酣畅时,她的母亲却死于过量的迷药。玛甘泪的哥哥与浮士德决斗复仇,不幸倒在浮士德剑下。因沉迷爱欲而连续两次遭受亲人死去的打击,玛甘泪精神失常,在疯狂中亲手溺死她与浮士德的私生子。入狱之后,玛甘泪拒绝了浮士德的搭救,这场爱情以悲剧告终。

第三阶段是政治生涯。浮士德来到宫廷,为皇帝发行纸钞,解决了因肆意挥霍导致的财政危机。他有志于做一番抚恤百姓、整顿朝纲的大事,却屡屡受挫,转而意志消沉。皇帝贪图淫逸,向浮士德提出见识古希腊美女海伦的荒唐要求。浮士德再次求助靡菲斯特,用魔匙招来海伦的幻象。眼见海伦与帕里斯谈情说爱,浮士德嫉妒不已,将魔匙扔到帕里斯身上。在一声巨响、一片烟雾中,海伦逝去踪影,浮士德也昏倒在地。这番政治追求,最后以闹剧告终。

第四阶段是艺术生涯。浮士德回到书斋,对海伦念念不忘。他的学生瓦格纳正好造出"人造人"何蒙古鲁士,具有穿越时空的法力。于是浮士德手托装在玻璃器皿中不能与空气接触的"人造人"回到古希腊,与古典艺术之美的化身海伦结为夫妻。浮士德在希腊潜心研究文艺,他与海伦的儿子欧福良一味凌空登高,最后坠海而死。悲伤促使海伦离去,浮士德对古典美的追求终告幻灭,艺术生涯化为一场虚空。

第五阶段是事业生涯。浮士德回到现实,遇上国内叛乱。皇帝一筹莫展,向浮士德求救。在靡菲斯特帮助下,浮士德平息叛乱,得到皇帝赏赐的一块海滨封地。浮士德带领民众在此挖山填海,试图改造自然,造福人民。

积年劳顿,浮士德渐渐老去,忧愁的幽灵潜身而入,吹瞎了他的眼睛。浮士德双目失明,但其志不移。生命最后一天的中午时分,浮士德在海边听到靡菲斯特派人为他掘墓的声音,以为是向新天地开掘的劳作声响,感到极大快慰,情不自禁喊出"你真美呀,请停留一下!"随后倒地死去。根据他与魔鬼的约定,灵魂应被魔鬼带走,但上帝派来天使,把浮士德的灵魂接上天堂。

《浮士德》是一部博大精深的个人灵魂发展史,也是一部涵盖文艺复兴至启蒙运动的欧洲精神发展史,海涅誉之为"德国人世俗的圣经"。作品以浮士德形象为承载者,探索了人生的多种可能性,为人生境界划出了"小世界"与"大世界"的区分。诗剧通过浮士德的知识悲剧和爱情悲剧明确指出:个人的知识追求与爱情生活属于"小世界",局限在个人小天地里,不能对社会产生广泛深刻的正面作用,不能有效地推动社会的进步。浮士德潜心于中世纪学说研究,最终只能陷入绝望境地;浮士德与玛甘泪的爱情沦为情欲满足,最终只能产生堕落的快感。在"大世界"中,浮士德以投靠宫廷的方式来改造宫廷,只能沦为封建权贵享乐的工具;浮士德与海伦结合所生之子,以浪漫主义诗人拜伦为原型,欧福良的死形象地表达了歌德对刚刚兴起的浪漫主义潮流的看法:只能结晶出欧福良这样躁动不安、昙花一现的脆弱生命。唯有投身于改造自然的伟大活动,人的力量和才华才能尽情施展,才能到达人生的真谛。在诗剧中,歌德否定了使人陷入迷惘的中世纪学说,批判了文艺复兴以来逐渐盛行的享乐倾向,嘲讽了政治改良主义,同时对古典美的追求也进行了一定反思。当然,《浮士德》用改造自然代替改造社会的观点,也是值得商榷的。

诗剧主人公浮士德是一个不断进取、苦苦追求真理的形象,是德意志民族进步力量和奋斗精神的化身。首先,浮士德具有积极向上、追求完美的坚定理想。他阅尽人世悲欢、熟稔人情冷暖,也洞悉人性弱点、了解民生疾苦,希求通过自我完善的途径达到改造社会的目的。为此他虽然不免误入歧途,但总能及时回归正途。对理想之路的艰难坎坷,他也有着清醒的认识:"有两种精神居住在我的心胸/一个要同别一个分离/一个沉溺在迷离的爱欲之中/执拗地固执着这个尘世/别一个猛烈地要离去风尘/向那崇高的灵的境界飞驰。"其次,浮士德具有永不满足、永不止息的探索精神。他皓首穷经、潜心学海,他冲破礼教、追求爱情,他忧心国运、改革政治,他向往古典、投身艺术,他恤民疾苦、改造自然。在一系列人生探索中,他表现出一往无前的勇气和克服一切困难的决心。再次,浮士德具有审视自我、及时修正的自我否定精神。他抛弃了因循守旧的学术研究,克服了心中狂热的情欲,认清了封建政权的腐朽，放弃了用古代典范解决当今艺术问题的尝试，不断自我否定，最终献身为人类修德造福的伟大事业。在漫长的探索过程中，浮士德以极大的意志力量和理性精神观照自身，不断反思、克服弱点，逐渐臻于完善境地。诚如歌德所言："浮士德身上有一种活力，使他日益高尚和纯洁化。"这种活力，也就是德意志民族引以为豪的"浮士德精神"。

靡菲斯特是一个与浮士德对立而又互动的形象，是否定精神的化身。他自称："犯罪、毁灭、更简单一个字，恶，这便是我的本质。"其实他并非简单的恶，而更像一个玩世不恭的嘲世者。与传统的魔鬼形象不同，靡菲斯特具有更为丰富的精神内涵。他与浮士德形成矛盾统一的辩证关系，驱动着浮士德不断求索的进程。剧中其他主要人物，如玛甘泪、瓦格纳、欧福良等，也都各有其寓意。

《浮士德》把现实描写与奇异幻想结合在一起，构成一部奇伟宏大的史诗性作品。歌德综合运用了叙事诗、抒情诗、戏剧等多种体裁，使之既富有浓郁诗情，又充满思辨色彩；不以讲述离奇故事见长，而以展现人物思想发展著称。诗剧在刻画人物时，主要使用对比手段进行形象塑造，主要角色都个性鲜明、令人难忘。诗剧中还使用了大量象征、寓意手法，给作品增添了更多的回味。总体而言，《浮士德》达到了18世纪德国文学的顶峰，跻身欧洲文学不朽名作的行列。

【导学训练】

一、学习建议

建议从理解启蒙运动的核心思想——理性原则入手，并与17世纪古典主义所遵循的理性原则进行比照，在此基础上，通过对伏尔泰、狄德罗、卢梭、笛福、斯威夫特、菲尔丁、席勒、歌德等作家创作的梳理，以及对启蒙文学、感伤文学和哥特小说等文学类型特征的概括，掌握18世纪的时代精神和文学精神。英国现实主义小说、法国哲理小说和启蒙戏剧、德国市民悲剧和狂飙突进文学，尤其是卢梭和歌德的创作，是本章的学习重点。

二、关键词释义

启蒙运动：启蒙运动(The Enlightenment)是18世纪欧洲其文艺复兴运动之后又一场声势浩大的思想文化运动，是文艺复兴运动的继续和发展。它延续了人文主义传统并发展成更加锐利激进的反封建精神，以社会变革为最终目标。启蒙运动形成以"理性"为核心的系列思想，号召以理性为准绳来衡量一切、评判一切；反对封建等级秩序，反对中世纪以来天主教会推行的神秘主义和蒙昧主义,宣扬"天赋人权"和自由、平等、博爱的观念,弘扬科学文化知识。启蒙运动成为18世纪末法国大革命的思想和舆论准备。

百科全书派:百科全书派(The Encyclopedists)指18世纪法国一批启蒙思想家在编撰《百科全书》时形成的以狄德罗为核心的学术群体。《百科全书》编撰历时二十年(1751—1772),有包括伏尔泰、爱尔维修、霍尔巴赫、卢梭等在内的百余位启蒙思想家、哲学家和学者参与。这派启蒙思想家借助这套工具书的编撰,不仅传播新的科学文化知识,而且在各个学科领域里发起对于旧的思想文化体系的挑战,实现其启迪蒙昧、解放思想的功能。百科全书派因此成为18世纪法国启蒙运动的中坚力量。

感伤主义:感伤主义(Sentimentalism)是18世纪中后期欧洲启蒙运动中出现的文学思潮,由英国作家斯特恩的小说《感伤旅行》而得名。60年代以后,欧洲启蒙主义进入新阶段,由重视理性的启蒙运动转向重视情感的感伤主义。一些作家、思想家开始强调情感在启迪蒙昧、改造人性之中的作用,认为人的固有感情的自然激发,可以起到使人向善的推动作用,文学艺术的力量首先在于培养人的感情。感伤主义作品以对于人物悲惨命运的描写和感伤情绪的抒发而唤起读者的同情和怜悯,从而大大改变了文学风格。感伤主义发源于英国,后传入法国、俄国和德国等欧洲国家,它也被视为前浪漫主义的一种。

狂飙突进:狂飙突进运动(Storm and Stress Movement)是18世纪70—80年代发生在德国艺术与文学领域的激烈变革,是德国文学史上第一次全德规模的声势浩大的文学运动,因克林格的作品《狂飙与突进》(Sturm und Drang)而得名。基本精神是推崇天才,鼓吹个性解放、崇高感情,主张返回自然,强调民族意识,反对阻碍人的全面发展的社会环境和道德观念。精神领袖是思想家、作家赫尔德,运动主将是青年时代的歌德和席勒。狂飙突进运动促进了德国民族意识的觉醒,既是对启蒙运动的某种反拨,又是启蒙运动的继承和发展,并且开启了德国浪漫主义文学。

魏玛古典主义:魏玛古典主义(Weimar Classicism)在德国文学史上指1786—1810年之间的文学创作,以歌德于1786年到意大利后的创作为开端标志,是对德国启蒙主义运动中的理性主义、狂飙突进运动中的个人主义情绪的中和,艺术上以希腊、罗马的古典艺术为典范,追求庄严肃穆、完整和谐的风格,运用优美典雅的语言,继续表达人道理想和启蒙思想。代表人物为中晚年的席勒和歌德。

前浪漫主义:前浪漫主义(Pre-Romanticism)是出现在18世纪、初步具有浪漫主义风格的各种文学流派和思潮的总称,包括英国感伤主义文学、哥特式小说、德国狂飙突进文学和法国卢梭的创作。这些文学或崇尚感情,或重视自我表现,或讴歌自然,对欧洲浪漫主义文学的问世产生了积极推动作用。

三、思考题

1. 启蒙运动与文艺复兴运动所倡导的时代主题有何异同?原因何在?
2. 启蒙主义与古典主义所崇尚的理性有何异同?

3. 18世纪启蒙主义文学在文体类型方面有何贡献?
4. 如何理解启蒙运动中出现的从重视理性到重视情感的变化?
5. 18世纪英国现实主义长篇小说在哪些方面启迪了19世纪英国小说的创作?
6. 启蒙主义、狂飙突进文学与浪漫主义之间有着怎样的关联?
7. "哥特式小说"的主要风格是什么?
8. 《鲁滨逊漂流记》在何种意义上可以看作一部启蒙小说?
9. 分析《格列佛游记》的讽刺艺术和陌生化手段。
10. 《项狄传》的叙事结构和叙事方式有何独特之处?
11. 《汤姆·琼斯》对后世作品有何影响?
12. 分析伏尔泰哲理小说代表作的启蒙思想。
13. 结合具体作品分析卢梭创作的浪漫主义风格。
14. 论述莱辛《汉堡剧评》在西方戏剧理论史上的地位。
15. 从歌德对"小世界"的忽视看"浮士德精神"的负面作用。
16. 为什么说靡菲斯特是"否定的精灵"?否定的精灵在浮士德的追求探索过程中有何功能?

四、可供进一步研讨的学术选题

1. 法国启蒙主义不同作家作品之间的思想对话研究。
2. 新旧爱洛伊斯的相关性研究。
3. 分析拉摩的侄儿的人格结构。
4. 分析卢梭的《忏悔录》与自传文学的写作策略。
5. 善感性与理性、信仰的关系研究。
6. 书信体小说与感伤主义的关系研究。
7. 《项狄传》的接受史研究。
8. 分析18世纪英国文学中的东方形象。
9. 分析18世纪法国文学中的中国文化思想因素。
10. 分析歌德的"世界文学观"与比较文学视野。
11. 欧洲文学史上浮士德题材作品之比较。
12. 从靡菲斯特看欧洲文学中魔鬼形象的演变。
13. 从《浮士德》看近现代欧洲思想史演进历程。

【研讨平台】

一、思想启蒙、情感培育及卢梭的"善感性"

提示:启蒙运动在宣传哲理、以理性评判一切之外,也很重视人的情感力量,把善良天性的恢复、美好情感的培养视为启蒙的一部分。如果说思想启蒙、知识启蒙代表了启蒙运动的第一个方向——理性方向的话,那么卢梭提出的"善感性"观念则代表了18世纪启蒙运动发展的第二个方向,即感性的方向。在这种观念中,隐约形成了对理性力量的不自觉抵制,直接开启了浪漫主义精神,也引起后世论者的争议。

1. 卢梭:《论人类不平等的起源和基础》(节选)

由于情感的活动,我们的理性才能够趋于完善。我们所以求知,无非是因为希望享受;既没有欲望也没有恐惧的人,而肯费力去推理,那是不可思议的。情感本身来源于我们的需要,而情感的发展则来源于我们的认识。因为人只在对于某些事物能够具有一定观念的时候,或者是由于单纯的自然冲动,才会希望或畏惧那些事物。野蛮人由于缺乏各种智慧,只能具有因自然冲动而产生的情感。

因此,我们可以肯定地说,怜悯心是一种自然的情感,由于他调节着每一个人自爱心的活动,所以对人类全体的相互保存起着协助作用。正是这种情感,在自然状态中代替着法律、风俗和道德,而且这种情感还有一个优点,就是没有一个人企图抗争它那温柔的声音。

(李常山译,北京:商务印书馆1997年版,第99—100、121页)

2. 罗素:《西方哲学史》(下)(节选)

把他(指卢梭——引者注)作为思想家来看不管我们对他的功过有什么评价,我们总得承认他作为一个社会力量有极重要的地位。这种重要地位主要来自他的打动感情及打动当时所谓的"善感性"的力量。他是浪漫主义运动之父,是从人的情感来推断人类范围以外的事实这派思想体系的创始者,还是那种与传统君主专制相反的伪民主独裁的政治哲学的发明人。

(何兆武、李约瑟译,北京:商务印书馆1963年版,第225页)

3. 哈罗德·布鲁姆编:《米兰·昆德拉》(节译)

对昆德拉来说,与善感性的斗争就是对遗忘的斗争。我们在他的《笑忘录》这本书的开头读到了,人反抗权力的挣扎是记忆反抗遗忘的挣扎。在昆德拉的术语中,记忆反抗遗忘的挣扎,是指人对任何否认个人历史的连续性和独特性的社会或心理力量的抗争。所以,对善感性的斗争只是人保卫个体主义的另一方面。……善感性感染力的本质在于它能精确地消除个体的某种负担以及成人的责任。如文学评论家诺斯诺普·弗莱所说,像个小孩的行为一样,善感性阻止了一切必然进步的经历,而只试图停留在怀旧中……善感性是民众对情绪的固定反应的主观对应物。

(Harold Bloom, *Milan Kundera*, Bloomal:Chelsea House Publishing,2003, pp.40-41)

二、魔鬼靡菲斯特及其功能

提示:在《浮士德》中,靡菲斯特是否定精神的象征。诗剧借上帝之口概括了靡菲斯特的辩证作用:他是"作恶造善的力之一体"。从文化实质上分析,靡菲斯特代表文艺复兴以来欧洲文化的另一种类型,即极度个性解放与享乐主义。在浮士德探索前进的道路上,靡菲斯特发挥着激励斗志,促进浮士德发现自我、完善自我的作用。同时,靡菲斯特的作恶与他对恶行的嘲讽,承担了对社会罪恶揭发批判的功能。

1. 郭沫若:《"浮士德"简论》(节选)

我们请看他那个和浮士德对立的靡菲斯特的构成吧,他是恶魔,然而决不是宗教家们所认识的恶魔,诗人曾经给他一个名字叫"否定的精灵"。诗人假借上帝的口来说:"人们精神总是易于弛靡/动辄贪爱着绝对的安静/我因此才造出恶魔/以激发人们的努力为能。"因此,他并不是单纯的恶的形象化或万恶的结晶,他是非恶非善,或亦恶亦善。……

这是静的反对的动,无为的反对的有为,反过来也是动的反对的静,有为的反对的无为。他是否定的精灵,但有时又是肯定的一面,他是肯定的否定,否定的肯定。……

这说的其实也就是浮士德与靡菲斯特的对立。这是一个灵魂的两态。虽然在形式上是浮士德为主而靡菲斯特为奴,但在事实上是主奴不分,而在诗人的气质和一时的感兴上,有时倒是主奴易位的。这种个性发展的辩证式的看法,是整个"浮士德"悲剧的中心线索。个性是在发展,而且取着辩证式的发展,推而广之,时代的发展是这样,甚至宇宙的发展也是这样。

(歌德:《浮士德》,郭沫若译,北京:人民文学出版社 1978 年版,第 10 页)

2. 基姆·帕芬诺斯:《智慧礼赞:对信仰的文学和神学反思》(节译)

而此时靡菲斯特看着绝望的、脆弱的博士,与之达成了重要的协定。魔鬼将满足浮士德的任何要求,给予他所能获得的任何快乐和事物。然而浮士德是以灵魂打赌,一切都不可能彻底满足他,能让浮士德抵挡住魔鬼诱惑的不是他的信仰而是他的不安,他无法满足于简单的答案或消遣:"他知道他必须迈向神秘的未来,不然就死,在万物中寻找停留并不能使之得到救赎。静止不动将会被诅咒。"靡菲斯特一开始带着浮士德去了神奇的女性世界,带他去女巫的厨房喝了一杯(在靡菲斯特告诉他男人在酒馆喝酒是多么荒谬后,浮士德感到心烦)。在靡菲斯特的影响下,浮士德放弃了实验室而投身巫厨。但即使是在魔女的影响下,当浮士德在镜子中看见美丽的女人时,这个欺骗和操控的世界使他对女人有了更深层的认识,"女人的形象也又一次被纳入了浮士德奋斗的目标",女人的样子让浮士德沉迷于爱情与渴望,而不是欲望。靡菲斯特意识到镜子所产生的作用与他的邪恶用心相反,所以他匆忙带着浮士德离开了那里。

(Kim Pafenroth, *In Praise of Wisdom: Literary and Theological Reflection on Faith*, New York: The Continuum International Publishing Group, 1989, p.44)

3.《浮士德》序(节译)

由于靡菲斯特是"否定的精灵",在剧中我们看到他是作为浮士德可能获得救赎的一种条件,而非传统认为的他是使浮士德毁灭的手段,他们两人定下的契约不存在问题。所以靡菲斯特不可能像在马洛的戏剧中那样买下浮士德的灵魂。在订约这一部分,歌德将其假定为打赌。浮士德打赌说,无论靡菲斯特给他什么样的快乐,都无法阻止他追求更高的事物。

靡菲斯特同意了这一提议,他自信自己能用"平淡的琐事"将浮士德拖垮,从而放弃追求。但他很显然对于赌注并不重视,靡菲斯特后来承认即使浮士德没有完全将自己交给魔鬼,他同样也会被诅咒。浮士德和靡菲斯特都是"否定的精灵",足以让他被诅咒(如果它使他彻底幻灭)或得到拯救(如果它总是激励他寻找更高的真理)。

(Johann Wolfgang von Goethe, *Faust: The Tragedy*, Manchester:
Manchester University Press, 1974, p.xiv)

三、《项狄传》的独特叙事及其当代阐释

提示:斯特恩的小说《项狄传》在叙事上别出心裁,独具一格。传统小说在叙述时间上遵循事件发生的先后顺序,而《项狄传》则按照事件为人物所感知的先后顺序来展开叙述。它在18世纪小说中显得十分另类,引起20世纪批评家的高度关注,被纳入现代主义和后现代阐释话语中进行探讨并引发争议。

1. 米兰·昆德拉:《小说的艺术》(节选)

在这一时代的所有小说中,我最喜欢的是劳伦斯·斯特恩的 Tristram Shandy(《项狄传》)。一部让人奇怪的小说。斯特恩以一个夜晚的回忆开头,Tristram 被构思出来,他刚开始要说他的想法,另一个想法立刻吸引了他,这个想法通过自由的结合,又引出另一个思索,然后是另一个故事,一个离题接着一个,而 Tristram 这个小说主人公,在一百多页中被人遗忘。这个虚构小说的荒谬办法可以被看作是一种简单的形式的游戏。但是,在艺术中,形式是始终超出形式的。每一部小说,不管它愿意或不愿意,都拿出一种答案来解答一个问题:什么是人的存在?它的诗在哪里?比如说,菲尔丁、斯特恩的同时代人特别善于享受行动与冒险的魅力。斯特恩小说意味的回答是:在他看来,诗不在行动中,而是在行动的不中断之中。

也许这里间接地开始了一场小说与哲学的重要对话。十八世纪的理性主义基于莱布尼茨的一句名言:nihil est sine ratione,没有没理由的存在。在这个信念的推动下,科学热心地检查了一切事物的为什么,使一切看上去可以解释的变成可以估量的。人想要他的生活具有一个意义,于是放弃了每一个没有原因和目的的动作。所有的传记都是这样写的,生活看上去像是原因、结果、失败和成功的光辉历程,人用焦急的目光盯着自己行为的因果联系,加快了朝死亡的奔跑。

(孟湄译,北京:三联书店1992年版,第156—157页)

2. 戴维·洛奇:《小说的艺术》(节选)

元小说是关于小说的小说:这类小说以及短篇故事关注到自身的虚构本质与创作

过程。元小说的始祖可谓是《项狄传》;这部作品里的叙述者与想象的读者进行对话,这只不过是斯特恩采用的许多手法之一,目的是为了凸显传统写实小说所要隐藏的、艺术与生活之间的鸿沟。

(卢丽全译,上海:上海译文出版社2010年版,第247页)

3. 黄梅:《〈项狄传〉与叙述的游戏》(节选)

由于上述种种特点,这部小说被认为一来继承了拉伯雷等人的传统;二来又与现代文化相通。福斯特把斯特恩和吴尔夫并论,范·甘特认为他是普鲁斯特的前驱,并非没有来由。斯特恩的作品注重心理意识和瞬间感受,几乎可说是"意识流"小说的先声。项狄老哥俩的古怪个性折射出某种富于时代特征的"唯我主义"(solipsism)和"无能的状态",也使《项狄传》被有些人看作是第一部"现代"小说,何况斯特恩还几乎像"后现代"作家一样,对写作活动以及文本与生活的关系高度自觉,时不时地把写作的困境搬到前台来讨论……
……

颠覆主流叙事范式、互文性、所指不可追索,如此等等,这些近年的时髦文学批评行话术语似乎都可以毫不牵强地用于《项狄传》。在一部有关《项狄传》的新文集中,20世纪八九十年代的有些论作简直像演示当代文论的范文。它们有的强调该小说中的断裂和不连贯性;有的显示了论者的解构主义和新历史主义思想背景;有的从巴赫金的多声部理论切入,最终聚焦于对"欲望"的拉康式的分析;还有的运用了读者反应理论。

(载《外国文学评论》2002年第2期)

【拓展指南】

一、重要研究资料简介

1.〔英〕伊恩·P. 瓦特:《小说的兴起》,高原、董红钧译,北京:三联书店1992年版。

简介:瓦特所著《小说的兴起》是研究18世纪英国文学的权威性论著之一,作者明确界定了"小说"这一文学类型的涵义,描述了从"散文虚构故事"到"小说"之间的具体发展过程。瓦特运用社会历史学对小说在英国18世纪的勃兴进行充分论证,并对促进小说繁荣的传统文学类型如传奇故事、流浪汉文学、传记文学等做了详细梳理。论著还对18世纪英国小说重要作家如笛福、理查生、菲尔丁等进行了大量卓有成效的研究。

2.〔法〕狄德罗:《论戏剧诗》,徐继曾、陆达成译,见《狄德罗美学论文选》,北京:人民文学出版社1984年版。

简介:狄德罗在《论戏剧诗》中,讨论了戏剧的一般规律和基本形式因素,涉及包括"严肃的喜剧"在内的各种戏剧体裁。文中就戏剧的布局和对话、主题的展示、人物性格、剧情安排和分幕、戏剧场面、戏剧风格、舞台提示以及技术层面的布景服装等做了详细分析,最后简要探讨了作家与批评家的相互作用。《论戏剧诗》虽然简短,但涉及广泛,几乎涵盖所有的戏剧类型和戏剧方法,是理解18世纪戏剧特征的导引。同时,狄德罗在文中各个部分分别对正剧的特征与作用做了比较全面的论述,他的正剧理论在文中得到了比较完整的体现。

3. 〔德〕爱克曼辑录:《歌德谈话录》,朱光潜译,北京:人民文学出版社1980年版。

简介:爱克曼的《歌德谈话录》辑录了歌德晚年有关文艺、美学、哲学、自然科学、政治、宗教以及一般文化的言论和活动,特别在文艺方面,记录了歌德晚年最成熟的思想和实践经验。《歌德谈话录》的辑录时期正值《浮士德》第二部完成的时期,歌德多处谈到了这部诗剧的主题思想、人物塑造与艺术构思,是解读与理解《浮士德》的有力工具之一。《歌德谈话录》还大量记录了歌德对于魏玛古典主义的理想与实践,有助于掌握歌德文艺思想由狂飙突进向古典主义转变的具体过程和内外原因。

4. 〔德〕汉斯·尤尔根·格尔茨:《歌德传》,伊德等译,北京:商务印书馆1997年版。

简介:格尔茨的《歌德传》是对歌德的人生历程、文学创作和社会活动的精彩描述和全面概括,从中可以系统了解《少年维特之烦恼》《威廉·麦斯特》《浮士德》等名作的产生背景,体味其艺术特征和美学风格,而且可以把握歌德自身的精神发展、思想演化历程及其与其他大思想家、文学家之间的精神互动关系,从而加深对于歌德浩瀚博大的文学世界的理解。

5. 提奥·达恩(Theo D'haen)等编:《文学中的习俗与创新》(Convention and Innovation in Literature),Utrecht:John Benjamins B.V,1989。

简介:这本论文集以习俗与创新为主题对各时期的相关话题进行了讨论。其中对18世纪德国感伤主义文学,以及歌德创作中的习俗与创新问题进行了研究,以辩证的视野看待各个时期、各种文类上的文学创新。该书还对文学史上反复出现的某些文学习俗与规范进行分析,发掘其再次出现时隐含的革新因素,尝试对文学习俗与创新的动态机制加以归纳。

二、其他重要研究资料索引

1. 〔德〕E.卡西尔:《启蒙哲学》,顾伟铭译,济南:山东人民出版社2007年版。
2. 〔德〕马克斯·霍克海默、特奥多·阿多诺:《启蒙辩证法》,洪佩郁、蔺月峰译,重庆:重庆出版社1990年版。
3. 〔美〕里查蒂(John Richetti)编:《剑桥文学指南:十八世纪英国小说》(英文版),上海:上海外语教育出版社2000年版。
4. 刘意青:《英国18世纪文学史》,北京:外语教学与研究出版社2006年版。
5. 黄梅:《推敲"自我":小说在18世纪的英国》,北京:三联书店2003年版。
6. 〔法〕卢梭:《忏悔录》,李平沤译,北京:商务印书馆2010年版。
7. 〔美〕欧文·白璧德:《卢梭与浪漫主义》,孙宜学译,石家庄:河北教育出版社2003年版。
8. 赵林:《浪漫之魂——让-雅克·卢梭》,武汉:武汉大学出版社2005年版。

9. 〔德〕莱辛:《汉堡剧评》,张黎译,上海:上海译文出版社 2002 年版。
10. 〔德〕赫尔德尔:《批评之林》,田德望译,《古典文艺理论译丛》1963 年第 6 期。
11. 〔德〕席勒:《审美教育书简》,冯至等译,上海:上海人民出版社 2003 年版。
12. 〔德〕歌德:《诗与真》,刘思慕译,北京:人民文学出版社 1983 年版。
13. 冯至:《论歌德》,上海:上海文艺出版社 1986 年版。
14. 高中甫:《歌德接受史(1773—1945)》,北京:社会科学文献出版社 1993 年版。
15. 余匡复:《〈浮士德〉——歌德的精神自传》,上海:上海外语教育出版社 1999 年版。

第六章 19世纪欧美文学(一):浪漫主义

第一节 概述

一、19世纪初期欧洲社会及主要思潮

18世纪下半叶至19世纪上半叶,欧洲正处于一个革故鼎新的时代。英国引领并率先完成工业革命,经济领域的重大变革引发政治、思想、文化和日常生活等方面的变化,全面推动了西方的现代化进程,同时也催生出新的社会矛盾。1789年法国爆发大革命,此后几十年,社会各阶级进行着激烈而反复的权力争斗,最终不仅摧毁了法国君主制的根基,也把整个欧洲带入激荡的革命年代。此时,德国仍处于城邦林立、诸侯割据状态。政治、经济落后带来的屈辱感,激起德国知识分子的民族主义情绪,而拿破仑入侵更加激化这种情绪,直接触发了德国境内争取政治自由和民族统一的运动。同时,欧洲弱小民族争取自由独立的斗争也日益高涨,并在1848年达到高潮。在这一历史背景下,首先在德国,继而在英、法、美乃至全欧,出现了一股席卷政治、哲学、文学、艺术以及日常生活等领域的文化运动——浪漫主义。

浪漫主义的产生首先源于对工业革命负面影响的反思。工业化强化了人类掠夺自然的能力,由此产生的社会结构的专业化削弱了人们之间的相互依赖,少数知识分子开始怀念农业社会相对单纯的生活方式,要求回归传统、回归自然。

其次,浪漫主义运动的兴起与法国大革命政治理想的扩散和破灭几乎同步。启蒙主义者呼唤的"自由、平等、博爱"的理想世界迟迟未现,引发人们对现实的不满。由于无法改变现实,耽于幻想、遁入内心的情绪弥漫整个社会。

此外,同大革命纠结互动的两股力量——民族主义和自由主义——也

与浪漫主义息息相关。民族主义部分是拿破仑战争的产物,它反对启蒙运动追求的普适价值理念,重视每种文化的独特价值和民族传统。浪漫主义与民族主义的结合在德国表现得最为明显。以赛亚·伯林(Isaiah Berlin,1909—1997)认为浪漫主义根源于德国的虔敬运动,后者通过强调精神生活和蔑视物质来抚慰德国人面对法国时的自卑和屈辱。柏林称之为"酸葡萄"心理,并认为"受伤的民族情感和可怕的民族屈辱的产物,这便是德国浪漫主义运动的根源所在"。① 而自由主义强调人身、贸易、言论、信仰、选举等各方面的自由。雨果那句"浪漫主义其真正的定义,不过是文学上的自由主义而已"②,点明了自由主义与浪漫主义的共生关系。事实上,浪漫主义、自由主义、民族主义、法国大革命是几股联动的潮流,它们的合力引发社会巨变,塑造出欧洲现代性的概貌和特征,并且影响至今。现当代世界的主要思潮或现象都与浪漫主义有着千丝万缕的联系。

二、19世纪浪漫主义文学

就文学渊源而言,19世纪浪漫主义主要滥觞于中世纪传奇文学、18世纪英国感伤主义文学、哥特小说、卢梭的创作以及德国狂飙突进文学。"浪漫主义"(Romanticism)一词源于中世纪的"罗曼司"(romance)。中世纪的浪漫传奇以丰富的想象力、英雄主义情调和夸张手法为特色,为浪漫主义文学定下"传奇"基调。18世纪中叶的感伤主义文学则把对奇幻的喜爱发展为对感性的膜拜。感伤文学的主情主义特点被卢梭提升为一种艺术境界。他提出的"回归自然"口号,逐渐发展成浪漫主义主旋律之一。哥特小说的神秘性、感官性、原始性、自然主义和阴暗情调,都对早期浪漫主义者有着巨大的吸引力。德国的狂飙突进运动主张个性解放,呼喊民族觉醒,并与卢梭倡导的"返回自然"相呼应,可以被看成是浪漫主义运动的一次演习。

19世纪浪漫主义文学在各国发展不一,但仍具备一些共同特点,可以归结为:表现主观理想,抒发个人感情;赞美大自然,反对都市文明;重视民间文学,反对古典主义;发挥想象,运用夸张,追求离奇情节,塑造非凡人物等。

(一)德国浪漫主义文学

在德国古典哲学、狂飙突进运动和民族主义的综合作用下,19世纪浪

---

① 〔英〕以赛亚·伯林:《浪漫主义的根源》,吕梁等译,南京:译林出版社2008年版,第44页。
② 〔法〕雨果:《雨果论文学》,柳鸣九译,上海:上海译文出版1980年版,第32页。

漫主义文学在德国最先得到发展。

德国早期浪漫主义又称为耶拿派,核心成员主要包括:A.W.施莱格尔(1767—1845)、F.施莱格尔(1772—1829)、施莱尔马赫(1768—1834)、谢林(1775—1854)、蒂克(1773—1853)、诺瓦利斯(1772—1801)等。施莱格尔兄弟以刊物《雅典娜神殿》为阵地,阐述自己的浪漫主义主张,为德国浪漫主义奠定了理论基础。他们认为文学的作用不在于启蒙教育,也不在于描绘现实,而是抒发人的幻想,新的文学艺术应该从对无限的渴望中产生。文学艺术的第一法则是诗人应该为所欲为,不能容忍任何规则束缚。他们发展了苏格拉底的修辞反讽,提出一个特殊的概念——浪漫主义反讽,认为世界的本质充满着悖论式的矛盾,诗人应该在文本中表现这种荒谬,如在作品中自由抒发自己的幻想和渴望,再痛苦地粉碎它,呈现出其虚幻性。浪漫主义反讽不仅表现了认识世界的独特思维方式,还提供了一种新的艺术理念——作者以侵入艺术结构的方式揭示文本的虚构性,这对后现代美学具有一定影响。耶拿派的代表人物是诺瓦利斯。他的诗歌主要写爱的痛苦和对死亡的渴望,充满浓厚的悲观色彩和宗教神秘色彩。诺瓦利斯认为死亡代表着无限,是生命的归宿,是解脱现实痛苦的途径。因此他在诗歌中大量赞美死亡,将之描述成"我们生活的浪漫化原则"。其代表作《夜的颂歌》(1800)写于未婚妻去世后。该诗表达了对死者的悼念,追求"永恒之夜的奇妙王国"。而他未完成的长篇小说《海因里希·封·奥夫特丁根》中,以神秘的"蓝花"象征对无限事物的渴望。这部作品富于梦幻,充满想象,用"诗意的憧憬创造出一个诗与哲学的体系"①。

耶拿派之后,出现了具有鲜明政治倾向性的海德堡派,主要成员有:阿尔尼姆(1781—1831)、布伦塔诺(1778—1842)、艾辛多夫(1788—1857)以及"格林兄弟"雅克布·格林(1785—1863)和威廉·格林(1786—1859)。海德堡派认为,在民间传说、神话和民族语言中聚集了一个民族的生命力和灵魂,有助于创造一种共同的"民族意识形态"。因此,他们致力于搜集整理民间文学等民族文化遗产。主要成果包括阿尔尼姆和布伦塔诺合编整理的民歌集《儿童的神奇号角》、格林兄弟的《儿童与家庭童话集》、约瑟夫·封·格勒斯的《德国民间故事书》等。海德堡派对民间文学的发掘具有重大的文化、文学意义,不仅激发了民族认同,还给以奇诡、神秘为主流的德国

---

① 〔丹麦〕勃兰兑斯:《十九世纪文学主流》(第二分册:德国浪漫派),刘半九译,北京:人民文学出版社1981年版,第234页。

浪漫主义增添了一分清新自然、通俗质朴的格调。

在德国后期浪漫派中,小说家 E.T.A.霍夫曼以风格怪诞著称,被视为颓废派神秘主义的始祖。他的作品不仅弥漫着阴暗、神秘、悲观气氛,还常常出现恐怖病态的魔鬼形象和离奇荒诞的情节。霍夫曼善于将现实和幻境交织在一起,通过恐怖场面与滑稽场面的鲜明对比获得艺术效果。他也工于刻画人物心理,表现"梦幻、错觉、疯狂,所有分裂和拆散自我的力量"①。诗人海因里希·海涅(1797—1856)早期写了很多优美的爱情诗,多表现爱情的甜蜜及残忍等,他用反讽的手法表达对爱情失意的嘲弄和庸俗世界的讽刺。在 1820 年的《论浪漫派》一书中,他猛烈地批判了德国消极浪漫主义,揭露了其在社会和政治方面所起的反动作用。他的《德国,一个冬天的童话》等政治抒情诗,则标志着他已从早期浪漫派转向现实主义。

(二) 英国浪漫主义文学

英国 19 世纪浪漫主义文学继承了英国抒情诗传统,在诗歌领域取得了辉煌成就。18 世纪苏格兰"天才的农夫"彭斯(1759—1796)赞美乡村生活,感情真挚自然,诗风朴素清新。威廉·布莱克(1757—1827)则富于天真的想象力,创作了大量具有宗教性、预言性、哲理性的诗歌。而以爱德华·杨格、托马斯·格雷等人为代表的墓园诗派作为 18 世纪感伤主义文学的一个分支,标志着英国诗歌从古典主义向浪漫主义的过渡。

浪漫主义时期英国诗坛产生了两代诗人。第一代以华兹华斯(1770—1850)、柯勒律治(1772—1834)和骚塞(1774—1843)为代表。三位诗人都在英格兰西北部湖区隐居多年,写过不少歌咏湖光山色、乡土人情的田园诗,因此被称为"湖畔派"。他们早年都欢迎法国大革命,但在雅各宾专政时期则对革命感到恐惧,开始转向保守。华兹华斯被称为"自然的歌者"。柯勒律治偏重神秘荒诞的题材,着力描写梦境和幻象,诗作带有浓厚的宗教神秘色彩。《忽必烈汗》是柯勒律治在服食鸦片后的睡梦中写成,醒后追记了 54 行。诗人借忽必烈之名任意驰骋想象力,将各种不相干的事物、人物联系起来。《古舟子咏》探索人生的罪与罚,表达自我叩问的困惑与迷茫。骚塞的诗才远逊于前两位,尽管荣膺桂冠诗人,几无传世杰作。

第二代诗人以拜伦、雪莱、济慈为代表。他们的政治立场与湖畔派诗人大相径庭,始终同情法国大革命,反对专制暴政,支持受压迫民族的解放斗

---

① 〔丹麦〕勃兰兑斯:《十九世纪文学主流》(第二分册:德国浪漫派),刘半九译,北京:人民文学出版社 1981 年版,第 171 页。

争。拜伦曾公开批评湖畔派诗人的保守立场,骚塞反击拜伦和雪莱是"恶魔派"。这个称号被文学史家采用,以强调第二代诗人积极反抗现实的特点。雪莱(1792—1822)深受柏拉图客观唯心主义、卢梭的"回归自然"说和葛德文空想社会主义的影响,诗风空灵飘逸,充满激情,积极乐观。代表作包括:《麦布女王》揭露社会的贫富不均,歌颂民主、自由和劳动,被马克思称为宪章主义者的"圣经";《西风颂》表现革命热情和信念;诗剧《解放了的普罗米修斯》将这位古希腊英雄重塑为一个乐观、坚定、慈善、博爱的革命家。济慈(1795—1821)诗歌的基本主题是对永恒之美、大自然的歌颂。他提出"纯美说",认为诗人不仅要善于发现和描绘事物的美,而且要重视诗歌的形式美。代表作有《夜莺颂》《希腊古瓮颂》《致秋天》,以及长诗《恩底弥翁》等。

英国浪漫派代表人物还包括有"历史小说之父"之誉的司各特(1771—1832)。在拜伦成名之前,他是英国最负盛名的诗人。出于对故乡历史传说和民间歌谣的浓厚兴趣,他搜集整理并出版了《苏格兰边区歌谣集》;其长诗《玛密恩》《湖上夫人》描绘了苏格兰瑰丽的自然景色,叙述了苏格兰和英格兰古老的历史传说。他后来转向历史小说创作,共写了27部历史小说,包括《艾梵赫》《威弗利》等,主要描写从中世纪到资产阶级革命时期英格兰和苏格兰的社会生活,"把历史的伟大灿烂,小说的趣味和编年史的那种严格的精确结合了起来"[①],吸引了大量读者和一批模仿者,包括库柏、大仲马、普希金等人。

(三) 法国浪漫主义文学

比较而言,法国浪漫主义运动发生得较晚。法国是古典主义的堡垒,因此法国浪漫主义文学是在与古典主义的斗争中成长起来的。1827年,雨果(1802—1885)发表《克伦威尔·序言》,成为法国浪漫主义文学运动的宣言。1830年,雨果的《欧那尼》公演成功,标志着法国浪漫主义对古典主义的胜利。夏多布里昂(1768—1848)是法国早期浪漫主义的代表。他出身贵族,仇恨法国革命。其《基督教的真谛》由各种考证、哲学论述、游记、回忆、艺术评论以及《阿达拉》《勒内》两部中篇小说构成,其中《勒内》塑造了文学史上第一个"世纪病"形象。主人公勒内生性孤僻、忧郁、厌世,与周围的一切格格不入,在冥冥遐想中排遣他的忧思,在孤独的漂泊中消磨青春。

[①] 〔法〕雨果:《雨果论文学》,柳鸣九译,上海:上海译文出版1980年版,第2页。

他是大革命中丧失一切的贵族青年的代表。夏多布里昂的创作对拉马丁（1790—1869）、维尼（1797—1863）等人产生了影响。缪塞（1810—1857）是法国浪漫主义文学的重要代表,创作了大量优秀的抒情诗。《四夜》组诗以流畅优美的诗句体现了诗人内心深处的复杂感情,是缪塞诗歌创作的最高峰。缪塞与女作家乔治·桑的感情对他的人生和创作影响极大,他将这段心路历程记录在 1836 年完成的自传性长篇小说《一个世纪儿的忏悔》中,塑造了一个对社会不满而又无意反抗、对黑暗现实存在嘲讽又带几分厌弃、半是自由追求半是沮丧颓唐的浪荡子形象。"世纪病"一词即由此小说而得名。拿破仑帝国的崩溃和拿破仑英雄主义的幻灭,是产生"世纪病"的根源。

女作家乔治·桑（1804—1876）终其一生都是一个理想主义者。她不放弃对美好事物、自由平等、激情人生的追求,也不畏惧与文明社会的各种成规和偏见斗争。她的小说或描写女性争取爱情婚姻自由的艰难历程,如《印第安娜》；或通过构建乌托邦表达自己的社会理想,如《康素爱萝》《安吉堡的磨工》；或渲染农村的安谧气氛,讴歌农民朴素的道德,如《魔沼》。

（四）俄国及东欧浪漫主义文学

俄国浪漫主义文学产生于俄国反拿破仑侵略战争和十二月党人起义的背景下。1812 年卫国战争的胜利极大激发了俄国人民的民族自信心和自豪感,1825 年十二月党人起义尽管失败,却唤起了俄国人民的民主意识。因此,对自由的歌颂、对民主的向往成为俄国浪漫主义文学的主旋律。普希金（1799—1837）是俄国浪漫主义文学的主将,也是俄国现实主义文学的奠基人。在十二月党人的影响下,他写了许多充满激情的政治抒情诗,如著名的《自由颂》。1820 年普希金被流放南俄。流放时期,他写了一组叙事长诗——《高加索的俘虏》《强盗兄弟》《茨冈》,以及一些政治抒情诗如《致大海》。诗人抨击社会黑暗,歌颂个性自由,描写美好的大自然和山民的纯朴生活,抒发接受过启蒙思想洗礼的贵族青年对美好未来的向往。这一组叙事诗被称为"南方诗篇",有模仿拜伦的痕迹,但没有拜伦的个人主义和悲观色彩。莱蒙托夫（1814—1841）诗歌的基本主题是自由与死亡,代表作有长诗《恶魔》和《童僧》等。《恶魔》体现了诗人的叛逆思想,塑造了一个现存秩序的破坏者和反抗者形象,诗人试图以西方个人反抗的恶魔精神来冲击俄国传统文化的顺从精神。

在东欧,出现了以波兰诗人密茨凯维奇（1798—1854）和匈牙利诗人裴多菲（1823—1849）为代表的反对民族压迫、渴望民族独立的浪漫主义诗人。密茨凯维奇的代表作是诗剧《先人祭》和叙事长诗《塔杜施先生》,歌颂波兰爱国者,宣传爱国主义思想。裴多菲的《民族之歌》号召人民反抗奥匈帝国统治,为自由而战,其爱情诗《自由与爱情》成为追求自由的革命者的誓言。

(五) 美国浪漫主义文学

19世纪的美国,开展了建国后浩浩荡荡的疆土扩张运动。在这场西进浪潮中,不同文化的杂处与融合,创造出了以清教主义为底色的美国文化。清教徒们坚信自己是上帝的"选民",他们怀有强烈的使命感,期望依靠不懈的努力在新大陆重建"伊甸乐园"。作为后起之秀,美国文学一开始就选择了浪漫主义这一形式,综合吸纳了欧洲各国浪漫主义文学的特点。首先是英国浪漫主义诗歌在美国掀起一阵狂热,随后德国浪漫主义思想经斯达尔夫人、柯勒律治、托马斯·卡莱尔(1795—1881)的过滤介绍到美国。这些思想与美国本土的清教思想相结合,在19世纪30—40年代催生出美国浪漫主义的新生儿——超验主义,确立了美国民族文学的独立。

华盛顿·欧文(1783—1859)和詹姆斯·费尼莫·库柏(1789—1851)是美国民族文学的奠基人。欧文被称为"美国文学之父"。他受司各特影响,注重发掘和表现美国历史和风土人情,集中体现于散文故事集《见闻札记》。库珀的成就则在边疆传奇小说。其代表作《皮袜子故事集》,由《拓荒者》《最后的莫希干人》等小说组成,表现了边疆西移过程中,英法殖民主义者之间的争夺战和殖民者对印第安人的暴行,以及早期移民争夺生存的艰苦斗争。

超验主义的本质是万物精神同一的泛神论,哲学家、诗人拉尔夫·爱默生(1803—1882)是这一思想的创造者。他在代表作《论自然》中提出了泛灵论,推崇精神,否定资本主义物质文明。同时,他大力倡导个性,呼吁美国人超越传统,建立属于自己的思考方式。亨利·梭罗(1817—1862)深受爱默生影响,在瓦尔登湖畔践行反物质主义的生活方式,静观默想,聆听自然的启示。《瓦尔登湖》反映了他这段生活和思考经历。霍桑(1804—1864)的小说有浓厚的清教思想,着力探讨人类道德的困境。他善用象征手法来展示人物内心世界和心灵历程,被认为是美国文学史上浪漫主义小说和心理分析小说的开创者。麦尔维尔(1819—1891)深受霍桑影响,他的《白鲸》表达了善与恶、生与死、理想与现实、人与自然、人与上帝等多重矛盾与冲突,被看成是美国文坛的现代史诗。埃德加·爱伦·坡(1809—1849)十分注重诗歌的音韵和格律产生的美,并把音乐、图画、节奏、意境、题材和完整性较好地统一起来,极大地影响了法国象征主义诗歌。他还是短篇小说的高手和侦探小说的开创者。其侦探小说中的常用手法——料事如神的侦探和愚笨迟缓的警探之对比,情节上的倒叙手法和密室、密码悬疑手法,都被后来的柯南道尔、阿加莎·克里斯蒂所继承。惠特曼是爱默生的拥护者,他的《草叶集》是美国浪漫主义诗歌的里程碑。总之,超验主义代表美国浪漫主义文学的高峰期,它使美国浪漫主义文学呈现出内省性的一面。

第二节 华兹华斯

威廉·华兹华斯(1770—1850),生于英国北部昆布兰郡的一个律师之家。1787年进入剑桥大学,接受了启蒙主义思想教育。1799年开始隐居湖区,潜心创作,1843年被授予"桂冠诗人"的头衔。1850年4月23日卒于里多蒙特。

华兹华斯和柯勒律治共同开创了英国文学的浪漫主义时代。1798年,两人合作出版《抒情歌谣集》(*Lyrical Ballads*),成为英国诗歌史上的一座里程碑。在这本诗集中,华兹华斯以普通生活题材为主题,抒写清新的浪漫;柯勒律治则以超自然题材为主题,抒写奇幻的浪漫。尤其重要的是,在《抒情歌谣集》第二版序言中,华兹华斯提出了有关诗歌本质和标准的一套命题,其诗学理念主要为:诗歌不是"科学",其目的是要传达理想而非表现真理;诗歌发端于情感的流露,而非亚里士多德所说的"模仿";诗歌应该通过日常语言传达真情,而非堆砌辞藻;诗歌的目的是培养人的天性中的情感成分。这些主张一扫古典主义诗艺的清规戒律,成为浪漫主义的美学宣言。

《抒情歌谣集》中收录了华兹华斯的许多优秀诗篇,如《西门·李》《我们七个》《丁登寺》等。1800年《抒情歌谣集》第二版中又加入《露西》组诗。他的主要代表作还包括有"心灵史诗"之誉的《序曲》和《漫游》,它们构成了总名为《隐者》的哲理长诗。

作为"自然的歌者",华兹华斯善于从寻常的事物和本地景色中发现至善和大美,完美地实践了他的创作目标——"使日常的东西在不平常的状态下呈现在心灵面前"[①],并将浪漫主义的一个主要特征——自然主义个性化为三个独特的标记。

其一,强烈的地方意识。华兹华斯八十年的生涯中,有六十年在湖区度

---

① 华兹华斯:《抒情歌谣集·序言》,见伍蠡甫编:《西方文论选》(下),上海:上海译文出版社1979年版,第5页。

过。自 1799 年返回故乡之后，他与妹妹多萝西·华兹华斯(1771—1855)以及诗趣相投的柯勒律治和骚塞悠游山水之间。湖畔三诗人的创作和社会活动都与湖区密切相关，不过，比较而言，华兹华斯最具地方意识，不仅因为三人之中他才是真正的本地人，还因为他将自己的身份植根于生于斯的家乡：他自称是"群山的婴孩""林地和田野的漫游者""北方村民"……更重要的是，他最著名的诗歌基本上都以湖区为背景，所歌咏或涉及的山川湖泊具有地形学的真实。经过诗人情感的投射、想象的升华，许多具体的地点或场所，如格拉斯米尔湖、杜顿山谷、丁登寺等，不仅成为令人神往的美丽风景，而且成为深邃的视觉意象，或表达诗人的恋地情结："这里，应该是我的家，/这山谷，就是我的世界"(《隐者·家在格拉斯米尔》)；或象征人地合一的关系："轰响的大瀑布像是激情；常常震荡我的心：/高崖、大山河低处苍苍的树林，/那种种色彩形状，当时能激起我欲望……"(《诗行：记重游怀河沿岸之行》)；或唤起对乡村共同体的自豪之情。总之，由于是华兹华斯发现并精确地再现了英国湖区的地方特质，湖区遂被称为"华兹华斯郡"(Wordsworthshire)，又由于华兹华斯的主要影响，"一种新型的、前所未有的价值理念与湖区联系在一起"①。

其二，如画美。罗斯金称华兹华斯为那个时期诗坛上的伟大风景画家。华兹华斯对湖区自然风光和乡村生活的描绘，呈现出一种如画美(the picturesque)。"如画美"本是 18 世纪末期开始流行于英国的一种观赏大自然的方式：观景者透过克洛德镜片②，将自然之景"框进"一幅他早已熟悉的意大利或法国风景画构图之中。于是，现实与已被画作再现过的景色重合或相似，呈现出"如画一样"的理想的视觉效果。华兹华斯将这一审美模式发挥到极致，在诸如《毁了的茅舍》《不朽颂》等诗中，自然风光的描写和日常生活场景的再现堪称文字风景画的杰作，与风景画大师，诸如盖因斯堡(Thomas Gainsborough, 1727—1788)、康斯坦布(John Constable, 1776—1837)等人的一些画作有同工之妙。

其三，儿童崇拜。英国浪漫派尊崇儿童，认为儿童天真无邪，代表着自

---

① 〔美〕温迪·J.达比：《风景与认同》，张箭飞、赵红英译，南京：译林出版社 2011 年版，第 149 页。

② 一种以景观艺术家克劳德·洛兰(Lorrain Claude)命名的凸透镜。它可以小巧且带有色彩，便于旅游者像观看艺术品那样观看景观。托马斯·外斯特(Thomas West)在介绍湖区的一本旅游指南中这样介绍克劳德镜片："在对象过于逼近或巨大之处，这种玻璃可将它们置于合适的距离，以柔和的自然的色彩及非常规则的透视图来呈现它们。"

然和神性。这一理念始于威廉·布莱克,华兹华斯给予更清晰的表达,提出"儿童乃成人之父"(《每当我看见天上的彩虹》),认为儿童比成人更亲近于自然,因而也更接近于上帝,更容易领悟"不朽的信息"。他塑造了不少稚气可掬、童心盎然的儿童形象。《有一个男孩》中的小男孩"总独个儿站在树下,/要么站在微光闪烁的湖水旁边";小姑娘鲁思"仿佛天生就是山林草莽的幼婴";《无题(昔日我没有人间的忧惧)》中的露西"她有如灵物,/漠然无感于/尘世岁月的侵寻";《无题(好一个美丽的傍晚)》中则写道:"你终年偎在亚伯拉罕的胸,/虔心敬奉,深入神庙的内殿,/上帝和你在一起,我们却茫然。"

然而,这些孩子又总是年幼夭折。如露西在一个暴风雨之夜失踪了(也有诗篇表示露西死了);历尽苦难的鲁思最终也躺在了坟墓中;《有一个男孩》中,威南德湖畔活泼的小男孩死时还不到12岁;《我们是七个》中,墓地里躺着小女孩的姐姐和弟弟;农夫的儿子艾伦也早早地夭折了(《没有孩子的父亲》)。"死孩子"形象体现了浪漫主义者独特的死亡观。他们不拒绝死亡,将死亡视为保护孩子免受尘世污染、永处童年的途径。

为了配合主题,华兹华斯用清新、质朴、自然、素净的语言来写诗,体现了深邃思想、真挚感情与朴素语言的完美结合。诗歌形式和体裁上,他摒弃了18世纪诗坛上占统治地位的整齐而刻板的英雄双韵体,多采用比较自由的无韵素体诗和歌谣双韵体,使素体诗和十四行诗获得了新的生命与力量。

《丁登寺》是华兹华斯的代表作之一,原题为《1798年7月13日于怀河岸边丁登寺上游几英里处重游所写的诗行》。该诗是《抒情歌谣集》的压卷之作,记录了华兹华斯与其妹重游丁登寺时的感受和思想变化。全诗大致分为五节,以内心独白的形式,采用无韵诗的格律写成。从重游时的所见所闻写起,到对过往岁月的沉思,再对比两次游历的感受,感叹物换星移中自我的改变,最后以对妹妹的"劝勉之言"结束。

《丁登寺》集中体现了华兹华斯创作的两个重要主题:回归自然,以及对童年时代的回忆。一方面,诗人反复吟咏自然的灵性,认为它能够启迪人性中的善,抚慰人心中的痛,是人类的精神归宿和灵魂家园。正如诗中所写:"在大自然和感觉的语言里/我找到了最纯洁的思想的支撑,心灵的保姆/引导、保护者,我整个道德生命的灵魂。"城市喧嚣已经消磨了人类的精力、才能和灵敏的感受力,因此,人类应该尊重自然、回归自然,聆听自然的启迪。另一方面,诗人通过回忆自己成长过程中对自然的反应,展示了人类接近自然的不同方式。童年时代是积累自然印象的时期,因为这时人有直接从自然美中感受到激情和欢乐的能力。成长的历程也是保存自然印象的过程,人类通过沉思将自然情绪宁静地吸收,并时常重新审视和欣赏。诗人曾在《自然景物对于唤醒并增强童年和少年时期的想象力的影响》中详细阐述过这一观点。

《丁登寺》往往被视为"湖畔派"的典型作品,即致力于描写远离历史现实的题材,讴歌宗法式乡村生活和自然风光。不可否认,《丁登寺》存在着历史的"缺场"。1798年华兹华斯重游丁登寺时,位于该寺以北一英里半的丁登镇在工业革命的冲击下已经变成了繁荣的冶铁中心,怀河上无数商业船只来往穿梭;而丁登寺本身则拥塞着大批因失业而贫困潦倒的流浪汉。但这首诗展现的只有丁登寺旁怀河的美景。因此,新历史主义学者列文森(Marjories Levinson,1951—   )认为,华兹华斯在创作《丁登寺》时,把民不聊生、危机四伏的社会现实诗化为一幅其乐融融的世外桃源图景。诗人的思想已经退到了一种专注内心、回避社会现实、希望回到工业革命和法国大革命之前的保守状态,体现了诗人对自己前期启蒙理想的背叛。

然而,文本中的历史"缺场"并不意味着这首诗与历史绝缘。从"林子里没有屋宇栖身的流浪汉""困于城市的喧嚣""焦躁忧烦,浊世的昏沉热病"等寥寥数语可看出诗人对现实的曲折表达。事实上,怀河两岸的旖旎风光是诗人构想的乌托邦,以此抵抗严酷的现实。有学者指出:"《丁登寺》可以看作英国式想象在18世纪末面对由革命和战争的热情所带来的不安、面对与科学不断增强的疏离感所带来的不安,特别是面对商业、工业城市不断发展壮大所带来的不安时的经典表达。"①

从艺术风格上来说,《丁登寺》符合华兹华斯一贯的创作特征,于平实中见真情,语言质朴、清新,叙述流畅、自然,借助想象将深意寓于自然风光和平凡事物之中,使怀河之行升华为"朝圣"之旅。

华兹华斯是英国浪漫主义诗歌的奠基人,他提出"一切好诗都是强烈情感的自然流露",为英国乃至欧洲的浪漫主义诗歌定下了基调。他的诗歌是英国诗歌向现代诗过渡的起点,他因此被称为"第一位现代诗人"。

第三节 拜伦

乔治·戈登·拜伦(1788—1824)出生于没落贵族家庭,生性忧郁、孤

---

① Durrant Geoffrey, *William Wordsworth*, Cambridge: Cambridge University Press, 1979, p.44.

独,桀骜不驯。自 1805 年就读于剑桥后,拜伦阅读了大量历史、哲学著作和启蒙运动时期的文学作品,深受法国启蒙思想家卢梭、伏尔泰等人影响。1809—1811 年间,按照贵族子弟惯例,拜伦进行了修学旅行。由于拿破仑战争,他选择去了地中海国家,并于这段时期开始《恰尔德·哈洛尔德游记》的创作。游历回来后,拜伦出版了《恰尔德·哈洛尔德游记》前两章,赢得广泛赞誉,一举成名。

《恰尔德·哈洛尔德游记》与拜伦后来陆续完成的诗作一起被统称为"东方叙事诗",包括《异教徒》(1813)、《阿比多斯的新娘》(1813)、《海盗》(1814)等。拜伦在其"东方叙事诗"及哲理诗剧《曼弗瑞德》(1816—1817)等作品中塑造了一种"拜伦式英雄",他们大多是海盗、异教徒、被放逐者或遗世独立者,才华横溢、感情丰富、孤傲叛逆,对社会现实不满而要求反抗,甚至不惜采取自我毁灭的方式,但同时又郁郁寡欢、彷徨苦闷、过于自信或缺乏远见。"拜伦式英雄"是理想化且有缺陷的人物,因具有诗人自身的性格特征而得名,是拜伦所处时代的产物,也是个人与社会冲突的产物。在英国文学史中,"拜伦式英雄"的刻画可以上溯至弥尔顿诗歌,也影响了 19 世纪及以后的众多作家,包括夏洛蒂·勃朗特和艾米利·勃朗特。

拜伦尽管只活了短暂的三十六年,却是个多产诗人。1832 年出版商推出他的作品全集,包括托马斯·莫尔所写的传记在内共有 14 卷。在拜伦所有诗歌中,《唐璜》可以说是最独特、最伟大的作品,如它的中译者查良铮所说,《唐璜》"从形式到内容、风格"都不同于拜伦的其他诗作。[①]

唐璜本是欧洲中世纪传说中的好色鬼、浪荡子,拜伦选择这样一个人作为自己长诗的标题人物,无疑是在向英国统治阶级的道貌岸然发起攻击,向当时正统的政治、道德和宗教规范提出挑战。据相关学者考据,唐璜故事最初起源于民间口头传说,而最早以唐璜为题材的文学作品是西班牙作家加布里埃尔·忒立兹所写的剧本《塞维亚的荡子,或石像的宾客》。莫扎特和莫里哀也曾以唐璜为主人公创作过作品,但拜伦的《唐璜》也许是其中最与众不同的。与邪恶放荡、毫无信义可言的女性诱惑者形象大相径庭,拜伦笔下的唐璜生活在 18 世纪末,天真善良,并未主动诱惑女性,反而受到轻佻的贵族妇女、寂寞的深宫后妃和无耻的女皇的诱惑。唐璜也不像"拜伦式英雄"那样忧郁悲观,有热血青年的正直和真诚——海上遇难之后,他帮助自

[①] 查良铮:《代前言(拜伦小传)》,见〔英〕拜伦:《雅典的少女——拜伦诗歌精粹》,查良铮译,北京:人民文学出版社 2008 年版,第 5 页。

己的侍从,拒绝吃老师的尸体;他对海盗女儿的爱情自然而纯真。拜伦让唐璜周游欧洲各国,目的是通过唐璜的经历,借他之眼,观察欧洲各阶层的生活,又借他之口,表达诗人自己对于政治、艺术、哲学、美学、生活和爱情的看法。在推进叙事的过程中,拜伦不时抛开主人公,跳离叙事主线,径直大发议论。在长诗第一章中,诗人用调侃的语气说"我苦于没有英雄可写",只好选了"算不得真英雄"的唐璜,而且要一反史诗叙述的惯例:"我的布局有严格的章法,/如果胡乱穿插,岂不坏了规矩?"唐璜起伏跌宕、啼笑皆非的艳遇、冒险、奇遇串成了奥德赛的现代叙事,而诗人就在事发现场为读者做即时报道,发表看法,还不时"胡乱穿插",针对英国国内外事件和人物"即兴"发挥评论感想。全诗夹叙夹议、亦庄亦谐、讽刺奚落的风格一脱传统英雄史诗窠臼,而引起体裁分类的争议,故有批评家视其为"史诗、喜剧、讽刺、罗曼司、打油诗、小说"之集成,包含着这些体裁的要素,又给这些体裁增添新貌。

拜伦早年曾为回应《爱丁堡评论》对其诗集《懒散的时光》(1807)的恶评,写下《英国诗人和苏格兰评论家》(1809),初露讽刺才华。这种才华在《唐璜》里得到淋漓尽致的发挥,被他用来抨击、挖苦、奚落、调侃、嘲弄现代社会的种种弊端,如社会制度的罪恶、贵族阶级的伪善,以及战争的残忍。从政治转向的湖畔派诗人、显赫的英国政要、残暴的俄罗斯女皇、荒淫的苏丹、褊狭道学的拜伦夫人等都成为他讽刺的对象。拜伦一直鄙夷湖畔派故作隐逸的姿态,讥讽他们是一窝卖唱的先生,专门讨好"尊敬的皇上"。三人之中,他最反感骚塞。他多次提到参加过维也纳会议、镇压爱尔兰起义的外交大臣卡色瑞子爵,出语辛辣。他诗中虚构的人物,不少也有着现实摹本,比如唐璜的母亲伊内兹就是依据拜伦夫人描画出来的。拜伦说她"品德之高,没人能与之相比","她的思想是定律,字字都算难题"。拜伦的讽刺较少的是"个人怨恨"的发泄,更多的是激进浪漫派的政治表达。因此,《唐璜》前两章甫一面世(1819)就激怒了英国保守势力,他们群起攻击这部含有引诱、通奸、宫廷艳情内容的长诗"不道德",而诗人则是"决心使我们认为他不是人类……而是冷血、无耻的恶魔","亵渎上帝,对国家卑鄙不忠"。当然,诸如此类的恶评后来反而成为诗人荣耀的一部分。

虽然名字时常与浪漫主义同辈们联系在一起,但拜伦主要师承18世纪英国诗人亚历山大·蒲伯(1688—1744)、斯威夫特、菲尔丁等人发展起来的新古典主义诗歌的讽刺传统。源自意大利诗歌的八行体,经由拜伦在《唐璜》中出神入化的实践,留下了无人企及的范例。

拜伦的诗歌通俗易懂,语言干净优美,对欧洲大陆的文学和艺术产生了显著影响。作为诗人,他在其他欧洲国家的名声超过在英国本土,作品被翻译成各国语言。拜伦还激励了许多音乐家和作曲家的创作,如李斯特、柏辽兹和威尔第等。拜伦及其个人生活也给予后世创作者丰富的灵感,成为众多文学文艺作品的主角原型或素材来源。

第四节 雨果

维克多·雨果(1802—1885),法国浪漫主义文学运动领袖,一生经历了从保王主义、波拿巴主义到自由主义、民主共和主义的过程,在诗歌、戏剧、小说、文学批评、散文等众多领域都有不凡成就,代表作包括诗集《东方诗集》,长篇小说《巴黎圣母院》《悲惨世界》《九三年》等。

1827年,雨果发表《克伦威尔·序》,论述了浪漫主义的两个原则:"怪诞"(grotesque)与"对照"。他认为怪诞是一种新型的艺术,其特点是把丑恶引入艺术,使之与优美一样,成为艺术的表现对象。"在现代人的观念中,无论如何,怪诞担当一个重大的角色。它可以在每一个地方找到;它一方面创造了畸形与恐怖;另一方面为喜剧的与滑稽的。"[①]同时,怪诞在审美中的作用是衬托崇高和优美,因此创作中应该遵循"对照"原则,即悲剧与喜剧、美丽与丑怪、庄严与怪诞等对立因素并重。此外,《序言》还涉及描写地方色彩、韵文体优于散文体以及吸取普通语言等问题。在《欧那尼·序言》中,雨果提出著名的"浪漫主义是文学上的自由主义"这一观点,把文学斗争和政治斗争紧密结合在一起。

雨果创作的思想特点,首先表现为强烈的政治性和现实性。《东方诗集》歌颂希腊人民的民族解放斗争;《巴黎圣母院》揭露封建司法制度的不公和残酷、天主教会的虚伪和邪恶;《悲惨世界》关注当时社会的三个迫切问题——"贫穷使男子潦倒,饥饿使妇女堕落,黑暗使儿童羸弱";《九三年》评价雅各宾党专政时期实行的一系列政策。总之,雨果是以浪漫主义笔触书写现实主义题材。

其次,人道主义是贯穿始终的主导思想。在同情人民苦难、抨击社会黑

---

① 姚一苇:《美的范畴论》,台湾开明书店1978年版,第287页。柳鸣九的译文为"一方面,它创造了畸形与可怕;另一方面,创造了可笑与滑稽。"见《雨果论文学》,柳鸣九译,上海:上海译文出版社1980年版,第33页。

暗的基础上,他主张博爱、仁慈、宽恕和道德感化,以此作为解决社会问题的良方。《巴黎圣母院》中原本凶狠的加西莫多被爱斯梅拉达的"滴水之恩"所感化,展露出柔情和爱的一面。《悲惨世界》中偷盗犯冉阿让被米里哀主教以德报怨之举所感化,洗心革面并出人头地;警察沙威又被冉阿让的仁慈与自我牺牲精神所感化,最终放走了这个自己花了十几年去追捕的目标。此外,雨果作品中的正面主人公往往具有很强的道德力量。即使是负面人物,作家也会挖掘他们身上的人性闪光点。如《巴黎圣母院》中伪善邪恶的教会代表人物弗洛罗有收养孤儿加西莫多的义举;《九三年》中杀人如麻的郎德纳克为拯救火中三个小孩而放弃逃跑的机会。作者用这些略带空想色彩的情节来阐释善终将战胜恶、仁爱万能的人道主义理念。

对革命与暴力的反思体现了雨果人道主义思想的深刻性。一方面,雨果肯定资产阶级革命暴力,认为消灭封建专制是民主革命的天职,是为了实现人类理想,是符合人道精神的。巴黎人民发动七月起义推翻波旁王朝时,雨果以极大的热情迎接这场革命的到来,写了诗歌《致年轻的法兰西》,欢呼"一天就造就了一个时代"。然而,在肯定革命的基础上,雨果对于如何使用革命暴力也进行了思考和探寻,这集中体现在小说《九三年》中。前侯爵朗德纳克因为解救孩子而落入共和军手中。共和军的年轻司令郭文为朗德纳克的人道主义精神所震撼,经过激烈的思想斗争,认为应以人道对待人道,便放走了郎德纳克。政治委员西穆尔登虽然理解郭文放走朗德纳克的人道冲动,却以坚强意志执行了国民公会铁的纪律——下令处死郭文。在郭文人头落地的一刹那,西穆尔登也举枪自尽。小说选取大革命斗争最激烈的年代作为背景。刚登上历史舞台的雅各宾派为了保住革命果实,实行革命专政和恐怖政策,毫不留情地镇压敌对分子。雨果认为雅各宾党矫枉过正,存在滥杀现象,针对革命政权的极端政策,主张胜利后应实施宽大。在《九三年》中,作者鲜明地提出"在绝对正确的革命之上,还有一个绝对正确的人道主义",认为暴力并非万能,革命不仅仅要在肉体上消灭敌人,更重要的是在精神上和道义上战胜敌人。

雨果创作的艺术特点,首先表现为对照手法的运用。在《巴黎圣母院》中,他将美丑对照原则运用到极致。其中有人物自身的对照:敲钟人加西莫多外貌奇丑而心地纯洁善良;副主教弗洛罗外表道貌岸然而内心阴险狠毒;卫队长费比斯外表潇洒风流而内心卑鄙自私。有人物之间的对照:同样受过爱斯梅拉达的恩惠,加西莫多勇敢无私、不怕牺牲而平民诗人甘果瓦怯懦自私、贪生怕死;对待爱情,爱斯梅拉达真情实意而费比斯薄情假意。还有场景对照:如"奇迹王朝"平等、公正、廉明而宗教法庭专制暴虐、任意诬陷。作为一种美学理想,对照原则是雨果浪漫主义最重要的特征,贯穿着小说始终,使小说的情节和人物显得更奇特,主题更鲜明、突出。

其次,追求夸张与怪诞。雨果的小说情节曲折离奇,富有戏剧性,充满现实生活中不太可能的巧合。如《巴黎圣母院》中加西莫多和爱斯梅拉达的尸骨一被分开就化为灰尘;《笑面人》中关伯伦的贵族身份由一个在海上漂泊了十五年的密封水壶揭晓。此外,人物形象塑造也充满夸张和怪诞,如冉阿让膂力过人,能用背部顶起一部载重马车;加西莫多则容貌丑陋,集中了人类大部分的肢体残缺。

再次,场景宏阔、人物众多、画面丰富,具有史诗气质。《巴黎圣母院》仿佛一部中世纪史诗,展现了一个时代的风俗习惯、信仰、法律、艺术和文化。《悲惨世界》可谓一部法国现代的"社会史诗",叙述从拿破仑滑铁卢失败直到反对七月王朝的人民起义这一阶段的历史进程。《九三年》则是法国大革命的史诗,描写革命与反革命激烈壮阔的斗争场面,以及雅各宾党专政时期实行的一系列铁血政策。

值得一提的是,雨果的小说中存在许多闲笔和题外话。《巴黎圣母院》有对巴黎城和圣母院建筑的详尽描写,《悲惨世界》中有关于法庭、监狱、坟场和沙龙乃至巴黎城下密如蛛网的下水道的大段章节。《九三年》《海上劳工》中也有大段景物描写,并穿插激越的议论。类似于"拜伦式闲谈",大段的议论或枝蔓情节往往会打断主要情节。因此,雨果对长篇小说的把握能力受到质疑。然而,这些被批评为"议论、考证太多,成为书中累赘"的章节却有其独特价值。《巴黎圣母院》中的哥特式建筑构成了作品的叙事空间。《悲惨世界》中常有"鸟瞰"城市全景的场面,穷人走的小巷呈现出一幅黑暗的地理景象,象征着一个神秘的、与政府和权威对抗的世界。雨果有意将位于都市幽暗地带的贫民区与公开、有秩序、政府控制下的地区形成景观对比,显示了各种权力关系分布的状态。貌似题外的内容往往能够拓展和深化作品的文化、历史内涵。一反古典主义的简洁和统一,雨果把题外内容变成新的小说叙事策略。

雨果的代表作《巴黎圣母院》主人公爱斯梅拉达是一位美丽动人、心地纯洁的吉卜赛少女。当她在巴黎圣母院前格雷弗广场载歌载舞欢度"愚人节"时,圣母院副主教弗洛罗对她动了淫心,当即指使他的养子、圣母院畸形敲钟人加西莫多去劫持。爱斯梅拉达被正在巡逻的国王卫队长费比斯救下,随即爱上了这个轻浮而又负心的军官。满怀嫉妒的弗洛罗趁爱斯梅拉达与费比斯幽会时刺伤了费比斯,并嫁祸于爱斯梅拉达。爱斯梅拉达因此被判绞刑。行刑之日,加西莫多从法场上将她抢入圣母院楼顶避难,日夜守护着她。但弗洛罗唆使教会把爱斯梅拉达看作女巫,法院不顾圣母院享有圣地避难权,决定予以逮捕。巴黎下层社会的好汉们前来营救姑娘,却被加西莫多误以为是来抓爱斯梅拉达的官兵。国王路易十一调兵遣将来攻打圣母院,一场混战中,弗洛罗把爱斯梅拉达劫持出圣母院,威逼她满足其兽欲,遭到拒绝,便把她交给官兵,蹲在圣母院钟楼顶上看着她被绞死。加西莫多义愤填膺,把抚养他成人的弗洛罗从楼上推下摔死,自己则到公墓里面找到少女尸体,死在她身旁。几年之后,人们在地穴里发现一男一女的骨骼,一分开就化为灰尘。

这个浓墨重彩写成的哀婉故事,包括以下几个层次的主题:第一,人道主义的弘扬。作品揭露了封建王权对人民的残酷压迫与杀害,天主教会的伪善、对人性的压抑与摧残,歌颂了下层劳动人民的善良、友爱、舍己为人。第二,对命运的咏叹。雨果在原序中曾提到:他在探访巴黎圣母院的时候,在那两座钟塔的一个暗角里,发现墙上有一个手刻的大写希腊字母——ANARKH(命运)。这个词深深地刻在雨果心中,成为《巴黎圣母院》的关键词。小说中,正是深受情欲折磨的副主教弗洛罗在墙上刻下了"命运",他身上集中体现了一种宿命般的无奈。第三,对"高尚野蛮人"的赞扬。自卢梭以来,野蛮人成为浪漫主义想象中的一个重要形象。作品中的主人公,一个是弃儿,一个是吉卜赛女人,身上都有"高尚的野蛮人"特质。他们由于出身低微受到社会排斥,被其他人盲目憎恨,却成为作者歌颂的对象。第四,对哥特式建筑的推崇。雨果在《巴黎圣母院》的前言中说道,这本书主要宗旨之一是"把对于民族建筑艺术的热情灌输给我们的民族"①。

从艺术特征上看,《巴黎圣母院》首先是运用浪漫主义对照和怪诞原则的艺术范本。其次,具有浓厚的历史性和诗性。雨果受到沃尔特·司各特影响,注重小说的历史感,从以确切年份作为副标题就可见一斑。在《巴黎圣母院》创作过程中,雨果阅读了15世纪有关巴黎"简史"的各种资料,甚至包括考古学研究。全书是一幅包罗万象的中世纪法国社会全景图。愚人节、奇迹王朝、丐帮的攻击等精彩纷呈的描写和场景,展现了史诗般的画卷。

---

① 〔法〕雨果:《巴黎圣母院》,陈敬容译,北京:人民文学出版社1997年版,1832定刊本附记第3页。

此外,多姿多彩的笔调、旁征博引的论证、从艺术史到黑话的丰富词汇,构成了这部小说新颖的文体特征。

第五节 荷尔德林

荷尔德林(1770—1843)是古典派向浪漫主义过渡期的人物。1788 年,他进入图宾根神学院学习哲学和神学,与黑格尔、谢林是同窗好友。1807 年起成为无可救药的精神病人,在神智混乱中又活了三十六个年头。荷尔德林终其一生未能在德国市民社会立足,但他的杰出早在弗里德里希·施勒格尔等浪漫派那里获得了承认,哲学家如狄尔泰和海德格尔对荷尔德林的热爱铸造了一个思想家式的荷尔德林形象。

荷尔德林的名作包括小说《许佩里翁》、戏剧《恩培多克勒斯之死》和一系列祖国赞歌,作品吟颂大自然的美丽,感怀古希腊文明,色彩绚烂,节奏强烈,自由和爱国精神融入神性的维度,贯穿了一种对于人类命运和历史进程的深沉思索。

荷尔德林在卯伯恩中学时期已开始诗歌创作,最早的典范是"伟大的弥赛亚歌手"克洛卜施托克。早期习作中已显出一种于羞怯、孤独和激情之间的摇摆不定,这种热情和冷静的交替,既是他实际生活和不稳定心理状态的反映,也成为其诗学纲领的核心即诗学情境的"转换"(Wechsel)的基础。

席勒成了图宾根时期最重要的榜样。席勒赞歌中的激情、神话主题、演说式结构以及哲学反思成为模仿对象。图宾根时期的赞歌在形式上采用了赞歌的有韵诗节,通常为抑扬格和扬抑格的八行诗体,以一位被拣选出来的诗人或歌手唱出,画面宏大崇高,歌颂对象包括友谊、自由、爱情、美、缪斯、人性、和谐、无限和青春等,融合了新时代的宇宙论、末世论和政治乌托邦等因素。在启蒙运动和法国革命的大背景下,诗歌宣扬世界大同、天赋权利和对未来的乐观主义,批判专制,荷尔德林自此也被视为革命诗人(革命主题在《许佩里翁》和《恩培多克勒斯》中都占中心地位)。无疑,他希望德国也来一场革命风暴,这一革命因为同时是意识和思想的革命,故而超越了法国革命。在这条特别的革命道路上,德国以其沉静的发展和高度教养将做出超越其他任何民族的贡献。

书信体小说《许佩里翁或希腊隐士》的写作从 1792 年绵延至 1797 年,正好涵盖荷尔德林哲学和美学理论的成形期。这部试验小说吸收了多种小说传统的因素,既是一部哲理小说及现代教育和艺术家小说,同时也是针对德国受众的政治和民族小说。小说的情节基础是俄土战争期间希腊人反抗土耳其压迫的斗争,以此来暗示第一次联盟战争中的德国状况。书信作者许佩里翁是维特式的希腊青年,忧郁、高尚而耽于沉思,他热爱自由,参加了反抗土耳其统治的希腊队伍,但士兵的烧杀抢劫行为让他理想破灭。后来他认识并爱上了一个叫狄奥提玛的姑娘,在"美"的憧憬中暂且忘却理想和现实的差距,对于人性有了新的认识。但不久狄奥提玛病故,许佩里翁陷入更深的孤独。于是他浪游异乡德国,可是在德国见到的现实同样鄙陋而不可忍受,这让他感到只有在大自然中才能实现真正的复苏与和解。许佩里翁的成长在激昂与绝望的矛盾转换中展开。与歌德的《威廉·麦斯特的学习年代》相似,主人公在成长过程中遇到的各种角色体现了生活的不同方面:亚当斯代表智慧;狄奥提玛代表美;阿邦达代表英雄。受狄奥提玛鼓舞,许佩里翁决心成为民族的诗人和导师。在雅典废墟上进行的一场有关雅典的国家形式和文化的谈话中,启蒙主题和后康德的意识哲学得以融合,哲学、宗教和艺术在美的经验的基础上统一起来。宗教是对美的爱,智者爱无限的、无所不包的美本身,而民众爱美的孩子即众神。哲学也必须基于对美的经验、理性的分析程序才不至于盲目。由美的经验的奠基性出发,许佩里翁相信,雅典的国家形式也可以发展为新的人性,这就是荷尔德林(或黑格尔)在《德国唯心主义的最早纲领》中提出的所谓"理性的神话"的核心,由此也能窥见他对德国唯心主义运动的贡献。荷尔德林的启蒙并非片面的理性颂歌,而是一种能对自身及其界限进行反思的更高的启蒙;不是简单地制服自然,而是对理性和自然同样表示尊重。小说第一部即以复兴古典模式创造新世界的希望结束。第二部则试图将这种典范具体实现。许佩里翁参加了对土耳其人的斗争,经历了理想的失败,但小说结尾表达的不是绝望,而是对于充满苦难的历史进程的体认与承担。许佩里翁完全能意识到:"就像夜莺在黑暗中的歌唱,世界的生命之歌也是在深深的苦难中才向我们神圣地奏响。"

《恩培多克勒斯之死》(1797—1800)是一部未完成的诗体悲剧,表现智者和民众的矛盾。恩培多克勒斯是公元前5世纪西西里岛的一位哲学家、政治家、医生和巫师,试图建立一种更好的宗教,在得不到群众理解的情况下投入埃特纳火山口自杀。从思想的角度,这一结局意味着与自然的合一,完成了世界使命的哲人回到其绝对根据。人们怀疑恩培多克勒斯身上有诗人所敬重的费希特的影子。

对于荷尔德林的诗歌创作来说,1796 和 1797 年形成了一个转折点。他开始从席勒的典范脱离,而采用具有距离感的古代诗律,越来越多地运用具体的自然画面,寻求历史和自然进程的合一。1797 年诞生的诗作《橡树》《漫游者》和《致以太》都体现了这种转变。诗人越来越多地将自身置于思想者和世界历史进程的预示者角色。在产生于 1800—1801 年的哀歌(《梅农哀悼狄奥提玛》《斯图加特》《面包和酒》《归乡》)和晚期赞歌中,由东方到西方,进而到最切近的故乡的宏大历史时空被展现、阐释,但与其说是从历史哲学,毋宁说是从历史神学的角度进行的。诗的吟唱接替了神学和哲学成为认识和传达的媒介。

成熟期荷尔德林的综合性和非传统性,突出体现于哀歌《面包和酒》,其中狄奥尼索斯和基督、古典和基督教的新世纪由面包和酒这两个象征联结在一起。在贫乏的时代,面包和酒成了记忆和未来历史实现的符征。诗人作为酒神的神圣祭司,"在神圣的黑夜中,他走遍大地"。诗人正是在黑夜般的过渡期发挥其作用,这一过渡时期因为是伟大实现的准备阶段,故可称之为"神圣"。1801 年荷尔德林创作了晚期赞歌如《帕特摩斯》(1802 年第一版,1803 年又有若干版本)、《思念》(1803)、《惟一者》的第二和第三版(1801/1802 年第一版)、《伊斯特尔河》(1803)、《摩涅莫绪涅》(1803) 等。20 世纪荷尔德林的现代性主要来源于对这些诗歌的诸多阐释,而厘清以反复修改、重写为特征的荷尔德林晚期诗歌的文本关联成为研究者的一个主要任务。

荷尔德林古典文学修养精深,他崇奉希腊诗人品达,翻译了索福克勒斯的《安提戈涅》和《俄狄浦斯王》。品达这位希腊人成了诗人的最后归宿,他教给了荷尔德林生硬的句法组合,不规则而接近散文的强有力节奏常伴有夹音失落,单个用词本身的独立性得到有意识的强调,加上高贵和日常用语的并置,都导致了理解上的困难,也使其区别于崇尚流畅音乐性的浪漫派,而形成了独特的荷尔德林诗风。这种全新诗艺的另一面是对于祖国的歌颂,这些赞歌被诗人称为"祖国赞歌"。"祖国"既是指诗歌的语言特色(融合了德国和希腊的语言姿态),也是指跟祖国或现时代直接相关的内容。作为超越了现实地域的精神概念,"祖国"不单是作为祖国的德国历史,也是当代和成为"赫斯帕里"(hesperisch)家乡的新时代。在这一场域,历史实现了自身,赫拉克利特的美的理想"在自己本身中相区别的一"得以呈现。《莱茵河》诗中,生于自由的莱茵河的流程即象征了不同于希腊的祖国的历史进程。它生来向往亚洲,冲破山隘奋勇向前,可是"父亲"将它引向西方,在那里它变得宁静而有益。祖国历史的实现即人和众神的婚宴,可平衡只能持续片刻,它将再次被打破从而陷入古老的混乱。这种历史模式包括了演变的和革命的、进步的和循环的动机,与德国浪漫主义时代的包容理想是一致的。

古希腊、德国和法国革命从历史哲学方面搭建起了荷尔德林的诗歌张力场。而在美学品味上,对于激情的重视、基于对时代苦难的体认而生的孤独和陌生感、作品中哀歌式绝望和赞歌式激昂的并置和转换,将荷尔德林与重视宁静和平衡的德国古典主义大师拉开了日益明显的距离。这是他受到歌德冷遇,最终也和席勒渐行渐远的内在原因,却体现了一种更现代、更复杂的诗思。

第六节　霍夫曼

恩斯特·台奥多尔·阿玛德乌斯·霍夫曼(1776—1822),德国浪漫派晚期的代表人物。幼年早慧,多才多艺。在短短四十六年的生命历程中,霍夫曼取得了多方面的成就。他是法学家、音乐家,也是画家和文学家,又当过律师、导演和乐队指挥。他的文学创作始于1809年的《格鲁克骑士》,随后又创作了大型英雄歌剧《欧罗拉》(1811—1812)和魔幻歌剧《温蒂娜》(1813—1814)。两部歌剧取得巨大成功,他开始享有音乐和文学的双重声誉。此后几乎每年他都有重要作品问世,包括短篇小说《金罐》《沙人》《封·司蔻黛丽小姐》和童话《胡桃夹子和鼠王》等。他著名的长篇小说是两卷本《魔鬼的万灵药水》,还有一部未完成的长篇小说《雄猫穆尔的生活观》。

在霍夫曼的作品中,最引人注目的是他的离奇幻想。他从自幼就喜爱的骑士小说和神怪小说中汲取灵感,从平凡世界里召唤出神仙、鬼怪、精灵、侏儒等,又使它们一变再变,现实和幻想频繁交替,人与物互相转化:青蛙变成农妇,小蛇变成美丽的姑娘,花园变成仙境……熟悉的事物在你对它习以为常之后,突然有一天会露出另一面目,变成另一样东西,令人大吃一惊。霍夫曼不断指向一个又一个新的对象物,读者不能肯定哪一个是"本相",哪一个是"幻相"。于是,真相也成了不可确定之物,淹没在多重幻象之中。

他的早期作品《金罐》已充分地体现出这一特点。这部被他自己称作现代童话的作品描写了大学生安泽尔姆斯的奇遇。安泽尔姆斯一次偶然发现树枝突然变成了三条小蛇,它们还会说人话,和他交谈。他以为自己疯了或者是喝醉了,可是在他去拜访城市户籍官的时候,户籍官亲口告诉他,自己的三个女儿会变成蛇,安泽尔姆斯再次看见了那三条蛇,并看见它们变成了姑娘。他和其中一条蓝眼睛的小蛇变的姑娘相爱,一个具有魔法的金罐将成为这姑娘的嫁妆。可是巫婆用魔镜让安泽尔姆斯失去了进入幻想世界的能力,他重新回到庸俗的现实世界。安泽尔姆斯甚至被囚禁到水晶瓶中。最后,金罐的魔法战胜了魔镜,安泽尔姆斯和小蛇姑娘等人在金罐保护下,诗意地栖居在小岛的田庄里。在霍夫曼笔下,现实和幻想的交替具有突发性和多发性。树枝一变而为小蛇,再变而为姑娘,又从户籍官女儿变成庸人维蓉妮卡。而在短篇小说《沙人》中,一个人可以一身三变,父亲的一位神秘访客既是传说中的"沙人",又是望远镜推销员,时而又化身成大学教授,研制了真人般的木偶,把它当作自己的女儿介绍给社交界。这种突兀的、多层的变化为霍夫曼小说营造了神秘、离奇、恐怖的色彩,这也许是作家本人内心变幻不定、无所适从的表现。

霍夫曼的作品常常遵循二元对立模式。除了真相和幻象之间的对立,还有"热情人"和"庸人"的对立,或者说理想与现实的对立。霍夫曼创造了一系列大学生形象,比如《金罐》中的安泽尔姆斯。他们年轻英俊,富有才华,心地善良,品格高尚,热爱大自然,常怀着诗一般的浪漫情怀,从而得以见到自然的精灵、法师和一切奇迹。他们坚信奇迹,赞美奇迹,甚至常常主动去寻求这种神秘力量的帮助,依靠它去得到自己的心上人。他们厌恶平庸,却不幸为平庸所包围。这些平庸的人充斥他们的生活,是他们的老师、朋友,甚至是他们的心上人的父亲。他们往往以一人之力去对抗整个平庸市侩的社会。

霍夫曼的叙事才华是多方面的。他的短篇小说《封·司蔻黛丽小姐》是德国第一部具有文学水准的侦探小说,它以神秘的赠礼开始,一系列谋杀案接踵而来,一个个悬念环环相扣,最后才揭开真相,原来是视艺术为生命的金匠不忍作品被人买走,秘密谋杀每一个主顾以夺回自己亲手打造的首饰,却不幸在一次谋杀中失手被杀。另一短篇小说《沙人》和最后的收笔之作《表哥的角窗》围绕眼睛和视觉做文章,"眼睛"是物质的,也是精神的,是客观和主观的分界线。在视觉成为接触外界的唯一途径的情况下,独特的相面术加上丰富的想象力,使小说获得了阐释学方面的意义。其长篇小说《雄猫穆尔的人生观》是一部未完成之作,借用当时流行的写作模式,将某人的生活经历和见解调换成一只有学识的猫的生活见解,写在一位乐队指挥传记的废稿纸背面。由于排版工人的粗心,猫的生活观和乐队指挥的传记交替出现,形成了跳接交错的内容,叙事方式已经具有现代主义的一些特征。

霍夫曼生前不受重视,死后却影响了后世大批作家。他的作品揭示了人性的扭曲以及人与人之间关系的异化,已触及现代主义文学的重要主题。他善用的自由联想、内心独白、多层次结构等手法,也成为现代小说的常见技巧。巴尔扎克的《驴皮记》和《长寿药水》、爱伦·坡小说的怪诞恐怖、卡夫卡小说的荒诞、陀思妥耶夫斯基对人的双重自我与心理张力的展示,均与霍夫曼小说有一定的亲缘关系。

第七节 霍桑

纳尼撒尔·霍桑(1804—1864)出生于马萨诸塞州一个显赫的清教家庭,祖辈曾为1692年萨勒姆驱巫案的三位法官之一,这样的家世为他的创作提供了一定的素材。代表作有短篇小说《我的堂伯莫里纳上校》(1832)、《罗杰·马尔文的葬礼》(1832)、《好小伙布朗》(1835)《教长的黑面纱》(1837)以及长篇小说《红字》(1850)等。

霍桑的作品多以新英格兰地区为背景,创作主要分为两种类型,一种是故事或传说,即短篇小说,一种是长篇小说。作品多取材于现实生活或神话传说,是在清教思想激发下创作的道德寓言,道德和信仰的主题贯穿在他的所有作品中。霍桑的思想情感与文学背景较为复杂,但清教主义是他思想的核心。霍桑的出生地萨勒姆位于新英格兰地区,是清教徒聚集的地方,这一地区宗派斗争激烈,受家族宗教倾向以及童年不幸经历的影响,他性格孤僻、保守,厌恶集体生活,这在他的作品中有强烈的反映。霍桑成长的时代是一个物质主义横行、艺术传统匮乏的时代,美国当时无情的社会环境使他既依靠清教思想,又对之进行反思。在他的作品中,他一方面将清教主义的原罪说、宿命论、命定说等观念纳入对人物内心善恶的剖析,以近乎冷峻的态度拷问"善"与"恶"的宗教道德问题。《教长的黑面纱》寓意深刻:受人爱戴的牧师突然有一天带上面纱,直到去世时也不愿摘下,人们都很不解而与他疏远,而牧师的临终规劝最终点醒了世人——这层面纱象征现实生活中人们用于掩盖内心罪恶的面具,以及虚伪的世俗道德。《七个尖角阁的房子》则以哥特式小说题材描写世代无法摆脱被诅咒厄运的带七个尖角阁的房子,它是人类罪恶的历史象征。另一方面他又对美国清教的社会环境进行剖析,认为美国社会经济发展所引发的一系列矛盾、罪恶,是人的内心

"罪孽"的根源,从而暴露传统清教教义的缺陷。在《好小伙布朗》中,由于布朗无法调和上帝与邪恶之间的矛盾,最终导致自我分裂,这是霍桑对清教主义关于世界本原的困扰,固执地追求某种终极意义的企图必然破产的思考。《玉石人像》中的米丽安通过苦修和忏悔使自己得到救赎,与清教主义极端的善恶对立观念不同,他认为恶不再是外在于上帝的,而是上帝旨意的一部分,人只有通过向善的信念与苦修,才能得到真正的净化。对恶与善、黑暗与光明的对立性思考最集中的,是他最著名的小说《红字》。

《红字》被视为是美国文学史最重要的小说之一,某些学者称它是"清教的浮士德"。《红字》体现了霍桑长久以来对"黑暗生活"(dark life)的关注。故事发生在17世纪美洲大陆新英格兰地区的波士顿,女主人公海斯特·白兰与自己的丈夫齐灵渥斯商定,她先从英格兰坐船来波士顿定居,其夫随后赶来。然而,两年来她丈夫毫无音讯,生死未卜,在这种情况下,海斯特却怀孕并生下一名女婴。这一亵渎神灵的罪行遭到了社会道德的谴责和清教法律的审判。然而,海斯特将被绞死的那一刻,她仍然拒绝说出男方的姓名,因为她要"在忍受我的痛苦的同时,忍受他的痛苦"。最终,她以通奸罪被判处刑罚,其中包括终身佩戴红色的 A 字。此时她的丈夫齐灵渥斯突然出现在旁观的人群中,目睹这一幕后暗暗发誓要让这一对罪人付出代价。在审判现场的牧师丁梅斯代尔却有些神色慌张。丁梅斯代尔是位学识渊博、品行端正的牧师,颇受教众爱戴,然而海斯特被审判后,他却日渐憔悴。齐灵渥斯利用医生身份与其接触后,发现他在外衣里面也带着红色 A 字。原来丁梅斯代尔就是海斯特的情人。故事着力表现的并不是恋爱与婚姻所涉及的道德原则,而是人对罪孽与救赎的反思。海斯特·白兰默默忍受加诸她身上的种种惩罚,因为她意识到自己的罪孽,她竭力保护自己的女儿珠儿不被总督和教廷夺走,既是出于对珠儿的责任,也是出于对自己罪孽的时刻铭记——她是一个没有"父"(Father)的人。珠儿成了她活下去的动力,也成了对她罪行的最好提醒。小说中的所有人物都在黑暗中寻找光明,在邪恶中寻找上帝的拯救。七年后,丁梅斯代尔终于向众人说出了这个压抑在他心头,使他饱受内心折磨的秘密——他就是珠儿的父亲后,欣慰地死去,因为他的灵魂得到了救赎。齐灵渥斯多年来对海斯特和丁梅斯代尔精神与肉体的折磨虽然获胜,他灵魂却迅速衰弱。最终,他将遗产全部留给珠儿以换取内心的平静。除此之外,小说还通过教廷与教众对海斯特的责罚,暴露了宗教的褊狭与伪善,对善恶区分的偏执显示了宗教的愚昧;教众的不明是非、盲目顺从则是对人性罪恶的另一种纵容。海斯特·白兰默默忍受种种精神的折磨,是在以内心反省与现世苦修获得灵魂的救赎。小说对人物心灵世界中善恶观念的转化、理智与情感的斗争、罪与罚的煎熬有着细腻的展现,因而被誉为是一部"心理罗曼司"。

在霍桑之前,美国文学一直在寻找自己在世界文学中的位置。独立后的美国,在思想文化上开始了自我塑造。在欧洲浪漫主义思潮影响下,一种新的哲学思想在新英格兰地区诞生——超验主义,它强调个体与自然的神性,是美国本土哲学思想形成的标志。1841年,霍桑曾加入超验主义者创办的布鲁克农场,在那里,霍桑接触到了超验主义思想,虽然他本人对他们的乐观主义和理想主义观点并不感兴趣,却将超验主义的思想带入了小说创作之中。

在艺术上,霍桑对待创作的态度非常精细,他的作品充满了浪漫气息和抒情格调,擅长复杂人物的心理刻画与内心描写,被誉为美国文学史上第一位心理小说家。他的作品大量使用象征主义手法,所描写的事物既具有真实感,又富于深刻的象征内涵。离奇的故事情节、自然与超自然的意象、神秘主义色彩、精细的心理描写与具有丰富内涵的象征性场景的融合,为读者营造了一个亦真亦幻的文学世界。

第八节　惠特曼

美国诗人沃尔特·惠特曼(1819—1892)出身贫寒,阅历丰富。他当过律师事务所的勤杂工、报社学徒、乡村小学代课教师,担任过不同报纸和期刊的记者、撰稿人和编辑,包括《曙光》《布鲁克林每日鹰报》。在这一时期(1841—1851),他开始创作后来收入初版《草叶集》的诗歌。

1855年,《草叶集》第一版由惠特曼自费出版。该诗集由12首无标题的长诗组成,包括《我自己的歌》和《我歌唱那带电的肉体》这样的佳作。终其一生,惠特曼都在不断增添、修改和编排《草叶集》。一般认为,算上1891—1892年的"临终版",《草叶集》一共出了九版。

在惠特曼所有作品中,《草叶集》无疑是最重要的,而在《草叶集》的所有版本中,评论界最重视的无疑是1855年的初版。第一版《草叶集》出版于美国独立日,尽管诗集在装帧设计、内容形式上独具匠心,却并没有引起应有的关注。诗人寄送了一些给美国文坛名家,包括当时的批评界泰斗爱默生。而爱默生在收到赠书后两周即写来一封诚恳的感谢信,在信中对《草叶集》大加赞扬:"我因一个伟大事业的开端向你致敬,它必定是源自某个长远的背景。"①虽然爱默生的溢美之词给了惠特曼莫大鼓励,但当时的主流报刊却给予《草叶集》谩骂式的攻击,对于《草叶集》的评论从一开始就呈现出两极分化趋势。其实,出现批评和咒骂并不足为奇,当时美国文坛仍以清教思想为主流,《草叶集》恣意大胆的形式和内容、惊世骇俗的性描写,是不可能得到保守文人认可的。梭罗在读完次年出版的第二版《草叶集》后,称惠特曼为"当前对我来说最有趣的事实",却也对其中的性描写持保留态度。②除了第一版,评论家们也十分看重1860年的第三版,因为它不仅诞生于内战之前,而且加入了《亚当的子孙》《芦笛》两组诗,以及《来自不停摆动的摇篮那里》。尤其是《亚当的子孙》和《芦笛》这两组诗,既包括惠特曼公认的佳作,又涉及惠特曼诗中最富争议的主题——前者是关于男女情爱的,而后者是关于男性情谊的。也正是在这一版中,诗人开始以不同的主题和内容来编排诗歌,《草叶集》初步形成了"有机"整体,逐渐发展为诗人的传记,体现了诗人生活各方面的经历与感受。其他重要版本还有1881—1882年的第七版,它在有的评论家看来也就是"定稿版",因为惠特曼那时已将《草叶集》主体部分定稿,诗歌标题和编排位置已经确定,以后的两个版本均变化不大。

在初版《草叶集》中,《我自己的歌》居于首位。起初它并无标题,之后也曾冠以《沃尔特·惠特曼,一个美国人的一首诗》和《沃尔特·惠特曼》,直到1881年才正式更名为《我自己的歌》。诗名的变更也从一个侧面揭示出诗歌内涵意义的成长。关于如何理解本诗的标题,历来存在争议,尤其是如何理解诗中的"我"和"自己"。总的说来,本诗包括以下三大主题:第一,有关"自己"的概念;第二,如何区分这个"自己"与其他"自己";第三,诗人自己与大自然和宇宙中万事万物间的关系。尽管在诗歌的第二十四节中诗人这样定义自己:"沃尔特·惠特曼,一个宇宙,曼哈顿的儿子,/狂乱,肥壮,酷好声色,能吃,能喝,又能繁殖"③,但在下一节中他却写道:"我决不告诉你什么是我最大的优点,我决不泄露我究竟是什么样的人,/请包罗万象,

---

① Ralph Waldo Emerson, "To Walt Whitman (July 21, 1855, Concord)", *The Norton Anthology of American Literature*, 3rd Edition, eds. Nina Baym et al., New York and London: W. W. Norton & Company, 1989, p.494.

② 参见 Henry David Thoreau, "To H. G. O. Blake", *The Norton Anthology of American Literature*, 3rd Edition, eds. Nina Baym et al., New York and London: W. W. Norton & Company, 1989, p.831.

③ 〔美〕惠特曼:《草叶集》(上),赵萝蕤译,重庆:重庆出版社2008年版,第75页。

但切勿试图包罗我"①,很明显,诗中的"我"并不能简单地等同于诗人自己。对于惠特曼来说,这个"自己"既是个体的也是普遍意义上的。更重要的是,它代表着当时的美国人,惠特曼想通过"我"来展现他所处的那个时代的美国、美国社会和美国式民主。惠特曼与埃米莉·狄金森一起被公认为是19世纪美国文坛最伟大的诗人,但惠特曼的诗无疑更加美国化。在美国文学史上,把自己等同于美国、认为自己是美国化身的最早范例,非惠特曼莫属。在为初版《草叶集》所写的匿名评论中,惠特曼就已把"国家的所有特色都揽在自己身上"②。国家与民族身份的认同始终是惠特曼关注的问题,也是理解《我自己的歌》的关键所在。在第四十四节的开头,诗人写道:"该是说明我自己的时候了——我们站起来吧"③,从"我"到"我们",再到结尾几小节充满神秘主义色彩的描写,全诗就是一种关于自我的奇特融合,用诗人的原话说,就是"我辽阔博大,我包罗万象"④。这句话也成了对《我自己的歌》最精辟的概括与评论。

除了超验主义、泛神论和神秘主义的思想内容,《我自己的歌》在形式和风格上也完美地诠释了惠特曼的诗学特色。《草叶集》在惠特曼看来是一场语言的实验,而长达五十二节的《我自己的歌》就是这种实验精神的集中展现。惠特曼曾被誉为"自由体"诗歌之父⑤。他的自由体不受音节、重音和韵脚束缚,由大量重复、排比和对偶组成。《我自己的歌》洋洋洒洒,大气磅礴,诗句长短不一且长句较多。除了排比和重复,惠特曼还使用了具有自己特色的列举,既有对传统格律诗的继承,又有自己的风格特征。标点符号在他诗中的运用也显得与众不同,一小段往往只有最末一句使用句号,其余各句则用逗号,一小节则由多个长短不一的小段所组成,此外还较多使用破折号、问号、感叹号与括弧。惠特曼钟情于口头用语和劳动者词汇,用它们来描绘数不胜数的意象,通过这些意象把大自然和精神世界联系在一起,同时糅合叙述、抒情、议论等众多体例。当然,《草叶集》中名篇众多,《我听见美利坚在歌唱》《一路摆过布鲁克林渡口》《最近紫丁香在前院开放的时

---

① 〔美〕惠特曼:《草叶集》(上),赵萝蕤译,重庆:重庆出版社2008年版,第79页。
② 参见"惠特曼评论自己",惠特曼:《草叶集》(下),赵萝蕤译,重庆:重庆出版社2008年版,第867页。
③ 〔美〕惠特曼:《草叶集》(上),赵萝蕤译,重庆:重庆出版社2008年版,第109页。
④ 同上书,第120页。
⑤ David S. Reynolds, *Walt Whitman's America: A Cultural Biography*, New York: Vintage Books, 1995, p.314.

候》《向着印度行进》等都代表了惠特曼不同时期的思想与创作风格。

鲜明的美国个性特征、强烈的美国意识使惠特曼成为最有原创精神的美国诗人之一,也使他对美国现代诗歌产生了深远影响。站在爱默生和现代主义之间,惠特曼和他的《草叶集》既是对《红字》《白鲸》所引导的浪漫主义潮流的延续,又在某种意义上预示了现代主义思潮的到来。庞德毫不回避自己对于惠特曼的继承:"尽管我带着极大的痛苦阅读他,但当我写某些东西的时候我发现自己在使用他的节奏";他又接着说:"我对惠特曼的感觉是,他就是美国。……我敬重他因为他预言了我的诞生,而我只能把他认作我应该感到骄傲的先贤。"[1]除庞德外,惠特曼所影响的现代诗人还有T. S.艾略特、哈特·克莱恩、卡尔·桑德堡、威廉·卡洛斯·威廉斯等,尤金·奥尼尔、亨利·米勒、艾伦·金斯堡、加里·斯奈德等作家也明显受到他的影响。此外,少数族裔作家对于惠特曼的接受也不容忽视,尤其是兰斯顿·休斯、理查德·赖特、以实玛利·里德等黑人作家。惠特曼在美国本土以外也引起了极大关注,包括奥斯卡·王尔德在内的许多英国文人拜访过他,劳伦斯和福斯特则对其诗歌中的性别与性问题有着自己的解读。

【导学训练】

一、学习建议

应结合法国大革命、工业革命、民族主义和自由主义思潮等历史背景,在与中世纪民间文学、哥特小说、感伤主义文学、卢梭以及德国"狂飙突进"文学的联系之中来理解浪漫主义文学。要掌握浪漫主义的主要特征及其在欧美各国的发展脉络,了解德国的"耶拿派"与"海德堡派"、英国的"湖畔派"与"恶魔派"的不同特征以及法国浪漫主义与"世纪病"、美国浪漫主义与超验主义的关联,重点掌握华兹华斯、拜伦、荷尔德林、霍夫曼、雨果、霍桑、惠特曼的创作。

二、关键词释义

浪漫主义运动:浪漫主义(Romanticism)是一场发生在18世纪末到19世纪初的文化运动。它的核心原则是主张个性、主观、情感和想象,反对权威、普适主义和古典模式。这场运动始于德国,继而发展到英、法、美乃至全欧,影响遍及文学、哲学、艺术、政治、科学、宗教以及日常生活等领域的思想变革和文化运动。

耶拿派:耶拿派(The Jena School)德国浪漫主义文学最早的一个流派。理论奠基人

---

[1] Ezra Pound, *Selected Prose: 1909-1965*, New York: New Directions, 1973, p.145.

是施莱格尔兄弟,代表成员还有诺瓦利斯、蒂克等。施莱格尔兄弟最早将浪漫主义引入文学领域,并就"古典"与"浪漫"的对立做了详尽阐述。耶拿派反对古典主义,要求创作的绝对自由,放纵主观幻想,追求神秘和奇异。

湖畔派:湖畔派(The Lake School)是英国浪漫主义文学的一个诗派,包括华兹华斯、柯勒律治、骚塞三位诗人。他们都喜欢歌颂大自然,描写淳朴的乡村生活,厌恶城市工业文明。由于他们曾经隐居远离城市的昆布兰湖区,因此被称为湖畔派三诗人。

拜伦式英雄:拜伦式英雄(Byronic hero)是拜伦笔下特有的主人公形象。他们大都是高傲、孤独、倔强的叛逆者,不满现实,向往自由,富有反抗精神。但是他们又忧郁、孤独,与众人格格不入,孤军奋战与命运抗争,最后总是以失败告终。拜伦通过他们的斗争表现出对社会不妥协的反抗精神,同时反映出自己的彷徨和苦闷。

世纪病:"世纪病(the malady of the century)"是法国浪漫主义文学中所描写的19世纪上半叶法国青年的典型精神状态。他们本来富有才华和充满抱负,但拿破仑时代的逝去使他们丧失了通过自由竞争和个人奋斗出人头地的机遇,于是变得无所适从、无所追求,只能在孤独的漂泊中消磨生命。著名的世纪病患者有夏多布里昂笔下的勒内、缪塞笔下的奥克塔夫等。

超验主义:超验主义(Tanscendentalism)是美国本土的一种神秘主义哲学,发轫于19世纪30、40年代,不仅是一种哲学思潮,还涉及宗教、文学、社会学等。超验主义认为人能超越感觉和理性,凭借直觉认识真理,而自然界充满灵性和思想。代表人物有爱默生和梭罗。

三、思考题

1. 分析浪漫主义与古典主义、启蒙运动、法国大革命的关系。
2. 洛夫乔伊和韦勒克就浪漫主义的定义有怎样的争论?你认为浪漫主义的核心是什么?
3. 分析华兹华斯诗歌中的生态意识。
4. 华兹华斯诗歌中常常出现夭折的儿童,就此现象分析浪漫主义诗人的死亡观和儿童观。
5. 为什么荷尔德林对20世纪的诗人和思想家而言那么重要?
6. 简述荷尔德林对浪漫主义—民族主义的启发、继承与变奏。
7. 霍夫曼小说描绘的世界是虚幻的,你能够从中读出现实吗?他的小说的现实性体现在哪里?
8. 霍夫曼小说体现了浪漫主义下自我的多样性,和理性主义、启蒙主义相比较,这种自我的多样性是怎样表达的?
9. 如何理解《九三年》中"在绝对正确的革命之上,还有绝对正确的人道主义"这句话?
10. 雨果在《克伦威尔·序言》中是如何论述"怪诞"理论的?结合具体作品分析雨果创作的怪诞性。
11. 唐璜形象在文学史上经历了哪些变迁?拜伦对唐璜形象的突破在哪里?

12. 简论拜伦诗歌中的死亡主题及其哲学意义。
13. 比较拜伦、雪莱诗歌创作之异同。
14. 分析惠特曼诗歌中的劳动者形象。
15. 简论美国内战与惠特曼诗歌创作之间的关系。

四、可供进一步研讨的学术选题

1. 浪漫主义与中国园林艺术。
2. 田园诗、土地与国家。
3. 华兹华斯的诗与特纳的风景画。
4. 华兹华斯的地方意识。
5. 雨果作品中的狂欢化叙事。
6. 《巴黎圣母院》与中世纪建筑。
7. 拜伦诗歌中的东方想象。
8. 比较拜伦式英雄与海明威式英雄。
9. 荷尔德林"乡愁"主题与德国浪漫主义的"希腊迷恋"。
10. 疯狂的爱情:荷尔德林作品中的浪漫主义疾病观。
11. 霍桑小说中科学、宗教与道德的关系。
12. 《红字》中的炼金术。
13. 惠特曼笔下的身体。

【研讨平台】

一、浪漫主义概念再思考:古典主义、启蒙运动与浪漫主义的关系

提示:"浪漫主义"是思想史上一个极为复杂缠绕的概念。20世纪四五十年代,洛夫乔伊(Arthur Oncken Lovejoy, 1873—1962)和韦勒克(Rene Wellek, 1903—1995)就浪漫主义概念展开了激烈争论。洛夫乔伊认为历史上并不存在一个统一的浪漫主义运动,"浪漫主义"一词应该以复数形式(romanticisms)存在,但韦勒克认为各个浪漫主义之间存在共同特征。一般认为浪漫主义是对法国古典主义的有力反拨,有关浪漫主义的大部分定义都是通过与"古典主义"对比进行的。浪漫/古典的对立模式起源于歌德和席勒,由施莱格尔兄弟做详尽阐述,并通过斯达尔夫人流传开来。但有学者认为浪漫主义反对的不是17世纪新古典主义,而是一种古典性。此外还有浪漫主义/启蒙的对立模式,例如柏林把浪漫主义的敌人定位为启蒙思想中的"普遍主义"。

1. 爱克曼辑录:《歌德谈话录》(节选)

古典诗与浪漫诗的概念现已传遍全世界,引起许多争执和分歧。这个概念起源于我和席勒两人。我主张诗应采取从客观世界出发的原则,认为只有这种方法才可取。但是席勒却用完全主观的方法去写作,认为只有它的那种方法才是正确的。……史雷

格尔兄弟抓住这个看法把它加以发挥,因此它就在世界传遍了。

(朱光潜译,北京:人民文学出版社1997年版,第188页)

2. A.O.洛夫乔伊:《观念史论文集》(节选)

每一种所谓浪漫主义是极复杂、通常极不稳定的才智的融合。换言之,每一种观念由各种相互关联的单位观念组成,通常不是出于任何牢不可破的逻辑必然,而是出于非逻辑的联想过程;就诸种浪漫主义在其"浪漫的"这一称谓发明之后的成长来说,每种观念部分地源于这个词先天和后天的含混性,并因此得到极大的促进。

(吴相译,南京:江苏教育出版社2005年版,第229页)

3. 韦勒克:《批评的概念》(节选)

如果我们考察一下整个大陆上自称为"浪漫主义的"具体文学的特点,我们就会发现全欧都有着同样的关于诗歌及诗的想象的作用与性质的看法,同样的关于自然及其与人的关系的看法,基本上同样的诗体风格,在意象、象征及神话的使用上与18世纪的新古典主义截然不同。……(浪漫主义)就诗歌观来说是想象,就世界观来说是自然,就诗体风格而言是象征和神话。

(张今言译,北京:中国美术出版社1999年版,第155页)

4. 克罗齐:《美学或艺术和语言哲学》(节选)

从一方面说,这是一种针对法国的理性主义和古典主义文学的正确反映,因为法国的这种文学时而是讽刺的,时而又是轻佻的,缺乏情感和幻想,丧失深刻的诗意。但从另一方面来说,浪漫主义又不是针对古典主义的一种反抗行为,它反抗的却是古典性,是平铺直叙的思想,是艺术形象的无穷尽,它反对使混乱、执拗、不愿意变成纯净的激情净化,却主张这种激情保持混沌、执拗、不愿变成纯净的状态。

(黄文捷译,北京:中国社会科学出版社1992年版,第26页)

5. 以赛亚·伯林:《浪漫主义的根源》(节选)

很清楚,人们的思想意识开始转变。这种转变足以使他们不再相信世上存在着普适性的真理,普适性的艺术正典;不再相信人类一切行为的终极目的是为了除弊匡邪;不再相信除弊匡邪的标准可以喻教天下,可以经得起论证;不再相信智识之人可以运用它们的理性发现放之四海皆准的真理。

(吕梁等译,南京:译林出版社2008年版,第14页)

二、自然概念之辨析:生态批评的解读

提示:生态主义者认为,浪漫主义的自然观是一种有机、整体的自然观,即把自然看成一个富有活力、整体性、统一性和自发性的有机整体。人与自然界中所有存在物都是

这个共同体的成员。与人类相比,自然是更高秩序的体现。然而,也有学者指出,在浪漫主义诗人那里,自然的功用是用来引发思考、触发诗兴同时抚慰灵魂的。自然是他们情感、欲望的投射物,他们在自然中看到的只是自己。这种看待自然的方式仍然是"人类中心"的。

1. 韦勒克:《批评的概念》(节选)

许多伟大的浪漫主义诗人的自然观有着一些个人之间的差别。但是他们全都反对18世纪的机械宇宙观。……所有浪漫主义诗人都把自然当做一个有机整体,把自然看作类似于人而不是原子的组合——一个不脱离审美价值的自然,这些审美价值正像科学的抽象一样真实(也许更为真实)。

(张今言译,北京:中国美术出版社1999年版,第175页)

2. 沃斯特·唐纳德:《自然经济学:生态观念史》(节译)

在浪漫主义自然观的核心之处,是后来的人们看作生态学的一种观点——对整体性或相互联系概念的探求,强调自然中的相互依存和关联,强烈希望人类恢复到与组成地球的广阔有机体有着密切联系的位置上去。……浪漫主义对这种整体论思想的渴望是难以言表的。……在华兹华斯的大自然里,没有任何东西是完全自给自足的……每个物体尽管是具体的个体,却都对另外的物体负有某种义务,反之,也为其他物体提供存在的条件。

(Worcester Donald, *Nature's Economy: A History of Ecological Ideas*, Cambridge: Cambridge University Press, 1977, pp.82,116)

3. 雷蒙德·威廉姆斯:《乡村与城市》(节译)

田园曾经拥有明确内涵,但是在历史过程中经历了不同寻常的变化。最严肃的成分是重新关注自然美。而这时的自然是观察到的自然,科学家眼中的自然或者是旅游者看到的自然,而不是乡村劳动者的自然。因此,原有田园中所描绘的事物可能被分离出去,整个自然诗的传统就以各种不同的方式强烈地流动着,经历几个世纪仍然可以看出其中延续着的田园主旋律。田园的另一个相当重要的表现,严格地说已经停留在理论上和浪漫主义意义上……这个时代的田园诗中的牧羊人和美少女不过是贵族享乐的摆设。

(Raymond Williams, *The Country and the City*, Oxford: Oxford University Press, 1973, p.20)

4. 程虹:《寻归荒野》(节选)

爱默生眼中的自然,是一种理性的自然,一种带有说教性的自然,一种被抽象,被升华的自然……而梭罗崇尚的自然,却是一种近乎野性的自然,一种令人身心放松,与任何道德行为的说教毫无关系的自然。

(北京:三联书店 2001 年版,第 108 页)

三、浪漫主义的东方想象:后殖民主义的解读

提示:大部分浪漫主义作家对东方题材都有一定程度的偏爱,其作品中流露出浓郁的异国情调。东方不仅充当了他们进行文学想象的场所,而且还是他们投射自我的一个背景。其文本中的东方形象是意识形态虚构的产物。

1. 雷蒙德·斯瓦布:《东方浪漫主义》(节译)

东方和浪漫主义的关系不是局部性、暂时性的,而是一种实质性的关系。

(转引自 Forest Pyle, *The Ideology of Imagination: Subject and Society in the Discourse of Romanticism*, Palo Alto: Stanford University Press, 1995, p.87)

2. 爱德华·W.萨义德:《东方学》(节选)

东方几乎是被欧洲人凭空创造出来的地方,自古以来就代表着罗曼史、异国情调、美丽的风景、难忘的回忆、非凡的经历。

(王宇根译,北京:三联书店 1999 年版,第 1 页)

3. J. J. 克拉克:《东方启蒙运动:亚欧思想相遇》(节译)

西方对东方的兴趣最初主要源于政治伦理的需要,因此新的需要主要来自人们内心对形而上学的渴求。在西方人心里,中国被看作是一个政治乌托邦,印度则是一个精神王国,反映了那个时候哲学关心的问题。印度思想的吠檀多一元论和唯心主义哲学的一致性得到了欧洲知识分子的认同,这一态度不可避免地催生出一个与物质主义的西方形成对照的富有崇高精神的印度神话。

(J. J. Clarke, *Oriental Enlightenment: The Encounters between Asian and Western Thoughts*, New York: Routledge, 1997, p.56)

4. 周宁:《孔教乌托邦》(节选)

拜伦的东方是欧洲的东方,从希腊到土耳其,雪莱诗中的东方是世界的东方,所谓"无边的东方"(拜伦语)。他们的东方都是历史的过去或时间的起源,是由空旷的目的与废墟构成的永恒之地。

(北京:学苑出版社 2004 年版,第 138 页)

四、德国浪漫主义与音乐

提示:浪漫主义渴求把一切艺术融合起来,音乐与文学的对应关系在德国浪漫主义

那里得到特别的强调和发展,许多文学家和哲学家视音乐为所有艺术形式中最有表达力的一种,能够表达出文字无力再现的绝对和形而上的事物或真实。

1. 保罗·亨利·郎:《西方文明中的音乐》(节选)

早期的浪漫主义者认为只有音乐能够充分体现他们诗意的理想。他们认为语言来源于音乐,认为不同的语言是"音乐的个别化"。……任何其他艺术都不能表现出对于无限期望的渴望,没有任何其他艺术能使人和宇宙万物发生如此紧密的接触。没有任何其他艺术可以为从多样性到统一性——到达浪漫主义的理想的实现,即一切艺术的联合,即整体艺术品——提供如此直接的捷径。即使这个目的实现了,也正是这种奔向这一目标的迫切要求驱使浪漫主义探索文字与声音的配合,从而使音乐能够变为一种世界哲学。瓦肯罗德尔说:"音乐是艺术的艺术,因为它能够把人的心灵的感情从凡俗的混沌之中超脱出来。"对于浪漫主义,音乐成了无限统一的象征。

(顾连理等人译,贵阳:贵州人民出版社2001年版,第745—746页)

2. 大卫·查拉坦编:《E.T.A.霍夫曼的音乐写作》(节译)

诺瓦利斯和其他人强调将自然所有方面连接起来的那种隐藏的统一,以及由此带来的无限隐喻性转化的可能性,霍夫曼则强调我们对于"更高自然"的认识特别需要经由一定类别的音乐的中介,这样的中介甚至成为浪漫主义歌剧的根本目标。

(David Charlatan ed., *E. T. A. Hoffmann's s Musical Writings: Kreislerianna, The Poet and the Composer, Music Criticism*, Cambridge: Cambridge UniversityPress, 1989, p.7)

3. 杰拉德·吉勒斯派编:《浪漫主义散文小说》(节译)

出现在德国的那种音乐动机的情结,经由保罗、蒂克、勃伦塔诺、克勒斯特、霍夫曼和艾辛多尔夫发展,持续了近三十年……与音乐的互动体现在三个层面:第一,创造了音乐家这类人物形象(他们通常遭遇失败或者疯掉了);第二,尝试发明一种音乐的语言或者文字的音乐,如蒂克或霍夫曼所做的事情;第三:拿音乐来突显和谐、无限甚至不可说的世界,与布尔乔亚的日常生活的对照。

(Gerald Gillespie ed., *Romantic Prose Fiction*, Amsterdam: John Benjamins Publishing Company, 2008, p.69)

4. 马丁·普郎吉:《诗学与浪漫主义美学》(节译)

对荷尔德林而言,在其寻找人性的存在与神性的超越之间以及德国/欧洲的现在与希腊的过去之间的关联时,音乐形式扮演的作用至关重要:它通过综合主观和客观而协调诗学(具体)与哲学(抽象)。

(Martine Prange,"Poetry and the Romantic Musical Aesthetic",
Hyperion, Volume V, issue 1, May 2010, p.139)

五、美国浪漫主义与超验主义及清教主义

提示:在美国文学史里,浪漫主义、超验主义、清教主义三个概念交互缠绕,学界通常认为超验主义乃欧洲浪漫主义的美国化,植根于新英格兰的清教主义传统,得益于英国经验主义哲学和德国唯心主义,产生于美国得天独厚的民族环境,激励彼时的作家和艺术家解放自我,寻找"表达美国经验的本质精神"的方式。

需要指出,浪漫主义或超验主义虽然源自清教主义传统,但是并不等同于清教主义。前者关注的是个体,认为个体可通过主观体验达到对理性与感觉的超越,从而获得真理。人性善是认识真理的出发点。后者则以宗教"原罪说"为原则,认为人性恶是一切认识之本,人必须服从上帝指引,必须通过赎罪获得在世的安宁与来世的解脱。

1. 杰瑞·菲利普斯等:《美国文学背景:浪漫主义与超验主义 1800—1860》(节译)

19世纪,尽管浪漫主义在大西洋两岸欣欣发展,由美国边疆和民主社会的形成所激发出来的情感使得美国的浪漫主义别具特色。欧洲的浪漫主义建立在逃避它自己的历史的愿望之上,倾向于重新开始。而美洲,就是这种愿望的象征。一切都是新的,任何事情都有可能。崛起的美国不断地与欧洲传统的模式决裂,开始给政府、艺术、哲学和文学烙上自己独有的印记。

(Jerry Philips, Andrews Ladd and Karen H. Meyers, *Backgrounds to American Literature: Romanticism and Transcendentalism 1800-1860*,
New York: BWJ Books LLC, 2010, p.16)

2. 理查德·格雷:《美国文学史》(节译)

自然效力于心灵,爱默生视这种效力是美学的、智识的,最重要的是,道德的。说到美学层面,爱默生与柯勒律治、英国浪漫主义者及德国唯心主义哲学家共享一个信仰:即每个个体都能将其个人环境整饬为一个和谐的统一体。

(Richard Gray, *A History of American Literature*,
Oxford: Blackwell Publishing, 2004, p.132)

3. 苏杰塔·格鲁德夫:《美国文学研究:论爱默生、梭罗、霍桑、麦尔维尔和惠特曼》(节译)

尽管有些批评家在霍桑那里找到了超验主义要素,斯图尔特·P.谢曼在《美国人》(1922)里称他是"从超验主义角度来看是清教主义的微妙的批评家和讽刺家"。T.S.艾略特则认为"霍桑的作品真正是对清教道德、超验主义道德以及他所了解的世界的批

评"。当然，有些方面，霍桑从未涉及。有别于爱默生、梭罗和惠特曼，霍桑不是预言家，不是深潜到上帝内心之人。他独有的关注在别的方面。他敏于感知看得见的风景。

（Sujata Gurudev, *American Literature Studies on Emerson, Thoreau, Hawthorne, Melville and Whitman*, New Delhi: Atlantic Publishers & Distributors LTD, 2006, p.50）

4. 蒂夫里·维尼：《超验主义百科全书》（节译）

犹如爱默生，惠特曼在《草叶集》里展示出的诗人的作用，不止是文学性的，而且具有精神性。他呼唤新形式或弃绝传统形式，实验写出比他之前的诗歌更有长度更加松散的散文式的诗行，表现更为广泛的题材……犹如超验主义者，惠特曼倡导他谓之的"新神学"，这是一种坚信能在寻常生活和芸芸众生之中发现神圣的真理和原理的信仰。

（Tiffany Wayne, *Encyclopedia of Transcendentalism*, New York: Fact on File Inc., 2006, p.314）

【拓展指南】

一、重要研究资料简介

1.〔英〕以赛亚·伯林：《浪漫主义的根源》，吕梁等译，南京：译林出版社2008年版。

简介：该书根据以赛亚·伯林1965年关于浪漫主义的梅隆系列讲座的BBC录音结集而成。柏林从"观念史"的研究角度，用"耐心的历史的方法"向人们清晰地展示了浪漫主义的兴起、发展和壮大的进程以及它对后世文学的影响。书一出版就好评如潮，《星期日独立报》评论说："本书是以赛亚·伯林的巅峰之作。"

2.〔英〕M.H.艾布拉姆斯：《镜与灯——浪漫主义文论及批评传统》，郦稚牛等译，北京：北京大学出版社2004年版。

简介：该书着重讨论西方浪漫主义文学理论和文学批评，同时也对西方文艺理论做了一个全面的总结和回顾，是一部具有里程碑意义的理论著作。

3.〔美〕A.O.洛夫乔伊：《观念史论文集》，吴相译，南京：江苏教育出版社2005年版。

简介：该书是A.O.洛夫乔伊的代表作之一，是作者所倡导的观念史理论运用于具体观念史研究的代表性论文汇编。全书收录了洛夫乔伊有关"浪漫主义"的经典文章，如《论诸种浪漫主义的区别》《早期德国流漫派中"浪漫"的意义》《席勒和德国流漫主义的兴起》等。这些文章梳理"浪漫主义"这一论域下的若干问题，有着相当大的影响。

4.〔美〕欧文·白璧德：《卢梭与浪漫主义》，孙宜学译，石家庄：河北教育出版社2003年版。

简介：该书是新人文主义领袖白璧德的代表作。作者以古典的伦理标准批判卢梭开创的浪漫主义，从浪漫主义的源头谈起，批判文学史和文化史上关于浪漫主义的各种概念——想象、道德、爱情、嘲讽、自然、忧郁等，是一部古典主义角度的浪漫主义文学史。

5.〔丹麦〕勃兰兑斯:《十九世纪文学主流》(1—6),张道真等译,北京:人民文学出版社 1981 年版。

简介:该书由勃兰兑斯在哥本哈根大学的讲演汇编而成,分为《流亡文学》《德国的浪漫派》《法国的反动》《英国的自然主义》《法国的浪漫派》《青年德意志》六册。这部著作纵论法、德、英诸国浪漫主义的盛衰消长过程,以及现实主义相继而起的历史必然性,是 19 世纪前半期文学史和文化史方面的权威教本。

二、其他重要研究资料索引

1.〔美〕韦勒克:《文学史上浪漫主义的概念》,《批评的概念》,张今言译,杭州:中国美术学院出版社 1999 年版。

2.〔英〕玛里琳·巴特勒:《浪漫派、叛逆者及反动派:1760—1830 年间的英国文学及其背景》,黄梅、陆建德译,沈阳:辽宁教育出版社、牛津大学出版社 1998 年版。

3.〔美〕雅克·巴尊:《古典的,浪漫的,现代的》,侯蓓译,南京:江苏教育出版社 2005 年版。

4.〔英〕科伦(Stuart Curran)编:《剑桥文学指南:英国浪漫主义》(英文版),上海:上海外语教育出版社 2001 年版。

5.〔英〕拉斯顿(Sharon Ruston):《浪漫主义》(英文版),上海:上海外语教育出版社 2009 年版。

6.〔英〕约翰·帕吉斯(John Purkis):《华兹华斯导读》(英文版),北京:北京大学出版社 2005 年版。

7.〔法〕莫洛亚:《拜伦传》,裘小龙、王人力译,杭州:浙江文艺出版社 1985 年版。

8.〔德〕海德格尔:《荷尔德林诗阐释》,孙周兴译,北京:商务印书馆 2000 年版。

9.〔法〕莫洛亚:《伟大的叛逆者:雨果》,陈伉译,北京:世界知识出版社 1986 年版。

10.〔美〕佩尔森(Leland S. Person):《纳撒尼尔·霍桑》(英文版),上海:上海外语教育出版社 2008 年版。

11.〔英〕埃兹拉·格林斯潘(Ezra Greespan)编:《剑桥文学指南:沃尔特·惠特曼》(英文版)上海:上海外语教育出版社 2000 年版。

12.李野光:《惠特曼研究》,上海:上海外语教育出版社 2003 年版。

第七章 19世纪欧美文学(二):现实主义

第一节 概述

一、19世纪前中期欧洲社会及主要思潮

19世纪是一个风云变幻的时代,西欧资本主义在这百年间取得了长足发展和全面胜利。1830年,七月革命推翻封建主义在法国的最后堡垒——波旁王朝,金融资产阶级第一次登上权力巅峰。1832年,英国议会采取相对温和的方式,顺利通过改革选举制度的法案,工业资产阶级正式进入权力核心。1848年的欧洲革命,从根本上瓦解了"神圣同盟"竭力维护的封建秩序,为自由资本主义在50、60年代的持续繁荣提供了必要的政治准备。当然,资本主义还远未到达一统天下的程度,社会矛盾也未得到消除和缓解,而是不断激化、层出不穷。资产阶级一方面疲于和不断死灰复燃的封建残余激烈斗争,另一方面又忙于同新生的无产阶级殊死较量。

社会经济结构的剧变,给社会风气和时代精神带来了不可忽视的影响。资本主义的胜利一定程度上解放了生产力,使人们获得更多的人身自由和社会权利,但历史的发展却与革命前的理想相去甚远。启蒙主义描绘的"自由、平等、博爱"的"理性王国"没有出现,而新的历史条件下不断爆发的社会矛盾,伴随着资本主义发展而带来的残酷生存竞争,以拜金主义、利己主义为核心的价值观念,构成了新的严酷现实。浪漫主义的自然牧歌和乌托邦想象,在冷酷、严峻、平庸的日常现实面前土崩瓦解。人们从浪漫激情之中冷静下来,带着怀疑的目光和批判的眼神,重新审视和思考社会前途与个人命运。

19世纪科学的迅猛发展,也为时人的精神探索指出了新的方向,提供了新方法和新视野。细胞学说、能量守恒定律和进化论等科学发现极大地

拓展了人们的认识,增强了人类征服自然的信心,也激励人们用科学方法研究自然和社会,力图掌握其规律,寻找解决社会矛盾的理性途径。巴尔扎克等作家将自己定位为社会的研究者、分析家和记录员,并形成客观写实的文学风格。在社会科学领域,唯物主义、实证主义等观念方法的推进,标志着这一时代的基本精神走向。尽管19世纪哲学异彩纷呈,但撇开领20世纪风气之先的非理性思潮不论,在19世纪占主导地位的仍是理性精神和实证哲学:黑格尔的辩证法、费尔巴哈的人本主义唯物论、马克思和恩格斯的唯物辩证法、孔德的实证主义、泰勒的"种族、环境和时代"决定论等,都为现实主义文学的发展奠定了理论基础。此外,揭露资本主义社会弊端、主张改良社会制度的空想社会主义,一方面以其乌托邦幻想对浪漫主义文学产生影响,另一方面也成为19世纪现实主义文学批判社会、针砭现实的理论出发点之一。

二、19世纪现实主义文学

现实主义作为一种创作方法或者艺术特征,并非19世纪的产物。古希腊以来各个时期的文学中,或多或少都可以发现以现实主义方法创作或与此风格接近的作品。在理论认识方面,亚里士多德就提出过著名的"模仿说",用以解释文学的起源和过程。文艺复兴和启蒙时代文学的崛起,某种程度上是继承和发扬现实主义传统的结果。即便是与现实主义精神背道而驰的浪漫主义,也在很多方面为现实主义的繁荣积累了经验,如心理刻画技巧、描写自然的方式以及典型性格的塑造等。19世纪现实主义的独特性在于它的近代科学背景。人文学者和科学家们一样,相信通过冷静观察和客观分析,就能像解释自然一样解释生活。

尽管如此,19世纪现实主义仍呈现出一些基本特征,成为我们辨别这一流派的主要依据。这些特征可以从思想和艺术两个方面来论述。我们先看19世纪现实主义的思想特征。

首先,将文学作为分析、研究社会的手段和工具,从文学角度梳理和重构社会历史图景。19世纪自然科学和社会科学的成就,极大地鼓舞了人们掌控社会的信心,作家们以研究和分析社会为己任,希望能够全面真实地反映时代的历史风貌。巴尔扎克在《人间喜剧》序言中称自己是法国社会的"书记员",把《人间喜剧》写作计划分为"风俗研究""分析研究"和"哲学研究",实际上暗含了把握历史的雄心。列宁称托尔斯泰为"俄国革命的镜子"①,因为后者描绘了"无与伦比的俄国生活的图画"。

其次,以资本主义人道主义为武器,批判社会黑暗,同情底层人民疾苦。因此高尔基把19世纪的现实主义称为"批判的"现实主义。其中,遭到最严厉批判的是金钱对人性的腐蚀。金钱使人成为物质的奴隶、同类的仇敌,使一部分人压迫另一部分人,这些恰与"自由""平等""博爱"背道而驰。尽管现实主义一般寄希望于资本主义自身的改良,但它对金钱的痛斥和对制度本身的发难,表现出值得称道的批判精神和人道关怀。

再次,揭示出资本主义条件下人与自我、他人和世界之间的矛盾对立,对人的价值和意义、前途和命运给予高度关注。站在时代前沿的作家们敏锐地发现物质的丰富并没有带来精神的升华,恰恰相反,人类迷失于物质表象和欲望洪流,失去了真正的自我。现实主义作家察觉到人类"物化"或"异化"的危险并警示世人:勿将手段当作目的,不以物性代替人性。

现实主义的艺术特征主要有以下几方面:

第一,力求客观真实地反映生活。现实主义作家把文学当作研究社会的手段,因而在艺术上要求"按照生活本来的样子去反映生活","镜子"是其最频繁的比喻。现实主义作家竭力深入生活、认识社会和把握自我,在文学中全方位地营造真实感。为了做到这一点,作家家们一方面像社会学家一样体验生活、实地考察,努力实现细节上的真实;另一方面尽量在作品中隐藏"自我",尽可能抹去主观痕迹,形成自然而然的幻象。

第二,塑造典型环境中的典型人物。恩格斯说,现实主义"除了细节的真实外,还要真实地再现典型环境中的典型人物"②。典型环境和典型人物密不可分,典型环境造就了典型人物的性格,而典型人物代表他所生活的典型环境,人物和环境都要达到个性和共性的统一。这种追求使得现实主义文学给我们留下了不可胜数的不朽形象。

此外,现实主义虽不局限于某种文学体裁,但在19世纪现实主义兴盛时期,长篇小说空前繁荣。按照现实主义的最高理想,文学应成为时代客观的风俗史。较之其他体裁,长篇小说在全方位表现时代社会方面具有得天独厚的优势。巴尔扎克、狄更斯、陀思妥耶夫斯基、托尔斯泰等现实主义的

---

① 〔俄〕列宁:《列夫·托尔斯泰是革命的镜子》,《列宁选集》第2卷,北京:人民出版社1972年版,第371页。

② 〔德〕恩格斯:《致玛·哈克奈斯》,《马克思恩格斯选集》第4卷,北京:人民出版社1972年版,第462页。

大师,其代表作基本都是长篇小说。

不过,以上概括远不能涵盖现实主义文学的全部特色。而且,现实主义大张旗鼓之时,亦非其他文学销声匿迹之日。"生逢其时"的乔治·桑、雨果等作家的创作就与现实主义不无距离。

总体而言,19 世纪现实主义文学可分为两个发展阶段。从 19 世纪 30 年代到 60 年代,是现实主义文学的第一次繁荣,主要代表国家是法国、英国和俄国;从 70 年代到 20 世纪初,现实主义文学不仅在法国、英国和俄国取得新的辉煌,还扩展到北欧和美国等地,达到第二次繁荣。

(一) 法国现实主义文学

法国是欧洲现实主义文学的摇篮,同时也始终走在时代前列,不断引领现实主义文学向纵深发展。

19 世纪 20、30 年代,法国作家率先提出蕴含现实主义精神的文学主张,并在创作中体现出强烈的社会批判意识。司汤达在文学评论集《拉辛与莎士比亚》(1823—1825)中发表了反对古典主义、肯定浪漫主义的见解,其所阐发的浪漫主义文学观,其实更接近现实主义。他在 1830 年出版的长篇小说《红与黑》,被视为法国现实主义诞生的标志。随后,巴尔扎克用《人间喜剧》这一气势磅礴、宏大厚重的作品体系,将法国现实主义文学创作推向新的高峰。而普洛斯佩尔·梅里美(1907—1870)则将浪漫主义风格寓于现实主义创作之中,以《高龙巴》(1840)和《嘉尔曼》(又译《卡门》,1845)等优秀的中短篇小说确立自身地位。其代表作《嘉尔曼》塑造了一个追求"绝对自由"的独一无二的女性形象嘉尔曼。

从 50 年代开始,法国现实主义逐渐倾向于科学式的冷静,批判意味有所减退,或趋于含蓄。福楼拜是这一风向的提倡者和实践者,他的《包法利夫人》是这一趋向的典范。19 世纪中后期的重要作家还有小仲马、都德和莫泊桑等。小仲马(1824—1895)的《茶花女》(1848)把目光聚焦于灯红酒绿的巴黎,而他对"既不是母亲、女儿,又不是妻子"的女人玛格丽特的杰出观察和描写,体现了人道主义的温情关怀。都德(1840—1897)带有自传性质的长篇小说《小东西》(1868),对造成主人公爱洒特不幸遭遇的恶劣环境,在冷静叙述中暗寓讽刺和批判。都德还是一位杰出的短篇小说家,其《最后一课》《柏林之围》等都深入人心。莫泊桑(1850—1893)曾在福楼拜指导下创作小说,师法后者悉心观察、精确刻画的创作态度和客观冷峻的文风,也受左拉自然主义的影响。莫泊桑创作了《一生》(1883)、《俊友》(1885)等 6 部长篇小说和三百多部中短篇小说,并以短篇小说闻名遐迩。

他的短篇小说深入现实,题材广泛,或批判虚伪堕落,或同情苦难艰辛,情节引人入胜,描绘细腻精准,人物生动鲜活,笔法流畅洗练。其中《羊脂球》《项链》等都是脍炙人口的名篇。

19世纪中后期,法国还诞生了别具一格的现实主义文学——巴黎公社文学。巴黎公社文学反映无产阶级和劳动人民的战斗生活,表现无产者的革命理想和昂扬斗志。与现实主义文学主流不同,巴黎公社文学的主要成就在诗歌领域,它们因通俗语言和鲜活形式深受下层民众欢迎。巴黎公社文学中很多是集体创作成果,也有不少出自个人作者。其中艺术成就较高的有欧仁·鲍狄埃(1816—1887)、路易丝·米雪尔(1830—1905)、茹尔·瓦莱斯(1832—1885)和让·巴蒂斯特·克莱芒(1836—1903)。鲍狄埃的《国际歌》(1871)用民歌的"复唱"形式,号召全世界无产阶级联合起来,彻底消灭剥削制度,争取全人类的自由和解放,成为无产阶级解放运动的精神支柱。有"红色圣女"之称的米雪尔也以诗歌为武器,她的《红石竹花》令人热情澎湃。瓦莱斯的自传体三部曲《雅克·万特拉》(1879—1886)真实地再现了巴黎公社斗争的全过程,具有弥足珍贵的文献价值。克莱芒不仅写下《樱桃时节》(1885)等著名诗歌,还提出了革命现实主义的理论。

(二) 英国现实主义文学

英国的资本主义出现最早,发展也最快,但与法国通过革命实现资本主义不同,英国通过改良方式确立资本主义制度,因而其现实主义文学相对温和,带有改良色彩。

英国现实主义产生于19世纪30年代,40、50年代达到繁荣。这一时期的主要作家有狄更斯、萨克雷和勃朗特姐妹等。狄更斯是英国现实主义文学的开创者和杰出代表,他的创作展现了19世纪前半叶英国广阔的社会图景,浸透着深刻的人生体验,在批判丑恶现实的同时,焕发出动人的人性光辉。威廉·梅克皮斯·萨克雷(1811—1863)是英国现实主义文学中批判意识最强的作家之一。他生动幽默的叙述中暗含辛辣讽刺,在不动声色之中戳穿上层社会看似风雅、实则虚伪的人际关系。其代表作《名利场》(1848)[①]以19世纪20年代的英国为背景,叙述女主人公蓓基·夏泼的命运。夏泼出身微寒却野心巨大,一心想挤入上流社会。她是马基雅维利的信徒,严格遵循"为达目的不择手段"的信条,爱情、身体、名誉和道德都成

[①] "名利场"(Vanity Fair)语出约翰·班扬的《天路历程》。

为她交易的筹码,而她的成功则体现了资本主义社会自私自利和弱肉强食的本质。《名利场》的副标题是"没有主人公的小说",意思是真正的主人公是金钱和权力,所有人都是权钱利益驱使的奴隶。勃朗特姐妹也是这一时期的代表作家,姐妹三人同时成为文学大家,一时传为文坛佳话。夏绿蒂·勃朗特(1816—1855)的《简·爱》(1847)最为著名,不仅其中信奉独立自由的女主人公简·爱成为千万女性追求平等权利的典范,就连男主人公默默无闻、受鄙视的原配夫人,也在二百年后以"阁楼上的疯女人"身份,成为控诉男权社会的有力武器。艾米莉·勃朗特(1818—1848)的《呼啸山庄》(1847)这部颇具哥特式风格的小说,描写弃儿希斯克利夫的复仇故事,他的仇恨之火既烧死了敌人也烧毁了自己。小说在现实主义叙事中带有强烈的情感内涵和浓厚的浪漫色彩。盖斯凯尔夫人(1810—1865)的《玛丽·巴顿》(1848),则从侧面反映了英国的宪章运动,也是难得的佳作。

19世纪30、40年代,英国文坛上还出现过一种独特的现实主义文学,即宪章派诗歌。和法国的巴黎公社文学一样,宪章派诗歌也是欧洲早期无产阶级文学。它是一种群众性艺术,反映工人阶级的斗争,活泼明快,通俗易懂。代表作有厄内斯特·琼斯(1819—1869)的《未来之歌》(1852),威廉·林顿(1812—1897)的《人民集会》(1851),杰拉尔德·梅西(1828—1907)的《红色共产党人抒情诗》(1850)等。这些作品政治色彩鲜明,具有很强的战斗性和鼓动性。

19世纪70年代,英国现实主义又涌现出一批优秀作家,他们是哈代、萧伯纳和高尔斯华绥。哈代的作品深入被资本主义破坏的宗法制农村,反映普通人的命运和心灵,笔调包含无可奈何的忧愁和悲伤。三位作家的创作一直持续到20世纪。

(三)俄国现实主义文学

俄国现实主义文学的繁荣,体现了社会和艺术发展的不平衡规律。在西欧资本主义已经巩固和发展的时候,俄国还处于封建农奴制度。俄国现实主义甫一出现,其批判锋芒就直指封建主义的代表——农奴制度。

19世纪30年代,普希金(1799—1837)一系列优秀作品的横空出世拉开俄国现实主义序幕,同时也正式宣告俄国民族文学登上世界舞台。普希金的诗体小说《叶甫盖尼·奥涅金》(1830)用细腻笔触和诗性语言描绘俄国上流社会空虚无聊的生活,不仅塑造了俄国文学史上纯洁可爱、光彩照人的女性形象达吉雅娜,而且还刻画了第一个"多余人"形象奥涅金,成为俄国现实主义的奠基之作。他的《别尔金小说集》(1830)是俄国短篇小说的典范,尤其是其中《驿站长》一篇对后世作家影响很大,陀思妥耶夫斯基的处女作《穷人》即脱胎于此。此外,他还有长篇小说《上尉的女儿》(1836)、中篇小说《黑桃皇后》(1833)、童话故事《渔夫和金鱼的故事》(1833)等精品。普希金的作品感情真挚,语言优美,具有"深刻而又明亮的悲哀",这些特点后来几乎成为俄罗斯文学的共同优点。米哈伊尔·尤里耶维奇·莱蒙托夫(1814—1841)为俄国现实主义的继续发展做出了重要贡献,他的代表作是由五个中篇连缀而成的长篇小说《当代英雄》(1840)。主人公毕巧林是俄国文学史上第二个成功塑造的"多余人"形象,他出身贵族,却厌恶上流社会的恶浊空气;他渴望改变,又找不到生活的目标,内心充满矛盾、苦闷和虚无。《当代英雄》以日记体写成,并因其深刻、细腻的心理描写而开俄国心理现实主义之先河。如果说普希金和莱蒙托夫是俄国现实主义的开拓者,那么尼古拉·华西里耶维奇·果戈理(1809—1852)就是俄国现实主义传统的确立者。其长篇小说《死魂灵》(1842)深刻揭露农奴制度的反动和腐朽,形成具有俄国现实主义特色的"自然派"。《死魂灵》被高尔基称为"俄国文学史上无与伦比的作品"①,它浓墨重彩地刻画了乞乞科夫、玛尼洛夫、柯罗博奇卡、诺兹德廖夫和索巴凯维奇五个地主的卑劣形象,生动地揭示出废除农奴制的必要性和迫切性。果戈理的代表作还有短篇小说集《彼得堡故事》(1835—1842)和讽刺喜剧《钦差大臣》(1836)。《彼得堡故事》由六部短篇小说精品构成,分别是《涅瓦大街》《肖像》《狂人日记》《鼻子》《马车》和《外套》。《钦差大臣》以卓越的讽刺艺术展示俄国贵族和官场的丑态,为俄罗斯民族戏剧的发展做出了不可磨灭的贡献。果戈理的创作在从浪漫主义向现实主义转变的过程中,形成了独具特色的艺术风格。其作品始终站在下层民众立场上,用"含泪的笑"无情地抨击社会黑暗和丑陋。

俄国现实主义文学在50、60年代继续发展,并呈现出新的气象。亚历山大耶维奇·冈察洛夫(1812—1891)的长篇小说《奥勃罗摩夫》(1859)展示出又一位著名的"多余人"形象。和其他多余人不同,奥勃罗摩夫的最大特点是懒惰,睡觉是其唯一爱好。他连做梦都梦见睡觉,最后也在睡梦中死去。"奥勃罗摩夫"性格暗示贵族知识分子已与社会进步无关,需要"新人"来代替他们。屠格涅夫(1818—1883)最早表现了这种过渡,其《罗亭》(1856)追随传统描写"多余人"形象,而从《前夜》(1860)开始,他抛弃了"以往的英雄"——贵族知识分子,而代之以"新人"形象——平民知识分

---

① 〔俄〕高尔基:《俄国文学史》,缪灵珠译,上海:上海译文出版社1979年版,第231页。

子。《前夜》中的英沙罗夫和《父与子》(1862)中的巴扎罗夫都是"新人"的代表。屠格涅夫还有随笔《猎人笔记》(1847—1852)和多部中、长篇小说,这些作品以出色的心理描写、诗意的抒情和惜墨如金的简洁,敏锐地反映历史发展的新动向,被誉为俄罗斯的"社会编年史"。屠格涅夫之后,尼古拉·加夫里洛维奇·车尔尼雪夫斯基(1828—1889)的《怎么办?》(1863)塑造了更为激进的"新人"形象拉赫美托夫。具有"俄罗斯民族戏剧之父"之称的亚历山大·尼古拉耶维奇·奥斯特洛夫斯基(1823—1886),在戏剧《大雷雨》(1860)中刻画了俄罗斯文学中另一位动人的女性形象卡捷琳娜。诗人尼古拉·阿列克赛耶维奇·涅克拉索夫(1821—1878)在长诗《在俄罗斯谁能过好日子》(1863—1876)中,用童话形式和民歌手法揭露农奴制的落后与危害。这一时期,别林斯基、车尔尼雪夫斯基等文艺批评家在理论上的贡献,也是俄国现实主义文学稳步发展的重要原因。

19世纪60—80年代,俄国现实主义的发展达到巅峰。除陀思妥耶夫斯基和列夫·托尔斯泰双峰并峙,还有萨尔蒂科夫·谢德林(1826—1889)和安东·契诃夫(1860—1904)等重要作家。谢德林的代表作《戈洛夫略夫一家》(1875—1880),成功地塑造了卑鄙无耻、虚伪贪婪的地主犹太什卡的形象。契诃夫的短篇小说文风简洁,笔调幽默,讽刺辛辣,意蕴深刻,如《小公务员之死》(1883)、《变色龙》(1884)、《套中人》(1898)、《醋栗》(1898)等优秀的短篇小说,时刻关注生活在庸俗环境中的下层人民,时刻不忘针砭现实。同时,契诃夫还是一位独具风格的剧作家,他将非戏剧因素引入戏剧创作,不注重外部情节和动作的设置,而注重内心情绪的表现和诗意氛围的营造,《万尼亚舅舅》(1897)、《三姐妹》(1900)和《樱桃园》(1903)等都是其具有代表性的优秀剧作。

(四)美国现实主义文学

远隔重洋的美国因其独特的历史、地理和文化条件,现实主义文学的发展晚于欧洲,直到19世纪80年代才真正开始。美国现实主义文学具有强烈的民主精神,自由平等是其最高理想。50年代的废奴文学为现实主义的繁荣奠定了基础。哈里叶特·比彻·斯托夫人(1811—1896)的《汤姆叔叔的小屋》(1852)将南方蓄奴制度的罪恶公之于众,有力地推动了废奴运动。马克·吐温(1835—1910)是美国现实主义文学的杰出代表,他用幽默诙谐的笔调生动地描绘19世纪末美国广阔的社会图景。其成名作《卡拉维拉斯县驰名的跳蛙》(1865),将西部幽默和辛辣讽刺结合起来,形成自身风格。代表作长篇小说《哈克贝利·芬历险记》(1884)采用第一人称叙述视角,用一个十二三岁小孩的口吻,熟练杂糅南方方言和黑人俚语,表现白人少年哈克和黑人吉姆超越肤色的友谊,给英美文坛吹入一股清风。马克·吐温还有随笔《密西西比河上》(1883)、短篇小说《百万英镑》《竞选州长》,长篇小说《镀金时代》(1873)、《汤姆·索亚历险记》(1876)、《王子和贫儿》(1881)等,都是美国文学史上的名作。亨利·詹姆斯(1843—1914)开美国心理分析小说之先河,其早期代表作有《一位女士的画像》(1881)、《黛西·密勒》(1879),而后期的《鸽翼》(1902)、《金碗》(1904)和《专使》(1903)则颇具现代主义特色,为20世纪意识流小说做了艺术上的准备。另外,弗兰克·诺里斯(1870—1902)的《章鱼》(1901),斯蒂芬·克莱恩(1871—1900)的《街头女郎梅季》(1893)、《红色英勇勋章》(1895)等小说,以及欧·亨利(1862—1910)的短篇小说,也都是美国现实主义文学精品。

世纪之交美国现实主义的代表作家是杰克·伦敦(1876—1916)。他出身贫寒,善于描写挣扎在生存底线的人物,赞美他们蔑视权威、百折不回的刚毅品质,但其思想颇为复杂,在文学中多有表现:其长篇小说《马丁·伊登》(1909)主人公马丁身无分文而信奉尼采的"超人"哲学,经过艰苦奋斗,终于成为著名作家,但名利双收带来的却是理想的幻灭,最后他在悲观绝望中自杀身亡;小说《野性的呼唤》(1903)和《白牙》(1906)是达尔文主义的形象化;而小说《铁蹄》(1908)等描写工人阶级的斗争,明显具有马克思主义痕迹。

(五)欧洲其他各国现实主义文学

现实主义文学在其他国家也取得了不菲的成绩。德国现实主义诗歌创作的代表人物是亨利希·海涅,他的长篇讽刺诗《德国,一个冬天的童话》(1844)辛辣地揭露和批判了德国腐朽的封建制度。乔治·毕希纳(1813—1837)是富有才华却英年早逝的德国剧作家和小说家,主要作品有戏剧《丹东之死》《沃伊采克》等。特奥多·冯塔纳(1819—1898)是19世纪后期德国现实主义代表作家,他59岁时发表第一部小说,一生创作二十多部作品,以长篇小说为主。这些作品对于19世纪普鲁士社会进行了全面深入的刻画,并以语言简洁、用词精准、富有魅力著称。其代表作长篇小说《艾菲·布里斯特》通过艾菲的不幸婚姻深刻揭示和批判了普鲁士贵族社会虚伪的道德和文化。

亨利克·显克微支(1846—1916)是19世纪波兰著名现实主义作家。代表作有描写古罗马暴君尼禄迫害基督徒的历史小说《你往何处去》(1896),以15世纪波兰人民抵抗日耳曼军队侵略为题材的历史小说《十字军骑士》(1897),以及历史小说三部曲《火与剑》(1884)、《洪流》(1886)、《伏洛杜耶夫斯基先生》(1888)等。

丹麦的汉斯·克里斯蒂·安徒生(1805—1875),用美丽的童话鞭挞黑暗现实,表达美好愿望,《卖火柴的小女孩》《丑小鸭》《皇帝的新装》等都具有很强的现实意义。挪威的易卜生是北欧现实主义文学的重要作家,他的"社会问题剧"大大推动了戏剧改革和社会进步,另一方面又以其剧作中蕴含着的现代主义元素而开现代戏剧之先河。当时与易卜生齐名的挪威剧作家还有比昂斯泰纳·比昂逊(1832—1910),代表作有《破产》(1875)、《挑战的手套》(1883)等。

第二节 司汤达

司汤达(1783—1842)原名玛利·亨利·贝尔,出生于法国格勒诺布尔市。他1799年到拿破仑作战部供职,开始其冒险事业与传奇人生,次年随拿破仑进军意大利,在战争中大显身手,后晋升为将军参谋。1802年,他离开部队到巴黎学习,研究拉伯雷、莎士比亚、蒙田、卢梭等名家。1806年,他再度追随拿破仑征战欧亚大陆,颇得赏识,官至御前参谋。1814年拿破仑失败,他丢失职位和荣耀,开始成为一名漂泊者、艺术流连者和生前落寞的作家,并前往心仪之地米兰侨居到1820年。1817年,他沉迷于佛罗伦萨文艺复兴艺术大师的杰作之中,感到心跳加速、头昏目眩甚至产生幻觉,后人将这种在密集空间中受到美的冲击而产生的症状称为"司汤达综合症"(Stendhal syndrome)。1821年,由于被怀疑参与烧炭党人密谋,他遭到驱逐而重返巴黎。1842年司汤达因脑溢血在巴黎与世长辞。遵照他的遗嘱,墓碑上镌刻着意大利文:"阿里果(即法文的亨利)·贝尔 米兰人 写过 爱过 活过"。

1820年以前,司汤达出版的作品多是传记、游记、艺术评论等,如《莫扎特之生平》《拿破仑之生平》《罗马、那不勒斯和佛罗伦萨》《意大利绘画史》等。其中不少内容摘自其他作家,主题较为通俗,却呈现了自我心理的深层故事和自我发现的另类道路。1822年,在失恋的痛苦煎熬下,他写下《论爱情》,将爱情分为"肉体爱""虚荣爱""欣赏爱"和"激情爱",并高度肯定最后一种类型。他的文论《拉辛与莎士比亚》(1823)是与法国古典主义文学的论争之作,也是法国现实主义理论的奠基之作。

1827年司汤达出版第一部小说《阿尔芒丝》。随后于1830年创作的

《红与黑》,被认为是现实主义的杰作。1839 年他出版了《巴马修道院》。该书在 52 天内完成,以意大利为背景讲述法布利斯试图通过爱情和权力来追求幸福的故事,受到巴尔扎克等人好评。另外,他还写作了《一个唯我主义者的回忆录》《亨利·勃吕拉传》《吕西安·娄凡》等。这些作品均未完成,在他死后得以出版。

司汤达一生充满激情和活力,对伪善心怀恐惧,对世界深感怀疑,对自然状态充满热望。他的作品反映了风云激荡的时代及其极端的唯我主义。他生前文名寂寞,但预言"到 1880 年的时候我就会出名""我的作品 20 世纪才会有人理解"。事实证明他对 20 世纪文学影响深远,乔治·吉辛、亨利·詹姆斯、康拉德、罗伯特·刘易斯·斯蒂文森等人从他那里汲取了创作灵感。

《红与黑》讲述青年于连奋斗与毁灭的故事,有研究者认为它是一部"成长小说"。于连出生木匠家庭,饱受父兄欺凌,但天资聪颖,能用拉丁文背诵《圣经》。他狂热崇拜拿破仑,具有反抗精神。19 岁时,他到德·雷纳尔市长家当家庭教师,与市长夫人发生恋情。因私情败露,他不得不离去,前往贝尚松神学院学习。但神学院绝非净土,这里互相倾轧,派系斗争严重。后来他到巴黎给德·拉·莫尔侯爵当私人秘书,对侯爵女儿玛蒂尔德展开爱情攻势并赢得其爱情,但市长夫人的一纸揭发信断送了于连的锦绣前程。在激情驱使下,他来到教堂向市长夫人开了两枪。在监狱中,他明白了事情的原委,与市长夫人重燃挚情。他拒绝向自己所憎恨的阶级妥协,放弃申诉,平静地等待死亡。

小说的书名是象征性的,借红与黑的色彩来影射社会。结合小说副标题"1830 年纪事",我们可将红与黑理解为自由的沙龙与阴森的教堂、革命共和与宗教束缚、拿破仑时代的光荣和梦想与波旁王朝复辟时期的窒息和陈腐乃至恣肆情感的洋溢与欲望的压抑。小说主题的两极化处理暗示一种分裂状态,提供两条截然不同的道路,在两者之间的游移与迷失、回归与自救是小说的核心。全书题词引用法国大革命时雅各宾党领导人丹东的一句话"真实……严酷的真实",而与真实相对应的是伪善,这预示着真实与伪善始终对峙的叙事声音。

小说建立在大量真实细节基础之上。从作品来源看,司汤达从报上读到两起广受关注的情杀案,一是木匠拉法格枪杀并砍下背叛感情的恋人的头颅,二是修士贝尔泰为报复家庭主妇在教堂开枪被判死刑。在这两个案件中作案人都为社会所不容,都在激情驱动下毫无畏惧地面对死亡,司汤达从中看到平民阶层的意志和力量。小说情节中设置了许多准确的现实参照,如选举时间、话剧《欧那尼》的演出、秘密宗教组织"圣会"影射"信仰骑士联合会"等史实,都令当时读者一眼便可看出那是查理十世统治下的法国。此外,研究者还为书中许多人物找出了可能的原型,这一切都使《红与黑》具有历史真实感。同时,《红与黑》向我们再现了1815—1830年波旁王朝复辟时期的历史氛围与社会图景,精确而生动地描绘了外省和巴黎各阶层伪善的精神面貌和近乎绝望的生活状态。在维里耶,有利可图是决定一切的座右铭,克扣孤儿生活费以自肥的乞丐收容所所长华勒诺之流平步青云,巴黎上流社会对拿破仑充满仇恨和恐惧。整个社会压抑、停滞、萎缩,令人窒息。

于连是一个生活在错误时代的英雄。他像司汤达一样有过人的才智,年轻,有激情,有抱负,渴望战斗。他不爱金钱而爱尊严,关心跟谁一起吃饭胜过拿薪水;他爱自由,忍受不了社会对他才华的束缚与压抑。有论者说"如果早一个时代出生,于连可能是一个兵,可是他生在这样一个时代,他就不得不披上教士的法衣"。其实对于连而言,这两者都通往他的远大志向,那就是要实现"宁可死上一千次也要飞黄腾达"的奋斗目标。在复辟王朝,于连要达到目标就必须磨去锋芒,和对立阶层妥协,成为一名伪善者。然而他并非不择手段满足自我的野心家,伪善面孔会使他陷于痛苦,经常同良心作斗争。他内心极其敏感,灵魂中的火焰是精神能量、英雄崇拜与权力意志的奇怪综合。任何阶层对他这种特质都心怀畏惧,几乎在所有方面他都是边缘化的,他是时代的局外人和孤独者。在做家庭教师时,市长内心将他视作仆人;在神学院,庸俗不堪的学生对他百般嫉妒和诽谤,并使他因派系之争而被迫离开;在侯爵府,毫无魄力的贵族阶层对他的魄力心怀畏惧。他凭借才华进入原本对他紧闭的空间,最终又被抛出墙外。小说结尾,于连回归本性,认清到处是虚情假意、招摇撞骗的社会本质,同令人窒息的时代彻底决裂。崇拜个人英雄主义的于连热爱真理却找不到真理,因而对整个社会感到绝望,放弃苟活,毅然赴死。

爱情在司汤达的文学世界里占有重要地位。他将爱情视为文明的奇迹,试图在爱情中寻找幸福的答案。在《论爱情》中他反对虚荣之爱,倡导摆脱虚伪的激情之爱。而于连的爱情生活中同样体现出真实与伪善的强烈对峙。在见到于连之前,德·莱纳市长夫人沉湎于枯燥无味的家庭生活中,对爱情没有任何体验。见到于连后,"一种新鲜而充满魅力的感觉使她获得了光辉而甜蜜的享受"。在诱惑者于连看来,爱情不过是一种野心,是占有的喜悦,他将示爱、亲吻看成一种英雄责任和角色扮演,一旦完成思想上无休止的折磨便告结束。于连外表自尊、内心敏感自卑,德·莱纳夫人热情奔放而又不忘道德观念。欢愉与猜忌、甜蜜与痛苦、幸福与罪感等各种复杂情感在二人的爱情中不可思议地交融在一起。两人爱情并不对等:德·莱纳夫人把爱情当作灵魂的归宿,于连却把爱情当作一场战斗。侯爵小姐玛蒂尔德则是具有骑士性格和浪漫幻想的少女。她对 16 世纪先辈们的英雄业绩崇拜不已,同于连一样都"与众不同、性格孤僻",具有冒险精神,厌恶陈腐乏味的社会,但她是为爱情而爱情,于连则是在爱情中实现其野心。因此,在他们的第一夜,"两人并非出于真情而只是模仿某种模式罢了"。此后,他们的关系总是若即若离,甚至于连需要通过伪装追求元帅夫人才能获得玛蒂尔德的爱情。只有当发现玛蒂尔德怀孕时,他们才将感情真正捆绑起来,一致面对侯爵。尽管于连枪击市长夫人的行为让玛蒂尔德小姐对他更加崇拜并想方设法营救于连,但于连对她的爱情随着野心的失败而陨落。枪声也让一度迷失的于连变得清醒,在法庭上,他道出了恼怒的有产阶级对出身下层、志向远大的青年杀一儆百的真相。在死亡面前,他终于明白"热恋的正是德·莱纳夫人",他们的爱情没有任何矫饰,是发自内心的朴素情感。玛蒂尔德则在英雄时代浪漫爱情的激发下,在牢房内骄傲地亲吻着于连的头颅,让人毛骨悚然,也令人怦然心动。于连的头颅是司汤达献给 19 世纪 30 年代的祭品。

　　司汤达小说呈现出一定程度的开放性、多层次性,因而具有较强的现代性,高尔基称"他的作品是写给未来的书简倒更确切一些"。《红与黑》描写了维里耶、尚贝松、巴黎和监狱四个空间,在同一空间内根据需要处理心理时间和物理时间。

　　司汤达小说的另一艺术特色是深刻感受与冷峻分析的交融。圣伯夫曾指出司汤达"用两三种思想来塑造他的人物",这是其作冷峻分析特色的来源。当然,其主人公并非精心制作的机器人,而是有着伟大激情之人。小说第十三章到第十六章描写于连收到玛蒂尔德的情书后复杂的内心活动与多变的行动,堪称经典。这种风格背后寄托了司汤达的冲动、抱负、失望、愤怒和怨恨。

　　司汤达小说特别擅长心理描写。他不是巴尔扎克式的"法国历史的书记员",而认为"描写中世纪一个农奴的衣服和铜项圈,要比描写人的心理活动来得容易",梅里美则将司汤达称为"人类心灵的观察者"。司汤达以惊人的洞察力,发掘人物内心情感与理智波澜壮阔的起伏,用心理独白、呓语、梦境等手段揭示人物心灵宇宙的复杂性、多变性、偶然性、矛盾性与不确定性。小说结尾,于连死亡之前的遐想带有意识流意味。主人公的心理活动还具有自我反思性:"既是在行动,又是在观察自己的行动;既是在感觉,又是在观察自己的感觉。"这些艺术风格,开创了文学表现的新领域。

第三节 巴尔扎克

巴尔扎克(1799—1850)是第一个用小说来展现自身所生活的社会总体景观的作家。巴尔扎克出生于法国图尔,8岁时被送往条件艰苦的寄宿学校,1816年进入巴黎大学学习法律,但他兴趣不在法律,而是希望以文学获取成功和荣誉。得不到父母的经济支持,他开始以文学创作自谋生路。1920—1925年,巴尔扎克匿名写作大量庸俗刺激的消遣读物来维持生计,并从中练习写作技巧。文学创作没有改变生活窘况,他出版莫里哀和拉封丹作品,甚至想申请开矿,投资让他债台高筑,尝遍破产与潦倒的辛酸,也使他看清了社会本质。他像西西弗斯推石上山一样徒劳地以创作还债,服着文学苦役,也成就了不朽功业。波德莱尔曾将巴尔扎克称为人间喜剧人物中"最奇特、最有趣、最浪漫,也最富有诗意的一个"。

在巴尔扎克的书房里摆放着一尊拿破仑塑像,他立誓以笔锋完成拿破仑剑锋未竟之业。其创作方式富有传奇性:昼夜颠倒,每天工作15小时以上。他文思泉涌、走笔如风,《高老头》在三天之内一气呵成,《乡村医生》只花了七十二小时,《赛查·皮罗多》在二十五小时内一挥而就。他这样近乎疯狂地工作了二十年。同时,他保持严谨的创作态度,不厌其烦地数易其稿,甚至校改时间比创作更长。尽管"每天只有一个小时给社交界",巴尔扎克仍出入社交圈,并与戈蒂耶、雨果等人相识。他因过度透支身体而重病缠身,于1850年8月辞世。雨果在给他的葬词中说:他的一生是短促的,然而也是饱满的,作品比岁月还多。

1829年巴尔扎克第一次署真名出版《舒昂党人》,小说以大量生动素材描述1800年法国布列塔尼反对共和国政府的武装叛乱,奠定了他的现实主义小说的第一块基石。1829—1834年是《人间喜剧》的酝酿阶段,他共发表小说42篇,绝大多数中短篇小说都诞生于这一时期,如1830年的《猫打球商店》《高布赛克》《苏镇舞会》《长寿药水》,1831年的《玄妙的杰作》《红房子旅馆》,1832年的《夏倍上校》《都尔的本堂神甫》等。其《驴皮记》(1831)是一部不朽杰作,受到歌德称赞;《欧也妮·葛朗台》(1833)的问世则标志着他的创作臻于成熟。1832年,巴尔扎克产生了用一系列小说来全方位地描绘法国社会的想法,但直到1839年,才在但丁《神曲》的启发下将这个计划命名为《人间喜剧》。1835年,以《高老头》(1835)的问世为标志,巴尔扎克进入第二个创作阶段,先后发表16部长篇小说、10部中篇小说和8部短篇小说。《古物陈列室》《赛查・皮罗托盛衰记》《于絮尔・弥罗埃》等作品深刻地揭示了社会现实,《幻灭》(1843)也是该时期的重要收获。1841年末,巴尔扎克和出版商正式签订《人间喜剧》的出版合同。1842—1850年是《人间喜剧》的补充深化阶段,《交际花盛衰记》《农民》则是这一阶段的重要作品。在完成《邦斯舅舅》(1847)、《贝姨》(1848)的写作后,1848年,一套由九十多部小说构成的17卷本巨著《人间喜剧》出齐。

巴尔扎克生活在一个波谲云诡的时代,历经法国大革命、波旁王朝复辟、七月革命等重要历史事件,思想呈现出巨大的矛盾性。他在本质上是个无神论者,却推崇上帝的存在;他描绘资本主义力量一日千里的发展,却在政治上声称自己是个保皇党;他向往和同情贵族,却又无情地刻画贵族在势不可挡的资产阶级面前无可挽回地走向衰亡的历史进程;他把整个社会现实纳入小说,却对神秘主义思想迷恋不已。一面是鞭辟入里的分析、真知灼见的闪现,一面是无可奈何的叹息、荒诞不经的结论。巴尔扎克的复杂性也体现了整个19世纪的复杂性。

《人间喜剧》涵盖了96部作品和两千多个形色各异的人物形象。巴尔扎克需要一些"画框"来进行系统化梳理,为此他将《人间喜剧》划分为"风俗研究""哲理研究"和"分析研究"三部分。其中"风俗研究"共有六个场景:私人生活场景(28篇)表现童年、少年及其过失;外省生活场景(12篇)表现充满激情、盘算、利欲及野心的岁月;巴黎生活场景(17篇)展现癖好、恶习和各种放纵无度的现象;政治生活场景(2篇)表现逾越正常法度的特殊生活;乡村生活场景(4篇)描写最明净纯粹的人物性格。"风俗研究"占据《人间喜剧》的最重篇幅,全面展现了法国社会的风貌和人的心灵。三大"研究"各有侧重又不无关联,"风俗研究"显示感情和感情行为,表现生活和生活后果;"哲理研究"讲述感情源起和生活动机,描写思想波澜;"分析研究"从人的自然法则来分析、寻找其中的规则。这三个部分前者为后者的基础,布局成螺旋上升的金字塔状,形式规则统一。

巴尔扎克提出要将这些"作品联系起来,构成一部包罗万象的历史"。从《高老头》开始,巴尔扎克正式使用其独创的"人物再现法"。拉斯蒂涅、鲍赛昂子爵夫人、皮安训等《人间喜剧》的中心人物在《高老头》中亮相。在这部作品中首次露面的伏脱冷是潜逃的苦役犯和社会的洞察者；在《幻灭》里，他以西班牙神父面目出现；在《交际花盛衰记》里，他当上巴黎秘密警察厅厅长；在《贝姨》里他担任公安处处长。巴尔扎克让同一人物在不同作品中反复出现，在不同小说中展现人物不同时期的经历及不同侧面，共同构成有机的社会整体。据统计，有四百多个人物在《人间喜剧》中反复出现，有的出现多达二三十次，这些人物彼此相连、互为因果，贯串起不同生活场景和叙事单元，在《人间喜剧》这个艺术舞台上演出或悲或喜的人生。这一创举让《人间喜剧》充满灵动之气。

在《〈人间喜剧〉·前言》中，巴尔扎克开宗明义地指出：法国社会将要做历史学家，我只能当它的秘书。巴尔扎克用具有坚实现实基础的血肉丰满的典型人物来描绘法国18世纪前叶的历史图景，"编制恶习和德行的清单、搜集欲望的主要事实、刻画性格、选择社会上主要事件、结合几个性质相同的性格的特点揉成典型人物"。受法国生物学家若夫华·圣伊莱尔"统一图案"说影响，巴尔扎克认为是社会环境塑造了不同类型的人，为此他在作品中极力提供人物真实可靠的生活背景。《高老头》的视野是整个巴黎社会，而巴尔扎克浓缩性地选取伏盖公寓这个典型环境来上演一个与李尔王的遭遇颇为相似的故事。面粉商高老头投机发财后将财产分给两个女儿，后因破产而遭到女儿女婿遗弃，伏盖公寓是他被弃后的栖身与死亡之所。作者描绘了公寓内外的每一细节，这里阴森低沉、缺乏生机，散发闭塞、霉烂气息，汇集着各色人物，是穷困者的去处、失意者的居所、时代风貌的展览馆。与伏盖公寓形成鲜明对照的是鲍赛昂府邸，寥寥数笔便写尽其间奢华。在不惜笔墨地渲染环境、有了现实基础后，巴尔扎克引出生活于其中的人物。在刻画人物时，他善于用外貌、语言和细节来塑造独特性格，用外部特征带出人物的内在精神，如对伏脱冷形象的描绘栩栩如生，让人拍案叫绝。人物身份不同，语言风格也会相应调整，鲍赛昂文雅地向拉斯蒂涅说出巴黎的残酷现实，而伏脱冷则用赤裸裸的语言单刀直入地揭示丑恶现实的本质和露骨的欲望。高尔基在读到《驴皮记》里描写银行家举行宴会和二十来个人同时讲话造成的喧哗声时，惊愕不已地发现多重声音和表情的奇异并存。巴尔扎克用高超的描绘技巧给文学史留下了不朽形象，如吝啬到可笑的葛朗台、恶魔与诗意集于一身的伏脱冷、妒忌到变态的贝姨等。这些人物扮演着士兵、工人、官员、律师、游民、学者、商人、水手、诗人、流浪汉、神甫等各类角色，共同生活在巴尔扎克的艺术世界里。

巴尔扎克说："这套有待完成的作品应当表现三种形态：男人、女人和事物,也就是写人,写其思想的物质表现;总之,是要写人的生活。"人物的社会情境和生活才是小说的重心,《高老头》中拉斯蒂涅走上野心家道路是通过其社会经验的获得来完成的。鲍赛昂夫人告诫他要隐瞒自己的真实意图,找个有钱女人来达到出人头地的目的;伏脱冷告诉他"在这个人堆里,不像炮弹一般轰进去,就得像瘟疫一般钻进去。清白老实一无用处";高老头之死则让他看清这个社会中你死我活、冷酷无情的生存法则。三次经历完成了他的成长教育,在结尾处他站在高老头的墓穴边,瞪着欲火炎炎的眼睛,决定与这个可怕的社会"拼一拼",他将以更加卑鄙无耻的手段来对付这个社会。一个正直单纯、富有同情心的青年,在这个人欲横流、野蛮残酷的金钱世界里,从此开始其堕落历程。

主人公的欲望在巴尔扎克的作品中占据重要地位,他认为"欲望是永恒的人性,没有它,宗教、历史、艺术与罗曼司将一无是处"。巴尔扎克笔下的人物在很大程度上是欲望的奴隶,它推动着人物成就伟业,也给主人公带来灭顶之灾。高贝赛克对物质的追求永无止境,穷亲戚邦斯对食物的嗜好近乎病态,于洛男爵的色情欲成为其精神癖好,葛朗台在金钱中能感受到无限的温暖。欲望主宰着生命,又与生命对峙。《驴皮记》便是这样一篇"描写生命本身同欲望(也就是一切激情的本源)之间的交锋"的寓言(前言)。贵族青年瓦朗坦在失恋和破产之际得到古董商赠送的一张驴皮,驴皮可满足持有者的各种欲望,但每次满足驴皮都会随之缩小,而驴皮消失则意味着生命也将终结。瓦朗坦毫不犹豫地抓住这个法宝,说"我就喜欢过强烈的生活"。法宝功能应验,驴皮随之缩小,他无法享受生活,最后在强烈的欲念中死去。巴尔扎克在塑造充满欲望的人物时惊叹多于嘲谑,他将自己的生命意志灌注到这些角色之中,以动人心弦的笔触描绘他们或悲壮或悲惨或悲哀的一生,主人公每次欲望的抉择不逊于拿破仑的一次出征。

恩格斯认为《人间喜剧》"提供了一部法国'社会'特别是巴黎'上流社会'的卓越的现实主义历史"[①]。在这个社会里,贵族阶级在资产阶级冲击下节节败退,步入穷途末路,无可挽回地退出历史舞台。贵族鲍赛昂子爵夫人的客厅是纽沁根夫人之流资产阶级妇女梦寐以求的地方,然而前者的情夫阿瞿达却会为了20万法郎的陪嫁利息弃她而去,这是资产阶级暴发户打败贵族的形象说明。《古物陈列室》中旧贵族与工业资本家势不两立,贵族

---

① 〔德〕恩格斯:《致玛·哈克奈斯的信》,《马克思恩格斯选集》第4卷,人民出版社1972年版,第463页。

沙龙以"高贵"的身世蔑视他们,资产阶层则以雄厚的经济实力打垮这些与世隔绝的"古物"。《人间喜剧》的另一个主题是资产阶级不择手段的发家史,他们被刻画成一群富有活力且惊心动魄地表演着的"当代英雄"。《驴皮记》中的泰伊番靠谋杀两名无辜者换来充满血腥的财富,面条商高老头在大革命期间投机倒把、囤积居奇而暴发,银行家纽沁根利用假倒闭、散布谣言等手段买空卖空赚取资本。巴尔扎克对这类人既欣赏又畏惧,因为他们干练有魄力,"行动迅速,目光犀利如鹰,什么都占先,什么都料到,什么都知道,什么都藏得紧,算计策划如外交家,勇往直前如军人"(《高老头》)。他入木三分而又栩栩如生地写出了19世纪整个法国社会的风俗史。

第四节 狄更斯

查尔斯·狄更斯(1812—1870),1812年出生于英国朴茨茅斯的职员家庭。1822年全家搬到伦敦,由于家庭经济情况不断恶化,狄更斯被迫在鞋油厂打工,父亲也因债入狱。1825—1827年,他在惠灵顿学院学习,之后因家庭经济再次陷入困顿而无法继续学业。从15岁开始,狄更斯先后做过律师事务所职员、国会记者,还尝试过演艺事业。1833年他在杂志上发表第一篇小说,1836年出版短篇小说集《波兹速写集》,同时《匹克威克外传》(1836—1837)开始在杂志上连载。次年《雾都孤儿》开始在杂志上连载。之后,狄更斯发表多部广受好评的长篇小说,包括《老古玩店》(1841)、《董贝父子》(1846—1848)、《大卫·科波菲尔》(1850)、《荒凉山庄》(1852—1853)、《艰难时世》(1854)、《小杜丽》(1855—1857)、《双城记》(1859)和《远大前程》(1861)等。1842年,狄更斯赴美国访问,撰写了游记《美国见闻》,而美国也逐渐成为其作品的重要市场。晚年狄更斯热衷于在各地举办自己作品的朗读会。1870年,狄更斯因中风在英国去世。

狄更斯的学校教育时断时续,文学创作的成功主要来自丰富的生活经历、对社会生活及人性的深刻体察和出色的文笔。19世纪初开始,英国社会经历着工业化和城市化对传统社会准则、道德规范及阶层结构的冲击。无论是《雾都孤儿》中对当时的《穷人法案》(New Poor Law)所引致的社会不安的刻画,还是《董贝父子》里对城市化进程的冷峻描绘和全方位展示,以及《小杜丽》中贯穿始终的具有象征意味的监狱生活描写对当时英国社会管制的批判,都得到了当时读者和评论界的认同。狄更斯的作品涉及社会的方方面面,人物几乎涵盖所有社会阶层,从绅士淑女到贩夫走卒,通过小说中心人物的经历将整个英国社会的变化展现出来,犹如一部英国社会工业化与城市化的史诗。狄更斯的记者生涯使得他敏锐地观察到不同人物的特点,并通过传神的对话和描写,惟妙惟肖地呈现给读者。

狄更斯的成功还源于他对当时文学作品商业运营模式的把握。当时小说出版的主流模式,并非由作家完成全作之后交由出版商出版发行,而是首先在杂志上连载,全部作品一般在一年内连载完毕后,再由出版商发行厚重的三卷本小说。三卷本小说价格昂贵,主要购买者是图书馆和上流社会,销量有限。狄更斯早期作品都是首先在杂志上连载,而出版商也根据杂志销量的增加不断提高付给他的稿酬。成名之后,狄更斯先后担任杂志《家常话》和《终年》编辑。参与杂志编辑不仅为狄更斯带来丰厚收入,而且使他具有更大的创作自由,不必因编辑意见而删改作品。虽然狄更斯对商业利益的重视受到不少批评,但不可否认的是,正是由于这种商业意识才保证了狄更斯旺盛的创作力,在三十多年的创作生涯中出版了多部在文学史上具有重要价值的长篇小说。

从英国小说的发展来说,狄更斯是 19 世纪最重要的作家之一。他的小说承继了英国现实主义传统和批判风格,改进了小说形式、语言和叙述策略,成为 19 世纪英国小说的代表。就小说形式而言,狄更斯的重要小说,包括《大卫·科波菲尔》和《远大前程》,都属于成长小说样式,但他改革了成长小说原本结构松散的弊端,注意故事叙述的线索,这既符合杂志连载的要求,容易吸引读者的关注,也让小说的叙述更为集中深入。同时他还借鉴了同时代作家夏洛特·勃朗特的创作技巧并加以发展,以第一人称来叙述,通过主人公的记忆呈现来回顾过去,这使得主人公在小说情节发展中既是统领全书的叙述者,又是面临危机、孤立无援的孩童,从而让故事更为层次丰富,曲折动人。

狄更斯的童年经历对其生活和创作影响巨大。一方面,父亲入狱后在鞋油厂工作的凄凉际遇,使他对母亲颇为反感,认为她对家人感情淡漠,缺乏为人父母的责任感。因此,在他的作品中,母亲角色一般都是缺位的,即使出现温婉善良的母亲,也往往早逝。《大卫·科波菲尔》和《远大前程》中一些章节都带有狄更斯早期生活的印记:大卫·科波菲尔被继父赶出家门,匹普则父母双亡,与姐姐、姐夫相依为命;大卫的母亲再婚之后顺从丈夫,与儿子冲突不断,而匹普对父母的记忆则完全来自他们的墓碑,他对母亲的想象是"脸上一定长着雀斑,而且体弱多病"①。

　　童年生活对狄更斯的影响还体现在他的重要小说的主人公几乎都是孩童。从最初的奥利弗·退斯特,到后期的艾米·杜丽,包括大卫·科波菲尔和匹普的主要经历,都以孩童时期经历为叙述重点。在狄更斯笔下,奥利弗对周遭世界表现出一种单纯的无知,无论是身陷贼窟还是幸而获救,都显得懵懂。同样,小杜丽对于父亲几乎逆来顺受的照顾,也显得缺乏独立个性。传统评论家往往认为这些作为中心人物的角色在小说体系中处于相对弱势,没有体现出主人公应有的对小说情节的操控和推动,不过,从英国社会工业化的影响角度来分析这些作品,则可以看出狄更斯通过对奥利弗和小杜丽与周围环境的互动以及他们心理变化的剖析,对当时社会道德面临的挑战进行了深入的思考和细腻的表现。

　　尽管狄更斯小说中主人公的经历令人印象深刻,但他最为人称道的还是对伦敦的描绘。狄更斯与19世纪的伦敦几乎可说是同义词。无论当时还是现在,无数读者和评论家都是从他的小说中认识当时的伦敦。当10岁的狄更斯来到伦敦的时候,这座城市刚刚勃兴,还残留着前工业化的痕迹。伴随着他从籍籍无名的小记者到功成名就的大作家,伦敦也发生了巨大变化。到19世纪后期,在狄更斯去世前,伦敦已拥有超过两百万人口,城区面积不断扩大,城市自来水管道业已铺设,地铁已开始兴建,伦敦成为当时世界上第一个国际大都市。在狄更斯笔下,城市化带来的喧嚣、拥挤和脏乱都跃然纸上,伦敦的街道显得既充满活力又满是危险。《远大前程》里的匹普第一次来到伦敦的时候被"伦敦的恢廓巨大吓呆了"②,但他很快就发现这里不少地方市容肮脏,人员复杂。就在贾格斯先生事务所旁的史密斯广场,因为紧临屠宰场,满是污秽。没走几步,便有带着酒意的法警来和他搭讪,表示只要匹普出钱,就可以让他进法庭听审。狄更斯通过匹普初到伦敦的感受,寥寥数笔就生动地描绘出19世纪中期的伦敦,这样一个既规模巨大、让人惊叹,又藏污纳垢、鱼龙混杂的城市。

　　狄更斯小说中的伦敦,不仅是人物活动的背景,往往还是推动人物命运的关键因素。奥利弗、大卫和匹普都是在伦敦改变了自己的命运,而这也正是英国19世纪随着工业化、城市化而来的社会阶层变化的真实写照。随着农业人口往城市的迁移,原本的社会分层出现了变化。在狄更斯早期小

---

① 〔英〕查尔斯·狄更斯:《远大前程》,主万等译,北京:人民文学出版社2004年版,第1页。
② 同上书,第166页。

说中，出身在一定意义上还能够决定人物命运，如奥利弗最终还是由于他的家庭而摆脱困境，但从大卫·科波菲尔开始，几乎所有的主人公都是通过个人奋斗来改变自己的社会地位和经济状况的。与狄更斯本人一样，他们之所以能取得这样的成功，无一例外的是源于城市发展所提供的机会。毫无疑问，为当时日益增长的中产阶级呈现他们的奋斗历程以及他们生活的这座机遇与挑战并存的大都市，无疑也是狄更斯在当时广受欢迎的重要原因。

在狄更斯的小说中，《远大前程》是其后期代表作，也是狄更斯小说创作艺术的巅峰之作。乡村少年匹普自幼与姐姐、姐夫相依为命，偶然结识当地富有的哈维沙姆小姐，并爱上她收养的埃斯特拉。哈维沙姆小姐早年感情受挫，一心想通过埃斯特拉来报复男性，但单纯的匹普对此一无所知。不久，一位神秘的恩客资助匹普到伦敦学习成为一位绅士，他一心以为资助人是哈维沙姆小姐，目的是让他与埃斯特拉门当户对，将来可以结为佳偶。直到远在澳大利亚的马格威奇回到英国来找他，匹普才恍然大悟，原来这位资助人是自己过去无意中救过的一个囚犯。由于触犯了流亡人员不得回国的法律，马格威奇被逮捕后在狱中病逝，而匹普也失去了马格威奇留给他的巨额财富。埃斯特拉嫁给了他人，而哈维沙姆小姐则在火灾中丧生。小说结尾，匹普通过自己的努力终于有了一番成就，回乡探亲时在哈维沙姆小姐的旧宅遇到了已经回归单身的埃斯特拉，两人之间又重新燃起了对彼此的感情。

匹普是狄更斯笔下最具自传色彩的人物之一，小说中关于匹普和哈维沙姆小姐交往的描写带有狄更斯早年生活的影子，匹普初到伦敦的住所也是狄更斯曾居住过的地方。匹普通过自己的摸索一个人在大都市伦敦生活，积累了不少生活经验，后来在护送马格威奇出逃过程中体现出街头智慧，这些都是狄更斯早年在伦敦街头历练的再现。匹普对远大前程的追寻也是狄更斯本人一直孜孜以求的。然而，与《大卫·科波菲尔》不同的是，这部小说讲述的故事并非一个孤儿在伦敦事业成功的奋斗史，它更多关注的是匹普在心智方面的成长。从乡间来到伦敦的匹普根据自己的观察和理解努力学习成为一位绅士，对出身上流社会的赫伯特十分恭敬，亦步亦趋，而在贾格斯办公室的见闻让他见识了城市里的尔虞我诈，意识到城市的生存法则，也使得他原本善良朴实的性格沾染了势利虚荣的气息。在昔日照顾匹普成长的姐夫乔来伦敦看望他时，这种城乡冲突体现得淋漓尽致。为了体现自己的绅士派头，匹普故意对乔表现得冷淡，让后者愤然离去。狄更斯通过这一场景将城市中的新鲜人对自己社会地位的不安和焦虑刻画得极为生动。匹普之所以对乔摆出城里人的派头，其实是渴望从亲人那里得到对自己绅士地位的认同。他在伦敦的社会生活有限，也没有受到良好教育，因此对自己社会地位的提升并不自信，只有通过不断花钱购置家具来减少内心的焦虑。乔的来访是整部小说的转折，之后匹普原本期冀的梦想一一破灭，但他却在这一过程中逐渐找回心灵的宁静，最终得到了一直渴望的幸福。

作为19世纪英国最出色的小说家之一，狄更斯以自己的创作记录和呈现了英国社会在工业化和城市化进程中的发展变化，成为19世纪现实主义文学的代表作家。他的作品不仅在当时广受欢迎，极受瞩目，而且一直在文学史上有重要地位，是19世纪英国文学的经典，迄今仍受到评论界和读者的关注。

第五节　福楼拜

居斯塔夫·福楼拜(1821—1880)，是一位具有矛盾气质与伟大复杂性的作家。他出生于法国里昂市一个医生世家，长期生活在与疾病死亡打交道的医院环境中，一方面养成了实验主义倾向，另一方面滋生出悲观虚无思想。青年时代福楼拜还受到普瓦特万(莫泊桑的舅父)的悲观主义、唯美主义以及斯宾诺莎哲学思想的影响。1841年，父亲安排福楼拜到巴黎学习法律，他表面顺从，内心却向往文学。1844年，福楼拜患神经系统疾病，这种疾病经常侵袭他的健康，但独特的疾病体验也影响了其小说特质。父亲去世后留下产业，使他衣食无忧，专心创作。1849年始，他游历埃及、小亚细亚、君士坦丁、希腊和意大利，这次旅行为其后的创作提供了背景和素材。他常与乔治·桑等人通信谈论创作困惑，这些书信成为研究福楼拜的重要参考资料。他一生基本上与世隔绝，只偶尔到巴黎拜访左拉、都德、屠格涅夫、龚古尔兄弟等。1880年，福楼拜因突发脑溢血去世。

与巴尔扎克、雨果等作家相比，福楼拜的创作不算丰富。1856年，福楼拜出版《包法利夫人》，以内容"伤风败俗"遭到起诉。虽然他最终胜诉，但仍加剧了他悲观厌世的情绪。六年之后，他将视野投向东方和古代，发表以迦太基叛乱为题材的历史小说《萨朗波》。小说展露了作者对美的理想，但也让读者失望，遭到学者非难。1869年，福楼拜发表小说《情感教育》。其实他早在1843—1845年间就曾创作《情感教育》初稿。初稿写一对好友，亨利寻求浪漫爱情与世俗权利,朱尔斯爱情失败却在艺术中得到圆满,是福楼拜在两种生活道路中焦灼状态的寓言。1869年的《情感教育》则以爱丽莎为原型,叙述青年毛诺与亚鲁夫人等人的曲折情感纠结,文末两人以一缕白发决绝,充满唯美气息,也被社会批评论者视为一部记录1848年欧洲革命的编年史。1874年,《圣安东尼的诱惑》问世。小说从1848年着手写作,先后四易其稿,不同稿本体现了福氏的思想演变。这部小说展现了福楼拜内心性爱与伦理、梦幻与现实、信仰与虚无的冲突及其伴随着的痛苦挣扎,"《圣安东尼的诱惑》其实是福楼拜自己的诱惑"①。

在小说理论方面,福楼拜见解独到,并在创作中身体力行。一方面,他的创作渗透着科学精神。他以客观而无动于衷的方式叙事,不做评价,不显爱憎,刻画精确无比,意蕴深藏不露。他以学者的研究方式创作,追求真实与渊博:为写作《萨朗波》,他到迦太基实地考察;为创作《圣安东尼的诱惑》,他广泛阅读佛教、印度教、伊斯兰教、儒家学说以及阿拉伯、印度、日本、波斯的民间故事和诗歌。对真实的追求,使他易被视为典型的现实主义作家。另一方面,他追求美,又成为"为艺术而艺术"的一派。他会为精益求精地寻找每个动词或形容词而苦恼不已。在他精雕细刻、千锤百炼的笔下,小说可以是诗歌也可以是音乐。在他那里,科学的真实和唯美的艺术奇异地结合在一起。

福楼拜的代表作《包法利夫人》叙述法国外省女子爱玛的悲剧命运。爱玛接受了浪漫主义教育,却嫁给平庸的乡村医生包法利。一次偶然机会,昂代维利耶侯爵邀请包法利夫妇到府邸参加舞会,这在爱玛的生活中"凿了一个洞眼",给她心头留下无限惆怅。她变得乖戾任性、歇斯底里。为爱玛着想,包法利在永镇觅得医生职位。在同样乏味的永镇,爱玛以偷情为救命稻草,与文书赖昂以柏拉图之恋始、以爱的迷狂终;与乡村地主罗道尔弗偷欢,后者始乱而终弃之。然而,更为不幸的是,偷情花销巨大,爱玛无力偿还商人勒乐的借款,曾经的情人对她置之不理,公证人想趁机占有爱玛。走投无路之际,爱玛吞砒霜辞世。

《包法利夫人》很容易被理解为现实主义作品,科学般客观精确的叙事之下内含批判锋芒。福楼拜曾说:"两件事支撑着我:对文学的热爱和对布尔乔亚的憎恨。"纳博科夫指出这里的"布尔乔亚"一词的含义是"庸人",就是只关心物质生活、只相信传统道德的人。故事发生在19世纪三四十年代

---

① 李健吾:《福楼拜评传》,桂林:广西师范大学出版社2007年版,第177页。

这样一个庸人时代:身为宗教精神导师的神甫布尔贤尼,不知人间竟然还有精神痛苦;地主罗道耳弗只知寻欢作乐,在需要承担责任时一走了之;国民自卫军队长毕耐生活空虚,百无聊赖,整天关在屋子里开动旋床;商人勒乐精于算计,冷酷无情,在经济上彻底压垮了爱玛;伪科学信徒药剂师郝麦满口陈腐术语,愚蠢好事,浅薄虚荣,却获得十字勋章。

与这些庸人相比,女主人公爱玛则有着超凡脱俗的性格和幻想,在"她的灵魂深处,她一直期待着意外的发生"。在修道院里,爱玛受到贵族式教育,"她爱海只爱海的惊涛骇浪,爱青草仅仅爱青草遍生于废墟之间",期待传奇式爱情降临。与修道院的禁锢压抑和乡村生活的寂寞无聊相比,查理的出现使她看到了新生活的希望,认为"终于得到了那种不可思议的爱情",但现实很快粉碎了她的梦想。查理见解平庸、思想愚钝、行动迟缓、缺乏教养,"激不起情绪,也激不起笑或者梦想"。参加舞会,是爱玛生活中的重要转机,让她羡慕"一切她没有经历然而应当经历的疯狂爱情"。她生活在现实中,也生活在非分的幻想中。她希望能生一个儿子,儿子可以代她实现尝滋热情、周游天下、享受天涯海角欢乐的愿望。女儿的出生让她陷入忧郁,"内心充满欲念、忿怒和怨恨"。她撺掇查理给客店伙计施行畸形足手术,而手术失败让爱玛感到莫名耻辱。为了延续与赖昂的偷情,她"恨不得捐弃一切,换取一次幽会,得到满足"。她宁肯吞下砒霜,也不愿向平庸的丈夫祈求宽恕。爱玛用矫揉造作的幻想来抵抗生活强加的命运,这种性格是两者冲突的产物。

爱玛的悲剧一方面来自不切实际的浪漫幻想。她陷入幻想中而不能自拔,每一次救赎反而陷入更深的泥潭。临终前,她以"一种疯狂的、绝望的狞笑"喊道"瞎子",使我们看到这种浪漫追求的盲目性。另一方面则来自冷酷现实的挤压。充满理想秩序的传统时代已经逝去,新的资本主义文化正在形成,爱玛是物质消费主义的牺牲品。在这种境遇中,人是偏执而迷狂的,爱玛的激情、欲望、追求带来的是生命的挫折和自戕;现实是庸俗的,生活是窒息的,理想是破灭的;人生是一场虚无,连最爱爱玛的查理都抓不住对她的记忆。福楼拜以敏锐深刻的洞察力预见了早期现代社会与现代文化的诸多问题。

《包法利夫人》是一部独特的小说,我们很难从中分析其固定主旨,这种含混性源于作者对文本的非个人化处理,即"客观而无动于衷"的叙事。以前的小说家大多"讲述"一个故事,而福楼拜则是在展示(show)一个故事。作者将主观评价隐匿起来,不再给对象下道德判断,但也容易招致所谓

"非道德"的责难。由此带来的是小说景物描写的变化。在浪漫主义笔下，景物是波澜壮阔的伟大情感的渲染物与烘托者，而在现实主义作者笔下则沦为现实环境不厌其烦的雕琢品。在福楼拜笔下，景物有了独立性甚至哲理性，他彰显的是人与景物之间的微妙关系。例如，第一部结束时，爱玛把她结婚的橘花扔进火堆，"它燃烧起来，比干草还快……纸花瓣烧硬了。好像一只只蝴蝶，沿着壁炉，飘飘荡荡，最后，飞出烟囱去了"①。爱玛的一生大抵与这花的命运别无二致。

在这种看似"客观无动于衷"的叙事中不难发现微妙的反讽和荒诞意味。例如，一向令爱玛厌倦的包法利，反而是唯一珍惜爱玛的人，"他迷恋爱玛、欣赏爱玛的，正是爱玛本人在浪漫的幻想中百般寻求却无法获得的那些东西"②。真正能够欣赏爱玛的只有包法利，而爱玛追求的伟大爱情换来的却是肉欲。正是这个单调乏味的包法利在爱玛死后做出了爱玛式的决定，以一种最浪漫的方式来安葬爱玛。小说以对于一场婚礼的细致刻画始，以对于一场葬礼的精确描绘终，叙事不露声色，讽刺却极具锋芒，内含痛彻肺腑的悲剧性。又如赖昂和爱玛偷情的那驾马车的车夫，赶着马车在鲁昂大街上漫无目的地游荡，"他不管两匹驽马流不流汗，拼命抽打，也不管颠不颠，心不在焉，由着它东一撞，西一撞，垂头丧气，又渴，又倦，又愁，简直要哭出来了"。卡夫卡的《乡村医生》与这荒诞的情景何其相像！

第六节　陀思妥耶夫斯基

费奥多尔·米哈伊洛维奇·陀思妥耶夫斯基(1821—1881)出生在俄罗斯一个医生家庭。从彼得堡军事工程学校毕业后，他曾在该校工程部制图局工作，后辞职专事创作。1846年发表小说《穷人》，因对"小人物"的深刻同情和细腻的心理刻画轰动文坛。1849年他因参加彼得拉舍夫斯基小组的激进活动而被判处死刑，行刑前最后一刻才改判流放西伯利亚，这一残忍经历对他影响至深。在流放岁月里，他的思想发生巨变，宗教信念逐渐强烈。1860年重返圣彼得堡后，他发表一系列重要作品，奠定自己在世界文学史上的地位。他和巴尔扎克一样勤奋多产，亦为生活和债务所迫。陀思

---

① 〔法〕福楼拜：《包法利夫人》，李健吾译，北京：人民文学出版社2003年版，第56页。
② 〔美〕纳博科夫：《文学讲稿》，申慧辉等译，北京：三联书店1991年版，第193页。

妥耶夫斯基对"小人物"的关注并非偶然,他们的贫困和忧伤也是他自己的烦恼和痛苦。

以《地下室手记》(1864)为界,陀思妥耶夫斯基的作品可分为前后两个时期。前期作品关注小人物的悲剧命运,代表作有中篇小说《穷人》(1846)、《双重人格》(1846)和长篇小说《被欺凌与被侮辱的》(1861)等。这一时期作品的主人公大多还是"正常人",但已濒临精神人格的分裂和崩溃。《穷人》写小抄写员杰武什金和女工瓦莲卡的爱情和不幸:两人同病相怜,相互爱慕,都有金子般的心,却不能走到一起;瓦莲卡最终嫁给了恶棍地主贝科夫,杰武什金彻底陷入绝望。《被侮辱与被损害的》记述弃女涅莉的故事,和《穷人》的风格比较接近。而早在40年代创作的《双重人格》则是文风转变的先兆。主人公高略德金是《穷人》中杰武什金的延续。高略德金生性怯懦,受尽生活欺辱,绝望之中分裂出另一个自我:小高略德金左右逢源,如鱼得水。高略德金对另一个自我十分矛盾,既赞赏其成功,又害怕失去自我,最终在欣喜和惶惑之中走向疯狂。

从《地下室手记》(1864)开始,陀思妥耶夫斯基更加关注主人公的心灵奥秘,不断开掘心理深度。这一时期的代表作还有长篇小说《死屋手记》(1861—1862)、《罪与罚》(1866)、《白痴》(1868)、《群魔》(1871)和《卡拉马佐夫兄弟》(1880)。《死屋手记》以作者流放西伯利亚的亲身经历为依据,用白描手法展示了监狱囚犯肉体和心灵的罪恶。正是从这部作品开始,陀思妥耶夫斯基逐渐变成评论家眼中"残酷的天才"或者"邪恶的天才"。《地下室手记》是陀氏最杰出的中篇小说,被托马斯·曼等作家视为其创作的转折点和伟大突破。它由截然不同的两章构成。第一章"地下室"是地下室人自相矛盾的自我陈述,第二章"雨夹雪"则回顾自己过去一次屈辱的聚会和对一个妓女始救终弃的故事。"地下室人"像一头扑向罪恶之火的飞蛾,不但把自己的伤口翻开展示给人看,还在这种展示之中体验到一种自我亵渎的乐趣。"地下室人"揭示出现代人的某种生存困境。《白痴》融入了作者最刻骨铭心的临刑记忆,同时也具有浓厚的宗教色彩。主人公梅思金公爵是一个来自阿尔卑斯山的"自然人",没有沾染文化的恶习,同时经历过和陀氏一样的生死考验(行刑前死里逃生)。他像复活的耶稣,要帮助一切人走出不幸和罪恶,但被他帮助的人却无一例外走向毁灭。尤其是被托茨基包养的女主人公娜斯塔西亚·腓力波夫纳,没有接受公爵的真挚爱情,而是作价十万卢布把自己卖给商人罗果静,在烧毁了卖身的十万卢布后追随罗果静,走向毁灭。主人公从众人眼里的"白痴"变成了真正的白痴。

《群魔》因思想偏激引起广泛争议,但它提出的很多问题在今天看来仍具有很高的思想价值,如斯塔夫罗金的自由、基里洛夫的神人和人神,至今仍是没有答案的悖论。

批评家一般认为未完成的《卡拉马佐夫兄弟》是陀思妥耶夫斯基思想最成熟的作品。这部作品几乎综合了作家考察过的所有主题,肉体和灵魂、信仰与怀疑、现实与幻想、自我与分裂、自尊与自渎、罪恶与救赎、权力与良心等等,触及人类精神的诸多层面。在卡拉马佐夫一家的主要成员身上具有所谓"卡拉马佐夫性格"——卑鄙无耻、自私自利、野蛮残暴、淫荡放肆、腐化堕落,只是各有侧重。父亲老卡拉马佐夫靠卑鄙手段发财致富,他有三个儿子,另外还奸淫精神失常的女子而生下一个私生子,但他对儿子们弃之不顾。他身上具有卡拉马佐夫性格的一切劣根性,并且在自己的卑劣中体验到难言的快感。几个儿子长大后性格各异,但对父亲的仇恨却是共同的,以至于除了阿辽沙,都认为自己是弑父凶手。老大德米特里遗传了老卡拉马佐夫对肉体的欲望,性格冲动暴戾,父子甚至为争夺同一妓女而剑拔弩张,但他心里毕竟还有良知,总是处在欲望和悔恨的折磨中不能自拔,在法庭上承认弑父,决定用苦难的惩罚实现自我救赎。次子伊凡是一个坚定的无神论者,他和《罪与罚》中的拉斯柯尔尼科夫一样崇尚超人哲学,认为一切都被允许。他叙述的"宗教大法官"故事,具有一种难以辩驳的尖锐和恐怖的力量。他认为自己"一切都被允许"的理论是杀父元凶,承认是真正的凶手,但却无法反驳自己的思想,因此未能像德米特里那样走向"复活",而是变得疯狂。三子阿辽沙是作者心目中的理想形象。他具有人的七情六欲,但又具有神一样的仁慈和善良。他是卡拉马佐夫兄弟们之间的线索,但可能由于太完美,因此显得不够真实生动。私生子斯麦尔佳科夫是事实上的凶手、恶的象征,但他不过是德米特里的欲望和伊凡思想的执行人而已。《卡拉马佐夫兄弟》并未完成,但写出的半部已经足以跨入世界最优秀长篇小说之列。

陀思妥耶夫斯基的风格不是任何一种主义可以轻易概括的。他因《穷人》对"小人物"的关注而走进人们的视野,不过与普希金和果戈理不同的是,他更加关注小人物的心灵。他感兴趣的是高略德金的"双重人格"、地下室人的自渎心理、拉斯柯尔尼科夫的犯罪倾向和卡拉马佐夫家族的变态性格。心灵探索是陀氏创作的最大特点,鲁迅称他为"人类灵魂的伟大的审问者","不但剥去了表面的洁白,拷问出藏在底下的罪恶,而且还要拷问出藏在那罪恶之下的真正的洁白来"①。巴赫金发现陀氏小说的另一重要特征,即"多声部""复调"②,强调其思想性和对话性。巴赫金认为陀氏小说中的人物与其说是人物,不如说是彼此对话的思想,作者的思想也不过是众多声音中的一种,并且与笔下的人物平等地对话和交锋。根据思想的标准可以把陀思妥耶夫斯基笔下的人物分为三类:第一类是没有思想的行动者,例如《被侮辱与被损害的》的瓦尔科夫斯基公爵、《罪与罚》中的卢辛、《群魔》中"五人小组"的领导彼得·韦尔霍文斯基、《卡拉马佐夫兄弟》中的老卡拉马佐夫等,他们是某种思想的奴隶,并且总是根据那些思想做出令人厌恶的举动。第二类人物把思想当作信念,例如梅思金公爵、阿辽沙和佐西马长老,他们的思想也以确定的形式出现,但往往是自己思考的结果,为好的目的服务,因而得到陀思妥耶夫斯基的赞美,不过在艺术上往往显得单薄而不够真实。第三类是在未完成的思想中挣扎的人物,他们是陀氏笔下光芒四射的人物,常常违背作者初衷而成为事实的主角,《罪与罚》中的拉斯柯尔尼科夫、《群魔》中的斯塔夫罗金、《卡拉马佐夫兄弟》中的伊凡等莫不如此,甚至一些次要人物如基里洛夫、沙托夫等也具有这种特点。这些纯粹的思想者,其思想是非功利的、未完成的,他们不断反省,不断将之推向极端。他们的问题和思想本身往往充满矛盾和悖论,逻辑上难有答案。陀氏笔下的思想者要么像地下室人一样蜷缩在阴暗角落里咀嚼苦痛,要么像基里洛夫那样自杀身亡,成为自己思想的实验品。陀思妥耶夫斯基小说的复调效果,不仅表现在多声部的对话上,也表现在不断的重复上。比如《群魔》中斯塔夫罗金的思想,就在基里洛夫、彼得·韦尔霍尔斯基和沙托夫的身上重复出现,仿佛某种变调。为了说出最真实的思想,陀思妥耶夫斯基总是把人物置于紧张不安的环境之中,伊万诺夫认为陀氏小说具有悲剧的对抗和冲突,格罗斯曼发现他的小说与惊险小说有密切联系,而巴赫金指出陀氏小说的体裁源于具有狂欢性质的梅尼普体。陀氏小说和所有这些体裁的根本区别是,前者制造这些冲突和氛围都是为了让人物说出最本真的思想,并根据剧情发展和氛围变化而相互交锋。

发表于1866年的《罪与罚》给作家带来了世界声誉,颇能代表陀氏风格。《罪与罚》的情节具有陀氏小说惯有的惊险内容和悲剧气氛。穷大学生拉斯柯尔尼科夫因交不起学费而退学,住在彼得堡贫民窟的一个小阁楼

---

① 鲁迅:《鲁迅全集·集外集·〈穷人〉小引》,北京:人民文学出版社1958年版,第103页。
② 参见〔苏〕巴赫金:《陀思妥耶夫斯基诗学问题》,北京:三联书店1988年版。

里,靠母亲和妹妹的血汗钱度日。底层人民的普遍贫困加深了他的忧虑,尤其是靠女儿卖身生活的老马尔美拉陀夫的横死,触动了他灵魂深处的痛楚。极度贫困和自卑压得主人公喘不过气来,这时他接受了超人理论,认为高贵灵魂可以不受任何法律和道德约束,决定做一回"拿破仑"。他的计划是从酒店里偶然听来的,即杀死一个无耻的放高利贷的老太婆而救活一千个高尚的人。凶杀紧张而残忍,尤其是意外地夺走了老太婆妹妹无辜的生命。证明了自己的拉斯柯尔尼科夫,没有得到超人的喜悦,反而不断受到良心的谴责,最终在受苦受难的妓女索尼娅感召之下投案自首,接受流放生活的惩罚。

拉斯柯尔尼科夫是陀氏笔下最强悍的思想者之一。他犯罪与其说是为了金钱和权力,不如说是为了自由和思想。他感到内疚的不是杀死高利贷老太婆,而是匆忙之中误伤了老太婆妹妹的生命。他杀人具有非功利性,抢来的钱都埋在一个隐蔽地方;他既无获取钱财的喜悦,又无花费它们的欲望,也未将其用于救济穷人。他的罚不是肉体上的惩罚,而是精神上的折磨。他不断在有罪和无罪的思想之间徘徊,不断忍受孤独和噩梦的折磨,甚至达到了寒热和谵妄状态。就是最后的自首和流放,在主人公眼里也更多是一种心理上的惩罚。

《罪与罚》也具有巴赫金意义上的复调结构。书中人物都有自己的声音,拉斯柯尔尼科夫的"超人哲学"、索尼娅的"正教观念"、波尔菲里的"生活求实和法律的观念"、卢仁绝对的"功利主义",以及斯维德里加依洛夫的"精神自渎"倾向等,一起构成了多种音调。每种声音都有自己的道理,无法绝对地驳倒和压倒其他声音,多种声音的对话和交锋构成主要线索。当然,最终索尼娅的声音似乎战胜了其他声音,很大程度上影响了拉斯柯尔尼科夫的思想和行动。这种战胜只是道义上的胜利,从逻辑和理性上并不一定完全成立。也正因如此,不少理论家指出拉斯柯尔尼科夫思想转变的牵强。

《罪与罚》也显示了心理刻画的不凡功力。其中最为传神的是拉斯柯尔尼科夫犯罪之前和之后的心理状态。犯罪之前的心理刻画主要通过白描实现,情节的叙述、细节的雕绘和气氛的烘托都为心理服务。尤其是杀人场景的叙述非常惊人:当老太婆的妹妹进门撞见举着滴血斧头的拉斯柯尔尼科夫时,她脸部的扭曲和瞳孔的胀大,恰是拉斯柯尔尼科夫恐惧心理的映照。而对拉斯柯尔尼科夫犯罪之后心理的描述更有特色。作者描写异常状态中无法解决的内心冲突,直接采用了内心独白的手法,尤其是描写梦境和幻觉的部分,非常接近意识流和表现主义手法。

陀思妥耶夫斯基是站在时代交汇点上的作家,他将自己的创作风格命名为心理现实主义,实际上他既是现实主义大师,又是现代主义先驱。无论是他涉及的主题还是艺术的手法,都具有新时代气息。20世纪的伟大作家如福克纳、加缪和卡夫卡都自称是他的传人。

第七节 托尔斯泰

列夫·尼古拉耶维奇·托尔斯泰(1828—1910)出生在俄国图拉省克拉皮文县一个伯爵家。家族封号和庄园都是世袭的,他注定一生不用为生计奔波,但毕生都为不劳而获的财富和权力而良心不安。托尔斯泰父母早逝,在姑母监护下接受贵族教育,并于1844年进入喀山大学学习东方语文,次年转学法律,1847年因对教育不满而退学,回到世袭庄园试行改革并遭受挫折。1851年他随兄赴高加索服役,曾参加塞瓦斯托波尔战役。战场上随时可能邂逅的死亡,让年轻的托尔斯泰深入思考生命的价值和道德的意义。这一时期创作的三部曲《童年》(1852)、《少年》(1854)、《青年》(1857)已初步展示他心理分析方面的才能,而《塞瓦斯托波尔故事》(1855—1856)则使他的史诗式叙事风格崭露锋芒。

从战场回到庄园的托尔斯泰重拾曾以失败告终的农事改革,但农民本能的戒备和敌意让改革无法进行。这些都反映在小说《一个地主的早晨》(1856)之中。50、60年代之交,俄国历史走到转折关头,争论焦点是农奴制问题,而托尔斯泰的特殊身份使他进退两难。站在人道主义立场上,他赞成农奴解放;而伯爵身份又使他担心土地所有权丧失。他坚持不懈地以各种方式探索社会人生的真谛。中篇小说《哥萨克》(1863)可以看作他早期思想探索的总结。主人公奥列宁不满上流社会的无聊和空虚,来到自然淳朴的高加索,美人玛莉安娜的出现使他"第一次感到真正的感情",但是关键时刻贵族的自私本性使爱情无疾而终。他既无法同流合污,也不能回归自然,其探索注定没有出路。这一时期国内国外的现实都不能令托尔斯泰满意,他尝试从历史和精神层面寻找可能的答案,从而创作了巨著《战争与和平》(1863—1869)和《安娜·卡列尼娜》(1873—1877)。

《战争与和平》试图从历史的光荣中寻找俄国的出路。小说以1812年的卫国战争为中心,以安德烈·包尔康斯基、彼埃尔·别祖霍夫、罗斯托夫和库拉金四大贵族为主线,反映19世纪初俄国社会的广阔画面。托尔斯泰是在"努力写人民的历史",也肯定了人民在历史中的作用。但另一方面他又认为人民的意志是盲目的,人民的行动只是顺从了天意。小说人物多达五百多个,但主要人物是贵族,他们又分为宫廷贵族和庄园贵族两类。以库拉金为首的宫廷贵族是鞭挞的对象,他们在国家危难之际仍沉溺于寻欢作乐和钩心斗角的游戏。而代表庄园贵族的安德烈和彼埃尔则在卫国战争中经过艰苦的心灵探索,和人民一起保卫了国家,拯救了自我。《战争与和平》因其史诗般宏大的结构、气势磅礴的叙述和卓越的心理描写,被公认为世界文学史上杰出的长篇佳作。

70 年代之后,托尔斯泰的探寻更加深入心灵。他广泛阅读大量宗教哲学著作,经过激烈的内心斗争,思想发生根本变化,完全站在宗法制农民的立场上。《忏悔录》(1879—1880)等反映了他思想上的转变。剧本《黑暗的势力》(1886)、《活尸》(1911),中篇小说《伊凡·伊里奇之死》(1886)、《哈吉·穆拉特》(1904)、《克莱采奏鸣曲》(1891),以及长篇小说《复活》(1889—1899),则用文学形象反映了他的思想矛盾。这个时期的中篇小说思想深刻,如《伊凡·伊里奇之死》描写面对死亡的孤独和无助,是海德格尔"向死而在"思想的文学渊源;《哈吉·穆拉特》被批评家哈罗德·布鲁姆视为"衡量小说崇高性的一块试金石,是世界最佳短篇小说"[1];《克莱采奏鸣曲》则充分展现了灵魂与肉体的冲突,尽管其禁欲主义立场颇值得商榷。

《复活》是托尔斯泰晚年最重要的作品。主人公贵族聂赫留朵夫诱奸并抛弃农奴少女玛斯诺娃,十年后作为陪审员遇见蒙冤入狱的玛斯诺娃,此时她已沦为妓女。聂赫留朵夫良心发现,决心赎罪,为她上诉。上诉失败后,他随玛斯诺娃一起流放到西伯利亚,并决心娶她为妻。玛斯诺娃不愿接受恩惠,但也为其行为感动,重新拾起做人的尊严,和聂赫留朵夫一起走向精神复活。聂赫留朵夫起初怀着对玛斯诺娃的纯洁爱情,后逐渐堕落成肉欲的奴隶,最后经过与社会和心灵之恶的斗争,"精神的人"战胜了"动物的人"。玛斯诺娃的复活恰恰相反,她原本善良纯洁,但接连的不幸使她逐渐把丑恶当作普遍现实,并认同丑恶,而聂赫留朵夫的出现,逐步使她认识到善存在的可能性。她对他重新燃起的爱情证明了这一点,而她的拒绝更具有一种牺牲精神,因为她认为自己不能给他带来幸福。两人的复活道路并不一致,但却殊途同归,最后都导向托尔斯泰式的"博爱"和"宽恕"。除了心理的层层剖析和道德价值的不倦求索,《复活》的批判锋芒也不容忽视。

---

[1] 〔美〕哈罗德·布鲁姆:《西方正典》,江宁康译,南京:译林出版社 2005 年版,第 262 页。

作品"撕下一切假面具",对俄国社会的政治制度、社会习俗、宗教教义和文化教育给予了广泛而深刻的批评与讽刺。

托尔斯泰一生不断受到贵族身份困扰,晚年更是希望完全放弃世袭财产和荣誉,做一个货真价实的农民。不过他的平民思想常常显得不合时宜,以至于连妻子都把他的行为视为愚蠢和疯狂。1910年,82岁高龄的托尔斯泰愤然离家出走①,途中不幸身患肺炎,病逝在阿斯塔波火车站。

托尔斯泰的小说以内涵丰富、风格多样著称。其思想标志是后人概括的"托尔斯泰主义",即主张为上帝而活,爱一切人,"勿以暴力抗恶",通过"道德的自我完善"而克服罪恶,达到"最后的幸福"。这种不无消极色彩的思想在《复活》中表现得最为完善,男女主人公都是托尔斯泰主义的忠实信徒。托尔斯泰主义具有多种文化因子,有中国的道家思想、印度的古典哲学、叔本华的悲观主义等,当然主体还是俄国的东正教思想。托尔斯泰主义本身具有不可调和的矛盾,但托尔斯泰在道德和哲学层面的无助,变成文学的主题和形象,恰恰产生了不可思议的魔力,内在的矛盾和微妙的平衡创造出一种悖论式的多义和张力。与此相对应的是托尔斯泰的叙事艺术,即全景式的史诗性叙事。这种宏大的叙事在他的三部长篇代表作中都有体现,尤其是《战争与和平》,反映了俄国19世纪初宏阔的社会图景。与以往的经典史诗相比,托尔斯泰的小说在叙事时间的处理、叙事线索的安排、叙事层次的详略上毫不逊色;而从外部描写和心理刻画相结合的角度来看,托尔斯泰的小说具有罕见的心灵深度。托尔斯泰式"心灵辩证法",是他对现实主义文学的巨大贡献。《复活》是这种"心灵辩证法"登峰造极的展现。当然,托尔斯泰在心灵展示方面的才华,并不能遮蔽他在细节刻画方面的造诣。俄国形式主义批评家什克洛夫斯基在介绍"陌生化"技巧的时候,所举的例子恰是托尔斯泰的描写:托尔斯泰总能让人相信,他描绘的事物是头一次见到,但同时又觉得似曾相识。哈罗德·布鲁姆在《西方正典》中进一步指出,托尔斯泰的陌生性本身非常奇特,因为"它很狡黠地让人乍看之下并不觉得陌生"(第262页)。

托尔斯泰的代表作之一《安娜·卡列尼娜》,最大限度地展现了他的艺术天分,而最小程度地暴露了其思想局限。小说由两条略有交叉的线索分头叙述:一条线索是宫廷贵族安娜和渥伦斯基的情感纠葛。富有激情与活

---

① 茨威格称之为"逃向苍天",参见〔奥〕斯蒂芬·茨威格:《人类群星闪耀时》,张伟译,北京:北京出版社2005年版。

力的安娜厌倦精神上半死不活的丈夫卡列宁,爱上有名的花花公子渥伦斯基,而面对社会和舆论的重重压力,渥伦斯基的新鲜感和刺激感逐渐褪去,一无所有的安娜横卧铁轨悲壮地死去。另一条线索是庄园地主列文和吉提的家庭生活及精神探索。两条线索看似松散,实际上相互对照,散发出独特的艺术魅力。

小说在家庭和情感题材中巧妙地插入史诗笔法,通过两个家庭的悲欢离合,反映了转型时期俄国广阔的社会和心理图景。农奴制已宣布废除,但传统意识和习惯还在,"一切都翻了个身,一切都刚刚开始",人们不愿改变,但又不得不适应,整个社会笼罩着莫名的不安和焦虑。安娜的恐惧和列文的思索,从不同侧面烘托了当时的社会风貌。小说结局也是开放性的,安娜的死亡和列文的困惑,除了给予我们审美体验和道德教诲,并未指明正确出路,这正是真实社会图景的艺术概括。

《安娜·卡列尼娜》塑造了一系列人物形象,自叙传性质的列文、风流倜傥的渥伦斯基、自私狭隘的卡列宁等,都以其独特个性令人难忘,但其中最耐人寻味的还是安娜。安娜的形象在不同层面可以有不同解释,充分体现了托尔斯泰思想中的冲突和矛盾。从人道主义观点看,安娜对生命和爱情的追求无可厚非;但从宗教道德层面观察,安娜又是欲望的奴隶,败坏了家庭责任和社会稳定。安娜的追求有合乎人道的内容,但距离托尔斯泰的"博爱"和"宽恕"还有相当距离,卷首引言"申冤在我,我必报应"或许正有此意。安娜的毁灭可归咎于社会罪恶,上层社会的拒绝和排斥让她在人世间没有立锥之地,但她自己的选择也并非无可指责。她看上的情人渥伦斯基本质上是个花花公子,根本不值得托付终身。安娜是一个贵族妇女,她的死亡固然悲壮,但远谈不上女性的觉醒,在她身上我们多少可以读出《克莱采奏鸣曲》中禁欲主义的讽刺意味。

《安娜·卡列尼娜》最成功之处是出色的心理描写。主要人物的心理变化过程刻画得淋漓尽致,充分体现了"心灵辩证法"的特点。安娜认为离开丈夫是对的,但又感到内疚不安;在和渥伦斯基的热恋之中,她也充满了危机感,极度害怕失去渥伦斯基这根救命稻草;等到这一天真正到来的时候,她除了死路一条别无选择。安娜的结局是心理发展的必然结果。托尔斯泰对瞬间心理的把握十分老到:吉提面对列文的求婚,心理像万花筒一样瞬息万变。另外,托尔斯泰还擅长利用外部细节描写来暗示心理的微妙变化。安娜和渥伦斯基在车厢门口的邂逅,是用渥伦斯基的视角来描写的,安娜的面部表情故作镇静,但眼眸中灵光乍现,却让渥伦斯基本能地心领神会。最后,《安娜·卡列尼娜》还尝试使用了意识流手法。当安娜躺在铁轨上等待死神光顾时,她的意识里各种情境毫无规则地闪现,这种带有现代主义印记的手法无疑是具有开创意义的。

第八节　易卜生

"现代戏剧之父"亨利克·易卜生(1828—1906)出生于挪威东南海滨小城斯基恩。8岁时父亲的木材厂破产,使他过早品尝到世道艰辛。他16岁时到药房做学徒,繁重工作之余刻苦学习拉丁文和希腊文,阅读各种书籍,并开始展示诗歌、戏剧才华。1850年易卜生投考奥斯陆大学落榜,但担任了学生报刊编辑,在欧洲革命浪潮中以笔为枪,用剧作表达"自由农民之子"的革命热诚。1851年开始,易卜生先后担任卑尔根剧院和奥斯陆大学"挪威剧院"编剧和经理,成为享誉世界的诗人和剧作家。1863年"挪威剧院"破产,易卜生旅居国外,大部分时间住在德国和意大利,这段时期是他的戏剧丰收期。1891年,易卜生回到挪威,继续为挪威的独立解放奋斗,直到1906年与世长辞。

易卜生是西方戏剧发展史上承上启下的人物,他的戏剧既吸收了莎士比亚和歌德的精华,也带有克尔凯郭尔和尼采的踪迹。人们一般根据其剧作风格演变,把他的创作分为三个主要阶段。

1868年以前是第一阶段,风格偏浪漫主义,体裁以诗剧为主。值得一提的是,易卜生首先是作为抒情诗人登上文坛的,但其诗歌才华往往被戏剧才能掩盖。而早期戏剧也充分体现了他的诗人才情,很多都在追随莎士比亚诗剧。最早的两部成熟戏剧——《厄斯特罗斯的英格夫人》(1855)和《海尔格伦的海盗》(1857)——都取材于挪威历史和斯堪的那维亚传说,有效抵制了当时愈演愈烈的色情暴力的"故事剧"①。给作者带来更大声誉的是诗剧《布朗德》(1866)和《培尔·金特》(1867),它们被认为受到丹麦哲学家克尔凯郭尔的影响。《布朗德》的主人公牧师布朗德坚持绝对真理,带领教民不畏艰险,建筑真正的"生活教堂",不愿对现实做一丝一毫的妥协退让,最后在雪崩之中和理想一起死去。他像"拜伦式英雄"一样,坚持"全有或全无"的宗旨,宣告了"易卜生主义"的诞生。《培尔·金特》则恰恰相反,主人公培尔·金特没有任何固定原则,只活在"自我"之中。其原型是挪威

---

① 王忠祥编选:《易卜生精选集》,北京:北京燕山出版社2004年版,第20页。

传说中的猎人佩尔·金特,他遇到一个神秘隐身、弯曲如蛇的"大妖",并挥刀斩杀"大妖",然后又杀死了和牧羊女调情的妖人们。而在《培尔·金特》中,培尔是挪威19世纪的一个农民,保留了传说中猎人异想天开的本性,但是加入了"山妖"部落,同牧羊女及绿衣妖女调情,逃出妖洞后更加堕落,先后当过奴隶贩子、战争掮客、假先知和冒牌皇帝,其实他已接受妖王训诫"山妖,做足你自己!",而把人类箴言"人,要保持自己的本来面目"抛在脑后。易卜生在谈《培尔·金特》的主题时说:"我的每部作品的主旨都在于促进人类在精神上得到解放和感情上得到净化……'活着就要同心灵里的山妖战斗,写作就是坐下来对自己作最后的评判'。"①《培尔·金特》可以说是关于生命和存在的诗歌,也因此得到越来越多现代学者的认同。20世纪批评家哈罗德·布鲁姆就认为培尔·金特是易卜生笔下最强悍的文学形象,"彼尔(即培尔——引者注)作为十九世纪文学作品中的人物,其广博可与文艺复兴时期想象力创造出来的最显赫人物媲美,远非歌德笔下的浮士德(易卜生极力赞慕的角色)可以匹敌。狄更斯、托尔斯泰、司汤达、雨果,甚至巴尔扎克,都从未刻画出如彼尔·京特那般蛮横无理、活力充沛而又情感丰富的形象"②。不少批评家认为尽管易卜生的社会问题剧社会影响最大,但他艺术成就最高的却是《布朗德》《培尔·金特》《海达·高布乐》(1890)和《皇帝和加利利人》(1873)等无法明确归类的作品。

1869—1883年是易卜生创作的第二阶段,作品以社会问题剧为主,形式是新颖的散文剧,个人风格完全成型。从现实主义视角看,这一阶段无疑是易卜生创作的顶峰。剧作除哲学历史剧《皇帝和加利利人》之外,主要"使命"是提出社会问题,但不给予解决方案。这些问题剧无不针砭时弊,有的放矢,社会反响强烈。《青年同盟》(1869)用青年律师史丹斯的形象,活现出自由主义政客和投机分子的丑态。《社会支柱》里的卡斯腾·博尼克,实为腐朽社会里的一根腐烂柱子。《人民公敌》(1882)里唯一有良心的知识分子斯多克芒医生,因为坚持真理、讲真话,被所有人判定为"社会公敌"。《群鬼》和《玩偶之家》(1879)虽是家庭剧,但反映的还是社会问题。《群鬼》(1881)可以看作《玩偶之家》的姊妹篇,主人公阿尔文太太死守"妇道",却走入绝境,可谓"没有出走的娜拉"。

1884—1899年是易卜生创作的第三阶段,他这一时期的作品带有浓厚

---

① 转引自〔挪威〕易卜生:《培尔·金特》,萧乾译,成都:四川人民出版社1983年版,第9页。
② 〔美〕哈罗德·布鲁姆:《西方正典》,江宁康译,南京:译林出版社2005年版,第278页。

的象征主义色彩,人道主义批判精神和愤世嫉俗的悲观情绪交织在一起。主要作品有《野鸭》(1884)、《罗斯莫庄》(1886)、《海上夫人》(1888)、《海达·高布乐》《建筑师》(1892)和《咱们死人醒来的时候》(1899)等。《野鸭》里的老艾克达尔、《罗斯莫庄》里的罗斯莫以及《建筑师》里的建筑师索尔尼斯都曾有过自己的理想,但都被现实击得粉碎,都像被打折翅膀再也不能飞翔的"野鸭"。《海上夫人》和《海达·高布乐》也具有很强的象征意蕴,尤其是"海上夫人"艾莉达,她向往大海一样的自由,总想和一个"陌生男人"远走天涯,不过她的丈夫房格尔不是海尔茂,他同意妻子可以"自由选择"(萨特语),但艾莉达经过艰苦抉择还是留下来和房格尔一起生活。该剧已具有存在主义等现代元素。

尽管易卜生在各个创作阶段思想倾向不尽相同,但仍有贯穿始终的艺术风格。首先,是坚持"艺术反映生活"的主张。虽然手法多种多样,干预生活的原则却是一致的,即便是早期浪漫剧和晚期象征剧,也都离不开时代的生存处境和精神困惑。其次,是戏剧形式的突破。易卜生戏剧一方面从诗剧过渡到散文剧,另一方面打破悲、喜剧界限,创作了大量悲喜剧①,这种形式不仅适合像《布朗德》《培尔·金特》这样的浪漫剧,也便于在《玩偶之家》《人民公敌》这样的社会问题剧中嬉笑怒骂。再次,是戏剧冲突的方式也很有特点。既有《玩偶之家》《人民公敌》里的正面冲突,也有《群鬼》中阿尔文太太和"群鬼"的侧面烘托。尤其是他常用的"回溯法"(不仅从故事的结尾处开始,而且在全剧中分散地交代剧情),为以后的现代戏剧提供了宝贵经验。最后,易卜生作为"现代戏剧之父",在剧中对变态心理、象征手法和荒诞意识的广泛涉猎,受到越来越多的现代、后现代作家和批评家的重视。

易卜生社会问题剧中名气最大、影响最远的是《玩偶之家》。剧中开幕展示给观众的是一对恩爱夫妻,丈夫海尔茂很快就要升职,妻子娜拉是丈夫的"小鸟儿""小松鼠",带着三个孩子无忧无虑。娜拉的朋友林丹太太寡居之后生活艰难,恳求娜拉在丈夫的银行里为她谋一个职位。海尔茂爽快地答应了林丹太太的请求,因为他早就想裁掉人品不端的职员科洛克斯泰。而科洛克斯泰也找到娜拉,以她伪造签字为由要挟她在丈夫面前为自己求情。原来娜拉在海尔茂生病期间,找科洛克斯泰借过一笔钱,她在迫不得已

---

① 王宁、孙建:《易卜生与中国——走向一种美学建构》,天津:天津人民出版社2004年版,第68页。

的情况下代替病重的父亲在借据上签了字。尽管娜拉很快归还了那笔钱，科洛克斯泰还是看出了破绽，因为签字日期在她父亲死后三天。娜拉非常恐惧，因为丈夫是一个说一不二的人，但又心存希望，相信丈夫会"毫不踌躇地牺牲自己的性命"。不料海尔茂知道这件事情后，一改往日的温情形象，痛骂娜拉是"坏东西""伪君子"和"下贱女人"。娜拉非常绝望，尽管科洛克斯泰在林丹太太的劝说下将借据还了回来，海尔茂又恢复了"小东西""小宝贝"的称呼，她还是毅然离开了海尔茂。

作为易卜生"社会问题剧"中最为有名的一部，此剧的问题意识和批判精神十分强烈。娜拉是一位贤妻良母，甚至在关键时刻勇挑家庭重担，但她在丈夫眼里不过是个玩偶。娜拉认为除了对丈夫和儿女的责任，还有"对自己的责任"，她的毅然出走可以看作女性解放的宣言。但是单单出走就能找到她的自我吗？她出走之后能在社会上立足吗？这些问题易卜生并没有给出答案。此剧上演之后对观众产生强烈震撼，罕有剧作可与之匹敌。

《玩偶之家》在艺术上也取得了很高成就。该剧是运用"回溯法"的典范，剧情从结尾开始交代，并且随着剧情发展逐渐披露娜拉作伪证的情节。全剧矛盾错综复杂，戏剧冲突不断，几位主要人物之间存在很大张力，一个高潮接着一个高潮，戏剧效果强烈。需要指出的是，易卜生还是埋设伏笔的高手。戏剧开场海尔茂不知道娜拉钱的用处，实际已暗示后来的金钱纠纷，也是娜拉出走的重要原因。

第九节　哈代

托马斯·哈代(1840—1928)出生于英国多塞特郡一个工匠家庭。他中学毕业后以建筑师为业，1868年开始小说创作，1874年发表《远离尘嚣》一举成名，之后出版多部著名小说，包括广受好评也备受争议的《德伯家的苔丝》(1891)和《无名的裘德》(1895)等。1898年开始出版诗集，先后有诗集8部以及长篇诗剧《列王》。1928年哈代在家乡病逝。

由于家庭影响，哈代在早期生活中便已奠定对自然、音乐、叙事艺术的热忱和对宗教的若即若离，这些正是后来哈代小说和诗歌的特色。少年哈代生活的多切斯特市及其周边乡村，在19世纪中叶正面临工业化、城市化洗礼带来的各种变迁：社会阶层的分裂，传统文化的黯淡，价值观的转变，婚姻制度的自由化，教育体系的革新，犯罪的增加等。这些虽与狄更斯笔下的伦敦不可同日而语，但山雨欲来风满楼，各种矛盾在暗中产生、演化、激变，正如多年之后哈代在《卡斯特桥市长》中反映的那样。

哈代没有受过正规的大学教育，只能在工作之余阅读书籍来提高自己，从莎士比亚到华兹华斯，从丁尼生到司各特，涉猎广泛。通过摘录名家名句，他逐渐培养了对书面语言的操控能力，为文学创作打下了坚实基础。除文学作品外，哈代还阅读了大量哲学作品，包括孔德的《实证主义概述》、纽曼的《自我辩护》以及傅立叶和约翰·斯图加特·米尔的著作。这些哲学思想影响了哈代后来的文学创作的基调和主题。

1868年哈代开始创作第一部小说《穷汉与淑女》。小说以出身农家的建筑师威尔·斯特朗为主人公，描述他与当地乡绅女儿的爱情和激进的政治观点，对当时英国上层社会极尽嘲讽批判。小说最终未出版，手稿也未流传，但哈代在后来的《枉费心机》《绿荫下》等小说中都采用了其中部分材料。他1871年出版的小说《枉费心机》，在人物关系和情节发展上都有罪案小说和神秘小说印记。小说以白描手法对英格兰乡村进行书写，生动形象，表现出哈代敏锐的观察和过人的描写能力。之后哈代发表小说《绿荫下》(1872)和《一双蓝眼睛》(1873)，逐渐得到当时评论界的肯定，并于1874年发表《远离尘嚣》，一举成名。

哈代试图在《远离尘嚣》中呈现一个完整的乡村社会，对于当时乡村生活的各个方面都加以描绘，在田园牧歌式情节中添入现实主义因素，一一叙说当地的动人风景和雇工的艰辛生活，使作品独具艺术魅力。《远离尘嚣》是哈代"威塞克斯"(Wessex)系列小说的第一部，也是他首篇大获成功的长篇小说，标志其小说技巧臻于完善。在《远离尘嚣》中，哈代第一次使用"威塞克斯"来命名他所描绘的乡村，此后这成为他的重要小说的唯一场景。从1875年到1883年，哈代发表了5部长篇小说，但其中任何一部小说，包括《还乡》(1878)，都没能像《远离尘嚣》那样引起批评界的热烈关注和一致好评。

《还乡》是哈代睽违文坛两年之后的小说，因此受到广泛关注。不过，尽管小说结尾和《远离尘嚣》一样是有情人终成眷属的团圆结局，但浸润全书的悲剧气氛却与《远离尘嚣》中的轻松欢快相去甚远。《还乡》的出版标志着哈代小说创作的基本成熟。

1885年，哈代回到故乡多切斯特，在此创作了一系列重要小说，包括《卡斯特桥市长》(1886)和《林居人》(1887)等。其中最具影响的是《德伯家的苔丝》。

与哈代的其他小说一样,《德伯家的苔丝》也带有强烈的个人印记。哈代曾说,如果不是因为不想显得"过于个人化",题目可能会是《哈代家的苔丝》。① 在主题与情节方面,哈代将自己一直以来对维多利亚女性生活困境的关注发挥到极致,试图在小说中塑造一位"新女性"形象。维多利亚时期是妇女解放运动的重要时期。虽然女性依然没有政治和经济地位,活动领域仍局限在家庭和有限的社交场合,但随着工业革命的发展,社会对女性的束缚逐渐放松。19世纪末,在社会和文学作品中开始出现打破家庭和社会枷锁、反对传统男权压迫的自由独立的"新女性"。在欧洲文学中,易卜生在《玩偶之家》中描写的娜拉是"新女性"的代表。哈代敏锐地意识到阶级和性别对个人社会地位的影响,通过描写苔丝面对的双重社会压力,直接抒发了对社会不公的义愤。一直以来,由于社会舆论压力和生计困扰,他不得不放弃激进想法而与出版商、评论界和读者妥协。80年代后期的哈代,功成名就,已近知天命之年,终于可以打破以往的小心谨慎而直抒胸臆,表达对维多利亚价值观的不认同。与哈代其他作品不同,尽管评论界对《德伯家的苔丝》的评价莫衷一是,却没有影响读者的热情,也没能妨碍它成为当时畅销一时的小说,并带挈哈代成为维多利亚后期最有影响力的作家。

　　苔丝是哈代小说世界中最具魅力的人物。与之前哈代小说中其他女性颇不相同,她已经开始独立思考,并以自己的思想去诘问传统上代表知识与权威的男性人物安吉尔。苔丝突破的是构建这一基石的思想传统与意识形态。苔丝比哈代小说中其他女性人物更完整地展示出性格和思想的成长过程,从最初的情窦初开、懵懂无知,到经历失去童贞和孩子的苦楚,在牛奶场的工作磨炼以及与安吉尔接触后思想的转变,直到婚姻失败后的坚持,四处寻找工作的艰辛,以及最后的谋杀与逃亡,哈代结合全知全能、第三者和主人公自我的不同视角,完美地描绘了社会转型时期一个纯真的农村女子从女孩转变为成熟女性的复杂经历和心路历程。苔丝面对的是建构、改造、打磨其性格和命运的广袤的社会洪流,阶级、性别、机遇、家庭、传统、道德、宗教、工业化、自然环境,这些都一一融入苔丝的成长过程。这些外部因素的互动与彼此关联,通过与苔丝纯真个性的结合,导致了小说中所谓的巧合,并最终决定了苔丝的命运。在复杂的社会环境和自然环境中,苔丝个人的力量正体现在她的独立思考和抉择中。无论是离开阿历克,还是与安吉尔

---

① Michael Millgate, *Thomas Hardy: A Biography Revisited*, Oxford: Oxford University Press, 2004, p.271.

分手,甚至最终以决绝的方式再次摆脱阿历克,她的选择都没有丝毫的犹豫或后悔。虽然在社会转型的动荡中她无法控制自己的命运走向,但她坚持独立作出自己的选择。与需要帮助的尤苔莎和伊丽莎白不同,苔丝是从单纯走向独立的女性,她没有苏那么激进,但对传统的反动却更为坚强有力。

哈代在小说中的突破还体现在社会场景的开拓。与以往的"威塞克斯"小说不同,这部小说中的"威塞克斯"从《还乡》《卡斯特桥市长》等作品中以多塞特为主的一个郡县升格成覆盖整个英格兰西南部多个郡县的地区,作为英格兰乡村文化的代表出现在小说中。苔丝的生命轨迹涵盖了这个地区中各个郡县,呈现出一幅完整的工业化进程中的英格兰乡村风貌。这种自然与社会背景的广阔,结合苔丝个性心理的深刻,几乎圆满地为维多利亚后期的读者呈现出社会转型时期人性各种因素与社会各种关系的复杂互动。准确地说,哈代在小说中的批判锋芒并不咄咄逼人,在人物塑造和环境描写中具有客观冷峻的一面,正是这种不动声色的描摹,博得了读者的认同,这也是《德伯家的苔丝》风靡至今的原因所在。

在《德伯家的苔丝》之后,由于《无名的裘德》受到评论界和社会的批评,哈代放弃小说创作,转而写诗,先后发表诗歌作品近千首,这使他成为近代英国最重要的诗人之一。此外,哈代还出版了以拿破仑战争为题材的、最长的英语诗剧《列王》。哈代的诗歌体现出一种冷静、严肃,甚至略带嘲讽的风格,真挚纯朴,深切感人。

【导学训练】

一、学习建议

本章学习要联系19世纪30时代以后半个世纪左右的欧洲历史背景,结合这一时期风云变幻的政治动荡、工业革命、都市化和自由资本主义发展带来的社会生活变化,科学方法和实证主义思维的渗透,以及空想社会主义等批判理念的影响,来理解19世纪现实主义文学思潮在欧洲各国的崛起和发展。应了解19世纪现实主义文学的主要特征,梳理其在欧美各国的发展脉络,并重点掌握司汤达、巴尔扎克、福楼拜、狄更斯、陀思妥耶夫斯基、托尔斯泰、易卜生、哈代等现实主义大家的创作。

二、关键词释义

多余人:"多余人"(the superfluous man)指19世纪前半叶俄国文学中出现的一系列形象。他们往往出身贵族,受过良好教育,对上流社会及其生活方式不满,却又无法摆脱其传统,无法进行有效的反抗,找不到人生的目的、意义和在社会中的位置,最终碌碌无为、一事无成,成为所谓"聪明的废物""多余的人"。其代表人物有普希金《叶甫盖尼·奥涅金》中的奥涅金、莱蒙托夫《当代英雄》中的毕巧林、屠格涅夫《罗亭》中的罗亭和冈察洛夫《奥勃罗摩夫》中的奥勃罗摩夫等。

宪章派文学:宪章派文学(Chartist literature)是19世纪三四十年代英国宪章运动中诞生的体现无产阶级思想意识和情感诉求的文学,其作品政治倾向鲜明,反映无产阶级的苦难和资本主义的罪恶,具有强烈的批判性。宪章派文学以诗歌为主,往往语言通俗,节奏铿锵,格调高亢。它一般被视为无产阶级文学的先驱。

复调小说:复调小说(Polyphonic novel)是苏联文艺理论家巴赫金用来阐释陀思妥耶夫斯基小说类型而提出的概念。他认为陀氏小说中遍布着由多种独立声音构成的对话,不同主人公的声音或者同一主人公内部的不同声音代表着彼此不同的价值观念和思想体系;作者的观念不能凌驾于主人公的观念之上或将其统摄为一个整体,而只是平等独立的众多声音中的一个。巴赫金将这种小说比作复调音乐,称之为复调小说。

托尔斯泰主义:托尔斯泰主义(Tolstoyism)一般指列夫·托尔斯泰的思想和观念体系,其核心价值是道德的自我完善和"勿以暴力抗恶"的主张,以及博爱、禁欲和忏悔精神等。

心灵辩证法:心灵辩证法(the dialectics of the soul)一般用来指列夫·托尔斯泰心理描写的特色。其小说擅长并着力于细致入微地表现人物内心的复杂矛盾和曲折变化的过程,这种对充满矛盾、动态变化和辩证意味的心理过程的刻画被车尔尼雪夫斯基称为"心灵辩证法"。

威塞克斯小说:哈代创作的一系列小说以古称威塞克斯(Wessex)的家乡为故事发生的主要地理环境,总称威塞克斯小说(the Wessex novels)。哈代借此描写19世纪后半叶英国宗法制农村社会的衰败以及底层民众的悲惨命运。这是较早的地域小说系列,后来小说系列中与此类似的著名地理环境还有福克纳的约克拿帕塔法县和马尔克斯的马孔多镇等。

三、思考题

1. 在《红与黑》中,于连认为所有人都在暗地里评论他、嘲笑他,整个世界充满危险与密谋,他为什么会有这样的观念?这样的观念是否对他的爱情产生了影响?

2. 勃兰兑斯将《红与黑》称为"伪善欺世手册",该书是如何表现伪善的?

3.《红与黑》对浪漫主义趣味采取了反讽的叙事态度,结合例子对这一现象进行分析。

4. 司汤达《红与黑》与巴尔扎克《高老头》的主角都是一名刚踏入社会的青年,《红与黑》中称于连是"与整个社会作战的不幸者",在《高老头》的结尾拉斯蒂涅气概非凡地说了句:"现在咱们俩来拼一拼吧!"请比较分析两个主人公的性格特点。

5. 巴尔扎克的《人间喜剧》在形式上的创新是空前的,独特的体例使他小说成为一个社会、社会成为一部小说。在巴尔扎克之后,左拉、高尔斯华绥等人用"家族小说"来展现社会,罗曼·罗兰的小说被称为"长河小说"。试分析不同体例的小说在展现社会时的优势与局限。

6.《高老头》对成长发展小说(Bildungsroman)模式是如何进行反讽的?

7. 分析老葛朗台的金钱情结。

8. 伏脱冷被称为"人间的靡菲斯特",你如何理解这一称号? 试比较伏脱冷和靡菲斯特之异同。

9.《艰难时世》中,人物尚未出现却"先声夺人",这种声音蕴含着一定的价值观念和性格特征,"声音"处于人物刻画的核心地位。巴赫金用来描绘陀思妥耶夫斯基创作的"复调小说"概念是否适用于狄更斯的《艰难时世》?

10. 唯美旨趣与科学精神在福楼拜的小说创作中是如何交织在一起的?

11. 福楼拜客观而无动于衷的叙事态度是否真正做到了完全消除作者的主观倾向? 是否仍可从作品中看出作者的价值立场? 结合《包法利夫人》分析客观叙事与主观立场之间的关系。

12. 有论者将包法利夫人称为"女堂吉诃德",你怎样看待这种描述?

13. 分析19世纪俄国文学描写小人物的传统脉络。

14. 比较普希金、莱蒙托夫、屠格涅夫、冈察洛夫笔下的"多余人"形象。

15. 巴赫金认为陀思妥耶夫斯基和托尔斯泰的小说分别属于"复调小说"和"独白体小说",你如何理解这一划分?

16. 试从拉斯柯尔尼科夫这个人物探讨陀思妥耶夫斯基"罪"与"罚"思想中的东正教文化内涵。

17.《卡拉马佐夫兄弟》中"宗教大法官"一章被别尔嘉耶夫誉为"陀思妥耶夫斯基作品的顶点及其辩证法的皇冠",你认同这种观点吗? 请阐述你的理由。

18. 如何看待托尔斯泰所谓"无技巧之技巧"?

19. 你认为导致安娜爱情悲剧的原因有哪些?

20.《复活》如何体现托尔斯泰基督教的救赎思想?

21. 契诃夫戏剧有何变革意义?

22. 分析易卜生戏剧的现代意义。

23. 谈谈哈代小说中体现出的维多利亚社会道德观念的变化。

24. 哈代的威塞克斯系列小说体现出了何种地方特色? 它们为何成为体现英格兰性的经典?

四、可供进一步研讨的学术选题

1. 巴尔扎克与波德莱尔眼中的巴黎之比较。

2.《高老头》与《李尔王》悲剧意义的比较研究。

3. 欲望的悖论——《驴皮记》的哲学内涵阐释。

4. 分析《人间喜剧》时空结构的先锋意义。

5. 比较福楼拜与卡夫卡小说风格之异同。

6. 福楼拜作品的东方想象研究。

7. 狄更斯小说中的城市景观研究。

8. "多余人"与虚无主义关系研究。

9. 俄国文学从描写"多余人"到刻画"新人"的变迁背后的思想史脉络研究。

10. 分析19世纪俄罗斯文学中的虚无主义和反虚无主义。

11. 《卡拉马佐夫兄弟》中"宗教大法官"章节的对话性及哲学内涵研究。

12. 陀思妥耶夫斯基小说中的自我意识与无意识关系研究。

13. 《地下室手记》中蕴含的存在主义思想研究。

14. 陀思妥耶夫斯基与托尔斯泰的心理描写比较研究。

15. 从陀思妥耶夫斯基看信仰与理性的关系。

16. 复调小说的现代转型研究。

17. 分析陀思妥耶夫斯基与尼采的思想对话。

18. 19世纪俄罗斯文学与东正教关系探讨。

19. 托尔斯泰思想中的东西方哲学兼容性研究。

20. 《复活》与《罪与罚》的精神救赎之比较。

21. 易卜生戏剧中的伦理问题与社会问题及其与中国现代进程的相关性研究。

22. 从生态学角度解析易卜生后期戏剧昭示的人类精神生态的出路。

23. 论述哈代诗歌对现代诗歌发展的贡献。

24. 哈代与华兹华斯笔下自然之比较。

25. 哈代小说的生态学阐释。

【研讨平台】

一、巴尔扎克:观察、洞见与风格的开创

提示:巴尔扎克在小说写作现代风格的开创方面有哪些贡献?巴尔扎克是客观现实的观察者、记录者、描摹者,还是人类灵魂的洞察者和人类精神的预言者?这些问题的探讨,为我们理解巴尔扎克在文学史上的意义提供了多维视角。

1. 波德莱尔:《波德莱尔美学论文选》(节选)

我多次感到惊讶,伟大光荣的巴尔扎克竟被看作是一位观察者;一直觉得他最主要的优点是:他是一位洞观者,一位充满激情的洞观者。他的所有人物都秉有那种激励着他本人的生命活力。他的所有故事都深深地染上了梦幻的色彩。与真实世界的喜剧向我们显示的相比,他的喜剧中的所有演员,从处在高峰的贵族到处在底层的平民,在生活中都更顽强,在斗争中都更积极和更狡猾,在苦难中都更耐心,享乐中都更贪婪,在牺牲方面都更彻底。总之,在巴尔扎克的作品中,每个人,甚至看门人,都是一个天才。所有的灵魂都是充满了意志的武器。

(郭宏安译,北京:人民文学出版社1987年版,第81页)

2. 葛温道林·贝斯:《作为先知的巴尔扎克》(节译)

对巴尔扎克而言,他既是以科学家般精确眼光来看待事物的观察者,还是以充满灵感的洞见来凝视人类精神及其超越的先知。

(Gwendolyn Bays, "Balzac as Seer", *Yale French Studies*, No. 13, Romanticism Revisited [1954], pp.83-92)

3. 勃兰兑斯:《法国的浪漫派》(节选)

他不仅奠定了小说写作现代风格的基础,而且由于他是科学越来越深地渗透到艺术领域这个世纪的真正儿子,他介绍了足资旁人遵循的观察事物的方法。他的名字本身就是一个伟大的名字,而作为一个学派的奠基者来说,他的名字更具有千军万马的力量。

(勃兰兑斯:《十九世纪文学主流》第五分册,李宗杰译,北京:人民文学出版社1982年版,第232页)

二、福楼拜:多元特征及现代性

提示:福楼拜的小说创作呈现多元化特征,各种文学创作潮流均能在其作品中找到契合点。其小说创作中的真实与虚构、现实与梦想、客观与主观等诸多元素并非单纯、统一地存在,而是构成错综复杂、见仁见智的局面。他是法国现实主义的重要代表,也是自然主义的核心人物,具有唯美主义追求,亦被现代主义当作典范。福楼拜在文学史上是一个划时代的人物,他深谙浪漫主义创作规律,因此,他从对浪漫主义的反叛出发,为欧洲乃至世界文学发展开辟了新纪元。

1. 纳博科夫:《文学讲稿》(节选)

有一个问题:《包法利夫人》可以算作是一部现实主义或自然主义小说吗?我很怀疑⋯⋯

其实,所有的小说都是虚构的。所有的艺术都是骗术。福楼拜创造的世界,象其他所有大作家创造的世界一样,是想象中的世界。这世界有自己的逻辑、自己的规律和自己的例外。我列举的那些疑点和小说的结构并不矛盾——只有缺乏想象力的教授或是要小聪明的学生才会提出那样的问题。请记住,从《曼斯菲尔德庄园》往后,我们赏析过的所有童话故事都是被他们的作者松懈地置入了某些历史背景的框架。所有的现实都只是相对的现实,因为某一特定的现实⋯⋯在当时的读者看来,福楼拜的作品也许是现实主义或自然主义的。但现实主义、自然主义只是相对概念。某一代人认为一位作家的作品属于自然主义,前一代人也许会认为那位作家过于夸张了冗赘的细节,而年轻一代或许认为那细节描写还应当更细一些。

(申惠辉等译,北京:三联书店1991年版,第206—207页)

2. 雷纳·韦勒克:《近代文学批评史》(第四卷)(节选)

后者包括(福楼拜)创作《包法利夫人》期间(1851—1856)写给路易丝·科莱的信件……它们不仅评述福楼拜的创作过程,品题侪辈作家,而且表述了一种美学思想,它在若干要点上鲜明扼要地阐说了小说的艺术和一切艺术长期存在的根本问题……他喜欢离群索居,不事张扬,怯于抛头露面,瞧不起感情发泄,因此他对拉马丁、缪塞、贝朗瑞没有好感。这表明他对自身存在的强烈的浪漫气息的自我批评。

福楼拜真诚地追求艺术上的客观性,即一要无我,二要冷漠、超然、中立……福楼拜的核心概念游移于当时的两大趋向,科学作风及客观论与唯美主义及艺术至上论。无我即反对具有用意的小说;冷漠则反对重感情的自传小说。

福楼拜鄙视说教艺术,讨厌涉及当代政治和社会的重大问题,不够慎重地提出了凡是真正的艺术本身便合乎道德这一臆说,凡此种种,人们津津乐道……但是福楼拜自有其政治观点,时而甚至十分偏激,诸如对巴黎公社的谴责;他所持的社会态度十分明确,比方他憎恨有产阶级,但这并未减轻他对无产阶级大众的蔑视;同时他也有自己的宗教或者毋宁说不信宗教的观点。

(杨自伍译,上海:上海译文出版社2006年版,第7—9页)

3. 恩斯特·巴维尔:《理性的噩梦——卡夫卡的一生》(节译)

福楼拜的《情感教育》一直是卡夫卡最喜欢的作品。然而,这种相同性具有欺骗性,任何影响都是以被影响的作品为先决条件的。作为一种模式,卡夫卡在福楼拜那里所发现的,是犀利的微观世界的影像,它被严格地以一种更加接近视觉感知的方式,而非内心感觉的样式所限定。

(Ernst Pawel, *The Nightmare of Reason: A life of Franz Kafka*, New York: Farrar, Straus, Gipoux, 1984, p.167)

三、陀思妥耶夫斯基的"地下人"与存在主义

提示:"地下人"在阴暗的地下室里,试图以思考和发问来照亮以往人们的思想照不到的角落。理性、非理性、困境、自由,这些都可以从存在主义角度做多方面的解读。

1. 考夫曼:《存在主义——从陀斯妥耶夫斯基到沙特》(节选)

《地下室手记》是一个人的内在生活,是他的情态、焦虑和决心——这些都被带进了核心,一直到所有的景象被揭露无遗为止。这本在一八六四年出版的书,是世界文学中最富革命性和原创性的著作之一。(第4页)

我找不出什么理由把陀斯妥也夫斯基看做存在主义者。但是我认为《地下室手记》的第一章是历来所写过的最好的存在主义序曲。这篇序曲以无比的活力和技巧,将各个主要题旨叙述出来——当我们阅读从齐克果到卡缪的全部其他所谓存在主义者的著

作时,这些题旨将会一一显示出来。(第 5 页)

(陈鼓应等译,北京:商务印书馆 1987 年版,第 4、5 页)

2. 王圣思:《地下室手记和存在主义小说》(节选)

人的生存体验是个体最直接的感受。"手记"与两部存在主义小说的主人公都有与人群保持实际的或精神的距离,他们都有一种孤独感。……这些主人公的生存体验的核心是非理性的,自我是无法把握的。……人所存在的世界是荒诞的。"地下人"眼中的世界是丑恶的,肮脏的,他对理性所作的攻击说明他对外部世界的悲观看法。……三部小说的主人公都是非英雄形象,他们对人、人的存在以及外部世界的看法都不乐观、不昂扬、不积极,但他们的所作所为也并未完全沉溺于悲观绝望之中,至少他们在不同程度上都采取了行动,做出了生存选择。

(载《外国文学评论》1993 年第 2 期)

3. 曾繁亭:《〈地下室手记〉主旨发微》(节选)

"有锐利意识的老鼠"(指地下人)就这样一遍又一遍地反复申明,人会用一种比他所有利益都更强有力的深层非理性,去反对一切理性的规律和"明晰性"。在这里,"人即自由"这一后来萨特存在主义哲学的经典命题已经呼之欲出。这"自由"显然已经不再像黑格尔哲学中所界定的那样是对必然的认识,而在更大程度上成了对必然的反叛。

(载《齐鲁学刊》2003 年第 4 期)

四、巴赫金的对话主义与复调理论

提示:对话主义、复调小说理论与狂欢化诗学,是巴赫金诗学体系三个重要概念,而这三个重要概念都与巴赫金论述陀思妥耶夫斯基的小说有关。对话主义理论被认为是三者的核心,巴赫金在对陀思妥耶夫斯基的研究过程中,发现了其创作的一个重要现象——人物描写的多声部性,他认为陀思妥耶夫斯基就是复调小说的缔造者。

1. 巴赫金:《巴赫金全集》(第五卷)(节选)

有着众多的各自独立而不相融合的声音和意识,由具有充分价值的不同声音组成真正的复调——这确实是陀思妥耶夫斯基长篇小说的基本特点。在他的作品里,不是众多性格和命运构成一个统一的客观世界,在作者统一的意识支配下层层展开;这里恰是众多的地位平等的意识连同它们各自的世界,结合在某个统一的事件之中,而互相间不发生融合。陀思妥耶夫斯基笔下的主要人物,在艺术家的创作构思之中,便的确不仅仅是作者议论所表现的客体,而且也是直抒己见的主体。因此,主人公的议论,在这里绝只不限于普通的刻画性格和展开情节的实际功能(即为描写实际生活所需要);与此同时,主人公的议论在这里也不是作家本人的思想立场的表现(例如像拜伦那样)。主人公的意识,在这里被当作另一个人的意识,即他人的意识;可同时他却并不对象化,不囿于自身,不变成作者意识的单纯客体。

陀思妥耶夫斯基是复调小说的首创者。他创造出一种全新的小说体裁……

(白春仁等译,石家庄:河北教育出版社 1998 年版,第 4—5 页)

2. 雷纳·韦勒克:《近代文学批评史》(第七卷)(节选)

巴赫金断定,陀思妥耶夫斯基创造出一种全新性质的他称之为"复调"的小说:这种小说包含着完全平等的、独立的声音,它们变成名正言顺的主题,而并不服务于作者意识形态的立场。巴赫金毫无疑问正确地强调了陀思妥耶夫斯基小说的戏剧本质,陀思妥耶夫斯基创造出的冲突感,他对霄壤之别的意识形态上的观点和生活态度显示出来的移情力量;但是倘若巴赫金将这种看法推向极端,乃至否认陀思妥耶夫斯基的作者声音,否认他的个人视角,巴赫金就流于谬种了。"复调"毕竟只是一个比喻,一个沿用于小说的类比,它存在于一个直线型时间顺序的文学作品的基本性质。复调之说沿用于文学由来已久。据我所知,文学中的复调首次出现于 1865 年之前的某个时间,见于奥托·路德维希的反思,其中有一节文字就叫做"复调对话"……冲突的声音所产生的丰富性、浓密性以及多重性的总体印象,这任何人都无意去否定的。陀思妥耶夫斯基代表的趋势是走向小说的戏剧性,走向"客观性"和"无个性",走向"作者退场"的学说。

(杨自伍译,上海:上海译文出版社 2006 年版,第 591—592 页)

3. B.H.扎哈罗夫:《当代学术范式中的陀思妥耶夫斯基和巴赫金》(节选)

在让作者和主人公平等的时候,巴赫金实际上发现的不是作者,而是叙述者。叙述者在陀思妥耶夫斯基的小说中是一个关键性的角色。正是叙述者,而不是作者与主人公处于同等的地位。他生活在主人公的时间里。他不知道几分钟后他的主人公会发生什么。

(梁坤译,载《俄罗斯文艺》2009 年第 1 期)

五、托尔斯泰主义与中国先秦思想

提示:托尔斯泰曾在日记里写道:"如果没有孔子和老子,《福音书》是不完整的;而没有《福音书》,则于孔子无损。"

1. 伊·谢·李谢维奇:《列夫·托尔斯泰与老子》(节选)

当然,列夫·托尔斯泰首先是从基督教出发去涉猎儒家和老子的学说的,因为他深信,"老子学说(也就是老子关于道的学说——作者注)的实质与基督教是相通的"。他总是认为,所有伟大宗教的基础都是被人类心灵所证实的同一个神圣真理,只是由于这些宗教产生的年代与地点的不同才使这同一个神圣真理变得模糊了。(见托尔斯泰于 1910 年 2 月 24 日写给 B.A.波莎的一封信。)老子著作中对托尔斯泰最有吸引力的是老子那深刻的精神以及他对这个世界上的"诱惑"的拒斥态度。通过比较老子有关道的学说和基督教的学说,托尔斯泰认为,"两者的实质都是以禁欲方式显示出来的构成人类基础生活的神圣的精神因素。因此,为使人类的生活不成为苦难而能成为一种福祉,人就应当学会不为物欲而为精神生活。这也正是老聃所教导的"。托尔斯泰认为,"道"这个词既是上帝的标志,同时又是通向上帝的道路。他从中发现了与基督教学说直接的相通:"上帝就是爱",而去爱别人正是通向理解上帝的道路。我(作者)为托尔斯泰对老子的解释感到担心,——一个明显的理由就是,人们往往是先入为主的。

(顾卫东译,载《国外文学》1991 年第 4 期)

2. 吴泽霖:《从托尔斯泰的上帝到中国的天》(节选)

这种让托尔斯泰苦苦捉摸、着意刻画为带有近乎宿命论色彩的东西,它冒着上帝的名,又被称为"命运的规律"的东西,正类似于我们中国人所谓的"天道"或"天命"。

(载《外国文学评论》1999 年第 1 期)

3. 李明滨:《托尔斯泰与儒道学说》(节选)

(1) 博爱。……这就是托尔斯泰所提倡的博爱的要旨。他关怀的对象是百姓、民众。他的主张与孔子的"爱人"哲学,都充满真诚的人道主义。

(2) 勿抗恶。有不少资料表明,托尔斯泰的"勿抗恶"主张,其来源之一是老子的"无为"思想。

(3) "道德上的自我完善"。托翁和孔子主张的修养,其目标是一致的,都是为了解决社会问题。

(载《北京大学学报》[哲学社会科学版]1997 年第 5 期)

【拓展指南】

一、重要研究资料简介

1. [丹麦]勃兰兑斯:《十九世纪文学主流》,张道真等译,北京:人民文学出版社 1994 年版。

简介:该书既是了解 19 世纪浪漫主义的重要资料(参见本书第六章的重要资料简介),也是 19 世纪现实主义文学研究的经典文献。

2. [法]皮埃尔·布吕奈尔等:《19 世纪法国文学史》,郑克鲁等译,上海:上海人民出版社 1997 年版。

简介:该书由巴黎第四大学比较文学研究中心主任皮埃尔·布吕奈尔主笔,从 19 世纪法国的浪漫主义文学运动写起,对整个 19 世纪法国现实主义、自然主义以及象征主义文学运动的发展情况以及主要代表作家进行了理论与创作、点与面相结合的研究,是研究法国文学史的重要著作。

3. 〔法〕让·保罗·萨特:《家庭中的白痴:古斯塔夫·福楼拜,1821—1857》(*The Family Idiot: Gustave Flaubert, 1821-1857*), Chicago: University Of Chicago Press, 1993。

简介:该书是萨特晚年的重要著作。萨特运用其存在精神分析法,对福楼拜进行了系统而深刻的剖析评价,既为我们理解福楼拜,也为我们理解萨特提供了独特的视角。

4. 〔苏〕巴赫金:《陀思妥耶夫斯基诗学问题》,刘虎译,北京:中央编译出版社 2010 年版。

简介:该书是巴赫金对陀思妥耶夫斯基研究的重要著作,对后世的陀思妥耶夫斯基研究影响极大。巴赫金以陀氏小说中的对话性为切入点,发现其作品人物设置上的众声喧哗特征,进而认为陀氏是"复调小说"的开创者。

5. 〔俄〕梅列日科夫斯基:《托尔斯泰和陀思妥耶夫斯基》,杨德友译,北京:华夏出版社 2009 年版。

简介:俄国思想家、作家梅列日科夫斯基从"存在的两个真理"问题出发,即一个真理是基督教,另一个是多神教,对陀思妥耶夫斯基和托尔斯泰作品中的信仰问题进行研究,剖析两位作家及其作品中表现出来的包括宗教思想在内的复杂思想。该书不仅是一本学术著作,也是一本关注现实的思想著作。

二、其他重要研究资料索引

1. 〔美〕雷纳·韦勒克:《近代文学批评史》(第七卷),杨自伍译,上海:上海译文出版社 2006 年版。
2. 〔英〕达米安·格兰特:《现实主义》,周发祥译,北京:昆仑出版社 1989 年版。
3. 〔法〕勒内·吉拉尔:《浪漫的谎言与小说的真实》,罗芃译,北京:三联书店 1998 年版。
4. 钱青主编:《19 世纪英国文学史》,北京:外语教学与研究出版社 2006 年版。
5. 杨静远编:《勃朗特姐妹研究》,北京:中国社会科学出版社 1983 年版。
6. 〔法〕巴尔扎克:《司汤达研究》,李健吾译,上海:平明出版社 1950 年版。
7. 〔法〕查理·让·皮埃尔:《文学与感觉:司汤达与福楼拜》,顾嘉琛译,北京:三联书店 1992 年版。
8. 〔奥〕斯蒂芬·茨威格:《巴尔扎克传》,筱然译,北京:团结出版社 2004 年版。
9. 〔法〕莫洛亚:《巴尔扎克传:普罗米修斯或巴尔扎克的一生》,艾珉、俞芷倩译,北京:人民文学出版社 1993 年版。
10. 王秋荣编:《巴尔扎克论文学》,北京:中国社会科学出版社 1986 年版。
11. 李健吾:《福楼拜评传》,桂林:广西师范大学出版社 2007 年版。
12. 〔英〕约翰·约旦(John O. Jordan):《剑桥文学指南:查尔斯·狄更斯》(英文版),上海:上海外语教育出版社 2003 年版。
13. 罗经国编:《狄更斯评论集》,上海:上海译文出版社 1981 年版。
14. 〔法〕安·莫洛亚:《狄更斯评传》,王人力译,上海:上海译文出版社 1986 年版。
15. 赵炎秋:《狄更斯长篇小说研究》,北京:社会科学文献出版社 1996 年版。

16. 〔英〕以赛亚·伯林:《俄国思想家》,彭怀栋译,南京:译林出版社2001年版。

17. 〔德〕赖因哈德·劳特:《陀斯妥耶夫斯基哲学》,沈真等译,桂林:广西师范大学出版社1997年版。

18. 〔俄〕托尔斯泰:《天国在你们心中:托尔斯泰文集》,上海:上海三联书店1988年版。

19. 上海译文出版社编:《托尔斯泰研究论文集》,上海:上海译文出版社1983年版。

20. 〔英〕艾尔默·莫德:《托尔斯泰传》,宋蜀碧、徐迟译,北京:北京十月文艺出版社2001年版。

21. 〔英〕戴尔·克拉默(Dale Kramer):《剑桥文学指南:托马斯·哈代》(英文版),上海:上海外语教育出版社2000年版。

22. 孟胜德、〔挪威〕阿斯特里德·萨瑟(Astrid Saether)编:《易卜生研究论文集》,北京:中国文学出版社1995年出版。

23. 陈惇、刘洪涛编:《现实主义批判:易卜生在中国》,南昌:江西高校出版社2009年版。

24. 陈焘宇编选:《哈代创作论集》,北京:中国社会科学出版社1992年版。

25. 聂珍钊:《悲戚而刚毅的小说家——托马斯·哈代小说研究》,武汉:华中师范大学出版社1991年版。

26. 颜学军:《哈代诗歌研究》,北京:人民文学出版社2006年版。

第八章　19世纪欧美文学(三)：自然主义及其他

第一节　概述

一、19世纪中后期欧洲社会及主要思潮

19世纪中期，自然主义、象征主义与唯美主义几乎同时发端于法国。50年代的法国文坛，浪漫主义早已退潮，但余韵仍频频回响于戈蒂耶与波德莱尔的诗歌之中；现实主义虽然仍被视为文学主流，但福楼拜等人的作品已然露出自然主义冷静、克制的风格先兆。60年代兴起的这三个流派都可以看作广义浪漫主义①的分支，但当左拉、马拉美与王尔德等人正式亮相文坛时，浪漫主义(包括批判现实主义)的乐观心态已然让位于世纪末的怀疑与颓废。

1870年的普法战争、1871年的巴黎公社以及接踵而来的经济衰退，给欧洲尤其是法国造成了严重的破坏。人文主义、启蒙精神、革命、理想，一切坚固的东西都烟消云散。浪漫派以来统治欧洲文学的乐观想象，一夜之间被死亡、饥饿与贫穷所取代。既然一切都已失控，及时行乐也就变得无可厚非，"颓废"成了19世纪末期的关键词，折磨过缪塞的世纪病卷土重来。当象征派与唯美派诗人躲进修辞与装饰之中，以玩世不恭拒绝主流话语时，自然主义作家正试图以科学式的精确来解剖世界，将人从主观世界剥离，从另一个方面体现着这个机械时代的颓废与怀疑。

哲学与科学的发展为文学的创新提供了丰厚的阐释基础。尼采的意志哲学、柏格森的直觉理论以及弗洛伊德的精神分析理论，促成了象征主义者对非理性感受、时间、记忆等一系列主题的关注。当然，尽管尼采等人的哲

---

① 详见〔美〕雅克·巴尊：《古典的，浪漫的，现代的》，侯蓓译，南京：江苏教育出版社2005年版。

学影响已然波及19世纪晚期文学,但文学对哲学更为积极的回应要到20世纪表现主义、意识流等现代主义文学兴起才得以完成。龚古尔与戈蒂耶更直接的精神来源是科学实证主义。很难说实证主义是独创性的哲学理论,它更像是对哲学的一次自然科学化运动。实证主义哲学家强调以自然科学方法研究社会现象,试图建立纯粹客观的社会"观察科学"。丹纳在文学领域内发展了这一主张,认为种族、环境与时代是文化发展的三个决定性因素。丹纳对孔德科学实证主义学说的引申,不仅直接促成了自然主义小说与现实主义的分离,也在诗歌领域内通过帕纳斯派的客观无我主张影响着唯美主义与后期象征主义——尽管这种影响是以反题的方式出现,象征主义诗人往往通过反驳与反思来接受实证主义所代表的客观精神。自然主义小说家则更为自觉地在作品中实践着丹纳的论断,将小说写成对人物的外部研究——社会背景、家族历史、生活空间,以自然科学的遗传理论代替了传统的心理描写与分析。

二、19世纪自然主义、象征主义和唯美主义文学

(一) 自然主义

"自然主义"一词产生于16世纪,原指一种强调自然法则的哲学主张。19世纪中叶,达尔文的进化论与孔德的实证主义引领着重视事实与自然的时代精神,批评家们首先将"自然主义"应用到绘画领域,指称反映现实生活场景与户外风景的、强调外光条件下作画的艺术倾向,但其所指经常与"现实主义""印象主义"混淆或雷同。在文学领域内,"自然主义"有时也被文学史家用来描述英国浪漫主义文学,勃兰兑斯在《十九世纪文学主潮》中将湖畔诗人表现自然风光的创作划归自然主义(naturalism)风格。但直到70年代左拉及其文学团体将达尔文、丹纳、贝尔纳以及现实主义理论整合成新的文学主张,并以"自然主义者"指认自己以及60年代的龚古尔兄弟时,"自然主义"才正式成为文学流派术语,专指以左拉为核心的创作团体及其文学成果。

埃德蒙·龚古尔(1822—1896)与儒勒·龚古尔(1830—1870)兄弟1865年发表的小说《杰尔曼妮·拉瑟朵》一般被视作第一篇成熟的自然主义小说。龚古尔兄弟早年致力于18世纪社会史与艺术史研究,60年代转向小说创作。除早年不成熟的习作之外,二人共合力完成了包括《杰尔曼妮·拉瑟朵》在内的6部小说。儒勒去世后,埃德蒙又独立完成了四部作品。龚古尔兄弟在文学创作中喜欢扮演业余病理学家,将人物作为病例,通

过家族遗传与生存环境来设计、解释人物性格。《杰尔曼妮·拉瑟朵》致力于描写杰尔曼妮的性格发展史:童年不幸的姑娘,善良而勤恳,爱上了无赖,开始酗酒、卖淫、偷盗,变得嫉妒、偏执而堕落。杰尔曼妮的悲剧被作者归因于"苦乐失调、神经紊乱,以至失去比例与平衡,趋于极端"①。龚古尔感兴趣的是疾病的成因、肌理与症状,至于人物,那只是疾病寄生的道具。

《杰尔曼妮·拉瑟朵》等作品发表以后,左拉迅速做出反应,将龚古尔兄弟的小说与他自己的《泰雷丝·拉甘》(1867)相提并论,认为这些作品提出了一种新的文学路线——自然主义。左拉的理论融合了实证主义的科学精神与现实主义的创作手段,以巴尔扎克式的全景视野表现社会各阶层生活,尤为关注工人、农民等底层阶级。年轻作家们迅速吸收了这种对现实主义的扩展与改写,莫泊桑、于斯曼(1848—1907)等人经常在左拉位于梅塘的家中聚会,讨论自然主义理论,交换创作体验。到 70 年代末,自然主义流派已然颇具规模,因其聚会地点与合出的短篇小说集《梅塘夜话》而被报界称作"梅塘集团"。80 年代初,左拉完成了《实验小说论》(1880)与《自然主义小说家》(1881)等论文,系统地阐释了自然主义的文学主张,将自然主义定义为一种通过科学建构的文学概念,它要求作家以绝对客观的方式观察并表现现实生活(自然),以遗传、环境来解释人物行为,尽量避免主观介入分析。绝对客观既然难以做到,年轻作家的美学追求也逐渐开始分化:于斯曼以小说《逆流》最终确定了唯美主义者的身份,莫泊桑回归现实主义传统,连左拉本人也鲜有严格意义上的自然主义作品。80 年代中期以后,梅塘集团基本风流云散。

(二) 象征主义

普法战争以后,法国出现了许多反主流的文学社团。这些作家反对现实主义、自然主义过分介入现实的做法,致力于探究"心灵深处的墓地"。报界将这些精雕细琢、不问世事的作家称为"颓废派"。1885 年,"颓废派"自创杂志《颓废派》,刊发魏尔伦、马拉美、兰波等人的作品。80 年代末,让·莫雷亚斯(1856—1910)完成了包括《象征主义宣言》(1886)在内的一系列理论文章,正式将"颓废派"命名为象征主义。

夏尔·波德莱尔是象征主义最主要的先驱者。《恶之花》中的《通感》一诗,被后辈诗人看作象征主义的写作纲领。波德莱尔的诗作,关注现代生

---

① 柳鸣九主编:《法国文学史》(第三卷),北京:人民文学出版社 1991 年版,第 77 页。

活的欲望与罪恶,但极少写实,而多用奇僻华丽的隐喻与象征;强调诗歌意象、音响、色彩之间的高度和谐,但常引用传统意义上不和谐的形象入诗,追求一种反常规的震颤性美学效果。

通过波德莱尔,象征主义者接受了帕纳斯派(Parnassianism)诗人与埃德加·爱伦·坡(1809—1849)的影响。象征主义者最初以帕纳斯派诗人的反对者形象出现。戈蒂耶(1811—1872)在《珐琅与雕玉》(1852)中对物体细致的描摹,被象征主义者看作是诗人对外部世界的屈服;邦维尔(1823—1891)《女像石柱集》(1843)式的不动声色与严守诗律,被认为是压抑感情与古板拘泥。虽然象征主义者在理念上反对戈蒂耶与邦维尔,但通过波德莱尔韵律严谨、描摹精微的十四行诗,新诗人事实上继承了帕纳斯派诗人的创作技巧,只是将诗的重点从客观事物转移到了内心体验。波德莱尔也将美国诗人爱伦·坡的作品引入法国文学界。波德莱尔化的爱伦·坡为象征主义者提供了神秘、悲观与纯美的理念,爱伦·坡风格的"墓地""乌鸦""猫"与"垂死少女"等意象的象征意义在此后的诗歌中越来越丰盈。

保尔·魏尔伦(1844—1896)是第一个为公众所知的象征主义者。魏尔伦早年曾加入过帕纳斯派文学团体,并在《当代帕纳斯》上发表过评论与诗歌。这些具有帕纳斯派风格的作品后来结集为《感伤诗集》(1866)。魏尔伦的第二部诗集《戏装游乐图》(1869)脱离了帕纳斯派影响,充满18世纪艺术情调,以画家华托的作品为主要想象依托,用充满乐感的词句来表现优雅生活。1871年,魏尔伦结识兰波,开始了他生命中最为动荡而丰产的阶段。魏尔伦只身出走,与兰波结伴旅行,二人的和谐、争吵、道歉与决斗,激发出了魏尔伦最重要的诗集《无题浪漫曲》(1874)。《无题浪漫曲》分为《被遗忘的曲调》《比利时风景》与《水彩画》三部分,在诗人固有的婉约、哀伤、典雅的画面感与和谐的音乐性之外,开始尝试放松格律,更加讲究诗歌意象的多歧性表达,力图传达出更为复杂隐晦的厚重情绪。1873年,枪击兰波之后,魏尔伦被判两年徒刑。1875年提前出狱以后,魏尔伦与妻子分居,去英国教书。1877年返国后,出版诗集《智慧集》(1880)。《智慧集》中的诗歌多写于魏尔伦在狱中皈依天主教以后,带有浓重的忏悔风格,更加倾向于以神秘体验表现隐秘情绪。1882年以后魏尔伦淡出诗歌创作,致力于批评。《厄运诗人》(1884)等评论文章不仅为他自己赢得了声名,也将尚不为人所知的兰波与马拉美推向了主流文学界。

阿尔图尔·兰波(1854—1891)是象征主义的传奇:天才少年,为文学梦而数度离家出走,19岁即已完成了一生的全部作品,然后挥别文学,只身深入非洲。结识魏尔伦，是兰波诗歌生命的转折点。1871年，兰波第三次离家出走，步行赶赴巴黎。在旅途中，兰波寄出了两封长信，提出了著名的"慧眼"(Voyant)理论。兰波认为，诗人应该成为自我以外的另一个人，经历"长期的、巨大的、有步骤的全部感官的错轨"，获得"慧眼"，达到"未知的境界"，才能创造出"有声、有香、有色，概括一切的诗"。波德莱尔是最具慧眼的诗人，但兰波希望打破波德莱尔所因循的十四行诗体式，创造全新的诗歌体式与语言。兰波带着他的实验作品《醉舟》(1871)结识了魏尔伦，这首意象奇特、设词大胆、狂放瑰丽的作品立刻征服了魏尔伦。在魏尔伦的影响下，兰波的作品愈加细腻深沉。1873年二人分手之后，兰波完成了散文诗集《地狱一季》，以曲折幽微的隐喻象征追忆往昔、忏悔罪孽。1873年，兰波的友人帮助他整理出另一部散文诗集《彩画集》，1886年由魏尔伦出版。兰波继承并发展了波德莱尔等人所开创的散文诗传统，为新的诗歌实验提供了另一个方向。

斯蒂芬·马拉美(1842—1898)追求对纯粹概念的完美表现。他奉行一种柏拉图式的神秘主义，认为一切皆是理念，诗人即是要通过复杂隐晦的象征来暗示理念世界。马拉美一生作品不多，但几乎每一首诗都经过千锤百炼，意象繁复斑斓，语言精准澄澈，意境神秘高远。他早期的作品多为十四行诗，另有以莎乐美故事为题材的未完成诗体悲剧《希罗蒂亚德》。在写作《希罗蒂亚德》时期，马拉美完成了他最负盛名的作品《牧神午后》(1876)。《牧神午后》充满异教色彩的题材、光影交织的韵律与扑朔迷离的语言，与印象派音乐的主张不谋而合。音乐家德彪西从本诗获得灵感，创作出了颇具先锋精神的同名交响诗。1885年，马拉美在给魏尔伦的一封信中透露他打算写一本"唯一的书"，以这本书包容全世界。这本不可能完成的书只完成了片段《骰子一掷永远取消不了偶然》。

随着三位主要诗人的相继去世，法国象征主义运动在90年代基本结束，但其影响扩大到其他领域，遍及欧洲，惠及后人。比利时剧作家莫里斯·梅特林克(1862—1949) 90年代初即活跃于巴黎戏剧界，他早期的作品《佩里亚斯与梅丽桑德》曾由德彪西谱成歌剧，反响颇大。1908年梅特林克完成了象征主义戏剧代表作《青鸟》。俄罗斯诗人梅列日柯夫斯基(1865—1941)与亚历山大·勃洛克(1880—1921)等人在创作中也表现出了明显的象征主义倾向。20世纪初期，瓦莱里(1871—1945)、T.S.艾略特(1888—1965)以及W.B.叶芝(1865—1939)等诗人被称为后期象征主义者，他们接受了象征主义诗学观念，但又不囿于门户之见，将象征主义引向了格局更加开阔的现代主义诗学。

(三) 唯美主义

唯美主义的法国先驱者包括帕纳斯派、波德莱尔、波德莱尔化的埃德加·爱伦·坡,与象征主义诗学基本同源。法国的唯美主义者要么放弃文学,要么被象征主义同化,一直未能形成文学派别。但是法国唯美主义影响了他们的英国弟子,并最终在19世纪末的英国形成了声势逼人的唯美主义文学运动。

约翰·罗斯金(1819—1900)是英国最早倡导唯美主义的理论家之一。在《现代画家》(1843—1860)、《建筑的七盏明灯》(1849)与《威尼斯之石》(1851—1853)等书中,罗斯金继承康德的审美非功利性学说,将反功利主义的唯美追求与对资本主义的批判联系起来,建构了一种充满道德愤懑的唯美主义。罗斯金最热情的拥护者,是一小群不满于文艺复兴艺术的诗人型画家。他们认为文艺复兴以来的绘画,尤其是拉斐尔的宗教绘画偏离了中世纪的纯净质朴,越来越追求艺术的世俗化与消费化。以但丁·加布里埃尔·罗塞蒂(1828—1882)为首的这些年轻画家,转而推崇拉斐尔之前的中世纪艺术,将自己的艺术社团命名为"前拉斐尔派兄弟会"。罗塞蒂也是诗人,诗风沿袭其绘画的精致、忧郁、真挚与纯朴。其妹克里斯蒂娜·罗塞蒂(1830—1894)的创作风格也接近于唯美主义,她的诗奇幻清丽,别具一格,善于以神秘而具宗教色彩的意象表现女性的压抑与痛苦。

将前拉斐尔派与唯美主义第二代连接起来的,是批评家瓦尔特·佩特(1939—1894)和诗人阿尔戈农·斯温伯恩(1837—1909)。瓦尔特·佩特在《文艺复兴——艺术与诗的研究》(1873)中最早将"为艺术而艺术"的口号引入英国,坚持审美体验的纯主观性。斯温伯恩则以更具独创性的诗歌与放浪形骸的行为将唯美主义推向舆论前台。

1894—1895年,《黄皮书》(*Yellow Book*)与《萨伏依》(*The Savoy*)杂志先后创刊,大量刊发唯美主义评论及创作,将英国唯美主义推向高潮。奥斯卡·王尔德(1854—1900)继承斯温伯恩的叛逆传统,但以更加标新立异的做派与精致颓废的文风更胜早期唯美主义者一筹,迅速成为唯美主义的风云人物。80年代中期,王尔德求学时,即已熟读罗斯金与佩特的著述,以东方情调的奇装异服与道德异端式的滔滔雄辩闻名于牛津。不过迟至1881年,王尔德自费出版《诗集》以后,才终于以唯美主义作家的身份出现。《诗集》写得平淡无奇,只是因为王尔德的社交名声才获得少许评论。1882年,王尔德应邀赴美国巡回讲演。这次旅行更像是一场娱乐事件,替王尔德赢得声名的,不是他口中的唯美主义与社会主义,而是他衣襟上的绿花与片刻不离身的手杖。1888 年,童话《快乐王子和其他故事集》出版,王尔德以略微哥特的风格创造了一种忧郁颓废的成人童话,颇为畅销。1890 年,小说《道林·格雷的画像》出版,终于使王尔德成了严肃的唯美主义作家。小说虽然以奇幻故事写谋杀与诱惑,用精巧美丽而玩世不恭的评论装点叙事,但其整体寓意是高度道德化的,剥离小说表面的颓废装饰,剩下的是一个维多利亚时代关于罪与罚的典型清教徒训诫。90 年代以后,王尔德发表了大量理论文章,继续宣扬唯美主义,明确反对现实主义与自然主义。在创作上,王尔德转向戏剧,陆续发表《温德米尔夫人的扇子》(1892)、《无足轻重的女人》(1893)、法文悲剧《莎乐美》(1893)、《理想丈夫》(1895)与《认真的重要》(1895)。王尔德的英语喜剧几乎部部卖座,他以妙趣横生的悖论性修辞写上流社会的婚姻纠纷,而结局无一例外总是符合道德规范的皆大欢喜。王尔德激进的唯美主义口号并未使他的创作超越维多利亚时代的英国主流道德,真正冒犯社会潜规则的是他的私生活。1895 年,王尔德在其戏剧声誉达到顶峰时,因同性恋被判两年徒刑。除在狱中完成的《里丁监狱之歌》(1898)之外,王尔德其后别无建树,1900 年客死巴黎。

　　从整体上讲,唯美主义是对工业现代性的一种反拨。唯美主义者强调美的人工化,力图用个人性的艺术追求来对抗大规模机械化的"美"的生产。在他们看来,人工化(私人化)的"美"是对抗机械生产的"真"的唯一武器。相应地,作为真实社会道德规范的"善"也因其与机械化"真"的联系而成为"美"的敌人。但无论是拉斐尔前派的回归中世纪,还是王尔德玩世不恭的喜剧,谁也没能真正超越时代,攻击并动摇"善"的标准。相反,大部分作家在创作上最终都回归主流道德规范。

第二节　左拉

　　爱弥尔·左拉(1840—1902)生于巴黎,父亲是意大利裔工程师,母亲出身小手工业者家庭。左拉 7 岁丧父,家道中落,与母亲随外祖父生活。1858 年,他中学毕业,考大学落榜,来到巴黎寻找工作。1862 年,左拉在巴黎著名的阿歇特书店工作,很快被提升为编辑,并开始为书店写作散文与小说。他此时的文学偶像是浪漫派诗人缪塞。他的第一部中篇集《给妮侬的故事》(1864)处处带有浓郁的缪塞风格,童话笔触贯穿始终,歌唱自然、爱情与美,虽然偶有感时之笔,但其总体风格仍然轻灵天真,不涉世事。在此期间,左拉也受到了龚古尔兄弟作品的影响,他曾致函龚古尔兄弟,称《杰尔曼妮·拉瑟朵》为"一部伟大的作品"。翌年出版的《克洛德的忏悔》(1865)题材虽然近于缪塞的《一个世纪儿的忏悔》,致力于描绘青年的苦闷与迷茫,但在两性关系上,左拉直笔而书,自然主义倾向已然初露锋芒。警方认为《克洛德的忏悔》有伤风化,搜查了左拉在书店的办公室。

左拉因《克洛德的忏悔》事件被书店开除后,成为《大事报》《费加罗周刊》等报刊的专栏撰稿人,负责艺术与文学评论。作为艺术评论家,左拉最为人称道的是他为马奈及印象派画家所做辩护。马奈展出《奥林匹亚》与《草地上的午餐》之后,饱受攻击。左拉力排众议,视《奥林匹亚》为现代艺术的开山之作,认为马奈与印象派画家代表着一种新艺术倾向的出现。这种新艺术倾向,即是忠实于自然与生活本身,用具有个性的画笔对事实进行客观冷静的摄影式记录。马奈感激左拉的拥护,但并不同意左拉对印象派所做的阐释。

在马奈评论之战中,左拉形成了完整的自然主义理论:自然主义文学"产生于本世纪科学进步之中;它是生理学的发展和完善……对抽象的、玄思的人的研究已为对自然人的研究所取代;自然人受生理—化学规律支配,并为其环境作用所决定"①。自然主义文学强调对社会事实冷静客观的描绘,试图以一种无动于衷式的叙述代替浪漫主义与现实主义小说主观介入式的叙述。在初期的《泰雷丝·拉甘》等几部自然主义小说之后,左拉开始了一个追步巴尔扎克《人间喜剧》的宏大计划——《卢贡-马卡尔家族》(*Les Rougon-Macquart*)。

《卢贡-马卡尔家族》的构思始于1868年,最初的计划包括10部小说,表现"第二帝国时代一个家族的自然史与社会史"。第一部小说《卢贡家的发迹》于1870年起在《世纪报》上连载,1871年正式出版。在出版序言中,左拉再次强调了他的自然主义文学主张:"我想解释一个家族一小群人如何在社会里安身立命,这家族在发展之中产生了十个、二十个成员,乍看之下,他们好像极不相似,但一经分析,却显露出他们深深地互相关联,遗传有它的规律,就像地心吸力有其规律一样。"②遗传与环境被认为是决定所有人物命运的核心力量。1878年,在发表了家族系列的前八部作品之后,左

---

① 〔英〕利里安·弗斯特、彼特·斯克爱英:《自然主义》,任庆平译,北京:昆仑出版社1989年版,第34页。

② 柳鸣九主编:《法国文学史》(第三卷),北京:人民文学出版社1991年版,第112页。

拉为回应读者对小说结构的质疑，发表了卢贡-马卡尔家族世系表，并特别增加了马卡尔家族的比重，将整部家族史的规模扩大到 20 卷。

卷帙浩繁的《卢贡-马卡尔家族》寄托了左拉试图与巴尔扎克一较高下的文学野心，他要做"巴尔扎克曾对路易-菲利普朝代所做过的那种工作"，以自然主义取代现实主义，以左拉的名字取代巴尔扎克。从规模上看，《卢贡-马卡尔家族》自然不如《人间喜剧》，但左拉精心设计的家族史结构远比巴尔扎尔"人物再现"式的松散联合严整得多；从实录性上看，左拉冷静克制的自然主义风格，相较巴尔扎尔动辄替主人公代言的感情洋溢，似乎更能表现生活真实。然而，就整体而论，《卢贡-马卡尔家族》广度有余，深度不足，远逊于《人间喜剧》。究其原因，可以说是自然主义苛刻的规则妨碍了左拉更深入的文学探索。即便是家族史中最好的几部作品，《小酒店》（1877）、《娜娜》（1880）与《萌芽》（1885），也鲜有人物心理与社会心态的深入发掘。左拉过多地把目光投向了社会不平等的表象，他一丝不苟地描绘表象，力图如实地还原生活。但是这种理论上的追求经常被左拉的正义感所压倒，于是就出现了过度夸张的想象与理论先行的象征。以《娜娜》为例。按照自然主义理论，娜娜的贪婪与淫荡应当归咎于遗传变异，但苍蝇与垃圾堆的意象被作者反复强调，作为娜娜与上流社会的隐喻，这一遗传因素造就的贪婪与淫荡就成了下层阶级对上层社会的报复，娜娜也就成了某种意义上的平民英雄。另一个象征意味浓厚的隐喻关注下层阶级的破坏力，娜娜吞噬一处处庄园，凡她走过的地方，都留下一地废墟。至于左拉对上流社会的描写，历来为论者所诟病，公论为过度夸张，不切实际。《娜娜》中，众多大贵族带着太太齐聚于下流剧院，观看黄色表演，米法伯爵与岳父以宗教为名去拜访裸体表演者娜娜，这固然是要讽刺上流社会，但这种刻意扭曲反而削弱了作品的可信度。

《卢贡-马卡尔家族》的弱点是自然主义主张必然的结果。完全客观再现事实是不可能完成之事。无论是题材选择还是感情倾向，作家的主观思想都无法置身事外。即使是左拉本人，也无法完全遵循自然主义的苛刻原则，总是忍不住要通过作品为民请命，替下层阶级寻求集体正义。虽然左拉后来又完成了《三名城》与《四福音书》，但其活动重心已转入了德雷福斯案件。从 1897 年案发到 1898 年宣告无罪，左拉发表了一系列文章为德雷福斯辩护，后来结集为《真理在前进》（1901），其中最著名的《我控诉》（1898）导致左拉入狱一年。左拉对正义的坚守，使他被誉为"知识分子的良心"，复兴了持不同政见知识分子的独立传统。

法庭作出监禁判决之后,左拉于同年7月流亡伦敦,侨居英国一年。1899年判决推翻,左拉立即回国。1902年完成了《四福音书》的第三部之后,左拉因煤气中毒在巴黎寓所逝世。自然主义的功与过都借左拉一人之力完成,在其身后,自然主义也就风流云散,要再过半个世纪,才能在新的文学实验中找到自然主义的些微踪迹。

第三节 波德莱尔

夏尔·波德莱尔(1821—1867)出生于巴黎。他6岁丧父,母亲次年改嫁欧比克少校。波德莱尔对继父怀着极为复杂的仇恨,两人的争吵贯穿了波德莱尔的青年时代。欧比克安排继子到法学院就读,替他在外交界谋划职位,但误解与隔膜反而使他成了波德莱尔的假想敌。波德莱尔成年后,迅速放弃学业,拒绝任职,开始纵情声色,挥霍遗产。欧比克应波德莱尔母亲的请求再次介入,安排波德莱尔出国旅行,控制其花销,导致二人矛盾升级,以致1848年革命时期,波德莱尔拿着手枪冲上街头,要借革命"杀死欧比克将军"。

波德莱尔几乎从不关注政治,他对社会生活的热情最初集中在艺术领域。从1845年起,波德莱尔开始就沙龙艺术展发表文章,评论遍及德拉克洛瓦、安格尔、库尔贝以及以马奈为核心的印象派早期画家。波德莱尔推崇德拉克洛瓦强调色彩冲突的个人化绘画,贬斥以机械拘泥的线条为绘画最高原理的众多安格尔模仿者。波德莱尔的艺术眼光基本是浪漫主义的,他对库尔贝与马奈都多有微词。他只赞扬库尔贝与马奈全新的绘画手法,但认为他们选择的题材只是浪费天才。但事实上马奈的《奥林匹亚》与库尔贝的《奥南葬礼》可能是在艺术上对波德莱尔"现代生活的英雄"理论的最好阐释者。波德莱尔的浪漫主义艺术品位,显然妨碍了他在艺术批评领域走得更远。

1847年,波德莱尔发现了美国诗人埃德加·爱伦·坡。坡充满神秘气息的诗歌与悬疑小说极大地影响了波德莱尔的美学观。波德莱尔迅速将坡的作品翻译成法文,在自己的十四行诗与散文诗中反复引用坡的意象与语词。

早期的波德莱尔以艺术评论家与翻译家的身份名世,但在巴黎的文学咖啡馆中,他早已享有诗名。1855年,波德莱尔在《两世界评论》上发表了他的神秘诗作中的第一批作品,共18首。随后出版了诗集《恶之花》

（1857），收入包括《卷首语》在内的 101 首作品。《恶之花》惊世骇俗的题材引发了巨大争议。先锋文学界将波德莱尔视作新文学的希望，官方则发起公诉，判决波德莱尔"有伤风化"，罚款三百法郎，勒令删除诗集中 6 首"淫诗"。四年之后，波德莱尔重新编订出版《恶之花》第二版（1861），删去了 6 首禁诗，另外增加 32 首新作品，结集为 126 首的新版本。1868 年，诗人去世后，其友人整理遗作，编订 151 首的第三版《恶之花》。

在《恶之花》的卷首诗《致读者》中，波德莱尔将世界描绘成一个充斥着"匕首、毒药、放火以及强奸"①的"罪恶污秽的动物园"，而在这众多"尖啼、怒吼、嗥叫、爬行的怪物里面"，"却有一只更丑、更凶、更脏的野兽！／尽管它不大活动，也不大声叫嚷，／它却乐意使大地化为一片瓦砾场，／在它打呵欠时，一口吞下全球"。这只野兽就是"厌倦"。

浪漫主义对世界充满自信的把握已然烟消云散，波德莱尔在 50 年代即已提前感受到了一种笼罩在厌倦、孤独与颓废中的世纪末情绪。《恶之花》的第一辑《忧郁与理想》集中表现了诗人的希望与绝望。诗人希望借艺术之翼高翔"越过星空世界无涯的极限"，"抛弃在迷雾的生活之中／压人的烦恼和那巨大的忧伤，／鼓起强健的羽翼，直冲向／宁静光明之境"（《高翔》）。诗人上下求索，希望以"芳香、色彩与音响"交织的感应和"幽昧而深邃"的象征（《感应》）来供奉诗神，击退忧郁，获得安宁，却发现连诗神都出卖了艺术，为"博得庸俗观众的一粲"而强作笑颜。于是诗人也只好将高傲的理想埋在心中，纵情声色，任凭痛苦与时间侵蚀生命，在忧伤与漂泊中寻求解脱。但他得到的仍然只有忧郁，"一长列的柩车，没有鼓乐伴送，／在我的灵魂里缓缓前进；'希望'／失败而哭泣，残酷暴虐的'苦痛'／把黑旗插在我低垂的脑壳上"（《忧郁·其四》）。

失败将诗人的目光引向了现代生活。在《巴黎风貌》中，波德莱尔背叛了浪漫主义。他钟爱城市。"从我的顶楼上，／眺望歌唱着的、喋喋不休的工场；／眺望烟囱和钟楼，都市的桅杆，／和那使人梦想永恒的大罗天。"（《风景》）浪漫派诗人所厌恶的工场、烟囱与都市变成了诗歌主角，而天空与桅杆则被弱化成了城市生活以外空旷模糊的远景。波德莱尔的都市里，到处有"邪恶的魔鬼"在游荡："透过被晚风摇动的路灯微光，／卖淫在各条街巷里大显身手"（《黄昏》）；"在养老院深处的垂死的病人／一阵阵打呃，吐出

---

① 〔法〕夏尔·波德莱尔：《恶之花》，钱春绮译，北京：人民文学出版社 1998 年版，第 6 页。本节引诗皆为钱译，下文不注。

最后的喘气"(《黎明》)。波德莱尔描写罪行与丑恶,但在这座阴暗的都市之中,也每每出现奇异的邂逅:"从她那像孕育着风暴的铅色天空/一样的眼中,我像狂妄者浑身颤动,/畅饮销魂的欢乐和那迷人的优美"(《给一位交臂而过的妇女》)。转瞬即逝的城市生活,带给诗人狂热的震颤,"电光一闪……随后是黑夜",而美正蕴藏于这行踪不明的短暂钟情之中。

绝望与狂喜将诗人推向了《酒》。以《酒魂》作为序言,波德莱尔吟咏拾垃圾者的酒:"在老郊区的中心","被生存斗争搞得头发花白的战友"借酒力梦想着"旗帜、鲜花与凯旋门";凶手的酒:谋杀妻子的酒鬼在问,"可有谁,在可怕的夜晚,/会想到用酒来做寿衣";孤独者的酒:没有什么比得上"深底的酒瓶,/你替虔诚的诗人的焦渴的心/藏在你大腹中的强烈的香酒"。最后诗人将希望寄托于情侣的酒:"让我们并肩飘荡,/无休无止,也不知疲倦,/逃往我的梦想的乐园"。

梦想的乐园化成了罪恶与丑恶之花。浪漫主义的"真善即美",在波德莱尔看来只是伪善。美绝不应从属于真与善,也不只是和谐。波德莱尔认为,经过艺术家的处理,所谓的丑恶也可以成为审美对象,而韵律和节奏塑造的痛苦能使精神充满一种平静的快乐,"这是艺术的奇妙的特权之一"。波德莱尔成功地将他的"恶德之美"理论付诸实践,《忧郁与理想》辑中的《腐尸》已经从视觉上将"审丑"美学推向了极致,《恶之花》一辑则从道德上质疑主流美学秩序,全方位地挑战情欲的诗学禁区。在《破坏》中,波德莱尔写情欲的涌动:"恶魔老是在我身旁不断地蠢动","把疲惫而喘气的我带到了一片/深沉而荒凉的'无聊'的旷野中央"(《破坏》);写性虐待:"他可曾用狂热的手/揪住你的硬发,提起你,/说吧,恐怖的头,他曾以最后一吻/印上你的冰冷的牙齿"(《被杀害的女人》);写自恋:"眼睛深陷的少女们对着镜子/恋慕自己的肉体,徒然孤芳自赏!/抚爱自己已达婚龄的成熟的果实"(《累斯博斯女人》);写女同性恋:"强壮的美人跪在柔弱的美人面前,/她显得非常自傲,高举胜利的酒杯,/觉得无穷的快感,她向她伸直四肢,/好像在等着接受对方衷心的感谢"(《被诅咒的女人·德尔菲娜和伊波利特》)。

在《叛逆》中,诗人转向宗教,诘问上帝,祈祷魔鬼,重新阐释罪与罚:"撒旦,愿光荣和赞美都归于你"。波德莱尔对宗教的怒火在本辑中集中喷发,其后果是使诗人陷入了一种天主教式的恐惧之中。死亡的阴影接踵而来。

在波德莱尔的诗学语境下,死亡意味着充满狂喜的重生。死亡使爱情的"熄灭的火/和灰暗的镜子重新复活"(《情侣的死亡》),它是"穷人的钱袋和古老的家乡"(《穷人们的死亡》),"像新的太阳",使艺术家"头脑里的百花开放"(《艺术家们的死亡》)。对于诗人来说,垂死的时刻,正像一场新奥德赛旅程的开端:"啊,死亡,啊,老船长,时间到了!快起锚!/我们已倦于此邦,啊,死亡!开船航行!/管他天和海黑得像墨汁,你也知道,/在我们内心之中却是充满了光明!"(《旅行》)

《恶之花》对美学与诗歌禁区的大胆突破,迅速使波德莱尔成为先锋诗人的领袖。1861年,波德莱尔申请候选法兰西学院院士,希望能在法兰西学院里维护新文学的地位。在福楼拜、圣伯夫的劝阻下,波德莱尔最终撤回了这不可能成功的申请。这位愤世嫉俗的诗人终其一生也未能取得金钱与地位上的成功。1867年,波德莱尔逝世。1869年,其遗著散文诗集《巴黎的忧郁》出版。多年以后,波德莱尔的光荣终于由新的诗人来重铸,唯美主义、象征主义以至后来的现代主义诸大师,均奉他为最伟大的先行者。

【导学训练】

一、学习建议

学习本章时应联系19世纪后期欧洲的社会政治动荡、世纪末颓废思潮、科学主义信仰以及非理性主义哲学等方面,来理解这一时期的自然主义、象征主义和唯美主义文学思潮。既要看到它们之间的不同艺术追求,也要看到它们在理论上的同源性。建议以宏观视野把握三个流派的生成与发展,将它们视作一个问题的三个答案和对同一种社会现实做出的不同美学反应。要求辨析自然主义、象征主义和唯美主义的美学主张和创作特征,了解马拉美、魏尔伦、兰波、王尔德、龚古尔兄弟等作家及其代表作,重点掌握波德莱尔和左拉的创作。

二、关键词释义:

自然主义:自然主义(Naturalism)是19世纪60—90年代的法国文学流派,是现实主义文学的发展和变异。自然主义是文学领域里科学主义崇拜的产物,在接受实证主义哲学以及丹纳的种族、时代、环境三要素学说影响的同时,特别注重从生理学、遗传学等自然科学角度描述和解释人类行为,其代表人物是龚古尔兄弟和左拉。左拉主张文学应该摒弃靠灵感创作的倾向,而代之以严格的科学方法,像科学家做实验一样,对人的行为进行生理的和病理的分析;作家在创作中只应观察、研究和记录事实,而不应做政治、道德、美学的评价,也不应对小说内容负有过多的道义上的责任。这些理论主张在左拉的部分作品中得到一定程度的贯彻。

实验小说：实验小说是法国自然主义作家左拉提倡和践行的小说创作类型。它是以实证、实验的自然科学方法进行小说创作，研究的并非是由社会环境或个人情感共同作用而形成的人物性格，而是由生物学、遗传学以及自然环境所决定的人物气质，将传统小说中社会的人还原为自然的人，挖掘人自然性的一面。在具体写作方法上，往往收集人物类型放在环境中加以分门别类的考察，如同科学家设计和操作实验一般，只观察、记录、陈述其客观状态和结果，不做任何道德与情感评价，描写不避善恶、美丑，极力展现人物生物性、病理性的一面。左拉的中篇小说《人是怎样死的》《人是怎样结婚的》就是典型的实验小说。

象征主义：象征主义(Symbolism)是19世纪70年代至20世纪40年西方影响巨大的文学流派，被看作现代主义文学的重要分支。象征主义分为前后期两个阶段，前期以法国为主，其先驱是波德莱尔，代表人物是活跃于19世纪70—90年代的马拉美、魏尔伦和兰波。这一流派因莫雷亚斯于1891年发表的《文学宣言》而得名。后期象征主义于20世纪20—40年代兴盛于欧美各国，代表人物有爱尔兰的叶芝、美国的T.S.艾略特、奥地利的里尔克、法国的瓦莱里等。象征主义既反对客观描写，也反对主观抒情，而强调主客观的"契合"，用隐喻、象征、暗示以及"通感"等手法表现事物现象背后的神秘意蕴，有时也追求音乐效果，主要创作成就集中在诗歌方面。

唯美主义：唯美主义(Aestheticism) 19世纪后期产生于法国和英国的艺术与文学运动。它鼓吹文学艺术的独立性、超功利性和唯美性，主张"为艺术而艺术"；认为艺术与一切无关，只为自己存在，艺术的形式美是其存在的主要依据，艺术美是高于一切的、永恒的，因此不是艺术模仿现实，而是现实模仿了艺术。主要代表人物有戈蒂耶、罗斯金、王尔德等人。

三、思考题

1. 自然主义文学与现实主义文学有何联系与区别？
2. 自然主义文学是否真能如其理论家所说的完全摒弃价值判断和伦理倾向？结合具体作品对这一命题进行分析。
3. 《卢贡-马卡尔家族》对《人间喜剧》的社会学性继承是否大于文学性继承？
4. 《娜娜》中的平民复仇者形象是否成功？为什么？
5. 结合作品分析象征主义诗歌的主要特征。
6. 马拉美对"纯粹"概念的痴迷是否使他背离了波德莱尔式关注现代生活的诗学传统？
7. 波德莱尔的"恶之花"概念是不是对浪漫主义美学的修正？
8. 为什么唯美主义能在代表作品尚未完成之前就获得广泛的社会影响力？
9. 如何理解唯美主义所谓"不是艺术模仿生活，而是生活模仿艺术"的观点？
10. 《道林·格雷的画像》中的道德训诫与唯美主义修辞是否能够达成和解？

四、可供进一步研讨的学术选题

1. 分析自然主义文学中的异化倾向与卡夫卡小说。

2. 分析自然主义去心理化的文学试验对新小说派作家的影响。
3. 分析左拉的艺术批评对印象派绘画理论与实践的背离。
4. 分析象征主义对帕纳斯派的拒绝与接受。
5. 分析波德莱尔的现代性与反现代性矛盾。
6. 象征主义者的"瓦格纳狂热"研究。
7. 分析象征主义诗人的诗歌音乐化与印象派音乐家的音乐诗歌化,两种艺术实验的同构性与异质性。
8. 分析罗斯金对英国人"意大利想象"的重塑。
9. 分析拉斐尔前派绘画与诗歌文本的互文性。
10. 分析王尔德戏剧对维多利亚时代道德的解构与服从。

【研讨平台】

一、自然主义与现实主义的蘗生和异质关系

提示:从产生背景上来看,自然主义确乎是由现实主义蘗生出来的,都是因对浪漫主义主观化、情感化的创作思想不满而形成的,两者都主张对社会现实做客观、再现式的描绘,从创作思想和方法到作家责任、价值观念上,都有一定的相似之处。同时,我们也应看到自然主义在思想资源上的异质性,它实际上是受机械唯物主义思想影响而在文学领域进行的创作实验,生理学、遗传学等自然科学才是其标准,这与现实主义文学并不同道,艺术标准也有很大区别。

1. 左拉:《实验小说论》(节选)

实验小说以自然的人代替抽象的人,形而上学的人,这种自然的人受物理与化学规律的支配,由环境的影响所决定。一句话,它是我们科学时代的文学……

我这里谈的只是事物的"怎么样",而不是"所以然"……(我认为实验小说家)最好是从第一步入手,从研究现象入手,而不要期望会有某种突然的启示为我们揭示世界的秘密。我们是工匠,把"所以然"这个未知领域留给那些投机者去探索好了……

我认为个人情感仅仅是最初的推动因素。在作品中必须反映自然,至少是科学已为我们揭开秘密的那部分自然。我们没有权利对这部分自然进行杜撰。实验小说家因而是接受已证实的事实的小说家,他在描写人和社会,指出科学已掌握的现象的原理……

(吕永真译,见柳鸣九编选:《自然主义》,北京:中国社会科学出版社1988年版,第479、488、497页)

2. 弗斯特、斯克爱英:《自然主义》(节选)

无论评论现实主义作品,还是评论自然主义作品,批评家们几乎毫无例外地习惯于

将这两个术语归在一起,或至少要同时涉及到二者,很多人甚至明确断言"现实主义和自然主义完全相同无异"……把这种概念混乱的情况归咎于批评家也是不对的。那些自然主义的倡导者们自己的思路就很不清楚,这也反映在他们的遣词用语方面。左拉是人们公认的自然主义的先驱,就连他也没有严格分辨这两个词,这对后来这个词的用法影响很大……其困难之一就是,19世纪中期,人们对"现实主义"一词还未作出严格的界定,更不用说产生系统的艺术理论。

事实上,自然主义有一种虽不完善但极其简明的定义,它是将19世纪自然科学的发现和方法用于文学的一种尝试。自然主义者明确地强调过自然主义和科学的密切关系……

(任庆平译,北京:昆仑出版社1989年版,第7、8、11页)

3. 柳鸣九:《自然主义大师左拉》(节选)

首先,左拉把文学与自然科学结合的重要性强调到一个从未有过的高度,以至表现出了一种要求文学从属于自然科学的倾向……

根据什么科学的理论和方法来认识人和研究人呢?这是问题的核心,在这里,左拉提出了遗传学作为指导和原则,他认为人的生理条件是人的"内部环境",人这架机器如何运转、如何思想、如何热爱、怎样从理智发展到激情和疯狂,这些现象都是由"生理器官控制的"……

左拉的自然主义文艺思想混淆了文学艺术和自然科学的界线,将它们加以等同;在强调自然科学对于文学艺术的认识价值的时候,又不适当地无视了文学艺术本身的特点与规律;它主张绝对地搬用自然科学的方法,显然流于偏颇。

(上海:上海文艺出版社1989年版,第27、35、38页)

二、唯美主义:艺术、现实和道德的张力

提示:唯美主义最基本的观点是艺术高于一切,从这一观点出来,无论是客观的现实、实在的功用还是本质的价值,都必须让位于艺术,艺术是超越功利的,因此,艺术不模仿自然,而是自然模仿艺术。这一观点初看很怪诞,但深入了解不难发现,唯美主义其实是对浪漫主义反叛性的继承,既高扬了艺术的价值,又挑战了传统的文学观念。如浪漫主义者反对艺术对现实的客观再现与模仿,主张书写主观的现实,注重情感与想象的力量,形成表现论的文艺观。以此推论:既然艺术不尽然模仿现实,那么,现实也未必不可能不模仿艺术。

1. 奥斯卡·王尔德:《道连·格雷的画像》(节选)

艺术家是美的作品的创造者。

艺术的宗旨是展示艺术本身,同时把艺术家隐藏起来。

……

艺术家没有伦理上的好恶。艺术家如在伦理上有所臧否,那是不可原谅的矫揉造作。

(荣如德译,上海:上海译文出版社2006年版,自序第3页)

2. 泰奥菲尔·戈蒂耶:《莫班小姐》(节选)

我首先想知道,功用这个重量级名词的确切含义是什么,它作为检验和界定是非好坏的神圣准绳,每天充斥于报端,可它究竟是什么意思,究竟适用于什么?
……
只有毫无用处的东西才是真正美的;一切有用的东西都是丑的,因为它表现的是某种需要,而人的需要是龌龊和令人作呕的,如同他孱弱可怜的天性一样——一所房子最实用的地方,就是厕所。

(艾珉译,北京:人民文学出版社2008年版,作者序第20、22页)

3. 维维安·贺兰:《王尔德》(节选)

(王尔德写给《圣詹姆斯报》的信)从艺术的观点来看,坏人是非常吸引人的研究对象。他们代表了色彩、变化与特异。好人会激怒人的理性,坏人则引发人的想象力。贵报评论家(如果我必须以如此尊荣的头衔称呼他的话)认为我小说中的人物在现实生活中并不存在,以他强悍却有点粗俗的话来说"一文不值且并不存在的",他说的没错。如果这些人物真的存在,就没有写他们的价值了。艺术家的功能就是要创新,而不是记载历史。世上没有这样的人。如果真的有,我也就不拿他们当写作题材了。生活的实际画面总是破坏了艺术的主题。

(李芬芳译,上海:百家出版社2001年版,第69—70页)

三、前期象征主义与浪漫主义的变奏

提示:在19世纪末,各种文艺思潮层出不穷,彼此之间并没有严格的时间先后与流派划分的标志。象征主义诗歌就属于此类情况。象征主义诗人中有的被当作浪漫主义诗人,有的被当作现代主义诗人。这种分类并不绝对,不过我们可以看出他们对浪漫主义的继承与发展,对现代主义创作手法的提倡与推动。到后期象征主义那里,这种继承与新变关系更加明显。我们应该注意,19世纪末以后的任何一种文学思潮,不管它的主张、创作有多么新奇、怪诞,都不可能是对前驱的断裂,而必然是一种继承的发展。

1. 波德莱尔:《波德莱尔美学论文选》(节选)

幸福的人!值得羡慕的人!他爱的只是美,他追求的只是美。当一个怪诞的或丑陋的东西呈现在他的眼前的时候,他仍然知道如何从中发掘出一种神秘的、象征的美!
……
浪漫主义恰恰既不在题材的选择,也不在准确的真实,而在感受方式。

他们在外部寻找它,而它只有在内部才有可能找到。

在我看来,浪漫主义是美的最新近、最现时的表现。

有多少种追求幸福的习惯方式,就有多少种美。

……

谁说浪漫主义,谁就是说现代艺术,即各种艺术所包含的一切手段表现出来的亲切、灵性、色彩和对无限的向往。

(郭宏安译,北京:人民文学出版社2007年版,第107、198—199页)

2. 埃德蒙·威尔逊:《阿克瑟尔的城堡:1870年至1930年的想象文学研究》(节选)

写文学史的人时刻记着不能给人以文学运动是一个紧接着一个发生这样的印象——就好比说18世纪的理性主义就此干干净净地被19世纪的浪漫主义所击溃……我在这里有意挑选一些表面上属于某个派别的代表作家及作品,但是我们必须留心了,尽管有些浪漫主义者比夏多布里昂、缪塞、华兹华斯或拜伦更具浪漫主义色彩,但最终他们却成为了象征主义的先行者乃至一代宗师。

象征主义的首要任务就变成模仿事物而非陈述事物了……诗人的任务是去找寻和发明一种特别的语言,以表现其个性与感受。这种语言必须用象征符号来完成,因为这样独特、一瞬即逝而又朦胧的感受,是不能直接用语言陈述或描写的,只能用一连串的字句和意象,才能对读者作出适当的提示。象征主义者本身充满把诗歌变成音乐的想法,希望这些意象能像音乐中的抽象的音符与和弦。

(黄念欣译,南京:江苏教育出版社2006年版,第9、15页)

3. 马拉美:《谈文学运动(答儒勒·于莱问,1891年)》(节选)

凡是有节奏的语言,那里面就会有诗,只有广告和日报的第四版才是例外。散文里面也有诗,有时还有表达各种节奏的绝妙的诗。严格地讲,并没有所谓的散文:只有字母表以及不同程度的简练的诗,和不同程度的冗长的诗。只要你追求风格,你就是在琢磨诗句。

……后进者的创作意图,并不是要取消正统诗体;他们只要求在诗歌中放进较多的空气,在气势宏伟的诗句之间,创造一种流动的、变化的东西,而正是前一时期诗歌所缺少的……而年轻的诗人们则是直接向音乐去吸取他们的灵感,好像是前人从未有过的创举;但他们也只是为了减少帕尔纳斯派诗歌形式的生硬性罢了。

(见黄晋凯、张秉真等主编:《象征主义·意象派》,北京:中国人民大学出版社1989年版,第39—40页)

【拓展指南】

一、重要研究资料简介

1.〔美〕埃德蒙·威尔逊:《阿克瑟尔的城堡:1870年至1930年的想象文学研究》,黄念欣译,南京:江苏教育出版社2006年版。

简介:该书系统介绍了法国象征主义的主要诗人及其作品,在比较诗学的语境中,描述象征主义作品的影响与成就,考察法国19世纪象征主义对叶芝、T.S.艾略特等英语诗人以及小说家普鲁斯特等人的影响,将象征主义视为现代主义文学的源头之一。

2.〔德〕瓦尔特·本雅明:《发达资本主义时代的抒情诗人》,张旭东、魏文生译,北京:三联书店1989年版。

简介:该书将波德莱尔的生活与作品置于现代性理论的框架内,提出了一种以"震颤"体验为核心的城市经验诗学解读方式,深刻影响着20世纪的波德莱尔研究。

3.〔美〕G. H.贝拉维达:《为艺术而艺术与文学生命:政治活动与经济市场如何促使1790—1990年唯美主义的艺术形态与文化成型》,陈大道译,台北:知书房出版社2004年版。

简介:该书将唯美主义的观念史追溯到18世纪末,考察社会政治与经济发展对"艺术"与"艺术家"概念构型的影响,并在20世纪末大众文化对美的解构与重构背景中反思唯美主义观念。

4.〔美〕雅克·巴尔赞:《艺术的用途与滥用》,严忠志译,杭州:浙江大学出版社2009年版。

简介:该书详尽地梳理"美"的概念历史与沿革,将自然主义、象征主义与唯美主义等美学流派置于历时性背景中,讨论现代文学与艺术对美的滥用与破坏,对现代主义与后现代主义进行整体性反思。

5.〔法〕贝特朗·德·儒弗内尔:《左拉传》,裴荣庆译,天津:天津人民出版社1988年版。

简介:该书是关于左拉的人物传记,但保留了大量的一手资料,包括左拉的日记、笔录和录音原稿,涉及左拉的创作生活、社会生活以及家庭生活,对于了解他的理论主张的形成以及创作思想与内容的变化,有重要的文献价值。

二、其他重要研究资料索引

1.〔美〕彼得·盖伊:《施尼兹勒的世纪:中产阶级文化的形成1815—1914》,梁永安译,北京:北京大学出版社2006年版。

2.柳鸣九编选:《自然主义》,北京:中国社会科学出版社1988年版。

3.朱雯等编选:《文学中的自然主义》,上海:上海文艺出版社1992年版。

4.赵澧、徐京安主编:《唯美主义》,北京:中国人民大学出版社1988年版。

5.〔英〕威廉·冈特:《美的历险》,肖聿译,南京:江苏教育出版社2005年版。

6.〔英〕奥斯卡·王尔德:《谎言的衰落:王尔德艺术批评文选》,萧易译,南京:江苏教育出版社2004年版。

7.〔英〕彼得·拉比(Peter Raby)编:《剑桥文学指南:奥斯卡·王尔德》(英文版),上海:上海外语教育出版社2001年版。

8.〔法〕泰奥菲尔·戈蒂耶:《浪漫主义的回忆》,赵克非译,北京:人民文学出版社2011年版。

9.〔法〕波德莱尔:《波德莱尔美学论文选》,郭宏安译,北京:人民文学出版社2007年版。

10.〔德〕瓦尔特·本雅明:《巴黎,19世纪的首都》,刘北成译,上海:上海人民出版社2006年版。

11.〔法〕马塞尔·雷蒙:《从波德莱尔到超现实主义》,邓丽丹译,郑州:河南大学出版社2008年版。

12.〔美〕马泰·卡林内斯库:《现代性的五副面孔》,顾爱彬、李瑞华译,北京:商务印书馆2004年版。

第九章　20世纪前期欧美文学

第一节　概述

一、20世纪前期欧美社会及主要思潮

20世纪在人类历史上是一个充满动荡、灾难、激变与活力的世纪。就其前期而言,对历史进程具有决定性影响的是1914—1918年的第一次世界大战、1917年的十月革命和二三十年代的经济大萧条等重大事件。俄国十月革命造就了新的社会形态、社会现实和文学艺术,与资本主义社会及其文化之间构成富有张力的对峙。经济大萧条在全世界范围内产生的巨大震荡,在20世纪前期的文学叙事中留下了难以磨灭的深刻烙印。世界大战给人类带来空前的灾难和精神上的困惑迷惘,使之不得不重新审视19世纪传承下来的社会模式、价值观念、知识结构和信仰体系。伴随着西方世界普遍的精神危机,固有的观念体系和价值体系开始动摇,林林总总、形态各异的社会政治思潮和文学艺术流派层出不穷、迅速更迭。非理性主义以强劲之势在欧洲崛起,对19世纪以来以实证主义和理性主义为核心的观念体系发起挑战和冲击,为现代主义文学艺术的崛起推波助澜。尼采(1844—1900)鼓吹的超人哲学和酒神精神,他对上帝已死的宣告和对理性主义及一切传统价值的批判,柏格森(1859—1941)的直觉主义和"绵延"理论,弗洛伊德(1856—1939)的精神分析学说对潜意识、无意识领域的开掘,以及自由联想等精神诊疗方法,对20世纪文学艺术和社会思潮产生了直接而深远的影响。相对论、"测不准原理"等现代自然科学成就强化了人们的相对主义世界观和对偶然性、不确定性的信念,鼓舞艺术家们将主观从客观的束缚之下解放出来。现代科学技术改变了人们的时空体验,增加了生活的层次感和复杂性。此外,海德格尔等人的存在哲学,如关于"人被抛入世界"的命题和"荒诞"的概念等,以及稍后由萨特等人阐发的一系列存在主义思想,社

会批判领域的马克思主义和欧洲人文主义传统等，共同构成了20世纪各种现代主义和现实主义文学产生、发展、兴盛和传播的主要背景。

二、20世纪前期欧美文学

(一) 现实主义和泛现实主义文学

20世纪前半叶，欧美各国现实主义文学的生命力依然强大，但由于正在崛起的现代主义等文学潮流的渗透和影响，现实主义自身也在发生变化。它不再局限于19世纪现实主义的传统特征，而是呈现出与现代主义方法及意识合流的趋向。因此，在这一时期的文学中，除了分类清晰的现代主义流派和严守传统现实主义方法的创作之外，还包含一部分广义的现实主义作品，以及虽然流派特征不很明显但却与现代主义风格相似、气质接近的文学创作。

20世纪现实主义文学是19世纪现实主义文学的继承和发展。20世纪现实主义作家接受了以往现实主义的基本创作方法，同时吸收了新时代涌现的各种新观念、新视野和新技巧。因此，这一时期的现实主义文学表现出兼容并蓄的开放性和不拘成规的艺术活力，这种现象有时被称为"泛现实主义"。

尽管20世纪现实主义作家由于受非理性思潮影响，在对社会现实及其本质的理解上与19世纪作家不尽相同，但仍在很大程度上继承了19世纪现实主义精神。这种继承性主要表现在两个方面。首先，是对社会现实的强烈关注与真实反映。与所有的现实主义作品一样，20世纪现实主义文学也力图客观、真实、全面、准确地反映这一时代。它们或解剖家族盛衰史，或描绘重大历史事件，或书写日常生活。从世界大战、经济萧条、社会革命、阶级斗争等社会动荡，到寻常生活中的悲欢离合，以及情感心态、伦理道德、文化风物等，都在这一时期的现实主义作品中留下了浓重深刻、丰富多样的痕迹。其次，是批判精神。与19世纪批判现实主义一样，20世纪现实主义文学勇于正视现实的丑恶与黑暗，抨击社会弊病与人间不平，揭露人性的堕落与卑污。它们或表现战争、经济萧条带来的创伤与艰难，从人性角度批判、反思战争和经济动荡给人类造成的祸患与灾难，或揭露法西斯主义的危害和其他集权社会对人性的压抑与摧残，或批判资本主义罪恶及种种社会缺陷。有些作品在批判资本主义的同时则赞同社会主义革命和人民群众争取自由解放的斗争，体现出一定的无产阶级意识。

另一方面，由于受同时代哲学社会思潮和现代主义文学影响，20世纪现实主义作品在传统现实主义基础上发生了嬗变,体现出与以往不同的艺术风格。首先,20世纪现实主义文学具有明显的"向内转"趋势。作品从描绘外在客观世界转向描绘人物内在的主观精神世界,使现实主义文学在探索人物潜意识、反映人物内心世界等方面获得长足发展。其次,20世纪现实主义文学吸收、借鉴现代主义文学的诸多观念视野和表现技巧,如荒诞意识、梦幻描写、意识流、时空倒置、内心独白、象征手法等,有的作品还融合了电影、绘画、音乐等其他艺术形式要素,丰富了现实主义文学的表现领域和艺术技巧。再次,20世纪现实主义文学越来越淡化情节,淡化典型环境和典型人物。作家们常描写某一社会现象、社会心理或生存境遇等,更注重主观体验和心理视野的刻画,而不注重情节的曲折、环境的具体和人物的典型。这是现实主义文学向现代主义学习的结果,与传统现实主义迥然有别。由于上述变化,有些作品在现实主义和现代主义之间很难泾渭分明地予以界定。

英国是这一时期现实主义文学最有成就的国家之一。20世纪英国文学对英国社会的保守性和虚伪性进行了更加有力的批判。萧伯纳(1856—1950)是其中最有代表性的现实主义戏剧家,主要作品有《鳏夫的房产》(1892)、《华伦夫人的职业》(1895)和《巴巴拉少校》(1905)等。代表作《巴巴拉少校》以讨论推进情节,在不同思想的激烈交锋中塑造人物形象,对资本主义社会的揭露达到不同寻常的深度、高度、强度和广度,集中展示了萧伯纳出色的喜剧艺术才能。高尔斯华绥(1867—1933)的代表作《福尔赛世家》(1906—1922)三部曲,通过描写福尔赛家族的兴衰史,广泛反映19世纪80年代中期至20世纪20年代中期的英国社会生活,揭露和抨击了资产阶级的"财产意识"。毛姆(1874—1965)的长篇小说《人生的枷锁》(1915)是一部自传性作品,通过对主人公卡莱长达三十年生活经历的描写,无情地批判了宗教、教育、贫困和社会风尚对人的发展的禁锢。此外,他探索人生意义的小说《刀锋》(1944)也吸引了大批青年读者。毛姆的重要作品还有以艺术家高更的传奇生平为题材的小说《月亮与六便士》(1919)和一系列优秀的短篇小说。

劳伦斯(1885—1930)在20世纪英国文学中占有重要地位,同时也颇具争议。他一生写过10部长篇小说、四十多部中篇小说,还有戏剧4部,诗逾千首,其中最能体现他创作成就的是《儿子与情人》(1913)、《虹》(1915)、《恋爱中的女人》(1921)和《查泰来夫人的情人》(1928)等小说。《儿子与情人》是劳伦斯的成名作,集中表现青年时期劳伦斯同父母及第一个恋人杰茜之间的感情经历,是一部自传性作品;《虹》是劳伦斯的代表作,最突出的主题是对两性关系的探索,艺术上体现了传统与现代的双重性;《查泰莱夫人的情人》是劳伦斯后期创作中的长篇力作,探讨现代西方人的生存与前途,反对工业化给人性带来的压抑,将性爱作为原始自然的人性予以肯定并赋予诗意表现,深化了作者以前小说探讨的人与文明、人与自然之间关系的主题。劳伦斯小说对人的潜意识和被压抑的欲望进行了细腻深入的描写,既对社会展开批判,又颇有弗洛伊德精神分析之韵。

康拉德(1857—1924)是一位具有二十多年航海经历的作家,擅长写海洋小说,其作不仅叙事性强,而且深入人物内心揭示其复杂幽微之处,代表作有小说《水仙号上的黑家伙》(1897)、《吉姆老爷》(1900)、《黑暗的心》(1902)、《间谍》(1907)等。威尔斯(1866—1946)是英国小说家、科学家和社会改革家,以科幻小说创作闻名于世,代表作有《时间机器》(1895)、《隐身人》(1897)、《星际战争》(1898)等。福斯特(1879—1970)的现实主义小说擅长风俗人情刻画,描绘20世纪初英国社会状况,表现社会矛盾,弘扬自由、平等和人道主义等价值理念,主要作品有《霍华德庄园》(1910)、《印度之旅》(1924)等长篇小说。其代表作《印度之旅》以殖民地故事和风俗为题材,对种族主义偏见进行了批判。阿道斯·赫胥黎(1894—1963)的代表作是长篇小说《美丽新世界》(1932),这部"反乌托邦"幻想小说以讽刺笔调描绘一个工业流水线般毫无个性、整齐划一的"大同世界",对以机械复制为标志的现代文明进行了批判性的反思。格雷厄姆·格林(1904—1991)擅长宗教题材和间谍题材小说创作,并将通俗文学与严肃文学结合起来,在扣人心弦的叙事之中探讨政治和道德哲理,主要作品有《布莱顿硬糖》(1938)、《权力与荣耀》(1940)、《问题的核心》(1948)等。

20世纪前期法国现实主义小说创作十分繁荣,构成了法国小说的第二个黄金时代。这一时期不少法国小说对社会的剖析往往从家庭着手,以家庭变迁反映社会变革,同时又将目光投向国际上的民族解放斗争和反法西斯斗争。法朗士(1844—1924)的作品《企鹅岛》(1908)、《诸神渴了》(1912)等,或用寓言形式针砭时弊,或总结法国大革命的经验教训。他的小说像梅里美的小说一样富有学者气,在古朴淳厚之中显示讽刺才能。马丁·杜伽尔(1881—1957)的"长河小说"《蒂博一家》(1922—1940)描写人道主义者雅克与资本主义黑暗现实的斗争,通过家庭故事反映法国人民的反战思想和世纪初的法国现实,风格朴实自然,同时也吸取了意识流手法。纪德(1869—1951)擅长心理分析,其作多具自传性质,代表作《伪币制造者》(1926)反映了当代青年的不安与苦闷,流露出对现实社会的怀疑。罗曼·罗兰(1866—1944)是19世纪末20世纪上半叶法国杰出的现实主义作家、真诚的人道主义者和维护世界和平的反法西斯战士。《约翰·克利斯朵夫》(1904—1912)是其代表作。这部"长河小说"包括10卷,描写天才音乐家克利斯朵夫个人奋斗的风雨征程和坎坷人生,反映世纪之交风云变幻的时代风貌和具有重大意义的社会现象,具有交响乐一样的宏伟气魄、结构和色彩。莫利亚克(1885—1970)是法国现代另一位富有代表性的现实主义作家,曾被戴高乐总统称为"法国王冠上最美的珍珠"。他具有深切炽烈的人道关怀,擅长描绘人类心灵深处复杂的精神痛苦,被誉为"描写痛苦的大师"。主要作品有《给麻风病人的吻》(1922)、《爱的荒漠》(1925)、《黛莱丝·台斯盖鲁》(1927)、《蝮蛇结》(1932)等小说。此外,法国作家、政治家马尔罗(1901—1976)的《征服者》(1928)、《人类的命运》(1933)等小说,以中国革命斗争为题材,并对残酷战争中的人性内涵进行表现,在西方世界产生了较大反响。

20世纪前期德国现实主义文学达到了前所未有的高度。德语小说在19世纪还处于发展阶段,到20世纪则开创了繁荣局面。它继承了德国文学重视哲理的传统,增强了批判精神。曼氏兄弟的小说创作是这一时期的重要代表。其中亨利希·曼(1871—1950)创作了《垃圾教授》(1905)、《臣仆》(1914)等重要的现实主义小说。其弟托马斯·曼(1875—1955)的一系列长篇小说力作则成为现代德国文学的经典。布莱希特(1898—1956)是20世纪德国文坛上独树一帜的剧作家、诗人。他的陌生化和史诗剧理论以及戏剧创作,为德国现代戏剧开拓了崭新领域。雷马克(1898—1970)的小说代表作为《西线无战事》(1929)和《凯旋门》(1946),前者揭露了战争的残酷和荒唐本质,后者记叙了德国医生拉维克在纳粹迫害下的不幸遭遇。

20世纪前期用德语写作的重要作家还有黑塞、茨威格、穆齐尔、布洛赫等。加入瑞士籍的德国作家黑塞(1877—1962)受欧洲传统和东方文化影响,创作出一系列具有东方哲学韵味及现实主义、浪漫主义或现代主义色彩的作品,在西方产生了广泛影响,代表作为《悉达多》(1922)、《荒原狼》(1927)、《纳尔齐斯与歌尔德蒙》(1930)、《玻璃珠游戏》(1943)等长篇小说。奥地利作家茨威格(1881—1942)是杰出的中篇小说家和传记文学家。他的小说以性格刻画和心理描写见长,笔触细腻精致,情节婉转动人,代表作为《一个陌生女人的来信》(1922)、《一个女人一生中的二十四小时》

(1927)、《象棋的故事》(1941)等。他的不少传记文学也是脍炙人口的名篇。奥地利作家穆齐尔(1880—1942)生前文名寂寥,处于非主流地位,他历时二十五年创作而终未完成的小说巨著《没有个性的人》,在他死后被认为是20世纪最伟大的德语小说之一。奥地利小说家布洛赫(1886—1951)则以其《梦游者》(1931)、《维吉尔之死》(1945)等小说中富有创新性的叙事艺术和精神探索赢得后来作家、批评家的高度评价。

20世纪初的俄国文坛,老作家托尔斯泰、契诃夫等仍在继续创作,而继承这一现实主义传统的后起之秀则是库普林、布宁、高尔基等作家。库普林(1870—1838)的代表作为小说《决斗》(1905)和《亚玛街》(1909—1915),前者揭露沙俄军队的野蛮、腐败与黑暗,后者以真实笔触描述俄国妓女的悲惨生活。布宁(Ivan Bunin,又译蒲宁,1870—1953)的创作成就主要是中短篇小说,有的描写俄国乡村的衰败,对农民的困苦艰辛给予同情,有的对资本主义文明进行批判。主要作品有中篇小说《乡村》(1910)、自传体长篇小说《阿尔谢尼耶夫的一生》(1927—1933)、短篇小说《米佳的爱情》(1925)等。

高尔基(1868—1936)是苏联无产阶级文学的代表人物,其长篇小说《母亲》(1906)是"社会主义现实主义"文学的奠基之作。他的作品还有自传体长篇小说三部曲《童年》(1913)、《在人间》(1916)和《我的大学》(1923)以及未完成的长篇巨著《克里姆·萨姆金的一生》(1925—1936)等。苏联现实主义的力作还有表现战争和人道主题的作品,如肖洛霍夫的长篇巨著《静静的顿河》,以及苏联革命斗争题材小说如富尔曼诺夫的《恰巴耶夫》(1923)、法捷耶夫的《毁灭》(1927)、奥斯特洛夫斯基的《钢铁是怎样炼成的》(1934)等。表达无产阶级思想意识和感情的诗歌则有马雅可夫斯基的政治抒情诗(如长诗《列宁》)和讽刺诗(如《开会迷》)等。

另一些俄国作家的现实主义作品颇具现代主义意味。如安德烈耶夫(1871—1919)的小说带有象征主义和表现主义色彩,其代表作为中篇小说《红笑》(1904)、《七个绞刑犯的故事》(1908)和剧作《人的一生》(1906)。《红笑》描写日俄战争的残酷、恐怖和疯狂,其中怪诞、邪恶的"红笑"意象令人毛骨悚然、印象深刻。安德烈耶夫曾被高尔基称为"世纪之交欧美最有趣和最有才华的作家"。扎米亚金(1884—1937)以科幻形式写成的反乌托邦小说《我们》(1921)描写千年后地球上彻底消灭个性、按照工业管理模式控制的大一统王国,表现出对工业文明和集权社会的忧虑与批判。巴别尔(1894—1940)的短篇小说集《骑兵军》(1926)以客观冷峻、简洁洗练的笔调描写国内战争残酷的原生态。他的叙事艺术和文体风格后来得到海明威、博尔赫斯、卡尔维诺等西方作家的高度评价。

20世纪前期的美国现实主义文学既正视美国的经济繁荣,又直面其社会矛盾和精神危机,涌现出一批具有世界影响的作家。德莱塞(1871—1945)的早期小说《嘉莉妹妹》(1900)通过对女主人悲剧命运的叙事,表现美国社会贫富悬殊和道德沦丧的主题。其代表作《美国悲剧》(1925)以极大的冲击力与震撼力揭示了"镀金时代"美国社会的本质,宣告了"美国梦"的破灭。美国第一位诺贝尔文学奖获得者辛克莱·刘易斯(Sinclair Lewis, 1885—1951)则通过《大街》(1920)、《巴比特》(1922)等现实主义小说奠定了他在美国文坛的重要地位。菲兹杰拉德(1896—1940)是"迷惘的一代"的代表作家之一。他的《了不起的盖茨比》(1925)以同情的态度描写主人公盖茨比的悲剧,同样表现了"美国梦"的幻灭。斯坦贝克(1902—1968)的小说《愤怒的葡萄》(1939)描写农业工人为生存而奋起反抗的故事,是反映30年代美国大萧条时期的一部史诗。作家运用印象式的手法描写人物,以此突出人物的精神特征,比喻形象生动,构成诗的意境。

海明威(1899—1961)也是"迷惘的一代"的代表作家,他风格独特的作品具有广泛的国际影响。其小说成名作《太阳照样升起》(1926)描写战后一群青年流落巴黎的生活情景,表现其信仰危机与精神失落。《永别了,武器》(1929)通过爱情的温馨与神圣反衬出战争的残酷与荒谬,被认为是20世纪欧美最有代表性的反战小说之一。《丧钟为谁而鸣》(1940)描写美国人赴西班牙参加反法西斯战争的故事。后期代表作《老人与海》(1952)是一部中篇小说,其中老渔夫桑地亚哥勇斗鲨鱼的背景不是一场遍布惊涛骇浪的恐怖噩梦,而是一幅充满人性魅力的诗意画面,他那徒劳而顽强地与失败命运抗争的姿态,是"可以被毁灭,却不能被打败"的"海明威式硬汉精神"的体现。海明威崇尚简洁,提出了只表现事物八分之一,让其余八分之七留在水下的"冰山理论"。他的作品行文洗练,含蓄蕴藉,有"电报体"之称。而《乞力马扎罗的雪》(1936)等小说则体现出他在意识流叙事方面的造诣。

(二) 现代主义文学

20世纪现代主义是诸多文学流派的总称。这些流派主张不同,风格各异,观念演变和价值取向也复杂多元,但它们作为20世纪极富创新意识和反传统精神的文学思潮,在思想和艺术方面仍体现出一些相近的特征。

第一,以世界的危机、人类的困境和人性的异化为基本主题,具有强烈的价值重估和文化批判意味。19世纪末20世纪初的西方社会处在急剧的文化转型时期,世界的混乱、战争的威胁、道德的衰落、生存的困窘使人们产生强烈的危机感、荒诞感、疏离感和异化感,作为西方精神支柱的传统价值和文化开始崩溃。20世纪现代主义作家不再坚持传统的理性原则,而是站在生命本体论的立场上,对世界的危机、人类的处境和文明的前景进行反思和表现,对一切传统价值进行重估。这些成为现代主义文学的强劲主题。

第二,强调表现内在精神世界和主观存在体验。在现代哲学和心理学影响下,现代主义更多地把目光从客观物质世界转向内在心灵世界,通过人的主观体验折射外部世界,在题材和表现对象上体现出强烈的主观内向性。它们或深入人的潜意识、梦幻领域,或将客观世界仅仅作为主观意念的象征,或通过对场景、行动等外在事物的夸张、变形来传达内心体验,或直接表现对这个世界的各种主观感受。

第三,热衷于艺术形式技巧的大胆创新和变革实验。现代主义小说家大多信奉艺术本体论,认为形式即内容,敢于在艺术形式和技巧上标新立异,表现出鲜明的反传统特征。这些作家大量采用"自由联想""内心独白""时空倒置""自动写作""偶然组合""意识流"以及象征、变形、隐喻、暗示等表现手法,对语言、符号、图像、结构、风格等形式元素的变革创新格外重视。

20世纪上半叶现代主义文学的主要流派有后期象征主义、意象派、表现主义、未来主义、超现实主义和意识流文学等。

后期象征主义形成于20世纪20年代,它继承并发展了前期象征主义传统,仍然坚持以象征暗示的方法表现内心的"最高真实",反对过多强调主观精神的自由与无限。后期象征主义在文学上的主要成就是诗歌创作,作品工于语言形式和技巧的创新,经过特殊的艺术处理,往往使常见字词产生新的含义、显示新的色彩。爱尔兰诗人叶芝(1865—1939)将民族性与现实性带进象征主义诗歌领域,他的《驶向拜占庭》(1927)一诗以游历拜占庭来象征精神探索,表达了对西方物质文明的厌恶与对精神世界和理性复归的企盼。瓦莱里(1871—1945)被誉为"20世纪法国最伟大的诗人"。他的诗歌往往以象征的意境表达生与死、灵与肉、永恒与变幻等哲理主题。长诗《海滨墓园》(1926)是其代表作。美国诗人艾略特是20世纪西方最重要的诗人之一。他的长诗《荒原》《四个四重奏》等被视为后期象征主义的经典和现代诗歌的里程碑。其他重要的象征主义诗人还有奥地利的里尔克、德国的格奥尔格(1868—1933)和俄国的勃洛克(1880—1921)等。

意象派诗歌1908—1909年形成于英国,后传入美国和苏联。它受到柏格森直觉主义、日本俳句和中国古典诗词的启发,反对维多利亚时代充满道德说教或多愁善感情调的诗风,主张用语言营造诉诸直觉的意象,即"理智与情感的一刹那的融合"。意象派诗歌往往篇幅短小,形式简洁,视觉感强,意味隽永。其开创者为英国诗人休姆(1883—1917)。英美意象派的代表诗人有庞德(1885—1972)、杜立特尔(1886—1961)、艾米·洛威尔(1874—1925)、威廉斯(1883—1963)等。庞德的《在地铁车站》、杜立特尔的《林泽仙女》等,都是英美意象派诗歌的名作。苏联意象派则以叶赛宁(1895—1925)为代表。

表现主义于20世纪初产生于德国,后蔓延到欧美各国,是一个具有广泛影响的现代主义流派。它通过对外部表象、形式的扭曲、夸张、变形来揭示事物的内在本质和人的内在灵魂,善于直接表现人物的心灵体验,展现内在的生命冲动。表现主义是对注重外在客观事实描写的现实主义和自然主义的反叛。表现主义还常用象征、梦幻等手法,所以也有人将表现主义称为戏剧和小说领域中的象征主义。瑞典作家斯特林堡(1849—1912)是表现主义的先驱,他的三部曲《到大马士革去》(1898—1904)是最早的表现主义戏剧。该剧通过主人公内心独白、梦幻与现实的混合来表现人物内在精神的发展历程。他的《鬼魂奏鸣曲》(1907)对现实进行变形,打破人鬼、生死界限,让死人、木乃伊、幻象和活人同台登场,情节怪诞、奇特,以此揭示人与人之间互相仇恨、互相欺骗、尔虞我诈的关系。他的重要作品还有《一出梦的戏剧》(1902)等。表现主义文学艺术在德国十分活跃,不仅有贝恩(1886—1956)、贝歇尔(1891—1958)、魏尔菲尔(1864—1918)等诗人,还有凯撒(1878—1945)、托勒(1893—1939)、哈森克莱维尔(1890—1940)等戏剧家。凯撒的《从清晨到午夜》(1916)、托勒的《群众与人》(1920)、哈森克莱维尔的《儿子》(1914)是德国表现主义戏剧的代表作。捷克作家恰佩克(1890—1938)的《万能机器人》(1921)、《原子狂想》(1924)、《鲵鱼之乱》(1936)等剧作则以科幻形式批判现代机械文明、科技发明的滥用给人类生存造成的威胁和灾难,以及人自身的政治、道德和精神危机,表达了对人性价值的尊崇与维护。美国作家奥尼尔(1888—1953)虽有不少现实主义剧作,但也创作出《毛猿》(1921)、《琼斯皇》(1920)等具有表现主义色彩的经典剧作。《毛猿》通过司炉工扬克身份认同的困惑,表达现代人寻找自我、寻找归宿的主题。《琼斯皇》将潜逃而迷失于森林的琼斯皇惊恐万状时产生的种种心理幻觉转化为可见的舞台形象,诉诸观众视觉,堪称表现主义艺术技巧的典范之作。在小说方面,尽管超现实主义、表现主义、存在主义、黑色幽默等流派都可在卡夫卡小说中找到相似之处,但卡夫卡小说利用扭曲、变形、荒诞的形式表现事物内在本质和对世界的主观体验的特征,与表现主义更为切合。

未来主义是 20 世纪初从意大利流传到欧洲各国的现代主义流派。其基本特征是:彻底否定艺术遗产和传统文化;热烈歌颂机械文明和都市混乱;宣扬"速度美"和"力量美";主张打破旧有的形式规范,用自由不羁的语句随心所欲地进行艺术创造。未来主义有明显的文化虚无主义倾向,但它的创新性试验却丰富了艺术表现手法。意大利的马里内蒂(1876—1944)是未来主义的创始人和理论家。他在 1909 年发表的《未来主义宣言》是这一流派诞生的标志。未来主义的代表人物还有法国的阿波利奈尔(1880—1918)和俄国的马雅可夫斯基(1893—1930)等,后者的长诗《穿裤子的云》(1915)是将未来主义手法与批判资本主义的主题有机结合的范例。

超现实主义是两次世界大战期间从法国流行到欧美的现代主义流派。超现实主义是从达达主义①发展而来的,它试图将创作从理性的樊篱中解放出来,使之成为一种自发的心理活动,以表现某种"超现实"的意味和境界。超现实主义文学一般具有下列特征:强调表现超理性、超现实的无意识世界和梦幻世界;主张用纯精神的自动反应进行文学创作,广泛使用"自动写作法"和"梦幻记录法",作品往往晦涩艰深,离奇神秘。超现实主义对后来的荒诞派、黑色幽默和魔幻现实主义产生了重大影响。法国的布勒东(1896—1966)是超现实主义的创始人和理论家,他与苏波创作了第一部用自动写作法完成的小说《磁场》(1919),多次起草超现实主义宣言并发表理论著述,其小说《娜嘉》(1928)被视为超现实主义代表作,许多用自动创作写成的诗歌也颇为典型。阿拉贡(1897—1982)和艾吕雅(1895—1952)也是超现实主义的重要作家。

意识流小说是 20 世纪 20—30 年代流行于英、法、美等国的现代主义流派。"意识流"的概念由美国心理学家威廉·詹姆斯在论文及著作《心理学原理》(1890)中提出和阐发。柏格森的"绵延"和"心理时间"的理论、弗洛伊德的"潜意识"学说与"自由联想"的诊疗方法,都是意识流小说的理论渊

---

① 第一次世界大战期间出现的一个现代主义文艺流派,基本原则是"破坏一切"。他们摧毁一切美学规律,主张艺术没有任何思想。"达达"(dada)本是法国幼儿语言中的小木马,用作一种文艺旗号,表示不知所云、毫无意义、无所谓之意。

源。意识流小说不重视描摹客观世界,而着力表现川流不息的内在意识活动,打破传统小说叙事模式和结构方法,用心理逻辑来组织故事。在创作技巧上,意识流小说大量运用内心独白、自由联想和象征暗示等手法,语言、文体和标点等方面都有创新。意识流方法后来被广泛采用,成为现代小说的基本技巧之一。法国的普鲁斯特是意识流小说创作的先驱,长篇巨著《追忆似水年华》(1913—1922)是其代表作。英国女作家弗吉尼亚·伍尔芙(1882—1941)也是这一流派的重要作家,其意识流小说内容丰富细腻,形式独具创意,主要有《达罗卫夫人》(1925)、《到灯塔去》(1927)、《海浪》(1931)等。爱尔兰作家乔伊斯(1882—1941)的《尤利西斯》和美国作家福克纳(1897—1962)的《喧嚣与骚动》(1929)被公认为意识流小说的经典杰作。

此外,意大利作家皮兰德娄(1867—1936)在现代主义戏剧方面独辟蹊径,颇有创获。他的剧作形式独特、手法夸张,剧情怪异而内含哲理,被称为"怪诞剧",开后来荒诞剧之先河。《六个寻找剧作家的角色》(1920)是他的代表作。这部戏中,六个自称剧中角色的人竭力寻找创作他们的剧作家。这一构思不仅巧妙地设置了"戏中之戏",而且具有形而上的深层意蕴。

第二节 普鲁斯特

马塞尔·普鲁斯特(1871—1922)出身于法国富裕资产阶级家庭。他自幼体弱多病,生性敏感,富有文学幻想。中学时开始写诗,并为报纸写专栏文章。曾入巴黎大学和政治科学学校钻研修辞与哲学,对弗洛伊德理论和柏格森哲学进行过研究,并尝试将其运用于小说创作。少年和青年时代,普鲁斯特热衷于出入交际场所,为后来的创作积累了丰富的素材。1896年他将已发表的十多篇作品以《欢乐与时光》为题结集出版。1896年开始撰写的长篇自传体小说《约翰·桑德伊》是普鲁斯特对童年时代的回忆,1952年这部未完成作品得以在他身后出版。1900—1906年左右,他翻译了英国作家约翰·罗斯金的著作《亚眠人的圣经》和《芝麻与百合》,并颇受其影响。此外,他还著有论文《驳圣·勃夫》等。

普鲁斯特自小患有严重的哮喘,1903—1905年父母去世后,他的身体更加虚弱。生命中最后十五年,他足不出户,完全遁入内心世界和追忆往昔的情怀。普鲁斯特的母亲热爱古典文学,富有艺术才情和温柔气质,对他百般溺爱。他对母亲无限眷恋,母亲的去世使他深受刺激。一种无情地带走一切的残酷力量让心性敏感的普鲁斯特感受强烈,那就是时间。这成为他小说创作最重要的主题,他以 7 部、15 卷的皇皇巨著《追忆似水年华》来探索这一主题。1913 年他自费出版了《追忆似水年华》第一部《在斯万家那边》,读者反应冷淡。1919 年小说第二部《在少女们身旁》出版并获龚古尔奖,使他一举成名。1920—1921 年发表第三部《在盖尔芒特家那边》,1921—1922 年发表第四部《索多姆和戈摩尔》。第五部《女囚》(1923)、第六部《女逃亡者或失踪的阿尔贝蒂娜》(1925)和第七部《重现的时光》(1927)于作者去世后出版。

这部一经诞生便被称为"人类的圣经之一"①的长篇巨著,将时间作为第一主题。时光流淌,世事无常,我们生命中希望留住的一切,终成过眼云烟。时间将一切化为乌有,给人生带来最大焦虑。"就像空间有几何学一样,时间有心理学。"②然而,在时间残酷无情的力量面前,普鲁斯特并不是一个悲观主义者。他用记忆与摧毁一切的时间抗争,因而拯救一切的记忆成为这部小说的第二个主题。

普鲁斯特相信,时光的力量并非不可战胜,遗忘的力量并非如我们想象的那样强大。那些看似在时光流逝中已遭遗忘的东西,在人生中的某一瞬间会突然重现。其作品的根本意图便是:"追寻似乎已经失去,其实仍在那里,随时准备再生的时间。"③他相信人类通过记忆可以超越时间而获得永恒,然而并非所有的记忆都能达此目的。他将记忆分为自觉记忆和不自觉记忆两种类型:自觉记忆借助理智、脑力、文件和佐证来刻意搜寻和重建过去,但只是一种外在于我们的无生命的记忆。不自觉记忆是真切可感的鲜活记忆;我们的过去看似消逝,实则存活在滋味、气息等此刻当下的感觉之中,这种感觉联结着整块的浑然往昔。如小玛德莱娜点心触碰口腔上腭的感觉唤起在贡布雷度过的整个童年时代亲切、温馨的回忆。在时间和记忆的两相对峙中,正是不自觉的记忆使我们找回失去的时光,赢得战胜时间的力量。

《追忆似水年华》不仅是文学史上以鸿篇巨制不遗余力地探索时间主题的空前杰作,而且以其新颖独特的内容和形式重塑了法国小说的风貌。它放弃曲折跌宕的情节和扣人心弦的故事,以绵绵不绝的回忆展现主人公

---

① 〔法〕普鲁斯特:《追忆似水年华》卷一,李恒基等译,南京:译林出版社 1989 年版,安德烈·莫洛亚序第 15 页。
② 同上书,第 6 页。
③ 同上书,第 7 页。

伴随着情感和欲望起伏的复杂微妙的内心世界。主人公马塞尔是一个家境殷实而体弱多病的青年,躺在病床上辗转反侧,回首如烟往事,缅怀在贡布雷度过的童年时光和在巴尔贝克、巴黎、威尼斯的悠悠岁月,以及在这些地方认识和交往的诸多人物与所见所闻。往事川流不息,回忆纷至沓来,时光就在其中流动,而被唤起的往昔情境却又与具体的空间场景联系在一起。在贡布雷,马塞尔家的两条散步路线分别通往两个不同的世界:一个是斯万家,新兴的资产阶级富商;另一个是盖尔芒特家,法国显赫贵族,名门世家。这两个世界是童年马塞尔的向往之地。在这两个世界之间的经历,又构成了马塞尔在时间中的生命和情感历程。他曾爱上斯万的女儿希尔贝特而频繁出入沙龙,后又疯狂地追求阿尔贝蒂娜。其间他一度成为盖尔芒特公爵夫人的房客,并为她倾倒,加入其贵族沙龙。与阿尔贝蒂娜的爱情成为马塞尔生活的核心,使他痛苦不堪却又难以自拔。

《追忆似水年华》里众多人物在回忆中的不同阶段——呈现的方式,也构成了时间的存在。我们在小说中看到"斯万、奥黛特、希尔贝特、布洛克、拉谢尔、圣卢怎样逐一在感情和年龄的聚光灯下通过,呈现不同的颜色"①。沉溺爱河的人无法想象一旦摆脱这一感情纠葛之后的自己会是怎样,摆脱后又为当时情境之中的心态感到惊讶,由此我们看到人的自我总是在时间之中发生变化。美好会消失,痛苦亦会消失,时间以强大的力量重塑着一切。普鲁斯特将这一过程——展现在我们面前,使我们获得一个流动变化的视点和体验的主体。这一流动视点和体验,正是时间的另一存在方式。我们不仅从被描述的情境和事件之中,而且也从经验视野、心理体验、欲望情绪在不同阶段的变化本身,感受到时间的维度。

时间不仅是《追忆似水年华》的主题,而且也是其叙事结构的组成元素。在意识活动川流不息的叙事中,时间赢得了弹性。一个失眠之夜可以花 40 页来描述,一次三小时的聚会可以用掉 190 页的篇幅。时间可以铺陈延展,也可压缩;过去、现在、未来在意识流中颠倒交叠、相互渗透。普鲁斯特不仅用记忆来对抗时间,而且也通过叙事艺术掌握时间、改造时间,使心理时间从物理时间的模式中解放出来。

在普鲁斯特笔下,时间不仅具有弹性,不仅在过去、现在、未来之间跳跃,而且具有生命的质感和内涵,具有强度和重量,具有温度和味道。时间

---

① 〔法〕普鲁斯特:《追忆似水年华》卷一,李恒基等译,南京:译林出版社 1989 年版,安德烈·莫洛亚序第 6 页。

不是抽象之物，而是由感性生命体验构成，是柏格森的绵延。普鲁斯特将各种滋味、气息、音响以及各种具体感觉与回忆联系起来。一种声音、气味或感觉使湮没于遗忘之中的记忆立刻呈现，生动如昔。普鲁斯特将回忆的重心由自觉记忆向不自觉记忆转移，让时间饱含生命汁液的感性特质更加鲜活和强烈。这种感性的不自觉的记忆，便是以艺术的、审美的方式看待生命，是对生命过程中每一细节、每一点滴的体验和回味。一块点心、一棵山楂树、一位老厨娘都能唤起整个往昔岁月，缓缓开启记忆的闸门。通过"不自觉的记忆"，我们破解了时间的密码，使时光生动重现。于是记忆不再属于过去，而变成此刻当下，瞬间变成永恒。在小说结尾处，往昔时光重现，叙述者找回失去的时间，他觉得自己可以开始动笔撰写小说，而这部小说可以认为就是《追忆似水年华》本身。于是，回忆叙述之尾正是小说之首，而回忆叙述又构成作品本身。在此我们看到时间不再单线流逝，而构成一个无始无终的循环。这一循环意味着征服时间，意味着永恒。

普鲁斯特的心理世界像巴尔扎克的外部世界一样浩瀚无垠。就其数量而言，《追忆似水年华》中的人物和故事与《人间喜剧》不可同日而语，但其心理内涵却极为丰富，每一心理过程的描绘都细致入微、深刻精妙。这由马塞尔与阿尔贝蒂娜爱情中的嫉妒、猜疑、愤怒、恐惧、逃避、眷恋、怅惘、无奈等复杂心理状态可见一斑。而斯万的爱情经历以及其他主人公的心理过程同样丰富细腻。

《追忆似水年华》在继承法国文学优秀传统的同时，书写了崭新的内容，改变了小说观念，革新了小说题材和写作技巧，为普鲁斯特在文学史上赢得了现代主义小说巨匠的经典地位。

第三节　托马斯·曼

托马斯·曼(1875—1955)出生于德国北部一家望族。他读书时即表现出文学热情，中学时代已开始尝试写散文和编辑刊物。青年时代他曾在慕尼黑高等工业学校旁听历史、文学和经济学课程。受母亲影响，他对音乐、绘画等艺术也兴趣浓厚，尤其是其"音乐家人格"对后来的创作影响深远。他1933年流亡瑞士和美国，1952年返回瑞士定居，1955年在苏黎世逝世。

托马斯·曼的创作以中、长篇小说为主。1901年，其代表作之一、被誉为德国资产阶级"灵魂史"的长篇小说《布登勃洛克一家》出版。副标题"一个家族的没落"表明这部小说的主要内容。布登勃洛克是德国望族,历经四代,由繁荣走向没落。小说通过自由资产阶级布登勃洛克在垄断资产阶级哈根施特勒姆家族的排挤、打击下逐渐衰落的历史描写,详尽揭示了资本主义旧的榨取盘剥和新的兼并掠夺方式之间的激烈竞争和历史成败,成为德国19世纪后半期社会发展的艺术缩影。这部小说为托马斯·曼赢得了1929年诺贝尔文学奖。此后托马斯·曼陆续发表《特里斯坦》(1903)、《魂断威尼斯》(1912)等被称为"艺术家小说"的中篇小说。它们以卓越的艺术技巧探讨艺术家与商品化时代的关系,表现资本主义时代艺术家的悲剧命运。

一战期间,托马斯·曼以捍卫"德意志精神文化"的民族主义立场为德国参战辩护。德国战败后,他意识到过去的种种认识误区并转向人道主义。二战爆发前,他敏锐地觉察到法西斯主义对欧洲的灾难性影响,于1930年发表中篇小说《马里奥与魔术师》,小说将法西斯思想比喻为魔术师诱惑和麻痹民众的催眠术,也描写了民众的觉醒和反抗。

1933年以后,托马斯·曼陆续出版长篇巨著《约瑟和他的兄弟们》第一部《雅各的故事》(1933)、第二部《约瑟的青年时代》(1934)、第三部《约瑟在埃及》(1936)、第四部《赡养者约瑟》(1943)。《约瑟和他的兄弟们》是对《旧约》中约瑟题材的重新创作。西方评论界认为这四部小说最能体现曼的人道主义精神。在《被背叛的遗嘱》一书中,昆德拉挖掘出了埋藏在这部小说深处的幽默和反讽精神,将其评价为一部对《圣经》进行"历史学和心理学探究"的优秀之作。

歌德是托马斯·曼创作人生中不能绕开的话题和主题。托马斯·曼一生都在对这个伟人隔空发问。1939年,他用长篇小说《绿蒂在魏玛》与精神上的文学偶像进行了一次"会面"。小说时空狭窄,但却容纳了作者一生对于歌德的猜想和思考。作者精确、诙谐地展现了民众对于偶像的狂欢式崇拜场面和心理,同时也将伟人的现实生活放进了"反偶像"的质疑空间。

1947年发表的《浮士德博士》是向歌德致敬之作。这部相当于《浮士德》前传的长篇巨制博大精深,将托马斯·曼一生思索的艺术家、音乐、疾病、性、宗教等主题熔铸其中。作家从古典主义视角重新书写了浮士德传说,讲述一个理论学生转变成音乐家以及与魔鬼签订协议的故事。他用自己的灵魂和身体换取二十四年的音乐天才。在被这个协议照亮的二十四年间,他的生活触及了现代体验的每一重要方面——艺术的、宗教的、性的、政治的和心理的。在魔鬼的援手之下,"浮士德博士"阿德里安·雷维屈恩在被告知妓女患有梅毒之后,仍然与之疯狂做爱。他求取了"梅毒",以这种方式与魔鬼签订的契约,赋予他音乐创造的无限灵感。他取得了艺术上的突破,创作出两部惊世杰作《启示录》和《浮士德博士悲叹之歌》,随后精神崩溃,成为痴呆,旋即死去。早在1901年,托马斯·曼就拟定了一则写作计划:"患梅毒的艺术家;浮士德博士和献身魔鬼的人,毒品起着麻醉剂、兴奋药、灵感的作用,他可以在狂热的兴奋中创作出天才的、令世人惊叹的作品,魔鬼却始终把着他的手,最终还是要把他带走的是:痴呆。"这不足百字的计划就是后来的大部头《浮士德博士》的写作提纲,事实上,它确实将浮士德博士的命运轮廓清晰地勾勒出来。"患梅毒的艺术家"不是一个偶然的词语组合,而是和梅毒的隐喻有关。梅毒成为了魔鬼的具体形式,带着它的恶魔性在人体里自由行走,走向人体的中枢神经,占领人的大脑,带来音乐灵感的高潮。在艺术领域,《浮士德博士》超越了善恶秩序。

1951年,托马斯·曼发表了长篇小说《被挑选者》,西方评论界认为这是一篇主张对战败德国实行宽容政策的小说。1954年,曼的最后一部长篇小说《骗子菲利克斯·克鲁尔的自白》出版。小说以克鲁尔撰写回忆录的方式叙述他招摇撞骗的一生,他认为艺术家都是骗子,艺术的本质只是美妙的幻想加上胡闹。这部小说一反过去"托马斯曼式"的严肃风格,有点自我嘲讽的味道。

长篇小说《魔山》一般被认为是托马斯·曼最重要的代表作。其初衷是"一个具有教育和政治意图的"中篇小说,起笔于1912年,一战爆发后停笔,战争结束才重拾创作,1924年发表时则成为洋洋百万言的长篇巨制。

小说描写年轻工程师汉斯·卡斯托尔普从平原来到瑞士阿尔卑斯山上的疗养院探访表哥,结果却以病人身份在山上住了七年。疗养院住着各色各样的人,有刚毅正直、日夜盼望下山回部队的德国军人约阿希姆,有乐天知命、嗜酒成性的荷兰富商明希尔·皮佩尔科尔恩,有酷爱自由、不拘小节的俄国女人肖夏夫人,有学识渊博、以人类进步为己任的意大利人文主义者塞塔布里尼,还有口若悬河、愤世嫉俗、对欧洲现存秩序嗤之以鼻、鼓吹战争的正义性和必要性的犹太人纳夫塔等。汉斯·卡斯托尔普在这群人中间混日子,从一名汉堡见习工程师成长为知识分子,而在这个过程中"疾病"承担了最重要的角色。

疾病美学在托马斯·曼的小说世界里体现得最成体系、最为完整。在德国文学浪漫主义传统里,疾病颇受青睐。肺结核之类曾与贵族身份紧密联结,是一种高雅病。在达沃斯疗养院里,来来往往的贵族们都患肺结核。

《魔山》中偶染风寒的汉斯·卡斯托尔普因患病"变成了知识分子","变得幽雅起来"①,贪得无厌地学习解剖学、生理学、生物学、植物学和其他学科,以便探索他称为自然的领域和生命的意义。他还迷恋上了神秘而崇尚自由的肖夏夫人。他没有在平原成为一个庸俗平凡的中产市民,而是在魔山上"成长"②,用病态的身体换取了一颗健硕的头脑。他是否有必要待在这高高的阿尔卑斯山上,这一点并不重要,其选择本质上只是"超越因果关系之上"的决定。他在这个到处是病人和医生的山上以"病人"身份留下来,进入这个有着"特殊规则"的世界。他的思考、探索、尝试都深深扎根于这个被疾病包围的、充满"魔力"的世界之中。对他来说,世界"缩小"了,然而生命"升高"了。生存的空间缩小为可以预见死亡以及如何死亡的背景。但死亡对于他来说是稀松平常的事(他的童年、少年都充斥着死亡,没有痛苦的死亡),而且他对死亡充满了好奇,认为死亡是"严肃而有尊严"的事,充满了"诱惑"和"神秘"。他的意识被他的病人身份、被他身体里持久不退的温度、被这个显示"肺部有着浸润病兆"的 X 光片激活。生命、死亡、爱情、肉体的秘密在他的头脑里升腾。

　　托马斯·曼的几部小说都涉及爱与死的纠葛。《魔山》中的汉斯·卡斯托尔普揣着梦中情人肖夏夫人赠送的她的 X 光片。肖夏夫人的 X 光片成为爱情的象征符号,带着死亡的气息。《魔山》中的爱情,在疾病光晕的映照之下成为一种病态的标示,甚至可以说爱情本身就是疾病之所在。在《魔山》里,爱情与疾病、死亡纠集在一起,爱情的模样来自汉斯·卡斯托尔普发生变化的眼睛,来自他经历 X 光射线事件之后进入的视觉体系:视觉作为"理解",经常受到性欲的扭曲。扭曲是爱情的模样,真实的背后是非理性,建立在混淆机制之上。视觉及视觉上的混淆是爱情——快感/痛苦——产生的手段。小说中唯一透露出汉斯情欲色彩的内心独白,令人感觉不到爱情的浪漫,反而像医生写在病历上的文字,直白地描述肉体(有机体)。定情信物 X 光片在汉斯那里催动着受到力比多扭曲的科学探索,这是假借理性思维的情欲。爱情在这里与疾病一道,满是细胞、血管、肌肉、脉搏的特征,而在这上面,汉斯找到了爱情的体验。所有想象源于一张 X 光

---

　　① 苏珊·桑塔格曾论及结核病被赋予如下神话色彩:神秘的,富于启示性,提升人格,成为审美意趣。参见苏珊·桑塔格:《疾病的隐喻》,程巍译,上海:上海译文出版社 2003 年版,第 33 页。
　　② 可把《魔山》作为经典教育小说(或称为成长发展小说,Bildungsroman)的更新和模仿进行分析,从某种意义上讲,托马斯·曼在此继承了歌德创立的教育小说,讲述主人公的成长。也有学者认为《魔山》作为首开先河的小说,不完全是教育小说或知识分子小说。

片,那是汉斯·卡斯托尔普爱而不得的寄托。

托马斯·曼创作《魔山》的初衷是写一个"具有教育和政治意图的故事"。疗养院的国际化背景隐喻了当时欧洲的文化状况。小说中竭力争取汉斯·卡斯托尔普的两个文人,一个是资产阶级人文主义者、民主主义者塞塔布里尼,另一个是耶稣会会士纳夫塔,后者既是叔本华和尼采的忠实信徒,又是民主制度的反对者和军国主义分子。两人一直为政治问题和学术问题争论不休,最终由于不同的意识形态而干戈相见。纳夫塔在武力决斗中自己结束了自己的生命。托马斯·曼在《魔山》中已隐约预见意识形态的不同将造成的血腥冲突,而当时的欧洲由于种种对立思潮也笼罩在战争的阴影之中。他为《魔山》设置了一个不确定的结局:让汉斯·卡斯托尔普在喧嚣的文化争论里,最终抱着"一个人为了善良和爱情,决不能让死亡主宰自己的思想"的信念走下"魔山",投入现实世界的滚滚洪流,最后消失在战场的硝烟之中。

第四节 艾略特

托马斯·斯特恩斯·艾略特(1888—1965)出生于美国密苏里州的圣路易斯,父亲是个成功的商人,母亲则是位诗人。1906 年,艾略特进入哈佛大学学习哲学,先后获得学士、硕士学位;1910 年进入巴黎大学学习,在那里聆听了柏格森的讲座并阅读了大量法国诗歌,包括波德莱尔、拉弗格、马拉美等人的象征主义作品。1911—1914 年,艾略特回哈佛研究布雷德利的哲学思想,同时学习印度哲学和梵文。1914—1916 年艾略特在牛津大学完成博士论文,阻于一战而未能回哈佛答辩。1927 年,艾略特皈依英国国教并加入英国国籍。他加入英籍给英国文学带来不可忽视的影响[1]。1948 年,艾略特获诺贝尔文学奖。从 1914 年起艾略特便定居英国,曾在中学教授法语和拉丁语,后又在银行任职,并为报刊撰写诗歌和评论,还担任过杂志编辑和主编。1925 年他加入英国著名的费柏与费柏(Faber & Faber)出版社,在那里一直工作到 1965 年病逝。

---

[1] 对此有研究者写道:"他的到来改变了英国文学的现存秩序,他通过诗歌和文学批评改变了一代人的文学趣味,创立了一整套全新的鉴赏标准。他的诗迫使人们重新认识英国诗歌发展史,迫使人们用一种新的眼光来看待 17 世纪的玄学诗派、弥尔顿和浪漫主义。同时他的作品更加深了人们对法国 19 世纪象征主义诗歌的认识。"见张剑:《T. S.艾略特:诗歌和戏剧的解读》,北京:外语教学与研究出版社 2006 年版,第 1 页。

艾略特14岁开始写诗,早期诗歌曾发表于哈佛学生杂志。1917年他出版第一部诗集《普鲁弗洛克及其他观察》,其中收录《J. 阿尔弗瑞德·普鲁弗洛克的情歌》(以下简称《情歌》)等12首诗。此前艾略特曾于1914年在伦敦拜访过庞德,庞德读过《情歌》后盛赞这是他读到的美国人所写的最好的诗,还说艾略特早已凭自己的力量现代化了①,随后《诗刊》于1915年发表《情歌》。1920年,艾略特的第二部诗集《诗篇》在英美两国出版,包括《小老头》《夜莺歌声中的斯威尼》《河马》等诗作。真正确立艾略特在英美诗坛重要地位并产生深远影响的,是他于1922年发表的长诗《荒原》。《荒原》之后艾略特又创作了《空心人》(1925)、《圣灰星期三》(1930)和《四个四重奏》(1943)等重要诗作。其中《圣灰星期三》作为他信奉英国国教后创作的作品,标志着诗人晚期创作的开始。瑞典文学院在颁发诺贝尔文学奖时用"同样才华横溢"来评价这些诗作,认为它们"探讨痛苦的寻求拯救的主题",而艾略特"以极为真挚的感情,突出表现了生活在没有秩序、没有意义、没有美的世俗社会里的现代人的空虚恐怖感"。② 这些诗歌进一步巩固了艾略特在现代诗坛的地位。特别值得一提的是《四个四重奏》,它由四首分别发表的长诗组成,包括《烧毁了的诺顿》(1935)、《东科克尔村》(1940)、《干燥的塞尔维吉斯》(1941)和《小吉丁》(1942)。这部以四个地名为题的诗作,对时间这一永恒主题进行了深刻的探讨与表现。艾略特本人认为《四个四重奏》是自己的杰作,并在该诗完成后不再从事诗歌创作。

长诗《荒原》是一部具有里程碑意义的作品,它承接艾略特早期创作与中晚期创作。《荒原》形式复杂、思想深邃,与《情歌》较少用典不同,《荒原》旁征博引,多达百处的典故令普通读者望而却步。全诗分为《死者葬仪》《对弈》《火诫》《水里的死亡》和《雷霆的话》5部分,共433行,使用了拉丁文、古希腊文、德文和梵文等7种文字。诗中的戏剧性独白、拼贴、蒙太奇等现代主义手法,容易让读者感到全诗内容散乱、缺乏中心人物、不知所云。1971年艾略特的遗孀瓦莱莉将《荒原》原稿连同与之相关的信函一起影印出版,人们才对诗人的创作动机和意图,以及庞德对该诗大刀阔斧的删改有所了解。时空错乱、人物繁杂是该诗的另一大特色。克莉奥佩特拉、狄多、伊丽莎白女王、翡绿眉拉等来自历史、神话传说或文学作品的人物层出不穷

---

① 参见Emory Elliott et al. eds., *Columbia Literary History of the United States*, Part 2, New York: Columbia University Press, 1988, p.956.

② 〔瑞典〕安代尔斯·奥斯特尔林:《颁奖辞》,见〔英〕T. S.艾略特:《荒原:T. S.艾略特诗选》,赵萝蕤、张子清等译,北京:北京燕山出版社2006年版,第192页。

地在《荒原》中登场。借助看似杂乱无章、毫无关联的碎片,艾略特将过去和现在、神话和现实、宗教和世俗联系在一起,从而达到一种新的秩序和统一。从诗歌形式及诗人那疏离、反讽的语气来看,《荒原》出色地体现了艾略特在文学评论中强调的"传统""秩序"和"非个人化"主张。艾略特认为,诗歌应表达人类普遍的情感与经验,而不是诗人本人的个性、经验和情绪,"非个人化"乃是诗歌艺术取得成功并达到完美境界的保证,个人的语言和感受是诗人所描绘的现实世界的客观对应物。从普遍意义上说,《荒原》表现的是西方现代社会人们精神与情感的危机和荒芜、匮乏和失衡,但结合艾略特本人创作《荒原》期间的生活经历,在诗歌韵律与节奏之下所隐藏的,同时也是诗人内心的焦虑和情感的混乱。

艾略特不仅是"一位写作形式的急先锋,一位全面革新当代诗风的开拓者",而且还是"一位理智清醒、逻辑严谨的理论家"。[①] 尽管诗歌曾引起以威廉斯为首的美国诗人非议,但艾略特在批评界的权威地位却毋庸置疑。在第一本文集《圣林》(1920)出版后,他就被认为是批评界新声音的代表,该书给他带来的声誉甚至超过了他的前两部诗集。艾略特在其中提出了一系列理论术语和观念,探讨了诸如传统与个人才能的关系、新作品与经典的关系、历史意识、客观对应物等众多问题。他的《论文选集:1917—1932》则被公认为英国批评史上的一部经典,是自塞缪尔·约翰逊以来最好的文学评论。艾略特的文学理论影响了布鲁克斯、兰色姆、布莱克默等为首的新批评派。该派视艾略特为鼻祖,他们的著作也及时地与艾略特相呼应,提升和巩固了艾略特在批评界的地位。

自《圣灰星期三》以后,艾略特把主要精力都放在戏剧创作方面。艾略特对于戏剧的兴趣始于 20 世纪 20 年代,尤其对伊丽莎白和雅各宾时代的英国戏剧感兴趣。艾略特早期剧作包括《力士斯威尼》(1926)、《岩石》(1934)、《大教堂凶杀案》(1935)和《家庭团聚》(1939),其中《大教堂凶杀案》是他第一部完整的戏剧。艾略特的戏剧更接近传统戏剧,特别是古希腊和莎士比亚的戏剧。他在戏剧中探讨的是宗教信仰和灵魂救赎的主题,使用的是诗歌语言,因此也可以说是诗剧。艾略特后期戏剧诗意稍淡,在表达方式和情节上也变得平易近人,作品有《鸡尾酒会》(1949)、《机要秘书》(1953)和《政界元老》(1958),其中《鸡尾酒会》的百老汇版获 1950 年托尼

---

① 〔瑞典〕安代尔斯·奥斯特尔林:《颁奖辞》,见〔英〕T. S.艾略特:《荒原:T. S.艾略特诗选》,赵萝蕤、张子清等译,北京:北京燕山出版社 2006 年版,第 192 页。

奖最佳戏剧。虽然评论界对艾略特的戏剧褒贬不一,但《大教堂凶杀案》和《家庭团聚》都是公认的优秀之作。

艾略特是奇特的矛盾混合体:他既是现代主义诗歌的开山人物,又支持保守的古典主义;既是激进的诗人、批评家和剧作家,又是历史传统的捍卫者;他有着敏锐的洞察力,看到现代都市生活的乏味和压抑,在生活和婚姻中承受着种种磨难和考验,又在晚年拥有了极高的声望与意想不到的幸福。艾略特从先锋转为保守,最后成为了上帝的歌者,但他作为现代主义文学与文化标志性人物的影响和地位是不容置疑的,学界对于他的研究兴趣与热情也将不断持续下去。

第五节 乔伊斯

詹姆斯·乔伊斯(1882—1941)生于爱尔兰都柏林一个中产阶级家庭,是家中长子。青年乔伊斯先后在克朗戈伍斯伍德学院、都柏林拜耳韦迪尔学院和都柏林大学求学。在都柏林大学学习期间,他初露写作才华,发表评论易卜生新戏剧的文章。1904 年,乔伊斯赴意大利和瑞士旅游,宣布"自愿流亡"。他先后在罗马、的里雅斯特、苏黎世等地以教授英语和给报刊撰稿为生。1920 年定居巴黎,专门从事小说创作。乔伊斯半生贫困,靠亲朋接济度日,晚年境况有所改善,却病痛缠身,于 1941 年在苏黎世病逝。

乔伊斯的短篇小说集《都柏林人》1914 年在英国出版。1916 年,自传体小说《一个青年艺术家的画像》出版。书中讲述史蒂芬·迪达勒斯青少年时期的经历,描写他逐渐成熟、获得自我意识的成长过程。《尤利西斯》创作于 1914—1921 年间,1922 年 2 月完稿。这部长篇小说曾在《小评论》上连载,后因遭遇美国新闻检查而停止刊出,1922 年以单行本形式在法国出版,但在美国仍被禁,直到 1933 年才得以解禁。《为菲尼根守灵》是乔伊斯的最后一部书,创作于 1922 到 1939 年间,1933 年出版。小说主要描写夜间活动,其中融入了爱尔兰历史的循环,通过诸多影射,展示普遍的人类心理。为了表现这种心理,乔伊斯对语言的操控和变形进行了极端的处理,以至整本书异常晦涩难懂。除小说之外,乔伊斯还有抒情诗集《室内乐》(1907)和剧本《流亡者》(1915)等。

乔伊斯是怀着对所处环境的强烈不满而开始的文学生涯。他曾毫不留情地抨击爱尔兰,而在《都柏林人》中,他笔下的都柏林处于瘫痪状态。他在《一个青年艺术家的画像》第五章中借人物之口说:"在这个国家,一个人的灵魂诞生之际,就有许多网撒下来把它网住,使其无所逃遁。"但他不是一个消极诋毁者,他宣称自己的写作是要在自己心灵的熔炉中铸造一个民族尚未造就的良心。

20世纪初,乔伊斯意识到传统文学形式的局限性及其彻底改革的必要性,并在所有小说中都进行了小说创作的革新试验。其中一个重要的艺术手法,就是现代文学的标识性手法——"意识流"。他创造出多种符合人物心理特征、与人物的正常思维和非理性思维相适应的意识流语体,不仅有助于表现人物瞬间的意识和潜意识活动,而且还能在相同时间内表现不同时空中发生的事情和经验,显示出无限的扩展性和巨大的凝聚力。为了反映意识流动的真实性和自然性,他时而采用自由松散、支离破碎、残缺不全乃至表层结构混乱无序的短句、单句或单部句,时而采用飘忽不定、朦胧晦涩、毫无停顿而又不见标点的意识流语体,来表现人物内心深处隐晦而混沌的思绪与浮想。他还将杂糅的艺术发挥到极致,让神话与现实彼此渗透,庄严高雅的语体与戏谑低俗的语体并置混搭,不同国家及时代的语言同时登台,众声喧哗。在他笔下,杂糅不是局部的、临时的手法,而成为全局性的策略。

在乔伊斯作品中,最有深度、艺术上最成熟的当属《尤利西斯》。全书3部、18章,行动发生在一天之内,即1904年6月16日上午八点到次日凌晨两点钟左右,其中每章大约涵盖一小时的生活。小说中出场人物很多,送牛奶的老太太、报童、女佣、护士、酒吧女侍、马车夫、妓女和老鸨,但主要人物是3个:布卢姆、莫莉和斯蒂芬。小说以史蒂芬出现在所租住的圆形炮塔里的晨间活动开始,以莫莉夜间在自家床上的内心独白结束,之间穿插布鲁姆和斯蒂芬在都柏林漫游时的行动、见闻和思考。小说没有连贯情节,而靠许多凌乱、庞杂的细节来表现人物。

主人公之一布鲁姆是匈牙利裔犹太人,以替《自由人报》兜揽广告为业。他这一天的主要活动包括买腰子,给妻子端早餐,到邮局取与他关系有点暧昧的女子玛莎的信,乘马车参加迪格纳穆的葬礼,到小饭馆进餐,进图书馆,为躲避妻子的情人博伊兰而躲进博物馆,到《自由人报》报馆向主编说明自己揽来的广告,到《电讯晚报》报馆,在海滩上偷窥美貌姑娘格蒂,一时情迷,在酒吧与人发生争执落荒而逃,到妇产医院去探望难产的麦娜·普里福伊夫人,夜游马车夫棚,救助陷入麻烦的斯蒂芬,把他领回家等等。大量的内容是他脑海里幻想甚至狂想的事件,比如他被警察抓去、受审、荣任市长、成为爱尔兰国王、遭到群众攻击和驱逐,都是精神恍惚时的狂想。

布鲁姆疑心妻子与人有染,却不敢查证阻止,不敢出言相责,只能以一切都无所谓的态度在心理上抹杀妻子的众多情人,用精神胜利法自我安慰、自我解脱。他虽是个窝囊的丈夫,但不失为一个好公民。他知识丰富、有教养、为人宽厚善良、关心孤苦,曾引领一个陌生的年轻盲调音师过马路,于危难之中救助素昧平生的斯蒂芬。他还有社会改良的理想,主张整顿风纪,打破教派对立,号召犹太教徒、伊斯兰教徒与异教徒都联合起来,推行普遍社会福利,例如均分土地、豁免房租地租等。布鲁姆是英国文学传统中的那种 Everyman,身上有普通人的种种不足,也有普通人的人性闪光点。与古代英雄相比,他显得平庸猥琐、卑微无能;但作为我们身边的人,他显得亲切实在,是一个能引起好感和同情的有血有肉的人。

小说的第二个主人公莫莉,是布鲁姆的妻子。小说最后一章是她的专章,表现她的胡思乱想和半醒半睡状态下的意识流动,内容有风流韵事的片断回忆,也有她对周围人和事的观察和反应。在她的意识流中出现的人物,有丈夫、博伊兰、初恋对象哈利·马尔维中尉等。她对丈夫有些不满,跟他在婚内保持独身关系已有十年。当年嫁给他的理由是"嫁给他也不妨",所以他们的婚姻谈不上什么爱情,不过是彼此得便罢了。虽然对丈夫没了"性"趣,但她对别的男人充满欲望,已经有个情人,竟然还幻想与斯蒂芬风流。她是个知识浅薄的女人,对自己的身体有很多说不出的困惑,但她懂得男人。她虽然鄙视丈夫,但也知道他是个好男人,所以选择与他继续过下去。

另一个主人公斯蒂芬·迪达勒斯擅长抽象思维,是个形象苍白的青年知识分子,有独立人格和独到见解,但缺乏生活经验,行动冒失,无拳无勇,对生活常感无力。在他陷入困境时,布鲁姆救了他,成为他精神上的父亲。斯蒂芬与莫莉构成一种对照关系,莫莉是物质的、肉欲的,而史蒂芬是精神的、知性的。

《尤利西斯》是一部典型的反传统、反英雄小说。小说人物与《奥德赛》中的人物存在对应关系:布鲁姆、莫莉和斯蒂芬分别对应于《奥德赛》中的奥德修斯(尤利西斯)、其妻帕涅罗帕、其子忒勒马科斯。但是,《奥德赛》中的尤利西斯是古希腊神话中智勇双全的大英雄,而《尤利西斯》中的布鲁姆则是个无能而窝囊的俗人。《奥德赛》中的帕涅罗帕美貌与美德兼有,对丈夫忠贞不贰,与之相对应的莫莉虽有美貌却无美德,是个滥情主义者,水性杨花,耽于肉欲。《奥德赛》中的忒勒马科斯顽强机智,与之对应的斯蒂芬则孱弱颓丧。这种对照和反差借古讽今,突显了都市现代人的寂寞与失望、空虚与渺小,揭示了人们心灵的孤寂、悲哀、空虚、失落、恐惧,同时展示了爱尔兰乃至整个西方世界里种种社会矛盾和危机。

《尤利西斯》不仅在人物上与过去的伟大作品形成对应和比照关系,在结构上也与其他经典构成双重映射。一方面,以易卜生的剧本《培尔·金特》为蓝本来结构布鲁姆的漫游,像培尔一样,布鲁姆离家外出流浪,又回到妻子的身边。另一方面,采用与《奥德赛》情节相平行的结构,把布鲁姆在都柏林一天的活动与尤利西斯十年的海上漂泊相比拟,使作者生活的世界成为荷马世界的对照,表现西方现代社会的种种腐朽与堕落,赋予平庸琐碎的现代城市生活以悲剧的深度,使之成为象征普通人类经验的神话和寓言。这种神话结构还赋予小说一种内在完满的生活整体性的表现形式,从而能更好地表现纷繁芜杂的社会情形和飘忽无定的人物意识,并提供了一种给当代混乱的历史以"形状和意义的方式"。

《尤利西斯》也是现代主义文学技巧运用最集中、最丰富、最成熟的作品之一。在这里,乔伊斯调用了意识流、戏仿、玩笑以及其他几乎所有的文学技巧,而每一章又彼此不同。尤其值得一提的是小说对并置手段的运用。第十章把同一个时间内不同的人在不同地方的"意识流"组合在一起,描绘了形形色色的人在都柏林的活动及人物的内心活动。而第十八章则采用了文不加点、大段推进、一气呵成的写法,全文由八大段组成,只在第四大段末尾和第八大段末尾(即全书终结处)分别加了个句号,让读者感受到的全然是莫莉这个女人思绪的自由流淌,纵横恣肆,但又遵守心理学上自由联想的规律,所涉事件、人物貌似毫不相干,实则暗含前因后果。

丰富、庞杂的语汇和文体是《尤利西斯》的另一个突出特点。《尤利西斯》内容包罗万象而又各有侧重,语汇和文体因而形质各异。小说中不仅夹杂着法、德、意、西及多种北欧语言,还时常使用希腊、拉丁、希伯来等古代文字,包括梵文。此外还有大量的拼缀词和混成词,例如在第八章突然出现一个很长的字——Smiledyawnednodded(即"微笑哈欠点头"三个字过去式的连写,以表现三个动作的同时性),它们打破了词与词之间的隔绝状态,创造出复杂丰富的意义。

《尤利西斯》是20世纪文学中以小说形式创作的杰出的现代史诗。艾略特认为它"是一部人人都能从中得到启示而又无法回避的作品"。乔伊斯的名字与卡夫卡、普鲁斯特、艾略特一起,已经成为西方现代主义文学的标志。乔伊斯批评在西方文学批评史上可与莎士比亚批评等量齐观。声称"书"的概念已经终结的德里达也承认20世纪有两本"终极的书"——《尤利西斯》和《为菲尼根守灵》,因为这两本书突破了"文学是什么"的传统规范,以一种否定的方式拓展了文学的边界。

第六节 里尔克

在现代德语文学中,奥地利的里尔克(1875—1926)是后期象征派诗歌的大家。他出生在布拉格,父亲是普通的铁路职员。1884 年里尔克父母离异,他由母亲抚养成人。母亲出身较高社会阶层、小有才气,她的虚荣给里尔克的一生留下了阴影。少年里尔克最初被送往军校,但在 1891 年因身体不适而退学。之后他在林茨和布拉格勤奋补习人文知识,开始最初的诗歌创作。1895 年入布拉格大学,翌年去了慕尼黑。里尔克在那里结识了作家瓦塞尔曼和年长他 14 岁的莎乐美。在瓦塞尔曼指导下,里尔克接触到对他今后创作关系重大的丹麦作家雅可布森的作品。而莎乐美这位曾受尼采倾慕的俄国才女和社交名媛,对青年里尔克更有难以估量的影响:他开始从文艺圈的喧闹回归自身,放弃印象派的随意风格,转向内心和神秘体验。1899 和 1900 年,他追随莎乐美进行了两次俄国旅行,两次拜访了托尔斯泰。俄国是他创作历程中第一个重要驿站,影响绵延至后来的《杜伊诺哀歌》和《俄耳甫斯》。对于里尔克而言,俄罗斯的广袤大地成为创造力的象征,人民的谦卑和东正教僧侣的虔诚意味着对于造物的委身,生活条件的原始则体现了对于本质力量的执著。第一次俄国旅行后,里尔克的短篇小说集《亲爱的上帝及其他》和著名的《旗手克里斯托弗·里尔克的爱与死之歌》诞生,后者以铿锵的音调、神秘而忧郁的气氛立即获得了读者的赞誉。第二次访俄回来后,里尔克移居不来梅附近的沃尔普斯韦德,和一群年轻艺术家朝夕相处。在这里,他和女雕塑家克拉拉·韦斯特霍夫相识并结婚。但经济的困窘迫使他婚后不久又踏上了漂泊之旅,融入市民生活的尝试宣告失败。1902 年他前往巴黎拜访罗丹,正式使命是为这位雕塑大师写一篇传记。

从 1902 年到 1914 年,里尔克主要生活在巴黎,这是他人生和创作的新阶段。巴黎代表着不同于俄国和布拉格的新经验,是现代文明的集中展示,是大师罗丹的"工作"场所,却也是孕育了波德莱尔的"恶之花"的异化之地。里尔克 1905 年出版的诗集《祈祷书》包括三部分:一、修士生活;二、朝圣;三、贫穷与死亡。其间,精神过渡的痕迹清晰可见。第一和第二部分都和里尔克对莎乐美的恋情及俄国之行相关,充溢着艺术家建造上帝的神秘主义观念。上帝之名代表无可言说者,基督教的主题和动机只是用来表达一种普遍而模糊的宗教向往。第三部分的背景明显是里尔克在大城市巴黎最初的恐怖经验,被社会抛弃者、病人和穷人受到歌颂,贫穷显示了特殊的形而上意义。穷人执著于生活的艰辛,贴近生死的极限,由此成为真正的富人。然而严整的诗行到底无法完全把捉里尔克在巴黎遭遇的困境,他于1904年1月开始写日记体小说《布里格记事》,旨在处理大城市给敏感诗人带来的惊骇和冲击。创作历时六年,到1910年成书并出版。这是德语现代派文学的第一部长篇小说,在文学史上的地位不言而喻。小说没有连贯的情节线索,由60个日记片断组成。主人公是一位漂泊在巴黎的年轻丹麦诗人,为了生存和创作而苦苦挣扎,整部作品也可视为一首现代诗人的爱与死之歌。小说继承了波德莱尔的传统,记录了布里格意识中大城市的丑陋印象。和这些印象相交织的,是他对丹麦的童年记忆,核心是对于"独特的死亡"(明显受到雅可布森小说影响)的追述和玩味。成就自己的死的思想贯穿始终,成为诗人追求生和抵抗都市异化机制的力量。《布里格记事》被当成存在主义思想的代表作,现代都市作为存在的消极面也成为萦绕里尔克的重要问题,在最后的《哀歌》中才得以融入宇宙大系统。从形态上看,当代经验和旧事追忆、真实人物和历史传奇、现实描写和诗意幻想的并置,构成了一个取消内和外、当下和过去、生和死之别的类似超现实主义的共时空间,无疑具有强烈的先锋意味。

巴黎时期的里尔克达到了艺术观念上的自觉,罗丹和塞尚是这一飞跃的引导者。1905年他为罗丹担任了八个月的私人秘书。在罗丹工作方式的启发下,他放弃了以前那种印象派和浪漫派的风格,转向雕塑的美学理想。1906年以后塞尚给予他更强烈的冲击。画家塞尚以无比的谦卑将烂苹果和酒瓶变成圣物,里尔克则匍匐在"物"面前,学着客观地表现事物的内在精神。《新诗集》(1907)和《新诗集续编》(1908)里的作品大多具有刻画精细的雕塑风格,《豹》《火烈鸟》《喷泉》《旋转木马》等名作只是其中最为人熟知的例子。巴黎时期又被称为里尔克的"事物诗"阶段。诗人走出了一己情感,面向广阔的物的视野,从《圣经》和希腊神话人物、佛祖,到人世间万象百态,甚至照片中的人物,都可以成为观察和体验的对象。这样一种不加选择、不作判断的观看的实质在于,透过表面呈现事物的内在结构。由此,物的孤独命运得到倾听,物成其为物,以其纯粹的、超越时间变化的规律性呈现于观察者眼前,从而成为本真世界的象征。

"事物诗"仍只是艺术实现的中间阶段,最终要通向物我、神人、古今、生死交融的"世界内在空间"。里尔克曾相信可以通过纯客观的观看,将自我和现实被阻断的联系重新建立起来,但在《布里格记事》中就对这种理论产生了怀疑。青年丹麦诗人把和解的希望寄托在观看的诗学上,可是最后痛苦地承认"只差一步,我的苦难就能变成极乐"。里尔克意识到,纯粹眼的工作不足以把握实在,因此从"艺术物"转向《杜伊诺哀歌》中伟大的内在性,最后一切的哀诉、苦难融汇到俄耳甫斯赞美的歌声中。然而,他解决自我危机的思路大致是相同的。我们必须走出文明和习俗的逼仄世界,成为一个自在自足的个体,"寂寞的人"。在寂寞中我们面向那被习俗所排斥的存在的另一面,默默地承担一己的死生和艰险,向草木、儿童和被情人抛弃的女子学习,成就那伟大的"无对象的爱"。贯穿这一切的自然不是浪漫主义的天才精神,而是谦虚的观看、无限的忍耐、伺候和爱——这一切都可归结为"工作"。从根本上讲,里尔克是一个对人类存在抱有信心的诗人。早在《哀歌》开始阶段,他就预先写出了最后的赞美结局(《哀歌》第十首的首段)。在《俄耳甫斯》中,尽管痛苦和爱没有学成,死的秘密没有揭开,那永恒的存在的歌声仍不绝如缕地在大地上飘扬。不同于后现代主义者的消极态度,对于 20 世纪人类的主体危机,里尔克给出了一个积极的解决方案,这就是歌唱的转化魔力。

布里格还是徘徊在外部的观察者,通过写作来抵抗自我在工业社会的破碎现实,他的失败也意味着里尔克自己的失败。这一失败的实质是:里尔克要求的绝对的客观性并不存在,"艺术物"并不等同于真实"物",而是和主体的观看方式相联系的。挫败感长时间地困扰诗人,他陷入了创作低潮期,又开始在欧洲各地频繁旅行,不断地抱怨灵感的消逝。整个第一次世界大战期间,里尔克几乎没有新作问世。直到《杜伊诺哀歌》《俄耳甫斯》出现,他才在艺术观念上经历了又一次蜕变——"眼的作品已经完成,现在是心的作品"。"心的作品"即里尔克早就提到的概念"世界内在空间",在其中时间失去了效力,只剩下了内在的节奏,推动现象世界的万物相互转换。但前提仍是对物的观看。说到底,里尔克整个创作都在解决自我和世界的沟通问题,"客观"的物或图像并非摒除自我,而恰如中国古人讲的"格物",是自我进入宇宙的最初和最关键一步,即自我的物化。

1921 年夏,里尔克迁入瑞士南部穆佐一座源于 13 世纪的古堡。偏僻荒凉而又孤寂的环境终于导致灵感迸发。次年 2 月间,就像彗星一闪,他不但完成了毕生之作《杜伊诺哀歌》,还接着在短短二十天时间内一气呵成写下了 55 首《致俄耳甫斯的十四行诗》。这两部作品都是现代主义文学的经典,里尔克实现了诗人的使命,如同那位神话歌手,向无穷无尽的宇宙之流,奏出了沉毅的歌声。

《杜伊诺哀歌》始作于1911年冬天里雅斯特附近的杜伊诺城堡。城堡女主人慷慨而富于鉴赏力,对于里尔克,就是从前由莎乐美扮演的女性引导者角色。长达十年的酝酿和苦涩等待,让诗歌成了一项难以承受的负担,直到1922年2月才有了最终的了结。在《杜伊诺哀歌》中,诗人不再留驻于单个的物,而径直转向存在本身,追问生存的基本问题。这是充满了现代意识和形而上思索的哀歌体,里尔克悲叹人的局限性,赞颂英雄、爱人、儿童、动植物面向存在的敞开,而天使代表了完整的存在。天使和动植物作为人的"不可见的"和"可见的"的两种对照,是《哀歌》追问人的生存结构的基本方法。《杜伊诺哀歌》共十章,第一至第六章都在叹惜人生的短暂、孤独、行动与思想的脱节、爱情的不圆满、意识的不完整等人生的局限性:"噢,到底我们能够/指望谁?天使不能,人不能,/就连灵巧的动物也已注意到,/我们没有确实的在家的感觉/在这被阐释的世界。"(《哀歌》第一首,林克译)即使恋爱者也不过是在自我陶醉中相互隐瞒彼此的命运:"爱人,你们相互的抚慰者,/我向你们询问自己。你们互相搂住。你们可有证据?/瞧吧,我看到,我的双手十指交叉/或者我将久经风霜/的脸埋藏于它们中。这会给我些许/感觉。可是谁敢说因此而存在?"(《哀歌》第二首,林克译)

第七章开始转向对生活的肯定和礼赞。诗人对人生的缺陷提出了辩证的看法,认为它们是走向无限的理想的必备条件,关键在于深入理解"转化"的意义。特别在生死问题上,里尔克认识到"死"是转化的极致,要愉快地顺从自然规律,将生命向死亡敞开。第九、十章顺着这一思想以歌颂死亡为"极乐之泉"而结束。大地是转化的场所、"纯粹关联"的世界,而现代人逃离了这一原初循环,生存由此变得飘摇无助。《哀歌》对巴黎的杂技演员命运(《哀歌》第五首)和象征都市扰攘的"愁城"(《哀歌》第十首)的描写,再次涉及都市的异化现实。现代人以计算方式来驾驭生活,为了计算的方便排斥所有他者和陌生者——其总和就是死。一切忙碌不过是以无内容的物质性去掩盖死亡的本真现实,维持"廉价的命运的庇护所"。作为此在代表的杂技演员在巴黎这个无休止的人类舞台的表演沦为无益的人工假相,原因就在于此。而天使把死生当作一个整体,"据说天使通常不知道,他们是在/活人还是死人中行走。穿过两界的永恒之潮/总将所有老少裹挟而去,压倒了他们的声响"(《哀歌》第一首)。

《致俄耳甫斯的十四行诗》则是轻快而流畅的十四行体赞歌。俄耳甫斯是理想的诗人的象征。《杜伊诺哀歌》已在歌颂大地的转化之功,这里更借用俄耳甫斯这个更具象的符号来赞美艺术具有的转化一切的力量。他在第一部第二十首中用白马在黑夜中驰骋的美好形象来表达转化的快乐,并把白马这一图像奉献给俄耳甫斯。大地包含了生和死的循环,俄耳甫斯的竖琴不光为生者和世间之物,同样为死人和冥界奏响——"只有谁在阴影内也曾奏起琴声,他才能感应传送无穷的赞美。只有谁曾伴着死者尝过他们的罂粟,那最微妙的因素他再也不会失落"(《俄耳甫斯》上卷第九首)。

里尔克融汇了欧洲文化的诸多精华,跨语际体验是他的重要创作基础,他也是出色的翻译家。从 1924 年起,里尔克还用外语(法语)写了数量可观的诗歌,如关于玫瑰和窗的组诗,探讨的仍是转换、变化等一贯主题,风格简朴而隽永。

第七节 卡夫卡

弗兰茨·卡夫卡(1883—1924)出生于奥匈帝国统治下的布拉格一个富裕的犹太家庭。1901 年进入布拉格德语大学攻读法律,兼修艺术史、日耳曼语文学等课程。1906 年取得法律博士学位,供职于布拉格工人事故保险公司,1922 年因肺结核病退休。1924 年病逝于维也纳近郊疗养院。

卡夫卡生活的时代正值奥匈帝国行将崩溃之际,整个社会的精神环境令人窒息,加上现代文明自身的深度危机在一战中全面爆发,敏感的欧洲哲学家、艺术家普遍存有绝望的末日感。卡夫卡呼吸领会着时代的绝望气息,但对他产生更直接影响的还是生活中的许多独特因素,如父亲的专制性格、保险公司刻板的工作,以及病弱的身体和失败的婚姻,还有他的犹太身份。卡夫卡吸收各方面的负面因素,以天才的心灵将其转化为独特的文学世界。写作对于卡夫卡而言是一种自我救赎。他生前只发表过很少几部文学作品,而且常常是经好友马克斯·勃罗德劝诱说服后才拿出去的。在遗嘱中,卡夫卡还郑重其事地让勃罗德焚毁所有手稿。

卡夫卡早期作品是一本薄薄的小册子《观察》,汇集了他从 1903 年到 1911 年间创作的一些片断式小说,此外还有未完成的长篇小说《乡村婚事》的若干片断。1912 年,短篇小说《判决》一夜间一挥而就后,卡夫卡式风格才告确立。此后,他创作了许多著名小说,尤其是去世前两年,才思泉涌。其中短篇小说代表作有《变形记》(1912)、《在流刑营》(又译《在流放地》,1914)、《乡村医生》(1917)、《致某科学院的报告》(1917)、《中国长城建造时》(1917)、《饥饿艺术家》(1922)、《一条狗的研究》(1922)、《地洞》

(1924)、《约瑟芬,女歌手或耗子的民族》(1924),长篇小说有《美国》(原名《失踪者》,勃罗德改名为《美国》,1912—1914)、《诉讼》(1914—1918)、《城堡》(1922)。三部长篇均未完成,体现了卡夫卡式的艰难与悖谬。此外,卡夫卡还有大量日记和书信,尤其是《致密伦娜情书》和长信《致父亲》具有极高的文学价值。卡夫卡的小说、格言、书信和日记构成一个有机整体,书写着个人梦魇般的生存困境,透视着现代人异化的生存困境,弥漫着现代人的陌生感、孤独感、恐惧感、放逐感和压抑感。

卡夫卡大部分小说都存在这样的情节模式:面目不清、来历不明的主人公进入具有敌意的世界,想证明自己,试图安居乐业,但敌意世界总是不接受他,最终主人公或放弃努力,或接受惩罚。长篇小说《美国》里心地纯真的卡尔·罗斯曼因受家中女仆引诱,被父母从欧洲放逐到美国,先得到舅舅帮助,但很快又被舅舅抛弃,随后接二连三受到种种人欺凌而无法生存,最终改名换姓受聘于俄克拉荷马大剧场而成为失踪者。长篇小说《诉讼》中的银行襄理约瑟夫·K 30 岁生日早上在家中莫名其妙地被捕,随后照常上班生活,不过得定时到法院接受审判。尽管他多方寻求帮助,最终也无法逃脱死刑判决。31 岁生日前晚上,他像一条狗一样引颈就戮,至死未弄清所犯何罪,也未见到最高法官。长篇小说《城堡》中 K 的命运更为奇特,他受聘于城堡当土地测量员,但进入不了城堡,也见不到城堡官员,只能暂时栖身城堡下辖的小村;K 为了进入城堡接近官员,不惜勾引城堡官员克拉姆的情妇弗丽达,还与受到小村人摒弃的巴纳巴斯家人交往,但都无济于事,最终精疲力竭,弥留之际也没有得到城堡当局颁下的在村中居住的合法权利,只是考虑到某些其他情况,被准许在村里生活和工作。这些主人公的命运无疑凝结着卡夫卡对现代人命运的深深忧虑,现代世界已经成为不宜人居的世界,失踪或死亡成了别无选择的命运。

现代人的异化处境对内在灵性世界而言更为恐怖,没有意义,虚无弥漫,结果便是内在心灵的溃败。卡夫卡领悟到的是一种形而上的"饥饿"。短篇小说《饥饿艺术家》是卡夫卡的经典名作。小说中的饥饿艺术家独自关在笼子里,向观众表演忍饥挨饿的本事,但不被观众理解,最终沦落到马戏团中与猛兽为伍,被人遗忘,死于饥饿。饥饿艺术家临死前曾说他找不到适合胃口的食物。在某种程度上说,饥饿艺术家就是卡夫卡这样的现代艺术家的自我写照,他们在现代世界寻找不到可吃的"食物",只好把忍饥挨饿作为创造艺术的手段,当他们的艺术品"饥饿"趋于完成之际,就是肉体生命消殒之时。

现代人的生存困境在卡夫卡的文学世界中的另一种震撼人心的表述就是上天不能、入地无门的两难。短篇小说《猎人格拉胡斯》就是此种极端体验的典型表现。猎人格拉胡斯不慎坠崖身亡,躺在通往彼岸世界的小船上,但每当他跃向天国大门即将成功时,就会在漂泊于尘世某一河流的破旧小船上及时苏醒过来,不死不活地四处游荡。短篇小说《乡村医生》中乡村医生既被病人家庭排挤,又回不到自己家中,只好驾驶着非人间的马孤零零地游荡于冰天雪地间。这种异化困境似乎注定了卡夫卡式的人物漂泊终身的多舛命运。

卡夫卡从日常处境入手,洞察到现代人的生存困境,并将这种生存困境上升到形而上高度,与文学史中原型式的母题相结合,从而获得巨大的启示意义。一是反抗与惩罚。短篇小说《判决》中的格奥尔格·本德曼试图独立自主地处理生活问题,结果违背父亲的意志,被判决投河自尽;《诉讼》中的约瑟夫·K试图反抗法院,证明自己无罪,最终却被处死;短篇小说《在流刑营》中更是展示了对所有反抗者赤裸裸的惩罚。也正是在惩罚中,负罪观念弥漫开来。二是寻求与发现。在卡夫卡的世界中,寻求注定是失败的。《诉讼》中约瑟夫·K寻求法院,结果发现法院无处不在,而又一无所在,最终不能进入"法"的大门。《城堡》中K寻求城堡的恩宠,但不得其门而入。短篇小说《地洞》中的小动物寻找家园的稳定和安全,但最终无处不在的"瞿瞿"声宣告了作为家园的地洞已经笼罩于恐惧中。三是目的与道路。卡夫卡曾说:"目标确有一个,道路却无一条;我们谓之路者,乃踌躇也。"[①]约瑟夫·K心中的法、K眼中的城堡、格拉胡斯的天堂,若隐若现,但无路可通,他们在追寻中陷入迷宫。约瑟夫·K要追寻最高之法,就得经过律师、法官等中介,甚至包括与法院有关的一切人,譬如法院的看门人、看门人的妻子、与法官交往的画家等,如此一来,人与法之间的中介构成迷宫,使追寻者的任何努力都无济于事。人的有限性终于极度彰显出来了。

卡夫卡对现代人生存困境的揭示深邃而独特,具有先知预言般的冷峻与峭拔。与之相应,他的艺术探索也非同凡响。如果用浪漫主义、现实主义的艺术观念诠解卡夫卡的小说,就会遮蔽他的真实面目和艺术力量。卡夫卡小说情节单调,人物抽象而血肉干枯,环境描写简单,作家感情绝少外露,主题蕴含模糊,难以把捉。它们大都讲述一个内容严肃的故事,语言平铺直

[①] 〔奥〕卡夫卡:《卡夫卡全集》第4卷,叶廷芳主编,石家庄:河北教育出版社2000年版,第5页。

叙,客观冷静,人物往往长篇大论,对一个细节的分析缠绕不已,让平常熟悉的观念和行为变得陌生,甚至显现出深渊般的裂缝。卡夫卡小说很难直接引起读者的感情共鸣,但若深入其中,与其一道进行理性反思,必会服膺其深邃哲思,产生理性共鸣。

卡夫卡小说的艺术特色体现于如下几方面:一是自传性。在某种程度上可以说,卡夫卡所有小说都是隐晦曲折的精神自传。例如卡夫卡与父亲的冲突,在《判决》《变形记》《司炉》等小说中就演化为父亲惩罚、放逐儿子的题材。卡夫卡酷爱文学又不得不厕身俗世工作的苦闷,经过一番变形,就转变成《饥饿艺术家》《约瑟芬,女歌手或耗子的民族》等小说中的绝望。二是象征和寓言。卡夫卡的大部分小说是现代人异化生存的寓言,而《诉讼》中的法院、《城堡》中的城堡、《地洞》中的地洞等都是指向多重意义的象征。寓言和象征手法的运用使得卡夫卡小说能够获得形而上品格。三是悖谬与荒诞。卡夫卡小说的许多情节超出日常因果逻辑,悖谬而荒诞,如被法院批捕却又能正常上班生活(《诉讼》),明明在望的城堡就是不可接近(《城堡》),专为乡下人开的法门却不让他进入(《在法的门前》)等。四是多义性。卡夫卡小说对事件的叙述往往淡化前因后果,直接呈现生活的外在姿态,作家本人不流露倾向,于是显示出多种阐释的可能。例如《城堡》,最初马克斯·勃罗德认为城堡象征神的恩典,K追求绝对的拯救。后来又有心理学批评认为城堡是K自我意识的外在投射,K试图与下意识接触以克服精神上的痛苦。存在主义批评则认为城堡是荒诞世界的一种形式,K意欲追求自我和存在的自由,他的徒劳代表人类的生存状态。社会学批评认为城堡是奥匈帝国崩溃前社会的写照。还有人根据福柯的权力理论,解读出卡夫卡对现代社会的权力全面异化深表忧虑[①]。

《变形记》是卡夫卡短篇小说的代表作,对现代人异化状态的书写力透纸背。格里高尔·萨姆沙是旅行推销员,担负着养家糊口的重任,一天早晨从不安的睡梦中醒来,发现自己躺在床上变成了巨大的甲虫。他似乎不怎么为变形忧虑,而只担心不能按时上班。变形后,格里高尔被家人关在斗室中,父亲不闻不问,母亲无法克服厌恶情绪,唯有妹妹刚开始能给他提供腐烂食物,打扫卫生。保持着人的情感的格里高尔为不再能养家糊口自责不已,父母亲和妹妹也都不得不各找工作,对格里高尔越来越漠不关心,更增厌恶。为增加收入,父母招了三个房客。一天晚上,当格里高尔被妹妹的小

[①] 参考谢莹莹:《卡夫卡〈城堡〉中的权力形态》,《外国文学评论》2005年第2期,第34页。

提琴声吸引爬进起居室,被房客发现,全家大乱,妹妹哭诉着要将格里高尔弄走,当晚格里高尔死于饥饿和绝望。第二天家人告别格里高尔变形带来的混乱和压抑,憧憬着美好的新生活。

格里高尔是被异化的现代人典型。他整天按时上班,恭行职守,像标准化的机械一样重复着生活;没有个人爱好,没有朋友,不能从职业中感到自我实现的欣悦和充实。对于公司而言,他仅是带来好业绩的员工;而对于家人而言,他仅是赚钱养家的人。这完全是以工具价值来衡量人的存在的异化世界。生命不可工具化、不可摧毁的神圣性已经滑出人的视野,更为可怕的是,不但每个人看不到他人生命的神圣性,也看不到自身存在的神圣性。遗憾的是,在表层意识中,格里高尔全面认同这种异化生存。他变形后很少为自己的变形考虑,而只想着重回人类的异化世界,去当尽职的下属和家人的供养者。

格里高尔的变形意味着生存的悲剧,意味着人与本真存在的疏远,意味着真我的沦落。他变为甲虫,是从现代社会编码体系中脱离出来。甲虫的丑陋外形,是现代人脆弱、孤独、恐惧的内在心理的外化。格里高尔变形后,并不怎么操心甲虫的外形,意味着他执拗地要暴露异化的自我现状。当他最后听到妹妹的小提琴声,仿佛获取盼望已久的食物的途径正展现在面前。音乐艺术象征着能够喂养精神的真正食物,临死前格里高尔聆听音乐,象征着逃离异化,对本真自我的复归。此外,从父子关系角度看,《变形记》也展示了非常严峻的专制父权的异化力量。卡夫卡的《变形记》颠覆了古典神话中神灵自由变形、皆大欢喜的叙述模式,与阿普列乌斯的《变形记》、奥维德的《变形记》构成了现代性的反讽,宣示了现代人变形的无奈和悲怆。

卡夫卡承接了克尔凯郭尔、尼采、陀思妥耶夫斯基对现代人生存处境的致思路向,大部分作品是去世后由勃罗德编辑出版的,在欧美地区产生较大影响还得等到 20 世纪 40 年代。英国诗人奥登曾说:"就作家与其所处的时代关系而论,卡夫卡完全可与但丁、莎士比亚和歌德等相提并论。"[1]萨特、加缪、贝克特、博尔赫斯、马尔克斯、昆德拉等许多文学家都从卡夫卡那里汲取养分,文学流派如超现实主义、表现主义、存在主义、黑色幽默、荒诞派等都或把卡夫卡视为代表作家,或深受其影响,从而激发出巨大的创造性。

---

[1] 〔美〕乔伊斯·欧茨:《卡夫卡的天堂》,见叶廷芳主编:《论卡夫卡》,北京:中国社会科学出版社 1988 年版,第 678 页。

第八节 布莱希特

贝托尔特·布莱希特(1898—1956)出生于德国巴伐利亚州,1917年进入慕尼黑大学,断断续续学过哲学、医学、文学。1922年,他的剧本《黑夜鼓声》在慕尼黑剧院演出,获得巨大成功。1924年,到柏林任"德意志剧院"顾问。1928年,他的歌剧《三角钱歌剧》和《玛哈歌尼城的兴衰》再获成功,从此闻名欧洲。1933年,德国纳粹上台,倾向马克思主义的布莱希特不得不流亡国外,先在欧洲各国逗留,1939年取道苏联前往美国,1947年返回欧洲。1948年,应邀到民主德国东柏林定居,与夫人一道领导柏林剧团,实践其戏剧主张。1956年因心脏病突发去世。

布莱希特在《买黄铜》《戏剧小工具篇》《论实验戏剧》《街景》等论著中提出了影响深远、卓尔不群的史诗剧(Das epische Theater)(又译叙事剧、叙述体戏剧,布莱希特晚期又称之为辩证戏剧)理论。他把受亚里士多德《诗学》影响的戏剧称为"亚里士多德式戏剧"或"戏剧性戏剧"(又译戏剧体戏剧、戏剧式戏剧),而把自己的史诗剧称为"非亚里士多德戏剧"。布莱希特认为,戏剧性戏剧在舞台上体现一个事件,把观众卷入其中,让他只关注事件结局,通过共鸣诱发感情,消耗其主观能动性,而科学时代不需要这样的戏剧,科学时代的戏剧不但要解释世界,还要引发改造世界的主观能动性。史诗剧的关键方法是陌生化效果(又译间离效果):唤醒对熟视无睹之物新的认识兴趣,从而有可能从新角度思考生活,认识世界,参与行动,变革现实。陌生化体现于表演方法上,就是要求演员、角色和观众三者间形成一种辩证关系。演员既要进入角色,又要与角色保持一定距离;观众则保持独立的欣赏戏剧、批判社会的立场,不能随意听任演员和剧情的摆布。陌生化表演方法必然导致对"第四堵墙"的拆除,让观众更积极主动地参与戏剧。

布莱希特有意识地实践其戏剧理论,共创作四十余部戏剧。从题材看,他的戏剧大致可分四类:

一是严厉批判资本主义社会丑陋的异化状态,较重要的有《在大都会的漩涡》(1922)、《三角钱歌剧》(1928)、《玛哈哥尼城的兴衰》(1928)以及《潘第拉老爷和他的男仆马狄》(1940)等。《三角钱歌剧》(1928)改编自英国作家约翰·盖伊(1685—1732)的《乞丐歌剧》,揭露了资本主义社会统治者和强盗乃是一丘之貉的荒诞现实。《玛哈哥尼城的兴衰》展示了金钱主宰的纵情享乐、狂欢无度、腐朽糜烂的资本主义城市生活。《潘第拉老爷和他的男仆马狄》充分描绘了潘第拉醒醉之间的言行巨变,极富喜剧性,展示了资本主义社会把人异化为非人的可怕现实。

二是以马克思主义思想关注工人阶级的革命斗争,批判剥削社会,讴歌劳动人民,重要的有《屠宰场里的圣约翰娜》(1929—1931)、《措施》(1930)、《母亲》(1930—1932)、《四川好人》(1939—1941)、《高加索灰阑记》(1944—1945)、《巴黎公社的日子》(1948—1949)等。《屠宰场里的圣约翰娜》是他的第一个马克思主义剧本,以美国芝加哥为例展示20世纪20年代工人阶级和资本家之间的斗争。寓意剧《四川好人》则让观众思考单凭做好事行善并不能解救剥削社会中受苦受难的人而只有推翻它才有可能的道理。《高加索灰阑记》根据中国元代李潜夫杂剧《包待制智赚灰栏记》改编,讲的是法官审判两女夺子案。布莱希特改编后,非孩子亲生母亲的侍女格鲁雪得到总督的儿子,"孩子归慈爱的母亲,为了成材成器",反映了他对统治阶级的鄙视和对劳动人民的尊重。布莱希特根据马克思主义思想反复批判改良主义,呼唤整体的社会革命,他曾说:"罪恶的时代使人性成了对具有人性的人的一种威胁。"①因此他反复申说暴力革命的必要性,这在后革命时代值得反思。

三是批判资本主义战争以及德国法西斯的荒唐与残暴,主要有《圆头党和尖头党》(1932—1934)、《第三帝国的恐惧和苦难》(1935—1938)、《卡拉尔大娘的枪》(1937)、《大胆妈妈和她的孩子们》(1939)、《阿吐罗·魏的有限发迹》(1941)、《第二次世界大战的帅克》(1944)等。时事剧《第三帝国的恐惧和苦难》全面呈现了纳粹德国专制统治下人民大众生活的恐惧和苦难。《大胆妈妈和她的孩子们》同样是为反法西斯而作,故事发生于德国1618—1648年的三十年战争时期。剧中女主人公安娜·菲尔琳带着两个儿子和一个女儿,拉着辆大篷车,做随军小贩,希望借战争发点小财,人称"大胆妈妈"。但她的两个儿子死于军中,哑巴女儿也因击鼓报警惨遭杀害,最终不觉悟的大胆妈妈独自拉着大篷车,继续随军做买卖。该剧可看作对德国人民试图发战争财的劝诫,以及对他们悲惨命运的预言。

四是为回应现实某个重大问题而创作的旨趣深远的历史剧或改编剧,如《伽利略传》(1938—1946)、《安提戈涅》(1947)、《科里奥兰》(1951—1952)、《唐·璜》(1954)、《图兰朵》(1954)等。

---

① 〔德〕布莱希特:《布莱希特论戏剧》,丁扬忠等译,北京:中国戏剧出版社1990年版,第94页。

《伽利略传》(1938—1946)围绕伽利略证明、提倡"日心说",与罗马教会发生冲突,最后不得不屈服的事件展开,从1609年写到1642年伽利略去世为止,时间跨度大,场景广阔,人物众多。它旨在促使观众深入反思真理与权威、科学与社会、科学家的责任等重大问题。

伽利略生活的意大利,一方面是教会、贵族的腐朽统治和骄奢淫逸,另一方面是下层民众生活艰难,愚昧盲目,思想狭隘,迷信和鼠疫横行。但地理大发现的春风已隐隐吹来,自然科学家正重新燃起探索天地的浓厚兴趣。伽利略承接哥白尼、布鲁诺的事业,倡导怀疑创新的科学精神。他相信人的理智,相信思考是人类最大的乐趣之一,相信下层民众如饥似渴地需要真理,希望启发下层民众的思想,促使他们发挥独立自主精神。但罗马教会却从伽利略怀疑和创新的科学事业中嗅到了威胁的气息,他们指责伽利略倡导的"日心说"贬低了地球地位,贬低了人,贬低了作为造物主的上帝,因此判定伽利略是人类的公敌,《圣经》的破坏者。一方面是现代科学的咄咄逼人,一方面是古老信仰的威权犹在,两者对决,很难说谁是谁非。尽管罗马教会逼迫伽利略放弃"日心说",囚禁伽利略,不准其出版著作,古老信仰的威权在现代科学的滚滚洪流面前终究只是螳臂挡车。

当然,《伽利略传》也并非简单地批判教会权威对科学真理的扼杀,它还通过伽利略的遭遇深刻展示了现代科学与社会之间的纠葛。伽利略从事科学研究,很大程度上出于天性,抱着纯科学的想法。因此,在与佛罗伦萨大公的哲学家、数学家辩论时,伽利略曾说:"作为科学家,我们不应当考虑真理会把我们引到哪里去。"①但在受到教会迫害后,伽利略最终认识到科学与社会之间存在更为复杂的关系。该剧著名的第十四场中,伽利略在软禁中完成了《对话录》,学生安德雷亚来访,知悉详情后高度赞美伽利略,伽利略却不领情地说:"在我看来,科学的唯一目的,在于减轻人类生存的艰辛。倘若科学家慑于自私的当权派的淫威,满足于为知识而积累知识,科学有可能被弄成畸形儿,你们的新机器很可能只会意味着新的苦难。"②

他希望把科学知识只用于为人类谋幸福的公约,非常害怕出现新一代可以被雇佣来干任何事情的侏儒发明家。布莱希特让伽利略如此忏悔,无疑是全面考察了现代科学与社会之间的复杂关系。如果说伽利略时代的统

---

① [德]布莱希特:《伽利略传》,潘子立译,见《布莱希特戏剧选》下卷,北京:人民文学出版社1980年版,第49页。

② 同上书,第129页。

治者迫害科学家打击科学,科学技术受到下层民众欢迎,那么到了20世纪尤其是原子弹发明后,统治者已经能够充分利用科学技术来巩固统治地位,现代科学也已不仅是解放力量的象征了。因此,科学家不能沉湎于纯科学发现中,他还要考虑发现的真理到底有可能把人类引向何方。在《伽利略传》结尾,布莱希特也表达了对科学的深深忧虑。

布莱希特的戏剧大都是正剧和喜剧,没有传统的悲剧,剧中滑稽讽刺因素盛行,悲剧性因素被昂扬乐观的理性主义抑制住了。选材方面,布莱希偏爱具有重大影响、时效性的社会题材和历史题材。他的大部分剧作或采用历史题材,或改编现成文学作品,这与他追求陌生化效果有关。面对这类题材,观众不会太过关注戏剧结局,可能会专注于戏剧过程,从而有可能激发主动性。布莱希特的大部分剧作也很少直接做判断,总是喜欢激起观众反思。《三角钱歌剧》结尾处,女王宣布赦免"尖刀麦基"的罪行还大加褒奖,到底意味着什么,只能由读者去判定。

布莱希特的史诗剧往往没有贯穿始终的中心情节,也不设计情节曲线,几乎没有全剧性的高潮。《大胆妈妈和她的孩子们》的情节发展时急时缓,无头无尾,较为松散,就像那辆走走停停的大篷车。《伽利略传》无法说清高潮存在何处,或者可以说处处是高潮。但正因为打破了戏剧情节曲线,布莱希特的史诗剧结构形式自由,纵横开阖,舒展自如,能够展示广阔的社会面貌。《高加索灰阑记》就分两条线索叙述,一条是侍女格鲁雪如何救助抚养总督之子,一条是农民阿兹达克如何偶然当上法官,最后两条线索交汇,从而全面呈现了战乱时期从上层到下层的众生相。而《第三帝国的恐惧和苦难》中,24场戏各自独立又连成一体,全面展示了第三帝国严酷的社会生活。

布莱希特为追求陌生化效果,有意打破剧情完整性,不时插入合唱或歌曲,甚至让剧中人物直接向观众发表议论,迫使观众不进入情感共鸣状态,而能够主动置身剧外,对剧中人物和世界进行批评。《大胆妈妈和她的孩子们》中的《女人和士兵之歌》《结亲歌》《大投降之歌》等回荡全剧,形成陌生化效果。不仅如此,布莱希特还要在每场戏开始时叙述性地交代剧情,以破除观众对情节结局的期待。至于人物,往往并不遵循古典戏剧的典型理论,而存在一定的概念化倾向。不过在布莱希特较好的史诗剧中,人物也具有较高程度的人性复杂性,如大胆妈妈、伽利略、沈黛等。

布莱希特的史诗剧理论和实践不但继承了古希腊戏剧、狄德罗戏剧理论、德国戏剧等西方戏剧传统,而且吸取了中国京剧等东方戏剧元素,融会贯通,别开生面,给现代戏剧带来翻天覆地的变化,影响深远。

第九节 福克纳

威廉·福克纳(1897—1960)出生于美国密西西比州一个名门望族。他上小学时经常逃学,后干脆辍学。第一次世界大战期间,他加入英国皇家空军,但未及上前线战争便已结束,他以荣誉少尉身份退役返乡,随后以退伍军人资格就读于密西西比大学,但次年即退学前往纽约谋求发展。在纽约期间,他屡换工作,无法安顿,后返回密西西比大学,在邮政所工作,1924年被辞退,转赴欧洲游学,回国后投身文学创作。1929年他在家乡牛津镇定居,此间曾短暂赴好莱坞担任编剧以赚钱维持生计。1962年因病去世。

福克纳自小按照母亲的要求阅读文学作品,10岁时开始读莎士比亚、狄更斯、巴尔扎克和康拉德等。青少年时代,他更是博览群书,饱读经典,大学期间已在报刊上发表诗歌、书评和短篇小说。他的第一部长篇小说《士兵的报酬》(1926)是一部社会抗议小说,揭示战争对青年人生活的破坏性影响。第二部小说《蚊群》(1927)写几个艺术家的一次乘船出游,表现其生活的乏味与心灵的空虚。两部作品都表达了当代人的失落感、异化感、末世情绪和虚无思想。从第三部小说《萨托利斯》(1929)开始,他将视野投向美国南方,开始以约克纳帕塔法县这块"邮票般大小"的家乡土地为地理环境,创作系列小说。而同年出版的《喧哗与骚动》则成为约克纳帕塔法世系小说成功的标志,并于1950年为他赢得了诺贝尔文学奖。

《喧哗与骚动》之后,福克纳发表了一系列小说力作。《我弥留之际》(1930)通过穷白人本德仑一家为本德仑夫人送葬的旅程表现南方普通家庭的堕落和成员之间的尔虞我诈。《圣殿》(1931)则通过女青年坦普尔的故事,探讨在南方特殊的宗教和种族主义环境下,社会之恶如何诱发人本身的恶而造成人的堕落和对生命尊严的践踏。这几部作品共同展示了美国南方社会传统价值的沦丧、人的堕落和社会的腐朽衰败,真实呈现了南方历史性变化的一个侧面。《八月之光》(1932)表现种族主义观念和社会环境如何造成主人公克利斯玛斯一生的困扰与悲剧人生。《押沙龙,押沙龙!》(1936)则更进一步追寻南方衰落的深层原因,揭露和批判清教主义与种族主义的罪恶。该作在题材和主题上都可与《八月之光》视为姊妹篇。《没有被征服的》(1938)赞美南方男人的绅士派头和女人的淑女风范,也表现南方人的不屈精神。《野棕榈》(1939)和《强盗们》(1962)歌颂南方人的勇敢、忠诚、荣誉感和人情味。在《下去,摩西》(1942)和《坟墓的闯入者》

(1948)等作品中,福克纳继续探讨南方社会的历史、现实问题,揭露奴隶制的罪恶。在《村子》(1940)、《小镇》(1957)、《大宅》(1959)这个"斯诺普斯"三部曲中,福克纳则对工商主义的唯利是图和冷酷无情进行了充分的揭露、讽刺和批判,对工商主义蚕食、腐化、瓦解南方传统生活方式及价值观表示忧虑和不安。

福克纳的作品蕴含着丰富的南方文化传统,主要表现在如下方面:第一,强烈的个人主义意识。他笔下的英雄人物大多是个人主义者,他们试图用一己之力来改变现实(如《圣殿》中的律师贺拉斯·本波),或者实现个人理想(如《押沙龙,押沙龙!》中的萨特潘)。第二,家族、亲缘和社区观念。他往往通过人物与社区的不同关系来展示他们的命运,如《八月之光》中的尼娜和克利斯玛斯,前者对社区采取融入态度,后者采取排斥态度,结果一个生活中处处有阳光,一个被社会视为异端。第三,"向后看"的历史观。他笔下的人物大多生活在过去的回忆里,看不到未来,看不到出路,如《喧哗与骚动》中的昆丁、《押沙龙,押沙龙!》中的洛莎小姐等。

福克纳对南方文化中清教主义观念造成的心灵毒害进行了无情的批判。清教主义对性爱持严厉态度,女性贞洁被置于重要地位。《喧哗与骚动》中凯蒂因恋爱失身于人,被丈夫抛弃,被弟弟杰生辱骂,被母亲扫地出门,甚至回家探望孩子、参加父亲葬礼也被母亲禁止,以至四处漂泊,沦为娼妓和纳粹军官的情妇。深爱她的哥哥昆丁和父亲也因她的失身而痛心疾首,觉得世界从此崩溃,一个自杀身亡,一个消极颓废。《八月之光》中乔安娜笃信宗教,一生克制自然欲望,离群索居,在被克利斯玛斯强暴后,虽然性的欲望苏醒,却不能正确对待性爱,忽而疯狂纵欲,忽而深深自责,向上帝忏悔,乞求原谅,并因为逼迫克利斯玛斯与自己一同向上帝祈祷而遭克利斯玛斯杀害。

福克纳在其作品中,特别是在关于萨托利斯、康普生、萨特潘和麦卡斯林四大家族的叙事中,深入探讨了种族问题。《押沙龙,押沙龙!》和《下去,摩西》等小说将萨特潘家族和麦卡斯林家族毁灭或没落归因于庄园主对黑人人性和尊严的践踏。《八月之光》揭示出主人公悲剧的根源在于南方根深蒂固的种族主义观念。尤菲斯·海因斯因笃信白人高贵、黑人卑下的观念,认为与其女儿相好的马戏团演员有黑人血统,便枪杀他以阻止其成婚。为进一步惩罚女儿,他在女儿分娩时不请医生,致使她难产而死,又把新生婴儿送到白人孤儿院,自己在那里隐匿身份当看门人,以透露孩子是黑人的秘密。克利斯玛斯犯案后,他又亲自煽动暴民私刑处死他。种族主义观念蒙蔽了他的双眼,吞噬了他的人性,使他成为一个种族迫害狂。

福克纳几乎在约克纳帕塔法世系的所有小说中都出色地揭示了南方深刻的内部矛盾及道德和情感混乱在南方世家衰败过程中的影响和作用。这些作品既深刻地反映了南方社会历史,又具有强烈的现代意识。他写现代社会中人与人的沟通与疏远,人如何追求、保持自己的人性,表现处于社会转型期的南方人精神上的痛苦与不安,他们对于内战失败的屈辱感,对于过去奴隶制的负罪感,对于往昔荣耀的眷恋,对于自尊、骑士精神、种族家长制等南方价值观的珍惜。在更普遍的意义上、更广阔的范围内,福克纳小说揭示了西方社会中人性的扭曲与异化、现代人的生存困境、自我身份的疑惧和焦虑,表达了对于现代社会里自私自利、实用主义、巧取豪夺、不择手段地谋取成功的物质主义的反感,以及对于爱、友谊、英雄气概等传统价值的向往与渴望。

福克纳不是以情节的曲折惊险取胜的作家,他的小说重点不在讲什么,而在怎样讲。因此,其小说叙述方式和结构形式具有比传统小说更重要的意义。福克纳小说经常打乱事件的正常条理,使情节变得迷离、模糊、零乱,以此扩展小说的蕴涵和张力,使小说结构本身成为有意味的形式。福克纳善用多种叙事角,并注意开发其最大叙事潜能和表现力。例如,他在使用第一人称时,一方面坚守第一人称叙事是限制叙事的原则,即第一人称叙事者所叙内容不应超出他个人所见所闻范围,另一方面又要尽可能突破第一人称叙事的个人主观性和狭隘性,于是他发明了多重第一人称视角。他几乎每部小说都要尝试不同的叙述方式和结构。福克纳是挖掘、表现内心世界的高手,他通过描述人物内心活动来塑造人物,表现时代精神。此外,蔓延繁复的长句是福克纳文风的一个显著特点。这些句子像一株有着无数分权的枝叶繁茂的奇异巨树:初读觉得句子冗长、朦胧、晦涩,但细细品味,会发现句子环环相扣,逻辑严谨,蔓而不乱。古斯塔夫·哈尔斯特龙称赞福克纳道:"自梅瑞兑斯以来(也许不算乔伊斯),尚未有人像福克纳这样成功地形成大西洋巨浪般无穷无尽、浑厚有力的文字。"[①]

福克纳最有代表性、技巧最纯熟的作品是《喧哗与骚动》。书名出自莎士比亚悲剧《麦克白》的著名台词:"……人生不过是一个行走的影子,一个在舞台上指手画脚的拙劣的伶人……它是一个愚人所讲的故事,充满着喧

---

① 〔瑞典〕古斯塔夫·哈尔斯特龙:《颁奖辞》,见潘小松:《福克纳——美国南方文学巨匠》附录一,长春:长春出版社1995年版,第200页。

哗与骚动,却找不到一点意义。"小说以 20 世纪初的美国南方为背景,讲述约克纳帕塔法县康普森家族的变迁。

小说由四部分组成,各部分叙述者不同,所以又被称为"班吉部分""昆丁部分""杰生部分"和"迪尔西部分"。第一部分通过康普森兄弟中的小弟弟班吉在 1928 年 4 月 7 日这一天的所见、所闻、所思、所忆,呈现康普森家孩子们童年之事及康普森家的现状。第二部分通过大哥昆丁在 1910 年 6 月 2 日的回忆、思考和经历来写他与妹妹凯蒂的故事以及康普森一家当年的情形。第三部分通过杰生在 1928 年 4 月 6 日的心理及活动刻画康普森一家当前的颓败景象。第四章通过黑女仆迪尔西的眼睛展现康普森家人之间关系的异化。小说时间跳跃穿梭:从 1928 年圣星期六开始,回溯至 1910 年 6 月,再跳到 1928 年受难节,以同年复活节结束。这样的结构法一开始就使读者浸入到白痴班吉的意识里,使读者不由自主地去体验一个白痴眼里那混乱无序的世界,直到读完全书,前后联系起来,才明白故事的来龙去脉。时空倒置的叙事手段,以及不断插入往昔回忆的内心独白,暗示书中人物始终在与时间搏斗,体现康普生家族无力抗拒历史进程的悲剧。萨特曾指出《喧哗与骚动》是一本关于时间的书,福克纳对时间的处理方式体现了南方文化的"回忆"特质,即对现实的失望以及从昔日旧梦中觅得安慰的期望。

《喧哗与骚动》的四个部分里,头三部分故事没有叙述者,每部分作为一段独立的内心独白呈现在读者面前。我们感到仿佛在偷听三个人自言自语讲述他们的印象与回忆。他们各自的言说方式反映其截然不同的个性和精神状态。每部分都是一个完整的故事,可独立成篇,而各部分又通过不在场的凯蒂这个中心人物紧密衔接。作品除第四部分运用第三人称全知视角外,其他三部分皆采用第一人称"我"的叙事方式。三兄弟的意识流活动各有特色,不仅能够体现白痴班吉、精神崩溃者昆丁、偏执狂与虐待狂杰生的不同心理状态和语言特色,更能揭示人物的内心世界,探索他们的意识与潜意识动机。

《喧哗与骚动》的故事、人物和结构还与基督受难构成平行、影射和反讽关系。1928 年的三个日期,恰是基督受难日、复活节前和复活节;1910 年昆丁自杀的那个日期,又恰是"圣体节"的第八天。复活节前夕是基督下界拯救人类的日子,可怜的班吉正需要拯救;复活节那天小昆丁的出走,与基督临死留下的箴言"你们要彼此相爱"形成鲜明对立;圣体节是供奉耶稣圣体的节日,昆丁在潜意识中把自己当作耶稣、设法对妹妹的堕落进行救赎,但是他所能奉献的,不过是自己的凡人生命;小说结尾黑人教堂里复活节礼拜的场景,也与主题呼应,颇耐人寻味。

福克纳逝世后,其文学声望与日俱增,美国及世界各国不断翻译、评介他的作品,对他的研究成为一门学问。他已被公认为具有广泛影响和崇高地位的现代经典作家。

第十节 布尔加科夫

米哈依尔·阿法纳西耶维奇·布尔加科夫(1891—1940)出生于基辅神学院教授家庭。1909—1916年就读于基辅大学医学系,毕业后在斯摩棱斯克省乡村医院当医生,1918年返回基辅。1920年,他弃医从文,开始写作生涯,次年来到莫斯科,在《汽笛报》工作。1930年,在斯大林的亲自干预下,他被莫斯科艺术剧院录用为助理导演,业余坚持文学创作,并重新开始写他最重要的长篇小说《大师和玛格丽特》(1966年发表)。1940年,患肾硬化去世。

布尔加科夫一生坎坷,经历了三次婚姻,命运多舛。在具有自由主义思想的父亲影响下,他从小对文学、历史、基督教史兴趣浓厚。大学毕业后在乡村行医时,在孤独寂寞的日子里,他开始试笔创作。1917—1920年间,基辅经历多次政变,是乌克兰共和军、白卫军、红军三方武装力量争夺的对象。作为一名优秀医生,布尔加科夫几度被红军和白军征召为军医,在各种政权和势力的更迭中,深受颠沛流离之苦。在经历了一战、十月革命和国内战争后,他深感个人面对现实、面对强权的无力,只能在悲愤中用荒诞、讽刺手法制造狂欢化效果,藉以解脱自我。其小说和剧本由于有违当时苏联主流意识形态,曾遭当局封杀,但他坚持己见,拒绝按照别人旨意修改作品。随着时代巨变,其作得以重见天日,《大师和玛格丽特》成为20世纪世界文学的经典。

布尔加科夫一踏进文坛,就奉俄国19世纪讽刺作家谢德林为师,同时继承了果戈理的浪漫主义和神秘主义。在悲剧与喜剧情境中为善抗争,道德与不道德的亘古斗争,以及战胜死亡,是布尔加科夫创作的一贯主题。他的创作既有讽刺特色又富抒情才华,隐含深刻的哲理和浓郁的宗教情绪,形成带有魔幻现实色彩的独特风格。

布尔加科夫的创作成就体现在小说和戏剧两方面。1923—1925年间的中篇小说《恶魔记》《孽卵》《狗心》(该篇1987年才在苏联发表)展示了作家的讽刺才能。这三部中篇组成"莫斯科故事",某种意义上是他的第二部长篇小说。他还先后创作了 14 部戏剧,其中以《图尔宾一家的日子》(1926)、《佐伊卡的住宅》(1926)、《火红的岛屿》(1927)、《逃亡》(1928)最出名。他的戏剧浓缩反映现实生活,集中表现矛盾冲突,揭示出"知识分子和革命""艺术和权力""作家和政权"的关系等主题。

布尔加科夫的第一部长篇小说《白卫军》(1923 年创作,1925 年部分发表,1966 年才在苏联完整出版)以及据此改编的剧本《图尔宾一家的日子》,以理智的旁观者目光审视革命和国内战争时期白卫军知识分子艰难的人生选择,并以充满音乐性的抒情笔调,为被战争打碎的安宁、和平的生活谱写一曲挽歌。在小说中,作家采用"梦"中套"梦"的意识流手段,解释梦中人物的身份,预言即将出现的事件:"表现'懦弱'、'胆怯'、'忏悔'、'拯救'等母题,将现实和虚幻结合在一起,使得梦中的情节带有浓郁的宗教色彩。"①由小说改编的剧本继承了契诃夫传统,比如通过人物日常的自我感受揭示人物性格,但同时又有创新。和契诃夫剧作不同的是,人物思绪不是与日常生活相连,而是对大事件、对历史洪流的反应。《白卫军》既体现了托尔斯泰"勿以暴力抗恶"的思想,也显示出陀思妥耶夫斯基《群魔》中知识分子思想的影响。在《白卫军》中,围绕图尔宾家沸腾着一件又一件历史事件,而他们的房子仿佛安宁的港湾,在小说中占据中心地位。淡黄色的窗帘、带罩的青铜台灯、钢琴上的乐谱、鲜花等细节与正在进行的战争形成鲜明对照,传达出向往和平、谴责战争的思想情绪。房子不仅承载着绵延的生活风俗,同时也是作家竭力维护的心理和文化传统。"小说中横坐标上是房子——城市——莫斯科——柏林——巴黎,纵坐标上是房子——天空——圣母——宇宙,它们纵横交错构成《白卫军》的立体空间。"②

"莫斯科故事"属于典型的社会揭露小说,把它们联为一体的是"荒诞现实主义"手法。作家以现实生活真实事件为基础,大量运用变形、荒诞和象征等表现手段,突出虚幻性和假定性,讽刺和揭露社会丑恶现象,并产生狂欢化效果。《恶魔记》讲述"小人物"在苏联官僚机器车轮下的狂妄和死亡。两个主人公——克罗特科夫和卡里索涅尔的对话和心理活动具有复调小说的特征,同时这部小说还开启了作家"恶魔撒旦"主题写作的先河。《孽卵》是对英国作家威尔斯的《神的食物》(1904)的戏仿,讲述佩尔希科夫

---

① 温玉霞:《布尔加科夫创作论》,上海:复旦大学出版社 2008 年版,第 121 页。
② 同上书,第 120 页。

教授发明了一种红色的生命之光,本想用它来孵蛋生鸡,解救饥饿线上的人们,却因官僚主义者的错误,把蟒蛇蛋孵出来了,这群吃人的蟒蛇到处蔓延,引起一片混乱,最后是一场严寒把这些害虫冻死在莫斯科郊外。该作反映的瘟疫事件暗合 1921—1922 年初伏尔加河沿岸一带因组织不力而致大批人饿死的情况,作品中的虚构人物、神秘数字等都可在俄罗斯历史、现实事件中可以找到出处,"逃亡"和"混乱"的母题首次出现。《狗心》是狗变人的荒诞故事,是对威尔斯《摩洛博士岛》的戏仿,讲述医学教授普列奥布拉任斯基异想天开地把人的性腺和脑垂体移植到狗脑中,使这只野狗秉承死去的那个人的恶习,变成野蛮、贪婪、无耻之人,教授不堪其扰,只好又做手术,把它变回到狗。这部作品虚实结合,用夸张、荒诞、改换视角、命名隐喻等手法,对现实进行辛辣的讽刺和冷峻的讥嘲,曲折地谴责了社会痼疾和人格陋习。

布尔加科夫的巅峰之作《大师和玛格丽特》曾八易其稿,历时十二年。这是一部构思奇巧、寓意深奥、结构复杂的讽刺哲理小说,西蒙诺夫称之为"达到了讽刺、幻想、严格的现实主义小说的顶峰"[①]。小说由 20 世纪 30 年代莫斯科的现实生活和两千年前耶路撒冷的神话故事两条线索、两个板块合成。一条线索是魔王沃兰德率领手下造访莫斯科,寻找因受到批判而躲入精神病院避难的作家"大师"及其情人玛格丽特,同时想看看莫斯科居民的内心是否已发生变化,从而引发一幕幕滑稽剧、悲喜剧。另一线索是古犹太总督彼拉多宣判处死耶稣、被内心悔恨折磨近两千年的故事。一个板块是沃兰德叙述两千年前的传说和彼拉多审判耶稣的故事,另一个板块是大师本人的命运。复活升天的耶稣看了大师的小说后,授意大师给彼拉多自由,而大师本人脱离尘世随沃兰德一行前往永恒的安宁天国。布尔加科夫以"小说中的小说"形式,构建了三个时空世界:历史时空(彼拉多和耶稣)、现实时空(20 世纪 20、30 年代的莫斯科)、神话时空(或称魔幻时空,沃兰德及其手下住的花园街 50 号住宅)。沃兰德把魔幻和现实两个世界联系起来,使之相映成趣、相辅相成,推动故事发展,造成跳跃式、高潮迭起的戏剧效果。布尔加科夫通过三个时空世界中的冲突,凸显良心与责任、善与恶、罪与罚、真理与谎言、正义与非正义、自由与政权、短暂与永恒等主题,表现对人类良知的呼唤、对思想和创作自由的追求以及对安宁和谐的内心世界的向往。

---

① 转引自温玉霞:《布尔加科夫创作论》,上海:复旦大学出版社 2008 年版,第 148 页。

《大师和玛格丽特》是多种题材、体裁、手法表现的综合体,呈现出高度的互文性,因而其艺术风格被贴上不同的标签——"批判现实主义""幻想的现实主义""怪诞的现实主义""梅尼普讽刺①的新变体""神秘滑稽剧""神话小说""哲理小说""魔幻现实主义"等,而《大师与玛格丽特》宛如一座宏大建筑,无论从以上哪个视角出发,均可窥见其瑰丽色彩。

布尔加科夫深受欧洲作家但丁、歌德、霍夫曼、拉伯雷影响,秉承俄罗斯作家果戈理、谢德林、托尔斯泰、陀思妥耶夫斯基的传统,同时也启迪了之后的一些俄罗斯作家,如舒克申、帕斯捷尔纳克、艾特玛托夫等。诚如一位苏联评论家所言:"正是布尔加科夫的《大师和玛格丽特》的发表,苏联文坛上才开始出现寓言、幻想、怪诞、滑稽、哲学童话的倾向。"②

第十一节 肖洛霍夫

米哈依尔·亚历山大洛维奇·肖洛霍夫(1905—1984)在俄罗斯文坛上具有独特地位,是唯一既获列宁文学奖、斯大林文学奖,又由于"在描写俄罗斯人民生活各历史阶段的顿河史诗中所表现的艺术力量和正直的品格"获得1965年诺贝尔文学奖,被东西方两个世界共同认可的苏联作家。《静静的顿河》以其对俄罗斯文学中人道主义的传承和精湛的叙事艺术,成为20世纪世界文学中的经典。

肖洛霍夫生于顿河军屯州普通店员家庭。在十月革命后的国内战争年代,他成为顿河地区许多事件的亲历者和见证人。1922年肖洛霍夫来到莫斯科,做过装卸工、石匠等。虽只上过四年中学,但他一直艰苦自学。他参加过"青年近卫军"文学小组,听过著名文艺理论家什克洛夫斯基、勃立克等授课。1924年,肖洛霍夫在《青年真理报》上发表第一个短篇《胎痣》,两年后结集出版《顿河故事》和《浅蓝色的草原》(后来它们又合集为《顿河故事》)。

1924年,肖洛霍夫回到家乡。1927年秋,他完成《静静的顿河》第一

---

① 按照巴赫金的解释,"梅尼普讽刺"取自公元前3世纪加达拉的哲学家梅尼普的名字,公元前1世纪罗马学者发禄首先采用,其特点是强烈的笑的成分-所有的笑的成分都具有狂欢化的性质,是哲学和文学虚构的结合,有极大的自由进行情节和哲理的虚构,引发的是哲理思想。参见巴赫金:《巴赫金全集》第五卷《诗学与访谈》,白春仁、顾亚铃译,石家庄:河北教育出版社1998年版,第148—156页。

② 转引自温玉霞:《布尔加科夫创作论》,上海:复旦大学出版社2008年版,第154—155页。

部,最终于 1940 年完成这一 4 部、8 卷的现代史诗。1929—1930 年间他参加顿河地区农业集体化运动,视之为实现人民世代盼望的村社生活的途径,因此写作长篇小说《被开垦的处女地》第一部(1932)。在苏联卫国战争期间,他应征入伍,担任《真理报》军事记者,创作大量特写,最有名的是短篇《学会仇恨》。1943—1944 年,他发表了长篇小说《他们为祖国而战》(未完稿)。沉淀十年之后,又发表了短篇名作《一个人的遭遇》。50 年代末,他完成《被开垦的处女地》第二部。1984 年,肖洛霍夫在家乡与世长辞。

肖洛霍夫一生大部分时光在辽阔的顿河草原度过。顿河哥萨克地区多姿多彩的生活给了他取之不尽的创作素材,使他成为哥萨克人的杰出歌手。在俄国文学中还没有一位作家像肖洛霍夫那样全面、深刻地描写过哥萨克人——大草原的开拓者,半农民、半军人的特殊阶层。他们不同于一般的乌克兰族或俄罗斯族的农夫,他们为自己的身份——哥萨克人而骄傲。肖洛霍夫以细腻的笔触,再现了哥萨克阶层在特定历史时期——新旧社会形态急速更迭、各种社会潮流激烈对抗、新生活的诞生与成长以及战争的毁灭与恢复等时期的心路历程,塑造了热烈粗犷、自由豪放的哥萨克群像,展现了普通人身上的鲜明个性,描绘了存在和悲剧之美,表现了战争与和平、社会和谐与动荡、悲悯与野蛮的纠结绞杀,为俄罗斯文学乃至世界文学开拓出一个崭新领域。其顿河哥萨克题材的作品直接影响了 50 年代以来苏联文学的一个重要流派——农村小说的形成和发展,而《一个人的遭遇》则开创了"战壕真实派"。

肖洛霍夫的文学之路始于《顿河故事》。在收录的作品中,作家把严峻而复杂的社会斗争浓缩至家庭和个人之间展开,在哥萨克内部尖锐的阶级冲突背景中展示触目惊心的悲剧情景和众多的悲剧人物,赞颂了全人类共同的价值观。如《看瓜田的人》描写激烈的国内战争导致家庭内部分成生死对立的两派,当白军警卫队长的父亲把给红军送饭的妻子杀死,一路追杀当红军的大儿子,正要开枪打死他时,却被小儿子从背后砍死,两个儿子投奔红军。在这些作品中,肖洛霍夫独具一格的现实主义风格已初露端倪。A.绥拉菲莫维奇高度评价了《顿河故事》:"非常简练,但这种简练中却充满了生活、张力和真理。"①

---

① 任光宣、张建华、余一中:《俄罗斯文学史》(俄文版),北京:北京大学出版社 2003 年版,第 280 页。

肖洛霍夫在对现实生活进行概括时,史诗般的恢宏中总是蕴含着悲剧成分。《静静的顿河》中葛利高里家破人亡,阿克西尼亚、娜塔莉亚不幸惨死;《被开垦的处女地》中达维多夫和纳古尔诺夫牺牲,无辜的哥萨克在集体化中遭受损害;"史诗性"短篇小说《人的命运》中,安德烈的亲人均失去了生命。

作家本人认为,《静静的顿河》脱胎于《顿河故事》。浅蓝色是肖洛霍夫最喜欢的颜色,是 5 月草原上郁金香的颜色,传递出和平、和谐和希望之美,而"静静的"一词用来修饰顿河,在强烈的对照之下,呈现出一种情不自禁的悲剧氛围。这部规模宏大的叙事作品在诸多方面都继承了俄罗斯经典文学的艺术手法和主题思想,并以独具一格的创作思维对其进行了充实和创新,尤其是将俄罗斯民族性的表现和拓展发挥到极致。

《静静的顿河》是一部场面宏伟、气势磅礴的悲剧性史诗,集中展现了苏联十月革命和国内战争时期顿河哥萨克人的苦难历程。人物有六百多个,甚至仅在片段中一闪而过的也往往以其独特个性给读者留下了深刻印象。《静静的顿河》中大部分主要人物和相对次要的人物都先后死去。人们厮杀的主要原因是战争,是战争悲剧性地把一个民族分裂为敌对双方。哥萨克人盼望在土地上和平耕作,却一次次被迫拿起武器,越来越深地卷入厮杀。主人公葛利高里出身哥萨克中农家庭,两次投奔红军,三次参加并领导叛乱,身不由己地被卷入历史事件的强大漩涡中,在大动乱中因寻找不到真理而碰得头破血流、家破人亡,最后他把武器扔进解冻的顿河,回到唯一的亲人——儿子身边。小说定格于父亲抱着孩子的画面,孩子是永恒生命的象征,这一未完的结局体现出人道主义哲学的实质——世界生生不息,生活在继续。

《静静的顿河》中自然景色的描写占据很大篇幅。这些自然描写对主人公行为或事件发展起到暗示作用,如第一次世界大战前夕布满黑云的天空、轰隆的雷声和猫头鹰的叫声——烘托出战争即将来临的阴郁、恐怖气氛。作家还将景物描写和人物心理相互衬托,如娜塔莉亚在得知葛利高里与阿克西尼娅又走在一起时,对丈夫作了诅咒来宣泄命运对自己的不公,作家用黑云、雷声、闪电、咆哮的狂风烘托出娜塔莉亚内心痛苦的爆发。作家让雄浑的战争描写与日常生活场景交替出现并相互融合,赋予自然独特的象征意义——顿河如同父亲,而草原则像母亲。人不仅是社会关系的总和,也是自然之子,哥萨克人的生活信条就是珍爱土地、尊重自然。作家通过战争前后人与人关系、人与自然关系的变化,反映出一切都不能以牺牲自然为代价的思想,同时将最普通的人物转化为生动鲜活、呼之欲出的形象,给人留下难以磨灭的印象。小说中存在着两种对峙的声音:时代的胜利者和牺牲者的声音,顺应主流意识形态的历史弄潮儿与历史车轮碾压下孤苦的受害个体的声音。不同声音展开富有张力的对话,将主题引向深入。

肖洛霍夫的创作符合苏联文学首先是工农文学这一标准。他的艺术世界是对知识分子的反抗。在《静静的顿河》中,中心人物只有广义的一个知识分子——叶甫盖尼·李斯特尼茨基,而且这个人物不如说是反面的。《被开垦的处女地》讨论的是人民意识的觉醒,肖洛霍夫将其等同于处女地,知识分子此时无关紧要,因此作品仅仅塑造了没有什么意义的女教师形象。在苏联作家中,肖洛霍夫是最出色,也是最神秘、最矛盾的人物之一,很少有一位苏联作家像他那样让文学批评家和理论家们费尽心机地揣测不已。

【导学训练】

一、学习建议

结合20世纪前半叶的特殊历史背景和思想背景,如第一次世界大战、十月革命、经济大萧条、非理性主义思潮等,来理解这一时期的现代主义和现实主义文学。掌握象征主义、意象派、未来主义、超现实主义、表现主义、意识流小说等现代主义的流派特征及其代表作家作品;同时关注现实主义文学在20世纪的延续、与现代主义的交流融合及其内在变迁和深化过程,了解其主要代表作家作品。留意20世纪作家在艺术形式上的叛逆性和创新性及其作品的精神内涵与20世纪人类境遇及现代思想史的关系。重点掌握普鲁斯特、托马斯·曼、卡夫卡、里尔克、乔伊斯、艾略特、福克纳、布尔加科夫、布莱希特等作家的创作。

二、关键词释义

未来主义:未来主义(Futurism)是20世纪初盛行于意大利、法国和俄国的现代主义文学流派,其基本特征为:否定艺术遗产和传统文化;歌颂现代机械文明,表现"速度美"和"力量美";主张打破旧有形式规范,用自由不羁的语句随心所欲地进行艺术创造。未来主义有明显的文化虚无主义倾向,但其创新性试验却丰富了文学表现手法。意大利的马里内蒂是未来主义的创始人和理论家,他的《未来主义宣言》(1909)是这一流派诞生的标志。其他代表人物还有法国的阿波利奈尔和俄国的马雅可夫斯基等。

超现实主义:超现实主义(Surrealism)是两次世界大战期间源自法国、传至欧美的现代主义文学流派。超现实主义从达达主义发展而来,并吸收弗洛伊德的自由联想等精神疗法用于创作。它试图将创作从理性樊篱中解放出来,成为自发性的心理活动,以表现一种更高、更真实的"现实",即"超现实"。超现实主义文学一般具有下列特征:强调表现超理性、超现实的无意识世界和梦幻世界;广泛使用"自动写作法"和"梦幻记录法"进行创作;追求离奇神秘的艺术效果。法国的布勒东是其创始人和理论家,重要作家还有阿拉贡、艾吕雅等。

意象派:意象派(Imagists)是20世纪初兴起于英、美、苏联等国的诗歌流派,受到前期象征主义诗歌运动、柏格森直觉主义、日本俳句和中国古典诗词的影响,在创作上反对直白的形象、泛滥的情感和道德说教,排斥浪漫主义与象征主义的神秘主题,主张通过诉诸直觉的意象进行创作。其诗用词凝练,形象鲜活,视觉感强,韵律自由,意味隽永。开创者为英国诗人休姆,代表人物为美国诗人庞德、杜立特尔、洛威尔、威廉斯和苏联诗人叶赛宁等。

意识流小说:意识流小说(stream-of-consciousness fiction)是20世纪20、30年代流行于英、法、美等国的现代主义文学流派或小说类型,不重视描摹客观世界,而着力于表现内心真实,尤其是表现人的意识流程,从而打破传统小说的叙事模式和结构方法,用心理逻辑去组织故事。在创作技巧上,意识流小说大量运用内心独白、自由联想和象征暗示的方法,在语言、文体和标点等方面都有较大创新。意识流的创作方法后来被现代作家广泛采用,成为现代小说的基本方法之一。代表作品有普鲁斯特的《追忆似水年华》、乔伊斯的《尤利西斯》、伍尔芙的《达罗卫夫人》和《到灯塔去》、福克纳的《喧嚣与骚动》等。

表现主义:表现主义(Expressionism)是20世纪早期风行于欧洲绘画领域的一种艺术表现手法,后扩展至文学及其他艺术领域。它不追求客观真实,而追求主观真实;不重细节真实,而重本质真实。手法上摒弃逻辑结构,设置怪诞离奇情节,通过变形与夸张,以怪异形象表现内心情感以及思想上的扭曲和紧张,使人物成为某种观念、思想的象征,也使作品充满多义性。一般认为其代表人物为斯特林堡、卡夫卡、奥尼尔等。

迷惘的一代:迷惘的一代(The Lost Generation)指第一次世界大战期间及战后成长起来的一批年轻的美国作家。这一并无组织和纲领而只有相似风格和倾向的创作流派,由于美国作家斯泰因对海明威说过的"你们都是迷惘的一代"一语而得名。作品主要描写残酷的战争给主人公带来的灾难和创伤,表现其精神上的痛苦、迷惘、彷徨,以及对人性和传统价值观念的怀疑,大都具有浓厚的悲观色彩和反战情绪。一些非战争题材的作品,由于表现了一代人的精神幻灭、失落与迷惘,也被归入这一流派。主要代表人物为海明威和菲兹杰拉德等。

三、思考题

1. 较之19世纪现实主义,20世纪现实主义文学在创作方法上有哪些变化和发展?
2. 有论者认为象征是西方现代主义文学普遍采用的艺术手法,你是否赞同?为什么?
3. 辨析象征主义、意象派、未来主义、表现主义、超现实主义、意识流小说各流派的主要特征。

4. 以普鲁斯特作品为例,阐释不自觉记忆与自觉记忆的概念,并分析不自觉记忆与意识流之间的关系。

5. 分析疾病在托马斯·曼小说中的涵义和功能。

6. 分析艾略特《荒原》中的神话模式。

7. 分析《荒原》中的"客观对应物"和用典。

8. 如何理解《尤利西斯》与《奥德赛》之间的对应关系?

9. 从"眼的作品"到"心的作品",里尔克的诗歌创作发生了什么变化?

10. 卡夫卡小说描绘的世界是绝望的,你能够从中读出希望吗?为什么?

11. 布莱希特的史诗剧为什么需要陌生化效果?如何获得?

12. 《喧哗与骚动》中不同视角的意识流叙事之比较。

13. 解读《大师和玛格丽特》中莫斯科形象和耶路撒冷形象的关系。

14. 归纳《静静的顿河》中的人物体系。其中哪些人物既不属于正面形象,也不属于反面形象?为什么?

四、可供进一步研讨的学术选题

1. 分析20世纪现实主义文学和现代主义文学在艺术技巧上的相通之处。
2. 欧美传统文学中的异化主题与现代主义文学中的异化主题之比较。
3. 现代主义各流派创作中的非理性与理性关系研究。
4. 弗洛伊德与现代主义文学各流派关系探析。
5. 柏格森哲学与现代主义文学关系探析。
6. 意识流小说代表作家(乔伊斯、普鲁斯特、伍尔芙、福克纳)的意识流手法之比较。
7. 荒诞在欧美传统文学与现代主义文学中的表现之比较。
8. 《追忆似水年华》中的记忆与时间、空间之关系研究。
9. 托马斯·曼小说创作与歌德的互文关系研究。
10. 艾略特诗歌与现代人精神危机的关系研究。
11. 东方佛教哲学对《荒原》的影响研究。
12. 《尤利西斯》中的异国想象研究。
13. 里尔克诗歌与存在哲学关系研究。
14. 卡夫卡小说"罪"与"法"之间、土地测量员与城堡之间关系研究。
15. 卡夫卡小说中的空间研究。
16. 福克纳小说中美国南方传统与现代人生存境遇的关系探析。
17. 分析《伽利略传》第八幕小修道士与伽利略辩论的当代意义。
18. 《大师和玛格丽特》中的魔鬼形象与西方文学传统中的魔鬼形象之比较。
19. 《战争与和平》与《静静的顿河》之比较。

【研讨平台】

一、超现实主义者对"超真实"的阐释

> 提示:超现实主义服膺弗洛伊德的潜意识理论,认为客观现实在人类理性的包装下,无论怎样客观地再现物质世界也只是虚假的真实,只有不受理性控制才是真正的"真实"。超现实主义者据此提出"超现实"理论,宣扬通过不受理性控制的自动写作,用瞬间闪现的视觉形象或语词组合来表现现实。值得注意的是这一理论在关注点上的创新以及在实施过程中的必然矛盾,因为即使作家能以非理性捕捉不受理性控制的梦幻,并将其记录下来,怎样呈现以及用何种媒介呈现,必然是一个理性把握的过程。

1. 安德烈·布勒东:《超现实主义宣言》(节选)

值得注意的是,什么都无法让我们消除构成梦境的要素……我为什么不能把过去在现实中有时被拒绝的东西赋予梦境呢?那种东西就是自信的价值……难道梦境亦无法用来解决生活中的基本问题吗?……究竟是什么样的理性呢?我自己也在琢磨,这一理性比另一理性更宽容,且赋予梦境一种自然的风采,让我毫无保留地去接纳一连串的插曲……我相信人们将来一定能把梦和现实这两种状态分解成某种绝对的现实,或某种超现实,如果可以这么说的话,尽管这两种状态表面看起来是如此矛盾。

(袁俊生译,重庆:重庆大学出版社 2010 年版,第 17—19 页)

2. 戴维·霍普金斯:《达达与超现实主义》(节选)

尽管梦成了超现实主义艺术家最重要的表现主题,但把它们转变成视觉现象却需要大量有意识的思考。正如不同评论家指出的那样,这与摆脱理性控制的理想相反。……

无论如何,布勒东的《第二次超现实主义宣言》标志着超现实主义的哲学方向发生了转变。之前运动内部侧重于精神内容,或布勒东所谓的"内在模式"。现在的重点是内在王国与外部现实之间的交互作用以及它们的辩证关系。这一新方向对视觉生成产生了影响……1936 年前后超现实主义者当中出现了一次真正的对物品的崇拜。此处的重点是,艺术家要在外部世界中找到符合无意识要求的客体,以及彻底改造内在现实与外在现实之间的关系。

(舒笑梅译,南京:译林出版社 2010 年版,第 18、21 页)

3. 乔治·塞巴格:《超现实主义》(节选)

在瞬间凝固的背景下,我们把真实的或想象的、明显的或黯淡的、微不足道的或震撼人心的、难以启齿的或没完没了的事件,都叫作无意识瞬间,为了理解这些按时间顺序和页数先后,然而并不连贯的瞬间,必须破译无意识写作的内容,重新分配客观

偶然制造的巧合,将照片资料与它们的说明文字分离,触及超现实主义者有机会建立和操纵的诸多物体对象。当无意识写作与客观偶然狭路相逢时,就产生了瞬间。……

日常生活中熟悉或意外的瞬间,短暂而壮观的时事瞬间,敏感平台上的凝固瞬间,作品平稳短暂的瞬间,布雷东和他的朋友们曾梦想用一首灵活的诗或一幅精神画面把它们自动联系起来……

(杨玉平译,天津:天津人民出版社2008年版,第48—49、50页)

4. 马塞尔·雷蒙:《从波德莱尔到超现实主义》(节选)

……自然,这种记录——作家只不过服从于"声音"传达的命令——仅在有利的条件下进行,主体必须超然于周围的现实去思考,尽可能地关闭朝外部世界敞开的大门(感官),让自己的理性沉睡,使自己保持接近于梦幻的状态,然后倾听(但不作有意识的努力)和写,随着思维加速的节奏写……

对超现实主义者的方法和表达方式采取否决的态度并先验地加以排斥大概是完全不合理的。重要的在于意识到,我们与之打交道的,尤其当涉及自动写作或如此称谓的写作时候,是一种这样的写法:可以使存在得以展示,甚至在理论上应比别的手法更有利于深层的无意识通过形象和象征的方式得到尽情发挥……

从广义上说,超现实主义代表浪漫主义的最新尝试,旨在与现实脱离关系,用别的现实来取而代之,后者充满活力……

(邓丽丹译,郑州:河南大学出版社2008年版,第234、240、241页)

5. 贝雷泰·E.斯特朗:《诗歌的先锋派:博尔赫斯、奥登和布列东团体》(节选)

超现实主义者则对一切进行质疑,包括诗歌的性质。重构人们经历的真实与理想、睡着和梦想之间的差异是一个革命性的计划,但它在引起知识辩论、刺激美学创新的同时,未能改变世界。

(陈祖洲译,南京:南京大学出版社2011年版,第240页)

二、普鲁斯特小说中的时间与记忆

提示:在普鲁斯特小说中,时间是最重要的主题,回忆则是再现时间的主要手段。那么,记忆有着怎样的独特性?什么样的记忆会在漫长的时间流逝中被保留下来?普鲁斯特将记忆区分为自觉记忆和不自觉记忆,并在《追忆似水年华》中,对由直觉感觉触发的不自觉记忆进行了诸多描述,揭示了记忆被感觉的瞬间契合所唤醒的情境。这一概念及其相关描述引发众多论者关注和探讨。

1. 安德烈·莫洛亚:《从普鲁斯特到萨特》(节选)

(普鲁斯特认为)通过脑力思考的再现,我们永远不会赋予时代真实的印象,也不会使往昔复活。为此,必须通过"无意的记忆来回忆"。

这种"无意的记忆"怎样产生呢?通过"现时感受与某一回忆的巧合"而产生……一小块玛德莱娜的味道,这种强烈的感受,正是独一往日的感受,于是他回忆起了当时在贡布雷所发生的一切,比通过心智回忆更加清晰准确得多。

为什么这样一种回忆方式有这样强大的力量呢?"因为记忆中的形象,由于感受不强烈找不到支撑点时,一般来说,是转瞬即逝的;而在这种时刻,记忆中的形象从现时的感受中找到了支撑点。"

……

上述的一切概括说来,就是:"随着普鲁斯特作品的诞生,就有了通过无意的记忆来回忆过去的方法。"

(袁树仁译,桂林:漓江出版社1987年版,第15—16页)

2. 塞·贝克特等:《普鲁斯特论》(节选)

……这记忆不是记忆,而是引自某个人的《旧约》的一段话,他称之为"自主记忆"。这是千篇一律的理性记忆,依靠它,我们可以再生产那些令我们的检验功能也满意的过去有意识地和理智地形成的印象……自主记忆产生作用的方式被普鲁斯特喻为翻动一本相册的片片插页。他所提供的材料毫无往事的内蕴,只是一个洗去了我们焦虑和当时行为缘果的模糊而单调的投影——这就是说,什么都没有。

(沈睿、黄伟译,北京:社会科学文献出版社1999年版,第21页)

3. 勒内·基拉尔:《浪漫的谎言与小说的真实》(节选)

感觉记忆重新获得对神圣的向往,这种向往是纯粹的欢乐,因为它不再被介体破坏。小玛德莱娜糕点是真正的圣餐,它具有圣物的一切品质。回忆化解了欲望中的所有对立因素。这时精神集中而又超脱,辨认出过去曾在上面碰壁的障碍,这圣物于是就释放出香气。精神理解了介体的作用,从而能够显示欲望的有害机制。

因此,感觉记忆意味着对初始欲望的否定。批评家认为这里有"矛盾"。被摒弃的,是归根结蒂给予我们幸福的经验……

回忆是普鲁斯特全部作品的焦点,是这个源泉显现了介体神与魔的功能。不要把感觉回忆的作用局限于最陈旧和最幸福的记忆。新鲜记忆只有在焦虑不安的时候才更有必要,因为新鲜回忆驱散仇恨的雾。感觉回忆在整个时间系列中发挥作用,既能说明《索多姆和戈莫尔》的地狱,也能说明贡布雷的天堂。

(罗芃译,北京:三联书店1998年版,第86页)

三、文学中的疾病主题与《魔山》

提示:浪漫主义文学对疾病的美化,以及疾病情结,在现代主义文学中得到了进一步发展。托马斯·曼的《魔山》既是对浪漫主义者优雅疾病论调的发展,也是对疾病本身意义的深入思考。在此,疾病体验成为沉思生命的重要方式,是将生命艺术化的桥梁。

1. 苏珊·桑塔格:《疾病的隐喻》(节选)

像《魔山》一样,一九二四年卡夫卡去世当年发表的书信集汇集了他对结核病的意义的思考。《魔山》中的冷嘲热讽大多是冲着汉斯·卡斯托尔普去的,他是一个古板的市民,却染上了作为艺术家专利的那种疾病——这是因为,曼的这部小说是他后来,当对有关结核病的神话有了自我意识后创作的,是对这种神话的评说。即便如此,该小说仍反映了这种神话:那位市民的确是因患上了结核病而变得优雅起来的。死于结核病,那时仍然是神秘的,而且(常常)被认为是富于歧视性的……

……但当《魔山》中的卡斯托尔普被发现染上结核病时,却被认为是一种人格的升华。汉斯的病将会使他变得比他以前任何时候都更为出类拔萃,更加善解人意。

(程巍译,上海:上海译文出版社2003年版,第33、35页)

2. 托马斯·曼:《托马斯·曼文集》(节译)

疾病和健康这两种被艺术家们压抑或创造的状态,一向都不是截然有别的,难道这样说不无道理?……疾病的因素也给予了健康以灵感。我想到一种感情模式,它给我带来苦闷和惊恐,但同时也令我骄傲,我认为,这种感情模式与疾病和健康的关系一样没有不同:天才是一种在疾病中深深体验到的,由疾病创造并通过疾病取得一种生命力的创造性灵感。

(Thomas Mann, *Gesammelte Werke in dreizehn Bänden*, Band III, Frankfurt am Main:S.Fischer Verlag,1971,p.471)

3. 杰弗里·梅耶斯:《疾病与艺术》(节选)

浪漫主义时期的作家,不断地从古希腊的悖论的角度来解释肺结核现象——一种流行的传染性不治之症。这是一种可怕的疾病,染上它就意味着生命的完结,但是,它又赋予身患此病的诗人以独特的感受力,并且被看成是对创造力的一种刺激……

……浪漫主义关于艺术家必定是病人,是社会的弃儿,以及只有在这种情况下才能产生最杰出的艺术的观念,最后在二十世纪最重要的尼采式的人物——托马斯·曼那里发展到登峰造极的地步。曼认为:"就好比玫瑰花中藏有虫子,在浪漫主义的核心有着致病的因素;它的最根本的特征就是诱惑,一种死亡的诱惑。"曼在《魔山》和《浮士德博士》中,对疾病的观念做了极其深刻并具有讽刺意味的描绘,他以这一主题对德国文化的症状作了诊断。

(顾闻译,载《文艺理论研究》1995年第6期)

四、《尤利西斯》的主题与研究方法

提示:《尤利西斯》给读者和评论家的解读提供了丰富的可能性。新批评、宗教人类学、文体学、精神分析学等方法的运用,仅为我们理解《尤利西斯》找到一把暂时的钥匙。丰富的多义性也是乔伊斯本人的创作意图,如何合理地阐释且避免过度阐释,成为我们对现代主义作品进行评论时面临的主要问题。

1. 弗拉基米尔·纳博科夫:《文学讲稿》(节选)

不要把利奥波尔·德·布卢姆在都柏林的某一夏日中无聊的闲逛和小小的冒险看作是对《奥德赛》的准确的滑稽的模仿,把广告推销员布卢姆看作是扮演足智多谋的奥德修斯或者尤利西斯的角色,布卢姆的通奸的妻子代表贞洁的珀涅罗珀,而斯蒂芬·代达勒斯则扮演了忒勒马科斯。很明显,就像作品题目所暗示的,在布卢姆四处闲逛的主题里面,是有一种非常含糊非常笼统的《荷马史诗》的回声,在整个作品中,在众多的暗指里有不少对古典文学的暗示;但是,在书中的每一个人物身上、每一个场景当中寻找这种准确的相似,完全是浪费时间……一个名叫斯图亚特·吉尔伯特的学究,被乔伊斯本人假模假式地列出的一份书单所引入歧途,结果在每一章中都发现了一个占统治地位的特别器官——耳朵、眼睛、胃,等等。对于这种单调无味的废话我们也应该不予理睬……

(申慧辉等译,上海:上海三联书店2005年版,第250页)

2. 梅·弗里德曼:《意识流,文学手法研究》(节选)

下一段同时运用感觉和声音,取得了完整、令人满意的艺术效果:
布鲁姆。一阵温暖的洗浴吞没秘密随着音乐随着欲望流啊流,由黑暗变得火苗四窜……还是这个名字:马尔塔。真怪!今天……(略《尤利西斯》第270页)
强调的是声音,思想及印象很奇怪地被音乐的节奏所取代:语调的突然变化及整个不协和音的效果表现了对字和短语进行了一种滑稽变形。这一段直到最后一节"是马尔塔"开始才变得明了,读者只是这时才明白歌剧《马尔塔》的音乐是通过布鲁姆的思想间接传入的。开头一节所有奇怪的字形和声音用来表示语言和音符的重叠效果。"一线希望"是歌曲的一部分,它试图打断布鲁姆的独白而使之不过于变形。最后一节联系了布鲁姆思想的各个方面。酒吧里正唱着歌剧《马尔塔》中的咏叹调。布鲁姆把自己与主角莱昂内尔联系起来,莱昂内尔在歌剧里的角色使他联想起自己与马尔塔·克利福德的联系,音乐也使他联想起他要写的信。歌曲的戏剧性运用勾起了他的回忆,使他不再老想着信。

(申丽平等译,上海:华东师范大学出版社1992年版,第221—222页)

3. 袁可嘉:《欧美现代派文学概论》(节选)

乔伊斯早年就对研究梦幻感兴趣。他对一位友人说过:"他的小说要适应梦的美学。"这样,为了描述夜与梦,他就在这部小说中使英语背离正常的拼写法、造句法及文法规则,与其他六十余种外国语和方言(包括汉语)自由组合,以求得意义的延伸和丰富……

(桂林:广西师范大学出版社2003年版,第274页)

五、卡夫卡小说中的空间

提示:卡夫卡有句格言,"一只笼子去寻找一只鸟"。这是对现代人梦魇的绝妙描绘。卡夫卡小说的空间意识颇为强烈,耐人寻味。它们展示的空间通常是封闭的、迷宫般的、怪诞的、暧昧的、没有出路的,或者公共空间凭借暴力毫不留情地侵入私人空间。私人空间粉碎处,人也就无所皈依。注意长篇小说《美国》《审判》《城堡》等作品中的空间书写,例如剧场、法庭、乡村小酒店、地洞、城堡等的空间格局等,还有门、道路等空间意象的象征意蕴。

1. 阿诺德·韦斯坦因《卡夫卡的写作机器:流放地上的变形》(节译)

卡夫卡的作品充满了没有尽头的走廊、闭锁的门、私密的内室和迷宫般的通道。同他者的接触,在每一叙事层面上被寻求着,被恐惧着,或者被实施着。这既是终极渴望,也是终极禁忌。

(Arnold Weinstein, "Kafka's Writing Machine: Metamorphosis in the Penal Colony",
Ruth V. Gross, *Critical essays on Franz Kafka*, Boston: G.K. Hall, 1990, p.121)

2. 张德明:《卡夫卡的空间意识》(节选)

空间意识构成了卡夫卡小说的典型特征。在卡夫卡小说中,空间不但为主人公的活动提供了背景,其本身也是主人公存在状态的一种象征。从互文角度考察,卡夫卡主要作品中出现了三种不同的叙事空间:封闭的私密空间表现了作家作为流放者和边缘人的空间焦虑;过渡的空间象征了作为流放者的无定点性;而不可企及和超越的空间则体现了作家在形而上境界的执著追求。卡夫卡的空间意识为当代读者认识20世纪小说叙事的美学特征提供了重要线索。

(载《浙江大学学报》[人文社会科学版]2004年第4期)

3. 博尔赫斯:《卡夫卡及其先驱者》(节选)

我曾筹划对卡夫卡的先驱者作一番探讨。……第一个是芝诺的否定运动的悖论。一个处于A点的运动物体(根据亚里士多德定理)不可能到达B点,因为它首先要走完两点之间的一半路程,而在这之前要走完一半的一半,再之前要走完一半的一半的一半,无限细分总剩下一半;这个著名问题的形式同《城堡》里的问题一模一样,因此,运动物体、箭簇和阿基里斯就是文学中最初的卡夫卡的人物。

(见《博尔赫斯文集·文论自述卷》,王永年、陈众议等译,
海口:海南国际新闻出版中心1996年版,第77页)

4. 残雪:《来自空洞的恐怖》(节选)

在挖洞造洞的行为里面,一定有种隐秘的兴趣,这种兴趣就是它力量的源泉,致使它能够将这又痛苦又诱惑的工作持续下去。从一开始它就告诉我们,它并不是出于害怕才造洞。我们看过它的洞内设备和它的劳动成果之后,可以推测出它造洞是为了表达内心的理想,而交流的对象只能是外部世界——它的兴趣的对象。所以不管自己是否承认,从一开始造洞的行为就有与外界交流的企图包含在内。它竭力使自己相信,地洞是藏身之处,绝对容不了任何人进入;而我们则看到在它那些自相矛盾的行为中,在它的潜意识里,它实际上是盼望着某个具有非同寻常的本领的家伙闯入的。……它那曲折阴暗的内心蕴藏了如此大的热力,将一个不可实现的妄想用了一生的时间来追求,来表达,而表达的形式竟然是通过封闭与隔离来体现。

(残雪:《灵魂的城堡》,上海:上海文艺出版社 1999 年版,第 355—356 页)

【拓展指南】

一、重要研究资料简介

1. 袁可嘉编选:《现代主义文学研究》(上、下),北京:中国社会科学出版社 1989 年版。

简介:该书包括上下两册,分别从社会文化背景、现代主义性质总论、现代主义重要流派宣言或主张、重要现代主义作家的评论、论战文字等方面,收集 65 篇有关现代主义文学的重要文献资料。这些文献出自西方各国著名作家或理论家之手,观点鲜明、独到而又异彩纷呈,具有重要的参考价值。

2. 〔美〕弗拉基米尔·纳博科夫:《文学讲稿》,申慧辉译,上海:上海三联书店 2005 年版。

简介:该书是著名作家纳博科夫对 7 部世界文学经典的品评之作,阐释对象包括普鲁斯特的《追忆似水年华》、卡夫卡的《变形记》和乔伊斯的《尤利西斯》。纳博科夫不是从理论或概念出发,而是立足文本,以其敏锐的艺术直觉和深厚的文学造诣,揣摩、咀嚼、品味作品细节,揭示其耐人寻味却又常被忽略的微妙意蕴。全书不仅有助于读者深入、细腻地品读和领会普鲁斯特、卡夫卡、乔伊斯创作的这些伟大作品,而且也可为如何阅读经典文本提供有益的方法启示。

3. 理查德·艾尔曼(Richard Ellmann):《詹姆斯·乔伊斯》(James Joyce), Oxford: Oxford University Press,1982。

简介:艾尔曼的乔伊斯评传是众多乔伊斯评传中无出其右的经典之作。全书分为五个部分,以编年的顺序详述乔氏的文学生涯。该评传材料丰富,引证翔实,叙述流畅,辞采斑斓,出版后两次获奖,被英国批评家安东尼·伯吉斯称为 20 世纪"最伟大的文学传记"。

4. 叶廷芳编:《论卡夫卡》,北京:中国社会科学出版社 1988 年版。

简介:该书选编了西方学者从 1916 年到 1980 年左右七十余年卡夫卡研究的代表性论文,其中本雅明、加缪、加洛蒂等人的文章影响深远,意义重大。尤其是对卡夫卡的单篇作品如《诉讼》《城堡》《饥饿艺术家》等的解读见解独到,别具只眼,代表了西方学者的一流水平。

5. 李文俊编:《福克纳的神话》,上海:上海译文出版社 2008 年版。

简介:该书收录欧美权威评论家评论福克纳的论文二十余篇,论及福克纳作品中的主题、形式、故事类型、神话特点、时间意识等等,具有较高的参考价值。

二、其他重要研究资料索引

1. 柳鸣九主编:《二十世纪现实主义》,北京:中国社会科学出版社 1992 年版。
2. 〔法〕罗杰·加洛蒂:《论无边的现实主义》,吴岳添译,天津:百花文艺出版社 1998 年版。
3. 袁可嘉:《现代派文学概论》,上海:上海文艺出版社 1993 年版。
4. 〔美〕埃德蒙·威尔逊:《阿克瑟尔的城堡:1870 至 1930 年的想象文学研究》,黄念欣译,南京:江苏教育出版社 2006 年版。
5. 〔英〕迈克尔·列文森(Michael Levensen):《剑桥文学指南:现代主义研究》(英文版),上海:上海外语教育出版社 2000 年版。
6. 〔英〕查德威克:《象征主义》,郭洋生译,石家庄:花山文艺出版社 1989 年版。
7. 黄晋凯:《象征主义·意象派》,北京:中国人民大学出版社 1998 年版。
8. 〔奥〕赫尔曼·巴尔:《表现主义》,徐菲译,北京:三联书店 1989 年版。
9. 〔匈〕卢卡契等:《表现主义之争》,张黎编选,上海:华东师范大学出版社 1992 年版。
10. 张秉直、黄晋凯主编:《未来主义·超现实主义》,北京:中国人民大学出版社 1994 年版。
11. 柳鸣九编:《未来主义 超现实主义 魔幻现实主义》,北京:中国社会科学出版社 1987 年版。
12. 柳鸣九编:《意识流》,北京:中国社会科学出版社 1987 年版。
13. 〔美〕梅·弗里德曼:《意识流:文学手法研究》,申丽平译,上海:华东师范大学出版社 1992 年版。
14. 〔法〕莫利亚克·克洛德:《普鲁斯特》,许崇山等译,北京:中国社会科学出版社 1989 年版。
15. 〔法〕吉尔·德勒兹:《普鲁斯特与符号》,姜宇辉译,上海:上海译文出版社 2008 年版。
16. 〔美〕安德烈·艾西蒙:《我们都爱普鲁斯特——28 位英美作家解读〈追寻逝去的时光〉》,河西译,上海:上海三联书店 2010 年版。
17. 〔美〕保尔·德·曼:《阅读的寓言:卢梭、尼采、里尔克和普鲁斯特的比喻语言》,沈勇译,天津:天津人民出版社 2008 年版。

18.〔德〕克劳斯·施略特:《托马斯·曼》,印芝虹、李文潮译,北京:三联书店 1992 年版。

19. 黄燎宇:《托马斯·曼》,成都:四川人民出版社 2003 年版。

20.〔美〕苏珊·桑塔格:《疾病的隐喻》,程巍译,上海:上海译文出版社 2003 年版。

21.〔英〕托·斯·艾略特:《艾略特文学论文集》,李赋宁译,南昌:百花洲文艺出版社 2010 年版。

22.〔英〕大卫·穆迪(David Moody):《剑桥文学指南:特·斯·艾略特》(英文版),上海:上海外语教育出版社 2000 年版。

23. 张剑:《T. S.艾略特:诗歌和戏剧的解读》,北京:外语教学与研究出版社 2006 年版。

24. 李俊清:《艾略特与〈荒原〉》,北京:人民文学出版社 2007 年版。

25.〔美〕德里克·阿特里奇(Derek Attridge)编:《剑桥文学指南:詹姆斯·乔伊斯》(英文版),上海:上海外语教育出版社 2000 年版。

26.〔英〕约翰·格罗斯:《乔伊斯》,袁鹤年译,北京:三联书店 1986 年版。

27.〔爱尔兰〕彼特·科斯特洛:《乔伊斯》,何及锋、柳荫译,北京:中国社会科学出版社 1990 年版。

28. 李维屏:《乔伊斯的美学思想和小说艺术》,上海:上海外语教育出版社 2003 年版。

29. 戴从容:《乔伊斯小说的形式实验》,北京:中国戏剧出版社 2005 年版。

30. 陈恕:《尤利西斯导读》,南京:译林出版社 1994 年版。

31.〔奥〕里尔克、勒塞等:《〈杜伊诺哀歌〉中的天使》,刘小枫选编,林克译,上海:华东师范大学出版社 2005 年版。

32.〔奥〕里尔克:《杜伊诺哀歌与现代基督教思想》,林克译,上海:上海三联书店 1996 年版。

33.〔奥〕卡夫卡:《卡夫卡书信日记选》,叶廷芳译,天津:百花文艺出版社 2009 年版。

34.〔法〕吉尔·德勒兹、迦塔利:《什么是哲学?》(第一部《卡夫卡》),张祖建译,长沙:湖南文艺出版社 2007 年版。

35.〔德〕瓦根巴赫:《卡夫卡传》,北京:北京十月文艺出版社 1988 年版。

36. 残雪:《灵魂的城堡——理解卡夫卡》,上海:上海文艺出版社 1999 年版。

37. 曾艳兵:《卡夫卡研究》,北京:商务印书馆 2009 年版。

38.〔德〕贝·布莱希特:《布莱希特论戏剧》,丁扬忠等译,北京:中国戏剧出版社 1990 年版。

39.〔美〕弗雷德里克·詹姆逊:《布莱希特与方法》,陈永国译,北京:中国社会科学出版社 1998 年版。

40. 张黎编选:《布莱希特研究》,北京:中国社会科学出版社 1984 年版。

41. 〔英〕菲利普·温斯坦(Philip M.Weinstein)编:《剑桥文学指南:威廉·福克纳》(英文版),上海:上海外语教育出版社 2000 年版。

42. 〔美〕弗雷里克·J.霍夫曼:《威廉·福克纳》,姚乃强译,沈阳:春风文艺出版社 1994 年版。

43. 肖明翰:《威廉·福克纳研究》,北京:外语教学与研究出版社 1997 年版。

44. 〔英〕莱斯利·米尔恩:《布尔加科夫评传》,杜文娟、李越峰译,北京:华夏出版社 2001 年版。

45. 温玉霞:《布尔加科夫创作论》,上海:复旦大学出版社 2008 年版。

46. 〔俄〕瓦·李维诺夫:《肖洛霍夫评传》,孙凌齐译,北京:中央编译出版社 2002 年版。

47. 〔俄〕瓦连京·奥西波夫:《肖洛霍夫的秘密生平》,刘亚丁等译,成都:四川人民出版社 2001 年版。

48. 孙美玲编选:《肖洛霍夫研究》,北京:外语教学与研究出版社 1982 年版。

第十章 20世纪后期欧美文学

第一节 概述

一、20世纪后期欧美社会及主要思潮

对20世纪下半叶影响至深至巨的历史事件莫过于第二次世界大战。二战给人类带来严重的物质和精神创伤,也使世界政治、经济格局发生了根本变化。德、日、意法西斯国家战败,英、法两国实力削弱,美国跃升为世界霸主。战后以苏联为核心的社会主义体系形成,抗衡以美国为核心的资本主义体系。两大阵营采用非直接交战的方式所形成的全球对峙,将世界拉入"冷战"时期。20世纪80、90年代随着柏林墙倒塌、苏联解体、东欧剧变等一系列变迁,冷战结束。此后世界格局发生新的变化,全球化趋势空前强劲,另一方面,不同文明、信仰体系、经济体之间仍存在各种形式的冲突和此消彼长的局部动荡。核威胁、贫富悬殊、环境污染、生态危机等成为20世纪末21世纪初人类面临的严峻问题。

20世纪后期值得特别关注的重大变化是科学技术的突飞猛进。计算机、核技术、生命科学、新材料等领域日新月异的发展,重塑了人类社会的面貌。人类从工业社会悄然进入信息社会。尤其是电信、电视和互联网的迅速发展,极大地改变了人们的感知世界和思维视野,直接影响到人们的生活形态和交往方式。

20世纪西方哲学主要包括三大思潮:以分析哲学和科学哲学为主的当代知识论哲学;以现象学、存在主义和诠释学为主的欧陆人本主义哲学;以马克思主义与其他哲学流派的结合为主的西方马克思主义。三大思潮深刻地影响着战后西方思想界。唯意志论哲学、精神分析学、存在主义等战前思潮仍在延续,新的思想因素也不断迸现,其中颇有代表性的是后现代主义思潮。用"后现代"来定义20世纪后半期的西方社会形态固然有失偏颇、流

于绝对,但后现代主义思潮在二战后影响至广却是事实。后现代思潮波及文学、艺术、历史、社会、政治等诸多领域。大体而言,后现代主义否认传统形而上学和本体论,否认世界的本质性、整体性、同一性,"反逻各斯中心主义",强调差异性和不确定性,消解中心与边缘、主与从、本与末、内与外等二元划分,并具有反科学主义、反真理、反深度模式等倾向。后现代思潮对西方传统哲学和现代思想进行了尖锐批判与无情解构,充分体现出理论的力量,但其激进方法又会导致另一个极端——怀疑主义和虚无主义。

在内容和形式上体现上述思想特征的文学,有时被称为后现代主义文学。一般而言,这些作品力图消解中心、消解思想、消解人的主体性,不寻求对世界的本质、真理和事物背后深刻意义的揭示;打破真幻虚实、雅俗悲喜的界限,打破统一有序的叙事结构,代之以碎裂叙事的杂糅拼贴,常以滑稽模仿和语言游戏的方式消解意义和价值,呈现世界的相对性和不确定性。后现代主义以现代主义的对立姿态出现,但也有理论家认为它与现代主义精神一脉相承。在20世纪后期盛行的存在主义、荒诞派戏剧、新小说派、黑色幽默、垮掉的一代、魔幻现实主义等流派与后现代理论主张之间的关系或远或近、若即若离,其中哪些流派、作家甚至同一位作家的哪些作品属于后现代主义,很难形成定论,而且我们也可以在以往时代的作品中找到许多被认为属于后现代的特征。后现代主义并不是一个囊括20世纪后半叶所有文学流派和文学现象的概念,而只是我们考察这一时期文学时便于洞察某些风格特征的一个理论参照。相对而言,存在主义、荒诞派、新小说、魔幻现实主义等流派则有更为明确的界定。

二、20世纪后期欧美文学

存在主义文学是二战后最有影响的文学流派之一,是存在主义哲学的文学表现形式。存在主义哲学最重要的代表人物是德国哲学家海德格尔(1889—1976)和法国哲学家萨特(1905—1980)。海德格尔在《存在与时间》等哲学著作中探究人的存在,提出"向死而在""怕""烦""畏"等命题,分析和揭示人的真实存在。萨特的存在主义哲学思想大致体现为如下三个命题。一、"世界是荒诞的"。萨特认为,人面对的是瞬息万变、混乱不堪、无理性的、偶在的外部外界;荒诞无处不在,人生活于其中,倍感"恶心"和焦虑。二、"人是自由的"。人存在于世,"被判定"是自由的;人选择自己的行动,没有任何先验模式,也不能凭借别人的判断,人是自己行动的唯一合法决定者;但正因人的选择是自由的,所以人必须对自己的选择负责。三、

"存在先于本质"。萨特认为:所谓永恒的、先验的本质并不存在,人通过自己的行动确立自己的本质;人不是别的东西,而仅仅是他自己行动的结果。

存在主义文学具有鲜明的哲理性。它借文学形式阐释存在主义哲学,表现世界的荒诞性、偶然性、人的境遇及自由选择主题。另一特征是强调文学介入生活,干预现实,对各种社会问题发表看法,以影响社会,提倡作者、人物和读者三位一体观,否定艺术的纯认识作用。

存在主义文学的主要作家有萨特、加缪和波伏娃等。阿尔贝·加缪(1913—1960)是存在主义的代表作家之一,作品有小说《局外人》(1942)、《鼠疫》(1947)、《堕落》(1956)和短篇小说集《流放和王国》(1957),剧本《误会》(1944)、《卡利古拉》(1944)和《正义者》(1949)等。他在哲学随笔《西西弗斯神话》(或译《西西弗的神话》,1942)中借助西西弗斯徒劳无益地反复推石上山的希腊神话故事来阐发关于荒诞的哲学思想,这一思想在他的小说《局外人》和《鼠疫》中均有所体现。《局外人》主人公莫尔索对一切持局外人般的冷漠态度,无论是对母亲的死亡还是对女友的恋情、求婚都无所谓,无聊地帮助邻居而引起斗殴,因海滩阳光刺眼地闪耀而扣动扳机杀人,被判处死刑后对于自己的死亡也无动于衷。这种冷漠的局外人态度是因为认识到存在的荒诞、人和世界的脱节,感到人在此世却如置身异乡,而加缪认为莫尔索的冷漠之下有着"一种执着而深沉"的"对于绝对和真实的激情",因此莫尔索被看成一位"荒诞英雄"。戏剧《卡利古拉》则将古罗马暴君卡利古拉的暴虐行为赋予了荒诞哲学的意味。最能体现《西西弗斯神话》中的荒诞和反抗思想的是《鼠疫》。这部长篇小说以鼠疫象征流行于世的邪恶力量,揭示人面对死亡的荒诞境遇以及在这一境遇中对于荒诞的西西弗斯式的反抗。加缪在一系列作品中以近乎古典的形式严肃地表现了关于荒诞的现代主题,因其"以明彻的认真态度阐明了我们这个时代人类良知的问题"而获得1957年诺贝尔文学奖。除萨特、加缪之外,西蒙娜·德·波伏娃(1908—1986)创作的小说《女宾》(1943)、《他人的血》(1945)、《人都是要死的》(1946)等作品,也是存在主义文学的代表作。

荒诞派戏剧是继存在主义之后在法国崛起的重要戏剧流派。其创作始于20世纪40年代末,50年代产生轰动,60年代达到极盛,70年代走向衰落,但影响深远,至今余韵犹存。荒诞剧兴起之初并无流派之分,更无纲领宣言。由于1961年英国评论家艾斯林的《荒诞派戏剧》一书出版,这一表现手法奇特、颇具先锋性和实验性的戏剧形式才得以命名,并被看成一个戏剧流派而为世人普遍接受。

荒诞派戏剧的显著特征在于调动各种突破常规的戏剧手段来表现世界的"荒诞"。剧作家将世界的不可理喻、终极目标的失落、人生的无意义、行动的徒劳、人与世界的脱节、生活的错位、人与人之间的隔膜等存在状态通过舞台形式有力地揭示出来。在表现世界的荒诞和人生的悖谬方面,荒诞派戏剧与存在主义文学十分相似。与后者不同的是,荒诞派戏剧拒绝用理性的、"非荒诞"的戏剧手段来表现荒诞主题,而是用荒诞形式表现荒诞内容,体现出所谓"反戏剧"特征。其中,人物没有性格而仅是符号,背景模糊,关系混乱;对白颠三倒四、语无伦次,甚至流于毫无意义的废话;不讲求戏剧冲突,没有扣人心弦的故事,情节毫无逻辑性可言;舞台上充斥着胡乱敲击的钟、死尸、吃垃圾的人、满处都是的椅子、刺耳的叫声或哑剧式的场面。荒诞派戏剧调动一切荒诞不经的戏剧手法和元素来表现荒诞的主题,达到意想不到的效果。

荒诞派戏剧的代表作家有贝克特、尤奈斯库、热内、品特、阿达莫夫和阿尔比等。贝克特是荒诞派戏剧的重要代表,但其创作不限于戏剧,还包括小说和诗歌。尤金·尤奈斯库(1912—1994)是生于罗马尼亚的法国剧作家,长于调动一切令人瞠目的荒诞的舞台手段来表现人与人之间的荒诞性,代表作有《秃头歌女》(1949)、《上课》(1950)、《椅子》(1952)、《犀牛》(1959)等。《秃头歌女》一般被视为荒诞剧的开山之作。剧中人物马丁夫妇拜访史密斯夫妇,见面时马丁夫妇二人却面面相觑,彼此感到陌生,经过交谈才发现他俩同乘一辆交通工具而来、住同一所房子、睡同一张床,原来是夫妻并有同一孩子,但随后这种关系又显得可疑,因为两人的孩子一个左眼是红的而另一个右眼是红的。随后两对夫妇坐下来不着边际地交谈,墙上的钟胡乱敲击。他们的交流意义匮乏、彼此隔膜,充斥着胡言乱语,然而这种无意义的交流和荒诞关系却仍在持续。舞台上从未出现过秃头歌女这一角色,因而作品标题与内容之间的关系也是荒诞的。《椅子》中一对老人邀请众多"客人",准备披露"人生秘密",舞台上只见不断搬进来的椅子却不见客人,最后椅子挤得老夫妇无处立足,只得让一位职业演说家替他们宣布,自己则从窗口跳海自杀,而演说家却是个哑巴。《犀牛》则以全城人变成犀牛的荒诞故事,表现强大的异化力量和盲目从众的心理。

法国作家让·热内(1910—1986)青少年时期在流浪、行窃、服刑中度过,对人生的荒诞体验较为丰富。其作品对人的存在与身份之间的荒诞关系尤为关注,代表作有《女仆》(1951)、《阳台》(1956)等。英国剧作家品特(1930—)是2005年诺贝尔奖获得者,早期作品受贝克特影响,常被归入荒诞派戏剧,而他却自称其戏剧是"威胁喜剧",因为它们强调了某种普遍存在的"威胁",这种威胁既来自外部,也来自自身。品特的代表作有《看管人》(1960)、《归家》(1965)等。此外,被视为荒诞剧或具有荒诞剧风格的还有在俄国出生的法国剧作家阿达莫夫(1908—1970)的《大小演习》(1950)、《一切人反对一切人》(1953)、《泰拉纳教授》(1953)、《弹子球机器》(1955)和美国剧作家阿尔比(1928—)的《动物园的故事》(1959)、《谁惧怕弗吉尼亚·伍尔芙?》(1962)等。

新小说派是 20 世纪 50 年代开始在法国出现的小说流派。如果说荒诞派戏剧是"反戏剧",那么新小说派则主张"反小说"①,特别是以反巴尔扎克式的现实主义小说模式为鹄的。新小说派作家认为巴尔扎克式对现实的真实描写是肤浅的,是一种"伪真实",这类现实主义小说只能诱导读者进入作者有意构建的"谎言世界",从而忘记、忽视自己所面临的真实。

在创作中,这种反小说特质体现为挑战基于"意义""情节"和"人物"的传统小说模式。首先,新小说派认为世界既不是有意义的,也不像存在主义和荒诞派所认为的那样是荒诞的,而只是存在着,如此而已。因此,要消解作品的意义与深度,创作没有深度和意义的"表面小说"。其次,新小说派抛弃故事,瓦解叙事。他们认为写作是"断绝了叙事性吸引力"的,是视觉对外界事物的"照相"过程,是把生活中的物象、场面"拍摄"下来,无需连续性的叙事和引人入胜的情节。新小说派作家抛弃故事后,作品中只存在着堆砌的细节、场景;他们通常以"现在进行时"讲述,使"未完成性"成为新小说的重要特征。再次,新小说派反对以人为中心的世界观和创作方法,而代之以物的世界,强调物就是物,独立于人而存在,物取代人成为新小说的主角。

新小说派代表作品主要有阿兰·罗伯-格里耶的一系列小说,娜塔莉·萨洛特(1900—1999)的《天象仪》(1959),克洛德·西蒙(1913—2005)的《风》(1957)、《草》(1958)、《弗兰德公路》(1960)等,以及米歇尔·布托(1926—)的一系列长篇小说创作。而萨洛特的《怀疑的时代》(1956)则被看成是新小说派的宣言。

---

① "反小说"这一概念是萨特为萨洛特小说《一个陌生人的肖像》作序时提出的:"它是以小说本身来否定小说,是在建设它却又当着我们的面摧毁它,是写关于一种不应该写、不可能写的小说的小说,是创造一种虚构……这些奇特而难以分类的作品并不表明小说体裁的衰落,而只是标志着我们生活在一个思考的时代,小说也正在对其本身进行思考。"见〔法〕萨特:《萨特文学论文集》,施康强等译,合肥:安徽文艺出版社 1998 年版,第 292 页。

黑色幽默在20世纪60年代成为美国文学的重要流派,但其历史可追溯到更早的20年代。当时,法国超现实主义作家布勒东提出了"黑色幽默"这一概念,后又编辑出版小说集《黑色幽默选》。1965年,美国作家弗里德曼将60年代以来美国报刊上发表的具有黑色幽默风格的12位作家的作品汇编成册,取名为《黑色幽默》。同年,美国评论家尼克伯克发表《致命一誓的幽默》一文,将这个作家群体命名为"黑色幽默派",黑色幽默便正式作为一个文学流派出现。大体而言,黑色幽默文学用喜剧性方式对待痛苦、不幸和绝望,以达到更深的悲剧效果,幽默背后隐藏着沉重、痛苦和无奈。主要作品有约瑟夫·海勒(1923—)的《第22条军规》(1961)、《出了毛病》(1974),库特·冯尼格特(1922—)的《猫的摇篮》(1963)、《第五号屠场》(1969),托马斯·品钦(1937—)的《V》(1963)、《万有引力之虹》(1973),约翰·巴思(1930—)的《烟草经纪人》(1960)、《牧羊童贾尔斯》(1966)等。《第二十二条军规》是黑色幽默的代表作。小说描写二战中美国空军中队轰炸敌人阵地的故事,却以荒诞不经、匪夷所思的情节和冷嘲热讽、玩世不恭的叙事风格,表现战争的冷酷、荒诞和悖谬,令人忍俊不禁的幽默叙事中蕴含着力透纸背的悲剧性。其中,"第二十二条军规"(Catch-22)一语已成为荒诞、悖谬、不可理喻而又不可逾越的障碍的代名词。

垮掉的一代是20世纪50年代盛行于美国的文学流派。该流派的作家以标新立异、放浪形骸的生活方式向正统价值观念发起虚无主义的挑战。代表作品主要包括杰克·凯鲁亚克(1922—1969)的小说《在路上》和艾伦·金斯堡(1926—1997)的诗歌《嚎叫》。与之精神相近而稍显温和的作品还有大卫·塞林格(1919—2010)的小说《麦田里的守望者》(1951)。

魔幻现实主义(或译神奇现实主义)是20世纪拉丁美洲最重要的小说流派。它发轫于30年代,早期主要是对美洲印第安人和黑人神话传说的发掘,后来演化为对拉美社会现实的深刻反思和出色表现,产生了一批轰动世界的佳作。60年代,拉美文学异军突起,出现"爆炸"式的繁盛局面,魔幻现实主义是这一"文学爆炸"的重要标志。

魔幻现实主义是将欧美现代主义技巧与拉美本土"神奇现实"彼此结合而创造出来的崭新的创作方法。拉丁美洲领土上各种古老的宗教信仰、神奇的印第安传说、神话故事、奇异的自然风物、人物的超常举止等,都成为"魔幻现实"元素。其中魔幻与现实的关系,是评论家经常争论的话题,或认为是借魔幻来表现现实,或认为魔幻与现实本为一体,因为"魔幻"是带有神话思维特征的拉美人观察、体验、感悟世界的方式。这派作家多次谈到在外界看来是魔幻、神奇的东西,正是拉美大地存在的真实。

魔幻现实主义代表作家有危地马拉的阿斯图里亚斯(1899—1974)、古巴的阿莱卡·卡彭铁尔(1904—1980)、墨西哥的胡安·鲁尔福(1918—1986)和哥伦比亚的加西亚·马尔克斯等。阿斯图里亚斯早期作品《危地马拉的传说》(1930)向外界展示了一个蛮荒而又五光十色的原始世界,常被视作魔幻现实主义的开山之作,他的长篇小说《总统先生》(1946)赋予反独裁主题以奇妙的神话意境,另一长篇小说《玉米人》(1949)更是将魔幻现实主义方法运用得炉火纯青,对印第安人悲欢离合的命运进行了神秘、奇特而富有诗意的描写,情节变幻莫测、扑朔迷离,神话、幻觉、梦境和现实水乳交融。魔幻现实主义的重要作品还有卡彭铁尔的小说《这个世界的王国》(1949)和鲁尔福的《佩德罗·巴拉莫》(1955)。其巅峰之作是马尔克斯的《百年孤独》。

20世纪后期文学异彩纷呈,种类繁多。上述文学流派不足以囊括这一时期的全部重要文学现象。在这些声势浩大的文学流派之外,各国还涌现出一批成就卓著的作家,使得20世纪后期的欧美文学呈现出多元并存、姿态万千的面貌。

英国的乔治·奥威尔(1903—1950)是一位具有社会洞察力、历史预见性和现实批判精神的作家。他的小说《动物庄园》(1945)以动物故事为隐喻,用辛辣的讽刺和犀利的文笔刻画集权主义统治的恐怖图景。另一部小说《1984》(1948)通过对未来幻想世界的描绘,入木三分地讽刺和批判了集权统治钳制思想、监控行为,以煽动领袖崇拜和对敌仇恨来维持专制社会运转,以及通过操控、改变、发明、玩弄语言的方式控制人们的思维言行并篡改历史的种种表现。这部作品成为与赫胥黎的《美丽新世界》、扎米亚金的《我们》齐名的反乌托邦小说。金斯利·艾米斯(1922—1995)和约翰·奥斯本(1929—1994)是50年代英国"愤怒的青年"作家群体的领军人物,艾米斯的小说《幸运的吉姆》(1954)和奥斯本的戏剧《愤怒的回顾》(1956)猛烈抨击和讽刺不合理的社会现状,表达了战后英国一代青年的愤怒和苦闷。威廉·戈尔丁(1911—1993)是1983年诺贝尔奖获得者,其代表作《蝇王》是一部寓言小说,叙述一群少年流落荒岛、建立组织,最后陷入自相残杀的可悲故事,表现原始兽性、非理性的野蛮本能与人性、文明之间的激烈冲突。

艾丽丝·默多克(1919—1999)是英国小说家和哲学家。她对柏拉图、维特根斯坦和萨特等人的哲学思想深有研究,其小说内容丰富、多姿多彩,具有深刻的哲学内涵、心理内涵和严肃的道德关怀,主要作品有《黑王子》(1973)、《大海大海》(1978)等。多丽丝·莱辛(1919—2013)被看作20世纪后期英国女性主义文学的代表人物,其小说《金色笔记》(1962)结构繁复、设计精巧,在故事之间穿插着以不同颜色笔记本标明的笔记片段,包括主人公安娜的生活经历、政治经历、正在构思的小说和心理分析,几种颜色的笔记内容彼此呼应、交叉互补,从而对主题进行了多维度表现。莱辛于2007年获诺贝尔文学奖。

20世纪后半叶英国文坛还有一些实验性较强的后现代主义作品,颇有代表性的是约翰·福尔斯(1926—2005)的《法国中尉的女人》(1969)、马丁·艾米斯(金斯利·艾米斯之子,1949—)的《时间之箭》(1991)、朱利安·巴恩斯(1946—)的《福楼拜的鹦鹉》(1984)和《十又二分之一章世界史》(1989)等。

玛格丽特·尤瑟纳尔(1903—1987)是法国小说家、诗人、剧作家、翻译家和学者。主要作品有小说《哈德里安回忆录》(1951)、《苦炼》(1968),诗歌《火》和文论《时间,这永恒的雕刻家》等。尤瑟纳尔历史知识渊深,她的小说常采用历史题材,却虚实结合。《哈德里安回忆录》的内容由罗马皇帝哈德里安的书信构成,这些虚构的信是写给他的养孙、未来皇位继承人马克·奥勒留的。《苦炼》则围绕着虚构的文艺复兴时期炼金术士的故事展开。两部作品为尤瑟纳尔赢得了巨大的文学声誉。克莱齐奥(1940—)是20世纪后半期法国新寓言派代表作家,与莫迪亚诺、佩雷克并称当世"法兰西三星",代表作有《诉讼笔录》(1963)、《沙漠》、(1980)等。他因"将多元文化、人性和冒险精神融入创作","对游离于西方主流文明外和处于社会底层的人性进行探索",获2008年诺贝尔文学奖。

20世纪后期意大利文学成就卓著,尤以卡尔维诺和艾科的创作为代表。

德语作家在20世纪后期的世界文坛也占有重要地位。保罗·策兰(1920—1970)是用德语写作的犹太诗人。纳粹大屠杀和二战的创伤记忆成为其诗歌的重要题材。他诗中关于痛苦、死亡和神秘的主题既具有深刻的形而上意义,又具有丰富的历史内涵。他以《死亡赋格》一诗闻名于战后诗坛,并出版多部诗集,被视为里尔克之后影响最大的德语诗人。德国作家君特·格拉斯(1927—)是1999年诺贝尔文学奖获得者。他早年曾从事诗歌和戏剧创作,1959年以长篇小说《铁皮鼓》轰动文坛,获得世界声誉,随后将中篇《猫与鼠》(1961)、长篇《狗年月》(1963)与《铁皮鼓》(1959)并称为"但泽三部曲"。三部作品虽在情节上无关,但都以 20 世纪 20—50 年代但泽地区的历史和现实为背景,探讨和反思法西斯主义的根源。《铁皮鼓》想象丰富、笔调幽默、意蕴深刻,是格拉斯的代表作。格拉斯的小说往往虚实辉映、真幻交织,构思奇特而富有诗意,并善用动物设置情节,隐喻人类。长篇小说《比目鱼》(1977)通过一条比目鱼贯穿从新石器时代到 20 世纪 70 年代的历史,其中交织着各种神奇丰富的诗歌、神话和传说。长篇小说《母鼠》(1986)以叙述者在梦中与母鼠的对话展开从创世到世界末日的人类历史,对原子时代表达深切忧思。当代用德语写作的重要作家还有两位获诺贝尔文学奖的女性作家,分别是奥地利的耶利内克和德籍罗马尼亚作家赫塔·米勒(1953—)。

维托尔德·贡布罗维奇(1904—1969)是长期旅居阿根廷(1939—1963)的波兰作家。1937 年出版了长篇小说《费尔迪杜凯》,引起轰动和争议。其重要作品还有小说《春宫画》(1960)、《宇宙》(1964)等。他的小说以夸张、扭曲、怪诞的笔调,以嘲讽和漫画方式,表现世界的荒诞、丑恶、混乱和人类的异化,风格独特,极具匠心,艺术价值得到昆德拉等作家的高度赞扬。但总体而言,他是一位生前没有得到文学界应有重视的杰出作家。凯尔泰斯·伊姆雷(1929—)是匈牙利犹太作家,纳粹集中营幸存者。他于 1975 年出版的小说《无形的命运》对集中营生活给予了独具一格的文学表现。2002 年由于"对脆弱个人在对抗强大的野蛮强权时的痛苦经历进行了深入的刻画"而获诺贝尔文学奖。

鲍利斯·列奥尼多维奇·帕斯捷尔纳克(1890—1960)是苏联诗人、小说家。1958 年,他在国外发表的长篇小说《日瓦戈医生》在国内受到严厉批判,同年获诺贝尔文学奖。《日瓦戈医生》叙述日瓦戈和拉拉之间美丽哀婉的爱情,以及红军将领特列尔尼科夫、知识分子格尔顿和杜多罗夫、恶棍律师科马洛夫斯基等诸多人物在风云变幻的历史大潮中的命运沉浮和人生经历,在波澜壮阔的历史背景中展现从第一次世界大战、1905 年革命、1917 年的二月革命和十月革命到国内革命战争以及新经济政策时期的历史进程,以人道主义眼光审视历史变迁中主人公的精神世界和复杂人性。钦吉斯·艾特玛托夫(1928—2008)是苏联吉尔吉斯斯坦作家。其小说蕴含着浓厚的民族色彩、抒情意味和道德关怀,在 20 世纪苏联文学中独具特色,在世界上具有广泛影响。主要作品有小说《白轮船》(1970)、《一日长于百年》(1980)、《断头台》(1986)。《白轮船》以优美的抒情性语言讲述少年面对自然遭到摧残时的忧伤,表达了人与自然的亲近感和依存关系以及保护自然的生态意识。《一日长于百年》将现实、传说和科幻交织在一起,对人类充满危机的命运进行了富有哲理性的深刻思考和探索。《断头台》叙述主人公与母狼之间的悲剧,对人与自然、社会、历史、道德、宗教等的相互关系以及诸多社会现象进行了深入的探讨和独特的表现。这一时期俄罗斯文学的重要作家还有索尔仁尼琴等。

20世纪后期的美国文学充满生机和活力,风格各异的作家层出不穷。除黑色幽默、垮掉的一代和俄裔作家纳博科夫的创作之外,这一时期重要的文学现象还有黑人和犹太作家的创作。拉尔夫·埃里森(1914—1994)的长篇小说《无形人》(1952)是美国黑人文学的经典,曾获美国国家图书奖和普利策奖。小说兼具现实主义、表现主义和超现实主义风格,在写实情节中融入丰富的象征意义,不仅描写了黑人主人公在种族隔离和歧视环境中的种种遭遇,而且表达了主人公的自我身份困惑与对自我的寻觅。托妮·莫里森(1931—)是美国黑人女作家、文学教授,1993年诺贝尔文学奖得主,是第一位获此奖的美国黑人作家。她继承了埃里森等为代表的黑人文学传统和黑人口头文学传统,融合多种文化元素,将黑人民间传说、基督教文化以及西方古典文学传统有机结合,其作想象丰富,诗意盎然,并具有超现实和魔幻风格。主要作品有长篇小说《所罗门之歌》(1977)、《宠儿》(1987)等。

以贝娄、辛格、马拉穆德和罗斯等为代表的犹太裔作家在二战后的美国文坛占据重要地位。索尔·贝娄(1915—2005)是1976年诺贝尔文学奖获得者。他反对将自己仅仅视为犹太作家,而更侧重于探讨现代人的普遍生存境遇。贝娄擅长描写知识分子,揭示其复杂的精神世界,并对小说新形式进行多种探索。他的长篇小说《赫索格》(1964)表现大学教授赫索格的精神困惑、危机和痛苦,作品内容由赫索格给古今诸人写的一些无法投递的书信构成。《洪堡的礼物》(1975)通过两代诗人的命运遭际,表现物欲与精神的冲突,批判战后美国社会环境对精神世界的压迫和摧残。重要作品还有《奥吉·玛奇历险记》(1953)、《只争朝夕》(1956)等。此外,1978年诺贝尔文学奖得主、用意第绪语写作的作家艾萨克·辛格(1904—1991)的小说《傻瓜吉姆佩尔》(1957)、《庄园》(1967)、《卢布林的魔术师》(1960)等,马拉默德(1914—1986)的《修配工》(1966)、《杜宾的生活》(1979)等,以及菲利普·罗斯的小说,都是这一时期美国犹太文学的代表。

美国作家约翰·厄普代克(1932—2009)的现实主义小说中最著名的"兔子系列"包括《兔子,快跑》(1960)、《兔子归来》(1971)、《兔子富了》

(1981)、《兔子歇了》(1990)和《记忆中的兔子》(2000)。这些小说通过绰号为"兔子"的主人公的人生经历,真切地记录下美国战后历史全貌(如越战、登月、能源危机等都在其中留下醒目痕迹),被视为"美国断代史"。美国女作家乔伊斯·卡洛尔·欧茨(1938—)的《他们》(1969)、《奇境》(1971)、《黑水》(1992)等小说,深入人物内心世界展示其复杂微妙心理,被视为心理现实主义小说的代表。在戏剧方面,除了属于荒诞派的阿尔比剧作之外,重要作品还有田纳西·威廉斯(1914—1983)的《玻璃动物园》(1944)、《欲望号街车》(1947)和阿瑟·密勒(1915—2005)的《推销员之死》(1949)等。

20世纪中后期的拉美作家中,博尔赫斯是一位以其独特风格和意蕴对魔幻现实主义和世界文学产生巨大影响的作家。在魔幻现实主义作家之外,深受博尔赫斯影响的重要拉美作家还有科塔萨尔。胡里奥·科塔萨尔(1914—1984)是阿根廷作家,其代表作长篇小说《跳房子》共155章,分为3部分。各章内容包罗万象、光怪陆离,有情节叙述、片段遐想、新闻报道、资料摘引、语录格言等来源驳杂的内容,并且构思奇特,以跳房子游戏般的方式结构全书。小说设置导读表,让读者选择以不同的章节顺序进行阅读,从而形成多种可能性并存的、开放的、不确定的、无限的叙事空间。《跳房子》已成为拉美文学爆炸的经典之作,并常被人与乔伊斯的《尤利西斯》相提并论。曾将《跳房子》誉为"潘多拉的盒子"的墨西哥作家卡洛斯·富恩特斯(1928—)也是这一时期拉美文学的主将,他的小说成名作《最明净的地区》(1958)和代表作《阿尔特米奥·克鲁斯之死》(1962)、《换皮》(1967)、《我们的土地》(1975)是20世纪拉美文学具有广泛影响的名著。除科塔萨尔、富恩特斯和马尔克斯之外,文学爆炸的另一位代表人物是秘鲁小说家、批评家、2010年诺贝尔文学奖得主巴尔加斯·略萨(1936—)。他的小说创作深切关注现实,结构意识强烈,在形式技巧方面多有创新,被视为"结构现实主义"的代表。主要作品有《绿房子》(1965)、《世界末日之战》(1981)、《公羊的节日》(2000)等。20世纪拉丁美洲诗歌也取得了很高成就,代表诗人为智利诗人加夫列拉·米斯特拉尔(1889—1957)和巴勃罗·聂鲁达(1904—1973)、墨西哥诗人奥克塔维奥·帕斯(1914—1998)等,三人分别获得1945年、1971年和1990年的诺贝尔文学奖。

第二节 萨特

让-保罗·萨特(1905—1980)是20世纪法国最具影响力的哲学家、作家之一。他生前万人瞩目、备受争议,死后声名远播、余韵不绝。萨特是将自己的哲学观念完整地贯彻于日常生活和艺术探索之中的知识分子,同时,也是一个在思想建树上有着不可避免矛盾性的深刻的片面者。

萨特出身于巴黎中产阶级家庭,父亲曾是海军军官,在他幼年时离世。萨特自小右眼有疾,父亲死后随母搬往拉罗歇尔,得到祖父照顾。受祖父影响,他酷爱文学,成年后考取法国哲学家的摇篮——巴黎高等师范学院攻读哲学。读书期间结识终生伴侣波伏娃。1929—1931年,萨特在法军气象站服兵役,复员后前往勒阿弗尔做高中哲学教师,并潜心著述。他与雷蒙·阿隆的一次著名邂逅从根本上改变了他的一生。雷蒙·阿隆对现象学的介绍使萨特产生浓厚兴趣,决定前往德国拜会胡塞尔。1933年他在德国柏林学院研读胡塞尔现象学,并撰写相关论文。从此他的文学创作也有了具体方向。

发表于1938年的《恶心》(又译《厌恶》《呕吐》)是一部关于"偶然性"的小说,是萨特最负盛名的作品之一。主人公洛根丁是一位孤独的历史研究者,为研究18世纪一个不知名的贵族来到一座小城,在一种莫名知觉的驱使下,他突然感到死亡临近,对许多无生命事物的存在产生怀疑,进而对自身的存在提出质问。经过思考,他一方面认为存在本身是没有任何合理性和本质意义的,另一方面觉得整个物质世界中的事物是多余过剩的,毫无存在的必要。存在的"偶然性"使洛根丁恐惧,他找不到任何原因解释为什么我们是存在的而不是不存在的,而人的存在又拥有无限多的可能性,每个可能性的实现都有偶然性因素。洛根丁将自我从体内分裂出来,成为"知觉"分析的对象,他对一切世俗的看法感到痛苦,这种痛苦是因他与幻想中的精神救赎相去甚远导致的,他陷入无尽的虚无感之中。《恶心》是萨特后续创作一系列相关论题的起点。

1939年,萨特出版短篇小说集《墙》,其中同名小说是另一部关于"偶然性"与"存在"的作品。与《恶心》一样,主要人物与其说是个英雄倒不如说是个反英雄。马普罗·伊比埃塔作为西班牙内战共和党人,与其他两人被俘后并不担心自身的安危,而是镇定自若,劝说狱友不要出卖战友,但他并没有坚定的信念,只是觉得不出卖战友是一种"固执",他愿意"固执"。直到反动派最后一次问马普罗关于格里的下落时,他开玩笑地说"在墓地",不料这一玩笑却帮助反动派抓住了格里,而他自己则被免除枪决。面对这荒谬的一幕,马普罗不禁放声大笑。在这部作品中,萨特阐述了存在的无目的性与荒诞的观点,认为存在必须以多种方式认识自己,包括某些偶然的方式,只有这样才能走向真实。

1939年之后,萨特被征召入伍,随部队等待德国法西斯与法国宣战。漫长的等待使他有时间阅读与写作,这一时期写的《战争日记》成为日后《存在与虚无》的蓝本。后来他被德军俘虏,被俘期间又阅读了海德格尔的《存在与时间》,对其哲学思维产生影响。1943年,萨特第一部重要哲学著作《存在与虚无》出版,标志其"存在主义"思想的成熟。在这部巨著中他系统地探讨了存在、虚无、自欺、他者、自由等重要哲学命题。后来他将这些哲学命题(尤其是"自由")融入一系列文学作品中。

1945年萨特创作的三卷本长篇小说《自由之路》是他存在主义思想的典型表现。卷首语以"我们是痛苦的,因为我们是自由的"开头,表明静态的自由给予人的与其说是财富,不如说是负担。主人公马蒂厄与洛根丁一样,是一位自由主义知识分子,只是他不再满足于艺术探索,而是投身于现实斗争。马蒂厄对自由的理解一直停留在感觉上,直到他上了战场才明白,自由必须靠实践才能真正获得。

萨特通过对日常行为"看"的思考,辨析人与人之间的"看"这一行为隐藏的权力机制。萨特认为"眼睛可以使人思考"(《战争日记》),"他者"的目光会引导或迫使主体选择,同时,"他者"在注视时不会注意到自己的存在,以完全独立于被注视者之外的方式获得自由,反之就是不自由。1944年,他将他的这一理论投射在剧本《禁闭》里。这出戏的背景是一个类似封闭客厅的地狱,三个身犯重罪的鬼魂被关在这里:加尔散是一个被枪毙的胆小逃兵;艾丝黛尔是一个色情狂兼溺婴女犯;伊内丝是一个同性恋者,竭力控制他人是其特长。在这个禁闭房间里,电灯因没有开关而永远亮着,眼睛因没有眼皮而永远睁着。每个人都无可逃避地注视着他人,同时也被他人永恒地注视。每个存在都对别的存在产生威胁,都感觉到不自由。加尔散为证明自己不是懦夫,竭力博取伊内丝的信任,而极端厌恶自私的艾丝黛尔。伊内丝的注视成为加尔散存在合理性的证明。艾丝黛尔渴望男人崇拜的目光,照镜子本是她获取自信的动力,然而镜子的不存在使她对"自己是否真的还存在"产生怀疑。她唯一的解脱是,必须从她身边唯一的男人那里获得存在的证据,因此,加尔散的注视必须成为她存在合理性的证明。伊内丝对艾丝黛尔有着强烈的占有欲,要求艾丝黛尔不能再以男人作为存在依据。于是,伊内丝首先揭穿了加尔散的虚弱本质,使他欲望破灭,陷入痛苦,进而也使艾丝黛尔的欲望因无法满足而破灭。最终,伊内丝也未能使绝望的艾丝黛尔爱上她。艾丝黛尔开始厌恶伊内丝,让加尔散帮她把伊内丝赶走,同时希望加尔散拥抱自己来报复伊内丝,加尔散虽憎恨伊内丝的无情,但还是拒绝了这一无礼要求……戏剧中"地狱就是他人"的台词道出了这一境遇:"他人的目光"使个体的自由被侵占,丧失了存在的感觉,无法合理选择,无法获得精神的解脱。

在《禁闭》中,这三个人物成为社会中一切人物的缩影,他们所结成的耐人寻味的三角关系,体现了萨特对荒诞的社会关系的理解。萨特在哲学上认为人与人之间没有实际联系,而只有敌对关系。这三个人物的尴尬处境既是导致他们无法"自由选择"的客观原因,也是他们拒绝"自由选择"的荒诞后果。加尔散曾经想打破禁闭之门逃出去,可当门突然打开时,他又犹豫不决并放弃离开。作品通过三个鬼魂富于戏剧性的矛盾冲突,展现了"他者"的存在对自由选择的限制,以及主体妄图以自我意识征服他人的徒劳。

除《禁闭》之外,萨特还创作了《苍蝇》(1943)、《恭顺的妓女》(1947)《肮脏的手》(1948)、《魔鬼与上帝》(1951)等杰出剧作。

随着战后政治倾向的转变,萨特逐渐将大部分精力投入社会活动。反法西斯主义情绪的高涨使他对共产主义抱有好感,他以自己开办的《现代》杂志为阵地,大肆宣扬自己的政治观点,引起昔日盟友的不满,并与之决裂。1945年,萨特做《存在主义是一种人道主义》的演讲,认为上帝不再是阻挡人类自由的障碍,存在是先于本质的存在,人的本质是通过不断的自由选择实现的。萨特对文学的看法也发生了变化,1946年,他出版了《什么是文学》一书,提出"介入文学"的主张,坚定了他以文学为武器干预现实,捍卫个人日常生活中的自由的信念。

1963年,萨特发表自传《词语》(又译《文学生涯》)。在这部作品中,萨特从政治哲学说教返回文学艺术创作,第一次对自己的童年做文学描述。其中的回忆没有严格的时间线索,也无完整故事情节。他将一切外在感觉、经验、分析、遐想都转变为含蓄表达,通过描写自身成长,将平凡而偶然的人生展现给读者。萨特以此作为他向文学梦想的告别之作,而令人意外的是,他正是凭借这部作品获得了1964年的诺贝尔文学奖。瑞典文学院的颁奖辞说:"他那思想丰富,充满自由气息和真理精神的作品,已对我们时代产生了深远的影响。"授奖词肯定了萨特的自由精神,然而在宣称"不接受任何官方荣誉"的萨特眼中,这个来自官方机构的奖励与自由是格格不入的,这或许是他拒绝接受这一奖项的原因。

第三节 贝克特

塞缪尔·贝克特(1906—1989)出身都柏林犹太家庭,父亲是土木工程师,母亲是护士,两人都是新教徒。他在1923—1927年间就读于都柏林三一学院,1928年任教于巴黎高等师范学院。经人介绍,他结识了当时已颇有声望的乔伊斯,协助后者整理《为菲尼根守灵》手稿。贝克特1930年返回都柏林,在三一学院教法语,1938年又定居巴黎。1940年,他加入法国抵抗组织,两年后受法西斯追捕而隐居乡下,继续协助抵抗运动。二战结束后,他成为职业作家。自1960年开始,贝克特的戏剧逐渐产生国际影响。除戏剧之外,他还创作过一些广播剧和影视剧本。1969年10月,贝克特得知自己获诺贝尔文学奖,对名望和媒体唯恐避之不及的他称之为"灾难",终未出现在颁奖现场,而是委托出版商代领。

贝克特早期创作集中于文学评论和小说。他的第一部短篇小说集《刺多踢少》于1934年出版,其中包括第一部长篇小说《平庸女人的美梦》(1932)的部分内容。1938年出版的长篇小说《莫菲》是贝克特第一部比较重要的作品。主人公莫菲为追随恋人西利娅而来到精神病院做男护士,却在这个疯狂异常的世界中发现了逃离自我意识牢笼的出路,但最后无法成功地进入疯狂状态而转向虚无,西利娅则在莫菲死后也在关于美的领悟中走向虚无。这部小说常被研究者们与《等待戈多》中的荒诞主题联系起来。在"疯狂"和"弈棋"中拷问存在也成为他后期作品中不断出现的元素。

1941年开始创作的小说《瓦特》中,主人公瓦特以男仆身份进入一个大家庭并试图赋予其所见所闻以理性意义,终因失望而出走。小说分成四部分,情节和叙事视角错杂变换。写于1946年的小说《梅西埃与卡米埃》是贝克特用法语创作的第一部文学作品,此后法语便成为贝克特文学创作的主要语言,用他自己的话来说:这便于他可以"不带风格(without style)"[①]地自由创作。但他也开始动手将自己的法文作品译成英文出版。

[①] James Knowlson, *Damned to Fame: The Life of Samuel Beckett*, New York: Grove Press, 1996, p.324.

1951—1953 年创作的被称为小说三部曲的《莫洛伊》《马洛纳之死》和《无名者》,主要形式皆为若干独白与回忆,内容是叙述者自身或他人的奇特经历。《莫洛伊》中流浪汉莫洛伊和侦探莫兰先后回忆和书写了自己的经历,但两人的叙述有很多相似之处。小说最后暗示莫洛伊似乎是莫兰笔下人物,而莫兰同时也被头脑中的一个神秘声音左右。《马洛纳之死》的主人公马洛纳在病榻上想象一个叫麦克麦恩的男人进入和逃离一家疗养院的曲折过程,其中提到贝克特前几部小说中的不少人物。而《无名者》除大量涉及前两部作品及其他作品中的人物外,叙述者与被叙述者身份都很模糊,甚至不像具体的人而只是某种文字或声音本身。小说最后一句话曾被用作贝克特作品选的标题,同时也被用来描述他的作品虚无、荒凉而又孤独坚持的主题。①

　　相对于后来在主题和方法上更为成熟的戏剧作品,贝克特小说仿佛是一场精神探索和艺术方法上的双重实验。同样是缺乏逻辑性和连贯性的情节,同样是展现人类生存世界的困惑、焦虑、孤独、荒诞,同样是在生活的碎片和迷宫似的记忆中作哲学式的拷问,《莫菲》和《瓦特》更注重主人公精神探讨过程和对具体生存问题的思索,但后来的三部曲却更体现为对空洞、无序、沉重、虚妄又无力抗争的生活状态的直接呈现,以及指涉文本自身的实验。在三部曲中,叙述者及其经历常常又是另一个被叙述的对象和内容,使得叙述者与被叙述者之间界限越来越模糊不清,关于存在合理性与意义的拷问转移到叙述行为本身。

　　从他的第一部戏剧,也就是使他名声大噪的《等待戈多》开始,贝克特投入戏剧创作。两幕剧《等待戈多》(1953)实现了他简化论的创作主张和对传统戏剧模式的颠覆。场景自始至终几乎不变——空荡荡的村野,一棵光秃秃的树,一条在人物不停地提及和张望中可以想象出来的小路,第二幕中树上才多了几片叶子以示时间流逝。戏剧时间可能是两天中的同一时刻——黄昏,也可以解读成人物一生中的任意两个黄昏。剧中主要人物爱斯特拉冈(简称戈戈)和弗拉基米尔(简称狄狄)是两个衣裳褴褛的流浪汉。他们每天结伴在树下等待一个名叫戈多的人,但从来没见过戈多,对他的情况一无所知,并不清楚戈多究竟能带来什么、为何要等待他,甚至连等待的地点和时间是否正确都无法确定。在漫长的等待中,他们重复着琐碎无聊

---

① Samuel Beckett, "I can't go on, I'll go on", *Three Novels: Molloy, Malone Dies, The Unnamable*, New York: Grove Press, 1995, p.414.

的对话和行为,甚至用上吊自杀来打发时间。除两个主要人物之外,还有另外一对主仆关系的角色:波卓和幸运儿。他们在剧中前后出现两次,幸运儿脖子上圈着绳索,像奴隶一样听凭波卓使唤,还要随时表演舞蹈和发表演说,但波卓仍坚决表示要卖掉他。到了第二幕,两人一个失去了视力,一个变成了哑巴,肢体和思想都如枯叶般退化衰朽。最后是一个替从未出现的戈多传话的小男孩,在两幕临近结尾处各出现一次,告诉他们戈多今天不来了,但第二天准来。

剧中人物无论身份、性格、思想倾向都模糊不定。他们的绝望、痛苦、迷惘、期待、彻悟、放弃与坚持可以看作是人类共同的体验和处境。有评论家说,《等待戈多》"获得了一种理论上的不可能性,即:一出什么都没有发生的戏剧,却将观众牢牢吸附在座位上。而且更惊人的是,除了一些细微变化,第二幕基本上是对第一幕的重复,他(贝克特)等于把一个什么都没有发生的戏写了两遍"①。该发生的事情一直没有发生,所以我们发现在这"什么也没有发生"的戏剧中"发生"了某种真实的困境。我们真正应该关注的不是发生了什么,而是为什么看似要发生的却无法发生或者根本不可能发生。

这部缺乏情节冲突的戏剧绝非无聊对话与行动的集合。若将从未出现的戈多也算在内,剧中共有六个角色,每一个角色都带有象征隐喻色彩:爱斯特拉冈和弗拉基米尔是人类在精神和信仰世界中失落、困惑与彷徨的象征,而他们之间时而厌倦、争吵却始终相互支撑、相互依赖的关系,则是人与人之间关系的写照。关于波卓和幸运儿两个角色的喻义,向来阐释纷纭。有人认为他们是另一对狄狄与戈戈,也有人认为波卓是幸运儿在精神上所依赖的戈多,但他们之间的实质关系是,波卓的一切生活起居甚至思想都要依赖幸运儿,因此也有人认为幸运儿更像是波卓的"戈多"。无论如何,两者之间显然不是简单的奴役与被奴役关系。尽管扭曲失常的关系使他们感到耻辱与痛苦,然而他们深知一旦失去这种联系自己将会在荒诞与焦虑之中茫然失措,就像另一对狄狄与戈戈。对于剧中始终未出现但又始终占据焦点的戈多,更是见仁见智。评论家们试图从伦理、历史、宗教、心理学等各个角度揭开其神秘面纱。从剧本对话的各种描述与暗示来看,戈多的确有点像某些评论家认为的上帝或神。但是,即使这些是贝克特有意暗示的,那么它也只是对于期盼上帝解救人类精神困境的一种嘲讽与否认。关于戈多

---

① V. Mercier, "The Uneventful Event", *The Irish Times*, 18 February, 1956, p.6.

到底代表什么,作者从未提供明确答案。这部在一幅画作中获得灵感的戏剧就像它的剧名一样,只能向我们揭示人类在旧的精神大厦坍塌之后无可奈何地等待新的精神栖居地的严峻处境。而两位主人公对戈多日复一日的等待,不过是在精神信仰的道路上寻求出路未果之后的自我安慰和一种懦弱的历史习惯。

如果说《等待戈多》为我们展示了一幅等待未果的绝境,那么贝克特1957年的剧本《终局》则继而呈现出走投无路的痛苦。如波卓和幸运儿一样,剧中两个主要人物——哈姆和克洛夫也是主仆关系,主人在生活中既操纵又依赖着仆人,而仆人在精神的相对独立性之外又具有命运抉择上的奴性。哈姆是个坐在轮椅上、每天靠兴奋剂和镇静剂来支配情绪的半废之人,除了像对待牲口一样对待他失去双腿、住在两只垃圾桶里的双亲之外,他的生活极度空虚与孤绝。在这个只开了两扇小窗的昏暗小屋里,他同时诅咒和警惧着外部世界的任何风景与变化。仆人克洛夫作为这个孤绝小屋中唯一具有自由行动能力和相对独立思想的人,从一开始就在留下和逃离的矛盾中犹豫不决,在用望远镜看到屋外出现一个代表着生命和生活气息的小孩的身影后,他才决定把逃离的想法付诸行动,然而打开房门后却没有勇气迈出关键一步,而是在哈姆关于"走出去也是死亡"的断言中一直静立到剧终。剧中那个身影模糊的小孩既像是给予希望的上帝,也像是暗设陷阱的撒旦。"戈多"似乎终于出现,然而等待的人却仍旧充满绝望和恐惧,后"戈多"式的终局是一个比"等待"更为凄绝的悲剧。

贝克特1960年出版的戏剧《美好的日子》中已经没有了《等待戈多》和《终局》中那种哪怕近乎绝望的希冀和期待,主人公维尼和威利一个半身埋入沙中并越陷越深,另一个住在洞中,且只能在地上爬行,这部情节、场景、人物和对话如《等待戈多》一样重复的两幕剧,大部分内容来自维尼——一个风韵犹存的老妇人的一串断断续续、缺乏条理、没有主题、琐碎无聊的半独白半对话絮语。维尼不但对当下的生存状态没有任何反思、焦虑、困惑和抱怨,反而表现出近乎盲目和麻木的满足和安心。但从维尼与威利所代表的人与人之间的冷漠与隔阂关系,以及维尼对逝去岁月、爱情和生活之美的叹息中,我们仍可领会这部"平静"悲剧背后那场荒诞人生境遇的黑色葬礼。

贝克特的文学创作体现出直面生存困境的勇气和承担残酷局面的决心。这种拒绝在神圣话语和犬儒享乐中被麻醉的深邃的人文精神,影响了后来包括品特、哈维尔等在内的一批荒诞剧作家。而他在小说、戏剧方法上的创新突破则影响了 50 年代的实验主义、垮掉的一代及 60 年代后期的现代主义诗人,甚至对音乐和视觉艺术也产生了影响。贝克特用英语和法语进行跨语言创作,并经常翻译自己的作品,使其作品中关于世界和语言之间关系的主题得到了一种基于实践之上的探寻,也为后世学者留下了一个富有意义的课题。

第四节　罗伯-格里耶

阿兰·罗伯-格里耶(1922—2008)出生于法国圣皮埃尔-基尔比尼翁,父母是无政府主义者和天主教徒。在母亲影响下,他从小就对文学产生了兴趣。罗伯-格里耶于 1942 年考取法国国家农学院,1945 年毕业。1952 年,他辞去农学技师职务,来到巴黎专心从事写作。

1948 年,罗伯-格里耶的处女作《弑君者》在伽利马出版社遭拒,他并未气馁,开始潜心创作第二部小说《橡皮》。1953 年《橡皮》出版,并于次年获得费尼翁奖。同时他开始为《快报》《评论》杂志撰文。这些文章后来被汇编成他最重要的文艺理论集——《为了一种新小说》。

1955 年,罗伯-格里耶的第三部小说《窥视者》出版并获得"文评人大奖",由此引发争论。评论者或高度称赞其剥离手法使小说形式极尽简单,或认为其创作难以接受。此后发表的小说《嫉妒》(1957)、《在迷宫中》(1959)大获成功,最终使他与萨特、加缪等并列为法国战后小说界翘楚。罗兰·巴特在为《嫉妒》所写的评论《客观创作》中给"新小说派"下的定义被人们津津乐道几十年:"罗伯-格里耶的创作没有伪饰、没有厚度、没有深度:它只停留在事物的表面,均衡地覆盖其全部属性而不偏袒任何一种,这与诗歌的创作恰恰相反。"

20 世纪 60 年代,罗伯-格里耶的兴趣从小说转到电影。他于 1961 年撰写的著名电影小说《去年在马里昂巴德》被搬上了银幕。他先后编导了《不朽的女人》(1963)、《欲念浮动》(1974)、《玩火》(1975)、《美丽囚徒》(1983)、《格拉迪瓦找您》(2006)等众多影片。从小说《幽会的房子》(1965)开始,罗伯-格里耶的作品出现越来越多的色情、暴力和性变态内容。这些内容是以幽默、反讽的笔调,在作者自我反省意识的控制之下,对漫画般场景进行的语言游戏。作者认为,这种色情描写使我们明了我们潜意识中存在的事物,从而获得美学上的救赎,让这些想法继续存在于我们头脑而不会付诸实践。他的其他作品还有短篇小说集《快照集》(1966)、《纽约革命计划》(1970)、《幽灵城市》(1976)、《金三角的回忆》(1978)等。在半自传体小说《镜中的幽灵》和《昂热妮卡或迷醉》(1987)中，罗伯-格里耶一改过去的美学观念，纠正了人们对自己的误解。他认为自己并没有离开过现实主义道路，而只是专注于如何把生活与感受富于创造性地再现出来，小说描绘的就是人的生活本身；他在小说中所使用的一切技巧，都是补偿生活的工具。

《橡皮》是一部伪侦探小说。它从一个冬日早晨六点钟开始讲述，到当晚结束，中间穿插主要人物的回忆，以及在案件调查过程中显露出来的过去的信息。侦探华莱士被巴黎内政部派往外省，调查经济学家杜邦之"死"以及一系列针对政府官员的暗杀事件。实际上，杜邦只是被潜入家中的刺客格里那蒂开枪击伤后逃脱，躲在朋友茹亚尔医生家中疗伤，并让警方发布自己遇刺身亡的假消息，使外界信以为真。华莱士到达小镇后，对案件的侦破一筹莫展，后来在文具店买橡皮时获得灵感，夜晚潜入杜邦家的书房以期遇见偷盗文件的刺客，没想到此时杜邦自认为家中安全，趁着月色回家取一份重要文件，被不明真相的华莱士在黑暗中开枪打死。"橡皮"作为小说名，有着不同寻常的内涵，其用来抹去痕迹的物理价值，被用来象征在"擦拭"的一瞬间将一段时间前后的事件彻底割裂的含义，留下的"空缺"才是"橡皮"存在的关键。因此，小说中存在着大量"空缺"。华莱士在凶案发生当晚到来，他与凶手格里那蒂长相和打扮酷肖，这两者到底有怎样的联系？在小说末尾，他无意中完成了格里那蒂未能完成的刺杀，这又象征着什么？从小说人物断断续续的回忆里我们基本得知，华莱士不是第一次来小镇，多年前他曾和母亲来过，寻找亲人——他的"父亲"。华莱士是杜邦和女佣的私生子，却被父亲杜邦否认，母子两人被驱逐出门。后来，儿子曾多次来找父亲要钱，邻居也能记起两个男人的争吵。这段在小说叙述中"空缺"的往事，使这篇小说与古希腊悲剧在结构上形成对应关系。小说中多次出现"司芬克斯之谜"——一个醉鬼始终纠缠华莱士，询问一个谜语的答案："什么动物早上弑父，中午淫母，晚上目盲？"在办案过程中，华莱士对杜邦妻子(后母)的臆想，以及故事结尾华莱士无意之中的弑父，是对这个谜语的最好解答，也使这部小说与《俄狄浦斯王》在故事情节、结构安排上形成关联。小说序幕里引用索福克勒斯的名言也绝非偶然。罗伯-格里耶曾说，在对他作品的早期研究者中，贝克特是唯一一个从中读出"恋母情结"的评论家。

在《窥视者》中，故事也发生在一天之内，叙事中同样存在大量"空缺"。手表推销员马蒂亚斯来到一个海岛推销手表，他认识岛上的马雷克家族。

当他在客户杜雷克夫人家看到她女儿雅克莲的照片时,惊呆了,因为她长得很像他的前女友维奥莱特,然而除了维奥莱特的身份外,其他有关她的一切都是"空缺"的。在这篇小说中,最大的"空缺"莫过于马蒂亚斯本应在 11 点 40 分与马雷克夫人碰面,结果却晚了一个小时,这一个小时里马蒂亚斯的行踪一直是个谜。马蒂亚斯从杜雷克夫人家离开后,经过一个三岔口,往右是去雅克莲放羊的悬崖,往左是去马雷克家的农场。当马雷克夫人见到马蒂亚斯时,并不能肯定他是从杜雷克家来还是从悬崖来,读者也无法肯定。于是,后文中雅克莲的非正常死亡与马蒂亚斯消失的一小时形成对应。马蒂亚斯对失去的一小时的补叙,多少成为他不在犯罪现场的说辞,然而这个冷漠的、不动声色的旅行家很可能就是凶手。小说开头出现这样一幕,马蒂亚斯在船快靠岸时,在人群中看到他熟悉的女友维奥莱特的身影,上岸后拼命寻找未果,这个细节也许是他极重的强迫观念的表现——他总认为这个海岛上有他的前女友,雅克莲酷似维奥莱特兴许只是他的想象。他病态的强迫观念从以下方面更突出地表现出来:他走路喜欢走 8 字形,上岸时在河堤上固定了一个 8 字形的铁环,裤兜里始终有两个 8 字形的环形铁圈,手提箱里有一根 8 字形的绳子。因此,这种固定范式促使他这一天里不断想着、看着他心爱的"维奥莱特"。另外,小说将人物心中隐藏的焦虑外化成种种形象,真实与虚幻共生。马蒂亚斯在电影海报上看到的男子扼杀女子的一幕,与"空缺"的凶案的实际情况,与新闻对雅克莲之死的报道,均形成对比。当地居民对雅克莲极端厌恶的原因在小说中是"空缺"的,马蒂亚斯杀害雅克莲的动机也一直"空缺"。

在罗伯-格里耶的小说中,"空缺"的大量存在并非来自人为感觉的空虚或有意为之的虚构,而恰是由构造小说本身的潜在组织规则使然。在他的另一部小说《嫉妒》中,某类场景的反复呈现成为小说的主要情节。故事发生在法国非洲殖民地种植园的一所住宅里,小说开头是一天早晨女主人阿×邀来好友弗莱克,商量结伴进城事宜,之后穿插的人物回忆则显示,进城的事在小说开头阿×邀请弗拉克来家做客的一星期前已经发生,甚至在记忆中还有汽车抛锚被迫在城里过夜的细节。最值得关注的是,阿×和弗兰克交谈时,有个旁观者也就是小说的叙述者一直注视着他们的一举一动,整部小说以这个旁观者的缺席与在场作为叙述的根据。这个旁观者是谁,让评论家伤透脑筋。从叙述者警觉的目光和怀疑的态度来看,一般都认为是女主人的丈夫在"嫉妒"地凝视。事实上,小说的法文名"La Jalousie",除"嫉妒"之外还有"百叶窗"的含义,于是这个叙述者就有了双重内涵。在小说第七部分,阿×与弗兰克一起下山进城,房间内的视觉叙述还在继续。值得注意的是,这个目光的拥有者从不曾离开这个房间,刚好只能看到房间内外发生的事情,就像百叶窗一直待在窗台上看着房间内外发生的事一样。因此,当涉及内心情感的动态描述时,这个叙述人像是女主人控制欲极强的"嫉妒"的丈夫;当这个叙述者用照相术把房间内外的事件尽收眼底而又从不离开房间半步时,这位静态描述者未尝不可以是"百叶窗"一样的物体。罗伯-格里耶在此深入挖掘"物自性",用物来展现物自身的属性。这部小说虽有大量细节呈现,但由于缺乏逻辑性的梳理以及关键性叙事的"空缺",这些细节只是作为断片存在,从这一点来看,小说是以反人性、反逻辑性的叙述,突出物性的自我表达。如果说物理事件叙述的"空缺"诉诸读者的视觉,那么,视觉上的大量"空缺",必然要以其他感官为补偿,因此,罗伯-格里耶认为,就他的《嫉妒》而言,评论者对听觉的忽视被认为是最无法容忍的错误。

　　罗伯-格里耶擅长以形象组织故事的叙事,各种场景的组接也依赖于形象本身。故事中人物行为的动机与意义不明,使这些形象的组合带有极大的主观性与随意性。叙事者以"凝视"的目光,捕捉各种形象进行叙述,因此,情节的跳跃、时序的紊乱、细节的矛盾,都与叙事者的主观选择有关。然而,格里耶是反对按照人的主观选择进行叙事的,因此,他往往将物的属性通过物自身显现,而排斥逻辑性是他展现事物自身属性的主要策略之一,因为逻辑是人的理性的产物,是极端主观的。这是他的作品情节性不强的主要原因。

　　罗伯-格里耶对现实主义传统的批判继承,对现代人文学科的本质主义的反叛,对小说美学特性的不懈探索和独立思考,不断完善其"物化"和"空缺"理论的创作实践,将反复、剪切等摄影术技巧引入小说的艺术创新,使他在法国当代文学界及新小说派内部有着不可替代的地位。

第五节　杜拉斯

　　玛格丽特·杜拉斯(1914—1996)出生于前法属殖民地印度支那的嘉定市(今越南胡志明市),1932年回到法国。十八年的殖民地生活成为她日后创作的重要灵感来源。1933—1937年,杜拉斯在大学修读法律,获学士和硕士学位之后进入殖民地部的信息处工作,直到1940年。1943年她出版了第一部小说《厚颜无耻的人》,此后一直未中断写作。她还将写作领域从小说扩展到电影剧本,并尝试电影导演。1984年出版的小说《情人》获当年的龚古尔奖。

杜拉斯的作品丰富多样,长于形式探索和革新。她一度被视为新小说派的代表作家,但她本人对此极力否认。

杜拉斯的早期作品有《厚颜无耻的人》(1943)、《抵挡太平洋的堤坝》(1950)、《直布罗陀水手》(1952)等。这一时期的作品主要以写实手法描述具体环境中的具体人物,以讲故事结构全篇,具有明显的现实主义特点。但杜拉斯的艺术反叛此时也悄悄开始,她不再满足于"讲故事",认为"写作从来就不是'废话连篇',不是用故事来取悦读者"①。于是在 1955 年,她出版了小说《广场》。

《广场》跟以往的小说相比具有明显的特殊性:一个布列塔尼女佣在广场遇到一个旅行小贩,他们为排解孤独进行了交谈,这种貌似认真、无话不谈的交流不过是没有意义的自说自话,而交谈过程构成了小说的内容。文本显示出杜拉斯对"对话"的兴趣,故事情节的编织已然消失。《广场》颇具实验性,而这种实验性早在《直布罗陀水手》中已有所体现。同时,《广场》的自由对话文体显示出某种含混和弹性,使之既可被看作一部对话体小说,也可被视为一部剧本的对话。而随着对话内容的展开,诗歌和哲学对话录的影子也有所浮现。《广场》带有杜拉斯创作过渡时期的特征,随之而来的《琴声如诉》(1958)则进一步奠定了她今后的独特风格。

在其后的作品中,杜拉斯继续进行创作实验。小说《劳儿之劫》(1964)、《副领事》(1965)、《英国情人》(1967)、《毁灭吧,她说》(1969)、《爱》(1971)等,都可看作她转型之后的代表作。这些作品带来巨大的陌生感,传统小说的特点消失殆尽:句子断断续续,简洁而脆弱;情节弱化到极点,故事脉络几乎被分解,剥蚀成大量碎片;人物模糊,戏剧体的对话成为人物存在的表达;散文体的小说趋向诗歌化,具有音乐般的节奏感和跳跃感。同时,现实与虚构、记忆与遗忘、破败与遗弃、疯狂与激情、摧毁与死亡等理念和情绪爆炸式地充斥于作品。这几乎成为她这一时期创作的标志。典型的体现是小说《爱》(1971)。它以诗化而抽象的语言,讲述对逝去已久的爱情记忆的追寻,空间是幻想与现实结合的幻象,沙漠、海、烈日、废弃的花坛、庭院、空荡荡的大路、数不尽的白墙、废墟等等,彼此叠加,构成迷宫梦魇般的幽幻之城 S.塔拉。人物没有名字,也没有明确身份,如鬼魅一般游荡、穿

---

① 〔法〕阿兰・维尔贡德莱:《杜拉斯:真相与传奇》,胡小跃译,北京:作家出版社 2007 年版,第 84 页。

行于现实与记忆的混乱时空之中。这一切表明爱情之地 S.塔拉永远是遗忘之地,是记忆的废墟。杜拉斯无意于剖白情节、梳理逻辑,她游走于明朗和晦暗之间,沉溺于一种无以言说的内心表达。

小说《情人》(1984)是杜拉斯实验性探索的又一转折。它被认为是一部自传体小说:其中汇集了她内心深处最熟悉的东方记忆,印度支那的季风,大洋与堤岸,流浪的女疯子,冰冷而贫穷的家庭,以及贯穿其中的白人少女和中国男人的爱情。故事的讲述重新回归具体流畅,不再像从前那样抽象晦涩,但在叙事技巧上却依然执着于创新,比如叙述人称的转换、时空交错等手法的使用,又将所谓"真实"变得扑朔迷离,从而打乱自传体文学的叙述规则。小说在内容上回归传统,在技巧上突破传统,则正好"满足了现代读者和传统读者的不同阅读口味,成就了《情人》的成功,也把杜拉斯的创作生涯推向了大众高度认可的程度"①。

《情人》的巨大成功以及写作时对题材的熟稔所带来的快感,也激发了杜拉斯挖掘遗忘片断的热情,使得她其后作品多是旧作的改写或是自己经历的一再渲染,这些作品衍生出更为丰富的意义,并与原作构成奇特的互文效果。比如在《情人》基础上写作的《中国北方的情人》(1991),就与《情人》构成互文关系。而《音乐(二)》(1985)、《乌发碧眼》(1986)、《诺曼底海滨的妓女》(1986)、《物质生活》(1987)、《艾米莉·L》(1987)、《夏雨》(1990)等作品也是在以往短文或书信基础上改写、拓展而成。

除小说之外,杜拉斯在戏剧和电影领域也成就卓著。1959 年,杜拉斯为导演阿兰·雷内写的电影剧本《广岛之恋》引起巨大轰动。从 1966 年开始,杜拉斯尝试自己拍摄电影。她在 1966—1984 年间拍摄的近 20 部电影,充满个性化的诠释风格,对电影表现手法进行了大胆改变和突破,使她成为法国电影"左岸派"的重要代表。杜拉斯认为电影影像的直观性破坏了观众的想象,破坏了语言文字所产生的无限性,她要极力打破这种影像的控制,拓展电影表现空间。在影片《恒河女人》(1973)中,杜拉斯插入了画外音(声音 1 和声音 2 的叙述),造成音画异步、时空叠加的效果,而不拘泥于图像的有限展示。1975 年的《印度之歌》则进一步完善了这种方式,除图像展示之外,插入四个声音叙述。它们在画面之外流淌,无始无终,自成一体,讲述着逝去的记忆。声音比图像更令她着迷,她试图拍摄出声音的电影、言语的电影。1977 年的《卡车》极大地削减了图像表现,一辆卡车的行驶自始

---

① 户思社:《玛格丽特·杜拉斯研究》,上海:复旦大学出版社 2007 年版,第 130 页。

至终出现在画面上,电影的主体是言语的解说。杜拉斯要在电影中表现写作,表现文字的力量,拒绝图像的侵扰与"改写"。后来,她终于在 1981 年拍摄出没有画面的《大西洋人》,把这种探索推向极致。可以看出,杜拉斯的电影其实是对电影的一次终结。其实,杜拉斯并"无意因为它是表演而要排斥电影,是因为它阻碍了语言能量的发挥"①,所以,杜拉斯的电影是一种特殊的"写作","她从文学的角度创造了拍电影的另一种方式"②。

杜拉斯的小说《劳儿之劫》是一部值得多角度审视的奇特之作,一经出版就吸引了众人目光。拉康曾发表《向写了〈劳儿之劫〉的杜拉斯致敬》一文,从精神分析角度对其进行解读。而小说在形式上的创新,也"得到了'新小说'作家的赞美,他们从中发现了他们自己所关注的事情"③。小说主要内容是沙塔拉的劳儿在 T 滨城的舞会上眼睁睁地看着自己的未婚夫被另一个女人俘获,为此事疯狂一阵的劳儿复归平静并貌似正常地嫁给了别人。十年后劳儿随丈夫又回到沙塔拉,在一个午后目睹儿时女友塔佳娜与情人雅克·霍德拥吻,颇受刺激。她每天幽灵般游荡于大街小巷,跟踪窥视塔佳娜的幽会,介入其中,并使雅克·霍德迷上自己。小说最后以雅克·霍德为了满足劳儿的窥视而与塔佳娜在旅馆约会,而劳儿在旅馆后的黑麦田睡着作为结尾。

拉康认为杜拉斯走在了精神分析之前,而在拉康影响下,劳儿成为精神分析的典型案例。劳儿的经历是"T 滨城舞会"这一创伤性事件的不断回放。未婚夫理查逊与"另一个女人"安娜坠入爱河,劳儿被排除出局却无能为力,陷入自我被抛弃的焦虑,于是试图在"注视"中实现自我认同。而理查逊和安娜的离去"打碎"了劳儿的镜像,把她抛入自我迷失的空洞之中。事件之后劳儿貌似正常,其实是依附于外在秩序来证明自我的存在,如家居复制性的摆放、花园模仿式的设计以及家中严格遵守的秩序,甚至她的婚姻本身,都不过是她存在的外在标志。而雅克·霍德带着"另一个女人"出现,则将劳儿从"假死"中唤起,使她开始执著于修复"T 滨城舞会"记忆,雅克·霍德便成为她记忆中理查逊的替身。此后劳儿一切令人费解的行动都

---

① 〔法〕雅克·奥蒙:《电影导演论电影》,车琳译,上海:上海人民出版社 2008 年版,第 103 页。
② 〔法〕阿兰·维尔贡德莱:《杜拉斯:真相与传奇》,胡小跃译,北京:作家出版社 2007 年版,第 112 页。
③ 王东亮:《有关劳儿的一些背景材料》,见玛格丽特·杜拉斯:《劳儿之劫》,王东亮译,上海:上海译文出版社 2005 年版,第 211 页。

是在试图找到与"T 滨城舞会"一刻的重合,藉此建构自己的主体性,寻找自我。她与雅克·霍德约会,偷窥雅克·霍德与"另一个女人"塔佳娜的幽会,以及她与雅克·霍德到 T 滨城故地重游等行为,莫不如此。但这种跨越时空的重合不过是劳儿内心的替代满足,属于劳儿的依然是无尽的迷失。结尾处劳儿窥视雅克·霍德与塔佳娜的幽会,用另一个三角关系来继续她的"注视",在假想中建构自我,确认自我。

在故事讲述方法上,杜拉斯表现出她一贯的突破传统的热情。首先,小说叙述人称和叙述角度是变动不居的。前半部采用第一人称外在视角,叙述人"我"表现为未参与事件的旁观者,但故事发展到中间,叙述人"我"却成为参与事件的关键人物——塔佳娜的情人、雅克·霍德、叙述人和人物合为一体。所以,在后面的叙述中,虽然叙述人仍是第一人称,但已和前半部分截然不同,这是人物的自述,是内在视角。其次,在故事的讲述中,刻意突出故事的"叙述性"、不可靠性。文中叙述人是限制视角的叙述者,有关劳儿的事件大部分是他听说和猜测的,整个故事的来龙去脉就建立在这种虚构之上。在叙述中一再强调"我在虚构",并充满对所讲内容的否定和疑问,这样的叙述加上叙述人称视角的变换,使整个故事扑朔迷离,真假难辨,跌入层层虚构的迷宫之中,解构了传统小说的真实性。

另外,《劳儿之劫》和杜拉斯其他作品有互文关系。在小说《爱》中,主要人物和《劳儿之劫》彼此对应:"旅行者"应是麦克·理查逊,"步行人"应是雅克·霍德,"疯女人"应是劳儿,而"黑头发的女人"则很可能是塔佳娜。在依据《爱》改编的剧本《恒河女子》中,则复现了舞厅的场景,并交代了劳儿(剧本中为无名)在黑麦田被救护车接走的情节。在小说《副领事》及剧本《印度之歌》中,又一次提到了劳儿的故事,但重点是延伸了麦克·理查逊和安娜-玛丽·斯特雷特的故事。这些作品不同程度地和《劳儿之劫》存在着对话关系,从各个方面重现并补充劳儿的故事。借助《劳儿之劫》,才能真正理解这些作品中提到的人和事的丰富内涵。

第六节　博尔赫斯

豪尔赫·路易斯·博尔赫斯(1899—1986)出生于布宜诺斯艾利斯,1914 年随家人迁往欧洲,定居日内瓦。一战结束后,全家于 1919—1920 年旅居西班牙,并于 1921 年回到故乡布宜诺斯艾利斯,自此,博尔赫斯开始创作生涯。

博尔赫斯自幼生活在双语环境里,父母均通晓英文。父亲的藏书是少年博尔赫斯获取知识的主要来源,他把阅读当成人生最大乐趣,一生中大部分时间都在图书馆工作,1955年被任命为阿根廷国立图书馆馆长。博尔赫斯博览群书,记忆超群,其博学和深邃在20世纪西方作家中罕有匹敌。①

1923年,博尔赫斯自费出版第一部诗集《布宜诺斯艾利斯激情》。1935年,他第一部短篇小说集《恶棍列传》问世,引起评论界关注。他40年代出版的小说集《小径分岔的花园》(1941)、《杜撰集》(1944)和《阿莱夫》(1949)受到文学界高度评价。此后二十年中,博尔赫斯将更多精力用于文学研究和讲授,并撰写和出版大量文学批评随笔、讲义和演讲录。70年代,他重新开始小说创作,先后出版了短篇小说集《布罗迪报告》(1970)、《沙之书》(1975)和《梦之书》(1976)、《莎士比亚的记忆》(1985)等。

虽然为博尔赫斯赢得世界声誉的主要是短篇小说,但他的诗作也同样引人入胜。他先后出版了《诗人》(1960)、《铁币》(1976)、《夜晚的故事》(1977)和《天数》(1981)等诗集。博尔赫斯从未写过长篇小说,对此他这样解释:"长篇小说不可能像短篇小说那样有可能臻于完美,而后者却能容纳前者的全部内容。"②法国作家莫洛亚评论说:"博尔赫斯是位只写小文章的大作家。小文章而成大气候,在于其智慧的光芒、设想的丰富和文笔的简洁,(他的)文笔像数学一样简洁。"③

博尔赫斯的创作超越了传统文类划分。"他的散文读起来像小说;他的小说是诗;他的诗歌又往往使人觉得像散文。沟通三者的桥梁是他的思想。"④贯穿在其所有作品中的是他对现实世界的无序和偶然所做的哲学思考。他跳出存在于理性知识中的现实,面对时空之无限可能性,尝试建构世界之外的世界。叶芝称博尔赫斯的创作是"不老才智的纪念碑",以肯定他在艺术审美和哲学玄思之间建立的独到联系。

批评家雅兹(Donald A. Yates)就博尔赫斯的创作总结了"四大基本

---

① Lowell Dunham and Ivar Ivask ed., *The Cardinal Points of Borges*, Norman: The University of Oklahoma Press, 1973, p.vi.

② 〔阿根廷〕费·索伦蒂诺:《博尔赫斯七夕谈》,见《博尔赫斯全集》(小说卷),杭州:浙江文艺出版社2007年版,第9页。

③ 〔法〕安德烈·莫洛亚:《博尔赫斯短篇作品选〈前言〉》,见《博尔赫斯全集》(小说卷),杭州:浙江文艺出版社2007年版,第7页。

④ 〔墨西哥〕奥·帕斯:《弓手、箭和靶子》,见《博尔赫斯全集》(小说卷),杭州:浙江文艺出版社2007年版,第9页。

点"——民族性、艺术表现、哲性玄思和叙事氛围①,基本涵盖了博尔赫斯创作的重要特点。博尔赫斯作品的民族性不仅在于选取阿根廷事物作为背景和素材,还在于他吸收世界外来文化的方式。莫洛亚曾说过:"博尔赫斯没有精神意义上的祖国。"②博尔赫斯对艺术民族性见解独到,宣称即使不渲染地方特色,阿根廷作家也能表现自己的民族性。③ 他认为,阿根廷作家要继承的不仅是阿根廷文学传统,而是整个西方文化传统。

博尔赫斯的小说《巴比伦彩票》是一部充满哲学玄思的作品。其中的巴比伦彩票制度、"公司"的运作方式以及由此衍生出的一套彩票价值观和秩序,带有明显的幻想色彩。彩票是一种充满偶然和不确定性的神秘游戏,人生被置于永远的抽签之中,在希望与绝望中永不停顿地被抛掷。

在早期彩票制度下,买彩票的人要面对两种可能性,因为彩票不仅有幸运号码,也有倒霉号码,中彩不仅意味着赢钱,还意味着罚款。无法上交罚款的人,就将罚款折成监禁天数,以监禁代替罚款。彩票由追逐金钱的游戏,变成了桎梏自身的枷锁。在第二个阶段,彩票改为秘密、免费、普遍发行。博彩脱去了世俗利益色彩,抽签成为神圣的宗教仪式。中彩的结果也变得神秘莫测:"抽到凶签要遭到肢体伤残、身败名裂、死亡,有时候三四十个签中只有一个绝妙的结局——某丙在酒店里遭到杀害,某乙神秘地被奉为神明。"公司雇用占星术士调查人们内心的希望和恐惧,将公司意志写入《圣经》。此后,有人提出"让偶然性参与抽签的全过程",最终,"抽签的次数是无限大的,任何决定都不是最终的,从决定中还可以衍化出别的决定"。偶然性近乎无限的多样性与无法预知性,本身成为了必然。彩票"公司"由一种组织模式变成上帝般的精神存在,成为无所不在的偶然性本质,超越了时空,甚至超越了存在本身,一无所是而又无所不是。

博尔赫斯是在他父亲的书房里认识世界的,他毫不避讳地承认,他受到众多经典作家影响。但博尔赫斯的创作风格却是独一无二的,因此在描述他的小说创作时,人们只能用"博尔赫斯式的"(Borgesian)来形容。所谓

---

① Lowell Dunham, Ivar Ivask ed., *The Cardinal Points of Borges*, Norman: The University of Oklahoma Press, 1973, pp.25-33.

② 〔法〕安德烈·莫洛亚:《博尔赫斯短篇作品选〈前言〉》,见《博尔赫斯全集》(小说卷),杭州:浙江文艺出版社2007年版,第11页。

③ 吉本在《罗马帝国衰亡史》中提到,《古兰经》没有提到过骆驼。博尔赫斯认为,正因为该书中没有提到骆驼,才证明作者是地道的阿拉伯人;只有伪造者或外来者才会通过大肆宣扬所谓的地方特色来为自己开脱。

"博尔赫斯式"其实是为传统的"奇幻体"小说赋予浓厚的玄学哲思。

博尔赫斯和卡尔维诺及艾柯一起被称为"文学哲学家"(literary philosophers)①。但这并非指他们在文学作品中阐发了某种哲学思想,而是同时指向作家的精神气质和作品的内在特质。短篇小说《小径分叉的花园》便是这种精神特质的突出体现。小说内容由中国青岛一位前英语教授余准博士的证言构成。他曾充当德国间谍,并发现一个英国炮兵阵地在艾伯特,但来不及通知柏林的上司,因为他已被英国谍报人员追捕,于是实施了一个独特的冒险计划。余准乘火车逃往阿什格罗夫村,找到一位名叫斯蒂芬·艾伯特的汉学教授。艾伯特正在研究余准曾祖彭㝡的一部奇异的长篇小说。二人交谈后,艾伯特得知余准是彭㝡的后人,向余准介绍了他的发现。接着,余准开枪打死艾伯特,被追踪而来的马登上尉逮捕,后被判绞刑。德国方面根据余准枪击艾伯特的新闻报道猜出这个军事机密,轰炸了部署在艾伯特(地名与遇害者姓名恰巧相同)的英军炮兵阵地。小说中频繁出现一个隐喻——"迷宫",余准的曾祖父立志创作出一部"无限之书"和建造一座迷宫。艾伯特找到了迷宫的钥匙——作者的一封书信写道:"我将小径分岔的花园留诸若干后世(并非所有后世)。""小径分岔的花园"一词让艾伯特窥见了彭㝡伟大作品的奥秘:它是一个谜语,谜底是时间,分叉的时间造成无限的可能性。彭㝡要建造的迷宫和他要创作的"无限之书"也是同构同质的。余准和艾伯特都处于由时间和偶然性构成的人生迷宫之中,艾伯特与炮兵阵地名字相同的偶然巧合将本来毫不相干的余准与艾伯特带到一起。在时间这一"小径分叉的花园"中,"上一刻的朋友下一刻可能是敌人",而从彭㝡小说中悟出这一道理并兴致勃勃向余准讲解的艾伯特却未料到自己也早已置身这一迷宫,"下一刻的危险敌人"正是被偶然性带到身边的余准。但余准也陷入一个更大的迷宫之中,他殒身枪杀艾伯特的行为、他的整个生命存在,最终不过变成了一个传递军事情报的符号编码。在世界和人生这一"小径分叉的花园",我们看到真与幻、内与外、虚与实、时间与空间、偶然与必然之间变得界限模糊,难解难分。小说叙事结构也呈现出迷宫般的构形,各种叙事线索交叉其中,各自独立延伸,又相互关联。读者的阅读体验类似一次冒险:发现的激情伴随着迷失的恐惧。

博尔赫斯的作品往往具有亦真亦幻、虚实莫辨的特点。例如在《特隆、

---

① Jorge J. E. Gracia, Carolyn Korsmeyer, Rodlphe Gasche ed., *Literary Philosophers: Borges, Calvino, Eco*, New York: Routledge, 2002.

乌克巴尔、奥比斯·特蒂乌斯》中,叙述者宣称"乌克巴尔"这个地名是在《英美百科全书》中找到的,但由于这本百科全书并不存在,我们可以断定"乌克巴尔"是个虚构地名;可接下来叙述者又说,《英美百科全书》是《大英百科全书》"一字不差"的翻版,而后者并非虚构,关于"乌克巴尔"的幻想特质因而受到质疑,同时,《大英百科全书》的实在性也发生动摇。在另一部小说《圆形废墟》中,经历一番过程,做梦造人者最终发现自己也是别人梦中之人。

博尔赫斯的叙事氛围指向他叙事中的戏剧性。和同时代其他作家相比,博尔赫斯的叙事是舞台呈现式的,他从不依赖心理描写来表现人物。刀、剑、迷宫、镜子、百科全书等物品是其常用道具,梦、谋杀、复仇、埋伏、暴力事件等是其常用情节。通过精心设计的细节、环环相扣的情节和反复出现的情境,博尔赫斯将一个神奇宇宙呈现给读者,烘托出既现实又神秘的艺术气氛。

博尔赫斯在《〈布罗迪报告〉序言》中说,他写小说"旨在给人以消遣和感动,不在醒世劝化"。他所说的"消遣和感动"并非通常意义上对时间的消磨,而是在小说的幻想与诗意空间里自由嬉戏,于梦境和游戏之间洞悉存在的幽微意蕴。如米兰昆德拉所说,博尔赫斯是"一位发现者,他一边探寻,一边努力揭开存在的不为人知的一面"①。

第七节 纳博科夫

弗拉基米尔·纳博科夫(1899—1977)出生于俄罗斯圣彼得堡富裕律师家庭,自小生活优裕,通晓俄、英、法三种语言。虽然俄语是纳博科夫的母语,但他先学会的是英文读写。在 20 世纪初俄罗斯风云变幻的政治斗争中,纳博科夫一家流亡德国。流亡中的纳博科夫先在剑桥三一学院学习,毕业后回到柏林。1937 年,纳博科夫与家人迁居巴黎,并于 1940 年移居美国,先后在威斯理、康奈尔和哈佛教授俄语和俄罗斯文学。1966 年,他重返欧洲,定居瑞士,直到 1977 年病逝。

纳博科夫的创作可以分为俄语创作时期(1925—1939)和英语创作时期(1940—1977)。他很早就对诗歌创作兴趣浓厚,流亡期间开始诗歌与小说创作,成为当时欧洲俄罗斯流亡社会中颇有声誉的作家。1925—1938

---

① 〔捷〕米兰·昆德拉:《小说的艺术》,孟湄译,北京:三联书店 1995 年版,第 144—145 页。

年,纳博科夫的创作都以俄语进行,主要包括 8 部小说,即《玛丽》(1926)、《王、后、杰克》(1928)、《防守》(1930)、《荣誉》(1932)、《黑暗中的笑声》(1933)、《绝望》(1934)、《天赋》(1938)和《斩首之邀》(1939)。这些早期作品大多以柏林为背景,讲述俄罗斯流亡者生活,表达对祖国的眷恋和对流亡生活的思考。处女作《玛丽》俄文原名《玛申卡》,以柏林一所膳宿公寓为场景,描写主人公加宁意外得知另一位住客即将从俄罗斯到来的妻子玛丽正是自己的初恋情人,这让他原本一成不变的生活发生了巨大变化。小说末尾,加宁意识到自己与玛丽之间的恋情终于结束,在她到来之前离开膳宿公寓,去寻求新的生活。作为纳博科夫的小说处女作,《玛丽》带有很强的自传色彩。主人公加宁对玛丽的回忆与依恋,不仅是个人情感的表达,更体现出纳博科夫对故乡的刻骨思念。正如作者本人在英文版序言中坦承的:"思乡在人的一生中始终是你痴迷的伴侣。"①《防守》描述了国际象棋大师卢仁由于对棋艺的追求而让生活陷入困境的故事。小说心理刻画细致深入,对人性异化的探索具有独到之处,是纳博科夫最为出色的作品之一,被不少评论家列入 20 世纪的重要小说。《天赋》以生活在柏林的天才作家费奥多尔的经历为线索,对俄罗斯及其文学传统予以阐释和弘扬。此时的纳博科夫意识到自己作品的读者在减少,因为它们无法在苏联出版,而流亡欧洲的俄罗斯人也日渐没落,如果想追求自己的文学理想,必须在英语世界得到认同。因此,《天赋》是纳博科夫向自己的祖国和文学传统致敬的作品,也暗示了他改弦更张、放弃俄语而用英语创作的打算。

1937 年移居巴黎后,纳博科夫开始用英语创作《塞巴斯蒂安·奈特的真实生活》(1941),这是他用英语发表的第一部小说。纳博科夫先后用英语发表过 8 部小说,除《塞巴斯蒂安·奈特的真实生活》之外,还有《庶出的标志》(1947)、《洛丽塔》(1955)、《普宁》(1957)、《微暗的火》(1962)、《阿达》(1969)、《透明》(1972)和《看那些小丑》(1974),其中影响最大的是《洛丽塔》(1955)和《微暗的火》(1962)。

《洛丽塔》是纳博科夫最广为人知的作品,也是 20 世纪的经典小说之一。纳博科夫从 1939 年在巴黎期间就开始构思这部作品,数易其稿,1954 年完成。由于小说内容挑战了当时美国社会的禁忌,开始没有美国出版社愿意出版。小说于 1955 年首先在法国出版,三年之后才在美国出版发行。小说以中年男子亨伯特对少女洛丽塔的迷恋为中心,通过亨伯特第一人称

---

① 〔美〕纳博科夫:《玛丽》,王家湘译,上海:上海译文出版社 2007 年版,第 II 页。

叙述向读者展示他一直以来对少女难以控制的情愫。亨伯特出身法国富裕家庭,有过一次不幸婚姻,但他从少年时代就一直迷恋低龄少女。移居美国后,他偶遇孀居的夏洛特·黑兹和她12岁的女儿洛丽塔,便对洛丽塔一见倾心,因此与夏洛特结婚。亨伯特利用金钱来亲近洛丽塔,夏洛特发现两人的暧昧行为后,在气愤中不慎车祸身亡。亨伯特趁机带着洛丽塔在美国四处旅行,直到洛丽塔厌恶了这种生活,不告而别。后来亨伯特终于找到已经嫁做人妇的洛丽塔,他将一切归咎于当初带走洛丽塔的剧作家奎尔蒂,寻机将其杀害。最终洛丽塔死于难产,而亨伯特则因为冠状动脉血栓在监狱中去世。小说对亨伯特的欲望描写直白而坦率,这也正是小说最初受到读者欢迎和评论界诟病的重要原因。亨伯特的心理描写部分带有纳博科夫本人经历的影子,但这部小说的自传性因素显然微乎其微。通过对亨伯特与洛丽塔之间复杂关系的刻画,纳博科夫探索的是人性,尤其是欲望本体的变化,而非欲望的实现。出于对弗洛伊德和美国精神病学理论的反感,他在小说中希冀通过另一种非理性的、艺术的呈现方法来探索人性与欲望,从这个意义上来说,《洛丽塔》使小说成为作家/读者认识世界和自我的方式,从而为后来的小说家们开辟了新的创作道路。《洛丽塔》的另一出色之处是对美国世俗社会与文化的呈现惟妙惟肖,细致深入。正如纳博科夫在小说序言中宣称的:"我选择美国汽车旅馆而不选择瑞士饭店,也没有选择英国客栈,就是因为我要努力做个美国作家,只要求得到其他美国作家享有的同样的权利。"①亨伯特和洛丽塔四处游荡时的寄居之处就是各色汽车旅馆,而这里是美国大众文化集中表现的处所。纳博科夫以精细的观察和灵动的笔触将汽车旅馆的杂乱、便利和大众化色彩刻画得十分生动,为读者呈现出美国文化中的一些核心内容。

虽然在《洛丽塔》中纳博科夫表达了要成为美国作家的愿望与决心,但1957年出版的小说《普宁》反映出他在内心深处对俄罗斯文化的依恋和在美国作为外国人的漂泊感。小说主人公大学俄语教授普宁出身于俄罗斯上层家庭,革命后先流亡欧洲,后到美国大学任教。普宁为人单纯,不修边幅,在美国大学中显得格格不入,只能通过阅读俄罗斯文学来安慰自己的乡愁。在感情上他同样是失败者,总是受同一女性玩弄。小说结尾,普宁失去工作,黯然离开任教多年的温代尔学院。除了场景是新英格兰,无论从人物类型还是小说情节来看,这部小说的风格都是欧洲文学传统,而非美国文学传

---

① 〔美〕纳博科夫:《洛丽塔》,主万译,上海:上海译文出版社2005年版,第500页。

统。尽管已发表多部英文小说,也获得了美国文学评论界一定程度的认可,但显然纳博科夫并没有真正享受到"一个美国作家的权利"。普宁的遭遇正是纳博科夫内心不满的一种表达。

《洛丽塔》不仅为纳博科夫带来了巨大的文学声誉,而且小说的商业成功也使得他拥有更多自由,从而可以潜心创作,探索小说创作新样式。《微暗的火》就是这一探索的成果。小说包括"序言""诗篇""评注"和"索引"四部分,其中"评注"是小说的主要部分,从形式上看是一位文学评论家金波特对诗人谢德的长诗《微暗的火》的评注。金波特是一位普宁式的人物,在任教的大学不受欢迎,却与诗人谢德成为好友。他不顾其他评论家反对,自行出版了这部诗歌的评注本。根据金波特的评注,他是来自欧洲国家赞巴拉的逃亡国王,诗中记叙的正是金波特祖国的历史和他本人的事迹,而谢德的不幸去世是被追踪金波特的杀手所误杀的。《微暗的火》对小说形式加以创新,体现出纳博科夫过人的想象力和创造力。小说中的长诗和评注,完全打破传统小说样式,为后现代小说家们提供了创新模板;小说中的叙述声音拓展了小说叙述的可能性。在《洛丽塔》和《普宁》中,纳博科夫已开始尝试模糊第一人称和第三人称叙述者的界限,而在《微暗的火》中,金波特的叙述不断留下线索和矛盾,让读者和评论家对叙述者究竟是金波特还是谢德难有定论,这也成为纳博科夫研究中最吸引人和讨论最多的课题。不过,无论叙述者究竟是谁,与以往一样,纳博科夫在这部小说中同样体现出对人物的完全掌控。无论是《洛丽塔》中的亨伯特,还是普宁和金波特/谢德,都是按照作者设计的路线在前进,并没有脱离作者、自行发展的迹象和趋势。

作为20世纪50、60年代美国最出色的小说家之一,纳博科夫对当代小说的发展有重大贡献。《洛丽塔》挑战了小说主题的禁区,而《微暗的火》则创新了小说形式。这些都对后辈美国小说家如厄普代克、巴思以及品钦等人产生了深远影响。

第八节 索尔仁尼琴

亚历山大·伊萨耶维奇·索尔仁尼琴(1918—2008)是俄罗斯杰出作家,苏联时期著名的持不同政见者,1979年"因他在追求俄罗斯文学不可缺少的传统时所具有的道德力量"获诺贝尔文学奖。2006年获俄罗斯国家奖,终于在祖国得到肯定。索氏代表了俄罗斯的良知,被视为20世纪后半叶俄罗斯文化的一个代码、一个载体。其一生饱经磨难,却如圣徒一般,足以烛照未来。

索尔仁尼琴出生于北高加索疗养胜地基斯洛沃茨克,后随寡母迁居顿河罗斯托夫。1941年毕业于罗斯托夫大学数学物理系,同时还上过莫斯科文史哲学院函授班,以圆自己的文学梦。卫国战争时期他应征入伍,两次获得勋章。因在给朋友的信中的批评言论而被判八年徒刑,刑满后流放哈萨克斯坦。1957年恢复名誉,在乡村中学教书,同时从事文学创作。1974年他被当局驱逐出境,后迁居美国,1994年返回俄罗斯,2008年病逝于莫斯科。在一次采访中他说:"我几乎把自己的一生都贡献给了俄罗斯革命。"

索尔仁尼琴是苏联"劳改营文学"的开创者。他第一部短篇小说《伊万·杰尼索维奇的一天》发表于1962年。该作以白描手法记录劳改犯伊万的一天,通过大量细节描绘劳改营中恶劣的生活和劳动条件,"劳改营语言"由此成为索氏的创作特色。随后《玛特廖娜的家》《科切托夫车站上发生的一件事》《为了事业的利益》等短篇问世,索氏声名鹊起。《玛特廖娜的家》还使他成为俄罗斯文学"农村题材"的奠基人之一。后来索尔仁尼琴遭苏联当局封杀。从1968年开始,他的长篇小说《癌症楼》(1963—1967)、《第一圈》(1969)、《古拉格群岛》(1973)、《红轮》(1969—1990)等只能在国外发表。

《癌症楼》是一部充满象征和隐喻的作品,小说透过几个癌症患者的命运,揭示肃反扩大化的后果。索氏继承俄国文学注重对人物进行道德评判的传统,展现处于生死边缘的癌症患者的精神品质,"扮演了与陀思妥耶夫斯基相似的角色:把人物推到精神崩溃前的一瞬间来加以拷问"①。小说透过多变的叙述视角展示众多人物的命运,整个作品具有"多声部"特点,而且这一特点贯穿了索氏的整个创作。

长篇小说《第一圈》的名称取自但丁的《神曲》。作品描绘的是莫斯科附近的一个特种监狱,这里关押的是一些科技工作者,犯人在这个研究所和监狱合一的地方从事绝密的科研工作。小说中存在两个由众多人物构成的形象系列——劳改营人物世界和高墙之外的人物世界。这个空间可以看作四五十年代苏联社会的缩影。

---

① 刘亚丁:《〈癌病房〉:传统与现实的对话》,《名作欣赏》2009年第5期。

1973年,《古拉格群岛》①在巴黎出版。这个由3卷、7部分构成的长篇小说更像纪实文学,除作者在劳改营的亲身感受和见闻外,还汇集了二百多个曾在劳改营服刑之人的口述、回忆和书信等材料,因此,作家认为这不是他个人创作的作品。

《红轮》是索氏篇幅最大的鸿篇巨著,和《古拉格群岛》一样,也是艺术纪实作品。作家常常采用原始历史文献、报刊文章等再现历史,讲述从1899年开始的俄罗斯社会的转折——1916年俄国民权运动、十月革命、苏联国内战争、新经济政策、全盘农业化、苏联卫国战争等。作品采用多声部叙事方法,通过若干在各个局部的主角链接起这部俄罗斯民族多灾多难的断代史。可以说,这是一部俄罗斯生活的百科全书,其核心是表现人类的爱。

索尔仁尼琴笔下的生活是残酷的,他的立场也总是背离主流,他的作品强烈的政论性有时会掩盖其文学性。但不可否认的是,所有作品都贯注着他对祖国的挚爱和信仰,凝聚着他对俄罗斯的沉思和忧患。他一直都在歌颂不屈不挠的俄罗斯民族性格、悯人救世的民族精神和富于宗教意识的俄罗斯文化,捍卫传统的文化价值。索氏是虔诚的东正教徒,对暴力和谎言深恶痛绝,他在东正教的真诚、善良、正义的道德精神中看到俄罗斯的未来与希望。而东正教注重精神生活、重视圣愚和苦修的生活方式,被认为是拯救灵魂的最后方式。因而在索氏的代表作中,苦难是叙事的基本法则,是民族精神的向导。如玛特廖娜(《玛特廖娜的家》)是一个忍辱负重的俄罗斯农村妇女,她生的6个孩子都先后夭折,丈夫杳无音讯,收养的侄女最后也离开了她,但她把在人间所受的一切痛苦都当作信徒成为圣徒必须经受的磨难,因而非常平和地对待这一切。作家认为,没有这样的人支撑着,社会就无法运转下去。伊万(《伊万·杰尼索维奇的一天》)是勇敢却遭遇悲惨命运的普通农民,他诚实地打过仗,被俘后逃出来,却被怀疑给德国人完成过侦察任务,被送进劳改营,但他平和地对待命运的残酷捉弄。

时间的浓缩和空间的集中、叙述的高度细节化是索尔仁尼琴创作的基本原则之一。他非常推崇文学作品的紧凑性。在《伊万·杰尼索维奇的一天》中,他浓缩了劳改营漫长封闭的生活,仅聚焦伊万的一天,透过生活细节的描写,塑造出善良、勤劳、真诚、乐观的主人公形象。他认为,正是这样

---

① "古拉格"是"劳动改造营管理总局"的俄语缩写的音译,群岛则代表遍布苏联全境的庞大劳改营和监狱体系。

的人才能最终决定祖国的命运,他们才是俄罗斯民族性格和精神的化身。《癌症楼》和《第一圈》也表现出作家高超的压缩时空的能力。《癌症楼》第一部分只写了三天之内的事件,第二部分为了展示治疗过程才将时间延长为数周,情节的发展基本锁定在封闭的空间——癌症病房。《第一圈》的叙事时间也只有大约三天,但借助了倒叙、回忆等手法扩展时空。小说没有统领全书的主角,各章故事交错,但整体脉络依然清晰。运用这些手法,作品达到以小见大、以具体见普遍的艺术效果。

索尔仁尼琴的作品是对俄罗斯文学传统的继承和发展。从艺术形式上看,索氏在一定程度上继承了车尔尼雪夫斯基政论的激情表达、陀思妥耶夫斯基小说时空浓缩的方法和托尔斯泰从容不迫的叙述基调。20世纪60年代以来,索尔仁尼琴一直深刻地影响着俄罗斯文化的发展,他的作品不仅是文学现象,更是政治现象、文化现象,具有极其重要的地位和价值。

第九节 马尔克斯

加西亚·马尔克斯(1928—)是拉美魔幻现实主义文学最具代表性的作家,1982年诺贝尔文学奖获得者。他出生于哥伦比亚小镇阿拉塔卡。外祖母、姨母等讲故事能手带给他各种神奇故事,这不仅是他最初的文学熏陶,而且成为开启魔幻现实主义创作的金钥匙。1946年,马尔克斯进入波哥大大学,主修法律却偏爱文学,并在阅读卡夫卡小说《变形记》的震撼之下,立志走上文学创作的道路。他从卡夫卡描写格里高尔变成甲虫的情节中,看到与外祖母讲故事相似的方式,由此预示了他未来将欧美现代主义技巧与拉美本土文化传统及"魔幻现实"相结合的基本创作方向。

1948年马尔克斯因内战爆发辍学,后从事记者工作,并进行文学创作。主要作品有《枯枝败叶》(1955)、《没有人写信给上校》(1961)、《格兰德大妈的葬礼》(1962)、《百年孤独》(1967)、《族长的没落》(1975)、《一件事先张扬的凶杀案》(1981)、《霍乱时期的爱情》(1985)、《迷宫中的将军》(1989)、《爱情和其他魔鬼》(1994)、《回忆我忧伤的妓女》(2004),以及文学谈话录《番石榴飘香》(1982)等。

如同福克纳笔下的约克纳帕塔法县一样,马尔克斯虚构的马孔多镇是其许多小说中故事发生的地理环境。《格兰德大妈的葬礼》是马尔克斯最重要的短篇小说集,收录的8个短篇小说都描写马孔多社会生活。其中同名小说围绕女族长格兰德大妈展开:格兰德大妈对马孔多实行森严统治,族中只许近亲结婚，其财产都用铁丝网围起来，以示神圣不可侵犯，而人们也都绝对认同这种神圣性，相信甚至连落下的雨水都归她所有。她的生命延续至92岁，临死前安排后事并留下两份遗嘱式财产清单：一份是物质的，写满24张纸，其中明言政府在马孔多街上占个地方都得向她交租；一份是精神的，包括自由选举等四十多种。格兰德大妈的葬礼极尽奢华，甚至惊动国家总统、国际人士与宗教团体。而当她的尸体在地下腐烂时，后代就开始瓜分她的财产，她所建立的体系也土崩瓦解。其中，马孔多是拉美社会的缩影，而格兰德大妈则代表美国等入侵势力。中篇小说《没有人写信给上校》讲述一位退役上校孤苦凄凉的晚年生活，表现其徒劳无望地等待外界来信的人生境遇，是马尔克斯自认最优秀的作品。

《百年孤独》《族长的没落》《霍乱时期的爱情》是世界公认的长篇小说力作。历时八年完成的《族长的没落》采用多人称独白的叙事方式，以夸张变形和魔幻现实主义手法刻画拉美独裁者形象，表现其残忍与软弱、威权与孤独、欲望与失落相互交织，主宰一切却迷惘无助的复杂状态。小说被美国《时代》周刊列入1976年世界十大优秀作品。《霍乱时期的爱情》不再采用魔幻现实主义手法，而是以现实主义兼浪漫主义风格叙述主人公阿里萨和费尔米娜在少不更事的青年时代未能实现的爱情跨越五十多年终于在垂暮之年得以实现的故事。小说内涵丰富，充满感情张力，被认为是表现爱情主题的现代经典。

《百年孤独》是马尔克斯的代表作，1967年出版后，被评论界誉为"继《堂吉诃德》之后最伟大的西班牙语作品"。在这一鸿篇巨制中，马尔克斯通过对布恩地亚家族七代人在小镇马孔多创建、发展和毁灭过程中的命运沉浮，全景式地反映了拉丁美洲百年兴衰、历史演变及社会现实。

小说以这样的方式开始其叙事："许多年之后，面对行刑队，奥雷良诺·布恩地亚上校将会回想起他父亲带他去见识冰块的那个遥远的下午。"这一受伍尔芙小说《达罗卫夫人》中一段意识流启发而生的叙事方式，包含着站在现在指向未来，而从未来又回溯到更远的过去的时间结构。这种在过去、现在、未来之间不断跳跃挪移的叙事方式和时空结构，成为《百年孤独》的主体叙事构架，以此展现布恩地亚家族七代的历史沧桑变迁、社会风云变幻和人间命运遭际，弥漫其间的挥之不去、不断复现的孤独，以及在孤独之中循环往复、徘徊不前的文明。

家族第一代族长霍·阿·布恩地亚是一个充满幻想、对新事物有着无穷兴趣的人，妻子乌苏拉是他的表妹，是《百年孤独》中的重要女性形象。

第一代布恩地亚是马孔多镇的草创者,带着一批年轻人在人烟绝迹之处建立马孔多这座演绎无数人间故事的城镇。

霍·阿·布恩地亚与乌苏拉生有二子——霍·阿卡蒂奥、奥雷良诺和一女——阿玛兰塔,构成第二代布恩地亚。第二代都很正常,并没有出现传说中近亲结婚会生出猪尾巴后代的情况。小儿子奥雷良诺是小说的核心人物。他先是与老布恩地亚整天泡在试验室里,昼夜不分地进行炼金术试验,后来又爱上镇长未成年的小女儿雷梅苔丝,并与之结婚。雷梅苔丝暴亡后,奥雷良诺参与政治活动,投奔自由党梅迪纳将军的部队,成为名闻全国的奥雷良诺上校。奥雷良诺戎马一生,但这位本为自由而战的斗士最后也变成一名军事独裁者。他的全部子嗣惨遭杀戮,起义、革命、战斗变成了无意义的轮回,而他自己最终退回到孤独与循环状态之中,周而复始地制作和熔化小金鱼。这是马尔克斯着墨最多的一个人物。在这代人的历史中,充满富有象征意义的奇幻事件。其中的集体遗忘事件格外引人注目:布恩地亚夫妇收养了一个来历不明的小女孩,取名为雷蓓卡。雷蓓卡嗜食泥土和石灰,患上会传染的不眠症。很快,整个镇子都陷入这种怪病中,全镇人日夜不知疲倦,毫无睡意,并开始集体失忆。他们只能将标签贴在所有事物之上唤起对事物的概念和认知,而村头最醒目的标签上写着"上帝存在"。最后,老吉卜赛人墨尔基阿德斯的神奇药水挽救了马孔多人,使他们恢复记忆。

奥雷良诺与十七个女人生了十七个儿子,这是布恩地亚家族第三代成员,但这十七个儿子一夜之间都惨遭杀害。以霍·阿卡蒂奥第二、奥雷良诺第二、俏姑娘雷梅苔丝为代表的第四代,已开始显示这个家庭的衰败气象。虽然霍塞·阿卡蒂奥第二招揽工人从事挖河道、修码头等推进马孔多现代化的活动,并领导香蕉工人大罢工,但其影响力远不能与第二代的奥雷良诺相比。在小说末尾,家族第六代奥雷良诺·布恩地亚破译了老吉卜赛人墨尔基阿德斯留下的羊皮纸手稿上关于马孔多命运的预言,这一破译实际上也参与了决定马孔多命运的行动。羊皮书颇具悖论色彩地预言:当羊皮书本身被破译之日,将是马孔多灭亡之时。果然,全世界的蚂蚁一起出动,把布恩地亚家族最后一代人——一个长有猪尾巴的婴儿拖到蚁穴中去,而马孔多也在一阵旋风中消失。

《百年孤独》是一部反映拉丁美洲"孤独"的作品,"孤独"是其重要主题,同样具有多重意蕴。"孤独"的含义,既是人类个体之间的难以沟通,也是文明之间的隔绝闭塞;既是百年历史的轮回与徘徊,也是沧桑人世的遗忘与湮灭。马尔克斯在文学谈话录《番石榴飘香》一书中说:"拉丁美洲的历史也是一切巨大然而徒劳的奋斗的总结,是一幕幕事先注定要被人遗忘的戏剧的总和。"①《百年孤独》提醒人们记住拉丁美洲容易遭受忽视、遗忘的历史,否则"孤独"会在一个民族的历史上不停地重演。另一个主题是殖民文化的入侵给拉美社会造成的动荡与变迁。以美国为首的西方殖民主义者入侵,加速了拉美现代化进程,改变了当地的闭锁状态,但殖民者的经济掠夺、培植的本土代理势力对拉美进步运动的镇压,以及殖民统治带来的诸多社会变迁,也给拉美社会造成严重伤害。《百年孤独》花费大量笔墨来表现这一主题,使得这一主题与"孤独"主题彼此呼应。

《百年孤独》中"魔幻"手法的运用可谓出神入化,最为世人称道。这种亦真亦幻的表现手法,产生奇异的"陌生化"效果,令人耳目一新。例如小说中吉卜赛人墨尔基阿德斯初来马孔多时拿着一块磁铁到村里走了一圈,所有的锅碗瓢盆随之起舞,他随即宣称这是因为万物皆有灵魂,磁铁可召唤其灵魂;又如霍塞·阿卡蒂奥被杀后,其鲜血沿着街道流回家中向母亲报信,为不弄脏地毯还特意绕道而行,如同游子归家一样亲切而哀伤。马尔克斯不拘一格地使用魔幻叙事的想象资源,如世界各国的神话传说、民间故事和文学经典等,经过精心构思和巧妙变换,以更为奇异的风格呈现于文本之中,使作品更具独到魅力和深刻意蕴。

《百年孤独》视野宏阔,气势磅礴,情节高度浓缩,叙事跳跃腾挪,结构紧凑而舒卷自如,语言简洁凝练而不无幽默。其笔触之细腻可谓点睛传神,其意蕴之丰富可谓海纳百川,想象奇特却直指现实,故事精彩而发人深思。这一切造就了《百年孤独》作为经典巨著的无穷魅力。

第十节 卡尔维诺

依塔洛·卡尔维诺(1923—1985)出生在古巴哈瓦那附近小镇。父亲原是意大利人,后定居古巴,是个出色的园艺师;母亲是植物学家。1925年父亲携全家迁回意大利故乡并担任植物园馆长。卡尔维诺自幼亲近自然,同时喜爱阅读吉卜林、斯蒂文森、康拉德等人的小说,这些给他日后的文学创作打上深刻烙印,使他的作品富有童话寓言色彩。1941年卡尔维诺入都灵大学农学系学习。1943年意大利被德国占领期间,他参加过抵抗运动。

---

① 〔哥伦比亚〕加西亚·马尔克斯、门多萨:《番石榴飘香》,林一安译,北京:三联书店1987年版,第105页。

游击队员们经常围坐在篝火旁讲述各种冒险经历,使他开始领略讲故事的艺术。1944年他加入意大利共产党,常为该党中央机关报《团结报》撰文。1945年二战结束后,他在都灵大学攻读文学。1947年大学毕业后在出版社任文学顾问,结识大批作家、哲学家。50年代,卡尔维诺在意大利各地收集民间故事,并开始对小说样式和作用产生特别兴趣。"匈牙利事件"后,卡尔维诺面对动荡不安的国际形势、现代社会中的种种弊端及知识分子的价值困惑,担起作家的社会政治使命,发挥作家的诗性想象功能,开创出介于寓言与幻想小说之间的文学新风格。1985年,卡尔维诺在为赴哈佛演讲做准备时突发脑溢血逝世。

卡尔维诺的成名作《通往蜘蛛巢的小路》(1947)是一部以利古里亚地区游击队的抵抗运动为题材的长篇小说。短篇小说集《最后飞来的是乌鸦》(1949)接踵问世。50年代卡尔维诺的创作产量甚丰,先后出版了《分成两半的子爵》(1952)、《树上的男爵》(1957)、《不存在的骑士》(1959)等中长篇小说和短篇小说集《进入战争》(1954),以及被誉为"意大利的格林童话"的《意大利童话故事》(1956)。1960年,卡尔维诺将《分成两半的子爵》《树上的男爵》和《不存在的骑士》合成《我们的祖先》一书。《我们的祖先》三部曲的问世,确立了卡尔维诺作为寓言式作家的重要地位。他60年代出版的作品还有短篇小说集《马可瓦多》(1963)以及富有科幻色彩和符号学特点的小说姊妹篇《宇宙奇趣》(1965)和《零点起始》(1967)。70年代,卡尔维诺发表一系列具有后现代风格的小说,其中三部力作《看不见的城市》(1972)、《命运交叉的城堡》(1973)、《寒冬夜行人》(1979)为他后期的创作开辟了新领域,进一步丰富和完善了他作为寓言式文学作家的创作风格。1983年,他以日常生活中的琐碎素材展开奇思遐想的最后一部小说《帕罗马尔》问世。1985年卡尔维诺去世时,其未竟讲演稿《未来千年文学备忘录》成为他留给这个世界的最后财富,以及他一生写作历程的总结。

卡尔维诺早、中期小说的最大特点是将极为先锋的创作与古老的民间文学(尤其是童话)密切联系。他提倡一种童话思维,即蕴含在童话中的对于世界的一种认识和把握方式,一种突破日常逻辑、超越常规的思维方式。如《分成两半的子爵》中在战场上被大炮轰成两半的子爵,战后一善一恶两片人体各自继续生活;《树上的男爵》中因拒绝吃蜗牛而爬到树上的男孩,在树上度过精彩一生,最后随热气球消逝在天空中;《不存在的骑士》中的完美骑士只有精神没有肉体,以一套雪白而空洞的护身盔甲暂存于世,最终在空气中化为虚无。这些虚幻人物基于非经验的感知和认知而存在,采用另类方式认识世界和呈现世界。卡尔维诺对童话思维的追求,首先表现在他对幻想品性的重视,对奇异形象和鲜活感性的热衷,对诗性气质和灵动叙事的推崇;其次表现在他以哲学家的深邃和科学家的严谨赋予童话思维更多的现代理性内核,力图实现原始诗性智慧与现代哲理及科学的完美结合。

卡尔维诺后期的创作采用一种"开放型百科全书式小说"的写作方式。他通过巧妙的故事设置、多元的叙事角度、特别的叙事方式以及娴熟的元小说策略,以其开放和包容涵纳一切,打破虚构和真实的界限,使小说成为一部真正开放、多义的"超小说"。它链接起故事、批评、文本、世界、阅读、创作,也将作者、潜在作者、实际作者、作为人物的读者、隐含读者、身份不明的叙述者、第一人称叙述者、受述者、窜改者、抄写员等人物贯串在一起,并在作品内外形成多重对话。在多重对话过程中,个体局限性被突破,超越个人中心和人类本位的宇宙视野逐渐形成。

为适应"开放型百科全书式小说"的追求,卡尔维诺用晶体模式来建构小说,以平等的晶面取代线性情节的发展,拓展了小说叙述艺术的可能性。这种模式由许多各自独立、彼此平等的片段化的小文本自由组合而成。它不仅可以随心所欲地把玩各种文体,如意识流、心理分析等,而且可以任意尝试各种叙述模式,如《马科尔多》中春夏秋冬的循环往复,《看不见的城市》中递增与递减的数列组合,《命运交叉的城堡》中令人眼花缭乱的组合、拆解、重新组合。总之,这种模式既能充分展现小说的丰富性、复杂性、多义性,同时又能将这种审美文化上的"繁复"性有效地控制在简洁有序的叙事时空之中。

《寒冬夜行人》是卡尔维诺后现代小说的代表作。作者采用时空交错、人物互换等手法,在小说表现技巧上进行创新。主人公是一男一女两位读者,所读的正是《寒冬夜行人》这部小说。主人公发现小说页码错乱,去书店要求换书,得知将不同国家不同小说家的小说交错装订在了一起,使之成为无法阅读的书籍,却又发现自己更想看到每次出现的不同小说家的作品,于是10篇小说就在这两位男女"读者"不断寻求的过程中一环套一环地依次展开。每部小说均是充满悬念的开头部分,讲述的故事各不相干。它们与男女读者的结合,以及最后男女读者在寻书看书的风波中萌生爱意而喜结良缘,最终完成了《寒冬夜行人》这部奇异小说的创造。

这部立意巧妙、结构奇特的小说,打破了作者与读者之间的传统关系,可谓对故事情节有头有尾、来龙去脉一清二楚的旧小说模式的挑战。书中的"读者"与"女读者"在作品中起着承上启下作用,成为"小说中的小说"得以完成的推进人物,使10篇看似毫无关联的小说形成隐秘联系,并贯串成一部完整作品。每篇故事开头与前一故事的结局都有关联,环环相扣,首尾呼应。每篇故事的结尾对于读者来说是结局,而对于作者来说却又是下一篇故事的开头。作者不仅把"读者"置于作品之中,还与"读者"产生思想上的沟通,使其成为小说参与者,成为贯串作品始终的主要人物。10个故事分别由各不相同的第一人称叙述,主人公在开始阅读其中任何一篇小说时,都有一段"穿插进去的故事",而每段"穿插进去的故事"都与头一天的故事毫无逻辑联系。每篇故事都在情节发展进入高潮时猝然中止,似乎都是下面要叙述的另一篇故事的"引言",卡尔维诺希望藉此创作一部由引言构成的小说,它自始至终保持着作品开始时的潜力和悬而未决的期待。此外,书中所讲的寓言故事,表面看来像是一些情节曲折离奇的遭遇,实则带有警告世人的信息,蕴含着现代人惊恐不安的心态,揭示出人世间虚伪表象掩盖下的种种实质。

卡尔维诺在四十年的创作实践中不断探索和创新,力求用小说创作表现当今社会和现代人的精神,向人们展示世间哲理,以及他对人生的感悟和信念,启迪人们对人类命运和现实社会做深入思考。他的作品构思奇特,手法新颖,风格多样,兼具幻想性和哲理性,在国际文坛上的影响与日俱增。

第十一节 昆德拉

米兰·昆德拉(1929——)出生于捷克斯洛伐克城市布尔诺。父亲是音乐家和钢琴家,对他少年时代的音乐兴趣和教育起了主导作用。1948年,昆德拉进入布拉格的查尔斯大学艺术系学习文学与美学,次年转入布拉格表演艺术学院电影系学习导演与剧本创作。1952年昆德拉大学毕业,被电影系聘为讲师。1975年,在国内已发表若干作品的昆德拉正式移居法国,在大学讲授比较语言学,并于1981年加入法国籍。在国际影响和盛名之下,昆德拉拒绝几乎所有的采访与公众活动。看过一位美国导演根据其作《不能承受的生命之轻》改编的电影《布拉格之恋》,他从此拒绝任何对他作品的改编和其他形式的诠释。

昆德拉以冷峻、睿智、幽默而富哲思的小说赢得了广大读者,然而最初他却是以年轻的革命抒情诗人身份登上文坛。1953年,24岁的昆德拉在布拉格出版了第一部作品集——诗集《人，一座广阔的花园》。作品表现出对"社会主义现实主义"创作方法的异议和反叛，但又从个人体验角度强调了马克思主义、左翼运动及共产主义政治制度不可否认的价值。1955 年的长诗《最后的五月》则是对捷克共产主义作家伏契克及其抵抗法西斯的英勇行动的礼赞。1957 年他发表第三部诗集《独白》，以爱情及其悖论为主题，其中性爱既表现为一种难以逃脱的压迫，又表现为远离绝望现实的一种出路。虽然相对于他后来的小说创作，这些早期诗作的文学价值显得不足，却几乎蕴藏了他后来代表作中的所有深刻命题。

1963 年，昆德拉的短篇小说集《可笑的爱情》（又译《好笑的爱》）出版。1967 年，长篇小说《玩笑》出版，使昆德拉一举成名。50 年代后期到 60 年代初有两股潮流对青年昆德拉影响深远，一是共产主义运动，二是以超现实主义、未来派、达达主义等为代表的先锋文艺思潮。在昆德拉看来，这两股思潮对于真诚、敏感而充满热忱的青年诗人、艺术家来说并不矛盾，而是有着共同的本质和要求，这正是他在 1973 年出版的小说《生活在别处》（原名《抒情时代》）中试图探讨的主题——抒情态度及其存在意义。

"生活在别处"语出法国象征主义诗人兰波的诗歌，曾被法国超现实主义创始人布勒东用作 1924 年超现实主义宣言的结束语，在 1968 年巴黎学生"五月风暴"运动中则被当作标语口号写在墙上。在昆德拉那里，这句话既象征抒情时代人们的精神状态，也揭示其存在实质。小说主人公雅罗米尔由母亲抚养长大，有着敏感、羞怯、柔弱的诗人气质，但他一直幻想走出母爱的羽翼和平庸灰暗的生活，投身由诗歌、爱情和革命组成的充满激情的生活浪潮并成为主角。他很快在时代变革的隆隆鼓声中找到了属于自己的节奏，在"游行人群""肉体之爱"和"生命活动"构成的幻想世界之间不断奔走。他用纯真和诗意来想象爱情、革命和进步，也用同样的纯真和激情来告发恋人的兄弟，使得恋人也因此入狱，但直到最终因病死去，他也没有如人们隐约期待的那样表现深刻的省悟和忏悔。雅罗米尔在一个又一个抒情世界之间奔突的生活是人类历史上所有抒情时代的诗人、艺术家、青年革命者们的命运缩影。

《笑忘录》（1978）是昆德拉移居法国后创作的第一部长篇小说，它以 7 个章节讲述 6 个在情节上几乎没有联系的故事或生活片断。主人公多为知识分子或是沉湎于对过去的思考之中的人们，他们的故事或发生于现实世界，被特定时代的特定历史事件所牵绊而处于生活和精神的双重流放状态；或发生于虚构的、癫狂的或梦境似的场景，仿佛身处一个关于历史和存在真相的寓言之中。在这几个如同复调变奏曲般的片段之间,由"笑"和"遗忘"发出的感触和思考如音乐主题般不断出现,而在这些主题之下还隐含着相反的辩证解读,例如:"笑"的下面有泪水和真正的哀伤,"记忆"其实是"遗忘"的另一种形式,"微不足道"的事物才具有"永恒"的特质,"狂傲"掩盖着深层的"卑怯"。这一切都具有形而上的意义,然而它们都存在于普通人最常见的生活闹剧之中。

《不能承受的生命之轻》(1984)是昆德拉最广为人知也最受欢迎的作品之一,也是在情节内容和结构上相对完整和连续的一部小说。小说情节围绕着托马斯、特丽莎、萨宾娜、弗兰克四位主人公及其特殊的人生经历和境遇以及他们相互之间奇妙复杂的命运交错展开,从存在本身出发进行哲学拷问,在复调音乐般的旋律中展开一系列具有辩证关系的主题:轻与重、灵与肉、必然与偶然、扎根与流放、责任与自由等。无论是家庭、爱情、性爱、政治、朋友、艺术都逃不过由这些辩证状态织成的网,摆脱人生的一切"绝对"价值之重是获得灵魂自由的根本方式,但轻如羽毛的人生也要承受永无根基的飘荡的虚无。

发表于1990年的小说《不朽》将叙事背景撤出昆德拉最熟悉的捷克,而代之以更广阔的文化空间——法国和欧洲。但除此之外,昆德拉依然延续他一贯的复调变奏曲式的小说构成方式和哲学式的妙思警言,并将日常生活和传奇故事所蕴含的存在之理置于"不朽"这个不朽的主题之下,给予了精辟而饶有兴味的演绎和阐释。女主人公之一阿格尼丝与丈夫和妹妹构成了为"不朽"所驱使的日常生活的一面,而另一个层面的主人公们都活在由文学艺术所赐的不朽的历史光照之中。伟大作家歌德和克里斯蒂娜及贝蒂娜的故事、歌德与贝多芬关于脱帽行礼的轶闻、罗曼·罗兰对于歌德身边两个女性的评价、海明威生前的担忧、马勒与贝多芬的音乐差异、古典主义与浪漫主义、法国文化的形式和俄国文化的"情感"等等,编织在一张容纳欧洲文化众多精华和经典的历史之网中,使"不朽"及其所带来的巨大精神影响得到更进一步的揭示和映现。小说还以其一贯的嘲讽幽默口吻谈到几个概念,如"情感型的人""意象形态"等,将其对于存在之重的思考同时深入到欧洲历史和现代生活的深处。

《慢》(1995)是昆德拉的第一部法语小说,其中叙述人"我"和"我"的妻子在一座古堡中消夏,于似梦非梦之中成为二百多年前的一段故事和今天欧洲社会生活的连接者和见证人。小说以怀旧和赞赏的口吻谈起伊壁鸠鲁的"享乐主义"哲学的精神本质,借用18世纪一段虚构的风流韵事来嘲讽在快节奏步调中迷失的当代社会中的各色人物,以及他们越来越浅薄、粗糙、空洞、模式化、失去真正快乐和智慧的生活。出版于 1997 年的小说《身份》表面上写一对情侣之间的爱情波折和实验,但在更深层面上思考了"自我"变动不居、难以掌控的本质及其在个体"他者"和集体"他者"目光中的存在、欲望和焦虑。2000 年发表的《无知》从题材上看是一部怀旧色彩浓厚的小说,写几个在 1968 年前后由于政治原因流亡西方二十多年的捷克人重返家园,却发现渐已失去对过去记忆的强烈愿望,而家乡的人们也对他们曾经的经历和归来的感触毫无兴趣,人类的记忆之屋对于时间的滚滚车轮而言如此脆弱和惨淡。

除小说创作外,昆德拉还著有剧本《钥匙的主人》《两只耳朵,两场婚礼》及《雅克和他的主人》。其文学论文集有《小说的艺术》《被背叛的遗嘱》《帷幕》等,它们对于重新思考欧洲文学遗产具有独特的意义和启示。

昆德拉的作品将触角深入整个欧洲历史及当代精神生活之中,家庭关系、爱情、性、政治、记忆等是他每部小说都会涉及的主题,然而无论是特殊历史事件、爱情故事还是性爱纠葛,都只是人性的实验场,它们激发人类表现出在普通状态下被遮蔽的人性真相。可以说昆德拉只是巧妙地借用了这些特殊的体验来布景,以实现其从哲学层面探究人类存在之惑的目的。昆德拉对于这一切的沉思最后往往提炼为几个关键词,如笑、抒情、媚俗、情感型、"力脱斯特"、轻与重、记忆、缓慢、不朽等等,正是通过对这些日常生活中最常见的现象和尽人皆知的概念注入深刻、幽默、广阔的哲学质疑,才使得那在上帝的笑声中"思考"的人类具有了一个执著发问的姿态。

第十二节 艾柯

安伯托·艾柯(1932—   )生于意大利皮埃蒙蒂省的小城亚历山大里雅,这里特有的文化氛围是他"怀疑主义、憎恶虚浮言辞、从不夸饰"的独特写作风格之源。艾柯童年接受慈幼会式教育,13 岁参加意大利天主教行动青年团并成为骨干成员。在进入都灵大学求学时,艾科没有遵从父亲让他研修法律的愿望,而选择了哲学与文学,1954 年完成博士论文《托马斯·阿奎那的美学问题》。毕业后他进入新闻媒体、出版界工作,曾研究乔伊斯,为《维里》等杂志撰稿,与前卫艺术家保持密切联系。此间逐渐形成混成模仿的文体,其专栏文章结集为《误读》。这一时期,艾柯一直关注当代艺术问题,1962 年出版的《开放的作品》研究了作品的开放性及符号问题,在学术界产生重大反响。60 年代末至 70 年代,艾柯发表《不存在的结构》《符号学原理》等符号学著作,奠定他在符号学界的权威地位。艾柯将《卡萨布兰卡》、007 系列电影、流行漫画、乔伊斯等不同文化都纳入符号学研究领域,显示出广阔的学术视野。

在 1980 年发表《玫瑰之名》之前,艾柯主要是一位具有国际影响的学者,而在此之后,他跻身世界一流小说家之列。艾柯将自己对中世纪历史与美学的研究、长期浸淫于流行文化与大众传播方式的切实感受以及先锋文化的时代精神都杂糅到这本书中,取得空前成功。《玫瑰之名》在学术界引发激烈论争,艾柯不断站出来回应挑战、驳斥猜测、阐明意图,于是产生了《〈玫瑰之名〉补遗》《诠释的诸界限》《诠释与过度诠释》《悠游小说林》等论著。这个时期他的杂文集有《带着鲑鱼去旅行》《康德与鸭嘴兽》《五个道德碎片》等,谐趣横生又发人深省。同时,他相继推出了《傅科摆》(1988)、《昨日之岛》(1994)、《波多里诺》(2001)、《罗安娜的神秘火焰》(2004)等小说,每一部都引起人们的探究欲望,"理论与实践的联姻成为艾柯后半生知识生涯的鲜明特征"①。他成为享誉世界的哲学家、符号学家、历史学家、文学批评家和小说家,以及 20 世纪后半期最耀眼的作家之一。

《傅科摆》是一部带有悬疑意味的小说。中世纪研究专家卡素朋博士与葛莱蒙出版社编辑迪欧塔列弗和贝尔勃遇到艾提登上校,上校称圣殿骑士没有反抗拘捕是因为秘密"计划",认为从普洛文斯骑士殷戈的女儿那里获取的纸条是获知计划的钥匙。之后,在布拉曼提教授和"无所不知的骗子"的提示下,三人通过对符号的无限诠释与推衍,得出圣殿骑士掌握了"世界之脐"、能够摧毁世界的荒谬结论。其实,卡素朋的女友莉雅根据研究发现,这个文件不过是一个商人的货物清单。但神秘主义组织"三斯社"对这个谎言信以为真,他们将贝尔勃吊死在傅科摆上,卡素朋也受到追缉。这部小说涉及炼金术、喀巴拉、阴谋理论等知识,内容庞杂,有批评家建议它应列一个索引②。《昨日之岛》写主人公罗贝托在寻找 180 度经线时遇到海难,被海浪冲到达芙妮号弃船。他逐步发现船上的秘密,在写作和幻想中创造了与莉里亚的爱情和不存在的兄弟费杭德,最终分不清真实和虚幻之间的界限。

《波多里诺》充满浪漫传奇色彩,故事背景置于 1204 年遭到洗劫的君

---

① Peter Bondanella, *Umberto Eco and the Open Text*, Bloomington: Indiana University Press, p.xv.
② Burgess, "A Conspiracy to Rule the World", *New York Times Book Review*, October 15, 1989.

士坦丁堡。拜占庭历史学家尼塞塔在混乱中被波多里诺搭救。拥有语言和说谎天赋的波多里诺向他讲述了离开故乡、追随腓特烈大帝、到巴黎求学、寻找祭祀王约翰的王国的一生。《罗安娜的神秘火焰》是一部半自传性质的小说。其中,年近六旬的意大利古籍书商亚姆布中风住院,长期昏迷,醒来后发现自己患上奇怪的失忆症,"他一方面有着对于外部世界的百科全书式的记忆,另一方面却对自己生活、经历的历史毫无记忆"。为了恢复记忆,他回到故乡索拉亚,在旧报纸、漫画、唱片、影集与笔记中,再一次体验父辈和自己所生活的那个时代。

《玫瑰之名》是艾柯影响最大的作品,故事发生于 1327 年意大利北部的一所修道院。方济各会教士巴斯克维尔的威廉奉命到那里调查修士的秽行,学生阿德索与他同行。他们到达修道院时,恰巧发生了离奇命案,书籍装帧师阿德尔莫奇死在图书馆东面的悬崖之下。威廉受修道院长阿博的委托展开调查,但命案接踵而至,翻译维南蒂乌斯的尸身倒插在猪血缸中,图书管理员助理贝伦加死在浴缸里,药剂师塞维里努斯被浑天仪砸死,图书管理员马拉其突然毙命。随着对修道院的了解逐步深入,威廉发现修道院中充满了欲望与纷争。修士们把农家女带到修道院内做娼妓,修士阿德尔莫奇、贝伦加、马拉其存在同性恋关系。威廉还发现神秘死亡与图书馆和一本怪书有关。在阿德索的帮助下,威廉破译了"镜上有四,其一其七"的密码,进入了图书馆密室"非洲的终结"。他们明白了事情的真相:图书馆中藏有亚里士多德的禁书《诗学·卷二》,瞎子修士约尔格为了不让该书散布,在书页上涂了剧毒。最后约尔格将该书塞进口中,在与威廉和阿德索的争斗中点燃了图书馆,修道院在火海中化为灰烬。

《玫瑰之名》的背景是神秘的中世纪,艾柯利用自身学养对那个时代进行了知识考古。小说写出了中世纪的宗教纷争,如威廉修士与约尔格之间发生的关于"基督是否可能笑过"的辩论,以及圣方济各会与罗马教廷就"基督是否贫穷"展开的争论。艾柯没有停留在中世纪文化结构的呈现上,而是在久远历史的框架之内采用侦探小说这种通俗叙事文体来予以表现,情节曲折跌宕、扣人心弦,这是《玫瑰之名》取得空前成功的重要原因。但《玫瑰之名》不是普通的侦探小说,它以互文方式与其他文本发生大量的影射和戏拟关系。巴斯克维尔的威廉这一名字来自柯南道尔的《巴斯克威尔的猎犬》,小说开始威廉对走失的马匹的推理则源于伏尔泰析理小说《查第格》中对被盗马匹的推断,而阿德索与福尔摩斯的华生也构成平行关系。艾柯曾说"图书馆加上盲人等于博尔赫斯",因此约尔格是对博尔赫斯的回应。①

《玫瑰之名》对侦探小说进行了颠覆。威廉相信世界的秩序和统一,他以符号家的方式试图从混乱的表象中查明真相。老修士阿利纳多根据被害人死亡时的情形推断这是上帝对人类罪恶的惩罚,这些死亡案件的发生顺序可与《圣经·启示录》里七个天使吹喇叭的情形相对照。威廉按照启示真理的顺序来追查凶手的路径,竟然派阿德索看守马厩。多亏阿德索在偶然中的提示,威廉才得以进入图书馆密室。其实,前五个人的死亡均出于偶然。这时,威廉才幡然醒悟:"我固执地一味追求一种有秩序的模式,而我早该明白,宇宙根本是没有秩序的。"图书馆不是传播知识而仅仅是保存知识的,不同教派之间的纷争导致了灾难,这是人类知识面临的困境。《玫瑰之名》中的侦查并不只是符号映射的隐喻,艾柯在他的小说中所探寻的更是人类知识的本质、局限与有效性。

艾柯被评论家称为"文学界的伟大魔术师",他的作品呈现出多元风貌。在内容上,他的小说充满大量的宗教、历史、形而上学、政治、神话、语言学、地理、航海等知识,视野广阔、包罗万象。在文体风格上,他的小说变化无穷、摇曳多姿,大量模仿侦探小说、流浪汉小说、童话小说、自传体小说等文体形式。艾柯小说的主题也是多重的,文本意义动荡而不确定,例如《傅科摆》中有对诠释的嘲弄,有对神秘主义的构筑,也有对自我的关注。艾柯小说时常或明或暗地大量引用其他文本,具有很强的互文性,如《玫瑰之名》影射福尔摩斯和博尔赫斯,《昨日之岛》是对《鲁宾逊漂流记》的戏仿,《波多里诺》与《堂吉诃德》相映照。他强调小说的虚构性与自足性,认为小说创作可能的世界,"我们对可能世界的了解会比对现实世界的了解还要多"②。

第十三节　耶利内克

埃尔弗里德·耶利内克(1946—　)出生于奥地利的米尔茨希拉克,父亲具有捷克与犹太血统,是位工程学博士和化学家,母亲出身维也纳名门望族。耶利内克在维也纳长大,1964年进入维也纳音乐学院学习作曲,兼修戏剧和艺术史。她在少女时代便开始出现精神病症,但这并不影响她一直

---

① Carl A. Rubino, "Italian Novelists Since World War II, 1965-1995", Augustus Pallotta ed., *Dictionary of Literary Biography*, Vol. 196.

② 〔意〕安贝托·艾柯:《悠悠小说林》,俞冰夏译,北京:三联书店2005年版,第98页。

成绩优秀。1967 年耶利内克因精神疾病在家中幽闭一年,正是这一年,她出版了处女作诗集,在文坛初露锋芒。1969 年以后她曾投身学生运动。1971 年以优异成绩通过学院毕业考试,获得管风琴硕士学位。

耶利内克于 60 年代末开始文学创作。1967 年出版第一部诗集《丽莎的影子》之后,她先后出版了作为语言试验作品的小说《宝贝,我们是诱饵》(1970)和《米夏埃尔:一部写给幼稚社会的青年读物》(1973)。1975 年出版的《逐爱的女人》使耶利内克声名鹊起。此后她出版的每部作品几乎都同时引来评论界的大声称赞或极力声讨,包括《美好的美好的时光》(1980)、《钢琴教师》(1983)、《啊,荒野,保护她》(1985)、《情欲》(1989)、《死者的孩子们》(1995)、《贪婪》(2000)等。耶利内克还是德语剧坛的重要代表作家,其剧作经常上演,往往引起轰动,表达了作者对纳粹历史的批判,以及对现代社会中人与自然的关系、建设与破坏、环境污染与保护等问题的哲理思考。

耶利内克的人生经历中有三个与其创作密切相关的重要维度。一是犹太家庭背景。二战期间,耶利内克这个斯拉夫—犹太家族共有 46 人被迫害。她的父亲因为属于军工科技稀缺人才而得以存活,但战后患上心理疾病,1969 年因精神失常去世。耶利内克从小便被父亲强迫观看纳粹屠杀犹太人的尸体堆积如山的影片,自觉肩负着反法西斯的重任。父亲的不幸遭遇更使耶利内克充满愧疚感和责任感,"我一生的心愿就是为我父亲雪冤……我的家庭背景使我有一种使命感,每当我发现'极权'倾向时,我不得不大声喊出来"[①]。事实上,耶利内克对奥地利社会的反思,很多已经超越了"二战"问题。她在许多社会问题上表现出极强的批判性,在奥地利享有民族"文学良心"的称号。

二是维也纳的音乐教育经历。耶利内克从幼年开始便在母亲的严格管束和逼迫下苦练钢琴、管风琴等乐器,直至进入大学专修音乐。但是,欢乐童年的丧失以及与母亲的僵硬关系在她的心中留下了阴影。耶利内克的代表作《钢琴教师》中那对寡居母女既互相依赖又互相仇视的变态关系,对于种种矛盾心理与乖戾行为的描写之生动和挖掘之深入,显然与其自身经历密切相关。另一方面,耶利内克的音乐修养使其作品语言如同活跃在键盘上的音符,充满了跳跃性和节奏感,极富魅力,尽管这也加大了其作品翻译的困难,使其小说在德语世界以外的影响受到限制。

[①] 参见李晓明:《耶利内克:为父亲雪冤而创作》,《文摘报》2004 年 11 月 11 日。

三是1968年学生运动。60年代冷战阴云笼罩,欧洲学生运动风起云涌,战区的学生们除了抗议越战之外,还要求政府肃清法西斯思想余毒,正视德国和奥地利纳粹统治的历史。耶利内克也参与到1968年学生运动中。在当时西方激进和动荡不安的时局中,文学与政治的关系是许多青年作家思考和争论的热门话题。年轻一代试图用怀疑和叛逆的眼光看待一切传统,对传统的文学经典、规范、语言等发起攻击,声言要进行一场文学革命。耶利内克以写作方式对社会、性别的不公和右翼势力等进行控诉和批判,表达其政治理想,完成其创作使命。她对奥地利现实持否定态度,文风尖锐,讽刺频繁。她认为艺术家应承担起社会责任,"而艺术家们做这件事时往往是无视政府的"[①]。

作为一位极具政治意识和批判精神并拥有独特的女性主义立场的作家,耶利内克对政治制度、意识形态、文化领域及日常生活、人际关系中的"极权主义"都极度憎恶。在她看来,强权无处不在,并且依靠着种种形式的暴力支撑,是人类灾难的根源,它体现在两性关系、社会关系及人与自然的关系中。性是耶利内克小说的一个重要主题。耶利内克笔下的性是作为政治事件展开的,性表现为进攻或者毁灭,成为纯粹的性强权。这种性强权在耶利内克的小说中随处可见:在《米夏埃尔:一部写给幼稚社会的青年读物》中,办公室主任随意强暴、捆绑下级女职工;在《贪婪》中,英俊的小镇警官无时无刻不在追捕女人,像一台敏锐的雷达,每一个有财产的独身女人都逃不过他的电子眼,而她们的财产在一番云雨之后都乖乖成为他的囊中之物,有的女子甚至付出生命代价;在《美好的美好的时光》中,从二战战场退役回家、虽断了一条腿却仍对昔日辉煌怀念不已的法西斯军官父亲维特科夫斯基是至高无上的统治者,只要他发号施令,母亲就必须为他的裸体艺术摆出各种搔首弄姿的裸体姿态;在《情欲》中,性欲异常旺盛的工厂主赫尔曼先生因为惧怕染上艾滋病,便把欲望全部发泄在妻子格蒂身上,如冷漠的机器一般,一遍又一遍地在格蒂身体里播种耕作、胡作非为。

《钢琴教师》是耶利内克反思"性与权力"的代表作,同时也被视为带有强烈自传色彩的作品。小说讲述在一个父亲(权)缺失的单亲家庭中,变态的母亲为了把女儿培养成音乐家而对其进行精神、肉体的控制,致使欲望受到压抑的女儿"性倒错",变成了"自虐狂"的故事。主人公埃里卡是一个已

[①] 参见安娅编译:《作家访谈:"我是一个小地方的作家"——耶利内克访谈录》,《外国文学动态》2005年第1期。

届而立之年的未婚女子,她与年迈专横的母亲同住一屋,同睡一张双人床,一直生活在母亲的阴影下。无情的禁锢导致埃里卡的性格、心理极端扭曲,只好依靠偷窥和自我虐待来发泄性欲。她想成为钢琴演奏大师,最终却只当上一名教师。年轻的男学生克雷默尔的出现打破了这对母女沉寂的生活。但埃里卡冷漠地对待崇拜她的学生,并且要求一种变态的、受虐的、充满暴力的性关系,试图以控制来获得自身的安全。克雷默尔最终选择了逃离。因此,所有的一切其实都无法将埃里卡从生活的绝望中拯救出来,当她看到那个男学生在学校和一群年轻人有说有笑地走进学校大楼时,她把刀子刺进了自己的肩膀,看着鲜血流出,慢慢地走回家去。

小说出版以后长期颇受争议,被认为伤风败俗,把两性关系描写得过于肮脏和赤裸。事实上,耶利内克作品中无处不在的对于性政治之本质的揭露,对于隐秘的欲望、变态的人际关系——特别是两性关系和亲属关系——的负面描写,常常被简单界定为"色情"文学和"变态"文学的风格。然而,挑战传统男权社会所建立的秩序正是耶利内克作品的重要主题,《钢琴教师》就是此类作品的典型。埃里卡在性的世界里,与她年轻的情人之间展开一场征服与反征服、控制与反控制的持久而充满暴力的战争,结果却铩羽而归。在耶利内克这里,性被视作折射社会权力结构的一面镜子,提升到政治、文化的高度。诺贝尔文学奖颁奖辞这样评论这部作品:"在所提出的疑问的框架之内,描写了一个无情的世界,在这个世界里,读者面对的是强权与压抑,是猎者与猎物间根深蒂固的秩序。"[①]

耶利内克出色的语言驾驭能力、作品中透露出的对社会敏锐的洞察力和深刻的批判力,早已显示她作为一名作家的社会责任感。她在创作中为打破叙述者的权威而采用的变幻不定的叙述视角、多重声音的交织、充满思辨与争论的表达方式、情节破碎的叙述风格等,也对读者的知识与耐性构成某种挑战。

第十四节 菲利普·罗斯

菲利普·罗斯(1933—)出生于美国新泽西州纽瓦克市一个犹太家庭,并在当地犹太人聚居区长大。他于1954年从巴克内尔大学毕业,获英

[①] 〔奥〕埃尔夫里德·耶利内克:《钢琴教师》,宁瑛、郑华汉译,北京:北京十月文艺出版社2005年版。

语学士学位,1955年从芝加哥大学毕业,获文学硕士学位。服役回来后,他再次考入芝加哥大学攻读博士学位并留校教授文学和写作。自1958年以来,罗斯专事创作并因短篇小说集《再见吧,哥伦布》(1959)一举成名。笔耕不辍的同时,他先后在衣阿华大学、普林斯顿大学、宾夕法尼亚大学教授写作和比较文学,直至1992年辞去教职。在犹太人聚居区的成长经历以及后来在各高校求学、任教的经历都为罗斯提供了丰富的素材,使他的作品兼具"犹太文学"和"学院派小说"特点。他的小说长期雄踞畅销书榜,为他赢得国家图书奖、福克纳小说奖、普利策文学奖等重要奖项。罗斯是一位多产而备受争议的作家。他早年成名,却一直毁誉参半。有人认为他耽于色情描写,过于自我迷恋,也有人认为他笔触细腻、笔锋犀利,擅长洞察人心,勇于针砭时弊。无论如何,经过五十年的历练,罗斯已成为当代美国文坛最具影响力的作家之一。

　　罗斯早期作品以犹太聚居区为背景,描写犹太文化传统与美国主流文化之间的碰撞与冲突。他的第一部作品《再见吧,哥伦布》甫一问世就引起评论界关注,翌年获得国家图书奖。这部由5个短篇与1个中篇组成的小说集从不同角度展现了犹太人在当代美国社会的全新生活方式,重点刻画了新一代犹太移民内心的彷徨、苦闷与孤独,集中表现了传统犹太价值观遭遇的冲击与挑战。在同名小说《再见吧,哥伦布》中,出身寒微的犹太青年尼尔对美丽大方的犹太姑娘布伦达一见钟情,不顾两人家境悬殊,对她展开了爱情攻势。故事以尼尔为叙述者,通过尼尔的眼睛对不同阶层犹太家庭的生活进行了细致入微的观察。尼尔对教条式的犹太道德观念颇有微词,因此尤其欣赏布伦达的开朗、坦白与落落大方。对于自幼接受精英教育的布伦达而言,尼尔是一个与她的生活格格不入的"异类"。她被尼尔的粗野吸引,却不能接受他安于现状、胸无大志的人生态度。她意识到父母对尼尔的不满,因此一心想改造尼尔,然而尼尔对野心勃勃、逐名夺利的中产阶级生活方式同样反感,两人最终以分手结尾。评论多把《再见吧,哥伦布》与《了不起的盖茨比》进行类比,认为罗斯对金钱至上的美国中产阶级的讽刺与菲茨杰拉德一脉相承。从罗斯对人物心理和场景细节的刻画来看,他在写作技巧上又"深受福楼拜和亨利·詹姆斯的影响"[1],因此也有评论者把他的小说称为"心理小说"。《波特诺的诉怨》是罗斯将心理写实技巧运用

---

[1] 刘海平、王守仁主编:《新编美国文学史》第三卷,上海:上海外语教育出版社2000年版,第260页。

到极致的例证,所谓"诉怨"指的是主人公亚历克斯·波特诺对心理医生施皮尔福格尔的倾诉。波特诺自述的前半部围绕母子关系展开。波特诺的母亲苏菲是个典型的犹太母亲,她照顾一家人的衣食起居,事无巨细地管制丈夫和孩子。波特诺在母亲的严词厉色中长大,以优异成绩毕业后做了一名律师,基本实现了母亲对他的人生规划。然而,波特诺的反叛情绪也在母亲的高压下逐日增长,他开始无节制地发泄性欲以示对母亲的不满与反抗。后半部即讲述了他与众多女性的性关系,其间穿插着对性幻想及性行为的描述。这本书一出版就引起评论界的争议,甚至受到一些犹太批评家的非议。不少犹太读者认为书中露骨的色情描写丑化了犹太人形象,亵渎了犹太教义。但也有评论者认为该书用诙谐幽默的笔触深入人物内心,多层次地表现了"叛逆"的复杂性,客观地描述了青春期的年青人对"独立自我""自由理想"的追求。

总的说来,罗斯的早期创作涵盖了如下主题:犹太传统文化在当代遭遇的困境,性与个体人格的关系,美国主流文化对犹太移民的同化。罗斯对这些问题的关注一方面反映了他对犹太文学传统的继承,另一方面又突显了他与前辈作家的不同。他对僵化、刻板的犹太教义的讽刺,对新一代犹太美国人性格特征的刻画,依循的是欧洲讽刺现实主义的文学理念,反映的是当代美国社会的风土人情。罗斯70年代的作品尤其体现了他对美国时政的批评和对个体异化的思考。《我们这一伙》(1971)和《伟大的美国小说》(1973)是两部政治讽刺小说,前者讽刺尼克松政府,后者讽刺美国文化中的"英雄主义"情结和美国文学中的"史诗"传统。《乳房》(1972)是一部卡夫卡式的寓言小说,讲述的是文学教授凯派什"变形"为一个重达155磅的乳房的经历。《情欲教授》(1977)虽然出版较晚,却可以看成《乳房》的前传,讲述了凯派什"变形"前的生活经历。这一时期的小说充分展现了罗斯的语言天分,他在嬉笑怒骂的文字中再现了斯威夫特式的尖锐,用荒诞可笑的意象重申了卡夫卡式的诘问。

在塑造凯派什这个人物形象的过程中,罗斯对犹太知识分子的关注已初见端倪。自《鬼作家》(1979)开始,他以犹太作家内森·朱克曼为主人公创作了一系列小说,包括《解放了的朱克曼》(1981)、《解剖课》(1983)、《布拉格狂欢》(1985)、《鬼退场》(2007)等。朱克曼生于纽瓦克市一个中产阶级犹太家庭,因出版一部以年青人的性爱关系为主题的小说而声名大噪。他早期的小说对犹太人的性格和生活方式颇有指责,招来亲朋好友以及社区邻居的不满;中年后收敛锋芒,创作了一系列广受好评的作品,赢得著名作家的声誉。经历多次失败的婚姻后,老朱克曼独自一人离开纽约,在远郊过上了与世隔绝的隐居生活。罗斯宣称《鬼退场》是最后一部以朱克曼为主人公的小说。其中年迈的朱克曼回到纽约,却发现自己如同欧文笔下的瑞普·凡·温克尔一样对陌生的人与环境极不适应,最终只能在愤怒与失望的心情下再次离开纽约。罗斯通过讲述朱克曼的个人经历,探讨了个体与社会、写作与生活的关系,以及作家身份、文学真实性等问题。由于朱克曼的沉浮与罗斯的个人经历极为吻合,小说中又多次出现对现实人物的映射,评论者往往把朱克曼视为罗斯的"第二自我",对"朱克曼系列"的自传性进行探讨,并据此分析罗斯的文学创作理念。由于这些小说暴露了"高知"生活的种种问题,讽刺了现行价值体系的种种弊病,暗寓着对理想生活的渴望与追求,也有评论者把它们归为"学院小说"加以研究。

90年代以来,罗斯进入又一个创作高潮,先后出版了《祖传的家产》(1991)、《夏洛克行动》(1993)、《萨巴斯的戏院》(1995)、《美国牧歌》(1997)、《我嫁给了一个共产党人》(1998)、《人性污点》(2000)、《垂死的动物》(2001)、《凡人》(2006)等。在这些作品中,罗斯虽然不断探索新的小说形式,却一以贯之地关注犹太人的生存问题,将犹太身份、性道德、犹太传统等问题置于当代美国的政治、经济、文化语境之中进行探讨,深入剖析犹太人在传统与现实的冲突中表现出来的民族特性。这一时期的作品显示了罗斯作为当代重要作家的实力与地位,其中《美国牧歌》被誉为罗斯"最有思想深度、最优秀的作品"①。这部获得1997年普利策奖的小说以20世纪60年代美国对越战争和尼克松的水门事件为背景,借朱克曼之口讲述了犹太商人西摩·莱沃夫一家的故事。全书分为三卷:"乐园追忆""堕落""失乐园"。西摩是一个手套厂主,作为第三代美国犹太移民,他的奋斗经历是"美国梦"的成功版。然而,他的女儿梅里却对父母和社会充满敌意。像很多60年代的美国青年一样,梅里参加了反越战运动,以激进的手段反对当权者的独断专行与欺瞒哄骗,最终成为一个反社会的偏执狂与杀人犯。这是一个关于"美国梦"的虚幻性的故事,也是一个关于承继与反叛的故事。罗斯以动荡不安的60年代反衬犹太传统价值观的分崩离析,深刻揭示了两代人之间对立与冲突的社会根源。

作为一名犹太作家,罗斯深受其精神导师索尔·贝娄的影响,但他锐意

---

① 刘海平、王守仁主编:《新编美国文学史》第三卷,上海:上海外语教育出版社2000年版,第264页。

进取,不仅在写作技巧上自成风格,在主题上也多有拓展。在提到自己与厄普代克和索尔·贝娄的不同时,罗斯说道:"厄普代克与贝娄是用光去照亮外面的世界,我是向内挖了个洞,然后把光照进去。"①的确,罗斯的小说以刻画人物心理见长,他尤其喜欢用第一人称叙述故事,通过人物的心理活动与内心独白表现人物性格,推动情节发展。同时,罗斯又是一位语言大师,总是通过幽默、讽刺甚至荒诞不经的文字"让读者感到不安"②,从而达到引人深思的写作目的。

【导学训练】

一、学习建议

理解20世纪后半叶的历史背景和思想脉络,掌握存在主义文学、荒诞派戏剧、新小说派、黑色幽默、魔幻现实主义等流派的特征和代表作家作品,同时关注不能轻易纳入这些流派划分的重要文学现象。了解后现代主义理论的核心观念,借助后现代主义视角来考察20世纪后期的文学现象,同时避免将这一时期的文学简单对应于后现代主义。既认识到20世纪后期与前期文学的差异性,也应看到其中的连续性。重点掌握萨特、贝克特、罗伯-格里耶、杜拉斯、博尔赫斯、纳博科夫、马尔克斯、昆德拉、卡尔维诺等作家的创作。

二、关键词释义

存在主义文学:存在主义文学(Existentialist literature)是二战以后法国最有影响的文学流派之一,是存在主义哲学在文学中的表现。它借文学形式阐释存在主义哲理,表现世界的荒诞性、偶然性、人的境遇及自由选择,并且强调文学介入生活,干预现实,对各种社会问题发表看法,以影响社会。代表作品有萨特的小说《恶心》、戏剧《苍蝇》和《禁闭》,加缪的小说《局外人》《鼠疫》等。

境遇剧:境遇剧(Theater of Situations)是20世纪60年代存在主义戏剧的一种类型,是法国哲学家、文学家萨特对自己戏剧创作的定义。它强调境遇与选择和人的本质之间的关系,将人物置于某种特殊、极端的境遇之中,迫使其进行自由选择,从而确立自己的本质。代表作品有萨特的《苍蝇》《禁闭》《魔鬼与上帝》等。

荒诞派戏剧:荒诞派戏剧(Theater of the Absurd)是20世纪后半叶影响巨大的现代主义戏剧流派,于20世纪50、60年代兴盛于法国,70年代走向衰落。荒诞剧兴起之初

---

① George J. Searles ed., *Conversations with Philip Roth*, Mississippi: University Press of Mississippi, 1992, p.154.

② Ibid., p.41.

并无流派的自觉,由1961年英国评论家艾斯林的《荒诞派戏剧》一书得名。荒诞派戏剧调动一切突破常规、荒诞不经的戏剧手法和元素来表现世界的不可理喻、终极目标的失落、人生的无意义、行动的徒劳、人与世界的脱节、生活的错位、人与人之间的隔膜等存在状态,在人物、情节、对话、动作等方面体现出"反戏剧"特征。代表作品有尤奈斯库的《秃头歌女》《椅子》《犀牛》,贝克特的《等待戈多》《终局》,热内的《阳台》等。

新小说:新小说(Nouveau Roman; the New Novel)是20世纪50年代兴起于法国的一个实验性小说类型及创作流派。它对巴尔扎克式的基于"意义""情节"和"人物"的传统小说模式发起挑战,主张消解作品的意义与深度,抛弃故事,瓦解叙事,反对以人为中心的世界观和创作方法,强调以物取代人成为小说主角。代表作品有罗伯-格里耶的《橡皮》《窥视者》《嫉妒》,娜塔莉·萨洛特的《马尔特罗》《天象仪》,米歇尔·布托的《米兰巷》《变》《度》(1960),以及克洛德·西蒙的《弗兰德公路》等。

垮掉的一代:垮掉的一代(Beat Generation)是20世纪50年代盛行于美国的具有叛逆性的文学流派。该流派的作家以标新立异、放浪形骸的生活方式向正统价值观念发起虚无主义的挑战。代表作品有杰克·凯鲁亚克(1922—1969)的小说《在路上》和艾伦·金斯堡(1926—1997)的诗歌《嚎叫》等。

黑色幽默:黑色幽默(Black Humor)是20世纪60年代美国小说的重要流派。它用幽默的、喜剧性的方式来表达痛苦、不幸和绝望,揭示世界的残酷与荒谬,以达到更深的悲剧效果。主要作品有海勒的《第22条军规》《出了毛病》,冯尼格特的《第五号屠场》,品钦的《万有引力之虹》等。

魔幻现实主义:魔幻现实主义(Magic Realism)是20世纪拉丁美洲最重要的小说流派,于60年代异军突起,出现"爆炸"式的繁盛局面。魔幻现实主义将欧美现代主义创作技巧与拉美本土原始思维视野中的"神奇现实"彼此结合,作品充满奇幻色彩而又具有强烈的现实关怀。代表作品有阿斯图里亚斯的《玉米人》,卡彭铁尔的《这个世界的王国》,鲁尔福的《佩德罗·巴拉莫》,马尔克斯的《百年孤独》《族长的没落》等。

元小说:元小说(metafiction)又称"超小说",是一种"关于小说自身的小说",即作家在小说中故意暴露、描述和评论自己创作这部作品的虚构策略,打破小说叙事的真实性幻觉,凸现小说叙事艺术自身的本体特征以及作品内容的营造方式。较典型的元小说有福尔斯的《法国中尉的女人》、卡尔维诺的《寒冬夜行人》、昆德拉的《不朽》等。

三、思考题

1. 比较存在主义文学与荒诞派戏剧表现荒诞主题时所采用的形式有何不同。
2. 什么是存在主义的英雄?什么是荒诞英雄?
3. 分析荒诞派戏剧的常用技巧。
4. 辨析新小说派所谓"反意义""反情节""反人物"的特征。
5. 分析黑色幽默作品中的悲剧意识和荒诞意识。
6. 如何理解魔幻现实主义的"魔幻"与现实的关系?
7. 如何理解萨特戏剧《禁闭》中"他人就是地狱"的命题?

8. 解析《等待戈多》中戈多的象征意义。
9. 杜拉斯作品的"实验性"体现在哪些方面？
10. 分析博尔赫斯小说玄想与哲理相结合的特征。
11. 分析《洛丽塔》中的反讽手法。
12. 分析《百年孤独》的陌生化艺术与魔幻现实主义手法。
13. 分析《寒冬夜行人》的元小说特性。
14. 解析《不能承受的生命之轻》中轻与重的主题。
15. 分析《第一圈》中的人物体系。
16. 《玫瑰之名》中的图书馆似一个巨大的迷宫，请结合具体文本分析图书馆这一意象。
17. 举例分析耶利内克小说对权力的艺术表现。

四、可供进一步研讨的学术选题

1. 萨特作品中的凝视与他者的关系研究。
2. 解析贝克特戏剧中的重复。
3. 解析罗伯-格里耶小说中的"物"。
4. 杜拉斯小说中的对话及其功能研究。
5. 解析博尔赫斯小说中的迷宫与偶然性。
6. 解析《微暗的火》对小说形式的突破与创造。
7. 《百年孤独》的时空结构研究。
8. 解析昆德拉小说中的关键词及其变奏。
9. 博尔赫斯、卡尔维诺、艾柯小说叙事中的"迷宫"之比较。
10. 罗斯小说创作与犹太文化的相关性研究。

【研讨平台】

一、对"存在"命题的不同阐释

提示：存在主义文学创作很大程度上是对其哲学主张的诠释，但不同存在主义理论家对存在主义的阐释不尽相同。理解存在主义基本理论及其内在差异性有助于我们对相关文学作品的比较分析。

1. 让-保罗·萨特：《存在主义是一种人道主义》（节选）

问题之所以变得复杂，是因为有两种存在主义。一方面是基督教的存在主义，这些人里面可以举雅斯贝斯和加布里埃尔·马塞尔（Gabriel Marcel），两人都自称是天主教徒；另一方面是存在主义的无神论者，这些人里面得包括海德格尔以及法国的那些存在主义者和我。他们的共同点只是认为存在先于本质——或者不妨说，哲学必须从主观开始。

存在主义的核心思想是什么呢？是自由承担责任的绝对性质，通过自由承担责任，任何人在体现一种人类类型时，也体现了自己——这样的承担责任，不论对什么人，也不管在任何时代，始终是可理解的——以及因这种绝对承担责任而产生的对文化模式的相对性影响。

（周煦良、汤永宽译，上海：上海译文出版社1988年版，第6、23页）

2. 蒂利希：《存在的勇气》（节选）

非存在威胁人的本体上的自我肯定，在命运方面是相对的，在死亡方面则是绝对的。非存在威胁人的精神上的自我肯定，在空虚方面是相对的，在无意义方面则是绝对的。非存在威胁人的道德上的自我肯定，在罪过方面是相对的，在谴责方面则是绝对的。对于这三重威胁的认识便是以三种形式出现的焦虑，即对命运和死亡的焦虑（要言之，对死亡的焦虑）、对空虚和丧失意义的焦虑（要言之，对无意义的焦虑）、对罪过与谴责的焦虑（要言之，对谴责的焦虑）。焦虑的所有这些形式，在其属于存在本身而不属于心灵的反常状态（如在神经病和精神病的焦虑中所见到的）的意义上说，都是存在性的。

（成显聪、王作虹译，贵阳：贵州人民出版社1988年版，第38页）

3. 阿尔贝·加缪：《西西弗的神话——论荒谬》（节选）

自思想被承认的那一刻起，荒谬就成为一种激情，一种在所有激情中最令人心碎的激情。但是，了解人是否能怀着他的诸种激情生活，了解人是否能接受这些激情的深刻规律——即它们在迸发出来的同时也燃烧了心灵——这就是全部问题所在……

这样，在知的范围内，我也能够说，荒谬既不存在于人（如果同样的隐喻能够有意义的话）之中，也不存在于世界之中，而是存在于二者的共同表现之中。荒谬是现在能联结二者的唯一纽带……

（杜小真译，北京：三联书店1997年版，第27、37页）

二、荒诞派戏剧的"荒诞"主题与表现方式

提示：荒诞派戏剧与存在主义文学在荒诞主题方面有千丝万缕的关系。如果说在存在主义文学那里，荒诞是通过反抗以获得自我确认与存在意义的人生境遇，那么，在荒诞派戏剧那里，荒诞没有任何意义与价值，它是现实的本质，人的一切不过是可笑的徒劳。存在主义采取理性的、逻辑的、非荒诞的形式论证荒诞，而荒诞派则调用一切荒诞手段和形式来呈现荒诞。

1. 马丁·埃斯林：《荒诞派戏剧》（节选）

萨特和加缪本人大部分戏剧作品的主题，也同样表明它们意识到生活的毫无意义，理想、纯洁和意志的不可避免的贬值。但这些作家与荒诞派作家之间有一点重要区别：

他们依靠高度清晰、逻辑严谨的说理来表达他们所意识到的人类处境的荒诞无稽,而荒诞派戏剧则公然放弃理性的手段和推理行为来表现他所意识到的人类处境的毫无意义。如果说,萨特或加缪以传统形式表现新的内容,荒诞派戏剧则前进了一步,力求做到它的基本思想和表现形式的统一……

(陈梅译,见伍蠡甫主编:《现代西方文论选》,
上海:上海译文出版社1983年版,第358页)

2. J.L.斯泰恩:《现代戏剧理论与实践》(第2卷)(节选)

荒诞派戏剧属于象征主义的传统,剧中不具备任何传统意义上的合乎逻辑的情节和性格塑造。在这种戏剧人物的身上缺少那种可以在现实主义戏剧中见到的行为动机,这样,也就强调了人物的无目的性。去情节有助于强化人类生活中时间的单调和重复。对话通常也不过是一连串语无伦次的陈词滥调,因而那些说话的人变得不过只是些会讲话的机器而已。作为戏剧,它们并不讨论人类的状况,而只是以不堪入目的画面把它最糟糕的状态描绘出来,以期使天真的人醒悟,使自鸣得意的人震惊。

(刘国彬译,北京:中国戏剧出版社2002年版,第411页)

3. 阿诺德·P.欣奇利夫:《论荒诞派》(节选)

我们切不可以为尤内斯库接受了克尔凯廓尔以来的全部存在主义哲学。尤内斯库是一个既关心生活又关心戏剧中的幻觉的戏剧家。是戏剧的堕落——就像他认为的那样——最终使他投身于戏剧……

尤内斯库不受艺术定义束缚,不受政治和宗教准则的束缚,但他的戏剧也不仅仅是娱乐。保守的批评家认为,戏剧除了让观众开心以外,别无它用,从社会角度看问题的批评家则认为,戏剧必须有教育意义。在《即兴创作》(1956年)中,尤内斯库通过对这两种态度加以滑稽模仿说明了那种两难的困境……在这儿死亡仍然使生活无益而又荒谬,因为,在人类的幻想的总状况中暴露出两个事实:死亡和痛苦。因此,照尤内斯库的说法,唯一真实可靠的那种社会必须建立在这种共同的痛苦之上。

(李永辉译,北京:昆仑出版社1992年版,第81、87页)

4. 郑克鲁:《法国文学史》(下卷)(节选)

贝克特的戏剧充满了荒诞感,他的人物正如上述那样是荒诞的形象。舞台布景是表现荒诞人的工具……贝克特的创新之处在于,以新的意象和手法来表现荒诞。萨特和加缪的荒诞感是通过人物的中介来表达的,人物在空间和时间中非常确定,它们有属于自己的生活,可以随意行动。而贝克特的人物就像是虫子,在无依无靠中默默地生活,处于空间与实践之外……对贝克特的人物来说,过去、现在和将来,都是荒诞的概念,因为时间静止不动了。

(上海:上海外语教育出版社2003年版,第1546—1547页)

三、法国新小说派"新"在何处?

提示:法国新小说派对传统小说的创作方法、写作技巧、思想观念进行了大胆革新。视觉现象学在新小说中的集中运用,使小说的再现功能被照相技术取代,语言结构被物体形象的组合取代,逻辑的叙事线索被重复的梦幻场景取代。新小说的文学实验使小说失去了传统的常态面貌,作家通过表现形式在作品中灌注的价值观念与思想内涵已不复存在,如何理解作品形式本身成为首要任务。

1. 罗伯-格里耶:《新小说》(节选)

以下是公众加之于"新小说"的议论:(1)"新小说"制定未来的小说的许多法则。(2)"新小说"一笔否定过去。(3)"新小说"企图把人从世界中驱逐出去。(4)"新小说"以追求完全的客观性为目标。(5)"新小说"晦涩难懂,只是写给专家看的。

那么现在就让我们逐条批驳这些说法,下面我们从道理上予以说明:

新小说不是一种理论,而是一种探索

今天的小说就将是我们今天所写的那样的小说;我们并不想把小说写得与过去的小说相同,我们只想努力向前走得更远。

新小说是要使小说样式持续向前发展

认为"真正的小说",在巴尔扎克时代严格确定的规则下已经永恒地固定下来,这样的想法是错误的。……

新小说关心的是人和人在世界中的处境

我们小说中的物从未脱出于人的知觉之外显现出来,不论这种人的知觉是现实性的,还是想象的。如果人们从一般意义上来理解"物",那么,在我的作品中只有物,那是很正常的。……

新小说只追求完全的主观性

只有上帝可以自认为是客观的。至于在我们的作品中,相反的是"一个人",是这个人在看、在感觉、在想象,而且是一个置身于一定的空间和时间之中的人,受他的感情欲望支配,一个和你们、和我一样的人……

新小说是为所有抱有诚意的人们而写的。

(董友宁译,见伍蠡甫、胡经之编:《西方文艺理论名著选编》[下卷],北京:北京大学出版社 1987 年版,第 256—261 页)

2. 娜塔莉·萨罗特:《怀疑的时代》(节选)

现在的作者和读者都具有一种特别复杂、多思多疑的精神状态。他们不仅不轻易相信小说人物,而且由于这些人物的存在,作者与读者彼此也互相提防了……目前这种情况,最恰当不过地体现了以前司汤达说过的那句话:"怀疑的精灵已经来到这个世界。"我们已进入怀疑的时代。

今天的新小说里，人物为什么只剩下一个影子，原因就在于此。现代小说家只有在不得已的情况下才写人物的外表、手势、行动、感觉、日常的情绪等——这一切，读者是早已熟悉和研究过的；这些描写会使人物很容易被辨认出来，而且不费多大功夫就会看起来栩栩如生，同时也便于读者掌握。甚至人物的姓名——这是写人物必不可少的——对现代的小说家来说也成了一种束缚。

（林青译，见柳鸣九编选：《新小说派研究》，北京：中国社会科学出版社 1986 年版，第 30、38 页）

3. 柳鸣九：《现代派文学的工匠——访法国作家米歇尔·布托》

柳："关于'新小说'派影响未来小说的创作，我个人甚为理解，至于它影响过去小说的问题，是否可请布托先生作一具体说明？"

布托："举例来说，'新小说'与传统小说的区别之一是，传统小说总有开头、高潮、结局，'新小说'则没头没尾，当中写上一段，然后再回溯到过去，再又跳到将来，时间的次序被颠倒、被打乱。其实，这种手法并非从新小说始，过去的传统小说也有，如在巴尔扎克的小说里……而新小说则十分有意识地运用了这个方法。以前。人们对这种手法谈得很少，不大予以注意，自从新小说派出现以后，人们的注意力就被唤醒了，视野也扩大了。"

（载《社会科学战线》1982 年第 4 期，第 327—328 页）

4. 克洛德·托马塞：《新小说·新电影》(节选)

新小说摒弃文学上的一切厚古风尚，向以 19 世纪小说的成规为模式的一切形式的小说开战，仿佛是为了争取一种有创造性、开拓性、坚定的面向未来的小说而奋斗。这并非否认司汤达和巴尔扎克在他们的时代作为伟大作家的地位，而是因为他们的现代性不能作为 1950 年人的现代性……

（李华译，天津：天津人民出版社 2003 年版，第 24 页）

四、博尔赫斯作品的奇幻特质

提示：博尔赫斯被称为"作家们的作家"，他在创作中进行了大胆而富有启发意义的独到探索。他在散文中植入幻想，在小说、诗歌中融入玄思。读者和批评家很难按照文学传统对博尔赫斯作品进行归类，以至不得不使用"博尔赫斯式的"这样的形容词来描述其作品中的陌生现象。博尔赫斯作品的奇幻特质明显有别于传统诗学的界定，它的异质性源于博尔赫斯对时间、空间、知识等的重新认识和把握。

1. 米歇尔·福柯：《事物的秩序》(节译)

本书起源于博尔赫斯作品中的一个片段，源于阅读这一片段时发出的开怀大笑。这一笑声粉碎了我的思想——我们的思想——的熟悉的地标……这一片段引自"某部中国百科全书",其中写道:"动物可以划分为:a.属于皇帝的;b.涂抹了防腐香料的;c.驯化的;d.乳猪;e.赛壬①;f.神话中的;g.流浪狗;h.包括在现有分类中的;i.狂躁不安的;j.不计其数的;k.用纤细的驼尾毛笔画出来的;l.诸如此类的;m.刚打破水罐的;n.远看像苍蝇的。"在这个分类带来的惊讶之中,我们猝然意识到的东西,是通过寓言方式呈现出来的异类思想体系的奇特魅力。它是我们自身思想的界限,是我们作类似思考的极端不可能性。

(Michel Foucault, *The Order of Things*, New York:Random House Inc.1970, p.XV)

2. 安德烈·莫洛亚:《〈迷宫:博尔赫斯短篇小说及其他作品选〉序言》(节译)

博尔赫斯的叙事形式让人想到斯威夫特:同样具有荒诞中的庄重,同样具有精确的细节。为了展示一个不可能的发现,他会采用最严谨的学者的口吻,将真实、丰富的文献资料融入想象作品中。他不会写一本长篇大论的书,那会令他厌烦,但他会分析研究一本并不存在的书。他会问:"三五分钟就能说清楚的想法,为何要写上500页?"

(Donald A. Yates & James E. Irby ed., *Labyrinths: Selected Stories & Other Writings by Jorge Luis Borges*, New York: New Directions Publishing Corporation, 1964, p.xiii)

3. 罗纳德·克莱斯特:《关于博尔赫斯批评的一个低调建议》(节译)

博尔赫斯的作品中已经包含了对他自己作品的评论——既有方法,也有内容。因此,批评家一直在模仿他的手法来评论他的作品:他旁征博引,批评家们照做;他假装相信个体个性中的微不足道之处,他们照做;他让关于时间和文学的相同主题重复出现在小说、诗歌和散文中,连措辞都是一样的,他们照做。(任何人只要大量阅读博尔赫斯的批评文章,就一定会产生一种共谋性的批评理论,更不用说那些写批评文章的,他们失去戒备的原因显而易见:它们太特隆了[Tlön],太博尔赫斯了。)

(Ronald Christ, "A Modest Proposal for the Criticism of Borges", Lowell Dunham & Ivar Ivask ed., *The Cardinal Points of Borges*, Norman: University of Oklahoma Press, 1973, p.7)

【拓展指南】

一、重要研究资料简介

1.〔美〕W.考夫曼编著:《存在主义——从陀思妥耶夫斯基到萨特》,陈鼓应等译,北京:商务印书馆1987年版。

简介:该书是研究存在主义的重要文献。值得注意的是它将存在主义作家和哲学

---

① 《奥德赛》中的鸟形海妖,以迷人的歌声诱惑过往水手流连忘返,客死异乡。——译者注

家放在一起进行研究,在对哲学家著作中的存在主义思想进行阐发的同时,也对存在主义思想在文学作品中的体现进行论述,是一部将文学创作与哲学理论结合起来予以探讨的富有启发性的论著。

2.〔英〕马丁·艾斯林:《荒诞派戏剧》,华明译,石家庄:河北教育出版社 2003 年版。

简介:该书是系统论述荒诞剧的哲学内涵和美学特质的奠基性著作,是理解和研究荒诞派戏剧的必读书。正是由于此书的出版,荒诞派戏剧才得以命名,并作为一个流派产生延续至今的影响。

3. 柳鸣九编选:《新小说派研究》,北京:中国社会科学出版社 1986 年版。

简介:该书是国内最早一部直接译介法国新小说派作品的研究资料,大部分内容由法文译出。著作按照新小说派文论选、新小说派作品选、批评家论新小说派、有关新小说派资料等类别编排,将作品与理论相结合、文学批评与作家访谈相对照,是了解新小说派创作和基本理论的重要入门资料。

4.〔英〕戴维·洛奇:《小说的艺术》,卢丽全译,上海:上海译文出版社 2010 年版。

简介:该书是后现代小说的重要理论专著,共分 50 个章节,就小说的各种艺术现象进行分类阐述。每一篇章通过对小说片段的文本细读,探讨丰富多元的小说技巧,包括对后现代小说的大量独到分析。

5.〔意〕卡尔维诺:《未来千年文学备忘录》,杨德友译,沈阳:辽宁教育出版社 1997 年版。

简介:该书原是卡尔维诺为终究未能成行的哈佛演讲准备的讲稿。卡尔维诺独自拈出"轻盈""迅捷""准确""可视性""繁复""连贯"这六个关键词作为文学"标准",围绕它们发表一系列富有个性的见解,并以卢克莱修、奥维德、薄伽丘、福楼拜、穆齐尔、昆德拉和他本人等作家的创作为例进行阐发。这部极富灵气的非学院派学术论著不仅是了解卡尔维诺创作思想的重要资料,也是从独特角度引领读者深入细腻地品味和体悟世界文学精髓的启迪之书。

二、其他重要研究资料索引

1.〔荷〕佛克马、伯顿斯编:《走向后现代主义》,王宁等译,北京:北京大学出版社 1991 年版。

2. 柳鸣九主编:《未来主义 超现实主义 魔幻现实主义》,北京:中国社会科学出版社 1987 年版。

3.〔英〕阿诺德·P.欣奇利夫:《荒诞说:从存在主义到荒诞派》,刘国彬译,北京:中国戏剧出版社 1992 年版。

4. 黄晋凯主编:《荒诞派戏剧》,北京:中国人民大学出版社 1996 年版。

5. 汪小玲:《美国黑色幽默小说研究》,上海:上海外语教育出版社 2006 版。

6. 陈众议:《拉美当代小说流派》,北京:社会科学文献出版社 1995 年版。

7. 吴晓东:《从卡夫卡到昆德拉:20 世纪小说和小说家》,北京:三联书店 2003

年版。

8. 柳鸣九编选:《萨特研究》,北京:中国社会科学出版社1981年版。

9. 〔法〕阿尔贝·加缪:《西西弗的神话——论荒谬》,杜小真译,北京:三联书店1997年版。

10. 〔英〕约翰·皮林(John Pilling)编:《剑桥文学指南:贝克特》(英文版),上海:上海外语教育出版社2000年版。

11. 〔法〕罗伯-格里耶:《为了一种新小说》,余中先译,长沙:湖南文艺出版社2011年版。

12. 〔法〕罗歇-米歇尔·阿勒芒:《阿兰-罗伯·格里耶》,苏文平、刘苓译,上海:上海人民出版社2004年版。

13. 〔法〕玛格丽特·杜拉斯:《写作》,桂裕芳译,上海:上海译文出版社2011年版。

14. 〔法〕贝尔纳·阿拉泽、克里斯蒂安娜·布洛-拉巴雷尔主编:《解读杜拉斯》,北京:作家出版社2007年版。

15. 户思社:《玛格丽特·杜拉斯研究》,上海:复旦大学出版社2007年版。

16. 〔英〕詹森·威尔逊:《博尔赫斯》,徐立钱译,北京:北京大学出版社2011年版。

17. 陈众议:《博尔赫斯》,北京:华夏出版社2001年版。

18. 残雪:《解读博尔赫斯》,上海:华东师范大学出版社2008年版。

19. 〔新西兰〕布莱恩·博伊德:《纳博科夫传:美国时期》,刘佳林译,桂林:广西师范大学出版社2011年版。

20. 汪小玲:《纳博科夫的小说艺术研究》,上海:上海外语教育出版社2008年版。

21. 〔俄〕亚历山大·索尔仁尼琴:《牛犊顶橡树:文学生活随笔》,陈淑贤等译,北京:中国文联出版社2011年版。

22. 〔哥伦比亚〕加西亚·马尔克斯、普利尼奥·职权·门多萨:《番石榴飘香》,林一安译,北京:三联书店1987年版。

23. 〔哥伦比亚〕加西亚·马尔克斯:《两百年的孤独:马尔克斯谈创作》,朱景冬译,昆明:云南人民出版社1997年版。

24. 林一安编:《加西亚·马尔克斯研究》,昆明:云南人民出版社1993年版。

25. 〔意〕伊塔洛·卡尔维诺:《巴黎隐士(卡尔维诺自传)》,倪安宇译,南京:译林出版社2009年版。

26. 〔南非〕安德烈·布林克:《小说的语言和叙事:从塞万提斯到卡尔维诺》,汪洪章译,上海:上海人民出版社2010年版。

27. 〔捷〕米兰·昆德拉:《小说的艺术》,董强译,上海:上海译文出版社2011年版。

28. 〔捷〕米兰·昆德拉:《被背叛的遗嘱》,余中先译,上海:上海译文出版社2003年版。

29. 〔捷〕米兰·昆德拉:《帷幕》,董强译,上海:上海译文出版社2006年版。

30. 李凤亮、李艳编:《对话的灵光:米兰·昆德拉研究资料辑要》,北京:中国友谊出版公司 1999 年版。

31. 李凤亮:《诗·思·史:冲突与融合——米兰·昆德拉小说诗学引论》,北京:商务印书馆 2006 年版。

32.〔意〕安贝托·艾柯:《悠悠小说林》,俞冰夏译,北京:三联书店 2005 年版。

33.〔美〕菲利普·罗斯:《行话:与名作家论文艺》,蒋道超译,南京:译林出版社 2010 年版。

亚非卷

第十一章 非洲文学

第一节 概述

一、非洲文明

非洲,世界第二大大陆,人类进化史在非洲留下了最完整的脚印,非洲很可能就是人类的发源地①。北非的埃及,在公元前六千年即已进入新石器时代,比欧洲早三千年。考古发现还证明,西非是非洲进入文明社会较早的地区,南部非洲的古代历史缺乏文字记载,但西方人于1868年在今天津巴布韦发现的石头城遗址说明这里曾有辉煌的文明。

探究西方文明的发展轨迹,古埃及是尤其重要的一环。古埃及对西方文化的重大影响甚至引起了人们的持续争论——埃及文化是地中海文化的一部分抑或非洲文化的一部分?20世纪上半叶,英国学者戈登·柴尔德(Gordon Childe,1892—1957)等人将埃及文明视为"近东"文明的一部分,把埃及与西亚当作一个整体来研究。20世纪下半叶,"地中海区域文明"作为一个新的研究领域日益受到人们关注,它包括埃及、美索不达米亚、小亚细亚、克里特、希腊、罗马等地中海沿岸和岛屿上的一些文明,这一研究视野把地中海周围的东方与西方国家连接在一起。

希腊化时代的埃及更是打破了历史上形成的东西文明各自独立的模型。在托勒密王朝时期,国王们以希腊人和埃及法老的双重身份出现,埃及的一些社会文化制度因而保存下来。同时,尼罗河—红海运河的成功开凿

---

① 1978年5月,在瑞典召开了"早期人类的现代论证"诺贝尔学术讨论会。会上对人类起源于非洲还是亚洲的问题进行了讨论。由于非洲地区发现了极其丰富的化石材料,其中有一千五百万年前可能是人类最早祖先的腊玛古猿,有其后的南方古猿,以及更后的能人、直立人等,是较完整的整个人科系列的化石材料。

使埃及成为东西交通的要冲,亚历山大城一度堪称地中海文明圈的文化中心,吸引"希腊化世界"中的欧几里得、阿基米德等著名学者。在早期基督教发展过程中,埃及发挥了重要作用。基督教在北非的传布比意大利半岛要早得多,它早在1世纪中叶即已传入埃及,2世纪时教会组织已遍及马格里布。罗马皇帝对基督教徒的迫害反而加速了基督教在非洲的传播。自3世纪起,埃及教徒展开了寺院清修运动,中世纪时盛行于西欧的寺院制度即以此为雏形。

直到7世纪,埃及都是古典世界地中海文化的重要组成部分,与希腊文化区和基督教世界气脉相连。然而,公元639—642年,阿拉伯人入侵埃及,迅速瓦解了这些联系。作为第一批被穆斯林阿拉伯人征服的国家之一,埃及变为伊斯兰世界的一部分,因信仰、语言以及神圣法律的不同而逐渐隔离于希腊和拉丁基督教世界。由于与西南亚等穆斯林地区联系密切,埃及在阿拉伯人的扩张与发展中发挥着重要作用,很快就从一个东方帝国的边缘行省成为伊斯兰世界的政治和文化中心之一。

由于阿拉伯商人控制了撒哈拉商路的贸易,中古时期的欧洲人对撒哈拉商路的情形所知甚少。对于赤道及其以南的非洲,15世纪以前的欧洲人更是深感陌生。当西方文明步入近代之后,葡萄牙人率先将非洲视作殖民地,"独占"①非洲达数百年之久。首先起而摧毁葡萄牙"霸权"的是荷兰,17世纪是荷兰在非洲的极盛时期;17世纪下半期,优势逐渐转入英国手中;18世纪主要是英法竞争时期,葡萄牙和荷兰都已处于次要地位。列强在非洲的角逐,主要是争夺贸易权。为了进行掠夺性贸易,葡、荷、英、法诸国以及后起的丹麦、瑞典和普鲁士等国都争先恐后在非洲沿岸设立商站或堡垒。欧洲人踏上西非沿岸,就按他们主要掠获物给沿岸地带冠以"胡椒海岸""象牙海岸""黄金海岸"和"奴隶海岸"等名称。他们每踏上一块新土地,第一件事就是追求黄金,黄金源源不断地从非洲输入欧洲。而自17世纪初以后,奴隶已代替黄金在贸易中居于首要地位。整个非洲几乎没有一处能够逃出奴隶贩子②的魔掌,没有一处不受奴隶贸易的影响。猎奴战争使许

---

① 16世纪时,非洲还不是西方列强争夺的主要目标。

② 奴隶贸易并不是某个国家或民族独有的原罪。早在中古时期,为震慑当地人,阿拉伯驼队就已开始洗劫黑人村庄,猎取奴隶。当欧洲人卷入黑奴贸易时,一些阿拉伯人又将"战利品"卖给欧洲来的奴隶贩子,充当最大的"中间商"。据统计,在阿拉伯帝国时期,阿拉伯人从非洲抓走约1300万黑奴,而后来卖给欧洲人的黑奴约1000万。很多黑人也参与贩卖自己的同胞以从中获利。非洲境内著名的卢姆波拉黑奴交易市场,卖主多数是黑人。

多地区的收成、畜群、手工业和村镇房屋遭到惨重破坏,威胁着非洲人的日常生活。在衰落的同时,非洲在西方殖民者想象中变得日益神秘而阴郁,成为西方的"他者",成为对应于世界"中心"的边缘。

1878年柏林会议之后,列强分割非洲的竞争进入高潮。及至第一次世界大战前,非洲只剩下埃塞俄比亚(不包括厄立特里亚)和利比亚两个名义上独立的国家。直到二战结束后,非洲各国争取民族解放的斗争才蓬勃发展。20世纪六七十年代,非洲革命运动如日中天。20世纪90年代,纳米比亚独立和南非白人种族主义统治的垮台,标志着除大洋中个别小岛外,所有非洲国家都获得了形式上的自由。

然而,非洲的困境并没有随着殖民统治的终结而消失。在后殖民主义时期,干旱、饥饿、种族冲突、政治腐败等天灾人祸至今仍困扰着非洲许多地区。在作家奈保尔(1932—)的作品(如小说《河湾》)中,非洲甚至被定义为一片废墟般的"丛林"。这一隐喻的根源在于,西方文化中的某些元素在殖民活动中已渗透、交织于非洲文化传统之内,当代非洲呈现出一种多元混杂的文化语境,为了追求自由独立,非洲人必须经历一个动态而痛苦的身份重构过程。

二、非洲文学

长期以来,非洲文学史的书写也受到西方权力话语的宰制。在进化论的文学观看来,从口耳相传到诉诸文字是文学流传方式的重大进步,是文明进程的质的飞跃。在这种历史框架中,非洲文学不免被视为一种原始的、落后的文化形态,而一旦摆脱这种单向度的文学史观,以口传文学的繁荣程度而论,非洲堪称文明的富矿。

非洲的口传文化历史悠久,包罗万象,类型丰富,神话与历史相互羼杂,承载着各个部族的文化,所留存的历史记忆包括王国史、部族史和家系史。王国史包括部族创建王国的历史以及王室的家族世系。部族史则讲述本部族的起源、分裂、迁徙、征战,以及与其他部族的关系。而家系史在部族社会中的作用尤其巨大,它使几乎每个酋长都对本家族的世系了如指掌,每个人都能清楚地追溯自己的家谱、历数本家族历史上的杰出人物及其功勋事迹。广泛流传的《七个豪萨的故事》,就讲述了西非历史上著名的"豪萨七城邦"的形成历史。而1960年,塞内加尔史学家吉布里尔·塔姆希尔·尼亚奈

(D.T. Niane)根据一位几内亚格里奥①的演唱,整理出了全非洲最恢宏的口述"史诗"《松迪亚塔——曼丁哥史诗》,并在巴黎出版了法文本。这部长诗堪称马里帝国的开国史,记录和歌颂了其开创者松迪亚塔的丰功伟绩。

相形之下,埃及文学自古就呈现出书写形式与口传形式的并重。以西方人对文学体裁的划分来看,公元前 3200—前 2280 年的埃及就已出现了可被称为诗歌、故事和散文的文学作品。诗歌包括世俗诗、宗教诗、赞美诗等,是有节奏的韵诗,诗句较短,往往三四行组成意思完整的一节,其中许多诗歌赞美神和国王,有的则反映埃及人日常生活中的喜怒哀乐,如出现较早的劳动歌谣《庄稼人的歌谣》《打谷人的歌谣》《搬谷人的歌谣》等。散文方面则有传记、游记、书信②,以及训言、箴言之类的教谕体作品。教谕文学多出自统治者或法老之手,教导其子弟、臣下如何统治人民,形同政治遗嘱;有些则宣扬忠诚等立身行事之原则,讽刺各种职业的弊端。

第一中间时期和中王国时期(前 2280—前 1778),中埃及语成为埃及古典文学语言。这一时期的文学作品在修辞、表意、描绘等方面成为其后各个时期文学作品的典范,通常被认为是古埃及文学的鼎盛时期。此时,由于埃及跟海外交往日益增强,埃及人的社会视野和生活空间大为开阔,口头创作故事有了进一步发展,这些情节曲折的故事大多叙述主人公游历冒险的事迹,有些取材于历史事件,有些则纯属虚构。《能说善道的农夫的故事》(一译《有口才的庄稼人的故事》)和《遭难水手的故事》(一译《沉舟记》)即是其中的优秀作品,后者充满了惊险的场面和奇异的情节,可谓《辛巴达航海故事》和《鲁滨逊漂流记》的先声。

尤为脍炙人口的要属《辛努赫的故事》,它取材于中王国第十二王朝(前 1991—前 1786)的历史事件,以阿美涅姆赫特一世(Amenemhet I)被谋杀的真实历史事件为背景。这部富于传奇色彩的域外历险故事,用第一人称手法,生动地叙述了宫廷侍卫辛努赫("Sinuhe"一词在古埃及文字里的原意是无花果树之子,无花果树为古埃及人崇拜的圣树)因涉嫌参与暗杀

---

① 西非的传统说唱艺人统称为"格里奥",他们既是诗人、乐师、歌手,又是巫师,常被王公选为顾问。在古代马里、桑海、豪萨城邦、达荷美等王国的宫廷里,都有他们的身影,与民间的同行相比,这些宫廷"格里奥"类似史官,靠记忆和口授来保存、传诵王室和王国的历史。

② 埃及人把书信提到了文学体裁的高度。古王国时期的埃及人就喜欢写信。从中王国开始,教师们在学生面前编写示范信集,最后发展成《书信教谕》。到了新王国,书信开始满足教学的要求,在学校范围内进行。这些教谕除从档案中借取或新创作的书信外,还包括各种类型的赞美诗和祈祷文、王室备忘录和官方财产簿,以及训诫书和唤起学生激情的鼓励书。

法老的宫廷政变,被迫出走异域,经过多年流浪,在异邦娶妻生子年老后又回到埃及的传奇经历。《辛努赫的故事》语言优美,词汇丰富,细致入微地刻画了辛努赫在不同场合下的不同心理活动,展示了主人翁复杂的内心世界。如当年迈的辛努赫重返埃及宫廷、拜见塞索斯特里斯一世之时,他激动万状:"我看见陛下坐在宝座上,背后是镶金墙壁,我匍匐在地,神智丧失。这位天神以友善的态度对我讲话,我好似一个人突然置身于黑夜之中,魂飞魄散,四肢颤栗。我的心已跳出了身体,无法明辨自己是生是死。"这篇作品语法规范,文字结构严密,常常采用对句造成韵文效果。如当辛努赫赞扬塞索斯特里斯一世的圣明时,说道:"他实是无比神圣,无人比他更高,聪明睿智,足智多谋。当他的父王在宫中坐镇时,他在外监军完成使命,当他挥军冲锋,无人可敌。他生来命定为王,实独一无二为神之赐礼。当他即位之后,全国欢呼,他扩展了南疆但并不贪图北土。他生就是巴勒斯坦的克星,游牧民族的噩运。"这种对句的表现手法是古代埃及文学的一大特色,它更注重意义上的呼应而非音韵上的配合。作为中埃及语的典型作品,《辛努赫的故事》不但是古代埃及学校中传抄的范文,也成为现代人学习古埃及语时的入门之阶。这篇传记式的文学作品也具有相当高的文献价值,它不像同时代的许多散文故事那样掺有神怪成分,而是较为真实地描述了第十二王朝时期埃及的政治经济和军事形势,以及埃及同叙利亚、巴勒斯坦的交往情况,其中描绘的历史地理情况以及异域的风土人情,都可以从其他古代埃及史料中得到印证。

新王国时期(前 1570—前 1090)也留下了许多曲折离奇的故事,如《两兄弟的故事》《倒霉的王子》《占领尤巴城》和《关于真理和非真理的故事》等。此时,另一个突出的文学体裁是写实的旅行记,著名的《威纳蒙旅行记》就写于第二十王朝末期,描述了阿蒙神庙大祭司哈雷侯尔派威纳蒙前往腓尼基比布鲁斯城采购木材的故事。约在公元前 13 世纪,麦尔纳普塔(一译"美楞普塔")时期的 14 节长诗《尼罗河颂》成为埃及人赞颂尼罗河的名篇。新王国时期的埃及人还开始创作一种从前没有的文学形式——爱情诗。爱情诗表达了诗人的相思之苦、乞求黎明的到来和缩短分别的时间。诗中,自然事物占据重要地位,树能讲话,花鸟是爱情的伴随物,事件通常发生于乡村或水边。情侣用夸张的语言表达感情,用文字游戏表露愿望和焦急心情,歌唱者有时还以兄妹相称,用笛子和竖琴伴奏,优雅地谈论他们的喜悦、希望和误解。

在希腊化时代,亚历山大是诗歌的中心,以至于所有的希腊化诗歌经常被认为具有"亚历山大风格",其形式被罗马"新诗体"所模仿。埃及被阿拉伯人征服后,埃及文学成为阿拉伯文学的一个组成部分。阿拉伯文学中那些奇异的轶事、故事、寓言在很大程度上都要归功于善讲故事的埃及作者。故事集《一千零一夜》的最终版本即是由埃及人完成的①。其中许多故事明显就是关于埃及人的故事,如补鞋匠玛鲁夫、阿布·西尔和阿布·基尔、耶沃夫以及"阿拉丁与神灯"的故事等。

当非洲被西方殖民者强行纳入现代世界体系之时,一方面,某些西方传教士为诸多非洲部族的语言创造了文字,另一方面,非洲人不得不接受西方人的语言和文字,从而获得了用英语、法语和葡萄牙语等欧洲语言创作的能力。尤其是二战之后,非洲文学作品绝大多数是用欧洲语言书写的。在非洲英语文学中,重要的作家有沃莱·索因卡、钦努阿·阿契贝、本·奥克瑞、艾伊·克韦·阿马赫、努奇·瓦·西翁奥、努鲁丁·法拉赫以及丹布佐·马雷切拉等;在非洲葡萄牙语文学中,有安东尼奥·杰辛托、维里亚托·达·克鲁兹、安东尼奥·卡多索、阿戈斯蒂诺·内托等第一代作家的反殖民主义诗歌,有米阿·库托、佩佩泰拉、杰尔马诺·阿尔梅达和阿卜杜拉伊·西拉伊等当代小说家的现代主义小说。非洲法语文学则一度掀起文学上的独立运动。塞内加尔诗人利奥波德·塞拉·桑戈尔②、圭亚那作家达马、马提尼克作家艾梅·塞泽尔于 1934 年在巴黎发起了"黑人性(Negritude)运动",他们肯定有一种独立的非洲文化存在,赞美非洲文化的基本价值观念。③他们认为非洲的传统生活是诗人创作的源泉,诗歌要再现黑人的光荣历史,提倡"求本溯源"(Retour aux sources)④,汲取非洲故土的传统文化,以反抗白人对黑人文化的贬抑和歧视,争取黑人的独立与自由,以及黑人文化的生存权利。但很多激进的青年作家对此进行了严厉批评,他们认为"黑人性运动"不够重视吸收现代文化、更新黑人文化传统,只把人们的目光引向过去。萨特在为桑戈尔编辑的《黑人和马尔加什法语新诗选》所写的序言《黑肤的奥尔甫斯》中,也把"黑人性"哲学称为"反种族主义的种族主义"。"黑

---

① 《一千零一夜》的故事模本可以追溯到波斯或印度,在早期被翻译成阿拉伯文,后来又加入了很多源于伊斯兰世界的新故事。

② 1960 年塞内加尔独立后,桑戈尔当选为共和国总统。

③ Newell Stephanie, *West African Literatures: Way of Reading*, New York: Oxford University Press, 2006, p.24.

④ 〔塞内加尔〕桑格尔:《塞内加尔诗选》,曹松豪、吴奈译,北京:外国文学出版社 1983 年版,第 179 页。

人性运动"凸显出20世纪非洲诗歌的一个重要特征:政治与诗歌密切结合。许多诗人的创作都充满浓厚的政治色彩和社会意义。同时,"黑人性"也使非洲法语文学成为法语共同体的重要组成部分,以非洲意象扩大了法语文学的想象空间。当然,非洲的文化精英们不得不承认,他们已习惯用欧洲人的集体经验、文化心态和文学传统来表述非洲的现实,而那些以非洲民族语言写就的文学著作在世界上仍然影响甚微。为此,他们希求寻找适当的非洲词汇,创造非洲新词或刷新旧词,发展非洲术语来界定传统及现代的非洲文学,界定文学样式,创化出非洲人自己的批评术语。在文化认同上,以阿卜杜拉赫曼·瓦布里、柯西·艾福依、阿兰·马班库和让-吕克·拉哈里马纳纳为首的新一代法语小说家走得更远。他们拒绝把自己关在非洲人同非洲人的人物关系里面。他们要求以作家身份写作的自由,希望能选择自己作品的归属,而不在乎他们的原籍。他们要求属于全世界,并宣称"非洲文学不存在!"而对于戈迪默、库切等非洲白人作家来说,他们以英语等欧洲语言为母语,倾向于欧洲文学传统,但其文本却无法抛离非洲语境,这种错综复杂的身份之辨无疑加剧了他们的多重心态和文本的多元文化特征。

自20世纪四五十年代起,非洲作家们用西方语言及阿拉伯语创作的文学作品呈现繁荣之势,纷纷斩获国际大奖,在非洲以外的地区广为流传。如图图奥拉于1952年出版的故事《棕榈酒鬼以及他在死人镇的死酒保》后来成为20世纪文学的经典之作;1959年,阿契贝的小说《瓦解》(1958)获布克文学奖;1986年,尼日利亚青年诗人尼伊·奥桑代尔以其第一部诗集《市场的歌》荣获英联邦诗歌奖;1987年,摩洛哥作家塔哈尔·本·杰伦的长篇小说《圣夜》获得法国龚古尔文学奖。而马哈福兹、索因卡、戈迪默、库切这四位诺贝尔文学奖获得者更是非洲文学异军突起于世界的标志性人物。值得关注的是,许多重要作家都善于从非洲民间口传文学中汲取灵感,并将此与现代主义文学技巧结合起来。

第二节 《亡灵书》

《亡灵书》[①](又译《死者之书》《度亡经》)是古代埃及抄录员为亡灵所作的经文,包括咒语、祈祷文、赞美诗、冗长的开释、各类礼仪真言、神名等,

---

① "亡灵书"这一名谓由德国埃及学家卡尔·理查德·莱普修斯(Karl Richard Lepsius, 1810—1884)所赋予,他于1842年出版了《亡灵书》的一个选本。

古埃及人相信,通过这些符号可以帮助死者顺利到达来生世界。迄今已发现的经文有 27 篇,每篇长短不一,各有标题。

与《吉尔伽美什》相似,堪称文学原典的埃及《亡灵书》卓然独立。古埃及文学甚至不在早期文学史研究范围之内,因为埃及人从公元前 34 世纪开始就逐渐以较为快易的文字取代早期象形文,久而久之便已忘记如何释读这种公元前 50 世纪的古老文字,用它书写的典籍也就无法被译成欧洲语言。直到 1799 年,拿破仑的埃及远征军无意间发现罗塞塔石碑①,象形文字的破译才由此开启,并在 1822 年由法国学者商博良(Jean-François Champollion, 1790—1832)成功释读。从此,研究古埃及历史与文化的埃及学成为一门新兴的综合性学科,现代人也得以重拾读解《亡灵书》的钥匙。

被发现之初,《亡灵书》被视为古埃及人的《圣经》。但它与《圣经》有着实质性的不同:并不阐扬教旨,正文并非写于同一时代,特征更是千差万别,在数千年里不断被转抄改写。学者们认为,《亡灵书》深受此前出现的《太阳神颂诗》影响,早在约四千多年前的埃及古王国时期就已现雏形,但起初主要用于帝王陵墓——只有当法老和王室成员去世,工匠们才会将这些有关死后世界的种种符箓和祈福的颂祷刻在金字塔内壁上,这被后人称为金字塔铭文。在金字塔里为国王举行葬礼时它们由祭司诵读,被视为《亡灵书》的前身和发端。及至第一中间时期(前 2160—前 2010),贵族官员们也开始享有王室的这种特权,符箓种类增多,而这时的符箓和颂祷往往被衬刻在棺材上,称为石棺铭文。到了新王国时期(前 1550—前 1069),埃及在几位著名法老统治下,成为一个地跨亚非的大国,经济、社会制度逐渐健全、完善,民间口头文学创作空前繁荣,纸草纸②普及,《亡灵书》逐渐丰满定型,开始大量出现在中层官员乃至平民百姓的陵墓中。

古埃及人认为,每一个人都有灵魂,它主要有"卡"和"巴"两种存在方式:"卡"代表力量、财富、养料、繁盛、永恒等;"巴"代表在阴阳世界里自由飞翔的灵魂,是长着人头人手的鸟,能够重返木乃伊。人死之后,灵魂并不随之消亡,而是要先经历一段冥国生活。埃及人把亡灵叫做"库",如果它在游历下界的旅程中能够通过诸门的考验,就有机会重获新生,回到死者体内。因此,古埃及人将尸体抹上香料,制成木乃伊,存放在石棺中,还会放置

---

① 这块黑色玄武断碑上用两种文字、三种字体刻着同一篇碑文,最上面是古埃及象形文字,中间是古埃及草书体象形言语字(亦称民书本文字),下面是希腊文字。

② 又名莎草纸,是古埃及的一种纸张,用生长在尼罗河畔沼泽地中的芦苇制成,出现于古王国时期。

供死者阅读的《亡灵书》。千百年里,《亡灵书》汇成了一部绝妙的"弥留手册",这些经文所蕴涵的精神力量和宗教情怀帮助古埃及人获得灵魂上的慰藉。

《亡灵书》主要由《死者之书》《下界书》和《诸门书》三类构成,其中的巫术、咒语和歌颂神灵的颂诗,指引亡灵面对死亡审判逢凶化吉而不沦陷地狱,平安地到达"真理的殿堂";保护亡灵在冥国中生活幸福,在五谷丰登、凉风习习的上界与神同往;庇护亡灵避免各种困厄,乃至得到机会与大神奥西里斯①一样获得重生。《亡灵书》中的《亡灵起身,歌唱太阳》堪称最著名的篇章:"礼赞你,啊拉,向着你的惊人的上升!/你上升,照耀!诸天向一旁滚动。/你是众神之王,你是万有之神,/我们由你而来,在你的中间受人敬奉。//你的祭司们在黎明时出来;以欢笑洗涤了心;/神圣的风带着乐音,吹过你黄金的琴弦。/在日落时分,他们拥抱了你,犹如每一片云/从你的翅膀上,闪现着反照的色彩。//……//你通过了那座在黑夜背后闭起的门,/使那些躺卧在愁苦中的灵魂皆大欢喜。/'语言的真实','平静的心',起来啜饮你的光明,/你是'今日'和'昨日';你是'明日'。//礼赞你,啊拉,你使生命从昏沉中苏醒!/你上升!你照耀!显现了你的光辉的形象,/千万年过去了——我们不能把数目算清,/千万年将到来,你是高过于千万年之上!"②周而复始、朝生夕落的太阳赋予人类生命,太阳神既是古埃及人的理想,也是他们的宗教。太阳神不仅能把生命和欢乐带给生者,也将庇护死者,人们生前礼赞他,死后也歌颂他。诗句庄严典雅,气象宏阔,表现出古埃及人对太阳神的无限崇拜。

《亡灵书》从一个侧面表达了古埃及人民对生命及各种自然现象最原始的理解。作为太阳神,拉与时间及四季更替有密切关系,不少经文都突出了时间主题,赋予拉神以超越时间的神力。在世界各民族的文化和文学积淀中,植物的周期性枯荣和人物的死而复生构成一大原型,而在《亡灵书》中,体现这一原型的不仅有奥西里斯神话,还有《宛若莲花》等篇章。在《宛若莲花》这首小诗里,莲花与太阳神拉有着紧密联系:"我是纯洁的莲花,/拉神的气息养成/辉煌地发芽。//我从黑暗的地下/升入阳光世界,/在田野

---

① 奥西里斯是具有全埃及意义的神,是埃及最重要的九大神明之一。他生前是一个开明的法老,死后是冥界之王,同时也是复活、降雨和植物之神。人们从植物每年生长得出奥西里斯死而复活的观念。

② 〔埃及〕《亡灵书》,锡金译,长春:吉林人民出版社 1957 年版,第 4—5 页。

开花。"①太阳神每晚沉入下界,次日早晨又端坐在睡莲之上从黑暗的混沌中冉冉升起。睡莲的水生习性蕴藏着生命的本源,其花朵夜间闭合,早晨复又张开,古埃及人祈望生命亦如睡莲般死而复生。

《亡灵书》也表现了古埃及人的社会价值观念和道德标准。《否认告解》上所列举的42项罪行无疑就是当时埃及社会中被视为恶的事情。经文中还不乏对生命本真的追问,《牢记本身,勿昧前因》这首即向亡灵提出一个再生的前提——"不要失去自我",可谓焕发出了自我意识。从这个意义上讲,《亡灵书》堪称一部百科全书,反映了古埃及社会宗教、政治、经济、哲学、历史、民间习俗等各方面的全貌,包罗了古埃及人的思想信仰及其各种细节,是现代人了解古埃及文明的重要历史资料。美国耶鲁学者惠慈·迪莫克(Wai Chee Dimock)更是认为《亡灵书》以歌谣和神话的形式体现了历史的脉动和多种文化的聚散②。

《亡灵书》的语言讲求韵律,句式长短不一,充满激情,富于音乐感,体现了古埃及人卓越的艺术水准,对后来的诗歌发展有着重要的影响。

第三节　马哈福兹

埃及作家纳吉布·马哈福兹(1911—2006)是现代阿拉伯世界著名长篇小说家,以阿拉伯语写作。他于1939年出版第一部短篇小说集《疯狂的传闻》,从此一发不可收拾。在半个世纪里,马哈福兹创作了五十多部文学作品,并于1988年获得诺贝尔文学奖。其代表作有"历史三部曲""开罗三部曲"《候鸟的秋天》《平民史诗》等。

马哈福兹的创新意识和多元风格注定了他是一位"说不清"的作家:长篇小说和短篇小说集每每交叉出版;既汲取西方现代思潮,又不失埃及阿拉伯传统;浪漫主义、现实主义、现代主义手法轮番登场;题材时有变换,主人公身份包罗各行各业各阶层;情节时而简单,时而复杂;结构时为单线,时为多线平行或交织;故事时间跨度忽长忽短;小说空间忽为宫殿,忽为尼罗河,忽为老街;小说叙事有时全知全能,有时让多个声音来交代事件全貌,有时不置评论,仅仅白描……所有这些,都为阐释马哈福兹增

---

① 参考飞白:《金字塔中的自我意识》,《名作欣赏》1988年第6期,第31页。
② Wai Chee Dimock, "The Egyptian Pronoun: Lyric, Novel, the *Book of the Dead*", *New Literary History*, Vol. 39, No. 3, Summer 2008, pp.619-643.

添了难度和趣味。

不过,种种纷繁遮盖不了一个支配性的焦点——身处夹缝时代的马哈福兹以文学创作建构现代埃及人的身份意识和国家想象。在近一个世纪里,埃及由奥斯曼帝国的从属变为英属保护国,后经多年斗争,从殖民者操控下的法鲁克封建王朝变为共和国,又从"阿拉伯社会主义"走向西化;由阿拉伯国家联盟盟主,转而与以色列签署和平条约,以致被联盟开除;纳赛尔时代唱响的泛阿拉伯主义,在中东局势的恶化下被伊斯兰宗教极端主义取代。当埃及遭遇西化风潮,在震撼中飘摇不定时,马哈福兹的小说以记忆复活历史,唤起埃及人的文化认同感。他早期的"历史三部曲"试图用历史题材和传统故事形式展现埃及的曲折命运:《命运的嘲弄》讲述青年达达夫与国王的恩怨;《拉杜比斯》是舞女与国王的生死绝恋,是美人与江山的两难抉择;《底比斯之战》描写古代阿拉伯的统一战争。这些英雄传奇、爱情悲剧、战争小说情节性强,语言华美,借古喻今,通过回顾埃及古老文明来加强当时埃及人的自我意识和民族意识。

作为一个有着沉重道义感的作家,马哈福兹在创作时的另一特征是书写个人困境,通过人物性格分析透视复杂的历史政治景象,探究埃及社会关系的结构。在他最早的短篇小说集《疯狂的传闻》中,个人处境与荒谬性是呼之欲出的主题,这也成为他日后一直关心的主要命题。其中以《小偷与狗》(1961)最为突出,尖锐地批判了只能同甘不能共苦的人性弱点。① 颇为出色的还有《尼罗河上的絮语》(1966),其中游艇象征埃及自身,一群知识分子和艺术家在此聚会,他们自叹不能对社会发挥影响,因而流露消沉隐退之意。在名为《镜子》(1971)的文集中,他有目的地把55篇小品文结为一体,构成"不是小说的小说",全篇55人身份各异,彼此之间的关系随阅读深入而逐渐清晰,原来这些人或系亲朋师友,或系上下级,聚在一起形成埃及社会横截面。这些形象谱系承载了现代埃及人的生存史和观念史,说明作者意在以世态细节和心态潜流找寻社会精神的范导,塑造民族主体。

马哈福兹对个人归宿和民族命运的探讨不止于写实,他还采用寓言、神话等形式摸索人类历史的真谛,思索宗教的意义。1959年,《金字塔报》连载马哈福兹的小说《我们街区的孩子》,这部宏伟的现代寓言小说借鉴阿拉

---

① 参见〔美〕伦纳德·S.克莱因主编:《20世纪非洲文学》,李永彩译,北京:北京语言学院出版社1991年版,第66页。

伯民间文学中具有千年历史的玛卡梅故事体裁，融现实主义、象征主义及荒诞性、神秘性为一体，以亚当、摩西、耶稣和穆罕默德的事迹为潜文本，全景史诗式地书写了街区的开拓者老祖父杰巴拉维及其数代子孙的救世故事。1983年，受古埃及冥世观念的启发，马哈福兹写出《王座前》，小说中各色人物最终都要接受古埃及神灵荷露斯和伊西丝的审判，表现了作者对历史的反思。1985年，他出版了取材于古埃及历史的小说《生活于真理之中的人》，其主人公阿肯那顿是古埃及第十八王朝的法老，埃及在他的治理下强盛富足。小说让14个身份不同的人从各自立场讲述这位神秘法老的生平，将历史、传说、荒诞性、现代主义、自然主义和象征主义融为一体。

在马哈福兹的所有作品中，"开罗三部曲"（以下简称"三部曲"）最受瞩目，它是深邃的家族史，是广阔的社会记录。每部小说分别以开罗旧城区的一个街名作为书名，讲述贾瓦德家三代人在1917—1944年间的变迁。这个埃及家庭的故事从《宫间街》开始。小说中一家之主艾哈迈德·阿卜杜·贾瓦德是位商人，道貌岸然，威严可惧，背地里却爱寻欢作乐，在游戏场合是个举足轻重的"有趣的人"。其妻艾米娜保守驯顺，笃信宗教，惧怕丈夫威严，二十年来几乎足不出户，一次偶然出门就差点被休掉。几个儿女的婚姻都由父亲强行安排。二儿子法赫米牺牲于反英游行示威的队伍中，为哀悼儿子，老贾瓦德停止了寻欢作乐。《思宫街》的故事发生在五年之后，体态衰老的父亲已无绝对权威，母亲可随意去侯赛因清真寺或探望已婚儿女。长子亚辛公然违抗父命，娶了邻居玛丽娅，离家独居，后来又不顾一切，与父亲的情人结婚。小儿子凯马勒在师范学院学习，因撰文介绍达尔文进化论而与父亲发生冲突，动荡的政局令他变得抑郁寡欢。大女儿海迪洁执意按传统方式生活，引起家庭争端。二女儿阿漪莎在一场瘟疫中失去丈夫和两个儿子，与女儿相依为命。放荡生活使父亲心脏病发作，险些送命。到了《甘露街》，背景已是30年代，埃及社会发生巨变，父亲已无法约束妻儿。凯马勒当上小学教师，不断学习探索，却愈加徘徊不定，怀疑自我价值。家庭中第三代人也在成长。亚辛之子当上部长秘书。海迪洁的两个儿子一个进了法学院，成为穆斯林兄弟会的骨干、狂热的宗教分子，而另一个则成为社会主义者，两兄弟都因宣传异端而被捕入狱。故事的最后，分崩离析的家庭迎来了第四代人。

"三部曲"的结构值得称道。全篇情节紧凑，布置精密，三部小说三代人，每部以一代人的故事为主、下一代人的生活为辅，小说结尾都有一个人死去，也有一个婴孩降生，象征着生命规律和时代发展的节奏。小说呈扇形辐射结构，老宅的生活场景构成扇形的轴心，家庭变迁紧随着埃及政局的变化。

"三部曲"的出场人物近 50 个，每个人的经历及人物之间的关系安排得有条不紊，主次分明，详略有致。人物刻画细致真实，内心描写细腻微妙。在接受记者访问时，马哈福兹坦言："《三部曲》中的人物有百分之九十是取之于原型。"①他还承认"凯马勒"这个人物大部分是他自己的影子，但马哈福兹绝不是在刻板描摹。经过他的艺术创化，真实人物的神髓跃然纸上，而"影射"嫌疑荡然无存，现实与虚构完美交融。小说中"老贾瓦德"这个形象最是丰满，他在外慷慨虔诚，对妻儿冷酷严厉，热衷酒色却又深谙节制之道，这种多重性格恰是最真实而富有张力的人性。按赛义德的话说，老贾瓦德是一个看似处于中心、体现权力意志的法老或法老式人物，但他的中心地位又极为模糊，这也代表了马哈福兹创作的一大主题——将世俗的"权力"和遥远的真理绞在一起。

综而观之，"三部曲"是一部现实主义杰作：以全知角度讲述有头有尾的故事，塑造典型环境中的典型人物，突出细节描写，情感充沛。马哈福兹自己也曾说，他在下笔之前熟读过《福尔赛世家》《战争与和平》和《布登勃洛克一家》等现实主义风格的"家族小说"，从中学会如何赋予时间以历史见证人的地位，让故事在时间里从容不迫地发生与消亡，让人物在时代的躁动与沉寂里起起落落，让空间杂而不乱地变换——随着故事的叙述，作者将读者从开罗的一个地方转到另一个地方，观察整个埃及社会各种力量的变化消长。"三部曲"的故事时间与马哈福兹的生活时间几乎同步，他是记录者，是思考者，他熟悉那个社会的传统与现状，他理解笔下人物的生活智慧，他感受到西方文化对埃及的冲击。彼时身处 1952 年革命前夕的他，在这个以恐怖与暗杀为显著标志的动荡时期，刻写了政府的衰朽、父权的专制、宗教的力量、婚恋的悲剧和人情的冷暖。因而，"三部曲"还具有社会史的意义。

马哈福兹在现代埃及文坛的地位举足轻重，被比附为"埃及的歌德"，他不仅创作小说，还撰写散文和戏剧。马哈福兹也堪称 20 世纪西方世界最为关注的阿拉伯作家，其作品在英语世界的译介全面、深入而且富有系统性。

---

① 〔埃及〕柏克萨姆·拉马坦：《我是这样写〈三部曲〉的——马哈福兹访谈》，李文彦译，《外国文学》1990 年第 4 期，第 72 页。

马哈福兹在创作中勇于借鉴西方现代派的观念和叙事策略①,但又主张忠实于文学的自我,保留浓重的埃及伊斯兰风格:他运用意识流写法,但他的小说并非意识流小说;他有过荒诞的非理性描写,但他的小说不属于荒诞派作品,即使是他那些被看作非小说的小说,也从未将内容淡化到无情节、无故事、完全无视阿拉伯人审美习惯的地步。进而言之,当埃及与西方现代文化遭遇,当伊斯兰与世俗化对抗,马哈福兹的小说艺术是对文化困境的思索,是对二元思维的扬弃。

第四节 戈迪默

纳丁·戈迪默(1923—)出生在南非约翰内斯堡斯普林斯,这座属于种族隔离地区的矿山小镇日后成为她许多小说的背景。23 岁时,戈迪默就读于约翰内斯堡的威特瓦特斯兰德大学,此后渐以写作和行动反抗种族隔离制度。1991 年,戈迪默成为继索因卡、马哈福兹之后非洲第三位诺贝尔文学奖得主。

戈迪默的人生轨迹与文学信仰相生相成。在她的小说里,南非社会的黑白冲突、阶级问题和家庭关系是一以贯之的主题,而族别身份的危机、焦虑和越界更是核心所在。她从人道主义立场诉说禁忌、限制、极权主义、警察机器对南非的腐蚀,刻画这一社会中黑人与白人的种种心态,控诉种族主义制度对人性的扭曲,尤其是其早期作品。她的第一部长篇小说《说谎的日子》表现被种族政治摧毁的黑白之恋和人际关系,第二部长篇小说《陌生人的世界》描写黑人与白人之间的友谊在现实中寸步难行。其后,在《爱的时节》中,相爱私通的黑人男子和白人女子依然落得悲惨下场;在《伯格的女儿》中,阿非利肯人②共产党员"伯格"被捕,其女"罗莎"放弃欧洲的安逸生活,坚持疗治索维托事件③中的伤者,因而亦遭牢狱之灾。由这一系列长短篇小说,戈迪默最大限度地揭露了"白人优越论"造成的不公正现象,提

---

① 关于马哈福兹的艺术风格,埃及学者赖佳·纳加什提出过一个著名的类比:马哈福兹早期的创作风格像托尔斯泰,后期(指《小偷与狗》之后)则接近陀思妥耶夫斯基。参见〔埃〕赖佳·纳加什:《马哈福兹的爱》,埃及旭日出版社 1995 年版,第 254 页,转引自谢杨:《埃及的马哈福兹研究》,《外国文学评论》2007 年第 2 期,第 149 页。

② "阿非利肯人"(Africaner)即荷兰裔南非人。

③ 索维托事件:1976 年,因为南非当局强迫非洲黑人学习阿非利肯语(即南非荷兰语),引起学生万人抗议,警察开枪打死打伤一千多人,造成流血事件。

出白人——即使是仁慈的白人——的特权是否正当的问题,还向人们显示:"正派的"和"仁慈的"白人自身也是种族隔离制度的受害者。

尽管极具政治责任感,但戈迪默的作品不是对政治的简单图解,不是鼓动性的宣传文本。她摒弃脸谱式的人物刻画,小说中所有人都难逃种族政治带来的劫难。在以沙佩维尔惨案[①]为背景的《失落的资产阶级世界》中,离异的年轻白人女子遭受着身体政治[②]的煎熬。在短篇小说《跳跃》中,仇恨黑人的非洲白人男子帮助白人重夺政权,后又因白人暴行而背叛白人,最终精神崩溃,在自造的恐怖囚房中颤栗。另一短篇代表作《士兵的拥抱》描写一对同情并帮助黑人革命者的白人夫妇,在欢庆革命胜利的日子里,从单纯的喜悦转入反思和审视,在严峻现实中发现了种种不合理,于是惶惑忧虑。这种悖论式的笔法将容易流于种族问题情节剧的戏剧冲突化解在深刻复杂的广阔人性环境之中,不单纯依赖戏剧情节的发展。戈迪默还逐步尝试西方现代小说技巧,采用复杂的叙事结构和象征体系,叙述视角在不同人物之间不断转换,人物行为、对话和意识流相互交织。

在书写种族隔离制度的残酷性时,戈迪默的小说流露出浓重的故土情结。在戈迪默的象征体系中,人倏忽即逝,土地却永世长存。荣获布克文学奖的《自然资源保护论者》则以土地关系隐喻族别身份的焦虑[③]。小说中,白人工业巨子梅林购下方圆 400 英亩的农场,认为有必要将环保观念传授给当地黑人,不厌其烦地发号施令。在刻意保护所谓自然资源的同时,梅林同当地黑人产生了根本性的冲突:他以土地所有者身份同黑人交往,因此是黑人故土的掠夺者;他要保护土地原生态,却是维护旧秩序、阻碍黑人独立的绊脚石;他无法应付自然灾害,无奈将土地交还黑人,证明他根本无力保护自然。梅林企图以环保主义这种普世理念来打破社会空间的隔阂,但他的实践与南非白人政权一样违反自然、不合时宜,自以为拥有南非却无法成为其真正主人。

洞察力、想象力和创造力使戈迪默能够突破经验世界的局限,用真实的

---

① 沙佩维尔惨案:1960 年,泛非大会发动群众抵制通行证制度,举行和平示威。南非当局血腥镇压,接着宣布泛非大会和非洲人国民大会为非法组织,禁止其活动。

② Chris Bongie, J.M. Coetzee, "South Africa and the Politics of Writings, and Betrayals of the Body Politics: The Literary Commitments of Nadine Gordimer", *Modern Fictions Studies*, Vol. 40, No.1, Spring 1994, pp.185-187.

③ Coundouriotis Eleni, "Rethinking Cosmopolitanism in Nadine Gordimer's The Conservationist", *College Literature*, 33.3, Summer 2006, pp.1-28.

历史逻辑演绎出合乎情理的虚构。她的第五部长篇小说《贵宾》的背景不是南非,而是一个新独立的非洲国家。刚登上总统之位的慕韦塔和革命功臣施因扎互有政治成见:前者视后者为危险人物;后者认为前者已背离初衷,与过去的白人政权一样腐败。果然,施因扎发动全国总罢工,慕韦塔派兵镇压,主人公布雷这位贵宾则在混乱之中被打死。小说以毫无英雄气概的偶然死亡凸显现实与理想的差距,直面权力对人性的腐蚀。有评论家将戈迪默这种在虚构中贯穿事实的写法称为"预言现实主义",而她荣膺诺奖的关键作品——长篇小说《朱利的族人》和《自然变异》正属于此类以现实预言未来、以真实平衡想象的"乌托邦叙事"。①

《朱利的族人》讲述白人巴姆·斯迈尔斯一家在索维托暴乱发生后,不得不在男仆朱利带领下逃离城市,躲到朱利的家乡,住进朱利临时腾出来的简陋棚屋。斯迈尔斯夫妇发现自己日益依赖朱利,主仆关系趋于颠倒。戈迪默凭借自己所熟知的一切,构致了非常环境下的非常人性。在故事结尾,妻子莫琳在前进的轨迹上不停奔跑,而战争结局、族群关系和社会前景仍是悬念,文化共存与融合的困境难有改观。

《自然变异》这部由20个章节构成的"20世纪流浪汉小说"将白人犹太女子希莱拉的传奇融入年表式的历史叙述,她少女时代的流亡,她曲折的爱情轨迹,她波诡云谲的革命斗争,无不符合南非社会的现实框架。在现实之上,小说筑造了一个"黑人南非新共和国":白人妇女身着非洲礼服,国家实行"混合经济",油田、矿产和银行国有化,土地重新分配,有合作农庄,人民富裕,没有严重的"希望危机"威胁这个政权的稳定。戈迪默在对乌托邦的正写或反拨中阐述着其历史观:人的选择造就了历史,但男男女女的生理和心灵依然受到传统制约;人们不能随心所欲地反转自己曾选择的方向,开弓没有回头箭,唯有放眼远方。

与种族隔离时代不同,在后种族隔离时代的小说中,戈迪默笔下的人物大多对自己的身份有清晰认识,由此带来的强烈负罪感让他们心力交瘁,渴望救赎。在《家乡话》《第一感》《遗产》等小说里,政治斗争、种族偏见、信仰危机始终伴随着主人公,他们都怀疑自己的身份,但终究都通过爱情、妥协及亲情解决了身份矛盾。但在2007年面世的短篇小说《贝多芬是1/16黑人》中,戈迪默没有给出解决之道:身为白人知识分子的莫里斯在白人时

---

① Erritouni Ali, "Apartheid Inequality and Postapartheid Utopia in Nadine Gordimer's July's People", *Research in African Literatures*, Vol. 37, No. 4, Winter 2006, pp.68-84.

代拒绝当白人，牺牲自己的身份去换一个"民主自由"的南非，而当"曾反抗的已寿终正寝"后，他却无法融入黑人生活，且新政权下的南非并未消弭旧政权留下的痼疾。找不到身份认同的莫里斯竟幻想从肤色上由白变黑，试图在掠夺钻石发迹的祖先身上寻找潜意识中的黑人远亲。在刻画这一无归宿感的逃避之举时，戈迪默的笔触有如一场冷峻的战斗，体现出"局外人"的悲凉。

戈迪默直面现实、强调以行动担负责任的勇气，以及她对身份问题的敏感，在很大程度上源自存在主义。在后种族隔离时代，当外部斗争不再如往昔激烈，当"自由平等"从政治口号转为生存和思索的实践，她的文学创作便愈加深入人的本真存在。1994年的长篇《无人伴随我》以题点意——孤独是每个人不可避免的结局。女主人公维拉是资深律师，支持黑人解放运动，经常通过法律的手段乃至冒着生命危险为黑人们争取土地和生存的权利，但她的私生活却极不光彩，出轨成性，最后只能独自走完人生之路。小说充满伦理异端和家庭冲突，自律与情欲、温和与凶暴、忠实与欺骗、自私与奉献、宽容与苛刻并存于每个人物的自我之中，自然属性和社会属性是人的一体两面。

2005年出版的长篇《新生》更是自始至终充满存在主义色彩。小说中生态学家保罗罹患癌症，在孤独中不禁反思：自己热衷环保事业，而任广告公司高管的妻子却在为破坏生态环境的客户们大做宣传。保罗之父年轻时为养家糊口而放弃心爱的考古专业，保罗之母琳赛是一位才貌双全的律师，中年时曾红杏出墙，后终生为此补过。退休后，这对夫妇一同踏上向往已久的考古之旅，可一段意外的恋情却掀起家庭剧变。这些人都彷徨迷茫，他们不可知的命运充满象征意义。在短篇小说里，戈迪默对"存在"的思索更为犀利。精短的《卷尺》(2007)以寄生虫的视角审视人类，以卷尺的弯曲暗示寄生虫的形状，而尺的功能是衡量人类的现代性。戈迪默要用艺术之笔展示作为自然进化和社会活动之产物的人在特定时代、特定社会中的复杂性和多样性。

戈迪默思考的问题是世界性的，她对小说形式、技巧的选择及创化取决于作品的题材和价值观——关注具体而微的历史场域，书写身份的焦虑，探寻跨文化的文学实践。

戈迪默坚称"我是非洲人，来自南非"，而令她深感羞辱的是，自己的文学道路不曾受过任何一位南非作家影响，这例证了本土文学话语的建构面临漫长的征程。戈迪默强调，南非文学是一个独特整体，白人作家和黑人作家都要有一种沟通、领会和融合彼此文化的能力,要站在同一舞台上进行"混合性文化书写",因为"南非是一块巨大的马赛克,有各种人种、文化、历史、事件、语言和方言,在一个多棱镜中桃红柳绿、相互辉映,毋须形成一个统一的民族文化"。①

第五节 索因卡

沃莱·索因卡(1934—)出生于尼日利亚小城阿贝奥库塔一个约鲁巴族家庭。他1952年进入伊巴丹大学,专攻英国文学及欧洲史;1954年进入英国利兹大学,师从著名莎士比亚专家攻读戏剧;1957年从该校英国文学系毕业。

英国求学期间,索因卡陆续发表喜剧作品对学术圈进行嘲讽批评,笔风辛辣尖刻而又幽默有礼。返回尼日利亚研习非洲戏剧之前,索因卡在伦敦的皇家宫廷剧院担任过剧本审校、导演和演员,积累了戏剧经验,并萌发将欧洲戏剧传统与尼日利亚的约鲁巴族文化相结合而创作的想法。1958年他创作第一部戏剧《沼泽地居民》,1959年又写了剧本《雄狮与宝石》,引起伦敦皇家宫廷剧院的关注。作于1960年的讽刺剧《裘罗教士的磨难》使他成为尼日利亚最重要的剧作家之一,而剧本《森林之舞》则在庆祝尼日利亚独立日的戏剧大赛中获奖。

除发表文章讽刺尼日利亚的西方势力、批评联邦政府的一些政治举措和抨击当时非洲独裁专制、个人崇拜、腐败贪污等丑恶现象之外,索因卡还批判了一些带有民族主义色彩的文化主张,如诗人桑戈尔等提出的"非洲性"和当时盛行的"黑人性"等价值话语,认为它们是对于没有种族歧视的往昔非洲的单纯怀旧而忽视了现代性能带给非洲的有利之处。1964年,索因卡的代表作之一长篇小说《阐释者》在伦敦发表。1965年,他的戏剧《孔其的收获》在塞内加尔的黑人艺术节演出,而另一部新作《道路》荣获艺术节的最高奖。

1967年,在国内声誉极高的索因卡回到伊巴丹大学,并密会独立政府比夫拉首脑奥朱古和北方军队将领奥巴桑乔,希望两人采取措施避免可能爆发的内战,但奥巴桑乔却将这一会见报告上级,随后联邦政府以叛国罪

---

① 〔法〕萨拉赫·哈希姆:《法国〈骑士〉杂志访纳丁·戈迪默》,李文彦译,《外国文学》1992年第1期,第86页。

名逮捕索因卡，使其入狱二十二个月。尽管被禁止接触所有书刊、报纸甚至纸笔，但索因卡还是想方设法地利用香烟盒、卫生纸和偷偷弄到的书籍的字里行间进行创作。1969年索因卡获释出狱，随后在伦敦出版了他克服种种磨难而创作和保留下来的诗篇——《狱中书》。1969年底，索因卡重回伊巴丹，出任天主教戏剧学校校长，后又担任伊费大学比较文学教授。这一时期他的主要作品有：戏剧《疯子和专家》（1970）、《死亡与国王的侍从》（1976）、《一位未来学家的安魂曲》（1983）、《巨头们的戏剧》（1984），诗集《地窟中的梭》（1971）、《奥贡·阿比比曼》（1976），小说《失常的季节》（1972），散文集《神话、文学和非洲世界》（1976）等。

1986年，索因卡获诺贝尔文学奖，颁奖辞评价他"以广阔而丰富的文化视角和充满诗性的精神影响了戏剧的存在"，而索因卡自己则将其受奖辞作为对南非独立运动领袖曼德拉的礼赞，同时尖锐批驳南非政府的民族主义主张中暗藏的种族隔离思想。1988年，索因卡发表诗集《曼德拉的大地及其他》、散文集《艺术、对话与暴行：关于文学与文化》。1996年，他顶住阿巴查政权威胁压力，出版《一块大陆公开的痛：尼日利亚危机的个人记述》。

新世纪之初，年过六旬的索因卡没有停止为和平、民主、人权、自由、平等抗争呐喊。2001年他上演政治讽刺剧《巴布国王》，2002年发表诗集《我所知道的撒马尔罕及其他市场》。2005年，他在名为《恐惧的气氛：在非人道的世界中寻求尊严》的散文集里，用犀利而理性的笔调对全球范围的恐怖袭击事件及其原因作出分析。

索因卡的作品不仅体现出对于政治、社会生活的强烈责任感和民主人权的崇高理想，也具有浓厚的非洲传统文化特性和丰富多变的艺术风格。其早期剧作如《雄狮与宝石》《裘罗教士的磨难》等虽为轻松诙谐的喜剧，却不失深刻的文化思考。《雄狮与宝石》讲述一段发生在非洲小村庄的故事：村庄首领巴洛卡年近花甲，享有可观财富和无上权力，家中妻妾成群，但仍为村里的美丽少女希迪心动。而一直倾慕希迪的青年人拉昆勒却梦想用西方现代文明来改变小村庄的传统生活和习俗，包括改造希迪的思维方式，结果后者不但没有被他启迪，反而为自己能委身于巴洛卡而感到幸运和满足，拉昆勒的努力成为村里人的笑柄。索因卡于此并不旨在批判非洲古老的生活习俗和爱情观念，亦非单纯嘲笑和抗议西方现代化模式对非洲文化的入侵和冲击，而是通过展现原汁原味的非洲乡村生活来反思每一种文化在其漫长的形成和固定过程中的合理性和自然性，及其与个体精神的奇妙联系。这不是用简单的"落后"或是"进步"、"野蛮"或是"文明"、"原始"或是"现代"甚至是"人性的"或是"非人性的"等范畴可以轻易总结的。

《森林之舞》是一部充满非洲神话色彩而又映射出当下现实状况和问题的剧本,戏剧气氛于此变得阴郁、沉重、晦涩。剧中角色有现世的人、死去的亡灵、森林中的精灵、传说中的大神和历史英雄,但他们之间并非界限分明,而是在这个时空交错的神秘森林中相互应和,甚至融为一体。像《神曲》中但丁由维吉尔引领着认识和经历冥界一样,三位现世中的主人公也被森林之神引导着来到众神、死去的男人和女人以及历史人物面前,和他们展开对话,并在历史影像的重现中亲身经历着本民族历史中先人们的真实生活与处境。他们发现被历史神化了的往昔英雄和被美化了的昨日帝国都同他们自己一样具有罪恶和瑕疵。在森林之神的启迪下,对先人的盲目尊崇、对传统的僵化死守逐渐显得可笑又可悲,但代表着传统习俗和深重过去的先人们却成为生人的重负而徘徊纠缠,不愿离去。雕刻家迪默克是此剧中现世活人的代表,他如浮士德一般既有着自信、好奇、进取心和斗志,也善于反思自省,并对自己犯下的过失充满负罪感;另外,因为得到了那个象征未来命运的半生半死的孩子,他也像浮士德一样,成为主管技艺、创造和战争的大神奥贡与主管破坏、毁灭的大神俄殳奥罗说服和争夺的对象。此剧中最神秘、最为研究者们热衷探讨的,就是这个由死去的女人怀于腹中三百年、半是生人半是死灵的孩子,它可能是希望也可能是厄运的象征。在后来的修改版中,索因卡让迪默克将孩子重新交还给死去的女人,从而引起奥贡大神的警示和俄殳奥罗的暴怒,但剧本并没有交代孩子的命运,也把半生半死孩子的喻意像谜题一般交给了读者。《森林之舞》在尼日利亚独立日庆典上演,具有戏剧性的嘲讽意味。它并非充满民族自豪感和传统文化狂热的礼赞,而是一部负载着沉重而理智的自省、反思、批判和警示的力作。它深刻地讽刺和抨击了对于非洲传统文化和历史荣光盲目保守的怀旧之情和对于现代化进程不加分别、一味抵抗的心态。剧本自身就是一个创造性地融合传统色彩和外来文化的极好例子,它体现了非洲神话和传统文化中"历史"与"现在"、"生人"与"死人"在模糊时空界限中的共通性和神秘性,运用祭祀典礼、假面戏、哑剧、笑剧、民间乐舞、戏中戏等多重手法营造出既沉重神秘又诙谐机巧的氛围,其中不难看出对于古希腊悲剧、古罗马喜剧,但丁、莎士比亚、歌德等的剧作,以及后来的荒诞派、象征主义、表现主义等西方戏剧遗产的继承和创造性沿用。

《死亡与国王的侍从》这部以真实历史事件为素材的剧本从更深的文

化层面探讨了传统社会向现代化转型的过程中不可避免的冲突与矛盾,及其体现于社会个体身上时造成的焦虑、痛苦、困境,甚至是无法挽回的悲剧。国王侍从艾雷辛在国王驾崩后准备按本族传统习俗追随国王的亡灵而去,但本地英国殖民行政官皮尔金斯却竭力阻止这场在他看来"野蛮""不人道"的神圣仪式。在对物欲、名望、俗世人情的眷恋中,艾雷辛自己也变得犹豫起来,从而使得皮尔金斯找到机会将其囚禁,打破了仪式程序。从小在殖民地接受西方现代教育、如今就读于英国医学院的儿子欧朗弟赶回来参加父亲艾雷辛的葬礼,却因为父亲的缺席而顶替他行使了伴随国王走向彼岸世界的职责,最后艾雷辛也在族人的唾弃和自己的羞愧中选择了死亡。在这场悲剧中,试图用现代文明和"先进"文化来"启蒙"、改造传统部族习俗的西方殖民者扮演了一个可笑、无知而蛮横的角色,悲剧的根源并不在于传统社会的封闭保守,而在于西方中心主义和霸权者对于文化、宗教不可割断的延续性的轻视和无知。非洲的约鲁巴人有着自己独特的神人观和宗教观,在他们的观念中世界分为三个层面,即逝者世界、现世世界和未来世界,而连接其间的是"轮回通道",人可以借助再生,通过"轮回通道",在三重世界之间依次循环,从而达到某种意义上的永恒。对现世世界原本秩序的破坏不仅会造成现世悲剧,也会给另外两个世界造成混乱和焦虑。基于这样的宗教观,约鲁巴人把追随国王走进"轮回通道"并协助其顺利循环的仪式和任务看得神圣无比。这样根深蒂固的世界观与人神观,即使是从小受到西方教育的欧朗弟也无法脱离。可以看出,这部作品体现的保存文化多元主义的倾向,与《森林之舞》中对于固守先人传统的嘲讽以及竭力相信现代化进程对于非洲具有潜在利处的观点存在着矛盾,但这也正是一个对民族命运怀有深重责任心、对文化嬗变具有开放思辨力的知识分子必然会遭遇的难题。

索因卡的另一些作品,如小说《阐释者》、剧本《疯子与专家》等,则探讨了知识界和知识分子的命运,这些内容与作者自身在知识界的体验以及作为一个流亡归国的知识分子的沉痛思考密切相关。《阐释者》叙述五位从海外归来的尼日利亚知识分子回国后在努力适应和融入国内文化、生活环境过程中的曲折经历。这些人中有思想家、艺术家、记者等,他们从或理想主义或怀疑主义或叛逆者的角度,在宗教、社会、传统文化、家庭、语言等各个方面,重新反思和拷问当下的精神生活状态。除探讨过去与现在的复杂关系外,小说还通过几个外国人形象和异国婚姻来突出传统文化和生活秩序在西方现代文化冲击下的悸动和隐痛。小说在语言上不仅部分"还原"

了一些具有本地特色的洋泾浜式英语,在第三人称叙述者的语言运用上也体现出乔伊斯式的意识独白和跳跃性思维特点,但又带有索因卡一贯的诗性语言色彩和诙谐幽默的行文风格。

【导学训练】

一、学习建议

学习本章不可忽视非洲文学与历史、政治、文化的互动关系,应关注非洲早期文学的发生学意义、埃及文明与地中海和非洲文明的关系及其对古希腊文明的影响、阿拉伯文化与非洲文化的关系、西方殖民活动和殖民话语对非洲文化和非洲研究的影响,了解非洲文学的发展脉络。《亡灵书》的观念内涵和艺术想象,马哈福兹作品的文体实验、时空布局及其对阿拉伯和西方文学传统的吸收,戈迪默关于存在与写作的思考,以及非洲传统文化与西方现代文化在索因卡创作中的契合点和融汇方式,值得重点探讨。

二、关键词释义

埃及学:埃及学(Egyptology)研究古埃及文明的语言、文字、历史及文化艺术的学科。它包括考古学、语言学、古文字学、历史学、文化人类学、文学史、宗教史、美术史及纸草学等专科研究,也涉及建筑史、技术史、医学史等。西方世界自古希腊罗马时期以来便对埃及文明抱有浓厚兴趣,文艺复兴后学术探讨、考察和资料搜集日渐增多,终于发展成埃及学这门近代人文学科。其形成以1822年法国学者商博良释读古埃及象形文字成功为标志。古埃及文明的年代范围从公元前3500年左右起,到公元前332年埃及受希腊统治止。但此前的新石器时代及此后的希腊罗马统治时期因与埃及文明的萌生、后续有关,一般亦列入埃及学研究范围。

黑人性运动:20世纪30年代初旨在恢复黑人价值的文化运动,由塞内加尔的桑戈尔、圭亚那的莱昂·达马和马提尼克的艾梅·塞泽尔于1934年在巴黎创办刊物《黑人大学生》时发起。"黑人性"(Negritude)出自塞泽尔于1939年发表的长诗《还乡笔记》。其后诗人桑戈尔给出了如下定义:黑人世界的文化价值的总和,第二次世界大战后美国黑人反对种族隔离与歧视、争取民主权利的群众运动。黑人性作家主张从非洲传统生活的源泉中汲取灵感和主题,展示黑人的光荣历史和精神力量。

预言现实主义:在当代非洲文学语境下,"预言现实主义"(prophetic realism)一词指对于国家、民族、个人命运的预言性质的文学呈现,例如,南非作家戈迪默在多部长篇小说中准确而深刻地预示了来自不远前方的废除种族隔离的钟声,同时也敏锐地意识到新旧之交可能出现的一些社会问题及其实质原因。"预言现实主义",是我们在对未来世界作出考察和展望时,更加关注解决具体现实问题的一种态度。

三、思考题

1. 西方评论家的焦点往往集中于非洲文学作品的政治性与社会性,较少关注这些作品的文学性。你如何看待这种现象?
2. 在西方文化视野中,"古埃及"承载着特殊的文化意蕴,它是西方文化以自身为参照构建出的一个基于自身需求的双重"他者"形象。试辨析西方人及西方文学中的埃及形象。
3. 比较分析埃及《亡灵书》中的死亡观念。
4. 马哈福兹曾说,"宗教是人类生活的本质性因素","人是不能没有信仰的",他视安拉为一种隐藏在事物背后的超自然力量,甚至坦言自己是法老文明和伊斯兰文明的儿子。他的小说也被认为是了解现代阿拉伯人生存状态和精神面貌不可或缺的读物。在他的文学作品中,你能够读出哪些源于伊斯兰文化的观念?它们与异质文化又发生着怎样的碰撞或融通?
5. 戈迪默常以土地作为历史和民族的隐喻来探索主人公的种族身份焦虑。试分析戈迪默小说中的土地意象和恋地情结。
6. 索因卡在创作中继承了非洲文化传统,同时汲取了古希腊悲剧、古罗马喜剧,但丁、莎士比亚、歌德等的剧作,以及荒诞派、象征主义、表现主义等西方文化。他早期被称为"尼日利亚的萧伯纳";写出戏剧《孔其的收获》之后,他令人联想到布莱希特;后来,他的《道路》又被视为贝克特式的荒诞剧佳作;而他的悲剧观则深受尼采美学影响。你如何看待这一现象?

四、可供进一步研讨的学术选题

1. 西方语言(英、法、葡)与非洲现代文学的关系研究。
2. 比较分析马哈福兹的"开罗三部曲"和现代西方的家族小说。
3. 戈迪默小说中的存在主义研究。
4. 从《自然资源保护论者》看生态主义与殖民主义的关系。
5. "旁观"与"参与"之间的张力:以戈迪默的创作为例。
6. 分析索因卡戏剧中的变形手法与创伤记忆。
7. 索因卡的戏剧创作与非洲的"魔幻现实"关系研究。
8. 分析索因卡戏剧中的舞台时空观。

【研讨平台】

一、口传文学与现代主义及后现代主义的关系

提示:在具有成熟书写系统的社会里,口传文学往往居于边缘地位。诚然,在时空的变换中,口耳相传的话语实践是不稳定和不可靠的。但以现代主义及后现代主义文化理论而言,正是通过口传文学,非洲乃至整个人类的历史才得以传承和重建;言语和声音具有操演性(performative),能影响现实、改变现实甚至创造现实;现代主义具有原

始主义倾向;人们对历史的叙述、对世界的想象,在根源上亦是话语权力的投射。

1. F.奥顿·巴娄贡:《现代主义与非洲文学》(节选)

我们的口头文学不把艺术家当作脱离群体的个人而是当作与群众相结合的、平衡的、社会的人,他用明白易懂的措词创造出有意义的艺术。一个民间故事可能内部非常复杂,但通常是藏在简洁明了的表面之下。……在指出非洲口头文学和欧洲现代主义之间存在相似的技巧时,我并不是暗示二者是根据相同的美学原则行事的。

(李永彩译,载《外国文学》1993年第3期,第72页)

2. 菲德勒:《媒介形态变化:认识新媒介》(节选)

当故事从一个族群传递到另一个族群或是代代相传时,他们势必丢失了许多他们原有的意思和来龙去脉,最终变得不可理解或成了隐喻。

(明安香译,北京:华夏出版社2000年版,第51页)

3. 爱德华·萨克:《口述传统与非洲小说》(节译)

在非洲现代文学的成长和发展中,非洲传统的口传文学扮演着关键角色,这一点皆可见于现代非洲诗歌、戏剧以及小说。的确,在现代非洲文学目前仍在进行的实验和创新中,口述传统居于中心地位。非洲作家已在非洲口传文明中找到了丰富的资源,它孕育着当代非洲文学的复兴。

(Edward Sackey, "Oral Tradition and the African Novel", *MFS Modern Fiction Studies*, Vol. 37, No. 3, Fall 1991, pp.389-407)

4. 阿利多·克瑟拉:《性别、叙述空间和现代豪萨文学》(节译)

多少世纪以来,仅是由于语言的同化作用,来自各族的邻人(如富拉尼人、卡努里人、努佩人)竟都借用了豪萨人的身份。本文的讨论置于一种历史性的空间中——从本土口述传统开始,经由伊斯兰时代,直到西方冲击下的现代。这番历史过程展示了,不同势力的结合是如何各有不同地影响了作为口述艺术(文学)生产者的男男女女。……在某种程度上,性别因素关联着"口头——书写"的二分法,并自然地映现了有关"传统与现代"的话语。

(Alidou, Qusseina, "Gender, Narrative Space, and Modern Hausa Literature", *Research in African Literature*, Vol. 33, No. 2, Summer 2002, pp.137-153)

二、早期基督教文学在埃及

提示:通过腓尼基人,古埃及文化和思想传遍东地中海沿岸各国和岛屿,深刻地影响了西方古典文化的形成。公元1世纪中期,基督教传入埃及,经过一个多世纪的发展,它逐渐演变为基督教神学的重要中心之一。基督教最早的神学体系即诞生在亚历山大。作为基督教修道制度的滥觞之地,埃及的修道主义被视作埃及对基督教世界的重大贡献。

1. 詹姆斯·格瑞:《侵入沙漠:早期基督教埃及的文学生产与苦修空间》(节译)

沙漠隐士支配着早期埃及修道院生活的文学风景。当苦行修道者辛劳地往返于整个埃及时,他们中的某些人以文学意义上的隐喻讲述那些故事。与实际中的支配地位相比,故事的成功讲述,更能奠定沙漠隐士在早期埃及修道院制度中的文学偶像地位。

(James E. Goehring, "The Encroaching Desert: Literary Production and Ascetic Space in Early Christian Egypt", *Journal of Early Christian Studies*, Vol. 1, No. 3, Fall 1993, pp.281-286)

2. 詹姆斯·格瑞:《四世纪埃及的修道院多元性与意识形态疆界》(节译)

埃及修道院制度的起源和发展不再是一段简单的历史。这段历史的既有观念、固有来源已在两个方面遭到了挑战。通过分析,传统文学在史实文献方面的价值日益受到质疑。这些资料所展现的历史,其程度和性质仍然有待商榷,而少有争议的是,这类作品的作者和编者将那些人物加工成了圣徒。这类作品具有修辞和意识形态上的目标。它们将修道院源起时的人物表现为苦行朝圣者,他们为基督徒开启了一条值得追随的新路。

(James E. Goehring, "Monastic Diversity and Ideological Boundaries in Fourth-Century Christian Egypt", *Journal of Early Christian Studies*, Vol. 5, No. 1, Spring 1997, pp.61-84)

三、戈迪默小说中的日常生活与种族政治

提示:在戈迪默的作品中,南非被描绘成这样一块地方:它既被赋予超凡的美丽,又被烙上了骇人听闻的道德恶行。在这片顽强的新殖民地上,令人困惑的解放运动和纠缠不休的革命行为比邻而居,种族隔离渗透了人们的日常生活——用她的话来说,人们"在居住之地,互为陌生者"。当她小说中的人物发现,现实不断地碰撞着他们所梦想的安全感时,疏离感和背叛感便萦绕其上。

1. 麦其考·卡库塔尼:《陌生人土地的编年史家》(节译)

对她的人物们来说,南非特殊的种族制度并不是抽象的政治问题,而是日常生存的事实,与个人生活和人际关系紧密相连。它影响着友情与爱情,笼罩着父母与子女、丈夫与妻子之间的关系。……戈迪默曾引用卡夫卡的话来阐明自己对小说的认识——

"就像一把在我们之间砸开冻海的斧子"。她认为,与西方相比,南非的日常生活与政治的关系更为密切。

(Michiko Kakutani, "A Chronicler of a Land of Strangers",
New York Time, October 4, 1991)

2. 多米尼克·黑德:《纳丁·戈迪默》(节译)

在其《故事选集·导言》中,戈迪默显示她很清楚自己的历史意识的相对性和多变性。她承认在自己的写作中,她作用于社会,同时,作为一种互相影响,历史也作用于她,影响她的风格,她的形式,她的理解方式。

(Dominic Head, *Nadine Gordimer*, Cambridge:
Cambridge University Press, 1994, p.3)

3. 苏珊·皮绍:《戈迪默小说中的日常生活》(节译)

当戈迪默1974年宣称"西方世界没有哪个国家像南非这样,日常生活的法则如此密切而透彻地反映了政治",她是在指出,界限分明的权力关系构造着她所在的社会,即便是在最微小的场景中,它们也昭然若揭。戈迪默的小说装满了政治话题,以目录般的细节,在凡人琐事中揭示南非人的生活,呈现了政治对日常生活的入侵。

(Susan Pearsall, "Where the Banalities Are Enacted: The Everyday in
Gordimer's Novels", *Research in African Literatures*,
Vol. 31, No.1, Spring 2000, pp.95-118)

四、索因卡作品中的非洲文化传统

提示:索因卡生活在传统非洲和现代西方的双重文化氛围之中:父母都是基督教徒,他从小接收的生活习惯和系统教育都是相当西方化的;而包围他的外界环境却保持着约鲁巴族的传统风习和宗教信仰。故此,索因卡作品的重要特质即是西方文化传统、现代文化与约鲁巴文化的紧密结合。他把西方戏剧艺术同非洲传统的音乐、舞蹈、戏剧结合起来,开创了用富有非洲乡土气息的英语演出的西非现代戏剧;他的剧作中经常出现约鲁巴人的神话、传说、传统节日、仪式,在剧本的关键之处,经常出现富有民族特色的假面舞蹈、音乐和鼓声。简言之,非洲文化的仪式感、狂欢性,非洲的口述传统,被索因卡发挥得淋漓尽致。

1. 格棱·奥多姆:《黑人历史的终结:索因卡与约鲁巴历史学》(节译)

约鲁巴的精神世界中并不缺乏预言。然而,这种预言却不是目的论式的,因为它没有给发展之物指出一个清晰的终结点。换言之,各种各样的约鲁巴传奇、寓言、传说及宗教文本,无论口传还是书写,都未蕴含天启(apocalypse)。没有一个固定的终结点,于是,在约鲁巴人的宇宙观中,过去、现在与未来之间的关系便在一种特殊而灵动的样态中转换。沃莱·索因卡,这个约鲁巴人,在《神话、文学与非洲世界》中笃定地指出:"如果说戏剧是人的一种外在表达,那么欧洲戏剧和非洲戏剧之间的差异就不仅是一种风格或形式上的差异,甚至不局限于戏剧内部。它体现了两种世界观的本质区别,两种文化的差异,一种文化的产物显示了对不可约分之真理的内在理解,而另一种,它的创造力由阶段性的辩证法所引导。"

(Glenn A. Odom, "The End of Nigerian History: Wole Soyinka and Yorùbá Historiography", *Comparative Drama*, Vol. 42, No. 2, Summer 2008, pp.205-229)

2. 安加利·罗伊等:《作为原型的人:索因卡小说中的性格描写》(节译)

在评论非洲小说的角色塑造时,如果不考虑传统非洲有关"人格"(personality)和"个体"(individual)的观念,无论如何都是一种不足的。西方对非洲人物的分析就大多因此而失败。大多数西方评论家都低估了非洲作家所持传统世界观的根深蒂固,以及他们观察人物时的传统视角。他们并未仰望西方模式以寻求灵感,而是以各种方式,从非洲口传文学中——既是现实的,也是风格化的——重申人的传统形象。传统的角色塑造法则,源于一种重视"人格"甚于"个体"的观念,它迥异于西方有关个体、角色成长的观念。例如,在传统的角色塑造中,"类型"化的人物比"异数"更具价值。这位现代尼日利亚小说家更多地吸收了传统的角色类型:武士、斗士之类的文化英雄,杂耍者、替罪羊之类的小角色,神、精灵之类的神话物。

(Anjali Roy, Viney Kirpal, "Men as Archetypes: Characterization in Soyinka's Novels", *MFS Modern Fiction Studies*, Vol. 37, No. 3, Fall 1991, pp.519-527)

3. 阿杜-嘎姆菲等:《写作的口述性》(节译)

尽管用英语写作,这些诗歌依然蕴藉着非洲的感觉、文化和世界观,具有口传文学的节奏、结构和技巧,因而被沃莱·索因卡称为"双重写作"(double writing),将种种民族、地理、个人,以及非洲口传文化的因素织入欧洲的书写形式。这些口头因素包括仪式颂歌,抒情歌谣,早期的鼓、琴配诗,箴言,谜语,神话,歌曲,民间故事,对唱对答,以及修辞的节奏感、重复、离题和程式化。

(Adu-Gyamfi, Yaw, "Orality in Writing: Its Cultural and Political Significance in Wole Soyinka's Ogun Abibiman", *Research in African Literatures*, Vol. 33, No. 3, Fall 2002, pp.104-124)

【拓展指南】

一、重要研究资料简介

1. 〔英〕马丁·伯纳:《黑色雅典娜:古典文明的亚非根源》(*Black Athena: the Afroasiatic Roots of Classical Civilization*), New Brunswick: Rutgers University Press, 1987。

简介:在这部上千页的大书中,作者引入了知识社会学的视角,从古典学的诞生讲起,指出以黑肤色人种为主体的古埃及文明在古希腊文明诞生中的重要作用,并分析批判了18世纪以来流行的"进步"(progress)观念以及由此引发的历史偏见。它与赛义德的《东方学》共同构成了当代学术转型的重要路标。

2.〔美〕道格拉斯·克拉姆等编:《非洲文学指南》(*The Companion to African Literature*), Oxford: James Currey/Bloomington: Indiana University Press, 2000。

简介:该书按照字母顺序排列,包括作家、作品等词条,介绍了诸多非洲作家的生平、创作阶段、主要作品,作品创作的社会背景、内容主旨、美学倾向、价值,非洲地方语言等内容。如南非作家艾布拉姆斯彼得,早期作品受到马克思主义的影响,是最早表现乡村移民在工业化城市中经历种族歧视和疏离的非洲小说。

3. 李琛:《阿拉伯现代文学与神秘主义》,北京:社会科学文献出版社2000年版。

简介:作者亲赴开罗进修写下的著作,内容详尽深刻。她认为,阿拉伯作家都从神秘主义的宇宙观和本体论的角度,再现了人与神或人与宇宙自然的关系,阐释人之渴望的缘由以及人修炼的必要,重申了人之自由和彻底解放的含义。如努埃麦的神秘主义具有超宗教性,突出了人的地位与价值,崇尚自然和顺从自然规律,将爱置于重要地位,救世而不避世。

4.〔美〕路易斯·耶林:《来自帝国的边缘》(*From the Margins of Empire: Christina Stead, Doris Lessing, Nadine Gordimer*), Ithaca: Cornell University Press, 1998。

简介:该书认为位于殖民主义与后殖民主义、现代与后现代的交叉点,克里斯蒂娜·斯泰德、多丽丝·莱辛和纳丁·戈迪默都见证着这个世纪的全球化转变。她们的写作从帝国的边缘察看民族身份的问题。这些作者——白人女性都生在或长在英国的殖民地或前殖民地,她们的人生和作品都丰富地折射了民族身份的命题。

5.〔美〕拜尔顿·杰伊夫:《索因卡:政治,诗学与后殖民主义》(*Wole Soyinka: Politics, Poetics, and Postcolonialism*), Cambridge: Cambridge University Press, 2009。

简介:该书考察了索因卡富有创新性和影响力的写作与其激进政治活动之间的关系。书中分析了索因卡的许多雄心之作,将它们与索因卡的政治关怀联系起来,研究视角深入到了索因卡所在的后殖民时代的非洲语境。

二、其他重要研究资料索引

1.〔美〕伦纳德·S.克莱因主编:《20世纪非洲文学》,李永彩译,北京:北京语言学院出版社1991年版。

2.〔美〕阿比拉·爱勒:《剑桥文学指南:非洲长篇小说》(*The Cambridge Companion to the African Novel*), Cambridge: Cambridge UniversityPress, 2009。

3.〔美〕阿比拉·爱勒:《非洲与加勒比海文学》(*African and Caribbean Literature*), Cambridge: Cambridge University Press, 1994。

4.〔尼尔利亚〕F.奥顿·巴娄贡:《现代主义与非洲文学》,李永彩译,《外国文学》1993年第3期。

5.〔法〕克洛德·埃尔费特:《埃及神话/永恒的神话》,侯应花译,天津:天津教育出版社2006年版。

6. 汪剑钊编译:《非洲现代诗选》,石家庄:河北教育出版社2002年版。

7. 张洪仪、谢杨主编:《大爱无边——埃及作家纳吉布·马哈福兹研究》,银川:宁夏人民出版社2008年版。

8.〔埃及〕马哈福兹:《自传的回声》,薛庆国译,北京:光明日报出版社2001年版。

第十二章 东亚及东南亚文学

第一节 概述

一、东亚及东南亚各国文学

除中国之外,东亚地区包括朝鲜、韩国、蒙古、日本等国家。

朝鲜和韩国位于朝鲜半岛,和中国毗邻。朝鲜半岛在远古时期已有人居住,并和中国有着频繁的交流。史载公元前2世纪,燕人卫满率众进入朝鲜自立为王,是为卫氏朝鲜。公元前108年,汉武帝灭卫氏朝鲜,于其地设立汉四郡:乐浪、临屯、玄菟、真藩。此时半岛南部有本地部落辰韩、马韩、弁韩,史称三韩。公元1世纪左右,高句丽建国;5世纪,百济、新罗、高句丽三国鼎立;7世纪,新罗在唐的帮助下统一朝鲜半岛;9世纪,又重新分裂为百济、泰封、新罗三国,这段历史统称为三国时期。10世纪,王建创立王氏高丽,历经与辽、金的战争和蒙古入侵,并受元朝控制。14世纪,李成桂改国号朝鲜,是为李氏朝鲜。16世纪末至20世纪初,朝鲜屡遭日本侵略,1910年,《日朝合并条约》签订,朝鲜完全成为日本殖民地。二战之后,朝鲜半岛分裂为两个政权:北部是朝鲜,南部是韩国。

朝鲜民族很早就接触到汉民族,并深受汉文化影响。大约在中国的战国时期,汉字传入朝鲜,并得到广泛使用。公元后,中国的儒家思想、由印度传至中国的大乘佛教、中国的道教先后传入朝鲜,对朝鲜社会的宗教信仰、教育制度、政治制度等都产生了很大影响。尤其是儒家思想对朝鲜民族伦理道德观念的形成发挥了重要作用。

朝鲜文学最初由抒情文学还是由叙事文学始,目前尚有争议。据《三国志·魏书·东夷传》记载,其时朝鲜已有大型歌舞祭祀活动,诗歌已成形。叙事文学中也早有神话流传,有据可查的最早神话是古朝鲜的建国神话《檀君》,但当时没有文字,大多口耳相传,少部分凭汉字记录得以传世。

汉字的传入促进了朝鲜汉语文学的产生。在朝鲜文学史中，汉语文学占据重要地位，并且长期和朝鲜国语文学相并立。三国时期，朝鲜出现了一些汉文诗人，最著名的是崔致远（857—?）。崔致远，号孤云或海云，新罗时期诗人，曾留学于唐，885年回国，后隐居于伽倻山，不知所终。著有诗集《桂苑笔耕》20卷，收入《四库全书》。崔致远被公认为朝鲜汉语文学的鼻祖，他的诗文推动了汉语文学的发展，并对以后的国语文学产生了深远影响。

高丽王朝时期，由于朝廷对儒学的重视，汉语文学走向繁荣，其中成就最高的是李奎报（1169—1241）和李齐贤（1288—1367）。李奎报，号白云居士，诗作多收入《东国李相国集》中，大多针砭时弊，描写百姓的血泪人生，代表作为《代农夫吟》。李齐贤，号益斋，曾居留元朝二十六年。在汉诗造诣上与崔致远、李奎报齐名，同时是朝鲜文学史上唯一的优秀词人，其词作收入《益斋乱藁》卷十中，有五十余首，内容多借景抒情，代表作为《江神子·七夕冒雨到九店作》，表达了身在异国的思乡之情。汉语文学除诗歌之外，散文体作品也有所发展，金富轼（1075—1151）的人物传记《三国史记》，模仿《史记》形式记录了朝鲜历史。李氏朝鲜时期，汉语文学仍有很高成就。汉诗方面的主要代表有诗人群体"海东江西派""三唐诗人""四大家"等。较为突出的诗人有徐居正（1470—1488）、权韠（1569—1612）和丁若镛（1762—1836）等。丁若镛，号茶山，又号与犹堂，是"实学派"的代表人物，有文集《与犹堂全书》153卷，诗作多反映百姓疾苦，语言生动自然，代表了朝鲜古典现实主义诗歌的最高成就。[①] 李朝时期还出现了汉文小说，代表作有金时习（1435—1493）的《金鳌新话》，仿中国明代瞿佑的《剪灯新话》创作而成。小说多具梦幻结构，富于传奇色彩，是朝鲜汉文小说的奠基之作。朴趾源（1737—1805）的汉文小说为笔记体短篇小说，收入《热河日记》和《放琼阁外传》中，具有强烈的讽刺精神，如《虎叱》《两班传》都是其中的名篇。

在汉语文学发展的同时，朝鲜国语文学也在逐渐产生、发展、成熟和壮大。三国时期已有被"吏读"记录的乡歌。乡歌就是相对于汉诗的国语诗歌。"吏读"即指"摘取汉字的音或训使之发挥表音功能，以用来表记"[②]朝鲜语。这种方法是薛聪整理并加以规范的。依靠这种记法流传并在《三国遗事》中保存下来的乡歌有《薯童谣》《风谣》等。

---

① 金英今：《韩国文学简史》，天津：南开大学出版社2009年版，第41页。
② 〔韩〕赵润济：《韩国文学史》，张琏瑰译，北京：社会科学文献出版社1998年版，第26页。

高丽王朝时期,国语文学的发展更进一步,出现了民间国语歌谣,亦称俗谣,有《西京别曲》《动动》等。在士大夫阶层则出现了"景几如何体"诗歌(又称翰林别曲体),是将中国的四六句和朝鲜的传统诗歌形式结合产生的新诗体,在每节后加上"景几如何"作为副歌。因为最初是由翰林院学士共作的《翰林别曲》,因此得名。代表作有安轴(1282—1348)的《关东别曲》和《竹溪别曲》。高丽王朝末年,又一种新的国语诗歌——时调产生,最后完型是在李氏朝鲜时期。早期时调由初、中、终三章组成,共六句,代表作有郑梦周(1337—1392)的《丹心歌》。李氏朝鲜时期,随着1444年"训民正音"的发布,到16世纪时出现了众多的时调诗人。最杰出的是尹善道(1587—1671)。尹善道,号孤山,著有《孤山遗稿》,代表作有《山中新曲》和《渔夫四时词》。李氏朝鲜时期产生了新的国语诗歌体裁——歌辞,是一种不分章节,篇幅不限的长篇诗歌,在内容表达上颇为自由。丁克仁(1401—1481)的《赏春曲》被认为是最早的歌辞。郑澈(1536—1593)和朴仁老(1561—1642)被认为是歌辞领域的双璧。郑澈,号松江,著有诗集《松江歌辞》,代表作有《关东别曲》《思美人曲》和《续美人曲》。朴仁老,号芦溪,代表作有《太平词》和《船上叹》。17世纪之后,在民间出现了充满市井气息的杂歌,代表作有《忧愁歌》等。17世纪也是国语小说的兴盛时期。最早的文人所作国语小说是许筠(1569—1618)的《洪吉童传》,采用现实主义和超现实的手法,描摹了现实疾苦并寄托了人们的理想。其后作家金万重(1637—1692)对国语小说的发展起了巨大的推动作用,著有长篇小说《九云梦》和《谢氏南征记》。除了文人创作之外,民间口传的传奇小说也不乏优秀作品,除著名的三部传奇《春香传》《兴夫传》和《沈清传》之外,还有《兔子传》《蟾蜍传》和《蔷花红莲传》等。

经历了漫长的封建社会,19世纪末20世纪初朝鲜历史发生了巨大变化。1919年,为反抗日本的殖民统治,朝鲜掀起了"三·一运动"。之后,在西方现代主义思潮的影响之下,20年代初,朝鲜诞生了以杂志《创造》《废墟》《白潮》为核心的文学派别,具有感伤幻灭的格调。1922年成立的文学团体"焰群社"和1923年成立的"帕斯丘拉"被称为"新倾向派",具有无产阶级性质。代表作有崔曙海(1901—1932)的《出走记》。1925年,朝鲜共产党成立之后,以"新倾向派"成员为主,成立了"无产阶级艺术同盟",即"卡普"。代表作有李箕永(1895—1984)的《故乡》、韩雪野(1900—1976)的《黄昏》、赵明熙(1894—1942)的《洛东江》。1935年之后,"卡普"被迫解体。

二战之后,南北分裂。朝鲜文学以讴歌民族解放、社会主义建设为主题。1945 年之后到 50 年代之前,代表作有赵基天(1913—1951)的《白头山》、李箕永的《土地》、韩雪野的《凯旋》。50 年代朝鲜战争之后,继承和发扬革命传统、塑造英雄人物和先进典型成为重点,代表作有李箕永的长篇小说《图们江》三部曲、韩雪野的长篇小说《雪峰山》。60 年代社会主义制度确立之后,作品主要反映社会主义建设的巨大变化。

韩国文学多受现代主义文学影响。50 年代出现了"战后文学派",以现代主义思潮尤其是存在主义作为理论指导,追求文学的现代性,代表作有孙昌涉(1922—)的《血书》。60 年代,年轻一代作家主张通过感受和体验来表现一切,强调文学的无功利性,并深受西方现代派小说的影响,形成"新感觉派"。代表作有金承钰(1941—)的《生命演习》《雾津纪行》等。70 年代,现实主义文学得到深化和发展,对城市产业化时代的矛盾进行了反映和剖析。同时,南北分裂题材也被一些作家所关注。80 年代之后,长于在小说中进行哲学和宗教性探讨的"观念派"、商业小说和网络小说也都纷纷出现,文学的多元化发展更加势不可挡。

蒙古是中国北部的邻国。在铁木真统一草原各部落之前,是个不断迁徙的游牧民族。1206 年蒙古国建立。之后,蒙古不断发动侵略战争,扩大版图,曾将战火烧至西亚。到忽必烈时,灭南宋统一中国,后又对高丽、日本、南亚发动战争。元朝灭亡之后,蒙古封建主与明朝处于对峙状态。清初,康熙大败漠西霸主噶尔丹,控制了蒙古。清末,沙俄加紧策动外蒙古独立。1911 年外蒙古宣布独立,成立大蒙古国。1924 年,蒙古宣布为人民共和国。蒙古人最初信奉萨满教,是多神崇拜,每年按季节定期祭祀。清朝时期统治者在蒙古地区大力扶持佛教。蒙古与中国有密切联系,文学作品多受汉文化影响。流传下来的民间说唱底本多根据汉族古典小说改编,同时也有一些具有民族特色的民歌,如《龙梅》等。文人创作成果不太丰富,代表作有古拉萨兰(1820—1851)的诗歌《报国》、纳楚克道尔基(1906—1937)的游记《从乌兰巴托到柏林》、策达木丁苏伦(1908—1986)的长诗《我的白发母亲》、勃仁亲(1905—1977)的长篇小说《曙光》以及额奥云(1918—)的剧本《手足兄弟》等。

东南亚地区包括位于中南半岛和马来群岛的 11 个国家,分别是越南、泰国、缅甸、老挝、柬埔寨、印度尼西亚、马来西亚、菲律宾、新加坡、文莱和东帝汶。这一地区往往被视为一个文化圈。东南亚历史悠久,大约在公元前后进入阶级社会。在漫长的历史进程中,越南与中国的关系比较密切,而同在中南半岛的泰、缅、柬、老四国由于历史上政权更迭交叉也存在着密切联系。由于历史原因,越南受汉文化影响较多,中国的儒家、禅宗、道家及道教思想都对越南有着深远影响,甚至越南所接受的佛教思想也是来自中国的大乘佛教一派。而泰、缅、老、柬四国受印度文化和佛教文化影响较多,成为东南亚典型的佛教国家。位于马来群岛的诸国多是由大量岛屿组成。马来群岛居于海上交通要道,容易受到多种文化影响。早期的马来群岛受中国文化及印度文化影响,印度文化的影响更甚,佛教和印度教是当地的主要宗教,随着海上贸易的发展,伊斯兰教在15世纪时成为主要宗教。16世纪时,随着殖民者的入侵,在菲律宾的部分地区以信仰天主教为主。到18世纪时,英国、法国、荷兰已经瓜分了东南亚地区,20世纪以来,日本也曾一度控制了东南亚,在民族主义斗争的同时,殖民国家的文化也在政治、经济、教育等诸方面影响了本地。从19世纪下半叶到二战结束,反殖民主义封建主义成为时代的主导潮流。二战之后,东南亚各国纷纷独立,由于各国的具体国情不同,在发展中也呈现出不同的特色。

古代的东南亚文学主要是神话传说、民间故事等口头文学形式,当时没有文字记录,流传至今的十分有限。

东南亚文学的真正繁荣是在各国进入封建社会之后,这个时期的东南亚文学大都经历了在外来文学影响的基础上产生、发展,逐渐体现出本民族特色,直至繁荣的过程。越南最初没有自己的文字,从北属时期一直到陈朝,汉字都是通用文字。13世纪,越南在汉字基础上创造了本民族文字"字喃"。此后,在越南文学史上出现了汉语文学和字喃文学并存的局面。汉语文学在越南文学史中有着重要的地位和影响。1010年,李朝太祖李公蕴的汉语诏书《徙都升龙诏》是现存最早的越南书面文学。陈朝时期,随着对儒学的推崇,汉语文学出现了许多优秀作品。莫挺之(1284—1361)的《玉井莲赋》是越南汉赋名篇。此时还出现了史传类作品,黎文休(1230—1322)编写的《大越史记》被认为是越南第一部史书。

黎朝时期,汉语文学的代表是阮廌(1380—1442)。阮廌,号抑斋,有《兰山实录》《军中词命集》《抑斋诗集》传世。莫朝时期,阮屿(16世纪)模仿中国瞿佑的《剪灯新话》,写出了《传奇漫录》,这是越南最早的汉语小说。18世纪,段氏点(1705—1748)续此书为《传奇新谱》。18世纪诗人邓陈琨(1710—1745)有代表作乐府长诗《征妇吟曲》。黎贵惇(1726—1784)、范廷琥(1768—1839)等也是这一时期的代表作家。从陈朝开始,字喃文学逐渐产生并发展。陈朝的阮诠是有据可考的第一个使用字喃进行创作的诗人,阮廌也创作了大量字喃诗,有《国音诗集》,是越南现存最早的一部字喃诗集。在字喃文学的发展中，出现了将汉诗格律与越南民谣相结合的"六八诗体"，后又演进为"双七六八诗体"。随着字喃文学的逐渐成熟，出现了用字喃写成的诗体小说，称为喃传。其中最著名的是阮攸(1765—1820)的《金云翘传》，用六八诗体写成，充分显示了越南字喃文学的魅力，是越南字喃文学的一个高峰。另外，女诗人胡春香(19世纪初)、阮廷炤(1822—1888)等也为字喃文学的发展做出了极大贡献。

泰国、缅甸在这一时期的文学发展浸润着浓郁的佛教色彩。泰国最初的文学是由佛教文学开始的，素可泰时期的《兰甘亨碑文》和《三界经》都是典型的佛教碑铭文学。阿瑜陀耶王朝时期，宫廷文学取得很大发展。宫廷文学措辞优雅，工于格律。代表诗人西巴拉(1658—1693)有名作《西巴拉悲歌》。曼谷王朝时期，泰国的小说、戏剧、诗歌等体裁逐渐走向成熟。小说方面的代表作家是昭披耶帕康(1767—1809)，他将《三国演义》译成泰文，并在此基础上创立了"三国文体"。诗歌领域的代表诗人是顺吞蒲(1776—1855)，有长篇叙事诗《帕阿派玛尼》，故事内容复杂，结构宏大。

缅甸文学的佛教气氛相当浓厚，诗人中相当一部分是僧侣诗人，诗歌内容多取自于佛经故事。如著名诗人信摩诃蒂拉温达(1453—1518)、信摩诃拉达塔拉(1468—1530)的诗作多取自佛经。缅甸戏剧在18、19世纪走向成熟，代表作家吴邦雅(1812—1866)的《卖水郎》，该剧取材于佛本生故事，融之以缅甸风土人情，是缅甸文学史上的佳作之一。

马来群岛的文学以印度尼西亚最为突出。此时的印尼形成了爪哇、马来、巽他、巴厘等几种不同的文学类型。古代印尼文学中一种被称为"板顿"的马来民歌，具有较高的文学成就。从7世纪到13世纪，印尼文学多受印度文学影响。典型代表是爪哇文学。在体裁上，11世纪时出现了仿梵语诗的"格卡温诗体"，在题材上多围绕印度两大史诗进行再创造。如11世纪时，诗人恩蒲·甘瓦的格卡温诗《阿周那的姻缘》就取材于《摩诃婆罗多》的《森林篇》。13世纪之后，印度梵语文学影响减弱，印尼民族文学得以发展，出现了在爪哇民歌基础上产生的"吉冬诗体"。随着伊斯兰文化的不断传入，印尼文学走向繁荣，这时的典型代表是马来文学，主要包括"沙依尔"(长篇叙事诗)、"希卡雅特"(传奇小说)、伊斯兰的宗教故事等。其中以传奇小说成就最高，代表作有《杭·杜亚传》。《杭·杜亚传》作者创作年代不详，很可能源于口头创作，描写了英雄杭·杜亚的传奇一生，闪耀着浪漫主义色彩。

19世纪下半叶到二战之前，东南亚文坛的主导潮流是反殖民主义和反封建主义。现实主义、浪漫主义、无产阶级文学以及现代派文学等各种流派在这一时期也纷纷出现。越南自 19 世纪中后期沦为法国殖民地，到 1945 年主权独立，先后出现了影响较大的两个文学流派，即现实主义文学和无产阶级文学。前者主要作家有阮公欢(1903—1977)、吴必素(1894—1954)等，代表作为阮公欢的长篇小说《最后的道路》。后者代表作家是诗人素友(1920—　)，其诗集《从那时起》分为《血与火》《枷锁》《解放》，反映了越南人民反殖民主义的斗争历程。泰国这一时期的代表作家是西巫拉帕(1905—1974)，曾于 1929 年创办文学团体"君子社"及《君子》杂志，有成名作《画中情思》，表达了反抗封建制度和封建意识形态的主题。缅甸这一时期的杰出诗人是德钦哥都迈(1875—1964)，重要著作有《洋大人注》《孔雀注》等。30 年代，仰光大学的一些青年提倡清新朴实、自然洗练的新文风，形成了著名的"实验文学"运动，对缅甸现代文学的发展起了重要的推动作用。印尼文学这一时期的代表性文学流派是无产阶级文学和民族主义文学。前者的代表作家是马斯·马尔戈(1878—1930)，有《自由的激情》等作品；后者的代表是诗人耶明(1903—1962)、小说家阿卜杜尔·慕伊斯(1886—1959)。慕伊斯的代表作《错误的教育》被认为是印尼 20 年代最佳长篇小说。菲律宾的代表作家是黎萨尔(1861—1896)，其长篇小说《不许犯我》和续集《起义者》展现了菲律宾人民寻找出路的悲壮历程。

　　二战之后，随着世界格局的变化，东南亚各国先后独立，各国不同的历史风云变幻也造成文学发展的多样化。越南在 1945 年之后经历了第二次抗法战争和抗美战争，直到 1975 年南北统一后才趋于稳定，进入和平发展时期。诗人素友在第二次抗法期间写下诗集《越北》，抗美期间写下《风暴》。1975 年之后，又涌现出阮明洲、阮氏明慧、潘氏黄英等新一代作家。泰国在二战之后社会秩序一片混乱，以西巫拉帕为首的作家提出"文艺为人生，文艺为人民"的口号，也被称为"为人生派"，代表作有西巫拉帕的《后会有期》《向前看》，其中《向前看》被认为是"为人生"文学的典范之作。除此之外，克立·巴莫(1911—1995)的长篇小说《四朝代》也是 50 年代的重要作品。60 年代之后，又出现了一批优秀的现实主义作品，如素婉妮·素坤塔(1932—1984)的《甘医生》和吉莎娜·阿索信(1931—　)的《夕阳西下》等。80 年代之后，文学发展达到一个新的阶段，可谓流派纷呈，代表作家为萨西里·米索色、吉拉南·皮比查等。印尼于 1945 年宣布独立之后，殖民者卷土重来，印尼展开了"八月革命"，此时出现了以诗人凯里尔·安哇尔(1922—1949)为代表的"文坛社派"，1949 年之后更名为"四五年派"。

凯里尔·安哇尔在印尼文学史上第一次采用了西方表现主义手法,有代表作《蒂波·尼哥罗》。印尼现代杰出小说家普拉姆迪亚·阿南达·杜尔(1925—)这时作为"四五年派"的代表作家,写下了反映"八月革命"的作品,如《勿加西河畔》《游击队之家》等。1949年底,印尼进入了"移交主权"时期,普拉姆迪亚写下《不是夜市》《贪污》等作品,反映社会黑暗。1965年之后,印尼进入新秩序时期,普拉姆迪亚创作的长篇小说四部曲《人世间》《万国之子》《足迹》和《玻璃屋》在文坛上引起轰动。70年代之后,现代主义流派出现,代表人物有布迪·达尔玛、伊万·西玛图雅等。

二、日本文学

日本文明发展史可大略分为上代、中古、中世、近世、近代、现代六个历史时期。

上代包括5世纪初至794年的大和、奈良时期。上代史也是一部宫廷发展史。6世纪末以后的百年间,在大和(日本古代国名,也是日本国的别称)盆地东南部一带,历代皇宫建造于此。天平(奈良时代后期)时期是古代国家的形成期,同时也是积极吸收中国唐文化的时期。奈良文化的主要特点就是宫廷贵族文化,也就是"唐风"。

以794—1192年的平安时期为中古,其文化特点主要体现于平安新京文化。相传日本历史上营造过六十多处宫城,奈良时期的平安新京是建造在京都府之地的最后宫城,自此以后它作为都市的机能一直延续至今。9世纪是唐风文化影响的最盛期,汉诗文逐渐占据官方文学地位,多部汉诗集因为敕传得到编撰。但随着唐朝的衰落,这一时期也萌发了由唐风转向国风的苗头。9世纪以后,遣唐使逐渐被废止,以贵族为中心、符合日本风土人情的精炼的国风文化得以复兴。

以1192—1603年的镰仓、室町时期为中世。经过镰仓开幕之前的一系列战乱,武士阶级走上政治舞台。进入室町时代以后,武士阶级之间的相互争斗成为主要矛盾,贵族阶级的没落和武士阶级的抬头已成定局。中世文化以向往王朝文化的贵族阶级的复古倾向与武士或贫民的民众性、地方性倾向为特色。另外,中世的镰仓新佛教给走进佛教思想的文学也带来极大影响。

近世是指1603—1867年的江户时期。近世文化以商人文化为其特色。由于货币等制度的确立,商业日趋发达。尤其是大阪成为商业的中心,与学问中心京都共同组成近世前半期的文化中心。幕府为维持秩序而实行儒学的文治政治,教育水平不断提高。诸多因素结合起来,江户中期盛开商人文化之花。随着欧美诸国进入亚洲,日本被迫打开国门。在思想上,由于尊王攘夷运动蓬勃兴起,幕府日趋衰落。商人文化的成熟,一方面加重了颓废的倾向,但理性主义思想的发达无疑也奠定了走向现代化的基础。

以 1868—1926 的明治、大正时期为近代。明治维新以来,日本力图模仿西方成为一个近代国家。到大正时代(1912—1926),日本终于幸免于被殖民地化的厄运,得以成为国际社会的一员。明治初期,日本广泛介绍西方文化,书籍翻译盛行。教育的普及带来读者群的扩大,报纸杂志等发表机构的充实给文学带来生机。

现代是指 1926 年至今的昭和、平成时期。直至战败的昭和期,是一个动荡的时代。昭和初期也出现了萧条的影响,社会主义的迅速扩大,与国家权力的尖锐对决,产生了无产阶级文学,但因镇压而至毁灭。落后的日本在向海外扩张中与欧美利益发生冲突,引发了太平洋战争,青壮年男性直接参与战争,民众身心受到极大伤害,由此战争文学得以形成。战后日本政府依附于美国发展自己的资本主义,取得了经济上的成功,受美国文学的影响也越来越大。富裕的生活和高等教育的普及,带来文学读者的扩大和提升。

文学史家一般按照日本文明发展进程也相应地将日本文学大致划分为上代文学、中古文学、中世文学、近世文学、近代文学和现代文学六个阶段。

(一) 上代文学(大和、奈良时期)

上代文学主要是通过口耳相传和作为史书编撰的神话、传说和歌谣。

最初的日本文学经历了从口传文学到记载文学的历程。日本民族在尚无文字的原始社会,在狩猎、农耕、祭祀等活动中,以语言、音乐、舞蹈等形式表现喜怒哀乐,逐渐形成神话、传说、歌谣等文学样式,在民众中口耳相传,沿袭继承,成为日本文学的萌芽。由中国传入汉字后,约 6 世纪末开始,日本文学翻开新的一页,进入记载文学时期。文字的使用,不仅使集体口传文学的记录成为可能,更有将个人艺术感受作为文学而保留下来的作用。

确立了中央集权制度的古代日本,积极吸收汉文化成果,其结果是使贵族阶层的国家意识得到提升,讲述以天皇为中心的国家历史的《古事记》(712)和《日本书纪》(720)在官方主持下得以编定。受中国汉诗影响,还编撰了汉诗集《怀风藻》。同时,从集体歌谣中派生出的富有个性、抒情性的和歌集《万叶集》(8 世纪后半期)也被整理出来。

(二) 中古文学(平安时期)

中古文学是贵族阶级的文学。其特征在于文学逐渐转向个体的、私人的世界,散文特征增加,在表现上偏重"感伤"。

中古文学经历了从汉诗文全盛到和歌复兴的过程。伴随着与大陆交流的盛行,以朝廷为中心的贵族之间汉学兴隆。但随着遣唐使的废止,开始显出用假名文字的和歌取代汉诗文的倾向。尤其是为汉诗文的流行所压抑而被排除在学问、教养圈外的许多女性,也能巧妙地驾驭平假名而开始各种创作活动。平假名的普及带来文化的国风化,由此,优美纤细的和歌在宫廷宴席或社交场所被频频吟唱,产生了纪贯之(870—945)等人编写的《古今和歌集》(905)。另外出现的《竹取物语》(10世纪初,作者不详)等散文,是最初的物语文学。

这一时期宫廷女流文学兴起,是妇女文学的开花时期,也是中古文学的完成期。藤原氏的后宫政策增强了女性教养,有才能的中流贵族出身的女性们试图将自己定位于文学,为回归自我而执笔,其结果是宫廷女流作家相继诞生。其中特别值得一提的是创作出壮丽的虚构世界的紫式部(970—1014?)《源氏物语》(11世纪初)和以独特眼光描述宫廷生活的清少纳言(965—1024)《枕草子》(1001)。这两部作品并称为日本古典文学之双璧。

与平安末期的世态相应,文学也由纯熟走向衰落。这一时期没有出现特别优秀的作品,而作为逃出世纪末倾向的物语世界的尝试,只有《荣华物语》《大镜》和《今昔物语集》等"历史物语"。这些作品都表现出贵族文学所不具备的平民倾向。

(三) 中世文学(镰仓、室町时期)

中世文学的特征是"复古"与"革新"。所谓"复古"是指没落的贵族阶级对传统的王朝文化的怀念。所谓"革新",是指新兴的武士阶级、贫民和出家人的新文学形式的创造,以连歌、战记、诸娱乐等为代表。

中世是武士的时代。从平安末期以来的战乱中产生了《保元物语》《平家物语》,从南北朝(镰仓与室町时期之间的一段时期)的动乱中产生了《太平记》。《平家物语》作者未详,推测于1190—1219年之间成书,后有多种异本产生。在以抒情文学为主流的日本文学传统中,它是最具代表的叙事诗作品,是战记物语的最高杰作。

伴随贵族阶级的没落,武士及贫民期待新的文学旗手。《宇治拾遗物语》等"说话"描写了贫民世界,连歌、狂言、御伽草子(一种通俗短篇小说)等朴素的新读物为武士和贫民所喜爱。贵族们为躲避战乱而下到地方,由此中央文化也被带到地方。镰仓新佛教的各宗派为在乱世中把握人心,将人们的宗教信仰激发起来。中世是宗教的时代,中世文学深受佛教影响。

鸭长明(1155—1216)的《方丈记》(1212)、兼好法师(1283?—1352?)的《徒然草》(1331),就是由出家隐士所写的以无常观为基调的代表性随笔作品。

(四) 近世文学(江户时期)

近世文学也可以说是商人文学。物语从知识阶层转向有经济实力的商人。木版印刷使廉价的批量出版成为可能,各种文学在商人之间传播开来。尤其是受中世"御伽草子"影响的小说得以成熟和发展,这是近世文学的特征之一。井原西鹤(1642—1693)为浮世草子(江户时代小说的一种)的创始者,1682年发表《好色一代男》而博得好评。近松门左卫门(1653—1724)为净琉璃(戏剧文学,由三弦伴奏的说唱故事音乐之一)作家之第一人,他写的历史剧《出世景清》(1685)和第一部现实题材的剧本《曾根崎情死》(1703)都显示出其非凡的能力。松尾芭蕉(1644—1694)使中世的连歌发展为艺术性很高的俳谐。他的游记作品最多,主要有《鹿岛旅行记》《更科游记》等。1694年刊行的《奥州小路》(一册),是芭蕉俳谐游记的代表作,也是俳文的杰作。以上三人并称为"元禄(江户中期的年号)三文豪"。另外,这一时期日本国学兴起,本居宣长(1730—1801)等人积极展开了对《万叶集》和《源氏物语》等古典文学的研究。

(五) 近代文学(明治、大正时期)

明治前期,颇有代表性的是写实主义文学。坪内逍遥(1859—1935)在《小说神髓》(1885)中倡导将娱乐风格的读物作为小说提升到西方所谓艺术的层面,其根据是"写实"。正冈子规(1867—1902)在思考俳句的现代化问题时,其根据是"写生"。逍遥和子规的写实主义对后来的文学影响很大,首先表现在对人的探求,日本近代文学作品对人的认识在逐渐加深。这一时期写实主义文学的另一个主题是个人和社会。近代是个人独立的时代,人作为国家或整体之一员而存在,但个人不应该受其整体的束缚——这种思想普遍存在。写实主义文学常从个人出发,对社会中的不合理进行批判和反思。

近现代日本文学的主要体裁是小说,至今犹然。受19世纪西方小说影响,日本最早出现的近代小说是二叶亭四迷(1864—1909)的《浮云》(1887—1889)和森鸥外(1862—1922)的《舞姬》(1890)。两部作品一起宣告了日本近代文学的开端。明治20年代流行的作家是尾崎红叶(1867—1903)、幸田露伴(1867—1947)等。红叶结成了"砚友社",留下《多情多恨》

(1896)、《金色夜叉》(1897)等作品。他们也具有写实主义倾向。红叶去世后,浪漫主义在以岛崎藤村(1872—1943)、北村透谷(1868—1894)等人为代表的一批作家推动下走向高潮,他们以杂志《文学界》为舞台,发表了许多浪漫主义作品。岛崎藤村后来转向自然主义。以他的长篇小说《破戒》(1906)和田山花袋(1871—1930)的短篇小说《蒲团》(1907)为标志,确立了日本文学的自然主义流派。这个流派从明治30年代末开始占据日本文坛主流,主张描写现实,否定虚构,因而发展出了私小说。

明治末年夏目漱石(1867—1916)登场,与再度活跃起来的森鸥外一起形成反自然主义流派。同时,另外一批反自然主义作家也陆续出现,即《白桦》杂志创刊后推出了武者小路实笃(1885—1967)、志贺直哉(1883—1971)、有岛武郎(1878—1923)等作家;永井荷风(1879—1959)、谷崎润一郎(1886—1965)等唯美派作家则形成以杂志《昴》为中心的群体。进入大正后,芥川龙之介(1892—1927)、菊池宽(1888—1948)等作家从杂志《新思潮》中成长起来。大正后期,工人运动日显高涨,杂志《播种的人》创刊,成为无产阶级文学运动的开端。同时,组成新感觉派的作家们也开始活跃起来。

(六) 现代文学(昭和时期至今)

现代时期写实主义文学发生分化。近代文学比较注重细节的描写,保障作品的写实性,而进入现代,出现了另一种完全不顾及这种倾向的独特风格。在这一时期,人们已经自觉到人的存在之不确定性。在近代文学中,基本上是确信自我的,但到了昭和,一批"艺术派"的作家们对于个人人格的持续性提出了疑问。在战后文学中,反映人际关系解体的过程、表现不安定的人的可能状态,是"战后派"及第三代新人的文学主题。

进入昭和,文学变得更加多样化。大众文学作为一种文学体裁与纯文学并行,而战后这种区别变得模糊起来,纯文学产生了蜕变,出现了"中间小说"一词,与之相应的作品被大量创作。推理小说成风,科幻小说独立。文学的商品化得到发展,满足多样化社会多种需求的企业小说、旅行小说等作品泛滥成灾。从昭和50年代起,纪实文学得到繁荣。昭和60年以后,盒式录音带及电子计算机的出现,文学的享受方式也多样化了。

昭和时代(1926—1989)的小说,由无产阶级文学派与艺术派(新感觉派)的对立而拉开序幕。两派都表现为对以往文学的反叛,但无产阶级文学是以新的世界观(马克思主义)颠覆前人的文学观念,艺术派则以新的艺术形式或文体对以往的文学发起挑战。无产阶级文学是以杂志《播种的人》创刊(1921)为发端的革命文艺思潮。代表作家及作品有小林多喜二(1903—1933)的《蟹工船》(1929)、德永直的《没有太阳的街》等。新感觉派则是否认作为近代文学主流的写实主义、力图创造出丰富的感觉世界的文艺思潮,与革命文学(无产阶级文学)相对峙,以"文学之革命"为目标,发源于大正十三年创刊的"文艺时代"。代表作家及作品有横光利一(1898—1947)的《太阳》(1923)、《旅愁》(1937),川端康成(1899—1972)的《伊豆舞女》(1926)、《雪国》(1948)、《千只鹤》(1949)等。另外一个被称为新兴艺术派的群体,是指一批聚集在"新兴艺术俱乐部"的作家们。他们认为文学应当维护其艺术性,不应从属于政治。在反无产阶级文学、追求艺术至上这一点上,他们继承了新感觉派。代表作家有井伏鳟二。在日本左翼运动由于镇压而终结后,"转向文学"出现,代表作家有中野重治。

战后文学,总的来看是从回味战争体验、思想限制等痛苦记忆开始的。代表作家有在战前已获得重要地位的谷崎润一郎、志贺直哉、川端康成;"无赖派"作家如太宰治、坂口安吾;"民主主义文学"作家如宫本百合子、中野重治;"战后派新人"如野间宏、三岛由纪夫、安部公房;"第三代新人"如安冈章太郎等等。昭和30年代的石原慎太郎、大江健三郎、开高健等作家登场后,战后文学开始向现代文学推移,作家辈出,其中不乏女作家,如曾野绫子、有吉佐和子;另外还出现了小川国夫、古井由吉等所谓"内向的一代"。这一时期的文学大都重视对人道主义思想的挖掘和对人性的深层次反思。进入现代文学时代,伴随着高度的经济发展,文学越来越呈现出多样化的趋势。

第二节 《源氏物语》

《源氏物语》成书于11世纪初,是一部虚构的长篇物语作品。作者紫氏部为宫廷女官,生于970年(一说973年)。其父母均精通历代歌道、诗文之道。紫氏部自幼聪慧,勤奋好学,熟读和汉典籍,擅长诗歌音乐。她具有的全面丰富的和汉素养,自然对《源氏物语》的整体构思、文辞的贴切细腻、汉籍的丰富引用等有很大影响。她与藤原宣孝结婚后生女贤子,三年后宣孝病逝,遂从寡居时期开始《源氏物语》的创作,一跃成为物语作家,名声鹊起。《源氏物语》通篇贯穿"物哀"的日本文学精神,在其富于变化的宏大构思中,融进历来物语所具有的浪漫性、写实性、戏剧性和内省的批判性,是富于抒情的集大成之作,被誉为日本古典文学史上的最高杰作。全书共54

回,近百万字。叙述的时间跨度历经七十余年,历经三代,出场人物达四百余人。

故事内容分三部,第一部描述光源氏极尽荣华的前半生;第二部描述光源氏充满忧愁的晚年;第三部描述光源氏子孙的恋爱和命运。整个故事以源氏在宫廷中的得势、失势和权力斗争的时间线索展开。源氏是桐壶天皇与妃子所生,极受天皇宠爱,但遭到其他有势力的妃子和外戚的妒忌和排挤,由此引发宫内右大臣一派和源氏的岳父左大臣一派之间的矛盾。源氏失势后遭到放逐,后又被召回,收拾乱局,直到他的私生子冷泉天皇即位,才重回权力中心,甚至独揽大权。但作者描述的重心并不在政治斗争和宫廷倾轧,而只是借助这一被虚化的线索展开书中人物的情感命运。

左大臣在源氏12岁时就将自己的女儿葵姬许配给他,但源氏并不喜欢这位妻子,却和他的继母藤壶偷情,生下冷泉(即后来的冷泉天皇)。源氏这位多情种子追逐过多名女子,有的还是有夫之妇,如夕颜、空蝉、六条御息所、末摘花、明石姬、胧月夜、槿姬、花散里等,还把自己的养女紫姬纳为正妻。源氏四处留情,沉沦于温柔富贵之乡,但也深感情之易变和虚幻。他的另一位妻子三公主和他的妻舅之子柏木私通,生下薰君,被他发现后对他刺激很大,加上他所爱的藤壶、紫姬相继去世,三公主又出家为尼,源氏最后也看破红尘,遁入空门。全书给人留下一种绵长无尽的愁绪,这种愁绪奠定了日本文学传统中主流的精神气质,评论家通常称之为"物哀"。

川端康成曾将日本文学中"物哀"之美溯源于《源氏物语》。据研究,在《源氏物语》中直接用"物哀"一词为13个,而用"哀"字达1044个[①],形成了弥漫在整个《源氏物语》中的审美情调。日本文学中最常见的审美意识总是带给人一种感物伤情的哀愁。日本人的物哀意识受到中国古代诗学的深刻影响,但虽然中国文学也包含有相当程度的感物伤情的抒情性,却似乎都不像《源氏物语》中那样一直从头贯到尾,成为笼罩一切的基本情调。平安时代日本文学的确受到中国唐代文学的强大影响,其中白居易的诗被贵族阶层作为文学修养的通行教科书,《源氏物语》中直接引用白诗就达二十多处,《长恨歌》得到特别推崇。白居易的大量诗作,尤其是他那些哀怨的感伤诗,迎合了日本人最为敏感的"物哀"意识,因而比李白、杜甫等人在日本更有影响。在《长恨歌》中最能体现"物哀"意识的最后一段,即已经成仙的杨贵妃托道士给唐玄宗带回爱情的信物:"惟将旧物表深情,钿合金钗寄

---

① 参看林林:《日本文学史研究的新著》,《中华读书报》1998年9月5日。

将去",在《源氏物语》中就曾两次提到。①

　　从情感性质来说,《源氏物语》中的"物哀"和中国人所体会的"感物伤情"之间也有微妙的区别。中国人的感物伤情,落实在一个"情"字上,情为主体,"物"只不过是表达情的一种手段,是依据情的性质、程度而可以任意选择的,什么样的情便选择什么样的物。所以苏轼说:"君子可以寓意于物,而不可以留意于物。"②但对于日本的物哀意识来说,情和物都是主体,情只有和物完全融为一体才构成物哀,因此并不是什么样的物都可以用来表情,在物哀的感受中,物本身的性质是特别关键的。日本人偏爱小巧玲珑、精致素雅、朦胧幽静、短暂易逝的物事,这当然与岛国的特殊自然环境有关;但日本文学之所以缺乏豪迈大气的篇章,并不全在于地理环境。例如日本虽没有大江大河、高山大漠,但有大海,有飓风暴雨、地震和海啸,这些自然景象在日本文学中却很少正面出现,而只是被看作不祥之兆和可怖的灾难。

　　如《源氏物语》第十二到十三回中,讲到源氏公子去海边忏悔祓禊,忽然暴风骤起,大雨滂沱,海上浪涛汹涌,直扑岸边。众人逃回旅店,心惊胆战,以为世界末日来临,源氏则"沉湎于悲惧之中,精神振作不起来了"。此时接到紫姬来信,有诗问讯:"闺中热泪随波涌,浦上狂风肆虐无?"源氏览信,一时间"泪水便像'汀水骤增',两眼昏花了"。一连多日,风暴未曾停歇,还引发了海啸。突然间一个炸雷将居所烧毁,众人魂飞魄散,源氏则埋头忏悔诵经,唯有自责与庆幸:"不是海神呵护力,碧波深处葬微躯。"③在这里,根本不可能出现"壮美"或"崇高"的审美意象,只有一种无尽的哀愁。

　　这种无尽的哀伤最多地体现在男女间的缠绵之爱上。在《源氏物语》中,这种缠绵之爱通常没有好的结局,却正因此而显出一种凄美的意境。如书中描写紫夫人之死:"紫夫人的头发随随便便地披散着,然而密密丛丛,全无半点纷乱,光彩艳艳,美不可言。灯光非常明亮,把紫夫人的颜面照得雪白。比较起生前涂朱抹粉的相貌来,这死后无知无觉地躺着时的容颜更见美丽。'十全无缺'一类的话,已经不够形容了。夕雾看见这相貌优美无比,连一点寻常之相也没有,竟希望自己立刻死去,把灵魂附在紫夫人的遗

---

① 参看〔日〕紫式部:《源氏物语》,丰子恺译,北京:人民文学出版社 2003 年版,第9,922 页。
② 北京大学哲学系美学教研室编:《中国美学史资料选编》,北京:中华书局 1981 年版,第33 页。
③ 〔日〕紫式部:《源氏物语》,丰子恺译,北京:人民文学出版社 2003 年版,第 243—247 页。

体上。这真是无理的愿望啊!"①死人比活着时更美。又写源氏对去世的紫姬的追忆:"那时天空风雪交加,气象惨烈。紫夫人起来迎接他,神色非常和悦,却把满是泪痕的衣袖隐藏起来,努力装出若无其事的样子。回思至此,终夜不能成寐,痛念此种情景,不知何生何世得再相见——即使是在梦中相见?天色近曙,值夜侍女退回自己房中,有人叫道:'呀,雪积得很厚了!'源氏听到这话,心情完全回复到了那天破晓。但身边已没有那人,寂寂独寝,悲不可言,便赋诗云:'明知浮世如春雪,怎奈蹉跎岁月迁。'"②爱的极致便是死,物哀之美中也处处透着死亡的气息。如同樱花一般凋零的死亡之美正是日本人的美的理想。

不过,也正由于这种生命之悲哀并非从人对某件具体事物的感受而来,而是被体验为人和万物的根本存在状态,所以《源氏物语》的审美方式并非预先有一种内在心志和情感倾向,然后去自然界寻找一种事物来表达这种情感,而是一种极其偶然的触发,在瞬间达到一种身与物化的哀寂。由于这种偶然触发的情感的不可预料和不可抗拒,所以通常伴随着物哀的是一种不断的后悔和羞愧。《源氏物语》中从头到尾都弥漫着源氏公子偷情后的忏悔和为美好事物遭到亵渎的叹息,这甚至已经成为物哀之美中的一个必不可少的要素。这种感受由于佛教"无常"学说的传入而被定型化了,瞬间即逝的东西、永不再来的当下才是美的极致。这正如紫夫人临死前所吟咏的:"露在青荻上,分明不久长。偶然风乍起,消散证无常。"③"物哀"不仅仅是"感于物"而哀,而且是物本身的哀,因而是无法解脱的、无望的哀,是在绝望中对哀情的摩挲玩味。所以,这种哀情又是一切其他情绪感动的净化剂,超越所有世俗情感之上并使它们带上高洁的美的意味。这种精神层次由于被束缚于物的无常和瞬间,带有眼前物象的局限性,但因此又具有无比细腻和纤巧的特质。

第三节 夏目漱石

夏目漱石(1867—1916),本名金之助。生于江户,明治后家道中落。中学开始学习汉诗文,后改学英语。大学时期结识了近代歌人正冈子规后,

---

① 〔日〕紫式部:《源氏物语》,丰子恺译,北京:人民文学出版社2003年版,第719页。
② 同上书,第724页。
③ 同上书,第717页。

受其影响,以俳谐余裕派的超然态度对待人生。23 岁写出汉诗文集《木屑录》,并开始使用"漱石"这一笔名。东京大学毕业后进入大学院学习,34 岁公派英国留学,回国后任东京大学讲师。1905 年因发表长篇小说《我是猫》一举成名。小说以一只拟人化的猫的视角来观察人的世界,"猫"的见闻和评论构成小说的内容。叙事以"猫"的出生开始,以"猫"因喝了啤酒掉进水缸淹死而告终。《我是猫》没有完整的故事情节,几乎由无数片断的、插话式的细节构成全篇。猫是故事叙述者,小说通过它的所见所感,写出其主人穷教师苦沙弥一家平庸、琐细的生活以及他和朋友迷亭、寒月、东风、独仙等人经常谈古论今、嘲弄世俗、吟诗作文的故作风雅的无聊世态。同时,小说还通过邻家金田小姐的婚事引起的穷教师苦沙弥与暴发户金田之间的矛盾冲突,暴露了日本明治时代的社会黑暗和拜金主义风气。这只担当叙述者、评论者的猫,俯视着 20 世纪初的"现代文明",极尽调侃嘲弄之能事。现代生活方式与传统道德价值的背离令猫不解,调侃揶揄的背后也带有当时日本知识分子的凄苦自嘲。作者继承了日本俳谐文学和西欧讽刺文学的传统,善于运用风趣幽默、辛辣嘲谑的手法进行揭露和批判。他的描写既夸张又细腻,语言诙谐,富有韵味。《我是猫》可谓日本近代文学中讽刺文学的典范之作。1906 年夏目漱石发表的中篇小说《哥儿》,也以幽默及反俗精神闻名于世。在另一部中篇小说《旅宿》中,漱石确立了自己描写超凡世界及人情的独特风格。翌年漱石放弃教职,成为《朝日新闻》社特聘作家,其创作进入第二高峰,代表作有《虞美人草》(1907)、《三四郎》(1908)、《其后》(1909)、《门》(1910)等,其间还创作了一部独特的作品《梦十夜》(1908)。晚年的漱石开始追求一种遵循天道的自我超越的人生态度,达到所谓"则天去私"的心境。这一时期的作品有《过了春分时节》《行人》(1912)、《心》(1914)、《路边草》(1915)等,多为中长篇小说。1916 年的长篇未完成稿《明暗》,是他将"则天去私"心境形象化的结果。他的作品深受汉文学道德观念及西方文学中近代理性的影响,他所追求的潜藏于人类存在深处的个人主义这一近代主题,得到弟子和晚辈们的传承。他和森鸥外一起被称为日本近代文学的双璧。夏目漱石一生为多种疾病所困扰,1916 年在与病魔的抗争中逝世,享年 50 岁。

在夏目漱石的作品中,典型地体现其语言风格和思想境界的,是他的系列小品《梦十夜》。它包含十篇散文,富有轻快洒脱的"余裕派"感觉和趣味,但思想内容上却并不轻松,而是凝聚着对人类的理想、命运、历史、爱情、艺术等人生主题的象征性思考。这种思考深入到梦中无意识世界,显得奇幻、细腻而深刻。

《梦十夜》中十篇散文都以做梦的方式讲述。其中第二夜的梦是批判武士修道的。师傅责备"我"无法开悟,是"人类的渣滓";"我"则怀着复仇的怒火去打坐修行,发誓一旦修成,首先就要夺去师傅的性命。所谓开悟就是领会到"无"的境界,一切皆空,但对于"我"来说,一切皆空并不是一无所为,而是无所顾忌、为所欲为,首先就要杀掉自己最痛恨的人——师傅。作者在这一篇中对武士道修行者"我"的这种自相矛盾进行了辛辣讽刺,即越是急于复仇便越是努力修行,但摆脱不了仇恨的修行如何能够开悟?"我"只好强忍住身体上的痛苦和精神上的郁闷去苦修,这种苦闷"四面八方都被堵住了,找不着出口,状况极为狼狈"。最后虽然勉强达到了对周围的感觉都好像"消失了"的效果,但这种"开悟"的迹象其实只是一种假相,只要一有响动,世俗的贪、嗔、痴立即现形,支配着"我"的潜意识和本能。

第六夜的梦是一个有关艺术和历史的寓言。"我"梦见镰仓时代的著名雕刻大师运庆正在为护国寺雕刻仁王像,他不顾周围议论,专心工作,以熟练的技巧任意挥锤进刀,木屑纷落之处,仁王轮廓已现。一旁观者评论道:"不难啊!那根本不是在凿眉毛或鼻子,而是眉毛和鼻子本来就埋藏在木头中,他只是用凿子和棒槌将之挖掘出来而已。这跟在土中挖掘出石头一样,当然错不了。"这一评论显然脱胎于文艺复兴雕刻巨匠米开朗基罗①,是一种非常机智的说法,但也极容易引起误解。例如"我"就受到这种说法的诱惑,以为雕刻艺术不过如此,不管是谁都能雕凿,于是回家找来工具,试图对屋后柴房里的一堆橡木块实施自己的计划。结果当然是失败。"我将所有木头都试过一次,发现这些木头里都没有埋藏仁王。最后我醒悟了,原来明治时代的木头里根本就没有埋藏仁王。同时,也明白了为何运庆至今仍健在的理由。"实际上,艺术和历史有诸多相似之处,事后评价它们都很容易,很轻松地就能指出历史事件和艺术形象的来龙去脉,好像那是一些本来就已经存在的必然的事物(如同说"雕像本来就在木头中"),问题只在于如何发现它们,按照它们本身的形态和规律将之揭示出来,这就要求艺术家和历史英雄都要有天才和开拓精神,这种行动一旦做出,就具有永恒性和不可模仿的独创性。运庆"至今仍健在的理由"就在于不再有人能够达到运

---

① "米开朗基罗总是试图把他的人物想象为隐藏在他正在雕刻的大理石石块之中:他给自己这个雕像确立的任务不过是把覆盖着人物形象的岩石去掉。"参看贡布里希:《艺术发展史》,天津:天津人民美术出版社1988年版,第170页。

庆的灵感,所以这种灵感是不可取代的,有它永恒的生命力。

第九夜的梦则讲述了一个悲哀的故事。武士出门打仗,妻子希望丈夫平安归来,每晚背着孩子前往神社祈祷,每天要在神社的台阶上反复祈祷一百次,然而让她魂牵梦绕的丈夫却早已战死沙场。"这个悲哀的故事,是母亲在梦中告诉我的。"对战争和武士道精神的批判在这里极具人道的感染力,武士的光荣是以女人和孩子的悲惨生活为代价的,他们才是活生生的祭品。武士死了,只有母亲才把这个故事代代相传。

夏目漱石是当时"余裕派"文学主张的鼓吹者和代表人物。所谓"余裕",皆有不直接干预现实之意,然而从上述分析可见,表面上《梦十夜》所表达的只是一种感觉和趣味,实质上则蕴含着认真而深刻的现实人生思索。

第四节　芥川龙之介

芥川龙之介(1892—1927)是新思潮派小说的代表,日本近代文学中最杰出的短篇小说作家。他生于东京,出生后九个月,由于母亲患精神病而被母亲的娘家收养。养父文学修养很高,给予他极大影响。他少年时代就受到中日古典文学熏陶,并阅读大量西方文学作品,很早就显露出文学才华。22岁进入东京大学英语系,在学期间发表小说名篇《罗生门》,与菊池宽等人共创第三、四次"新思潮"文艺期刊。1916年因发表《鼻子》而倍受夏目漱石推崇,确立了新星作家的地位。35岁因精神困扰服毒自杀。在短暂一生中,他创作了大量短篇小说和其他形式的作品,对日本近现代文学产生了不可磨灭的影响。

20世纪20年代是日本文学重要的转换期,从企图追赶西方文学直到与世界文学并驾齐驱。芥川就主要活跃在这个时期,早期作品有《火男面具》(1915)、《罗生门》、《鼻子》(1916)、《父亲》、《芋粥》(1916)、《戏作三昧》(1917)、《地狱变》、《蜘蛛丝》(1918)、《疑惑》、《橘子》(1919)、《舞会》、《秋》(1920)、《竹林中》、《阿富的贞操》(1922)等。作品主要以古代人物故事为素材,以周密细腻的结构和独特的文体尖锐地剖析了这些登场人物的心理。其分析性解释直逼现代"人"的深层心理,以极其敏锐的感觉和充满理性的创作态度给文坛输入新风。晚期作品多带宗教色彩甚至悲观厌世情调,如《河童》(1927)、遗稿《西方的人》和《续西方的人》等。

芥川作品的特点是寓意深刻,描写细腻,结构精巧,尤其擅长于对人物内心深处下意识的隐秘活动的揭示。他是日本近现代文学史上公认的"鬼才"。这不仅意味着他才华出众,更重要的是反映了人们对他作品的思想深度感到的震惊,因为他往往触及一般人从未想到过的人性的边界,一面是人与兽的边界,一面是人与神的边界。或者说,一面是人与非人的边界,一面是人与超人的边界。人平时处于这两条边界之间;只有在某些特殊场合,人性的边界才向他展露出来,令他感到困惑,感到惊心动魄。芥川的许多作品就是以冷峻的笔调,致力于把人们带到这种边界上,让人们对自己的本性进行一番全新的审视。

芥川对人性边界的探索可分为三个层次,一层比一层深入。首先是人生面具剥离的层次,其次是自我怀疑的层次,最后是自我超越的层次。他的写作历程大体上就是对这三个层次层层深入的过程。

首先是人生面具剥离的层次。芥川早期的一些作品在人性的边界方面更多关注的是人借以谋生的面具问题。如在《火男面具》中,通过对平吉的面具的最后剥离,表明人生的面具对人性的边界具有一贯和顽强的遮蔽性。一个人往往只有到死,当面具已经失去作用时,他的真实本性才有可能显露,也才可能开始勘察人性的边界,但这时显然为时已晚。《鼻子》中的禅智内供与平吉具有同样的人格结构,他的长鼻子也是他人生的面具,但他不满意这个面具,因为别人不认可。在他心目中,人生最大的问题似乎就是鼻子问题,也就是面子问题。当一个人一辈子所关注的只有自己的面具时,面具底下的东西就被遮蔽起来了,人性的边界永远在这种人的视野之外。

在小说《父亲》中,"我"的一个中学同学能势,为获取大家欢心,竟当众拿自己的父亲逗乐,引来哄堂大笑和对他父亲的嘲弄。这里能势的能言善侃同样也是他的一副面具,他没有意识到面具底下的真我。在"我"的心目中,能势的那个自以为"露脸"的举动一脚踏空了人性的边界,不但丢尽了他自己的脸,也丢尽了人类的脸。人生的面具在这里实际上是由旁观者"我"帮能势剥离下来的,"我"在这面具下面看到了一个黑暗的深渊,不敢正视,权且用假话把露出的黑洞遮盖起来。但怀疑已经产生,它激发人开始向人性的边界冲击。

其次是自我怀疑的层次。向人性边界的冲击是从人的自我怀疑开始的。自我怀疑就是自我反省。在达到这一境界之前,不论是平吉、禅智内供还是能势,都回避自我反省。而《父亲》中的"我"已经开始有了自我反省,他从能势身上看到了自己的可能性,开始失去了内心的平衡。到了自我怀疑的层次,一切假话都失效了,人陷入了深深的苦恼。

《疑惑》讲一个男人对自己犯罪本心的终生困惑。中村为什么要把自己本来没有的犯罪动机(杀害自己的妻子)通过逻辑推论硬从"潜意识"里面逼出来?因为对中村来说,自我感觉是不可靠的,自以为的"本心"往往隐藏着自欺。人要能够突破这层自欺,才有可能触及人性的边界,展示人生的真相。所以自我怀疑在芥川那里成了人性的必修课,不经过这一课的人性肯定是肤浅的。

《竹林中》这篇小说与前一篇有异曲同工之妙。《疑惑》是从一个人的内心对自己的自我感觉发出疑问,这一篇则是由同一件事的几种不同说法即从外部印证了每个人的自我感觉都值得怀疑。实际上,小说中几个人的供词有一个共同特点,就是每篇供词都与说话人自己立身处世的面具最为吻合。人只有通过与他人进行换位思考,才有可能看出自身的破绽。小说《母亲》中的自我怀疑就是由换位思考而导致的。

最后是自我超越的层次。抵达人性的边界所发生的自我超越也有各种不同的类型。其实,即使在平凡的日常生活中,有时由于人性本身的充盈和丰满,也可以激发出耀眼的人性闪光,照亮人性边界的另一端,揭示出一个超人的神圣境界,可以举小说《弃儿》为例。而另一种类型则显示出激烈的心灵跌宕和升华,可以举芥川的一篇寓言体小说为例,这就是描写一只狗的经历的《小白》。

但在芥川那里,人性的自我超越的极致是以悲剧的方式来体现的,这就是他作为"新思潮派"代表作的《地狱变》。这篇小说讲的是堀川大公手下的画师良秀,由于绘画上的名气和才气,颇得大公器重。他的爱女还受到大公照顾,安排在大公身边当女侍。良秀在艺术上有种疯魔的邪癖,专门喜欢以现实人物为原型描绘妖魔鬼怪,人们都说他的画风有一股令人毛骨悚然的阴惨鬼气,他则鄙夷别人"全不懂丑中之美"。同时,他对自己温顺娇美的独生女儿却溺爱到不顾一切,表现出人性感人的一面。有一次,他奉大公之命画一幅《地狱变》的屏风,画的大部分已经完成,只剩下最关键的部分还空着。于是良秀向大公请求制造一场悲惨的火灾,让一位穿着华贵的嫔妃锁在车内被活活烧死,他说只有亲眼目睹了这一幕惊心动魄的惨剧,才能最后完成他的作品的核心部分。大公答应了他的请求,几天之后把他召来观摩火灾的现场。良秀发现被锁在车中的恰恰是他自己最疼爱的女儿,他陡然失色,伸出两臂,在熊熊火光中,显出惨痛欲绝的神色。但是,正当火势最猛烈的时候,"在火柱前木然站着的良秀,刚才还同落入地狱般在受罪的良秀,现在在他皱瘪的脸上,却发出了一种不能形容的光辉,这好像是一种神情恍惚的法悦的光"。"奇怪的是这人似乎还十分高兴见到自己亲闺女临死的惨痛。不但如此,似乎这时候,他已不是一个凡人,样子极其威猛……犹如庄严的神。"①

良秀完成了举世震惊的《地狱变》屏风画,"无论谁,凡见到过这座屏风的,即使平时最嫌恶良秀的人,也受到他严格精神的影响,深深感受到火焰地狱的大苦难"。而良秀本人在画完这幅画后的第二天便悬梁自尽了。

在这篇小说里,芥川立足于人性的边界,导演了一出惊心动魄的人性冲突的悲剧。一方面,良秀是一个艺术至上主义者,作者对艺术的超凡伟力作了极度赞美;但另一方面,良秀也是一个对女儿有着深厚父爱的父亲,作者通过良秀对女儿的亲情的毁灭表明,超人的艺术的力量是残忍的,其代价甚至不是任何一个凡人所能承受的。所以当良秀一度获得了这种力量,他就只有去死。但良秀的死不仅仅是为女儿殉情,同时也是为艺术殉道。因为他为艺术而放弃了自己在人间最起码的骨肉之情,再也没有继续活在人世间的理由;而他所达到的艺术高峰,由于不再有比《地狱变》更强烈、更美的艺术素材,也就不再是他今后能够超越的了。他以人间最珍贵的亲情,换取了最高级的艺术,就像一个输光了本钱的赌徒,再也没有什么能够为艺术抵押出去了。而人性的两道边界,即牺牲亲情的非人的边界和追求最高艺术的超人的边界,在这里就合二为一了。就描绘人性的冲突而言,《地狱变》是芥川所有作品中当之无愧的高峰。

第五节 川端康成

川端康成(1899—1972)出生于大阪,两三岁时父母双亡,少年时代祖母和姐姐又相继去世,16 岁时自己唯一依靠的祖父也离开人世,致使川端成为真正意义上的孤儿。这种经历对他的人格形成及文学素质产生了决定性的影响。中学时代的川端康成就立志当小说家。《十六岁的日记》是他以祖父病榻前的情景为素材的写生风格的日记,在文学创作上初露才华。少年川端广泛涉猎古今世界名著和日本古典文学,尤其喜爱《源氏物语》。他 22 岁进入东京大学文学部英语系,翌年转入国语系。大学期间发表《招魂祭一景》(1921),深得菊池宽好评。东大国语系毕业后,川端与新秀作家们共创《文艺时代》,发起"新感觉派运动",成为此运动的主要作家之一。

---

① 所引《地狱变》引文均出自《芥川龙之介小说选》,文洁若等译,北京:人民文学出版社 1981 年版。

28岁发表短篇小说《伊豆舞女》(1926),一举成名。他的初期作品多表达自己孤独和失恋的伤感,富有抒情性,从中常可以感受到日本特有的古典"物哀"情调。以后陆续发表《抒情歌》(1938)、《雪国》(1948)等名篇,战后又有《舞姬》(1950)、《千只鹤》(1952)、《山音》(1954)、《玉玲》(1955)、《古都》(1961)、《睡美人》(1960)等一系列作品问世,创作风格逐渐发生改变,在古典式奇异静美的优雅文体里带着无情的冷峻,尤其以表现日本女性美的脆弱和爱之无望的感伤为最重要的主题。1968年,70岁的川端康成荣获诺贝尔文学奖,是日本首次获此殊荣者。四年后,他在自己家中口衔煤气管自杀身亡。

《雪国》是川端康成的第一部中篇小说,也是作者在被授予诺贝尔文学奖时被提到的三部小说之一(另外两部是《古都》和《千只鹤》)。这部八万字的中篇小说,从动笔创作到最后定稿,由起初发表的数个短篇修改增补而成,前后历经十四年。小说情节简单,着重表现的是在雪国(即日本越后地方的汤泽町)那独有的地方风光中,舞蹈研究者岛村与艺妓驹子和纯情少女叶子之间的感情纠葛,为读者展现了一种哀怨和冷艳的世界。岛村曾三次到汤泽町和驹子相会。驹子会弹三味线(弦乐器的一种),而且在努力坚持记日记。驹子的三味线师傅的儿子行男身患肺结核,由三味线师傅的女儿叶子陪同治病返回汤泽町,正好坐在乘火车第二次去会驹子的岛村对面。小说的叙述从这里开始。岛村看到倒映在车窗上的叶子的明眸,不禁心神荡漾。驹子对岛村感情真挚,而岛村则只是想享受这种短暂的美好。岛村听说三味线师傅曾经想把驹子许配给行男,驹子也是为了给行男治病才当的艺妓,但驹子否认。岛村既欣赏驹子的美貌和性格,同时又暗暗对单纯的叶子不能释怀。行男病故后,叶子在火灾中遇难,驹子从岛村身边跑开去救护临终的叶子,而岛村想到的是松尾芭蕉的俳句和初次见到倒映在车窗上的叶子的美。故事到此结束。

《雪国》是川端康成从现代主义向日本古典传统回归的代表之作,体现了川端康成一贯的凄楚、哀婉、悲凉和伤愁的文学笔调,继承和发展了日本古典文学重视气韵、追求心灵表现的"余情美"传统,同时又浸透了东方式的虚无感。《雪国》将日本文学传统与西方现代派艺术熔于一炉,历来备受推崇。

首先,《雪国》将细腻的心理分析和瞬间的官能感受、心理变化和时间迁移巧妙融合,以此完成人物的塑造。对驹子的心理描写即是如此。小说一一写出了她初遇岛村、行将沦落时的羞怯,以及一旦堕入皮肉生涯而产生的悲痛苦楚和无声怨恨,继而内心萌生的对岛村的无限痴情,乃至遭岛村无情戏弄后陷于痛苦挣扎的绝望情绪。这种人物心灵深处的矛盾和微妙的心理变化,随着时间的迁移,由单纯而复杂,逐步形成其特殊性格。

其次,作者特别重视人物感情和自然美的相互融合,让人物糅合在自然环境和四季变迁之中,营造出高度浑融的艺术境界。同时,《雪国》的人物带有日本式的纤弱感情,景物带有日本式的雅淡色彩,从意境情调到思想语言,都表现了一种日本古典美学的"物哀"情结。

再次,作者充分运用"意识流"手法,采取象征、暗示和自由联想,意识不停跳跃,同时又章法不乱,不失日本文学传统的坚实、严谨和工整的格调。小说借助两面镜子把岛村诱入超现实的回想世界的描写尤为出色。岛村第二次赴雪国途中,于火车玻璃窗上(暮景中的镜子)偶然瞥见叶子异常美丽的面孔,顿然神魂颠倒,勾起他对初遇驹子时情景的扑朔迷离的回忆。次日到达雪国,看着镜中皑皑白雪映衬着的驹子的红颜,她无法形容的纯洁的美又勾起了他对昨夜映在暮景镜中的叶子的回忆。

此外,《雪国》以艺术取胜,并不依赖情节,故事平淡,节奏迟缓,如涓涓细流,结尾方急速收场。尤其采用日本连歌的形式,使故事一个细节套一个细节,章与章之间默然飞跃,有时似终结又非终结。许多时候,情节的转折纯系偶然,但气氛却是和谐的,抒情是统一的。

二战后,川端康成的创作进一步走向成熟,《千只鹤》(一译《千羽鹤》)、《古都》、《睡美人》、《玉玲》等都是这一时期的代表作。《千只鹤》以茶道为背景,描写两代人的禁忌之恋。茶室的静谧幽远与人物内心的挣扎躁动相对照,并烘托着漫天飞舞的"千只鹤"。"千只鹤"本是日本传统工艺和服饰喜用的图案,作者以"千只鹤"为题,象征着纯洁飞动的性灵之美,昭示着某种净化主题。《古都》描写一对在贫富悬殊的家境中生长的孪生姐妹悲欢离合的感人故事,进而借此表现京都的风物人情,包括京都在战后的人情纠葛、失散姐妹的离合情怀、男女的爱恋、传统的媒妁婚姻以及日本传统祭典,透露出日本传统的物哀、风雅与幽玄之美。《睡美人》描写67岁的老人江口由夫五次造访一家叫做"睡美人俱乐部"的密室,与服药沉睡的少女并排而卧的经历。这个饱受争议的短篇小说,主要运用意识流手法记录了江口老人多层次的回忆与联想,与其说是描写江口老人对性的渴望,莫如说是凸显了他在少女青春的比照下愈发真切的衰老感受和对死之将至的恐怖体验。

《玉玲》是川端康成著名的"物哀"小说,它淡化一切人物情节的叙述,通过"我"对已逝少女治子的遗物——三块月牙玉的深情回忆,表达了作者对一个优雅、纯净而美丽的灵魂的眷念和凭吊,在体现"物哀"审美意识方面达到了纯粹的极致。

小说一开头,就把人们带到一个凭吊夭折少女的哀婉氛围之中,但接下来,作者并没有描写治子的死,直接表达哀悼,而是围绕她的遗物——三块古玉,即"玉玲"——来展开。人亡物在,悲哀在细细品味中变得淡而又淡,一切都溶入玉玲那轻柔婉转的鸣声里。玉玲也正象征着治子柔弱娇美的生命。治子死了,但她的玉玲还在人们小心翼翼的手指之间、在妹妹礼子的脖子和肩膀抖动之时,发出绝妙的啼声。

在表现死的美艳和生的感伤方面,这篇小说可谓臻于化境。治子的死带给"我"这个旁观者的,是一种永远也无法弥补的失落感。通过玉玲而窥视到的治子那绝美的内心,把"我"带入一个远离尘世喧嚣、超凡脱俗的境界。但正因此,也就在孤寂中、在静静的倾听中,感到了更深切的悲哀。在作者那看似随意联想、毫无起伏的平铺直叙中,蕴涵着一个深不可测的情感世界。虽然,以他的惜墨如金,甚至没有对治子的死因作一明确交代,但在对情感的反复渲染上却极尽功力。作品中有的只是一股并不浓郁但却无形中沁入人们内心幽深处的哀怨之情。这种淡淡的哀愁,正是传统的日本民族精神和审美意识的凝结。治子所书写的那两首古诗,以及由古玉引发的一连串思古之幽情,无不将读者引向一种博大的愁绪,一种对人间美好精神之花的旷古难消的珍爱和惋惜,使读者进入对历史和生命本身的深沉思考。

小说在艺术上的独到可贵之处在于,通常人们在分析作品时使用的内容和形式的概念,在这里几乎已失去其确定含义。正如自然本身一样,一切强制的划分都会立刻破坏其中美的心境和意绪,使那微妙的感受像一个忘却了的梦一般荡然无存。真的艺术,只有一种自然天成的创作情绪的涌流。《玉玲》中的语言、节奏感、时空的推移和几乎看不出的结构,与这种情绪的流转延伸浑然一体,造就了不同寻常的艺术感染力。

第六节 大江健三郎

大江健三郎(1935—),生于爱媛县,属于战后受教育的一代青年。20岁考入东京大学,在校期间热衷阅读萨特、加缪等人的作品,深受法国存在主义文学影响。23岁以表现现代青年的虚无和不安的短篇小说《死者的奢华》(1957)而受到关注。翌年发表的中篇小说《饲育》(1958)以鲜活细腻的文笔,对战争造成的人性扭曲进行了深刻的反思和批判,获得芥川奖。同年发表长篇小说《摘嫩菜打孩子》(1958),奠定了"新文学旗手"的地位。30 岁发表的长篇小说《个人体验》(1965),被平野谦等人评价为"十年之文学达成"。此外,他还发表了一系列长篇小说,主要有《广岛札记》(1964)、《万延元年的足球队》(1967)、《洪水涌上我的灵魂》(1973)、《同时代的游戏》(1979)、《新人啊,醒来吧》(1983)以及长篇三部曲《燃烧的绿树》(1993)等。1994 年,大江健三郎获诺贝尔文学奖,成为继川端康成之后又一位获得该奖的日本作家。近年大江健三郎仍笔耕不辍,发表小说三部曲《奇妙的二人组合》(包括《被偷换的孩子》《愁容童子》《别了,我的书!》)等重要小说。

大江健三郎文学创作的特色是致力于将西方现代人道主义思想与日本特定的民族性格和民族文化相融合,善于在日常生活中发掘深刻的人性内涵,展开对人的生存和死亡的思考。他所表现的主题集中于对核问题和残疾问题的反思,将日本遭受原子弹灾难的特殊问题上升为人类环境和人性问题来予以考察,从而打破了狭隘的民族界限而具有更为普遍的意义。

短篇小说《饲育》是大江健三郎出道初期的代表作,也是他的成名作。小说以第二次世界大战末期日本一个偏僻小山村所发生的一件美国飞机坠毁事件为引子,展开了作者对人性和人道主义的深层次思考。故事的亲历者和讲述者"我"是一个十来岁的山里孩子。夏季的大雨使得山村与镇子断绝了消息。一架美国飞机坠落在山上,村民们抓到了一个黑人俘虏。从此黑人俘虏作为战争带给村民的见证,在等待镇上及县上的指示期间留在了村子里。村子里的地窖成为黑人俘虏的监禁所。黑人俘虏也成了由"我"负责饲育的牲畜。孩子们和黑人之间,逐渐产生了"一种深厚激昂的、近乎人与人之间的联系"。与黑人俘虏的相处,让孩子们度过了他们一生中最充实的夏天。突然有一天县里来了指示,要把黑人俘虏带走。"我"惊慌地跑到地窖去告诉黑人这个坏消息,可是由于语言不通,激起了黑人的惊恐,他一把抓住"我"作为人质。最后"我"父亲拿着厚刃刀扑了上来,砍碎了黑人的头颅和黑人用来保护他的头的"我"的手掌。

受伤的"我"躺在病床上,对一切都感到恶心,"而正是这些龇着牙、高举着厚刃刀向我扑上来的大人让我感到恶心和困惑"。这表明了"我"对于大人们包括自己的父亲所代表的所谓"大义"原则的彻底拒绝和愤恨。黑人最终并没有掐死孩子,应该说还是手下留了情的;但穷凶极恶的父亲却宁可牺牲孩子的手掌,也要致黑人于死地。战争使人们变得疯狂,哪怕是这么一个偏僻小山村的村民,也被绑在战争机器上,成为了无情的齿轮和螺丝钉。"我"的包着绷带的手发出臭味,但"我"认为"这不是我的臭味,是黑人的"。他开始与死去的黑人认同,因为他的血的确和黑人的流在了一块。"一个天启般的思想浸遍我全身,我不再是孩子了。……我已经与那个世界彻底无缘了。"

作者所描述的这场黑人和村民的冲突,表面上是一个由于语言不通而造成的阴差阳错的误会,但实际上是一场人性的悲剧。村民无意杀掉黑人,黑人也无意杀孩子,但可悲的是,这一切都发生了。这是一个疯狂的世界,一个丧失了人性的世界。这就是作者通过一个孩子的眼光对这场战争进行的人道主义反思。

《万延元年的足球队》是大江健三郎最重要的作品之一。这部长篇小说力作以陷入精神危机的根所家两兄弟蜜三郎和鹰四为主人公,故事情节繁复,结构复杂。蜜三郎的思考探索和鹰四的诡秘奋争两条主线时而交叉时而平行,使得整个小说神秘而离奇:阴霾的山村现实混杂着现代人的惶惑彷徨,现代的暴动交织着世代流传的民间舞乐,而现代人的探索寻求又与一个世纪以来扑朔迷离的家族史相纠葛。

小说一开篇便展现了一幅阴森世界的恐怖图景:蜜三郎的友人以怪异反常的方式悬梁自尽;蜜三郎夫妇婚后产下畸形儿,妻子终日酗酒,丈夫时常恶习发作。而蜜三郎的弟弟鹰四先是鼓动反对日美安全协定的学潮,后又怂恿兄嫂来到祖辈生活的森林山庄,模仿百年前祖辈发动的万延元年(1860)农民起义,组建一支足球队,掀起现代形式的农民暴动,最后在暴动的高潮中开枪自杀。直到临死前,鹰四才主动说出他曾使白痴妹妹怀孕被逼自杀的秘密。这是他一切行为的原因,由此揭开一个尘封已久的、充满罪孽和创伤的恐怖的地狱。①

这个充满罪孽和创伤的秘密成了鹰四心中不堪忍受却又只能独自承担的重负,说出这个秘密需要比坦白任何其他罪行更大的勇气。因此,在走向彻底的坦白之前,鹰四努力地寻找着种种替代方式。他在超越心中地狱的艰难历程中,在更加广阔的现实和历史背景中,演出了一场轰轰烈烈的暴动。

---

① 参见涂险峰:《超越心中的地狱——〈万延元年的足球队〉中的罪孽、创伤与救赎》,《长江学术》2011 年第 3 期。

对暴动的策动和实施是鹰四"地狱突围行动"的一部分,是从祖先身上寻求和复活精神力量去克服个体生存困境的努力。但暴动最终难以成为超越本身,而是转移、缓解罪感和创伤的一种兴奋剂和替代品。他让所有人分担他的耻辱,这仿佛表明不仅他会犯罪,而且人人都可能堕入罪的地狱。鹰四并非真正的罪犯,他在扮演罪犯。他的最终目的并非不留痕迹地隐蔽(这在一开始就已做到),而是克服畏惧,"说出真相"。

然而鹰四带有表演性的暴力行为并不能解决另一对更为激烈严峻的矛盾,即在内外两道目光逼视之下产生的人格分裂,后者将他一直推向最后的决断——彻底说出真相,暴露在他人的可怕眼光之中,以死亡为最后的表达,来达到最终的超越。

鹰四的一系列愈来愈猛烈的暴力活动,是为了摆脱这些物化目光的逼视作用。鹰四的死,表达了直面耻辱和死亡的勇气,是对自己超越地狱行为的肯定和对他人评判的蔑视。鹰四用绳索拉动对准自己的猎枪自杀了。霰弹同时打烂了他画在身后墙上的巨大眼睛,墙上写着"我说出了真相"的字样。这种自杀方式成为他人眼中最后的死亡表达。

鹰四死后,一直对其持批判态度的蜜三郎开始了自我反省,开始肯定鹰四行为的价值。作品中,余下的生者们依然是彼此隔绝的。唯一将他们联结起来、支撑着他们今后生活的,便是对死去的鹰四的回忆,以及对于鹰四身上那种顽强超越精神的发现。在早已不再相爱的蜜三郎夫妇之间,隔着一个旧有的白痴儿和一个新生的、蜜三郎之妻与鹰四的私生子。他们之间亦不能沟通,只有鹰四的精魂在他们之间游荡。虽然如此,他们还是决定共同生活下去。他们也开始为超越自己心中的地狱做出努力。

超越心中地狱的行动并不是一劳永逸的。然而蜜三郎认为,这种超越,不管其根基多么脆弱,只要迈出一步,"就会有一个瞬间","觉得自己正在开始一种新的生活"。这是大江健三郎的理想主义。在他看来,这种缺乏坚实根基、需要永不停歇地努力、在自始至终的孤独和创伤之中顽强探求救赎与新生之路的精神,正是人的希望之所在。

【导学训练】

一、学习建议

本章学习应基本了解东亚及东南亚文学的全貌及其各历史时期的主要成就;把握日本文学古今一贯的精神特质(如物哀等),并结合日本民族文化性格来理解;梳理日本文学的发展历程,了解日本传统文学的主要类型及其特征,熟悉日本现代文学的流派更替。重点掌握《源氏物语》及夏目漱石、芥川龙之介、川端康成和大江健三郎等作家的创作。

二、关键词释义

物哀:日本文学中的"物哀"最主要的特点在于,它不仅仅是"感于物"而哀,而且是物本身的哀。正因如此,它是无法解脱的、无望的哀,不能够靠自宽自解来消除,而是在绝望中对哀情的摩挲玩味。所以这种哀情又是一切其他情绪感动的净化剂,超越所有世俗情感之上并使它们带上高洁的精神意味。日本人主观的喜怒哀乐一旦带上"物哀"的意味,似乎就被客观化和提升。但由于这种精神层次被束缚于物的无常和瞬间,所以它对人的精神的提升是有限的,带有无法预料的偶然性和眼前物象的局限性,但同时又具有无比细腻和纤巧的特质。物哀的这些特点源自日本民族本身的心理气质,并通过选择性地接受中国文化的影响而发展为世界文学中一种独特的审美趣味。

和歌:日本的一种诗歌形式,又称倭歌、倭诗、大和歌和大和言叶。作为日本历史上的本土诗歌形式,它与来自中文诗词的汉诗相对。创作和歌的作家称为歌人。与每句音数相同的汉诗不同,和歌每句是5音和7音相交错。和歌源于奈良时代(710—794),起初的形式有长歌、短歌、旋头歌、片歌等多种形式。平安时代(9—12世纪)后,仅有短歌渐成优势。明治维新之后,和歌就是短歌了。

物语文学:日文"物语"一词意为故事或杂谈。物语文学是日本古典文学的一种体裁,产生于平安时代。公元10世纪初,它在日本民间文学的基础上形成,并接受了我国六朝、隋唐传奇文学的影响。在《源氏物语》之前,物语文学分为两个流派,一为创作物语,如《竹取物语》《落洼物语》,纯属虚构,具有传奇色彩;一为歌物语,如《伊势物语》《大和物语》等,以和歌为主,大多属于客观叙事或历史记述。这些物语,脱胎于神话故事和民间传说,是向独立故事过渡的一种文学形式。

俳句:俳句是日本的一种古典短诗,比短歌要更短,分别由5、7、5个音节的句子组成。它源于日本的连歌及俳谐两种诗歌形式,最初出现于《古今和歌集》(收有"俳谐歌"58首),至江户时代(1600—1867)则有从"俳谐连歌"产生的俳句、连句、俳文等。日本著名俳人有室町时代(1392—1573)后期的山崎宗鉴、荒木田守武,江户时代的松永贞德和被称为"俳圣"的松尾芭蕉。

私小说:"私小说"又称"自我小说",产生于日本大正年间(1912—1925)。"私小说"一词于1920年开始散见于当时报刊,1924—1925年间久米正雄发表《私小说和心境小说》、宇野浩二发表《私小说的我见》等竭力加以推崇,从此被广泛使用。广义层面上,凡作者以第一人称手法来叙述故事的,均称为私小说。但人们多数倾向于狭义解释:凡是作者脱离时代背景和社会生活而孤立地描写个人身边琐事和心理活动的,称为私小说。一般认为田山花袋的《棉被》是最早的一部私小说,葛西善藏的《湖畔手记》《弱者》,志贺直哉的《在城崎》,尾崎一雄的《虫子的二三事》,泷井孝作的《松岛秋色》,三岛由纪夫的《假面的告别》等,是私小说的代表作。

新感觉派：新感觉派是20世纪初受西方现代文学思潮影响而在日本产生的最早的现代主义文学流派，以横光利一、川端康成、片冈铁兵等为代表。新感觉派对客观世界进行主观变形，描写超现实幻想和心理变态折射下的主观感觉。所谓新感觉与一般感觉的不同在于：新感觉主义是"感觉的发现"，而不是通过某种"感觉"去发现。新感觉派的"感觉"，用横光利一的话来说，就是"剥去自然的外相跃入物体内的主观直感的触发物"。

三、思考题

1. 你认为"物哀"是受中国古典文学的影响还是日本文学独特的传统？请举例说明。
2. 简析《源氏物语》中的物哀及其人生意蕴。
3. 分析《我是猫》中的苦沙弥形象及其意义。
4. 分析《我是猫》的叙事视角及其功能。
5. 简析芥川龙之介小说《地狱变》所揭示的人性内涵。
6. 川端康成的创作每每对日本文学传统中的"物哀""幽玄"之美有传神表现，试以其一二代表作品具体阐释之。
7. "新感觉派"的感觉"新"在何处？以《雪国》中的"新感觉"为例进行解析。
8. 《饲育》中的父亲为什么要砍死黑人俘虏？
9. 简析《万延元年的足球队》中的自我救赎之路。

四、可供进一步研讨的学术选题

1. 《源氏物语》所反映的中日文学亲缘性探讨。
2. 源氏公子和贾宝玉及紫夫人和林黛玉的性格悲剧之比较。
3. 《梦十夜》中的历史观研究。
4. 芥川龙之介小说的精神分析研究。
5. 《地狱变》中的"唯美"价值观研究。
6. 西方现代主义视野中的日本新感觉派研究。
7. 川端康成的虚无意识与佛教的关系探讨。
8. 大江健三郎对存在主义的接受与超越研究。
9. 大江健三郎的个体意识、民族意识和人类意识的相关性研究。
10. 从川端康成的"美丽的日本"到大江健三郎的"暧昧的日本"研究。

【研讨平台】

一、日本文学中的物哀之美

提示："物哀"是日本文学最别具一格的文学特色。可以说，不懂得物哀，也就不懂得日本文学乃至于整个日本文化。物哀虽受唐代文学影响，但又确实是日本文学一个与众不同甚至也区别于中国古典文学的特点。在日本传统文学中，物哀不只是一种风格,而是笼罩一切的基本情调。

1. 今道友信:《关于美》(节选)

按照日本人的一般思维方法,他们常把美看成一种十分渺茫的东西,看成一种很快就会消失的现象。

(鲍显阳、王永丽译,哈尔滨:黑龙江人民出版社1983年,第174页)

2. 叶渭渠、唐月梅:《物哀与幽玄——日本人的美意识》(节选)

在美的形态上"哀"已经不是悲哀的同义语,因而本居宣长将这种"哀"的感动称作"物哀"。……对日本文艺中的"物哀美",不能简单地理解为"悲哀美",悲哀只是"物哀"中的一种情绪,而这种情绪所包含的同情,意味着对他人悲哀的共鸣,乃至对世相悲哀的共鸣。

……

"物哀"除了作为悲哀、悲伤、悲惨的解释外,还包括哀怜、同情、感动、壮美的意思。

(桂林:广西师范大学出版社2002年,第83、85页)

3. 邱紫华:《东方美学史》(下)(节选)

"物哀"这一范畴更主要的是指"真情",即对自然及人生世相的深切的情感体验。这种体验是以对生命、生活的变化无常和对人生的短暂易逝的悲哀情绪为基调、核心的,悲哀是人生种种情感中原初的真切情感之一。因此,与其说日本人以自然物来象征或比喻人情,不如说是以人心的真情来体验、揭示花之心、树之心、寸草之心,而且特别以残月、残雪、落花、枯枝、红叶、衰草来表达对生命不可避免地将要消逝的感伤情绪。

(北京:商务印书馆2003年版,第1125页)

二、川端康成与虚无意识

提示:川端康成作品中的虚无意识带有浓厚的东方哲学色彩,并与"物哀"情调有内在的关联。在与西方虚无意识的比照之中,联系川端的人生态度、佛韵禅境、物哀精神及新感觉派的审美特质来探讨川端的虚无意识,是颇有启迪意义的。

1. 进藤纯孝:《川端康成》(节选)

无论什么时候死去也不奇怪的川端,把生命延长到74岁,忽然被亲密的死亡吸引过去,结束了自己的生命。这也许是渡到"无用世界"去的人的自然死法。

对"有用世界"没有留下任何一句话——这是居住在"无用世界"的川端自由自在的证明。川端一定是对这个"自我放任"感到满足,于是动身到"死的世界"去了。

(何乃英译,北京:中央编译出版社1998年,第452页)

2. 千叶宣一:《认识川端康成文学的背景》(节选)

川端氏继承了日本文学最纤细最玄妙的传统,另一方面他又身处迅速经历过危险的现代化的国民精神危机的尖端。这种如履白刃之上的紧迫的精神史隐藏在他柔弱纤细的文体之中,使他对现代的绝望融化在古典的美的静谧之中。诺贝尔文学奖正是授予了他作为文学家所进行的真挚的抗争,即完美的作品的创作与内心的矛盾之间的抗争。

(见叶渭渠选编:《日本现代主义的比较文学研究》,北京:中国社会科学出版社1997年版,第210页)

3. 吴舜立:《佛禅的无常观与川端康成的"虚无"及自杀》(节选)

川端康成的代表作《雪国》就潜行着佛禅的魂魄。这篇小说不仅透射出川端康成源生于佛教无常观念的浓重的"虚无"感念,而且,还从禅悟的视角演绎了这一"虚无"从表层向深层的挺进和超越。男主人公岛村倚仗祖产闲散度日,精神非常空虚,没有任何人生目的,他研究西方舞蹈,居然没有看过一场西方舞蹈表演,仅仅"欣赏他自己空想的舞蹈幻影",他到雪国去考察所谓日本民间舞蹈,亦只是沉湎于男欢女爱的无聊消遣之中。他在实际生活中把自己看作是无意义的存在,认为"生存本身就是一种徒劳"。他虽然喜欢驹子,也不过是通过肉欲的满足,以追求一瞬间忘却自我的非现实感。再看女主人公驹子……她把全部的希望寄托在一个满是"虚无"思想的岛村身上,她的努力虽然使得岛村有过心灵的颤动,但最终还是被他视为一种"美丽的徒劳",她的追求注定了只能化为一场空。至于三号人物叶子,本身就是虚幻如梦一般的存在着,在本不是镜子的车窗玻璃上幻现,又在大火中化为乌有。

(载《宁夏社会科学》2006年第4期)

4. 沈洪泉:《浅谈川端康成〈古都〉中的虚无思想和审美情趣》(节选)

不难看出,川端深受佛教禅宗以"轮回转世"为中心的无常思想的影响。在《古都》中,到处都渗透着"无常""虚幻"的幽玄精神。无论是千重子、苗子,还是太吉郎,都不过是这种理念的艺术化身。当然,川端所崇尚的"无"并非主张什么都没有的状态,而是认为"无"是最大的"有",是产生有的精神实质。所以他在这部作品中表现的消极隐退的思想倾向并没有完全否定自然生命和生活,而是珍惜它们的暂时存在,痛惜它们的倏忽湮灭。……

(载《宁夏大学学报》[社会科学版]1990年第3期)

三、芥川龙之介的审美意识

提示:芥川龙之介的审美意识充满着内在的矛盾,这矛盾集中体现在艺术与人性、天才与情感甚至超人与非人之间。他的主人公都是那种在内心深处自我怀疑、自相冲突的人格分裂型人物,这种分裂正是他自己的艺术精神之内在张力的写照。

1. 自述(节译)

天才之人就是矛盾之人,超凡的生涯就是矛盾的生涯。……与时代相矛盾的就是时代的天才,与凡人相矛盾的就是平凡的哲人……内在的非凡常隐藏于外在的平凡。

(转引自岩井宽:《芥川龙之介:艺术与病理》,东京:金刚出版社1978年版,第185页)

2. 大冈升平评论(节译)

《地狱变》中的主人公面对自己女儿的痛苦拿起了画笔,最终却自杀了。因此就有一种解释认为"芥川的艺术主义失败了"。但据我看这些都不是对作品的正确的欣赏方法。因为芥川从来就没有那样为艺术而牺牲实际生活,所以失败的理由全然不存在。我们似乎应当抱持这样一个观点,即芥川一开始就已经跨越了这种相克。

(转引自鹤田欣也:《现代日本文学作品论》,东京:樱枫社1975年版,第42页)

3. 叶渭渠、唐月梅:《20世纪日本文学史》(节选)

他不回避丑恶而正视丑恶。他以为美丑善恶一如,因为丑恶,才更能理解自己和别人所有的善美的事物,同时更能理解自己和别人所有丑的事物。也就是说,他以为丑是美的本源,愈是理解丑,就愈能理解追求美的存在的意义。

(青岛:青岛出版社2004年版,第160页)

4. 肖书文:《试论芥川龙之介〈地狱变〉中的心灵冲突——兼与西方悲剧精神比较》

良秀从内心中是准备为艺术而牺牲自己的亲情的,从他心甘情愿把自己的女儿送进地狱来说,他的行为违背了起码的道德伦常,甚至可以说是他亲手杀死了女儿;但他这样做的动机并不是别的什么世俗追求,而是艺术和美。正是这种惨痛牺牲的崇高性质给他带来了那种"法悦的光辉",那种神圣的威严,正如亚伯拉罕为上帝而献祭自己的独生子。艺术就相当于良秀的上帝,他面对爱女身上燃烧的大火,感到有如面对上帝的虔诚。

但上帝拯救了以撒,艺术却不能拯救良秀的女儿。相反,艺术恰好要靠千百万人的痛苦牺牲来养活,在这种意义上,艺术又相当于恶魔的仆从。所以芥川在《艺术和其他》一文中写道:"艺术家为了创作非凡的作品,有时候,有的场合难免要把灵魂出卖给魔鬼。"

(载《江苏社会科学》2007年第1期)

四、新感觉派的表现主义

提示:新感觉派是在20世纪初受到西方现代文学思潮的多种影响而在日本产生的

最早的现代主义文学流派。1924年,以横光利一、川端康成、片冈铁兵等人为核心所创办的《文艺时代》为旗帜,喊出了"新的感觉、新的生活方式和对事物的新的感受方法"、进行"文艺革命"的口号,提出"没有感觉就不能认识事物"。但"新感觉"不同于一般的感觉,就在于它是创造感觉的感觉,着重于内心自我感觉的表现,而不是被动的直观感觉。

1. 川端康成(节选)

例如,表示"糖是甜的"。过去的作家都是先将"甜"的概念传至大脑,嗣后再由大脑写下"甜"来。而现在我们就直接用舌头写"甜"。又如,迄今为止,笔耕者们皆把眼睛与蔷薇视作二物,总是写"我们的眼睛看到了红蔷薇",但是我们新进作家则让它们合二为一,这样写:"我们的眼睛是红蔷薇"。

(转引自叶琳等:《现代日本文学批评史》,
上海:上海外语教育出版社2008年版,第55页)

2. 叶琳、吕斌等:《现代日本文学批评史》(节选)

新感觉的表现与一般所谓感觉的不同在于:新感觉主义是"感觉的发现",而不是通过某种"感觉"去发现。这就是"新感觉"的内涵所在。……由此,我们可以领悟到新感觉派文学的特色在于打破语言的常规,并加以任意组合,以奇特的语言现象刺激读者。

(上海:上海外语教育出版社2008年版,第55页)

3. 杨星:《虚无的哀歌——论川端康成与〈雪国〉》(节选)

川端康成强调感觉,他的感觉极细腻,极奇特,传达到作品中,便形成《雪国》独特的感觉世界。开篇那"暮景中的镜子"就是极精彩的一段。其实车窗外的景色与车中人的影像叠现本是司空见惯的,所谓它的"不似人间的象征世界"、"美得撩人"之类,都不过是岛村的感觉而已。岛村还从另一面镜子——驹子晨妆时的梳妆镜中,看雪的寒光激射,看驹子映着雪色的面颊,和她被旭日晕染、黑中带紫、鲜明透亮的头发。从一面梳妆镜中看到的世界,已然是现实的折射再折射,如同印象派的绘画,是一种恍惚的清晰,一种只存在于感觉中的精神。这是由独特的视点造成的独特的感觉。在岛村的主观感觉里,刹那间的触发常常引动无穷无尽的联想,触发点往往微乎其微,而联想却往往旷远无际,一直走入无涯的心灵世界中去。

(载《杭州师范学院学报》1994年第4期)

五、日本存在主义文学探讨

提示:西方存在主义哲学形成于20世纪20年代,并很快传入日本,但真正在日本发展起来则是在二战以后。40年代的代表是椎名麟三、安部公房等,50年代以后则是远藤周作和大江健三郎等。其特点是强调个体生存体验,把自由视为人之为人的存在,以及用人道主义姿态介入现实社会生活等。

1. 叶渭渠:《日本文学思潮史》(节选)

日本存在主义文学的基本内容,首先是探讨战争对人性的扭曲、人的存在的荒谬性和反省人的存在的价值。……战后派作家大都有战争的体验和"转向"的体验,战后具有一种强烈的忏悔意识,积极从自我内部追究战争的责任、"转向"的责任,从痛苦的体验中否定过去的自我,重新寻找自我的恢复和自我存在的新价值,在绝望中探索一种新的信念。……其次是探讨人的自由问题。日本存在主义作家基于战争的历史教训和思想体验认为,关系人的存在的根本问题是"人的自由问题"。为寻回在战争中丧失的自我,就必须重新检讨人的自由问题,即获得"自由的选择""自由的创造"问题。

(北京:北京大学出版社2009年版,第360页)

2. 叶琳等:《现代日本文学批评史》(节选)

像大江健三郎就是一个极典型的例子。酷爱萨特的文学作品,几乎通读了他所有的作品,并视其为自己的精神领袖。因此,人性的尊重、人类的尊严、人性的悖谬、不可逃脱的责任等等,这些从萨特那里获得的哲理自然成了大江一贯探索文学创作的理念。因此,他的许多作品都离不开表现对人生的思考、对社会的关注。主张和平、热爱人类、同情弱者、反对公害和抵制核武器成了大江坚持不懈、执着追求的文学创作主题。

(上海:上海外语教育出版社2008年版,第204—205页)

3. 王中忱:《人文主义者的思想探索与写作实践——试析大江健三郎的早期思想与创作》(节选)

若干年后,当大江重新回顾当时的状况时,曾从自己的精神形成史角度对《个人的体验》进行了阐释。他说,面对残疾儿子出生这样的现实,自己从大学时期所接受的欧美文学知识,特别是以萨特存在主义为主导的精神训练突然显得苍白无力……《个人的体验》就是他思想中存在主义解体和精神重构过程的产物。……特别是结尾的处理方法,凝结着大江对存在主义的反思与扬弃,对人文主义传统的再认识,在二十世纪世界文学史和思想史上,这无疑是一个有意义的事件。

(见中国社会科学院外国文学研究所编:《大江健三郎文学研究》,
天津:百花文艺出版社2008年版,第139—140页)

【拓展指南】

一、重要研究资料简介

1. 叶渭渠:《日本文学思潮史》,北京:北京大学出版社2009年版。

简介:该书着眼于日本文学思潮的形态演变和分类,重点介绍日本文学精神潮流和文学思想及其演化历程,依次分析了二十多种日本文学思潮,并对每种思潮列举相应文学作品例证进行了丰富生动的解析。

2.〔美〕鲁思·本尼迪克特:《菊与刀》,吕万和等译,北京:商务印书馆1990年版。

简介:该书原系作者受美国政府委托,对二战末期即将战败的日本所作的文化人类学研究报告。恬淡静美的"菊"是日本皇室家徽,凶狠决绝的"刀"是武士道文化的象征,作者用"菊"与"刀"来揭示日本人的矛盾性格和日本文化的双重性,进而分析日本社会的等级制及有关习俗。现已成为讲述日本人性格和日本文化的名著。

3.〔日〕进藤纯孝:《川端康成》,何乃英译,北京:中央编译出版社1998年版。

简介:该书记述了川端康成的一生,探索这位具有多重性格的现代作家的精神世界及心路历程。作者系日本第三批新人评论家,以一个文艺评论家、小说家和文学编辑的多种眼光,剖析川端小说的主题意向、审美特征以及叙述学的语式和语态等,使此书独具魅力。

4.陈众议、莫言、许金龙等:《大江健三郎文学研究》(2006年论文集),天津:百花文艺出版社2008年版。

简介:该文集收录2006年大江健三郎在中国社科院和北大附中的两篇演讲,另有十余篇文章从不同视角对大江的文学艺术进行了研究。文章作者主要来自中国社科院外国文学研究所,此外还收录了莫言、魏巍、阎连科等当代知名作家的文章和致大江的信件。本书在文章编排上的并置结构,蕴涵着大江与中国研究者及中国当代作家的文学交往与内在互动,呈现出大江健三郎在中国激起的多面回应。

二、其他重要研究资料索引

1. 何乃英主编:《东方文学概论》,北京:中国人民大学出版社1999年版。
2. 梁立基、李谋主编:《世界四大文化与东南亚文学》,北京:经济日报出版社2000年版。
3. 庞希云编:《东南亚文学简史》,北京:人民出版社2011年版。
4.〔韩〕赵润济:《韩国文学史》,张琏瑰译,北京:社会科学文献出版社1998年版。
5. 叶渭渠、唐月梅:《日本文学简史》,上海:上海外语教育出版社2006年版。
6. 谢志宇:《20世纪日本文学史——以小说为中心》,杭州:浙江大学出版社2005年版。
7. 叶渭渠选编:《日本现代主义的比较文学研究》,北京:中国社会科学出版社1997年版。
8. 叶渭渠、唐月梅:《物哀与幽玄——日本人的美意识》,桂林:广西师范大学出版社2002年版。
9. 张龙妹主编:《世界语境中的〈源氏物语〉》,北京:人民文学出版社2004年版。
10. 姚继中:《〈源氏物语〉与中国传统文化》,北京:中央编译出版社2004年版。
11. 何少贤:《日本现代文学巨匠夏目漱石》,北京:中国文学出版社1998年版。

12. 李光贞:《夏目漱石小说研究》,北京:外语教学与研究出版社 2007 年版。
13. 〔日〕长谷川泉:《川端康成论》,孟庆枢译,长春:时代文艺出版社 1993 年版。
14. 叶渭渠、千叶宣一、唐纳德·金主编:《不灭之美——川端康成研究》,北京:中国文联出版社 1999 年版。
15. 周阅:《川端康成文学的文化学研究》,北京:北京大学出版社 2006 年版。
16. 王新新:《大江健三郎的文学世界(1957~1967)》,北京:人民文学出版社 2004 年版。
17. 王琢:《想象力论——大江健三郎的小说方法》,上海:上海文艺出版社 2004 年版。

第十三章　南亚文学

第一节　概述

一、南亚文明

"南亚"是指喜马拉雅山脉以南亚洲大陆的南延部分，包括印度洋上诸岛屿，这一"北背雪山，三垂大海"的地理环境，造成了特色鲜明、历史悠久、统一而独特的文明——印度文明。[①]

考古发现表明，远在公元前 2400 年左右至公元前 1700 年左右，南亚次大陆西北部就活跃着相当成熟的"印度河流域文明"。公元前 1500 年左右，雅利安人进入印度，在约公元前 1500—前 600 年间，雅利安文化也逐渐与本土的达罗毗荼文化融合，形成了辉煌的吠陀文化，史称"吠陀时代"。这个历史时期出现了由吠陀教发展而来的婆罗门教和专事宗教工作的婆罗门阶层，上古印度最辉煌的历史文化典籍《吠陀经》也产生了，以职业世袭为基础的内婚制的社会等级制度——"种姓制度"趋于定型，形成了影响深远的婆罗门、刹帝利、吠舍和首陀罗四大种姓集团。

公元前 6—前 4 世纪，是印度的列国纷争时代，思想界也出现百家争鸣局面，佛教、耆那教诞生。新兴宗教否定婆罗门教三大纲领即"吠陀天启，祭祀万能，婆罗门至上"，反对杀生献祭，反对种姓歧视，肯定个人通过修行可以获解脱之道，这对下层民众和低种姓者产生了强烈的吸引力，得到迅速传播和发展。

公元前 4—前 2 世纪的孔雀王朝，是印度历史上第一个中央集权统治

[①] 印度文明即南亚文明。印度（India）一词出自希腊，由印度河名称的梵文 Sindhu、波斯语 Hindush、希腊语 Indos 变化而来。自古以来，南亚次大陆一直以"印度"名之，在大历史、大文化意义上，涵盖整个次大陆，而不应作狭义的现代国家"印度"理解。

的大帝国。印度教重要典籍《摩奴法典》的编纂始于这一时期,语言和文字也在一定程度上实现了统一。孔雀王朝伟大的统治者阿育王后半生皈依佛教,成为佛教第三次结集的赞助者,并向周边国家派出大量佛教使团,对佛教的传播以及后来发展成为世界性宗教做出了重要贡献。

公元4—6世纪的笈多王朝是印度古典文化的黄金时期。这一时期以迦梨陀娑为代表的诗歌、戏剧达到了印度梵语文学的辉煌顶点。笈多诸王崇信婆罗门教,在他们的提倡和保护下,婆罗门教文化获得空前繁荣,大史诗《摩诃婆罗多》《罗摩衍那》以及《摩奴法典》、各种《往世书》等,于此时期编纂完成。婆罗门教在大量吸收佛教、耆那教的教义教规基础上,开始向新型婆罗门教——印度教转化,这种转化经8世纪宗教改革家和哲学家商羯罗的"印度教改革"而最终完成,"梵我同一""业报轮回""精神解脱""瑜伽修行"成为印度教的核心理论。

公元7世纪始,印度西北边境的穆斯林王国频频侵扰北印度,终于在13世纪建立起南亚历史上第一个伊斯兰教政权——德里苏丹国(1206—1526),后在16世纪为突厥贵族巴卑尔所灭并建立起一个新的穆斯林帝国——莫卧儿帝国(1526—1858)。穆斯林的入主,给南亚次大陆带来了一场持久而影响深广的文化冲击、碰撞与融合。11世纪初传入苏菲派思想,提倡克己、守贫、苦行与禁欲,主张通过神秘的直觉体验来证悟主的存在,实现与主的合一,在两大宗教文化的相互吸收、融合上起到了十分重要的作用。伊斯兰教文化与印度教文化的碰撞融合还表现在:语言上,由波斯语与本土印地语混合生成一种新的语言——乌尔都语,如今是巴基斯坦官方语言。文学上,波斯语文学、乌尔都语文学发展起来,在兼容并包的宽松气氛下,甚至出现了印度教作家用波斯语、穆斯林作家用印地语写作的情形。在阿克巴大帝的大力扶持下,莫卧儿帝国还成立了专门的翻译机构,把梵语、阿拉伯语、突厥语、希腊语等古典名著译成波斯语。

18世纪,如日中天的莫卧儿帝国开始走向衰落,为西方列强的进入提供了千载难逢的时机。1600年英国东印度公司成立,后来成为行使对印度实际操控权的殖民机构。1857年爆发了印度民族大起义,沉重打击了殖民者的统治,迫使英国政府取消了东印度公司在印度的统治权,改由英国女王直接统治印度。

在完全沦为殖民地的背景下,印度开始了其近代化的进程,西方思想和文化通过立法、行政、教育、出版、商贸、工业、交通等多种渠道,深刻地影响和改变着这块古老的大陆。在西式教育和现代新闻报刊的影响下，一些接受西方启蒙思想的印度知识分子开始了印度近代的宗教和社会改革活动，如创立"梵社"进行知识启蒙和宗教改革的拉姆·莫汉·罗易（1772—1833），领导非暴力不合作运动和国民不服从运动、进行政治活动的莫汉达斯·甘地（1869—1948）等杰出人物，其中甘地的思想和人格力量对缔造现代印度国家影响巨大，被尊为"现代印度之父"。

30年代，"穆斯林国家"的设想和"两个民族"的理论被正式提出，在殖民当局的支持下，南亚次大陆终于走向最后的分裂。1947年8月14日巴基斯坦自治领宣告成立；8月15日印度自治领成立。从此，南亚跨入一个新的历史时期，作为政治实体的现代民族国家印度、巴基斯坦、孟加拉和斯里兰卡相继出现。

印度文明曾对世界产生过巨大贡献。印度思想在希腊哲学的发展中（如毕达哥拉斯的灵魂转生论）打下了深刻印记；入侵者带来的希腊化艺术也在与印度本土文化的融合中，产生了对佛教艺术意义深远的犍陀罗艺术，后来影响到中国。此后的世纪里，印度的哲学和寓言故事源源不断地流传到西亚、北非和东南欧，渗入到这些地区的文学中。近代，印度古代典籍被系统地翻译介绍到欧洲，引发了欧洲人对东方这一巨大文化宝库的极大兴趣，印度教哲学深刻地影响了德国的先验论哲学，梵语文学名著倾倒了一批欧洲浪漫主义诗人与作家。

印度文明在公元前就已传入东南亚地区，出现了所谓"千年印度化"的情况，到公元5世纪时，出现了一批信奉佛教或印度教的印度化国家，如缅甸、泰国、柬埔寨、老挝、马来西亚和印度尼西亚等，这些地区的语言、文学、艺术、社会习俗和文化生活等，都铭刻下鲜明的印度文化印记。

公元前后，佛教传入中土，西域僧人大量东来，佛典汉译就此发轫，其中鸠摩罗什大师为杰出代表，称为"义皆圆通"。随后，去西天取经的本土僧人络绎于道，著名的有东晋法显、唐玄奘、义净等。汉译佛典的繁盛，促进了中国目录学的发展；印度语言学的传入，对汉语音韵学的发展产生了影响；印度因明学则大大丰富了中国的逻辑思想。来自印度佛教的义理、观念、范畴、词汇等，也深深嵌入到中国社会文化生活中，如缘、业、解脱、轮回、报应等。佛教的广泛传播也对中国文学产生了重要影响，魏晋南北朝志怪小说、唐宋传奇、戏剧变文等，都留下了佛教影响的痕迹。

二、南亚文学

南亚文学①有文献记载的历史长达三千多年,学界一般认为大致可以分为古代文学、中古文学、近现代文学和当代文学四个时期。

(一) 古代南亚文学

古代南亚文学包括吠陀文学(前15—前5世纪)和史诗文学(约前4—4世纪)。吠陀文学一般指从上古时期积累流传下来的重要文献《吠陀本集》。"吠陀"意为知识、学问,后转化为教义、经典之意,故又称为"吠陀经"。《吠陀本集》共有四种,即《梨俱吠陀》《娑摩吠陀》《夜柔吠陀》和《阿闼婆吠陀》,内容十分丰富,是上古时期雅利安人哲学思想、宗教信仰、军事征战、经济生产和社会习俗的宝贵记录。其中最古老、最富文学价值的是《梨俱吠陀》,共10卷,收诗1028首,主要为颂神诗,礼赞对象多为代表自然力的神灵,颂赞最多的是吠陀时代的三大主神——雷神因陀罗、火神阿耆尼和酒神苏摩。颂神诗里保存有古老、绚烂的神话传说,想象丰富,比喻生动,迄今仍是南亚文学创作的丰沛源头。《梨俱吠陀》中一些诗如《无有歌》《金胎歌》《原人歌》等,对宇宙的形成、人的起源以及灵魂、生死等形而上问题进行思索、诘问,其中已有哲学观点的萌芽。这种对人的精神和灵魂的强烈兴趣及探索,成为印度传统文化的重要特征。《阿闼婆吠陀》主要是一部咒语诗集,所涉内容都与人们的生活密切相关,反映了古代先民试图利用语言控制自然、趋吉避凶的朴素愿望。咒语是人类早期社会普遍存在的一种现象,但在南亚,这种对语言力量的信仰、对声音奥秘的推崇,成为其传统文化的一大特色,不仅在印度教、佛教哲学中有精深的论述,而且形成了专门的哲学派别。这部咒语诗感情充沛,愿望强烈,诗律铿锵,有着极强的文学魅力。《吠陀本集》对后世南亚文学影响巨大,其抒情诗成为南亚世俗文学的源头,对话体诗则为史诗和戏剧奠定了基础,而对新鲜活泼的比喻的迷恋和大量运用,促成印度古典文艺理论譬喻修辞和后世譬喻文学的发达。此外,重在咏唱的《娑摩吠陀》在印度音乐史的研究上极具价值,而祷告用的《夜柔吠陀》则是印度宗教史研究不可或缺的重要典籍。

在《吠陀本集》之后,围绕着吠陀的传授、注释和阐述等,逐渐发展出一

---

① 南亚文学在20世纪中叶之前,按惯例,一直以"印度文学"名之;20世纪后半叶,英国殖民统治终结后,现代意义上的南亚各国才真正出现,也才有现代的南亚各国文学。为叙述统一,本节均以"南亚文学"名之。

批相关著作,一般都视为《吠陀本集》的继续,总称为吠陀文献。按出现时间的早晚,分别为梵书、森林书和奥义书。梵书又称婆罗门书,是婆罗门祭司传授吠陀的职业用书,主要内容是关于祭祀仪式的规定及其应用说明,也包括对祭典神秘意义的解说、对宇宙起源等传说的讲述,其中最重要的是《爱达罗氏梵书》和《百道梵书》,约成书于公元前 10—前 7 世纪。梵书虽然是婆罗门的祭祀用书,但在两个方面对印度文学具有重要意义,一是其中包含了一些非常重要的神话传说,这些神话传说上承吠陀,下启大史诗,是连接它们的重要桥梁;二是从文体角度看,梵书发展出的散文文体是印度最早的散文作品。

森林书是梵书的续编,因隐者在森林里传授而得名。森林书不再看重实际的祭祀,而是发展出祭祀理论中的神秘主义,倾心于宇宙和人生奥秘的探究以及人与自然、灵魂等关系的哲学思辨,为奥义书的前奏。奥义书是吠陀文献的最晚出部分,因此也称作"吠檀多",意为"吠陀的终结"或"吠陀的最高意义"。奥义书继续阐发吠陀内蕴的思想,但已基本脱离了对具体仪式规章的阐释说明,而集中在世界本源、人的本质等抽象问题的思考上,涉及人与神、人与自然、灵魂与肉体以及生死转换等形而上的哲学问题,是印度最古老的哲学典籍。它对一系列哲学问题的探讨,往往采用寓言和传说故事的方式进行,使抽象枯燥的哲学思辨变得直观易懂,是为印度寓言文学的滥觞。

史诗文学即《摩诃婆罗多》和《罗摩衍那》两大史诗,它对整个南亚文学、文化和精神生活的塑形作用极大,其影响渗透在南亚社会生活的方方面面,几千年来绵延不绝。

(二) 中古南亚文学

中古南亚文学包括古典梵语文学(约 1—12 世纪)和方言文学(约 12—19 世纪中叶)。梵语是一门极为古老而又丰富精确的语言,由早期入侵南亚的雅利安人带入,经吠陀时期的吠陀语演化而成为古代南亚受过教育的阶级的通用雅语。古典梵语文学在继承吠陀文学和史诗文学传统的基础上,获得了令人惊叹的成长与进步,一是文学的世俗性增强,开始反映更为广阔、丰富的社会生活,新的文学题材出现;二是各种文学体裁都获得了独立的发展,叙事诗、抒情诗、格言诗、戏剧、小说等都有自己的成就;三是文学表现手法更加丰富,文学风格更加多样,修辞技巧和诗歌格律也更加精致成熟。

此时期诗歌出现了大量的文人创作。佛教诗人马鸣的《佛所行赞》和

《美难陀传》是最早的长篇叙事诗,前者为佛陀的传记,后者写佛祖度化难陀出家的故事。马鸣的叙事诗注重人物刻画,讲究文采修辞,好用谐音与典故,表现出成熟的诗歌技巧。迦梨陀娑是古典梵语诗歌最杰出的诗人,他的叙事诗和抒情诗代表了此时期诗歌的最高艺术成就。其叙事诗《罗怙世系》和《鸠摩罗出世》分别取材于史诗和神话传说,文辞优美,诗韵高雅,是古典叙事诗的典范作品。抒情长诗《云使》是他最脍炙人口的诗篇,写一个被贬谪到南方山中的药叉,在惹人忧思的雨季来临时,托北去的雨云带信给住在喜马拉雅山中的妻子,倾诉满腹的相思之情。诗作表达的情感炽热缠绵,想象绮丽生动,文辞优美而有力度,至今仍为抒情诗的楷模之作。伐致呵利的《三百咏》也是一部广为流传和引用的抒情诗集。与以"温柔敦厚"风格著称的迦梨陀娑不同,伐致呵利是一位尖刻而善于讽刺的哲人,诗作短小而思想深刻。

戏剧是古典梵语文学的重要组成部分。在梵文里,"剧"与"舞"同源,是供表演的作品,南亚戏剧的萌芽可以追溯到吠陀时期的舞蹈、哑剧和有戏剧情节的对话体诗。从现存的古典戏剧和演剧理论来看,这一文学样式在公元前后已经达到成熟阶段,文人戏剧已经产生而且有了相当完备的固定形式,其特征为戏文韵白相间、雅语俗语杂糅、时空转换自由,以及剧头有祝词、幕间有插曲、剧尾有吉祥语的定式。马鸣的《舍利弗传》是目前发现的最古老的梵语戏剧残卷,讲述佛陀两个大弟子舍利弗和目犍连皈依佛教的故事。公元3世纪前后有名的戏剧家是跋娑,有13部作品传世,其中《惊梦记》最负盛名。该剧写王后仙赐为了从强敌手里拯救丈夫优填王的王国而甘于牺牲个人幸福的故事,风格朴实,对白精炼,场面生动。与跋娑时代相去不远的首陀罗迦留下的十幕剧《小泥车》,是一部反映市井生活的爱情喜剧,在人物塑造、情节安排和方言俗语的娴熟运用上都达到了很高水平。

古典梵语戏剧的最高成就体现在迦梨陀娑的戏剧中。他著有梵文剧本3种,最著名的是七幕爱情剧《沙恭达罗》。该剧描写净修女沙恭达罗和国王豆扇陀之间一波三折的浪漫爱情故事,"好事多磨——终成眷属"的情节模式虽然老套,但诗人以自己的天才赋予它惊人的艺术魅力。剧作戏剧冲突饱满,人物性格鲜明,情节跌宕有致,结构严密完整。迦梨陀娑本质上是一位抒情诗人,所以戏剧也带有强烈的抒情倾向,金克木先生称其"丽而不华,朴而不质,音调和谐,富于暗示"。它18世纪末先后被翻译成英文和德文,在欧洲文学界引起轰动,歌德不仅对之推崇备至,其名作《浮士德》在结构上亦留有明显的模仿痕迹,欧洲此时期正在兴起的浪漫主义文学运动亦深受影响。

迦梨陀娑之后梵文戏剧的重要作家作品还有薄婆菩提的《罗摩传后篇》、毗舍佉达多的《指环印》、婆吒·那罗延的《结髻记》、戒日王的《璎珞传》和《龙喜记》等。

在散文领域,古典梵语文学有两个主要成就,一是民间故事文学,二是文人小说创作。前者的重要作品有佛教寓言故事集《本生经》、婆罗门教气息浓厚的寓言故事集《五卷书》和民间故事集《故事广记》。印度故事文学发达,与印度重视"说"的文学传统以及传承方法密不可分,他们的故事以及"说"故事的方法影响了世界上许多民族,如阿拉伯的《天方夜谭》、意大利薄伽丘的《十日谈》、英国乔叟的《坎特伯雷故事集》、德国格林兄弟的《格林童话》、法国拉·封丹的《寓言诗》等,都有着明显的印度寓言故事的影响痕迹。在文人小说方面,苏班度的小说《仙赐传》以形式见长,辞藻华丽,语义双关,谐声运用精巧,被视为散文珍品。波那是梵语散文的杰出大师,主要作品有《戒日王传》和《迦丹波利》,他的小说风格多变,既缠绵哀艳又富丽堂皇,既鲜明凝重又神妙流畅,被认为是印度无韵律诗的最高峰。檀丁的《十王子传》也是一部著名的古典小说,这部描写众公子冒险故事的作品,类似游侠小说,有许多离奇巧合的情节和江湖法术,甚至流露出对不择手段攫取权力和财富行为的欣赏,这种态度显然超出了传统道德规范。

《舞论》(*Natya Shastra*)是现存最早的印度文艺理论著作,约成书于公元2世纪,是几百年来演员们戏剧实践的产物。全书共37章,以诗体写成,从戏剧的体裁、结构、风格、诗律、修辞到剧场、化妆、演出、舞蹈、形体表演程式等,全面论述了戏剧的方方面面。其中,对戏剧作品表达基本情调的八种"味"的解说与界定,成为印度美学的八个基本范畴,意义重大。此时期重要的印度古典文艺理论著作还有7世纪专论文体和修辞的《诗境》(檀丁)、《诗庄严论》(婆摩诃),9世纪韵论派著作《韵光》(欢增),以及11世纪重要文论家新护的《舞论注》《韵光注》等。

11世纪后,随着穆斯林入侵带来的巨大冲击,梵语逐渐失去在印度文化生活中独一无二的正统地位,古典梵语文学也逐渐走向衰落,而各种方言文学则在此背景下迅速发展起来,从语言上看,主要属于两大语系,即北方的印度-雅利安语系和南方的达罗毗荼语系。

印度-雅利安语系诸文学中,地位最为显著、成果最为丰硕的是印地语文学。钱德·巴达伊描述国王功业的长篇叙事诗《地王颂》(12世纪),被认为是拥有最早的世俗文学之荣光的作品;诗人迦比尔、加耶西、苏尔达斯和杜勒西达斯,则是 11—17 世纪印度教虔信派运动催生出的一批对后世产生重要影响的虔信派诗人。他们中最杰出的代表是杜勒西达斯(1532—1623),他的《罗摩功行录》是对史诗《罗摩衍那》的创造性改写,情节更加紧凑,人物更为生动,印度教的伦理道德得到更为完美的体现,有"现代印度圣经"之称。乌尔都语文学也有很大发展,诗人沃利以其对抒情诗的大胆改革而使乌尔都语诗歌获得崭新的品质,摆脱了波斯诗歌附庸的尴尬地位;米尔的抒情诗达到了此时期诗歌的最高水平,被尊为"诗圣";散文方面的重要人物有凯苏德拉蒙和穆拉·沃西。其他方言文学的代表人物还有孟加拉语诗人金迪达斯、阁多尼耶、戈文达·达斯和马拉塔语宗教诗人杰纳内斯瓦拉、埃格纳特、图卡拉姆等。

达罗毗荼语系文学中最古老的是泰米尔语文学,它也是最早发展出书面语言的文学。公元 2—3 世纪出现的诗歌总集《八卷诗集》《十卷长歌》,收有诗歌两千多首,内容广泛,诗韵优美,史称"桑伽姆文学"。公元 6 世纪汇集编撰的《说教诗》,是道德教诲诗,被称作"泰米尔人的《吠陀》"。长篇叙事诗有伊兰戈的《宝石脚镯》(约 9 世纪)、德瓦尔的《西伐赫的奇异宝石》(10 世纪);在虔信派运动中先后于 10 世纪和 12 世纪整理完成的毗湿奴赞美歌集《圣诗四千首》和湿婆赞美歌集《德瓦拉姆》,收录了那个时代许多著名诗人的诗歌,是研究中古泰米尔文学的宝贵资料。其他如坎纳达语文学的主要代表是 9 世纪的诗学著作《诗王路》以及 10—12 世纪以韵散相糅的"占布"文体创作而获巨大声誉的三大诗人巴姆伯、邦纳和伦纳;泰卢固语文学的重要收获包括 11 世纪的诗人南纳耶、13 世纪诗人蒂卡纳用泰卢固语翻译的大史诗《摩诃婆罗多》、16 世纪行乞艺人布伦德罗达萨的虔诚歌曲以及 17 世纪维马纳的说教诗等。

(三)近现代南亚文学

近现代印度文学一般认为是在 17 世纪下半叶萌芽,真正开端于 19 世纪中叶,下限则为 20 世纪上半叶,其社会历史背景是西方殖民者的接踵而至、莫卧儿帝国的分崩离析、印度近代启蒙运动的兴起以及民族解放运动的蓬勃发展。此时期的文学家多为受过西方启蒙思想影响而又具有强烈民族主义意识的知识分子,民族语言文学创作空前活跃。般吉姆·钱德拉·查特吉(1838—1894)是近现代孟加拉语文学的先驱,他的小说无论是现实题材还是历史题材都紧扣时代脉搏,充满反抗精神和爱国热情,《阿难陀寺院》(1882)是他影响最大的作品。萨拉特·钱德拉·查特吉(1876—1938)是一位丰产作家,他的长、中、短篇小说都聚焦于现实社会生活,多通过青年男女间的爱情故事来揭示社会矛盾和伦理困境,擅长细腻的心理刻画,代表作《斯里甘特》(1917—1933)奠定其优秀小说家的地位。罗宾德拉纳特·泰戈尔(1861—1941)是孟加拉语文学最杰出的诗人、戏剧家和小说家,他的文学遗产无论是广度还是高度上,至今为后人难以企及。伊斯拉姆(1899—1976)和马尼克·班纳吉(1908—1976)也是孟加拉文坛享有盛誉的诗人和小说家。戏剧家赫利谢金德尔·帕勒登杜(1850—1885)和诗人迈提里谢伦·古伯德(1886—1964)是印地语文学的重要作家,他们多从印度丰厚的古典文学取材,通过对印度传统精神的讴歌来唤醒民众的民族意识和爱国热情。普列姆昌德(1880—1936)是公认的第一流的印地语和乌尔都语小说家,他的创作紧扣现实,擅长描写普通人、尤其是乡村农民的生活,在阴郁的悲剧中抒发仁爱的理想。他的长篇小说《戈丹》(1936)被誉为一部反映印度农村生活的史诗。介南德尔(1905—1988)是继普列姆昌德之后又一位印地语小说大家。伯勒萨德(1890—1937)是20世纪20—30年代印地语浪漫主义诗歌的重要代表人物。乌尔都语文学拥有诗人迦利布(1797—1869)、哈利·阿尔塔夫·侯赛因(1837—1914),小说家沙尔夏尔(1846—1902)、克里山·钱达尔(1914—1977)等,以宗教哲理诗人闻名的伊克巴尔(1877—1938)是乌尔都语文学的佼佼者。

  18世纪下半叶,英国征服印度后,英语逐渐成为印度上层的通用语言,由此产生了印度英语文学。早期英语诗人主要有默图苏登·德特(1824—1873)、萨罗季妮·奈都(1879—1949)、奥罗宾多·高斯(1872—1950)等,其中最负盛名的当属罗宾德拉纳特·泰戈尔,1913年以英语诗集《吉檀迦利》获得诺贝尔文学奖。般吉姆·钱德拉·查特吉的《拉贾莫汉的妻子》(1864),是印度最早的英语小说,但真正为印度英语小说赢得国际声誉的是20世纪30年代的印度英语小说三大家——穆尔克·拉吉·安纳德、拉·克·纳拉扬和拉迦·拉奥,他们的代表作《不可接触的贱民》(1935)、《斯瓦米和他的朋友们》(1935)和《甘特普尔》(1938),是印度近现代文学中独树一帜的作品。

  第二次世界大战后,随着英国殖民统治的结束,南亚次大陆诞生了现代意义上的独立国家,南亚文学才真正具有了国别文学的性质,当代南亚文学才真正甩开顶了几千年、始终以"印度"名之的帽子。

(四)当代南亚文学

  由于历史、文化传统的原因,当代南亚文学最为人熟知的依然是印度文学。在西方现代主义哲学和文学思潮影响下,20世纪40年代的印度文坛开始呈现与传统文学相异的面貌,诗坛相继出现实验主义、新诗派等突破传统、强调创新的诗歌流派,内容上注重内在自我的剖析与表达,艺术上重视象征、暗示与寓意手法的运用,代表人物有阿格叶耶、尼拉玛尼·普甘、达玛维尔·巴拉蒂和古鲁伯勒萨德·毛罕地等。与新诗运动相呼应的是新小说的创作,它们受存在主义哲学的影响,关注现代社会中人的存在及其价值问题,艺术上放弃传统小说对人物、情节的倚重,注重内在精神世界的探索与表现,手法上大量运用象征、寓意、意识流等,代表作家有莫汉·拉盖什、麦吉德·伊克巴尔、苏莱什·乔希等。在现代主义文学活跃之际,注重本土生活、着重于表现地方色彩和方言土语、旨在对抗现代文明的乡土文学也获发展,取得令人瞩目的成绩,代表人物有雷努、伯戴尔、高比纳德·莫汉蒂等;关注社会现实的小说家有苏·莫汉蒂、阿基兰、阿南塔穆尔迪等。

当代印度英语文学成果斐然,独立前已经成名的作家继续创作出优秀作品,如纳拉扬的《向导》(1958)、拉迦·拉奥的《蛇与绳》(1960)等;新涌现的英语小说家也取得了骄人成绩,如露丝·普拉瓦·杰哈布瓦拉的《炎热与尘土》(1975)、安妮塔·德赛的《白日幽光》(1980)、阿鲁·乔希的《最后的迷宫》(1981)、阿伦德哈蒂·罗易的《卑微的神灵》(1997)、维克拉姆·赛特的《如意郎君》(1993)、基兰·德赛的《失落》(2006)和阿拉温德·阿迪加的《白虎》(2008)等。这些作家或居国内,或长期侨居国外,与那些已经移居或入籍欧美国家的印裔作家如印裔英籍作家维·苏·奈保尔、萨尔曼·拉什迪,印裔加拿大作家罗辛顿·米斯垂,印裔美国作家帕拉蒂·穆克吉、裘帕·拉希莉等一起,频频问鼎世界文坛大奖,以他们极具特色和水准的作品,在世界文坛掀起一波又一波"印度旋风",为印度英语文学赢得了巨大荣耀。

当代巴基斯坦文学继承乌尔都语诗歌传统,取得佳绩。诗人艾·纳·卡斯米将赞颂之笔转向乡间,描写普通农民、船夫、牧民的生活,散发出浓烈的乡土气息,被称为"旁遮普的乡村歌手",代表作为《忠诚的大地》(1963);乔什·马里哈巴迪和费兹·艾哈迈德·费兹的诗歌,是浪漫主义和现实主义相结合的佳作。小说领域,在巴基斯坦独立后出现了以描写印巴分治为题材的文艺思潮。库德拉杜尔·萨哈布的《啊!真主》和纳迪姆·卡斯密的《帕梅夏尔·辛格》等短篇小说,对分治带来的宗教仇杀给予了充分的揭露和抨击,表现出对人道主义的呼唤。女作家古拉杜因·海德尔的《火河》、肖克特·西迪基的《真主的大地》(1957)、哈蒂嘉·玛斯杜尔的《庭院》(1962)和阿卜杜拉·侯赛因的《悲哀世代》(1961)等,都是这一时期优秀的长篇小说。

当代孟加拉文学也有很大发展,久希姆·乌丁是一位诗人兼剧作家,著有诗歌集《大地哭泣》、剧作《吉普赛人的媳妇》等;小说创作可以说硕果累累,重要作品有绍登·森的《大家都去了森林》、赛伊德·沙姆苏尔·哈克的《越界》、阿赫默德·丘法的《死亡的快乐》、胡马雍·阿赫梅德的《漫天乌云》、伊摩达杜尔·霍克·米龙的《大地之子》和《爱情不好》等。孟加拉裔英籍女作家莫妮卡·阿里以其英语小说《砖巷》(2003)享誉国际文坛。

迈克尔·翁达吉是著名的斯里兰卡裔加拿大籍诗人、小说家,代表作《英国病人》(1992)是一部赢得英语布克奖的小说,探寻斯里兰卡国内战争真相的小说《菩萨凝视的岛屿》(2000)也为他带来了广泛的关注与赞誉。

第二节 《摩诃婆罗多》

《摩诃婆罗多》是印度著名的大史诗。"摩诃"意为"伟大的","婆罗多"则是印度古代王族名称,书名意为"伟大的婆罗多族的故事"。史诗篇幅巨大,达10万颂(每颂2行,每行16音节)之多。传说中的作者是毗耶娑(广博仙人)。但实际上,这部篇幅冗长、规模巨大的史诗不可能是一个人的创造。据奥地利梵文学者温特尼茨考证,《摩诃婆罗多》的成书年代约在公元前4—4世纪之间,经历了8800颂的《胜利之歌》、24000颂的《婆罗多》和10万颂的《摩诃婆罗多》三个阶段。金克木先生在《梵语文学史》里也指出,史诗中存在的英雄史诗、民间传说、祭司和其他知识阶层的非文学著作三种成分,显示了史诗编订的三个层次,也大致标示了史诗的膨胀过程。

《摩诃婆罗多》共18篇,以列国纷争时代的印度社会为背景,讲述婆罗多族两支后裔俱卢族和般度族争夺王位继承权的斗争。

象城的奇武王有二子,长子持国,次子般度。持国生下来就双目失明,所以王位由弟弟般度继承。持国生有百子,长子难敌,为俱卢族;般度生有五子,长子坚战,称般度族。般度死后,持国短暂摄政,在坚战成年后交还王位。此举激起难敌强烈不满,决心阻止坚战即位,夺回他认为应属于自己的王位。

难敌先是下毒欲除掉般度族的勇士怖军,又建一座美丽却易燃的行宫迎请般度五子,企图纵火灭之。早有提防的般度兄弟借暗道逃跑,流亡森林。流亡中,在般遮罗国国王的选婿大典上,五兄弟之一的阿周那以超强武功赢得了黑公主,但也因此暴露了真实身份。持国王闻悉,不顾儿子们反对,派特使接回般度兄弟,分其一半国土。坚战加冕为王,定都天帝城。

在般度族统治下,天帝城欣欣向荣、富庶繁盛。难敌看在眼中恨在心里,在舅舅沙恭尼怂恿下设下赌博圈套,诱使坚战上钩。果然,坚战在赌博中输掉了一切——国土和兄弟,甚至包括黑公主。持国担心家族毁灭,出面取消了这场赌博。难敌不甘放弃已到手的国土,派人追回坚战,要求再试高低,这次的赌注是:失败一方必须和他的兄弟一起放逐森林十二年,第十三年还须隐姓埋名度过,一旦被人发现,就要再流放十二年。坚战又输了,般度族踏上流放之途。

在结束了艰难的十二年流放生活和惊险的第十三年隐匿生活后,般度族兄弟按照约定要求收回国土,难敌毁约,战争爆发。双方在俱卢之野展开十八天激战,战斗进行得十分酷烈,天神们也纷纷下凡观战。难敌一方的统帅先后阵亡,难敌也在最后一天的战斗中死去。般度族胜利在望,却在夜间遭遇俱卢族散兵游勇偷袭,熟睡中的般度族将士被杀戮一光,般度五子因不在营中而躲过劫杀。

坚战终于登基为王,却无胜者之喜,终日为惨烈的战争后果悲伤不已。多年后,得知黑天去世升天的消息,坚战五兄弟和黑公主也决心结束他们的尘世生活,前往雪山,最后升入天国。

显然,就史诗的原始形式来说,这是一部英雄颂歌。史诗的核心故事——婆罗多族内部为争夺王位而进行的战争,在人类早期历史上并不鲜见,也通常成为早期英雄史诗的题材。史诗中处处留有歌颂氏族英雄的痕迹,不论是般度族还是俱卢族,在大战中都表现得勇武善战,有强烈的责任感和荣誉感。但是,这种英雄主题在后来的流传中,在不断地扩充、丰富的过程中,逐渐湮没在大量的道德训诫里。其中,作为史诗主要传承者和修订者的婆罗门祭司起了很大作用,最终使这部英雄史诗成为一部宣讲婆罗门教义的宗教圣典。在编撰成书的史诗里,英雄主题模糊了,道德伦理意味突出了。般度族成了道德的象征,俱卢族则成了邪恶的化身,他们之间的斗争也成了善与恶、正义与非正义、正法与非法的斗争。

坚战常用的称号是正法之王,他一生都严格坚守婆罗门的道德准则,坚持善行,维护正法,毫无私心。他奉行"容忍是最高美德",在难敌一次又一次加害般度族时,却一再以容忍待之。面对亲人不解的劝说、嘲讽甚至奚落,他说:"要是人被恶语所伤,便恶语相还;要是人受到责罚,便反过来责罚别人;要是父残子,子弑父;要是夫戮妻,妻杀夫……那么,在一个仇恨弥漫的世界上,生命怎么可能产生呢?"在众人主张国王的责任应当是把失去的国土夺回来时,坚战却说:"我把法看得比生命更重要。王国、儿子、名誉、财富——所有这些重要性都抵不上真理的法的十六分之一。"这种对真理、善行、正法的绝对忠诚与追求,贯穿坚战一生,使之成为史诗中正法的化身。

与坚战形成鲜明对照的难敌,则是非法和不义的代表。在难敌的性格中,充满了嫉妒、贪婪、狠毒与冷酷。幼时与堂兄弟们一起习艺,般度族兄弟赢得老师赞誉,难敌便妒火中烧;坚战拥有王位继承权,又令他生出仇杀之心。一次次毒招落空,不仅没让他悬崖勒马,而且促使他进一步把同族推向兄弟相残的大战,酿成惨烈后果,自己也未逃覆灭的下场。相比于以德为重的坚战,难敌更多地体现了军事民主制时期氏族首领的形象:一方面,古老道德的约束正逐渐丧失,出于私利的对公共财产的掠夺开始出现;另一方面,又表现出那个时代刹帝利应有的英雄气概,勇武善战,有强烈的责任感和尊严感。

除主干故事外,《摩诃婆罗多》中还有许多可以独立成篇的插话,这些插话几乎占了史诗篇幅的二分之一。从内容看,有神话传说、寓言故事、道德训诫,也有宗教、哲学、政治和伦理等理论;从艺术上讲,有不少脍炙人口的名篇。在宗教、哲学内容的插话中,最重要的是《薄伽梵歌》(Bhagavadgita),在梵语里 Bhaga 本义为"太阳",引申为"光荣""尊贵",故可理解为"世尊歌"。其内容是大战在即,五兄弟之一的阿周那出现心理危机,黑天为坚定其信心而进行的说教。核心是阐明达到人生最高理想——"解脱"的三条道路,即业(行动)瑜伽、智(知识)瑜伽和信(虔信)瑜伽,认为应以一种超然态度来履行个人的社会义务和职责,摒弃一己的欲望和利益,不计较个人成败荣辱,通过行动祛"幻"破"执",使个体的灵魂"我"与宇宙的最高灵魂"梵"相结合,获得最后的解脱。《薄伽梵歌》在印度社会地位至尊,被奉为印度教的圣典,历代圣贤大哲都通过对它的注释来阐发宗教哲学思想,指导人们的生活。

《摩诃婆罗多》的叙事结构为连环嵌入式结构,即有一主干故事,在主干故事中又嵌入一个个小故事。这些小故事或插话与主干故事的联系看似松散,去掉并不影响主要情节,实际上却大多不离史诗主题和基本精神。这种结构方式大大拓展了史诗容量,丰富了史诗内容。史诗人物明晰生动,坚战的宽容平和,难敌的褊狭狠毒,毗湿摩的高贵超然,黑公主的忠贞优雅等,都描绘得鲜明独特,令人难忘。史诗的语言简明素朴,诗律灵动活泼,修辞丰美绮丽,谐音、双关、对偶、比喻、夸张等修辞手法大量运用,不仅在文字上呈现出一幅丰富多彩的画卷,作为口传文学,也通过词汇的音韵变化,为诵读者提供了优美悦耳的音调效果。

在印度,《摩诃婆罗多》因其内含的包罗万象的丰富知识,被称为"历史传说";又因其在宗教、哲学、政治和伦理方面的意义,有"第五吠陀"之称。在文学艺术上,它是后世文学家和艺术家取之不尽、用之不竭的文化源泉;在社会生活中,它已化为普通民众的日常"呼吸",渗透在生活领域的方方面面。《摩诃婆罗多》很早就向外传播到东南亚一带,在柬埔寨、泰国、缅甸、印度尼西亚和马来西亚等国,都先后出现了本土语言的编译本,至今仍在这些国家的民间戏剧和音乐歌舞表演中传唱着。

第三节 《罗摩衍那》

《罗摩衍那》意为"罗摩的游行"或"罗摩的生平",共24000颂,约成书于公元前4—2世纪之间。作者蚁垤被认为是世俗梵语的第一位诗人,按照史诗开篇的叙述,《罗摩衍那》采用的诗体输洛迦(Sloka),就出自他的创造:蚁垤在河边洗澡,正巧撞见猎人杀死交欢的麻鹬,哀伤中吟出对猎人的诅咒。不同寻常的韵律令蚁垤感到吃惊,这时,梵天大神显现,宣布他已经创造出输洛迦诗体,并请他用这种诗律传唱罗摩的故事。当然,从史诗的形态看,它不可能只出自一人之手。一般的看法,史诗早期可能在民间流传,后来才为某人整理编撰,使内容和风格达到一定程度的统一,而这个编订者很可能就是蚁垤。

《罗摩衍那》写阿逾陀城的十车王有三位王后,生有四子。长子罗摩因折断弥提罗国的神弓而娶公主悉多为妻。十车王年老,决心传位于罗摩。就在举国欢腾、灌顶在即之时,二王后吉迦伊在驼背侍女的怂恿下,利用国王曾经许下的诺言,要求立自己的儿子婆罗多为王,并流放罗摩十四年。闻言,十车王大惊失色,泪水滚滚。罗摩得知真相后,为使父亲不失信义,甘愿流放。妻子悉多和弟弟罗什曼那也褪下王服,与罗摩一起流放。在流亡森林期间,楞伽岛的十首魔王罗波那劫走悉多。罗摩兄弟为救悉多,与猴国结盟,在神猴哈奴曼的帮助下,跨越大海,在楞伽岛展开激战,最终杀死魔头罗波那,救出悉多。然而,当盛装的悉多出现在眼前时,罗摩却对她的贞洁产生了怀疑。悉多跳火自焚,以证清白。火神从火中托出悉多,交还罗摩,告知:"悉多白玉无瑕,身、口、意都未犯任何错误。"罗摩遂携悉多、罗什曼那返回阿逾陀城。婆罗多欣然交还王权,罗摩登基为王。不久,悉多怀孕,罗摩听信谣传,将妻子遗弃于恒河岸边。怀孕的悉多为蚁垤仙人收留,生下二子。光阴荏苒,十几年后,罗摩举行盛大马祭,蚁垤仙人带悉多二子出现,当众弹唱仙人创作的《罗摩衍那》。悉多也来到众人面前,恳请大地女神证明自己的贞洁。大地应声开裂,拥出宝座,悉多入座,复沉地下。众人见状,齐赞悉多坚贞。罗摩痛悔不已。不久,罗摩把王位传给儿子,自己与弟弟同往恒河,沐浴净身后升天。

《罗摩衍那》的原始主题无疑是英雄主题,描写英雄罗摩为了维护自己的尊严和权利,与违背正义的人进行了一场可怕的战争。交战双方无论善恶,都表现出令人惊叹的勇武精神和英雄气概。最后,正义的一方终于击败非正义的一方,赢得了胜利。就此而言,其主题与《摩诃婆罗多》并无二致。但是,从史诗风格上看,两者有很大不同:《摩诃婆罗多》主要是历史,《罗摩衍那》则主要是诗。因此,有研究者提出《罗摩衍那》的主题是"伤别"主题,认为"全部史诗是围绕着离愁别恨这一反复再现的主题而构成的和谐整体"①。放逐森林,与父王告别,是伤别;悉多被抢,天各一方,是伤别;婆罗多告别兄长回国代为摄政,也是一种伤别;悉多得而复去,又是悲苦的伤别。这一主题在史诗中不断出现,不断被加以诗意的描绘与渲染。印度学者认为,这正体现了作者本人对生活的深刻认识,即诗中借罗摩之口所说:"人不能为所欲为。他并不完全是自己的主人,命运将他拖来拖去。一切到手的都要失去,凡是升起的都会降落,任何聚会都不免散席,所有活着的都得死亡……在生命的旅途中,各个生灵时而相聚,时而分散,正像在海上飘荡的众多浮木。"诗人充分认识到作为人的这种宿命,反复地加以表现、渲染和解说。

"达磨"(Dharma)是印度哲学、宗教的一个重要概念,中译"法"或"正法"。它既是宇宙万物存在的法则,又是日常生活中人们应当遵守的行为准则和道德规范。在印度人心中,"达磨"即"法",即"真理"。对"达磨"的向背态度,历来是区分人之尊卑高下、行之善恶优劣的重要标准。史诗中的理想人物,都是热爱和奉行"达磨"的人。罗摩是史诗英雄,作为儿子,他恪守孝道,为使父不食言,主动放弃王位,流放森林;作为兄长,他深谙悌道,兄弟一心,团结和睦;作为丈夫,他与妻相敬如宾,是一夫一妻制的典范;作为

---

① 季羡林、刘安武编选:《印度两大史诗评论汇编》,北京:中国社会科学出版社 1984 年版,第 262 页。

国王,他宽厚仁爱,正直不倚,受到臣民的真心拥戴。罗摩仁慈正直、忠诚勇武、谦和守信的美德,正是在躬行"达磨"中表现出来的。悉多以她对丈夫的忠贞不渝、以她面对磨难和考验表现出的勇气和坚强,遵守了妻子的"达磨",成为印度人心中最完美的女性形象。哈奴曼本领高强,可以随意变幻、任意飞行,上天入地无所不能。他没有利用这些本领兴风作浪,与妖孽为伍,而是成为罗摩的忠实朋友,帮助他跨海降魔,践行"正法",因此成为印度罗摩崇拜中最重要的神祇之一。

史诗人物描写细腻,性格丰满。作为理想人物的罗摩,史诗既描写了他作为英雄的伟大,也写出了他作为凡人的软弱。在这点上,他比《摩诃婆罗多》中的坚战更具人情味。史诗写了他作为普通人的情感,如忿怒、悲痛、猜疑、嫉妒等等。哈奴曼猴性十足,给史诗带来了活泼的生气,是史诗中描写最动人、刻画最细腻的形象之一。

《罗摩衍那》的自然景物描写十分出色,诗人不仅对大自然的诸般面貌有细致的观察和非凡的描绘,而且把自然景物与人物的情感、心理融为一体,既渲染了人物情绪,又借同一景物在不同人物眼中的变化巧妙地区分了人物性格,表现出高超的描写技巧。

史诗具有浓厚的悲悯情味。印度文论把文学作品中所表现的感情色彩分成十种"情味",即艳情、英勇、悲悯、奇异、厌恶、暴戾、恐怖、平静、慈爱、滑稽。《罗摩衍那》中,"悲悯"被认为是最主要、表现得最浓郁的"味"。史诗从开篇始就迸发出无限的悲悯之情。麻鹬被杀,使满腔悲愤的蚁垤仙人创造出史诗的输洛迦①诗体;罗摩流放、十车王去世、悉多被劫、猴国王位之争、悉多放逐等情节,都不断加强"悲悯"情味。史诗最后,悉多为证贞洁,投入地母怀抱,更是使"悲悯"情味达到高潮。故印度学者称这部史诗为"悲悯的诗"。

几千年来,《罗摩衍那》对印度文学和社会生活的影响绵延不绝。许多重要的全国性节日都与史诗故事有关,节日庆典的游行、演出直接是史诗故事的搬演。印度人种复杂,语言繁多,宗教林立,种姓冲突不绝,却依然能保持它的稳定性,其中,以大史诗为坚固内核的古老文化起了不可低估的作用。作为操不同现代语言的印度人共同的文化源头,在"想象的认同"上,史诗起到了有效的黏合作用。

---

① 按史诗说法,"输洛迦"之名来自诗人的"输迦",即"悲哀"。

第四节 泰戈尔

罗宾德罗纳特·泰戈尔(1861—1941)是印度近代文学史上最负盛名、最重要的诗人,同时也是著名的小说家、剧作家、音乐家、思想家、教育家和爱国者。他于1913年获得诺贝尔文学奖,是第一位获此殊荣的亚洲人。1861年5月7日,泰戈尔出生于印度加尔各答市一个婆罗门望族。他的家庭可以说是当时加尔各答知识界的中心,在那里既有传统的印度文化氛围,又有西方文化气息,促使他形成了既重视传统文化,又善于吸收西方文化,同时勇于创新改革的品质。

泰戈尔享有"诗圣"之名,诗歌创作持续七十二年之久,共创作五十多部诗集,其中既有孟加拉语诗集,也有英语诗集。孟加拉语的代表性诗集主要有《金色船集》(1894)、《献歌集》(1910)、《歌之花环》(1914)、《再次集》(1932)等,英语的主要诗集有《吉檀迦利》(1912)、《园丁集》(1913)、《新月集》(1913)、《飞鸟集》(1916)等。

泰戈尔是孟加拉语现代诗歌的奠基人,他对传统孟加拉语诗歌的主题、韵律和语言都进行了改革,"他更倚重生活语言,而非讲究舞台效果的文学史诗语言,在主题方面注重自己的感受和心灵而非神话英雄的探险。他使韵律和诗节大显魅力,并使催人入睡的重复段落或诗句展现魔力。孟加拉语诗歌中以元音结尾的混合单词和无数词汇无疑丰富了它的韵律,这对今天的我们来说毫不奇怪,但正是泰戈尔发现并证明了这一点"①。《吉檀迦利》是泰戈尔出版的第一部英语诗集,也是他凭以获得诺贝尔文学奖的主要作品。这部在1913年的诺贝尔文学奖颁奖辞中被认为是"具有完美的形式和个人独创的灵感"②的英文诗集,是一部由泰戈尔自己从他的孟加拉语诗歌翻译而来的译诗集。实际上,泰戈尔的大部分英文诗歌都是译自他的孟加拉语诗歌,不过他的翻译几乎都是一种创造性的改写。泰戈尔的英语诗歌是20世纪初向西方展示印度文明、东方文明的一个重要窗口,它们在近现代东西方文化交流史上起到了重要的

---

① 〔印度〕菩特代沃·巴苏:《文学批评》,加尔各答:代伊出版社2002年版,第113页。
② Presentation Speech by Harald Hjärne, Chairman of the Nobel Committee of the Swedish Academy, on December 10, 1913.

桥梁作用。① 对于印度现当代文学而言,它们的意义在于为当时的诗人和作家昭示了一种文学发展的新的可能,印度现当代文学和作家从泰戈尔的成功中获得了极大的鼓励和信心。

《吉檀迦利》是泰戈尔最有代表性、影响最大的诗集,共收入 103 首诗歌。诗集的名称取自孟加拉语,是"献歌"②之意,表明这些诗歌都是献给"神"的。作者在诗中使用了多种名称来称呼神,如"你""他""我的主""上帝""我的朋友""我的情人""我的诗人"等等,神的形象究竟是什么呢？它并不是一个具体的偶像,而是一个与万物融合、无所不包、充满了爱的存在,是一个人格化了的神。整部《吉檀迦利》都是围绕作为个体的"我"追寻神的存在、追求与神合一这一主题展开,它是泰戈尔"梵我合一"思想的集中体现。泰戈尔思想的核心来自于印度"吠檀多"派的哲学思想,这派哲学认为作为宇宙精神的"梵"是世界的本源,个体的"我"在本质上与"梵"是同一的,人生的目的就在于亲证与"梵"的合一,从而获得最高的自由与快乐。泰戈尔认为实现"梵我合一"的方法并不在弃世的苦行中,神是无处不在的,要在现实生活中去感受神,从而体悟到与神的合一。"我不追求远离红尘的解脱,在重重愉快的束缚中,我能感受到自由的拥抱。"③从整部诗集的结构来看,泰戈尔进行了精心的安排。103 首诗并不是按照创作年份排序,而是暗合着"颂神——思念神——与神会面的欢乐——分离的痛苦——再次相会,对死亡的超越"这样一条追寻神的内在逻辑线,经过这样的编排,整部诗集首尾相衔,一唱三叹,仿佛是一部交响乐章,形成了一种内在的韵律之美,有力地烘托着人渴望与神结合的主题。在艺术风格上,《吉檀迦利》中充满了奇妙而又丰富多变的意象,语言风格质朴、简洁,具有一种淡雅、轻灵的东方之美。

泰戈尔也是印度近现代文学史上非常重要的小说家。他的长篇小说反映了他对社会现实关注和思考。《戈拉》以 19 世纪 70、80 年代的印度社会

---

① 尽管这种交流中包含了很多的误读。《吉檀迦利》在 20 世纪的西方文坛曾引发一场迅猛而巨大的阅读热潮,叶芝、庞德、纪德、希梅内斯等均曾给予其高度评价。但这股"泰戈尔热"并未持续很长时间,叶芝在后期甚至公开表示过他对泰戈尔的不满。这种文学史上罕见的大起大落,尤其是在东西方文化交流的背景下,突显了西方根深蒂固的西方中心主义思想,很有代表性,值得研究。

② "献歌"之中的"歌",并不仅仅意味着诗,而是一种的确可以用来吟唱的歌。《吉檀迦利》的大部分孟加拉语原诗,直到今天依然在孟加拉语地区被广泛吟唱。

③ 〔印度〕泰戈尔:《吉檀迦利》,白开元译,北京:中国广播电视出版社 2006 年版,第 101 页。冰心的译本《吉檀迦利》是我国翻译文学的经典,但在这一节诗的翻译上,白开元的译本更接近原文、更准确,因此在此引用白译本。

为背景,以几个印度青年——戈拉、维纳耶、苏查丽达、纳丽妲为主要人物,描写了当时爱国主义运动中的教派纷争,批评了保守的印度教思想,表现了作者对印度如何实现民族独立和解放的思考。泰戈尔还创作了许多十分优秀的短篇小说。他的短篇小说最强烈的艺术特点是具有一种诗化风格,作者用抒情笔调讲述简单故事,小说中往往充满情景交融的描绘和形象化的语言,具有抒情诗意味,《河边的台阶》《喀布尔人》等都是其中的代表作。

泰戈尔的部分主要作品在20世纪前期就被译介到中国。他于1924年访华,并引发中国现代文学史上一次有名的论争。中国现代文学史上的许多名家如冰心、郭沫若、徐志摩、王统照等都曾受到泰戈尔文学的影响。中国现代诗歌肇始阶段的重要诗歌形式"小诗",也受到了来自泰戈尔诗歌的直接影响。

第五节 伊克巴尔

穆罕默德·伊克巴尔(1877—1938)是南亚著名的穆斯林诗人和哲学家。他的乌尔都语和波斯语诗歌在印度现代文学史上占有重要地位。在当今巴基斯坦,他更是一位受人民爱戴和崇尚的诗人。

伊克巴尔一生都在用乌尔都和波斯语进行诗歌创作。乌尔都语是巴基斯坦的国语,也是印度的一种方言,在词汇上受阿拉伯语和波斯语影响较大。波斯语是伊朗的国语,还曾经是长达几个世纪之久的印度伊斯兰统治时期的宫廷用语,为后世留下了丰富的文学遗产和传统。

伊克巴尔在念中学时就对诗歌表现出浓厚兴趣,他曾向当时乌尔都语著名诗人米尔扎·汗·达格写信求教,文学月刊《墨丛》经常刊登他的诗歌,不乏《喜马拉雅山》《拉维河畔》《新月》等写景抒情的佳作。发表于1901年的《喜马拉雅山》堪称一首祖国颂歌。诗中写道:"啊,喜马拉雅山!印度斯坦的城垣!/你昂首即可吻舐苍天。/流失的岁月未给你带来一丝苍老,/至今你的青春一如当年。/真主只在度尔山①上显现一次,/你却自始至终挺立在世人面前。//你是一座山脉,巍巍耸立,/你是一堵高墙,卫护着印度斯坦。"

伊克巴尔的早期诗歌具有国家民族主义思想倾向,充满浪漫色彩。《痛苦的呻吟》《痛苦的画卷》《新庙宇》等诗作反映出诗人对国家前途与命

---

① 即西奈山,《古兰经》中真主与穆萨对话的地方。

运的关切,他呼吁印度各族人民、尤其是印度教教徒和伊斯兰教徒摒弃宗教纷争,共同对敌,以争取民族独立。1905 年,伊克巴尔赴欧留学,旅欧三载,思想发生很大变化,他认为欧洲现代文明带来了人性的泯灭和社会的动乱,随着时代变化发展,穆斯林有必要坚定信仰,重新高扬伊斯兰旗帜。因此,他创作了《穆斯林之歌》《伊斯兰的崛起》《指路人黑哲尔》等弘扬伊斯兰精神的诗歌。其中,《伊斯兰的崛起》长达 144 行,气势连贯,具有穿透人心的力量,为当时低迷的穆斯林群体注入了信心和力量。这些诗歌被收入他的首部乌尔都语诗集《驼队的铃声》(1924)中。

伊克巴尔的第二部乌尔都语诗集是《杰伯列尔的羽翼》(1935),收入诗歌近 200 首。杰伯列尔是伊斯兰教传说中的天使,《古兰经》称杰伯列尔曾陪同穆罕默德乘天马从麦加到耶路撒冷,又从那里登上云霄,遨游七重天并重返麦加。诗人循着已形成的思想轨道更深入地对人的本质和使命、个体与群体的关系进行哲学探讨,启迪穆斯林通过虔诚的信仰达到更高的精神境界。《格里姆的一击》(1936)这部乌尔都语诗集是伊克巴尔晚年从政治、宗教、社会、文学和教育的角度,对自己之前伊斯兰思想的延伸和补充阐述。

随着伊克巴尔对哲学的深入研究,他感到用波斯语写作更能表达思想,也能使更多的穆斯林了解他的思想。因此,留欧归来后,他开始潜心用波斯语创作诗歌。其叙事体诗集《自我的秘密》(1915),包括序诗和 18 章,通篇围绕着"自我"叙述和论述,用拟人手法将"自我"描绘得活灵活现。这部诗歌里穿插了若干故事,有伊斯兰传说故事,也有封建帝王的故事;有婆罗门的故事,也有苏非圣人的故事。此外,还穿插有若干寓言和有趣的对话。这些小故事、寓言和对话都为诗歌的中心议题服务,揭示"自我"的哲理。在《一只口渴的鸟的故事》里,伊克巴尔讲述一只小鸟错把宝石当作水珠的故事,以宝石的坚硬品质比喻坚定的"自我",若缺乏"自我",就将像水珠一样被吞没。伊克巴尔还借用喜马拉雅山与恒河的对话,讽刺河流缺乏"自我",赞扬高山拥有强大的"自我"。伊克巴尔在高扬"自我"的同时,也强调培育"自我"不是目的,目的是为了改变世界。他充分肯定"自我"的社会价值,讴歌自主的意义,挑战了宣扬遁世和无所作为的人生哲学,因而遭到当时保守势力的反对。

伊克巴尔的长诗《非我的奥秘》(1918),主要包括两大部分:第一部分提出个体与群体的关系问题,叙述群体由个体聚合而成,其凝聚力取决于用先知的使命对群体进行教育。第二部分是诗的主体,标题为"伊斯兰民族的支柱"。诗人以伊斯兰历史故事叙说穆罕默德的使命是要建立自由、平等和充满兄弟情谊的社会,并提出国家不是民族的基础的观点。最后,诗人用诗歌解释了部分《古兰经》经文并向真主祈祷。可以说,《非我的奥秘》是伊克巴尔在《自我的秘密》中表述的"自我"哲学思想的继续,"非我"是在肯定"自我"的基础上生发的概念,它是一种忘却自己,为他人利益着想,为民族福祉而奉献牺牲自己的高尚情操。在伊克巴尔的宗教哲学中,"自我"是理论支柱,而"非我"则是其人生哲学追求的目标。

此后二十年间,伊克巴尔又创作了多部波斯语诗集,包括《东方信息》(1923)、《贾维德书》(1932)、《汉志的赠礼》(1938)等。

关于伊克巴尔的诗歌,有两个问题值得关注。其一,伊克巴尔是一个充满宗教情怀的诗人,其诗歌深深地扎根在他所熟悉的波斯文学和伊斯兰文化传统之中。他对传统形式、美学乃至修辞都没有进行任何颠覆,而是把它们完全接续过来,用来表达自己的认识,让诗歌服务于比诗歌本身更宏大的精神景观。当他站在东方向西方眺望时,看到的是整个历史长河中的西方,是西方的整个传统,他对话的对象是基督教的《圣经》、古希腊哲学(他在《自我的秘密》中把批判的矛头直接指向柏拉图)、但丁(他在《贾维德书》创造了一个伊斯兰教的宇宙,类似但丁的宇宙)和歌德(他的《东方信息》是对歌德的《西东合集》的回答)。

其二,伊克巴尔的诗歌充分体现了他的伊斯兰民族观。1908年从欧洲回国之后,他的思想已经脱离了印度国家民族主义轨道,主张世界各国的穆斯林同属于一个民族。《伊斯兰之歌》充分反映了他的伊斯兰民族观,他认为全世界都是穆斯林的故乡,象征伊斯兰教的克尔白是世间的圣殿之最,穆罕默德是"驼队的总领"。

第六节 安纳德

穆尔克·拉吉·安纳德(1905—2004)是印度现代著名作家、艺术评论家和社会活动家。1905年,安纳德出生于印度白沙瓦(今巴基斯坦境内)一个军人家庭,童年和少年时期跟随父亲在不同的军营学校完成中小学教育。1921年,安纳德进入旁遮普大学喀尔沙学院学习,1925年至英国伦敦学院大学学习,毕业后留在英国工作。1945年安纳德回印度定居,以此为期,他的创作可以分为两个时期:伦敦时期(20世纪30、40年代)和印度时期(1945年以后)。

安纳德开始写作的年代,是印度人民在甘地领导下争取民族独立的时期。在印度民族独立运动蓬勃发展的特殊政治文化氛围下,爱国主义与民族主义思想是这一时期印度作家主要的思想潮流,安纳德的民族意识和政治意识也明显加强,影响到他对创作题材的选择。安纳德在思想观念和文学创作上都深受甘地影响,认同甘地的"非暴力"思想;甘地反对工业化和城市化,这促使安纳德将笔触转向农村和农民生活。甘地强烈反对贱民制度,认为贱民制度的存在是印度社会的污点,这一观点引起安纳德的共鸣。这一时期也是无产阶级文学思潮的发展阶段,共产主义思想开始在印度传播,安纳德的创作观念也受到马克思主义文学观影响。因此,安纳德在英国期间的作品多以工人、农民和手工艺人等印度底层大众为写作对象,记述他们在英国殖民统治的经济压迫和印度传统社会文化的精神折磨下的悲惨生活。

种姓制度和贱民问题是印度社会由来已久的问题。在这种制度下,贱民受到非人的待遇,处于社会的最底层。1936年,印度文学史上第一部以贱民为主人公的小说《不可接触的贱民》出版,描述主人公巴克哈一天的生活,再现了贱民生活环境和生存状况:这一天,清扫夫巴克哈像往常一样早早起床,把厕所打扫干净后,想到街上去讨点食物。在路上,他不小心碰到了一位高种姓者,被打了一记耳光,这使他感到屈辱;妹妹在神庙被祭司调戏,反而被后者大骂"玷污"了他。安纳德在小说中成功地塑造了一个惹人喜爱的年轻清扫夫形象,巴克哈善良勤劳,幽默风趣,哪怕是干着最肮脏的工作,他也把自己打扮得干净整洁;他向往"老爷的生活",渴望被人尊重,对英国殖民文化很着迷,但是强大的种姓制度却令他窒息,让他开始思考作为"不可接触"的贱民身份所带来的绝望、愤怒和孤独等。巴克哈身上所萌发的朦胧的贱民觉醒意识,体现出印度现代贱民社会文化心理变化的时代特征。巴克哈对美好生活的"梦想"与现实生活中遭受的屈辱形成巨大的反差,更加显示出贱民制度的残酷和贱民文化的劣根性。作者在小说结尾处提出,可以通过宗教道德上的净化或以机器代替清扫夫的工作等方法来改变贱民的地位,希望随着社会的发展,贱民问题逐渐得以解决。1961年,安纳德发表了另一部以贱民为主人公的小说《道路》,反映出贱民问题并没有随着印度的国家独立而有根本性的变化,贱民解放运动仍然有漫长的道路要走。

《不可接触的贱民》是安纳德第一部小说,由于英国作家 E.M. 福斯特写序推荐才得以发表,但它最终成为安纳德最负盛名的小说,迄今已被翻译成四十多种文字在世界各地出版。小说受爱尔兰作家乔伊斯及其小说《一个青年艺术家的画像》的影响,用心理描写的方法,细腻而生动地描绘出巴克哈内心的想法和感受,使读者真切地体会到主人公悲惨的命运。

安纳德1945年之前的重要作品还包括《苦力》、印度北方农村生活三部曲(《村庄》《黑水洋彼岸》和《剑与镰》)等,其中《黑水洋彼岸》涉及英印军队远赴欧洲参加第一次世界大战,表达了作者对世界和平的期望。

印度独立前,安纳德回到祖国定居,继续写作生活。这一时期的作品除继续关注印度传统社会文化中的一些问题外,也反映了当时的社会建设、宗教冲突、国家战争等问题。如《一个印度王公的自白》,以印度独立后中央政府收回王公领地为故事背景,表现了一位北方没落王公的生活、感情经历;《高丽》是安纳德唯一一部以女性为主人公的小说,表现了独立后印度妇女的新面貌。此时期安纳德最重要的工作是自传体小说的写作。这部总题为《人生七阶段》的系列作品,只完成了《七夏》《晨容》《情人的自白》和《泡沫》前四部。小说以主人公克里希纳的成长为线索,描写了他的家人、亲戚、朋友,以及他在中学、大学学习期间的感情经历和争取民族独立的斗争生活。

安纳德的小说在印度传统文学的基础上,吸收、借鉴了西方现代小说的创作手法。他的小说语言充满印度民族特色,经常可以读到转写成英语的印度地方语言中的词语、句子、俗语、谚语等,既丰富了作品的表现力,又增强了作品的民族色彩。安纳德很好地将东西方的文学表现手法结合起来,如《高丽》中的高丽被赶、被弃,以印度史诗《罗摩衍那》里的悉多故事为原型,但他给这个印度传统故事赋予了现代意义。

此外,安纳德还创作了众多短篇小说,有《迷路的孩子》《理发师工会》等作品集,描写对象多为印度社会中的底层劳动人民,揭露他们所遭受的宗教、种姓等方面的迫害,也写出了他们在艰难生活中所表现出的智慧与幽默。安纳德的短篇小说文笔优美,简洁生动,情节紧凑,故事生动。

安纳德是位人道主义作家,作品充满了对低贱者、卑微者、穷困者、受苦者的同情。他的人道主义思想既有印度文化的熏陶,也受到过西方哲学、马克思主义特别是马克思人道主义思想影响,因此,他说自己是"广泛的、历史的人道主义"者①。

---

① Neena Arora, *The Novels of Mulk Raj Anand: A Study of His Hero*, New Delhi: Atlantic, p.14.

第七节 拉什迪

萨尔曼·拉什迪(1947—)出生于印度孟买的穆斯林富商家庭,14岁前往英国接受教育,后成为职业作家。1981年,拉什迪以《午夜之子》赢得世界声誉,获英语文学布克奖等多个奖项。1988年,他发表最具争议性的作品《撒旦诗篇》,引发广泛批评和争议。他的作品还有《格利姆斯》(1975)、《羞耻》(1983)、《摩尔人的最后叹息》(1995)、《佛罗伦萨妖女》(2008)等。拉什迪的创作与南亚现代史和移民生活联系密切,体现出对于身份、时间、空间、混杂、破碎、跨界等问题的关注,并以极为复杂的样式呈现出来。他的许多作品,包括小说、随笔、游记、报告文学、儿童文学、电影评论、新闻写作等,被翻译成世界多种文字,产生了巨大的文学效应和社会影响,评论界称他为"后殖民文学教父",与马尔克斯、昆德拉和君特·格拉斯等一同被列为世界级文学大师。

《午夜之子》讲述了一个奇特的故事:1947年8月15日午夜,就在尼赫鲁宣布印度独立的时刻,诞生了1001个孩子。这些"午夜之子"由于诞生在一个非同寻常的历史时刻而获得了某种神奇的法力,其中,尤以零点钟声敲响时出生的撒利姆和湿婆为最。撒利姆本是一个英国人同流浪艺人之妻私通所生,出生时被失恋的助产士调了包,于是,英印血统的婴儿成为穆斯林富商之子,取名撒利姆;而富商的真正儿子却坠入底层,成为流浪艺人的儿子,取名湿婆。撒利姆具有通灵术,不仅能像调频收音机般接收他人的思想信息和内心活动,而且能以心灵感应的方式召开"午夜之子大会"。他拥有异常灵敏的鼻子,在后来的印巴战争中充当了嗅探犬的角色。而生活在底层的湿婆,以所向无敌的膝盖著名。他信奉暴力,以破坏和毁灭为乐,战争为他提供了舞台,使其从一名街区泼皮成为战功卓著的少校,但最终仍毙命于军事监狱。艺女帕华蒂也是一名"午夜之子",被滥情的湿婆抛弃后嫁给撒利姆,生下湿婆的骨肉,于是有了"不是儿子的儿子"的轮回。小说最后,撒利姆回到出生地孟买的一家酱菜厂,赶在身体裂缝将他化为齑粉前开始了"酱菜版历史"的写作,"藉着写作与腌渍酱菜,使我的回忆臻于不朽之境"。

《午夜之子》被公认为是一部"印度现代史诗"或"民族寓言"。小说故事跨越六十三年,从1915年撒利姆外祖父母相遇到撒利姆31岁的1978年,其家族经历、个人命运与这一时期印度次大陆发生的所有重大社会历史事件，如阿姆利则惨案、宗教纷争、印巴分治、中印边界冲突、巴基斯坦政变、印巴战争、孟加拉立国和英迪拉·甘地实施"紧急状态法"等紧密交织。主人公撒利姆也因为小说伊始的告解——"因为那些殷勤献媚的时钟的神秘暴政，我不可思议地与历史铐在一起，我的命运就此跟国家前途结合为一，永不分离"，而被认为是新生印度的象征。在他身上，英印混血的出身、穆斯林家庭的成长和基督教信仰保姆的养育，集中了次大陆三种主要宗教文化、三种相互冲突的力量；他以通灵术召唤的"午夜之子大会"，因成员遍布不同民族、宗教、种姓和社会阶层而成为印度社会的缩影；他未老先衰、31岁就裂痕斑斑的身体，也成为因无休止的宗教、民族、文化、语言纷争而危机四伏的印度现实的隐喻；甚至他的脸，就是"一张完完整整的印度地图"。小说中，尼赫鲁的庆生贺信更是直言："你的生活，在某种意义上，就是我们自己生活的镜子。"

但是，作为深受后现代美学影响的小说家，拉什迪显然不是在写一部通俗的历史指南。整部小说都是建立在故事讲述者撒利姆的回忆上，借助回忆，"我"巧妙地把家族史、个人史与印度社会的历史糅合在一起，从众多的巧合与关联中，去印证"我"不同寻常的出生所被赋予的历史责任与意义。但是讲述者又常常故意"露怯"，让读者发现他记忆中的遗漏、扭曲和错误，让人心生疑虑："记忆"可靠吗？"历史"真实吗？"事件"存在吗？在小说最后一章，拉什迪明确表达了自己的"酱菜历史观"，认为通过"将时间腌渍"起来的方法，可以"使历史酱汁化"，历史原料可以按照不同的"特殊配方"，赋予其"形状"与"意义"。因此，所谓"历史"其实是开放的、想象的、是可以主观"调制"的，一如撒利姆意识到的，历史就是"故事"，就是"虚构"。拉什迪以此质疑和颠覆传统的宏大历史叙事。

小说具有浓厚的"魔幻"意味。占卜者拉拉姆——兑现的神秘谶言，午夜之子们穿越时空、通灵变形的特异禀赋，11岁就以摆弄餐桌调味瓶而"入侵历史"的孩子，因财产冻结而生殖器失效的父亲，"哼鸟"临终前倾城而出的杂种狗大军，在森德尔本大森林迦利女神庙被吸成透明人的士兵等等，为小说营造出诡异神奇而又怪诞迷人的魔幻氛围。小说中出自印度的神话传说、占卜魔法、奇俗异象等比比皆是，传递出浓厚的印度气息。拉什迪的"魔幻"写作既与拉美文学传统有关，更与印度的摩耶诗学相联。"摩耶"是一种历史久远的认为世界虚幻的哲学观点，对印度社会和文化影响深远，拉什迪在小说中多次明确提到"摩耶"，用来表达撒利姆对历史、现实与世界似真实幻的深刻体验。

"元小说"是《午夜之子》的重要叙事特征。撒利姆是小说主人公,也是全书的讲述者、小说的制作者,他的倾听者帕德玛是故事里的酱菜厂女工。"我"在故事的讲述中,经常与倾听者交流,而倾听者也不时打断进行中的故事,发表自己的看法,甚至意欲左右情节的发展和叙事的节奏。讲述者与倾听者互为"嘴巴"和"耳朵",相互融入,共同构思。拉什迪有意露出"木偶师的手",旨在让读者看到叙述世界的虚构性,看到文本的"真实性"与"合法性"是如何通过虚构建立起来的。采用"元小说"叙事,也是作家表达自己历史观和政治观的需要,由小说文本而推及历史文本,以此质疑"真"与"假"、"正"与"误"的界限。

时间是作品构形的力量,也是作家叙事的策略要素。《午夜之子》是以倒叙的方式展开,作品开始于"我"在 31 岁时向帕德玛讲述"午夜之子"诞生的故事,也终于这个讲述未及完成、"我"却已被掏空碎裂的时刻,构成一个完整的时间回环。而在这一大回环中,又形成诸多的时间圈。"我"在 1978 年开始讲述午夜孩子的诞生,而诞生的时间却是倒回去的 1947 年;为了交代"我"的家世,时间又向前推了三十二年,回溯到 1915 年克什米尔外公与外婆的奇异相遇。作品就这样一圈一圈地在时间中回环往复,历史也藉此一步一步进入故事,进入撒利姆的家庭和他个人的生活。在故事时间外,作者还常常插入大量更长时段、更久远的历史文本和文学经典,形成一个更大的时间圈,使数千年的历史成为作品或隐或显的背景,创造了历史的景深感。小说在大的回环结构中,又穿插着饱满有力的直线时间,最突出的是"滴答,滴答"章对"午夜之子"诞生进程的线性逼近:只剩 7 个月了……35 小时……19 小时……5 小时 20 分……29 分……尼赫鲁开始讲话了……2 分……分娩进入最后阶段……"终于,午夜到了"!在这样一个线性时间的加速过程中,作家把历史时间与个人时间、历史事件与家庭事件紧密交融在一起,通过叙述节奏变化而带来的时间加速的强烈效果,传达出一种艺术化的政治紧迫性。印度式的循环时间观与轮回哲学,携手西方式的线性时间观与发展哲学,从一个侧面反映出印度传统和欧洲文化对作家的双重影响。

拉什迪是语言的炼金术士,粗口与雅言同在,世俗与超越并存,汪洋恣肆的语言就像撒利姆经常摆弄的调味罐一样"色香味"俱全。"剪洞的床单""红药水""银痰盂""铁皮箱""中分头""酱菜坛""腌渍""空洞""裂缝"等,不仅是作家传递思想的重要符号,也是营造一个色彩绚丽、众声喧哗和物象杂陈的文学世界的重要手段。拉什迪的小说语言兼具实验性,有词汇的拼接、关联、变形、生造等，他还常常运用印度语言元素来重构英语的语法和句法。他的小说语体也丰富多变。

作为后殖民时代的流散作家，拉什迪对于"位置""跨界""翻译""失语"等有切身的体验。他曾把自己比喻为其作品《东方，西方》标题中间的逗号，两头都不搭，什么都不是，但又始终处在可能的越界位置。这种位置，既带来文化失重的痛苦，又是一个可以利用的发言位置。拉什迪以其诡异而聪明的"跨界"写作，不仅发出了自己独特的声音，让世界听见了一个移民作家的文化发言，而且以他的"杂拌儿"英语，为英语文学大厦添加了色彩瑰丽的砖瓦。

【导学训练】

一、学习建议

学习和掌握南亚文学，应关注南亚独特的地理环境和人文历史所造就的统一性与多样性特质。哲学上的"梵我一如"理论，包容许多不同信仰却共有一个名称的印度教，是"一与多"关系的集中体现。文学上，两大史诗也是这种统一性与多样性的产物，不仅体现于百科全书式的内容和统一精神气质的结合，也体现于史诗主干故事与众多插话形成的框架式结构。泰戈尔、伊克巴尔的诗作，安纳德、拉什迪的小说，都从不同角度和层面表现出这一特性。次大陆广泛的多样性，造就其独特的包容精神和强大的同化能力，绵延千年而成为普通民众"呼吸"般的宗教生活，对其忍从性格、内向追求和超越意识的塑造，都是学习本章时应予以注意的。

二、关键词释义

吠陀：吠陀（Veda）意为"知识""学问"，后转化为教义、经典之意，故又称为"吠陀经"，是流行于上古印度各民族的颂神诗歌和宗教诗歌，由婆罗门祭司用最严格的口授方式代代相传。《吠陀》包括本集和附录两部分。《吠陀本集》共有四种，即《梨俱吠陀》《娑摩吠陀》《夜柔吠陀》和《阿闼婆吠陀》，内容十分丰富，是上古时期雅利安人哲学思想、宗教信仰、军事征战、经济生产和社会习俗的宝贵记录。《吠陀本集》对后世南亚文学影响巨大，其抒情诗成为南亚世俗文学的源头，对话体诗则为史诗和戏剧奠定了基础，对新鲜活泼的比喻的迷恋和大量运用，也促成印度古典文艺理论譬喻修辞和后世譬喻文学的发达。

奥义书：奥义书（the Upanishads）意为"近坐"，引申为"秘密传授"，是吠陀文献最晚出部分，因此也称作"吠檀多"，意为"吠陀的终结"或"吠陀的最高意义"。奥义书继续阐发吠陀内蕴的思想，但已基本脱离了对具体仪式规章的阐释说明，而集中在世界本源、人的本质等抽象问题的思考上，涉及人与神、人与自然、灵魂与肉体以及生死转换等形而上的哲学问题,是印度最古老的哲学典籍。它对一系列哲学问题的探讨,往往采用寓言和传说故事的方式进行,使抽象枯燥的哲学思辨变得直观易懂,是为印度寓言文学的滥觞。

达磨:达磨(Dharma)是印度哲学、宗教的一个重要概念,中译"法"或"正法"。它既是宇宙万物存在的法则,又是日常生活中人们应当遵守的行为准则和道德规范。在印度人心中,"达磨"即"法",即"真理"。对"达磨"的向背态度,历来是区分人之尊卑高下、行之善恶优劣的重要标准。

味:味(rasa)是印度诗学最基本的概念,源出婆罗多牟尼的《舞论》。《舞论》是现存最早的印度文艺理论著作,约成书于公元2世纪,共37章,以诗体写成,从戏剧的体裁、结构、风格、诗律、修辞到剧场、化妆、演出、舞蹈、形体表演程式等,全面论述了戏剧的方方面面。其中,对戏剧作品表达基本情调的8种"味"的解说与界定,成为印度美学的8个基本范畴。8种味包括:"艳情味""滑稽味""悲悯味""暴戾味""英勇味""恐怖味""厌恶味""奇异味"。其中,"悲悯味"(Karuna)被认为与西方悲剧理论中的"怜悯"(pity)和"同情"(compassion)概念相近。

苏菲派:苏菲派(Sufism)或称苏菲主义,是由伊斯兰教内部衍生起来神秘主义教派。"苏菲"一词系阿拉伯语音译,意为"羊毛",因该派信徒身着粗羊毛大袍以示信仰虔诚,奉行苦行禁欲,最终达到参悟真谛的最高境界。苏菲派在伊斯兰教中创立了类似基督教修道院的宗教团体,擅长以诗歌、绘画、音乐等形式传播教义,因而使苏菲派流布甚广,延及几个大陆和文化体系,深刻影响了南亚文学的形成和特征。

三、思考题

1. 分析《梨俱吠陀》的《无有歌》《金胎歌》《原人歌》中的"太一""金胎"和"原人"与后来印度教哲学的"梵"之间的关系。
2. 印度两大史诗的战争起因都与女性有关,但反映出的妇女观、婚姻观有何不同?
3. 如何看待罗摩遗弃悉多的行为?这种行为是符合还是违反了"达磨"?
4. 结合主要作品简略论述泰戈尔诗歌创作的题材与风格。
5. 以《河边的台阶》或《喀布尔人》为例,分析泰戈尔短篇小说的艺术风格。
6. 以伊克巴尔的祖国赞歌为例分析风景与民族身份的关系。
7. 安纳德小说中塑造了很多英国人形象,从《不可接触的贱民》中的英国军官到《两叶一芽》中的英国医生及其同伴们,试解读这些英国人形象。
8. 欧洲作家的印度想象是否形成了"套话"?
9. 分析《午夜之子》中撒利姆的象征意义。
10. 如何看待《午夜之子》中的"调包"及其隐喻?

四、可供进一步研讨的学术选题

1. 比较印度与希腊"命运观"之异同。
2. 比较印度神话与希腊神话中"弑父为王"的故事。

3. 《摩诃婆罗多》主题探析。
4. "悉多"的本相是什么？
5. 从接受美学角度思考《吉檀迦利》的"难懂"与《飞鸟集》的"易读"。
6. 比较安纳德与雷马克、巴比塞、海明威对战争的描写与思考。
7. 试论拉什迪等移民作家的写作策略。

【研讨平台】

一、吠陀"梵我一如"思想对西方哲学的影响

提示：欧洲思想中由来已久的二元论哲学和二值逻辑与印度哲学很不相同，在心物关系、神我关系、本体与现象关系、直觉与理性的关系等根本命题上，与吠陀哲学的核心思想"梵我一如"有重大差异。"梵我一如"即"大梵"（Brahma）与"自我"（Atman）不一不二，"梵"作为宇宙实在，不生不灭，不增不减，常住永存，周遍宇宙，既超乎万物之上，也在万物之中，既包容了世界，又不被世界所穷尽。吠陀哲学对康德、叔本华和冯·哈特曼以来的欧洲先验哲学有重要影响，叔本华承认吠陀、尤其是奥义书哲学对他的启示。

1. 叔本华:《作为意志和表象的世界》（节选）

如果读者甚至还分享了《吠陀》给人们带来的恩惠，而由于《邬波尼煞昙》（Upanishad，奥义书）给我们敞开了获致这种恩惠的入口，我认为这是当前这个年轻的世纪对以前各世纪所以占有优势的最重要的一点，因为我揣测梵文典籍影响的深刻将不亚于十五世纪希腊文艺的复兴。

（石冲白译，北京：商务印书馆2004年版，第7页）

2. 弗里德里奇·威廉、H.G.罗林森:《印度与近代西方》（节选）

通过叔本华和冯·哈特曼，梵文哲学深刻地影响了德国的先验论，康德的大中心说，即经验的事物只是事物本身的表象，这在实质上即是《奥义书》的说法。

（见A.L.巴沙姆主编:《印度文化史》，闵光沛等译，
北京：商务印书馆1997年版，第698页）

3. 阿尔奇·J.巴姆:《东西方哲学比较》（节选）

印度思想视终极存在没有差别，把无相梵理想化为对所有对象的否定。……它（X）既不是a，也不是非a，也不是既是a又是非a，或不是既不是a又不是非a。
这个……"四角否定原则"提供了有关印度精神的一些根本东西。

（见阿尔奇·J.巴姆:《比较哲学与比较宗教》，江苏省社科院
哲学所编译，成都：四川人民出版社1996年版，第59页）

4. 罗素："叔本华"（节选）

叔本华（Schopenhauer，1788—1860）在哲学家当中有许多地方与众不同。几乎所有其他的哲学家从某种意义上讲都是乐观主义者，而他却是个悲观主义者。他不象康德和黑格尔那样是十足学院界的人，然而也不完全处在学院以外。他厌恶基督教，喜欢印度的宗教，印度教和佛教他都爱好……他承认他的哲学有三个来源，即康德、柏拉图和优婆尼沙昙（奥义书）。

（见罗素：《西方哲学史》第二十四章，何兆武、李约瑟译，北京：商务印书馆1982年版，第303页）

二、神猴哈奴曼与中国的孙悟空

提示：大史诗《罗摩衍那》中的神猴哈奴曼是个忠贞神勇、惹人喜爱的角色，但他与《西游记》中的孙悟空是什么关系，却成为20世纪中国小说研究中的一个特殊课题，有许多著名学者参与其中。关于孙悟空的原型，目前已经产生"本土说"（鲁迅）、"外来说"（胡适）和"混血说"（季羡林）等不同意见。这些不同的观点蕴含着什么样的学术意义？值得我们思考。

1. 鲁迅：《中国小说的历史的变迁》（节选）

我以为《西游记》中的孙悟空正类无支祁。但北大教授胡适之先生则以为是由印度传来的，俄国人刚和泰教授也曾说印度也有这样的故事。可是由我看去：1.作《西游记》的人，并未看过佛经；2.中国所译的印度经论中，没有和这相类的话；3.作者吴承恩熟于唐人小说，《西游记》中受唐人小说的影响的地方很不少。所以我还以为孙悟空是袭取无支祁的。

（《鲁迅全集》第9卷，北京：人民文学出版社，第317—318页）

2. 胡适：《中国章回小说考证》（节选）

我总疑心这个神通广大的猴子不是国货，乃是一件从印度进口的。也许连无支祁的神话也是受了印度影响而仿造的。因为《太平广记》和《太平寰宇记》都根据《古岳读经》，而《古岳读经》本身便不是一部可信的古书。宋元的僧伽神话，更不消说了。因此，我依着刚和泰博士的指引，在印度最古的记事诗里《拉麻传》（Ramayana）里寻得一个哈奴曼（Hanuman），大概可以算是齐天大圣的背影了。我假定哈奴曼是猴行者的根本。

（大连：实业印书馆1942年版，第326—340页，上海：上海书店1980年再版）

3. 季羡林：《罗摩衍那初探》（节选）

孙悟空这个人物形象基本上是从印度《罗摩衍那》中借来的，又与无支祁传说混合，沾染上一些无支祁的色彩,这样看恐怕比较接近事实。

(北京:外国文学出版社1979年版,第138页)

4.赵国华:《论孙悟空神猴形象的来历》(节选)

作为《西游记》中孙悟空的前身,猴行者的神猴形象虽然源出印度,但他既不是简单的照搬,也不是生硬的模仿,而是对印度文学的营养经过自己的消化和吸收后,所创造的中华民族的神猴。《大唐三藏取经诗话》之所以能够稳固地树立起中国自己的神猴形象,作品与中华大地血肉相连的关系,是最根本的原因。

(载《南亚研究》1986年第2期)

三、结合印度文化理解《吉檀迦利》中的"神"

提示:《吉檀迦利》中的诗歌覆盖了泰戈尔创作生涯的成熟期,其中蕴含了泰戈尔对于人生和宇宙的思考,理解了诗集中的神,就是找到了理解泰戈尔之门。《吉檀迦利》中的诗歌在简洁、澄澈的同时又具有浓厚的神秘主义色彩,诗中的神由于身份的多变而让人难于理解。在阅读时,应当注意在印度文化的背景下,结合泰戈尔创作诗歌时的经历,从整体上去领会诗中所蕴含的情感和思想,理解隐藏在多变的诗歌语言下的不变追寻和诗人对于生死的认识。

1.金克木:《泰戈尔的〈什么是艺术〉和〈吉檀迦利〉试解》(节选)

这本诗是泰戈尔的艺术观的实践。他是言行一致的。在他诗中不要"抽象",而要他的那个"人"或"人格""人心""人性",人的感情。他只是抒发那种感情,不是描写和议论,而他的这种感情同我们所熟悉的大有距离。

(见张光璘编:《中国名家论泰戈尔》,北京:中国华侨出版社1993年版)

2.刘建:《论〈吉檀迦利〉》(节选)

泰戈尔通过《吉檀迦利》这部献给神的颂歌表述了他的宗教哲学思想,寄托了他对崇高精神境界的执著追求和对理想社会的热烈向往,展示了他对人民和祖国的一片深情。诗人无限景慕的神实质上是以博爱为核心的人道主义的思想的象征。

(载《南亚研究》1987年第3期)

3.克里希那·克里巴拉尼:《泰戈尔传》(节选)

外部的形势和内心的需求两个方面迫使他只好孤独地依靠自己内在的力量,站在自己的上帝面前。他这时期的宗教诗歌是用他的心血谱写出来的。它的成熟表现在《吉檀迦利》的虔诚感情和完全单纯中。他的宗教观点像伟大的修道士和神秘主义者一样,产生于痛苦和孤寂的深刻感受中。

(倪培耕译,桂林:漓江出版社1984年版)

4. S.K.保罗:《泰戈尔诗歌批评研究》(节译)

与神的一种直接的、快乐的、完全无惧的关系,在包括《吉檀迦利》的诗歌在内的泰戈尔的许多有关宗教的作品中,都可以发现这样的观点。他汲取了印度各种宗教传统的观点,其中既有古代典籍又有民众诗歌。

(S.K. Paul, *The Complete Poems of Rabindranath Tagore's Gitanjali: Texts and Critical Evaluation*, New Delhi: Sarup & Sons, 2006)

四、贱民形象、种姓制度与甘地思想

提示:种姓制度和贱民问题是印度社会由来已久的问题。安纳德不仅塑造出印度小说史上第一位贱民主人公形象,也在很多作品中批判了种姓制度。从《不可接触的贱民》中的巴克哈,到《道路》中的比库,安纳德通过不同的贱民形象,表现了贱民争取社会地位、谋求自身发展的艰难历程。安纳德小说对贱民问题的开拓性描写,影响了后代很多作家。阿兰达蒂·洛伊(Arundhati Roy)在小说《微物之神》(The God of Small Things)中,也塑造了贱民维鲁沙这一形象。两位不同时代的作家所塑造的贱民形象、所表现的贱民世界,反映出印度社会的发展、种姓制度的变化。

1. 玛勒尼·费舍:《心的智慧:安纳德作品研究》(节译)

安纳德对巴克哈内心的描写,不仅使《不可接触的贱民》成为伟大的现实主义小说,也反映了作者对不同文化、不同阶层中的"不可接触"行为的隐喻描写。

(Marlene Fisher, *The Wisdom of the Heart: A Study of the Works of Mulk Raj Anand*, Sterling Publishers Private Limited, 1985, p.27)

2. 贾迪喜·希瓦普瑞:《道路:诠释》(节译)

在新时代,种姓制度的悲剧有了新的含义。他(比库)是站在山顶看到日出之人,而其身后的恶旧势力,仍在黑暗中。

(R.K.Dhawan ed., *The Novels of Mulk Raj Anand*, Prestige Books, 1992, p.205)

3. B. R. 阿格诺瓦等编:《巴克哈和维鲁沙:安纳德和洛伊小说中贱民之比较》(节译)

巴克哈(Bakha)和维鲁沙(Velutha)是不同时代中相似的人物形象。不管是天真的巴克哈还是成熟的维鲁沙,他们都有共同的恐惧:担心接触到不可接触的东西。

(B. R. Agrawal, ed., *Mulk Raj Anand*, Atlantic, 2006, p.141)

五、欧洲文学中的印度想象

提示:自1498年葡萄牙航海家达·伽玛经好望角抵达印度西海岸,揭开了近代欧洲与印度的交往序幕,此后,欧洲文学中开始涌动着印度的身影,活跃着有关印度的想象。从17世纪弥尔顿笔下富丽的印度、18世纪施莱格尔、歌德心目中温柔敦美的印度、19世纪R.吉卜林、E.M.福斯特作品里神秘、不可进入的印度,直到20世纪V.S.奈保尔笔下"湿婆停止了舞蹈"的印度、S.拉什迪笔下裂痕斑斑的印度……印度作为东方"他者",是欧洲文学想象的重要内容,不同时代、不同形象的印度也折射出了作为想象者的"自我"形象。英国作家吉卜林和福斯特关于印度的想象,尤其具有作为这一课题之标本的意义。

1. 弗里德里奇·威廉、H.G.罗林森:《印度与近代西方》(节选)

17、18世纪来印度的欧洲旅行家,通常……认为印度教徒堕落又迷信……这些人只看到印度教徒的阴暗面。……(19世纪初)梵文传入欧洲,是自文艺复兴重新发现希腊古典文学宝藏以来的最重大事件;有幸的是,它与德国浪漫主义的复活在时间、空间方面恰好相合。……康德对印度教徒的判断是,"他们温文尔雅,这就是他们为什么能宽容一切民族,并且容易被鞑靼人征服的原因。"……雪莱和华兹华斯的泛神论似乎充满对印度教思想的怀旧。

(见 A.L.巴沙姆主编:《印度文化史》,闵光沛等译,
北京:商务印书馆1997年版,第694—702页)

2. 爱德华·W.萨义德:《东方学》(节选)

作为一个地理和文化的——更不用说历史的——实体,"东方"和"西方"这样的地方和地理区域都是人为建构起来的。因此,像"西方"一样,"东方"这一观念有着自身的历史以及思维、意象和词汇传统。

所有的文化都对原始事实进行修正,将其由自由存在的物体,转变为连贯的知识体。……因此,所有的文化都一直倾向与对其他文化进行彻底的皈化,不是将其他文化作为真实存在的东西而接受,而是为了接受者的利益将其作为应该存在的东西来接受。

(王宇根译,北京:三联书店1999年版,第6—7,86页)

3. 尹锡南:《英国文学中的印度》(节选)

弥尔顿的印度镜像在黄金国与野蛮民族间摇曳不定……印度学者认为,弥尔顿笔下的印度既与天堂和乐园相比拟,又是供撒旦和亚当等休憩身心之地。客观上,印度便有"被恐怖化的可能"。

某些研究者认为:"福斯特那由马拉巴山洞所象征的意识与吉卜林如出一辙,本质上是一种向黑暗地带的旅行。"

(成都:巴蜀书社2008年版)

六、文化身份与写作策略

提示:印裔移民作家的作品里反映出许多后现代、后殖民时期的典型问题,如原乡意识与离土现实、文化认同与文化批判、文化身份与政治效忠、流亡心态与写作策略等。在 S.拉什迪、V.S.奈保尔、J.拉希莉、R.米斯垂、B.穆克吉、A.德赛和 J.德赛母女等人身上，这些问题都有表现，一些批评家如 E.萨义德等对此有深度的讨论。母国回望、游子身份、文化无根、认同焦虑，造成了这些作家、作品独特的边缘写作策略，需要我们有清晰的认识和理论上的关切。

1. E.W.萨义德："知识分子的流亡"（节选）

流亡者存在于一种中间状态，既非完全与新环境合一，也未完全与旧环境分离，而是处于若即若离的困境。一方面怀乡而感伤，一方面又是巧妙的模仿者或秘密的流浪人。

流亡者同时以抛在背后的事物以及此时此地的实况这两种方式来看事情，所以有着双重视角，从不以孤立的方式来看事情。

流亡是一种模式，即使不是真正移民或放逐，仍有可能具有移民或放逐者的思维方式，面对阻碍却依然去想象、探索，总是能离开中央集权的权威，走向边缘……

(E.W.萨义德：《知识分子论》，单德兴译，北京：三联书店 2002 年版，第 45、54、57 页)

2. S.拉什迪：《想象的家园》（节译）

像我这种处在或流亡或移民或侨居位置的作家，总是被某种失落感，某种意欲回归、找寻过去的冲动萦绕着……但是如果我们真的回顾过去，我们也肯定同样意识到，离开印度便意味着我们不再能够找回已经失落的东西；简言之，我们创造出的将是小说，不是真实的城市或乡村，而是看不见的想象的家园，我们脑海中的印度。

……

当我开始这部小说（《午夜之子》）的写作时，我的目标多少有点普鲁斯特式。时间和移居在我和我的目标之间安置了一个双重的过滤器，我曾经希望我能用足够清晰的想象去超越那些过滤器，就仿佛时间从未流逝，而我也从未离开印度去西方那样来写作。但是随着写作的展开，我发现真正让我感兴趣的是过滤过程本身。所以我的目标改变了，不再是对逝去的时间的追寻，而是采取了一种重塑过去以服务于现在，把回忆作为重塑工具的方式。

(Salman Rushdie, *Imaginary Homelands: Essays and Criticism 1981-1991*, London: Granta Books, 1991, pp.10, 23-24)

3. V.S.奈保尔：访谈节选

对自己的经历越是能够保持超然的距离，创作出来的东西才会越好。这是一种伟大的距离。正是因为有了这种距离，你才能够对你所经历过的一切有更为深入的理解，你才能对你的经历进行不仅是地理、历史意义上的，而且是记忆、感情、美学上的沉淀和升华。

（见石海军：《后殖民：印英文学之间》附录"拜见奈保尔"，
北京：北京大学出版社2008年版，第64页）

4. 石海军："想象的家园"与"第三空间"（节选）

在飘忽不定或说散乱无序的流散状态中，与其说拉什迪"想象的家园"表现的是他心目中的印度或印度与西方的融合，不如说是拉什迪有意将印度散乱化、无序化了，它并不是真实或虚假地表现印度的政治与历史这样一个问题，因此，我们也不能从事件与文本、事实与虚构的关系上来简单地理解拉什迪小说创作中的政治、历史与文学故事之间的关系。

（石海军：《后殖民：印英文学之间》，北京：
北京大学出版社2008年版，第137页）

5. 梅晓云："谜底：从未抵达的感觉"（节选）

他(奈保尔)试图采取"挪用—操纵"的方法把英国与自己的关系在文学作品里调和起来，可惜，这种类似"白日梦"的方法很难成功，因为他无法逃避的，是有深刻含义的他的身份的殖民地根源。殖民地身份是奈保尔读解自己与世界关系的原始背景，也是他定义自己角色的初始出发点，甚至是他作为作家发出的殖民地移民声音的基本调性。

（梅晓云：《文化无根：以V.S.奈保尔为个案的移民文化研究》，
西安：陕西人民出版社2003年版，第135页）

【拓展指南】

一、重要研究资料简介

1.季羡林、刘安武编：《印度两大史诗评论汇编》，北京：中国社会科学出版社1984年版。

简介：该书约40万字，选入了印度、德国、英国、法国、美国、前苏联等国有代表性的学者的相关论述，有两大史诗产生的历史背景、成书年代、成书过程、作者问题的考证，有史诗内容的分析研究，还有印度《梵语文学辞典》有关条目的翻译等。全书涉及的印度学知识极为广泛，包括历史、传说、神话、典籍、人物、民族、宗教、风俗等诸多方面，是我们学习和研究两大史诗不可不读的重要资料。

2.〔澳〕A.L.巴沙姆主编：《印度文化史》，闵光沛等译，北京：商务印书馆1997年版。

简介：该书由著名学者、澳大利亚籍的巴沙姆教授等27位学者的研究成果汇聚而成，反映了当代国际印度学研究的最新成果。全书简洁而又清晰地梳理了印度历史发展与文化演变的基本线索，对次大陆重要的种族、语言、宗教等都有详细的讨论，线索明晰，内容翔实，深入浅出，其中关于民族和语言、宗教和哲学、史料和史著、文学和艺术等方面的许多知识和观点,颇值得参考。

3.〔印度〕克里希那·克里巴拉尼:《泰戈尔传》,倪培耕译,桂林:漓江出版社 1984 年版。

简介:该书对泰戈尔各个创作阶段的特点和代表性作品进行了详细介绍,同时将泰戈尔的思想和创作与歌德、托尔斯泰、甘地等进行横向对比,使得对泰戈尔的评介具有广阔的背景。作者是著名文学批评家和严肃的传记作家,同时也是泰戈尔的孙女婿,从 1933 年到 1941 年均与泰戈尔生活在一起,因此掌握了足够翔实可靠的材料,并对泰戈尔的作品和思想有着深刻、贴切的认识。该书是理解泰戈尔、研究泰戈尔值得信赖的力作。

4.刘曙雄:《穆斯林诗人哲学家——伊克巴尔》,北京:北京大学出版社 2006 年版。

简介:该书是研究伊克巴尔的专著,在介绍伊克巴尔生平和诗歌创作背景的基础上,对其诗歌创作的主题、思想倾向、审美标准和哲学理念进行了深入细致的研究。伊克巴尔的诗歌在南亚波斯语诗歌和乌尔都语诗歌史上耸立起一座高峰,其美学思想基于伊斯兰教信仰,又融入了反对帝国主义和殖民主义的时代精神和主张正义、追求人类大同的呼唤。伊克巴尔的"自我"学说闪烁着人类认识自己和掌握自己的哲学光芒,使穆斯林的宗教观念得以更新,文化内涵更加丰富。

5.〔英〕拉什迪:《想象的家园》(*Imaginary Homelands: Essays and Criticism 1981-1991*), London Granta Books, 1991。

简介:《想象的家园》是拉什迪第一部文集,收入其 1981—1991 年间的随笔、评论等共 70 篇,内容涉及作家本人的小说创作、南亚次大陆的政治、印英文学、电影电视、移民体验和对其他作家作品的评论等。该书被认为是关于拉什迪"智识的和个人的奥德赛的重要记录",是我们研究作家的重要思想文献。

二、其他重要研究资料索引

1.〔英〕G. T. 加勒特:《印度的遗产》,上海:上海人民出版社 2005 年版。
2.〔美〕阿尔奇·J.巴姆:《比较哲学与比较宗教》,成都:四川人民出版社 1996 年版。
3.季羡林:《〈罗摩衍那〉初探》,北京:外国文学出版社 1979 年版。
4.黄宝生:《〈摩诃婆罗多〉导读》,北京:中国社会科学出版社 2005 年版。
5.刘安武:《印度两大史诗研究》,北京:北京大学出版社 2001 年版。
6.郁龙余等:《印度文化论》,重庆:重庆出版社 2008 年版。
7.〔印度〕布达哈德瓦·伯斯:《泰戈尔:诗人肖像》(*Tagore: Portrait of A Poet*), Calcutta: Papyrus, 1994(Enlarged Edition)。
8.唐仁虎等:《泰戈尔文学作品研究》,北京:昆仑出版社 2003 年版。
9.尹锡南:《世界文明视野中的泰戈尔》,成都:巴蜀书社 2003 年版。
10.《泰戈尔百年》(*Rabindranath Tagore: A Centenary Volume 1861-1961*), Sahitya Akademi, New Delhi, 1992(Fourth printing)。

11. 梅晓云:《文化无根:以 V.S.奈保尔为个案的移民文化研究》,西安:陕西人民出版社 2003 年版。

12. 石海军:《后殖民:印英文学之间》,北京:北京大学出版社 2008 年版。

13. 尹锡南:《英国文学中的印度》,成都:巴蜀书社 2008 年版。

14. 〔印度〕马肯纳·费舍尔:《心的智慧:穆尔克·拉吉·安纳德作品研究》(*The Wisdom of the Heart: A Study of the Works of Mulk Raj Anand*), New Delhi: Sterling Publishers Private Limited, 1985。

15. 〔印度〕斯瑞尼瓦萨·伊严嘉:《印度英语写作》(*Indian Writing in English*), New Delhi: Sterling Publishers Privat Limited, 1994。

第十四章 西亚文学

第一节 概述

一、西亚文明

西亚是人类文明的发祥地之一,产生了迄今所知最早的人类文明即两河文明。公元前四千年以前,苏美尔人就来到两河流域,创造了最初的文明。其后,陆续有阿卡德人、阿摩利人(建立巴比伦王国)、赫梯人、亚述人、犹太人、迦勒底人(建立新巴比伦王国)到此。

犹太人起源于阿拉伯沙漠南部,约公元前两千年从两河流域迁至迦南(今巴勒斯坦),后又徙入埃及。公元前13世纪中叶,因不堪埃及法老奴役,重返迦南,确立了信奉上帝雅赫威①的犹太教。公元前1025年,统一的希伯来王国成立,由扫罗、大卫、所罗门三王相继统治。其后,王国分裂为北方的以色列王国和南方的犹太王国,日渐衰微。公元前722年,以色列王国亡于亚述;公元前586年,犹太王国亡于新巴比伦,数万犹太人被掳往巴比伦。

公元前538年,波斯灭新巴比伦王国,波斯皇帝居鲁士允许犹太人返回迦南。公元前5世纪,波斯帝国入侵希腊被挫败,从此走向衰落,至公元前330年被马其顿王亚历山大的东征大军所灭。

随亚历山大东征而来的希腊化浪潮在西亚蔓延、渗透了数百年,促进了东西方文化的空前交流与融合。特别是希伯来与希腊"二希"文化相互碰撞,孕育了基督教新文化。公元前1世纪上半叶,犹太人所在的迦南沦为罗马帝国的行省。罗马人的野蛮统治激起犹太人连绵不断的反抗。公元135

---

① 犹太传统避免直呼上帝之名,《旧约》书写为"YHWH",后读音失传。一般而言,犹太教读如Yahweh,汉译作"雅赫威"或"亚卫",基督教读如Jehovah,汉译作"耶和华"。

年,犹太最后一次民族大起义又遭罗马人镇压,幸存者几乎全部逃离或被逐出迦南,从此踏上了近两千年的大流散之路。

继波斯帝国之后建立的亚历山大帝国昙花一现。几经周折,西亚基本上又控制在波斯人手中,先后经历了安息王朝(前247—224)和萨珊王朝(224—652)。7世纪中叶,阿拉伯帝国崛起,征服了萨珊波斯。

阿拉伯半岛是阿拉伯文化的摇篮,5、6世纪时阿拉伯人还处于原始公社阶段。半岛南部称为阿拉比亚,建立了高度的农业文明,并从事商业贸易;半岛中北部生活着游牧民族,称为贝都因人。6、7世纪之交,阿拉伯半岛的原始公社开始瓦解。

公元610年,穆罕默德(570—632)开始在阿拉伯半岛麦加一带传播伊斯兰教。"伊斯兰"意即"顺从""皈依""归信""信服",伊斯兰教即服从真主的宗教,其基本教义即信仰真主是独一无二的神,信仰先知穆罕默德是真主的使者。公元622年,穆罕默德到达麦地那,以伊斯兰教为旗帜,掀起统一阿拉伯半岛的战争,到公元631年底,基本完成统一。四大哈里发①时期(632—661),伊斯兰教开始跨出阿拉伯半岛,发起声势浩大的征服运动,持续至伍麦叶王朝,阿拉伯帝国最终形成。

伍麦叶王朝②(一译"倭马亚王朝",661—750)是阿拉伯帝国的第一个王朝,也是阿拉伯伊斯兰文化孕育的时代。它将阿拉伯语规定为官方和各地通行的语言,促进了帝国境内各民族的阿拉伯化或伊斯兰化。

公元750年,阿拔斯王朝③建立,伍麦叶王室被迫逃至西班牙建立了后伍麦叶王朝。阿拔斯王朝分为前期(750—847)与后期(847—1258)。前期政治开明,政局稳定,科学文化繁荣,学术思想自由,故被称为"伊斯兰黄金时代"。贯穿这一时代的著名的"百年翻译运动",致力于将波斯、印度、希腊、罗马的古代文化学术遗产译成阿拉伯语,为伊斯兰文化的整合与定型提供了广博的思想资料。"古代名著译成阿拉伯语后,在几个世纪期间,由阿拉伯人的智力加以重大的改变,增加了许多新颖的贡献,然后通过叙利亚、西班牙和西西里岛,而传入欧洲,给统治中世纪欧洲思想的知识准则奠定了基础。"④

---

① 哈里发,阿拉伯语音译,意即"继承者"。
② 因其尚白,中国古代称之为"白衣大食"。
③ 因其尚黑,中国古代称之为"黑衣大食"。
④ 〔美〕希提(Philip K. Hitti):《阿拉伯通史》,马坚译,北京:商务印书馆1979年版,第226页。

阿拔斯王朝后期，国家政权接连被突厥人、布韦希人和塞尔柱人控制，各地相继涌现许多独立的地方王朝，下层民众起义不断，且先后遭遇十字军东侵（1095—1291，前后共八次，一说七次或九次）和蒙古西征。1258 年，蒙古人攻陷巴格达，阿拔斯王朝统治结束。几经战乱，最终成为阿拉伯帝国之后各小国继承者的是奥斯曼土耳其帝国（1517—1922）。

奥斯曼帝国是一个绝对君主专制的中央集权国家，实行政教合一。17 世纪末，奥斯曼封建主义开始解体。从 18 世纪末拿破仑入侵埃及到 19 世纪中叶，欧洲殖民者控制了伊斯兰世界的广大地区，进行殖民侵略和文化渗透。伊斯兰世界广泛掀起复兴与改革运动，走上了近代化的道路。

第一次世界大战后，奥斯曼土耳其帝国土崩瓦解，1923 年土耳其民族运动取得成功，成立共和国，走上欧式文明的发展道路。而从奥斯曼帝国统治下解放出来的阿拉伯各行省变成英法托管地，遭受殖民统治，阿拉伯民族主义运动愈益激烈。

第二次世界大战到 70 年代，阿拉伯国家相继独立。始于 19 世纪末的犹太复国主义运动，最终促成以色列国于 1948 年成立。随后，阿拉伯国家和以色列之间经历了四次中东战争（1948—1973）。阿以矛盾冲突绵延至今，给双方造成了深重的民族灾难和文化创伤。

进入 70 年代后，阿拉伯国家大多凭借石油经济迅速走上现代化道路。然而，与之相伴的诸如社会腐败、贫富分化、西方文化对传统伊斯兰文化的冲击等问题，进一步刺激伊斯兰复兴运动。阿拉伯伊斯兰世界在现代化过程中产生的这种反现代诉求，实际上折射出全球化语境下全球与地方、传统与现代、文化同质与文化多元之间的深刻矛盾，涉及当代人类尤其是东方民族普遍面临的文化选择困境，值得深思。

二、西亚文学

在西亚诸种文明的深刻影响下，西亚文学的发展先后形成了两河流域文学、希伯来文学（犹太文学）、波斯—伊朗文学、阿拉伯—伊斯兰文学四个板块。两河流域的苏美尔文学和巴比伦文学是西亚文学中最古老的组成部分，后来的希伯来文学、波斯文学和阿拉伯文学都从中受益。犹太民族流散后，中古西亚主要以波斯文学和阿拉伯文学两大板块最为活跃，二者相互激荡，在"伊斯兰黄金时代"达到鼎盛。近现代以来，民族主义运动兴盛，西亚呈现出阿拉伯文学、伊朗文学、犹太文学、土耳其文学相对独立发展的态势。

上古西亚文学主要是两河流域文学和希伯来文学。苏美尔文学和巴比伦文学先后代表了两河流域文学的主要成就。

苏美尔文学主要是神话传说,其中著名的洪水传说起源于公元前四千年,内容大致是:神创造了人、动物、植物,并创建了埃利都等五个城市。神为惩罚世人的罪恶,决定用洪水毁灭人类。一个敬神的国王赛苏陀罗得到神的启示,建造了巨舟以自救。洪水泛滥了七天七夜。神又发出光明,赛苏陀罗杀牲供献,经允许,得到永生,并迁往日出之处"第尔蒙"。苏美尔的这个洪水传说给后来许多民族的神话带来了影响,例如,被犹太人改编成诺亚方舟的故事,载入《旧约》。此外,现存的苏美尔文学作品还有一些动物寓言,幽默风趣,婉而多讽。

古巴比伦延续了苏美尔、阿卡德文明的血脉,主要的文学成就在于史诗、神话和箴言诗。发现于 19 世纪 70 年代的史诗《吉尔伽美什》代表着古巴比伦文学的最高成就,也是迄今发现的人类最古老的史诗作品。古巴比伦著名的创世神话《埃努玛·埃立什》记载在 7 块泥板上:主神马尔都克搏杀太初深渊的化身神母提阿马特,将她的躯体撕成两半,一半当作天,一半当作地,继而创造了天上星辰和地上万物,又以黏土和神血创造了人类,最终被拥戴为众神之王。另外,季节神话《伊什塔尔下降冥府》也非常有名:种子及植物神坦姆兹死后被阴间女王扣留,伊什塔尔前去解救,她是土地和爱神,是"生命之母""种子的生产者"。此神话用男女二神生死相恋的故事解释季节变迁和生命循环。这种象征模式经叙利亚、腓尼基、塞浦路斯传到希腊,演变为阿芙洛狄忒和阿都尼斯恋爱的神话,以及得墨忒尔下冥府寻女儿珀耳塞福涅的神话。古巴比伦箴言诗糅合了宗教教诲和哲理格言,著名的《咏正直的受难者的诗》叙述了一个笃信宗教的受难者的故事,主人公最后对神的"公正"产生了质疑,是希伯来文学"约伯故事"的早期原型。

希伯来文化宝库包括《圣经·旧约》以及"次经""伪经"和"死海古卷"。《圣经·旧约》集中了希伯来文学的精华,绝大部分用希伯来文写成,大致形成于公元前 12—2 世纪之间。《旧约》全书可分为律法书、历史书、先知书和文苑四部分。

律法书包括《创世记》《出埃及记》《利未记》《民数记》和《申命记》,通称"摩西五经"。《创世记》1—11 章是古希伯来神话宝库,包含的著名神话有:(1)上帝创世和人类起源神话;(2)伊甸园神话;(3)洪水方舟神话;(4)巴别塔神话。12—36 章以传奇形式叙述先祖亚伯拉罕、以撒和雅各的家族故事。37—50 章主要叙述约瑟的故事,其文体近似小说,总体结构整齐,前后连贯,在情节安排、故事展开、伏笔设计等方面都独具匠心。

《出埃及记》是旧约文学中最精彩的英雄史诗性作品,充满神迹和非凡的艺术想象力,摩西是其中的核心人物。作品通过摩西艰难曲折的率众出埃及、上帝雅赫威无所不能的神力和西奈山以色列人与上帝的订约,集中表现了旧约文学立国、立教、立法的三合一思想。

《旧约》第二部分"历史书",在希伯来民族历史叙事中塑造和歌颂了诸多智勇双全的英雄形象,其中尤以大卫(《撒母耳记》)和参孙(《士师记》)的英雄事迹引人入胜、最为著名。另外,《路得记》和《以斯帖记》近似小说,且都以女性为主角,前者肯定了犹太族与异族群(摩押)的融合,后者则歌颂了犹太人反抗异族(波斯)残酷统治的斗争。

《旧约》第三部分"先知书",大都是先知们的演说词。所谓先知,实际上是一些社会改革家和思想家。其中,《但以理书》是《旧约》最重要的启示文学作品,体现在最后6章所描绘的一系列异象,用隐喻手法说明新巴比伦等国的兴衰和世界的最终结局。

《旧约》第四部分"文苑",荟萃了希伯来诗歌精品,包括《约伯记》《传道书》《箴言》《雅歌》《诗篇》,另外一般也将《耶利米哀歌》划归在此。

《约伯记》是一部宏大而深邃的哲理诗剧,主要用诗体对话的形式写成,核心内容是探讨人类的苦难、信仰及罪与罚的主题,记述了上帝通过撒旦对约伯的考验,以及约伯在考验中的种种表现,既宣扬了上帝万能的宗教思想,同时也表现了特定历史时期希伯来有识之士深刻的反思精神。

《雅歌》开篇说:"所罗门的歌,是歌中的雅歌。"故又称《所罗门雅歌》,但实际并非所罗门所作。《雅歌》共7篇,抒写了所罗门王与一位牧羊女的恋爱。《诗篇》共150首(希腊语《旧约》收151首),主要有颂歌和哀歌两类。《传道书》是一部流露出浓重虚无悲观情绪的哲理诗集。《箴言》是希伯来智慧文学的经典,由数百首短诗组成,汇集了许多格言、警句和谚语。

先知书中的《耶利米书》11—20章,与代传神言、公开宣讲的先知文体迥异,更接近于《诗篇》中的哀歌,故通称《耶利米哀歌》。耶利米是"巴比伦之囚"事件的亲历者,《耶利米哀歌》以哀恸怨愤的笔触,淋漓尽致地抒发了诗人的亡国之恨、忧民之情和思乡之苦,同时笼罩着对先知使命的怀疑、反叛、怨恨、自怜、痛苦等情绪。

中古西亚文学主要是波斯文学和阿拉伯文学。这一时期流传至今的波斯文学作品有以富有节奏的诗性语言写成的《希斯敦铭文》、琐罗亚斯德教经书《阿维斯陀》中的赞歌,等等。萨珊王朝被阿拉伯帝国征服后,波斯文学陷入衰落,到公元10世纪才得以复兴。

阿拉伯文学发端于诗,流传至今最早的阿拉伯诗歌产生于蒙昧时代,即从公元 5 世纪末到伊斯兰教出现之前的一段时间。① 蒙昧时代流传下来的唯一最完备的诗体是"格西特"(一译"卡色达"),形式上有严谨的格律,通篇合辙押韵,一韵到底;内容上多以诗人凭吊情人旧居废墟起兴,抒发炽烈的爱情和勇敢尚武的侠义精神,反映当时的社会风貌和思想情操。"格西特"主要依靠"拉维"(传述人,诗人的助手)得以广为流传。流传下来的"格西特"作品,以 7 篇(一说 10 篇)"悬诗"最负盛名,一般认为 7 篇作者分别是乌姆鲁勒·盖斯(500—540)、塔拉法(543—569)、祖海尔(530—627)、安塔拉(525—615)、赖比德(560—661)、阿慕尔·本·库勒苏姆(？—584)、哈里斯·本·希里宰(？—580)。

伊斯兰教创立后,作为伊斯兰教圣典的《古兰经》,本身也是阿拉伯散文的第一篇文献。"古兰"的本义是"诵读""朗读""讲道",是先知穆罕默德在 610—632 年的传教过程中,根据临时发生的事件和社会需要,陆续接受的启示。先知在世时,《古兰经》并未成书,到首任哈里发艾卜·伯克尔时才收集整理成书,到第三任哈里发奥斯曼时重新校订,是为"奥斯曼定本",即后来通行的唯一定本。《古兰经》分为 30 卷,共计 114 章、6236 节,内容包罗万象,有关于伊斯兰教教义、宗教仪式、穆斯林行为规范的记载,也有当时社会制度、经济状况、伦理道德、规章制度、生活习俗的阐述,还穿插、引述了很多当时流行于阿拉伯半岛的犹太教、基督教以及古代阿拉伯人的神话、传说、历史故事和格言、谚语等。《古兰经》是最早、最规范的阿拉伯语读本,它使阿拉伯民族的语言达成统一。《古兰经》是诵读的经典,穆罕默德在书中创造了一种奇妙的散文体,表面无韵而内在有韵,充分利用了阿拉伯语抑扬顿挫、富有乐感的特点,读起来旋律起伏、节奏明朗,在修辞、音韵等方面成为后世散文的典范。

四大哈里发时期,由于忙于征服和扩张,文学创作较为沉寂。值得一提的是女诗人韩莎(575—664),以对其弟的悲悼诗著称。

伍麦叶王朝建立后,阿拉伯语的情诗首度正式出现。代表诗人欧麦尔·伊本·艾比·赖比阿(644—711)主要创作艳情诗,善用轻盈的风格、艳丽的词句描写女性的体态、风貌和情爱心理。同时代的哲米勒·本·迈阿迈尔(？—701)和盖斯·伊本·穆拉瓦哈(？—约 688)写作"贞情诗"。哲米勒的长诗都是寄给他的爱人卜赛奈的,表现深挚的柔情,语言朴实无

---

① 这里的"蒙昧"是宗教用语,因当时伊斯兰教尚未创立,阿拉伯人未受天启,故称"蒙昧"。

华。盖斯绰号"莱伊拉的情痴",相传他由于恋人莱伊拉嫁给他人,因情而痴,流浪荒漠而死。现存归于哲米勒和盖斯的诗,许多都是托名,原本是民谣和民歌。

除情诗外,政治诗也在伍麦叶王朝的赞助下出现了,主要代表是当时号称"诗坛三雄"的艾赫塔勒(约640—710)、法拉兹达格(约641—732)和哲利尔(653—733)。前者是伍麦叶王朝的桂冠诗人,为伍麦叶王朝歌功颂德;后二者交锋的对驳诗是各自的代表作,往往由对自己及部族的矜夸和对对手及其部族的讽刺两部分组成。

阿拔斯王朝文化灿烂,阿拉伯诗歌创作也格外兴盛。前期主要是革新诗人,代表有白沙尔·本·布尔德(714—784)、艾布·努瓦斯(762—813)、艾布·阿塔希叶(748—828)等。白沙尔是一位盲诗人,据说写了一万二千多首诗,但多已散佚。他处在王朝交替时代,承前启后,既有承袭古代传统、反映游牧生活、风格粗犷的诗,又有大量反映新的城居文明生活、风格细腻的诗。艾布·努瓦斯有13000行诗传世,其中咏酒诗所占比重最大,成就也最高,故有"酒诗人"之称,诗风自由奔放、清新流畅。艾布·阿塔希叶以其劝世苦修的苦行主义诗歌闻名,语言简朴,甚至试用新韵律。

阿拔斯王朝后期,阿拉伯诗歌日益追求辞藻华丽典雅,代表诗人是穆太奈比(915—965)和麦阿里(973—1058)。"穆太奈比"乃诗人自称,意为先知先觉者。他的诗在艺术上达到了中古阿拉伯诗歌的巅峰,雄浑豪放,挥洒自如,劲健新奇,不落窠臼,富于哲理,共三百余首,其中八十多首是专为叙利亚哈木丹王朝苏丹赛弗·道莱所写的颂诗,是他诗歌的精华。麦阿里是一位盲诗人,作品充满哲理,被称为"诗中圣哲,哲中诗圣",代表诗集有《燧火集》《鲁祖米亚特》。

此外,麦阿里的散文作品《宽恕书》,是为回答向他求教的伊本·格利哈而作,以丰富的想象写伊本·格利哈在天堂、地狱的游历,用辛辣的笔触嘲讽了宗教传统和社会弊端,后人往往将它与但丁的《神曲》相比拟。

阿拉伯散文在阿拔斯王朝也得到空前发展,前期散文家中,伊本·穆格法(724—759)、贾希兹(775—868)足称典范。

伊本·穆格法原籍波斯,他的《卡里莱和笛木乃》不仅对阿拉伯文学,而且对世界文学有很大影响。它源于古印度梵文作品《五卷书》,后者在6世纪中叶被译成古波斯的巴列维语,伊本·穆格法在从巴列维语译成阿拉伯语的过程中进行了再创造。卡里莱和笛木乃是两只狐狸的名字,全书大小六十多个故事,大故事套小故事,假借禽兽之言阐述社会问题,表达作者的伦理道德观念和改革社会、治理国家的抱负,充满了揭示人生真谛的警语箴言。

贾希兹是阿拔斯王朝最著名的散文大师,代表作品有《修辞与解释》《吝啬人传》以及七卷本的《动物志》。其中《动物志》描写了各种动物的特征、习性,记录了大量动物故事和传说,还穿插了许多诗歌、格言和轶事,将各种文化有机融合,"是展现阿拉伯文化、希腊文化、波斯文化和印度文化等各种文化的陈列室,是介绍摩尼教、琐罗亚斯德教、无神论者、犹太教、基督教和伊斯兰教等各种宗教文化的讲台"①。

阿拔斯王朝后期,阿拉伯散文产生了一种精巧优雅的文体"玛卡梅"(Maqāmah)。"玛卡梅"意为"集会",也即在众人聚集之处"讲述"文学,后定型为韵文体故事。白迪阿·宰曼·赫迈扎尼(969—1007)是玛卡梅的奠基人,据说写过400篇玛卡梅,但只留传下51篇,各篇故事各自独立,叙述的都是同一主人公在各地漫游行乞、以智骗钱的趣闻,语言富有文采,并对社会现实有所讽刺。哈里里(1054—1122)的玛卡梅,辞藻丰富优美,笔法华丽考究,细腻入微,被认为是玛卡梅的巅峰之作。哈里里写有玛卡梅50篇,以一个四处游历的说书人讲述故事贯穿全书,各篇主人公相同,说书人和主人公在故事中交错出现,主要表现主人公在各地游历中变化身份和手法获取生计摆脱困境的情形。玛卡梅在发展中成为后世阿拉伯古典小说的雏形,后传到欧洲,产生了较大影响,学者们认为西班牙16、17世纪的流浪汉小说即受其影响。

在阿拔斯王朝后期,还有两部非常重要的阿拉伯民间故事作品开始了长期酝酿直至定型,即《一千零一夜》和《安塔拉传奇》。《安塔拉传奇》系据民间流行的古代骑士、七首悬诗作者之一安塔拉的事迹加工整理而成,并插入许多神话和虚构情节。整部作品为韵文体,间有诗歌,长期以来在阿拉伯世界传颂不绝,约19世纪前后介绍到欧洲,被誉为"阿拉伯的《伊利亚特》"。

与阿拔斯王朝阿拉伯文学的兴盛相映照,中古波斯文学在10—15世纪也达到了空前繁荣,主要成就在诗歌领域。

盲诗人鲁达基(858—941)在波斯文学史上被称为"诗歌之父""诗人亚当",创作颇丰,但残存于世的诗不到2000行。他是波斯颂诗和四行诗

---

① 〔埃及〕艾哈迈德·爱敏:《阿拉伯—伊斯兰文化史》第二册,朱凯、史希同译,北京:商务印书馆1990年版,第376页。

(Rubaiyat,鲁拜①)的创始人。《酒颂》《咏暮年》即其颂诗代表作。

菲尔多西(940—1020)的《列王纪》(又译《王书》)是一部大型文人史诗,历经三十五年方才写成。全诗共50章,近14万行,容纳了阿拉伯人651年消灭萨珊王朝之前波斯史上50个帝王公侯的传略,以及四千余年流传于民间的多种神话故事和历史传说,被称为"东方的《伊利亚特》"。菲尔多西因而被誉为"东方的荷马"。

欧玛尔·海亚姆(1048—1122)的《鲁拜集》收入252首四行诗,语言明白晓畅、朴实洗练,内容凝重深邃、富有哲理,表现了对人类生命存在的哲学探求。自19世纪中叶被译介到西方,现已陆续翻译成欧、亚、非数十种语言,在世界范围内得到广泛传播和高度赞誉。

萨迪(1208—1292)历来被誉为"诗圣"、诗人之"先知",流传至今的《果园》(1257)和《蔷薇园》(1258)是姊妹篇。《果园》分10卷,用双行诗体写成,其间穿插小故事,分述治国、行善、慈念、谦虚、知命、知足、教育、感恩和祈祷之道。《蔷薇园》分为8章,包含180个彼此独立成篇的小故事及102条格言,诗文相间、交映生辉,语言优美、隽永。

12世纪下半叶,苏菲派文学开始耀眼于波斯诗坛。苏菲派乃伊斯兰教神秘主义思想派别。12—13世纪,阿塔尔(1145—1221)和莫拉维(1207—1273)将苏菲派诗歌推向高峰,前者的代表作是《百鸟朝凤》,后者的代表作是《神圣的玛斯纳维》。

抒情诗人哈菲兹(1320—1389)是中古波斯的又一位大诗人,他一生历经多次改朝换代,饱览人生悲喜苦乐,创作了大量放浪不羁、旖旎香艳的诗,鼓吹及时行乐。晚年,哈菲兹遁世苦修,创作苏菲派诗歌。

西亚从16世纪初开始为奥斯曼土耳其所统治,阿拉伯文化和波斯文化逐渐衰落,历时三百余年,文学成就黯淡。值得一提的是,纳斯列丁·霍加(1208—1284)的笑话作品堪称土耳其民间文学瑰宝。他的笑话在流传过程中不断丰富发展,他本人也成为民间文学的著名人物,即我们经常提到的阿凡提。有关他的笑话和轶事,长期以来在中东、中亚、我国新疆、巴尔干半岛等地广泛流传,产生了世界性的影响。

19世纪中叶以后,西亚各地区的民族意识逐步觉醒,在民族主义运动和西方文化的影响下,形成了富有特色的近现代西亚文学。

黎巴嫩、叙利亚在近现代阿拉伯复兴运动中走在了前列。黎巴嫩作家

---

① 又译"柔巴依",意为四行诗,是波斯传统诗体,第一、二、四行押韵,类似中国古代绝句。

纳绥夫·雅齐吉(1800—1871)著有玛卡梅体的韵文章回小说《两海集》,展现了阿拉伯的历史、文学知识和习俗风尚。黎巴嫩作家艾哈迈德·法里斯·希德雅格(1805—1887)的《希德雅格游记》(1855)代表了一种由阿拉伯传统玛卡梅文体向现代小说过渡的形式。1870年,叙利亚的两位作家塞利姆·布斯塔尼(1847—1884)、弗朗西斯·麦拉什(1835—1874)分别发表的短篇小说《大马士革花园中的热恋》《珍珠》,是西亚阿拉伯近现代小说创作的萌芽。

20世纪20年代,旅居美洲的阿拉伯(主要是黎巴嫩、叙利亚)作家以"笔会"为中心,组成了阿拉伯第一个现代文学流派——旅美派,又称叙美派,主要代表是三位黎巴嫩作家——纪伯伦(1883—1931)、艾敏·雷哈尼(1876—1940)和米哈伊尔·努埃曼(1889—1988),其中纪伯伦成就最大。

30年代以后,叙利亚作家福阿德·萨伊卜(1910—1970)的短篇小说《机器的葬礼》和《伤痕史》在艺术上独具特色,被誉为叙利亚现代小说的开山之作。黎巴嫩作家陶菲格·阿瓦德(1911—1989)著有《跛足少年》《羊绒衫》《面包》等短篇小说集,被誉为黎巴嫩短篇小说的先驱。伊拉克现代小说的奠基人迈哈穆德·艾哈迈德·赛义德(1903—1937)的《杰拉勒·哈立德》反映了1920—1921年伊拉克反英武装起义前后的社会现实。

伊朗近代文学复兴,始于通俗散文写作。最早是卡埃姆·玛冈姆(1779—1836),他的散文开波斯语散文通俗化之先河。贾玛尔扎德(1895—1997)的《故事集》(1921)是伊朗现代小说的奠基之作,收入了6个短篇小说,从不同角度揭露了20世纪初伊朗的社会矛盾。

20世纪30年代初,四位青年作家在德黑兰组成一个被称为"拉贝"即"四人会"的文学小组。萨迪克·赫达亚特(1903—1951)是"四人会"的"灵魂",他前期的创作受西方现代派影响,带有感伤主义色彩,以中篇小说《盲枭》为代表。后期创作转向现实主义,以中篇小说《哈吉老爷》(1945)为代表。小说以辛辣的笔调塑造了封建地主、资本家、投机商人兼反动政客哈吉这一形象,同时描绘了一幅伊朗变革时期上层的群丑图。哈吉已成为众所周知的吝啬鬼、残暴狂的艺术典型。整个故事情节主要围绕着哈吉对家人的训斥,以及他与各种各样前来拜访他的客人的交谈而展开,在艺术上别树一帜,运用集中的场面和戏剧式的人物对话塑造人物性格。

土耳其文学主要是在近现代加速发展起来。雷沙特·努里·君泰金(1886—1956)的代表作《小歌鸟》(又译《戴菊鸟》)被认为是奥斯曼帝国与土耳其共和国新旧文学的"分水岭"。它起初是以《伊斯坦布尔姑娘》为名写成的一部四幕剧,后来作者将其发展成为长篇小说。小说叙述出身于军官家庭的孤女菲丽黛与表哥卡姆朗在爱情上的悲欢离合故事,成功地塑造了一个敢于和虚伪邪恶的上流社会及腐朽没落的封建势力作顽强斗争的知识女性形象。

第二次世界大战结束后,西亚各国纷纷获得独立,当代西亚文学蓬勃发展。

叙利亚当代小说家哈纳·米纳(1924—)的长篇小说《蓝灯》(1954)和《帆与风》(1966)皆以二战时期的拉塔基亚港为背景,展示了二战期间叙利亚各阶层人民的苦难生活和反抗法国殖民主义者的英勇斗争。黎巴嫩老作家陶菲格·阿瓦德在这一时期创作了长篇小说《贝鲁特磨坊》(1972),反映了1968年黎巴嫩的政治、社会危机,震动阿拉伯文坛。

格桑·卡纳法尼(1936—1972)是当代一位具有广泛影响的巴勒斯坦作家,代表作《阳光下的人们》被公认为当代巴勒斯坦文学史上具有里程碑意义的作品。小说通过三代巴勒斯坦难民越境遇难、悲惨死去的情节,深刻揭示了巴勒斯坦难民的悲苦处境,寓意性地号召人们奋起斗争,改变这可悲的现实。

二战后,土耳其各种派别文学蜂起,其中"乡村文学"影响最大,以雅夏尔·凯马尔(1922—)为代表,他的农村题材小说被誉为"现代土耳其农村生活的百科全书"。其长篇代表作《瘦子麦麦德》描写土耳其南部山区贫苦农民麦麦德的悲惨遭遇及其反抗斗争和绿林生涯。在绿林生活背后,小说探讨的是土地与生存、农民与地主、反抗与压迫等一系列严肃的问题,远远超出一般的强盗侠义小说范畴。凯马尔善于将古老的奥斯曼—阿拉伯—波斯民间文学传统与西方文学的表现手法熔于一炉,形成了自己独特的风格。整部小说颇似民间叙事诗,充满情感和诗意,从一个民间歌手的口中娓娓道出。小说富有浓厚的地方色彩,插入了不少民间传说和神话故事;同时,大量使用了象征手法和借自法国"新小说派"的平行对话手法。

奥罕·帕慕克(1952—)是当代土耳其文学的翘楚,于2006年获得诺贝尔文学奖。

现当代希伯来文学起步于19世纪末的欧洲,20世纪之后移入巴勒斯坦,20年代开始发展,出现了一批有才华的作家,以阿格农(1888—1970)为代表,他是1966年诺贝尔文学奖获得者,其创作充分展示了犹太民族从18世纪到20世纪二次大战后的历史与现实。他的长篇代表作《婚礼华盖》通过贫穷的犹太教徒余德尔带领车夫努塔出游、为三个女儿募集嫁资的奇妙经历,展现出一幅多姿多彩的东欧犹太人的生活画卷,反映了犹太人特有的民俗风情、文化传统和宗教信仰。小说的人物与构架接近欧洲名著《堂吉诃德》。

第二节 《吉尔伽美什》

史诗《吉尔伽美什》的故事早在公元前四千多年前就在苏美尔人中口耳相传,最早可能在第一巴比伦王朝编定,公元前 11 世纪尼布甲尼撒一世时由一位乌鲁克诗人写成,较完备的编辑本是公元前 7 世纪的亚述本,是为国王亚述尔巴尼帕尔的尼尼微图书馆编定的。《吉尔伽美什》是世界目前所知的最古老的英雄史诗,曾长久湮没于历史风尘,直到 20 世纪 20 年代经过西方学者的长久努力才重见天日。全诗用楔形文字记录在 12 块泥板上,共有三千六百余行,现在复原后能见到的约两千余行。

《吉尔伽美什》的内容大致分为 4 部分:(1) 吉尔伽美什的残暴统治引起乌鲁克城邦民众极大不满,他们向诸神申诉。诸神接受申诉,创造女神阿鲁鲁,又创造了力量能与吉尔伽美什匹敌的英雄恩奇都,派他去与吉尔伽美什较量。在神妓①的引诱下,恩奇都脱离蒙昧,到乌鲁克城和吉尔伽美什较量,结果两人不相上下,结为至交。(2) 吉尔伽美什和恩奇都结伴去征讨杉树林守护神芬巴巴,历尽千辛万苦,终于杀死芬巴巴。女神伊什妲尔对吉尔伽美什萌生爱意,吐露芳心,他却指责她善变薄情,不接受她的爱情。伊什妲尔便请求父神阿努创造天牛,惩罚吉尔伽美什,结果又被吉尔伽美什和恩奇都合伙杀死。天神决定恩奇都必须死去。(3) 吉尔伽美什在朋友死后深感生命短暂,决定探寻永生奥秘,历尽艰险后终于见到永生的祖先乌特纳庇什提牟。祖先对他说命运女神已经派定人的生死,不可变更,告诉他大洪水的经过,临别时还告知他海底有一种吃了能够永生的仙草。吉尔伽美什沉入海中,采得仙草,后又不慎被蛇偷吃掉。(4) 吉尔伽美什与恩奇都的幽灵相见,晤谈冥府景象,触目惊心;吉尔伽美什的心境慢慢趋于澄明,专心造福城邦。

吉尔伽美什是史诗的歌颂对象。据考古资料,吉尔伽美什在历史上实有其人,是大洪水后乌鲁克第一王朝第五代"恩"(或译"恩西",意为王或执政),曾修造过乌鲁克城垣。他的丰功伟业流传甚广,不过在《吉尔伽美什》

---

① 原文意为"圣化的娼妇",古巴比伦神庙中卖淫的女巫,收入归神庙所有。

中已从历史变为神话。史诗无疑把吉尔伽美什当作顶天立地的英雄来歌颂。他被天神创造出来,三分之二是神,三分之一是人,强悍、聪颖、秀逸,和恩奇都一道诛杀杉妖芬巴巴,剪除天牛,探寻永生的奥秘。但诗人又没有把这个形象简单化、概念化,而是充分展示他的丰富性和复杂性。他刚开始时自恃力大无比,抢男霸女,弄得民怨沸腾,显示了恶的一面。但这种恶因为恩奇都的到来而发生转变,吉尔伽美什开始为民造福,渴望建功立业。在恩奇都害怕杉妖芬巴巴的强大而却步不前时,他显示了一往无前的英勇气概。他勇敢善战而又富有感情,在恩奇都死后涕泪滂沱,哀悼七天七夜。面对强敌,吉尔伽美什毫无惧色,但面对死亡却心怀恐惧。要去探寻永生的奥秘,他具有坚韧不拔的毅力;但在探寻之路上,见到狮子之类就连连颤抖,见到蝎人又惊恐失色。终于见到永生的祖先后,他却克服不了疲倦,大睡七天,以致无法经受考验。因此,吉尔伽美什是个亦恶亦善、亦伟大亦平凡的英雄形象,充分展示了人性的多姿多彩,而不是偶像式的崇高和单调。

当然,吉尔伽美什的人生历程揭示了更为深邃的人性真理。最初,吉尔伽美什骄横任性,为所欲为,祸害百姓,体现了人性中尚存的弱肉强食的动物性,这也意味着人的力量找不到创造性方向时自然会以放纵欲望、大肆破坏为乐。恩奇都到来后,吉尔伽美什的独尊自我一方面受到打击,一方面受到启发,他的力量开始转向创造,也就是建功立业,在社会中获得承认。这是人从自然性向社会性的上升。但恩奇都之死让吉尔伽美什看到,死亡终究会把社会性的功名事业的意义化为虚无,人单凭建功立业不能免除死亡的恐惧,于是他不得不再踏征途,追寻永生。追寻永生,是人对超越精神的追寻,是返本归根,因此祖先的启发便必不可少。最终肉身的永生得不到,但吉尔伽美什的精神已经获得超越,正如史诗开篇所写的,他见过世间万物,揭示了世界的奥秘,跋山涉水,身体疲劳,心灵澄明。心灵澄明,就是精神永生的表现。颇有意味的是,与吉尔伽美什的生命历程相对应,恩奇都也经历了与野兽为伍,和神妓放纵情欲,再和吉尔伽美什为民造福的历程,只不过他先死了,生命探索来不及完成。更有意味的是,放纵欲望时,人各自为政;建功立业时,需要相互合作;而进行真正的精神探索时,人又必须独自上路。黑格尔曾说:"如果一部民族史诗要使其他民族和其它时代也长久地感到兴趣,它所描绘的世界就不能专属某一特殊民族,而是要使这一特殊民族和它的英雄的品质和事迹能深刻地反映出一般人类的东西。"[①]《吉尔

[①] 〔德〕黑格尔:《美学》第三卷下册,朱光潜译,北京:商务印书馆1981年版,第124页。

伽美什》就能够反映出一般人类的东西,它对人性真理的反映即使放诸后世的世界文学名著之林也绝无愧色。

从社会学角度,我们可以把神话还原为历史来阐释《吉尔伽美什》。任何史诗都是人类文明进程的形象概括,《吉尔伽美什》也不例外。吉尔伽美什和恩奇都的关系生动地反映了古代两河流域苏美尔城邦奴隶制文化和闪米特游牧民族原始文化的冲突和融合。他们诛杀杉树妖芬巴巴,既可看作与异族争夺森林资源,也可看作征服大自然。因此,藐视神力,杀死天牛,就表现了生产力提高后人类的主体性渐趋成熟。吉尔伽美什追寻永生的奥秘,就是觉醒的人类对生命奥秘和自然规律的探索。还有神话学者认为《吉尔伽美什》是初民的原始思维结晶,吉尔伽美什的生命历程是太阳运行历程的一种隐喻。太阳初升,热力不足,达到顶点时,即开始没落,所以吉尔伽美什在杀死天牛后就遭遇命运的转折;他旅行到日落之山,进入地下世界,也象征了太阳的西落;最后他仍旧回到乌鲁克,象征着太阳第二天再次升起。这种原始思维勾勒出人与大自然之间隐秘的联系。① 还有学者从生态批评角度认为《吉尔伽美什》可看作反思人类文明之过的启示录。吉尔伽美什和恩奇都来自大自然,但形成人类社会后,尤其是有乌鲁克这样的城邦文明之后,开始征服大自然。杀死杉树林守护神芬巴巴,就是人类大肆掠夺森林资源的象征。当森林被毁,干旱等天灾也就频发,人成功的顶点便是命运的转折点,于是恩奇都死去,吉尔伽美什追寻永生之旅也无功而返。②

史诗《吉尔伽美什》的艺术特色也极其鲜明。首先,时代生活气息浓郁。史诗中哭吊、战斗、狩猎、畜牧、筑城、造船、饮食等场面都充分展示了苏美尔、巴比伦的社会风貌。此外,如吉尔伽美什的"初夜权"、神庙的神妓等也极富时代气息。其次,想象力丰富,感情奔放,富有浪漫主义色彩。史诗中人神共处,上天入地,恢诡谲怪,忽而异梦纷呈,忽而乐园毕现,尤其是吉尔伽美什追求永生之旅中,种种惊险奇绝的场面纷至沓来,浪漫瑰丽。而原始初民大哭大叫、大悲大喜的自由情绪更是洋溢于字里行间。再次,具有鲜明的口头创造特征。虽然该史诗是用文字写定流传下来的,但最初无疑是口头创作,因此史诗中屡屡出现的重复、在神名和地名前面加上固定的修饰

---

① 参考叶舒宪:《英雄与太阳——中国上古诗歌的原型重构》,西安:陕西人民出版社 2005 年版。

② 参考〔日〕梅原猛:《人类文明启示录:几尔加美休》,卞立强译,北京:中国国际广播出版社 1990 年版。

语、通俗朴素又生动传神的语言都是口头创作的遗痕。最后,具有杰出的叙事技巧。该史诗把吉尔伽美什的各种神话传说连缀成篇,主线清晰,结构严谨,有转折,有照应,跌宕生姿,引人入胜。史诗以诗体形式留存,节奏整齐,描写简洁有力而生动,比喻、排比、夸张等艺术手法更是运用自如。

《吉尔伽美什》虽曾长期失传,但在历史长河中仍然影响深远。例如《圣经·创世记》中大洪水诺亚方舟传说与《吉尔伽美什》中的大洪水传说就不无承接关系。更重要的是,该史诗中的徙恶从善、降妖造福、追寻永生、幽明对话、蛇吃仙草等情节具有非同凡响的原型意义,后人能够从中得到常见常新的启示,正如研究者所说:"对我们来说,吉尔伽美什史诗完全可以跻身于世界文学名著之列,它和《奥德赛》《神曲》《哈姆雷特》《浮士德》《尤利西斯》一样,令人回味无穷。这次读完,下次再读时又会有新的心得。"① 这就是《吉尔伽美什》的神奇魅力。

第三节 《一千零一夜》

《一千零一夜》故事的最早来源是现已失传的波斯故事集《赫扎尔·艾福萨那》(又名《一千个故事》,该故事集的许多故事来源于印度的《五卷书》)。阿拉伯人在此基础上又插入了许多阿拉伯、印度、希腊、罗马、犹太等国家民族的神话传说、寓言故事,以及伊斯兰时代王公贵族、骑士侠客的趣事轶闻,慢慢创造了一个规模宏大的阿拉伯故事网。10 世纪时,伊拉克人哲赫雅里就搜集了一千个大小故事,以夜为单位,打算编纂故事集,可惜只编到第 480 夜他就去世了。这被视为《一千零一夜》的雏形。12 世纪时,《一千零一夜》才基本编定。1258 年,巴格达被蒙古人占领,阿拉伯社会重心转移至埃及。《一千零一夜》的故事在埃及得以保存和讲述,还不断添进新故事,直至 16 世纪才形成抄写本,大致定型。由于成书过程漫长,流传路径复杂,《一千零一夜》出现了多种版本②,彼此间内容差距不小。按照 20 世纪初埃及穆罕默德·阿里·萨比哈出版社的阿拉伯文四卷本计算,全书共讲述了 69 个故事,若把故事中的故事合并统计,共有 264 个。

---

① 〔德〕狄兹·奥托·爱扎德:《吉尔伽美什史诗的流传演变》,拱玉书等译,《国外文学》2000 年第 1 期。

② 本节介绍分析的《一千零一夜》采用的是我国学者纳训翻译的人民文学出版社 1982 年出版的 6 卷全译本。该译本在我国较为通行,它根据埃及开罗前进学术出版社 1907 年仿布拉格本印行的版本翻译,并参照了黎巴嫩贝鲁特天主教出版社 1928 年的版本。

《一千零一夜》成书过程历时久远,跨越广阔空间,经历阿拉伯社会不同历史时期,深深浸染着阿拉伯民族文化精神。它包括神话传说、童话寓言、宫廷轶事、航海历险、战争故事、爱情悲欢、名人轶事等,人物涉及社会各个阶层,有帝王将相、窃贼巨盗、富商贱旅、渔夫猎手、平民百姓、艺匠术士等,甚至神魔仙家、古怪精灵等也纷纷登场,生动展示了中世纪阿拉伯色彩斑斓的风土人情。故事开篇,讲述地处古印度和中国的海岛中有个萨桑国,国王山鲁亚尔处死了背叛他的王后、宫女后,讨厌妇女,存心报复,每天娶个女子过夜,次日便杀掉再娶,如此持续三年,弄得国人十分恐惧,纷纷出逃。危难之际,宰相知书识礼、博学多才的女儿山鲁佐德自告奋勇,进宫陪侍国王,每夜给他讲各种神奇故事。国王被故事吸引,便暂时不杀山鲁佐德,如此持续,以至一千零一夜,国王终于被感化,幡然悔悟,不再杀女人,而与山鲁佐德白头偕老,励精图治,国家再度强盛。

《一千零一夜》最主要的故事大致有四类。

第一,一唱三叹的爱情婚姻故事。这类故事数量众多,光彩夺目,极富浪漫色彩,既有王子公主爱情的纯美与炽烈,也有名商巨贾与女奴爱情的甜蜜和跌宕,更有市井平民爱情的朴实和新鲜,既有人与人的爱情,也有人与神的爱情。主人公无论男女,大都外貌俊美、心灵纯朴,彼此一见钟情便难舍难分,不慎受阻就长吁短叹,甚至弄得形销骨立,最后总会时来运转终成眷属,直至白发千古。最受关注的还是王子公主的爱情故事,《戛梅禄太子和白都伦公主的故事》《乌木马的故事》《艾尔德施尔和哈娅图·努夫丝的故事》《白第鲁·巴西睦太子和赵赫兰公主的故事》《赛义府·姆鲁可和白狄尔图·赭曼丽的故事》等,都是王子公主两情相悦、备受磨难后喜结连理,其中夹杂着女仙神魔、哲人巫师的仙术魔法,以及种种变形冒险的传奇故事,大起大落,大开大阖。《阿里·沙琳和祖曼绿蒂的故事》《麦斯鲁尔和载玉妮·穆娃绥福的故事》《努伦丁和玛丽娅的故事》等则是商人的爱情故事。此外,《巴士拉银匠哈桑的故事》是《一千零一夜》中具有代表性的爱情故事,讲述的是巴士拉城银匠哈桑被拜火的祆教徒波斯人所骗,拐到海中云山,要被用来祭火。哈桑逃脱后,遇到小神王的七位公主,与她们快乐地生活在一起。后来又遇到大神王的小女儿买伦娜·瑟诺玉公主(即七仙女)身着羽衣,化身小鸟,嬉戏游玩,哈桑一见钟情。在小公主帮助下,哈桑偷走了瑟诺玉公主的羽衣,公主不得不与之成亲。返家后,哈桑和公主幸福地生活,三年内养育了两个儿子。后来公主乘哈桑离家之机,获得羽衣,变成飞鸟,带着孩子返回神国。悲不自胜的哈桑决定去大神王居住的瓦格岛寻找瑟诺玉公主和孩子。哈桑历尽艰险、备受磨难后最终找到了公主和孩子,带他们返回巴格达,过上舒适美满的幸福生活。这个人神相恋的美丽故事与我国的牛郎织女传说具有相似性,充分展现了劳动人民对爱情的执著追求,具有极为浪漫的神幻色彩。

第二,赏善罚恶的伦理宣教故事。《一千零一夜》中存在着大量赏善罚恶的伦理宣教故事。第一夜的《商人和魔鬼的故事》就为伦理宣教定了基调,故事中三个老人讲的都是善恶报应的故事,都涉及家庭伦理中的夫妻背叛、妻妾争宠、兄弟负义,违反伦理的人最终都受到残酷惩罚,被变为家畜。此类故事喜欢塑造善恶对立的主人公,对比他们的不同命运。《朱德尔和两个哥哥的故事》中,朱德尔的两个哥哥好吃懒做,欺善怕恶,忘恩负义,而朱德尔勤劳善良,以德报怨,结果朱德尔得到魔法师帮助,娶公主为妻,还当上了国王,而他两个哥哥则受到报应。《洗染匠和理发师的故事》中,洗染匠艾彼·勾儿无恶不作好吃懒做,理发师艾彼·绥尔心地善良,最终他得到国王的赏识,而艾彼·勾尔抛尸大海。《阿里巴巴和四十大盗的故事》中,善恶报应就更是昭彰分明,阿里巴巴和马尔基娜生活富裕,幸福快乐,而贪婪的高西睦惨遭分尸,四十大盗相继暴亡。这种伦理宣教故事无疑反映了中世纪阿拉伯人民对丑陋现实的批判、对美好世界的憧憬。

第三,恢诡谲怪的冒险旅行故事。中世纪的阿拉伯是东西方交通要冲、商旅辐辏之地,伊斯兰教也非常鼓励经商,阿拉伯商人四处冒险旅行经商的故事在《一千零一夜》中占有重要地位,尤以《辛伯达航海旅行的故事》为代表。辛伯达是典型的阿拉伯商人形象,他信仰坚定,顺从坚忍,既有享乐生活的豪放,也有渴望四处冒险旅行、经营生意赚大钱的开阔胸襟。他七次航行到海外经商,次次都有生命危险,或遇大鱼,或逢神鹰,或遭食人魔,第五次还差点成为海老人的坐骑,但凭着机智勇敢,加上命运眷顾,又总能转危为安,最终积聚了巨额财富。除了这种经商冒险旅行故事,《一千零一夜》中还有为爱情、为寻求宝藏而冒险的旅行故事,上天入地,变化万千,充分满足了人们对未知世界的好奇心。

第四,恢弘壮阔的历史传奇故事。这类故事以《叔尔康、藏吾·马康昆仲和鲁谟宗、孔马康叔侄的故事》和《阿基补、矮律补和赛西睦三兄弟的故事》为代表。前者是《一千零一夜》中的鸿篇巨制,主要叙述巴格达、叙利亚、土耳其等穆斯林王国和君士坦丁、罗马等基督教王国之间的战争,围绕着巴格达国王奥睦鲁·努尔曼的儿子和孙子们的命运展开。战争场面波澜壮阔,各种诡计层出不穷,人物命运变化多端,其中又辅以奇诡的宫廷斗争、浪漫的王子公主的爱情传奇,甚至有兄妹乱伦的恐惧,既有王子公主落难民间的悲惨,又有伙夫、强盗一朝尽获尊荣的狂喜,这些都使得该篇故事引人入胜,跌宕生姿。后者主要围绕康德梅尔国王的三个儿子的命运展开,叙述阿拉伯各部落间的争斗,最终英明神武的矮律补南征北战,征服了阿拉伯和波斯境内的诸王国,传播了伊斯兰教。这两个长篇历史传奇故事情节曲折,布局巧妙,人物众多,内容丰富,能够充分体现《一千零一夜》的伊斯兰正统意识,极力贬斥多神教、基督教。

《一千零一夜》讲述了各式各样的故事,更阐释了故事对于人类生存的重要意义。故事,对于讲述者和聆听者而言,正是命名、定义、梳理和理解这个原本杂乱无序、意义阙如的经验世界的方式,阿拉伯人通过讲述《一千零一夜》的故事来认识世界,认识他人,也认识自我。耐人寻味的是,《一千零一夜》中无论是帝王将相,还是贩夫走卒,无论是花鸟虫草,还是神魔鬼怪,都非常喜欢讲故事听故事,而且正是故事蜕变了国王山鲁亚尔的残暴,也正是故事打消了许多魔鬼的杀人恶念,故事引导人跨越阶级、贫富、性别、种族的界限,沟通心灵,消除隔阂,创造文明。

《一千零一夜》的艺术特色也非常鲜明。第一,故事套故事的框架结构。全书把山鲁佐德给国王山鲁亚尔讲故事拯救黎民百姓的故事作为总框架,把各种故事灵活地编排于其中,其中故事又套故事,形成连环套式的框架结构。这种结构比较适应民间故事,能够尽可能地吸收和创作新故事,不仅不会影响原来的结构,还会不断丰富原故事。有些故事中的故事彼此主题相似,可以形成共鸣,如《商人和魔鬼的故事》中三个老人的故事;有些彼此相反,可以互相参照,如《国王太子和将相妃嫔的故事》中大臣们讲的故事和国王妃子讲的故事。第二,情节安排和人物塑造的民间特色。《一千零一夜》为了引起人的兴趣,吸引注意力,情节尤其变换多端,曲折跌宕,而且大都采用大团圆结局。人物塑造也具有明显的类型化特色,善恶对立,判然分明,善人俊美,恶人丑陋,善者经受磨难最终幸福,恶人暂时得势终究受罚。第三,天马行空的想象力,富有浪漫色彩。《一千零一夜》的奇幻浪漫不但表现于各色人物的上天入地,忽而人言,忽而兽语,忽而流落街头一文不名,忽而一朝得势大富大贵,更表现于各种神奇宝物的争奇斗艳,有求必应的魔戒指和神灯、遨游太清的乌木马和飞毯等等,令人目不暇接,还表现于人神共处,魔法咒语迭出,一声"芝麻开门"打开了无限神奇的想象世界。第四,诗文并茂,语言通俗,活泼生动。《一千零一夜》的故事中加入了大量抒情诗歌,尤其是歌颂爱情的诗歌比比皆是,给奇幻故事带来了难得的诗意。叙述语言大都是民间口语,丰富生动,活泼流畅。

《一千零一夜》受到印度《佛本生故事》《五卷书》《故事海》以及古希腊《荷马史诗》的影响,也对此后的世界文学产生了巨大影响。且不说后世的阿拉伯文学深受其恩泽,就说西方文学,如薄伽丘的《十日谈》、拉伯雷的《巨人传》、乔叟的《坎特伯雷故事集》、那伐尔的《七日谈》、莎士比亚的《辛白林》、塞万提斯的《堂吉诃德》、拉·封丹的《寓言诗》等等都留下了它的印痕。至于在世界歌舞、音乐、绘画、雕刻、电影等艺术领域,《一千零一夜》的影响也非同小可。

第四节 纪伯伦

纪伯伦·哈利勒·纪伯伦(1883—1931)是阿拉伯近代著名的作家、诗人、画家。他 1883 年诞生于黎巴嫩北部山区布舍里镇。自幼家境贫寒,12 岁时,母亲带着他和他的兄妹们移居美国波士顿。1898 年纪伯伦独自一人回到黎巴嫩,进贝鲁特"希克玛"(睿智)学校学习阿拉伯文、法文和绘画。1902 年他从该校毕业后回波士顿,其后一年多接连失去三位至亲,不得不承受莫大悲痛,写作和画画聊以自慰。1908 年他在挚友资助下去巴黎艺术学院学习绘画和雕塑,曾得到罗丹的指点和赏识。罗丹发现他能诗擅画的天才,曾预言:"世界将从这位黎巴嫩天才身上看到很多东西,因为他是 20 世纪的威廉·布莱克。"[①]1911 年纪伯伦返回波士顿,1912 年在纽约定居,专事创作,引领阿拉伯侨民文学新潮,直至 1931 年去世。

19 世纪末 20 世纪初,黎巴嫩内有奥斯曼帝国的残暴统治,外有西方列强的侵略,许多黎巴嫩人背井离乡,到美洲等地寻找生活出路,纪伯伦的家庭也加入了移民大军。这直接影响了纪伯伦的生活轨迹,也造就了他文学创作的叛逆秉性。因此他的作品贯穿一个重要主题:为旧时代掘墓,为新时代开路。他在哲理散文《掘墓人》中宣称"我是我自己的上帝"[②],表现出对政治和宗教权威的藐视,以及叛逆精神和斗争勇气。他在举世闻名的哲理诗《先知》中,借"预言家"之口表达"爱"与"美"的理想。他把矛头直接对准封建统治者、宗教骗子和因袭势力,不断揭露政权的暴行、法律的残酷、教

---

① 〔黎巴嫩〕纪伯伦:《纪伯伦全集》上卷,伊宏主编,兰州:甘肃人民出版社 1994 年版,序第 14 页。

② 同上书,第 409 页。

会的虚伪,因而被敌人们称为"疯人""叛教徒"。他痛恨盲从、迷信、愚昧,对这些他称作"奴性"和"活尸"的东西,抱着坚决摧毁的态度。他满怀激情,决心用"血水"写出人民的心声。他更重视"理智",把理智和热情分别比作航行中的"舵"与"帆"。他不仅向阿拉伯民族、向东方,而且也向全人类提出忠告,要用自由和真理的火把照亮他们的心。

纪伯伦是阿拉伯现代小说和艺术性散文的主要奠基者。他是位双语作家,用阿拉伯文和英文创作。他一生的创作可分为三个阶段:早期对封建礼教的控诉和叛逆,以小说集《叛逆的灵魂》为代表;中期偏重精神索求,在尼采思想影响下发出反叛的最强音,以《疯人》《暴风集》等为代表;晚期转向对人类的泛爱,以《先知》《先知园》为代表。

1905年纪伯伦发表处女作——长篇艺术抒情散文《音乐短章》,表达了青年时代的他对音乐的热爱和对音乐本质的理解。在这篇散文中,他特别探讨了东方音乐的深蕴意义和内在之美,给人们指点了一条通向东方音乐艺术欣赏的幽径。文章以流畅的文笔、优美的词句、轻快的节奏以及在描写上的刻意求新来表达对音乐的感受,体现出纪伯伦敏捷的才思和对文字非凡的驾驭能力。

纪伯伦青年时代以小说创作为主,有短篇小说集《草原新娘》(1905)、《叛逆的灵魂》(1907)和中篇小说《折断的翅膀》(1911)等。他的小说几乎都用阿拉伯文写成,属于阿拉伯现代小说生成期的第一批成果,社会性、叛逆性和揭露性是这些小说最显著的特征。① 他的小说一般不以故事情节取胜,不设置很多矛盾和复杂的人物纠葛,也很少制造戏剧式悬念和冲突,而往往以表达人物的心理感受、抒发内心丰富感情为主,通过对一件悲剧性事件的叙述和评价,激发读者对社会不合理现象的愤怒与深思。《折断的翅膀》是其小说代表作,文辞缠绵悱恻,情节委婉动人,感情细腻,充满浪漫气息和悲凉情调。小说抨击虚伪、贪婪、自私的宗教头目,揭露社会黑暗、法律不公。纪伯伦既批评了女主人公萨勒玛的屈从和软弱,也歌颂了她对理想爱情的追求和对悲惨命运的抗争,并把主人公的不幸同国家、民族和东方的命运联系起来。这些锋芒直指封建礼教和专制暴政的作品触怒了当局,他被以"叛逆分子"的罪名驱逐出黎巴嫩,并被开除教籍。

20世纪20年代前后,受尼采的超人哲学及其创作形式影响,纪伯伦逐

---

① 〔黎巴嫩〕纪伯伦:《纪伯伦全集》上卷,伊宏主编,兰州:甘肃人民出版社1994年版,序第3页。

渐由小说创作转向散文诗创作。其散文诗具有哲理性和浪漫风格,思路开阔,感情深沉,格调清新,意境高远,给人以美的享受,通常被认为是他对阿拉伯文学乃至世界文学的最大贡献。《泪与笑》(1913)是纪伯伦早年用阿拉伯文写就的散文诗集,由于充满"哀叹、倾诉、哭泣",被纪伯伦当作"并不成熟的果实"。其实,这些作品虽然缺乏一些"力度",与超人哲学宗旨相去甚远,但洋溢着诗情画意,投射出智慧哲理,表达了有限生命对无限生命的渴求,以及苦难现实对梦幻理想的热望,因此,其中许多篇什令读者爱不释手。长诗《行列》(1918)通过交谈形式,反映诗人内心的矛盾。对话者一方代表城市文明,另一方代表森林和自然;一方经受种种磨难,陷于悲观,另一方生机勃勃,保持乐观。全诗基调阴郁,说明纪伯伦徘徊于理想和现实之间,找不到出路,但仍在不倦探索。诗文集《暴风集》(1920)和《珍趣篇》(1923)是两部富于社会批判和民族自省意识的作品,是最贴近阿拉伯和东方现实之作。其中可见纪伯伦炽热的爱国主义、民族主义情感以及对尚未觉悟的东方同胞的殷殷厚望。

纪伯伦用英文写作的第一部作品是散文集《疯人》(1918),此后陆续发表散文诗集《先驱者》(1920)、《先知》(1923)《沙与沫》(1926)、《人子耶稣》(1928)、《流浪者》(1932)、《先知园》(1933)以及诗剧《大地诸神》(1931)等。这些作品突出普遍人性及人性的升华,着眼于全人类、全世界,现实批判锋芒依旧,但最多的是表现人类的荒诞与卑琐。同时,更嘹亮的心声在这些作品中回荡,那便是深邃的哲思、形而上的求索、对爱与美的呼唤。

长篇哲理散文诗《先知》是纪伯伦用全部心血构筑的一座"文学金字塔",代表了纪伯伦散文诗创作的最高成就,也使纪伯伦享誉世界。很多评论家认为,"先知"穆斯塔法就是纪伯伦自身,他借穆斯塔法之口向世人传达他的大慧之言。纪伯伦为《先知》安排了一个小说式的故事框架。穆斯塔法在离群索居十二年间,一直期盼回到自己出生的岛屿。一日他登高远眺,看见故乡的船正穿破海雾徐徐驶来。即将出海远航,临别前他对送别的民众赠言,论述爱与美、生与死、婚姻与家庭、劳作与安乐、法律与自由、理智与热情、善恶与宗教等一系列社会人生问题。纪伯伦为这本散文集自绘了富有浪漫情调和深刻寓意的插图。《先知》充满诗意、哲理和东方色彩,其清新隽永的诗句凝结着纪伯伦站在俯瞰世界的历史高度进行的深刻而睿智的思考。他通过"《圣经》式的"既庄重又温馨、既有启示性又有感染力的语言,加以诗人的奇妙想象和新奇比喻,将这一思考的结晶晓谕世人。《先知》出版后立即在美国引起轰动,并在短短数年内风靡世界,被誉为"东方赠送给西方的最好礼物"①。

纪伯伦的作品多以"爱"和"美"为主题,通过大胆想象和象征手法,表达深沉感情和远大理想。由于受尼采"超人"哲学影响,常流露出愤世嫉俗的态度。他的作品充溢着超验的神秘性、宗教性,然而所揭示的人生真理又是超宗教的,从某种意义上讲,是以文艺形式记述个人了悟真理的过程和体验,甚至表述方式也类似大师的布道。我们于其中看到的既是一位勇敢的叛逆者,又是一位睿智的"先知"。革命的哲学与智慧的哲学集于一身。他自称"掘墓人""疯狂者",表明他与现实的对立;自称"陌生者""异乡人",表明了他与世界的疏离。但他并不真正要抛弃这个世界,而是要让这个世界得到彻底改造和更新,因此赋予自己"先知"的使命。

第五节　帕慕克

费利特·奥尔罕·帕慕克(1952—　)出生于土耳其建筑工程师世家。他从小在伊斯坦布尔一家私立学校学习英语,接受西式教育,中学毕业后进入伊斯坦布尔科技大学攻读建筑工程,中途退学,进入伊斯坦布尔大学新闻学院学习。22岁开始写作生涯。1979年完成处女作《杰夫代特先生》并于1982年正式出版,先后获《土耳其日报》小说首奖和奥儿罕·凯末尔小说奖。之后,又出版小说《寂静的房子》(1983)、《白色城堡》(1985)、《黑书》(1990)、《新人生》(1994)、《我的名字叫红》(1998)、《雪》(2002)、《伊斯坦布尔:一座城市的记忆》(2005)、《纯真博物馆》(2008)。除小说外,帕慕克还于1999年出版了散文集《别样的色彩》,收录他撰写的有关人权和思想自由的评论性文章以及在国内外报刊上发表的文学性文章。

1985年,历史小说《白色城堡》的出版让帕慕克声名鹊起,《纽约时报》书评称"一位新星正在东方诞生——土耳其作家奥罕·帕慕克"。1998年出版的小说代表作《我的名字叫红》给他带来更大声誉,获都柏林文学奖、法国文艺奖和意大利格林扎纳·卡佛文学奖,奠定其在世界文坛的地位。2006年帕慕克获诺贝尔文学奖。评论家常把他和普鲁斯特、托马斯·曼、卡尔维诺、博尔赫斯、艾柯等作家相提并论。

从小接受的西式教育以及伊斯坦布尔的辉煌历史使帕慕克对东西方文

---

① 〔黎巴嫩〕纪伯伦:《纪伯伦全集》第1卷,李唯中译,南昌:百花洲文艺出版社2007年版,前言第2页。

化有着天生的敏感。他的小说既有对东西方文明冲突与融合的思考,也有对土耳其辉煌历史的缅怀与追忆。对东西方文化冲突与融合的描绘几乎渗透于他所有作品当中。处女作《杰夫代特先生》,描绘了一个典型的土耳其家庭祖孙三代处于发展与动荡的时代在理想与现实中的挣扎。作品通过巧妙的时间设置,展现了 20 世纪贫穷的土耳其力图跻身现代化国家的矛盾冲突。《寂静的房子》中,祖父塞拉哈亭·达尔文奥鲁一生都在编纂一部百科全书,企图弥补东西方的差距,到死也没有完成。他的孙子法鲁克、麦廷和孙女倪尔君在伊斯坦布尔的历史变迁中,面对自己的理想与追求,也变得惶惶不安。历史小说《白色城堡》更是东西合璧的代表,小说讲述威尼斯学者与土耳其官员霍加互换身份的故事:威尼斯学者被俘到伊斯坦布尔成了奴隶,他凭借自身掌握的西方科学知识,治好土耳其帕夏的病,并因此摆脱了做奴隶的命运。后来他被送给土耳其人霍加,奇怪的是他和霍加相貌十分相似。霍加对他所拥有的西方知识很感兴趣,通过十多年的相互学习和交流,两人的生活习惯、思维方式越来越接近。最后,威尼斯学者竟替代霍加觐见苏丹并继续过着霍加的生活,霍加则以威尼斯学者身份去了威尼斯。作者通过人物身份互换表现东西方文化的冲突与交融。正如《白色城堡》封底所言:"一群海盗,一位奥斯曼帝国的帕夏,一个东方文明中的占星师,共同演绎一则东西方认同的寓言。"[①]

小说《我的名字叫红》是一部集侦探、爱情、哲思于一体的杰作,更深刻地表现了东西方文明的冲突与混杂。表面看来,小说讲述了一个侦探故事:16 世纪末,离开伊斯坦布尔十二年的青年黑回到阔别已久的故乡。此时,姨父正奉命为苏丹陛下编纂一本手抄绘本,并召集苏丹画坊里最优秀的细密画家高雅、"橄榄""鹳鸟""蝴蝶"协助,但镀金师高雅突然被谋杀,随后姨父也在家中惨遭杀害。于是,苏丹派宫廷绘画大师奥斯曼和黑去调查真相。一系列的谋杀到底是何原因?这正是小说所反映的深层内容:16 世纪,正在走向没落的奥斯曼帝国受到东西方两种文化的影响,传统的信仰、价值观、艺术观正在发生改变。在绘画领域,传统的细密画也遭受西方透视画法的诱惑。"橄榄"作为奥斯曼大师的徒弟,虔诚地信奉细密画真主安拉的全知视角,他无法接受透视画法无神视角的入侵,为了维护传统细密画,他杀害了高雅先生。这在深层次上反映了土耳其面对西方文化入侵的恐

[①] 〔土耳其〕奥尔罕·帕慕克:《白色城堡》,沈志兴译,上海:上海人民出版社 2006 年版,封底。

慌。小说不仅表现了东西方艺术观的冲突,而且也包含了东西方生活方式、价值观及世界观的差异。正如诺贝尔颁奖辞所说:"帕慕克在追求他故乡忧郁的灵魂时,发现了文明之间的冲突和交错的新象征。"

帕慕克的作品还渗透着浓郁的"呼愁"情结。"呼愁","这是一种集体的忧伤感觉,它不是某一孤独者的忧伤,而是千百万人心中共有的忧郁情结"。它与列维·施特劳斯所说的"忧郁"不同,"列维·施特劳斯的'忧郁'说的是克服了偏见的、心怀愧疚的西方人对已消逝的古老文明的一种悲伤情感。'呼愁',则是当地的有识之士的一种思想状态,对自己文明的既肯定又否定,对自己历史的一种痛苦的亲历方式"。①《伊斯坦布尔:一座城市的记忆》便是一部充满"帝国斜阳的忧伤"的作品。伊斯坦布尔曾经是一座辉煌、繁荣的城市,随着历史变迁,而今显得破败、萧条,其中每一幅画、每一张照片都笼罩着忧伤。这种忧伤的情愫便来源于对正在破损与失落的土耳其古老文明的眷恋,同时也展现了作者对西方文化冲击的深刻反思:"我在伊斯坦布尔许多西化、现世主义的有钱人家里看见的心灵空虚……他们却与基本的存在问题格斗——爱,怜悯,宗教,生命的意义,妒忌,憎恨——颤抖而迷茫,痛苦而孤单。"②

帕慕克小说的艺术特色主要体现在以下几个方面:一是象征性、寓言性。《新人生》中工学院学生奥斯曼对新人生的追寻,象征着土耳其在东西方文明的交汇处寻找出路的选择。《白色城堡》被认为是自我寓言,题目本身便充满了隐喻。"我"(威尼斯学者)和霍加制造的战争武器,在漂亮而神秘的白色城堡面前不堪一击,彻底溃败,白色城堡却依然挺立。白色城堡的胜利即象征着"双重身份"("我"和霍加互换身份)的胜利——"我"和霍加互换身份的胜利预示着东西方文明交融共存的可能。二是主观抒情性。帕慕克大多数作品采用第一人称叙述方式,《伊斯坦布尔:一座城市的记忆》是一部自传小说,抒发了作者浓郁的"呼愁"情结;《新人生》是第一人称叙述,《寂静的房子》和《我的名字叫红》都采用第一人称多角度叙述,表达了对个人及国家前途命运的忧虑。三是题材和风格的多样性。帕慕克的作品叙事繁杂,融侦探、爱情、历史、政治、哲思、宗教于一炉,结构层次复杂,主题多意,风格多样。

---

① 〔土耳其〕奥尔罕·帕慕克、陈众议等:《帕慕克在十字路口》,上海:上海三联书店2009年版,第115页。
② 〔土耳其〕奥尔罕·帕慕克:《伊斯坦布尔:一座城市的记忆》,何佩华译,上海:上海人民出版社2007年版,第178页。

帕慕克曾被称为"伊斯坦布尔最会讲故事的人"。他曾借鉴博尔赫斯故事套故事的叙述方法,一些小说采用"中国套盒"式结构,《我的名字叫红》便是其中的典型。高雅先生和姨夫大人被谋杀的故事包含着青年黑和谢库瑞的爱情故事,同时又掺杂着土耳其的历史故事,如"蝴蝶"讲述的"三个关于风格与签名的故事""鹳鸟"展示的"三个关于绘画与时间的故事"和"橄榄"描绘的"三个关于失明与记忆的故事",另外还有"霍斯陆与席琳"等许多精彩的故事。

在小说的叙事技巧方面,帕慕克做出了不少独特贡献。福克纳采用多个人物多角度叙述,这对叙事是一种挑战。帕慕克的多角度叙述较之福克纳的叙事技巧更具创新性。首先,帕慕克在小说中运用了死者视角,如《我的名字叫红》中"如今我已是一个死人,成了一具躺在井底的死尸"[①],以死者角度观察生前死后的事,使得事件亦真亦幻,扑朔迷离。其次,是物的叙事视角,不仅人,而且所有物都可以叙事。死者、狗、树、金币、马,甚至红颜色都参与叙事。再次,是叙事视角的双重性。"橄榄"即杀死高雅的凶手,在《我的名字叫红》中,橄榄和凶手的视角便是同一种视角。"人们将我称为凶手"和"人们都叫我橄榄",实际说的是同一个人。叙事视角的双重性使得案情更加神秘,层次更为丰富,激发了阅读兴趣,拓展了想象空间。

【导学训练】

一、学习建议

学习本章时,应注意西亚是一个集结了世界上最多样的文明和信仰的交错变幻的文化场域,由此生发出驳杂多变的西亚文学。学习者应既能纵向梳理西亚文学主流的承继与嬗变,又能横向观照不同文明板块和信仰文化之间的交叉互渗关系,以及西亚文学与欧洲文学、南亚文学、非洲文学等的交往与交流。要理清苏美尔文学、巴比伦文学、希伯来文学、波斯文学、阿拉伯文学、土耳其文学等的演变脉络,了解西亚传统文学的主要文类,阅读、分析相应的经典作品,如《吉尔伽美什》《一千零一夜》等名著,以及纪伯伦、帕慕克等现当代杰出作家的典范作品。

二、关键词释义

悬诗:悬诗是阿拉伯古典诗歌的一种样式。关于"悬诗"名称的由来,通常的说法

---

① 〔土耳其〕奥尔罕·帕慕克:《我的名字叫红》,沈志兴译,上海:上海人民出版社2006年版,第1页。

是:阿拉伯人每年到麦加朝觐天房之前,要在麦加附近的欧卡兹集市上赛诗,把公认最好的诗用金水抄写在埃及产细麻布上(故又称"金诗"),悬挂于麦加的克尔白天房。悬诗采用"格西特"诗体,格律严谨,通篇押韵,一韵到底,初时靠口耳相传,直至8世纪中叶方有7首悬诗汇编成集,流传至今。乌姆鲁勒·盖斯堪称悬诗诗人之翘楚,其代表诗歌是7首《悬诗》的首篇。

百年翻译运动:阿拉伯百年翻译运动,也叫翻译运动,是中世纪阿拉伯帝国开展的大规模、有组织的翻译介绍古希腊和东方科学文化典籍的学术活动。翻译活动始自伍麦叶王朝时期,当时即已出现一些个人自发的文化译介,从8世纪中叶起,阿拔斯王朝哈里发为适应帝国发展需要,实施博采诸家、兼容并蓄的文化政策,大力倡导和赞助将古希腊、罗马、波斯、印度等国的学术典籍译为阿拉伯语,以丰富和发展伊斯兰文化。翻译运动在阿拔斯王朝哈里发麦蒙时期达到鼎盛,不同民族、不同宗教信仰的大量作品被翻译、介绍和注释,或由波斯文、古叙利亚文或由希腊文译成阿拉伯文。百年翻译运动保存了古典文化,传播了知识,同时也为创造更新的文化做好了准备,对阿拉伯—伊斯兰文化的定型、欧洲文艺复兴的发展都做出了重大贡献。

鲁拜:鲁拜(Rubaiyat)又译"柔巴依",阿拉伯语的意思是"四行""四行诗",是波斯传统的一种诗体。这种古典抒情诗的基本特征是:每首四行,独立成篇,第一、二、四行押韵,第三行大抵不押韵,类似中国古代的绝句。内容多感慨人生如寄、盛衰无常,并以及时行乐、纵酒放歌为宽解。11、12世纪的波斯大诗人欧玛尔·海亚姆的《鲁拜集》闻名于世,在后世东西方文化交流中影响深远。

玛卡梅:玛卡梅(Maqāmah)是10世纪末至11世纪初出现在阿拉伯文学中的一种体裁,一般认为创始人是赫迈扎尼。"玛卡梅"原意是"集会",引申为在集会上说唱的故事。玛卡梅虽属散文体,但具有一定的节奏韵律,故又称"韵文故事",在说唱时具有较强的表演性,类似中国传统的弹词和评书。"玛卡梅"篇幅不太长,一般有两个主要人物:一个是虚构的主人公,通常为市井流浪汉,他的全部活动不外乎行乞、欺骗和计谋;另一个是这位主人公故事的目击者或讲述者。玛卡梅的内容是通过回忆或转述加以表现的,有时插入对话和诗歌。"玛卡梅"讲究文辞,注重音韵,风格诙谐轻快,很合市井听众的口味,是阿拉伯古典小说的雏形,有人认为西班牙流浪汉小说受其影响。哈里里是使玛卡梅的发展达到巅峰的作家。

呼愁:呼愁是土耳其语"Huzun"的音译,意即"忧伤",源出《古兰经》,当代土耳其作家帕慕克用来指称一种笼罩土耳其尤其是伊斯坦布尔的集体忧伤情结。在《伊斯坦布尔——一座城市的记忆》这部挽歌式的作品中,帕慕克明确使用了"呼愁"这一词语,描绘弥漫在这座古城中的垂死文明的哀怨与愁绪。"呼愁"在以往两百年间已成为伊斯坦布尔文化、诗歌和日常生活的核心,它对惨痛的变迁采取一种听天由命的姿态,但这一姿态并不轻松,并不臻于东方圣人的宁静;相反,它源自人们对失去弥补珍贵的一切所感受到的挥之不去的痛苦。构成"呼愁"的主要因素在于:传统与现代的矛盾、东方与西方的冲突,以及自我与他者的斗争。帕慕克的"呼愁"传达出当今世界每一个在现代化进程中想要摆脱过去传统的民族和国家的共同情愫,同时又通过对传统文学遗产的挖掘与继承、对西方文学的借鉴与深思、对失落的中心感的反省与再认知,超越了忧伤。

三、思考题

1. 上古西亚神话中存在人类神话的许多共同原型,如苏美尔的洪水神话、巴比伦的创世神话,试比较分析它们与中国、希腊相应神话的异同。
2. 试比较《吉尔伽美什》中吉尔伽美什和恩奇都亡魂的对谈与《奥德赛》中奥德修斯和阿喀琉斯亡魂的对谈的异同。
3. 对比吉尔伽美什与古希腊神话英雄赫拉克勒斯形象。
4. "阿拉伯百年翻译运动"对当前全球化语境中本土文学、文化发展有何启示?
5. 以《一千零一夜》中的王子公主爱情故事为例,从叙事学角度尝试概括其情节模式。
6. 对比分析《一千零一夜》和薄伽丘的《十日谈》在结构、主题、题材等方面的异同。
7. 歌德模仿中古波斯诗人海亚姆《鲁拜集》创作了著名的《西东合集》,试比较这两部诗集,着重探讨二者的文化与诗学差异。
8. 以色列作家阿格农的小说《婚礼华盖》既具有流浪汉小说的体式,又包含着大故事套小故事的框式叙事结构,与《一千零一夜》《十日谈》《坎特伯雷故事集》《堂吉诃德》等名著不乏相似之处,试加以对照阅读,揭示其间的模仿与变异。
9. 细读纪伯伦的《先知》并分析其象征意蕴。
10. 帕慕克的作品充满了浓郁的"呼愁"情结,请指出其具体表现和产生原因。
11.《我的名字叫红》中,死者、狗、树、金币、马、红颜色等都参与了叙事,分析这种叙事方式对于拓展小说空间及深化小说内涵的作用。

四、可供进一步研讨的学术选题

1. 西亚文学的多元共生模式研究。
2. 西亚(苏美尔、巴比伦、希伯来)上古创世神话中的造物神形象比较研究。
3. 希伯来文学的流散主题研究。
4.《吉尔伽美什》对《圣经·创世记》的潜在影响研究。
5. 生态批评视野中的《吉尔伽美什》研究。
6. 后世作家对《旧约·约伯记》的原型借用及义理诠释研究。
7.《古兰经》散文风格对阿拉伯—伊斯兰文学的影响研究。
8. 伍麦叶王朝诗人哲米勒、盖斯的"贞情诗"与欧洲中世纪骑士抒情诗的主题倾向之比较。
9. 比较菲尔多西《列王纪》与《荷马史诗》《伊利亚特》中的英雄形象与英雄主义精神内涵之异同。
10.《一千零一夜》里的中国形象研究。
11.《一千零一夜》中的《巴士拉银匠哈桑的故事》和中国牛郎织女传说之比较。

12. 纪伯伦的文学创作与其绘画艺术的互文性研究。
13. 纪伯伦与尼采的哲理散文诗之比较。
14. 纪伯伦曾被誉为"20世纪的威廉·布莱克",比较二者的创作风格。
15. 帕慕克小说中的东西方文化对话性研究。
16. 城市与记忆:帕慕克笔下的伊斯坦布尔。

【研讨平台】

一、冲突中的融合:中世纪阿拉伯文学与欧洲文学的互动

提示:中古阿拉伯与中世纪欧洲之间的文学及文化交往盛况,主要是由阿拉伯帝国的翻译运动造成的。希腊、罗马文化典籍经由穆斯林的翻译而重新回到欧洲,推动欧洲中世纪文化高度发展,并由此成为欧洲文艺复兴的重要先导。同时,阿拉伯世界也吸收和同化了希腊、罗马文化的主要特征,促进了自身的繁荣发展。这种交往互动是一个冲突与融合并行的进程,并鲜明地体现在中古阿拉伯文学与欧洲中世纪文学的关系上。

1. 雅克·勒戈夫:《中世纪的知识分子》(节选)

……在12世纪……中世纪的手抄本把希腊—阿拉伯文化带进基督教的西方。

阿拉伯人在这方面主要是中介者。亚里士多德、欧几里得、托勒密、希波克拉底、盖伦的著作随着异端的基督徒——基督一性论派与聂斯脱利派以及受拜占庭迫害的犹太人而流传到东方,并由他们捐赠给伊斯兰国家的图书馆,这些书由图书馆大量接收下来。现在这些著作又踏上归程,登上西方基督教国土的海岸。……接收来自东方的手抄本的主要是两个联络点:意大利,更多地是西班牙。……

(张弘译,卫茂平校,北京:商务印书馆1996年版,第11—12页)

2. 仲跻昆:《阿拉伯中古文学与西欧的骑士传奇文学》(节选)

西欧中古时期的骑士文学很难从希腊、罗马文学中去寻求渊源;也很难从当时的社会现实中去找根据。

相反,最早把柏拉图式的爱情和为情人不惜牺牲一切的骑士精神贯彻实践于现实生活中的是中古时期的阿拉伯人。这一点见诸于中古时期的阿拉伯诗歌、传奇故事和有关的论著中。

……最早也最典型的体现者恐应是那位黑奴出身的《悬诗》诗人之一、阿拉伯骑士之父安塔拉。

(编者注:下文中,仲跻昆先生论列了英雄传奇《安塔拉传奇》、伍麦叶王朝的"贞情诗"、阿拔斯王朝的苏菲派诗歌等对中世纪欧洲骑士文学的影响。)

(载《国外文学》1995年第2期)

3. 韩忡:《阿拉伯文学对中世纪欧洲的影响》(节选)

……还有一部影响较大的作品《列那狐的故事》。在这部寓言诗中,主人公都以动物的形象出现……该书中的列那狐受审判一章与《卡里莱和笛木乃》中笛木乃受审判的情节有异曲同工之妙,西方学者大都认为欧洲的此类作品是受启于东方寓言故事的结果。……

(载《阿拉伯世界》1999年第4期)

4. 三言:《阿拉伯小说对欧洲文学的影响》(节选)

一般认为,阿拉伯小说传入欧洲主要通过两个途径,一是通过阿拉伯人对安达卢西亚和西西里岛的征服,二是通过后来的十字军东侵。在阿拉伯文学中,对欧洲小说产生重大影响的是《宗教教育》和《一千零一夜》,前者由布特鲁斯·冯苏斯搜集整理,于12世纪译成拉丁文;后者于13世纪传到安达卢西亚,1704年起先后被译成法文、英文等几十种外文。
……

欧洲中世纪盛行的爱情冒险小说、豪侠传奇……在创作手法与思路上,都或多或少地受到了阿拉伯小说艺术的影响。

(载《阿拉伯世界》1999年第4期)

二、吉尔伽美什形象的矛盾特征

提示:《吉尔伽美什》中,主人公吉尔伽美什形象的矛盾特征非常耐人寻味,在他身上兼具一系列的对立面——神与人、生与死、善与恶、自然与文明等等,于其中可以领略到美索不达米亚先民朴素直观而又深邃睿智的宇宙观与生命观。

1. 茨维·艾布什(Tzvi Abusch):《吉尔伽美什史诗的发展与意义阐释》(节译)

故事把构成吉尔伽美什身份的许多方面集中在一起:男人、英雄、国王、神。吉尔伽美什必须学会生活。他必须找到办法,去表达他巨大的个人能量,却仍以合乎社会和宇宙强加给他的界限与责任的方式行动。但是作品强调了死亡主题,并探索了它的实现,即,纵使具有最伟大的成就和力量,人还是无力抗拒死亡。因此,在最后的分析中,吉尔伽美什也必须与他的本性达成协议,学会死亡,因为他既是一个人也是一位神,且因为这两个身份,他将经历到"失去",并将死亡。

(载《美国东方学会杂志》[Journal of the American Oriental Society]2001年第4期)

2. 邱紫华:《〈吉尔伽美什〉的哲学美学解读》(节选)

……吉尔伽美什是"神人"同体,即"他三分之二是神,三分之一是人",这就为赞美或歌颂他的超常性或神异性找到依据。其次,他是善恶同体,这表现为民众对他的尊敬爱戴与对他的憎恨诅咒兼具。吉尔伽美什是国王,"他修筑起拥有环城的乌鲁克的城墙",他是"乌鲁克城的保护人",民众盛赞他"强悍、聪颖、秀逸","他手执武器的气概无人可比"。但是,民众又极端地憎恨他,指责他"不给父亲们保留儿子","不给母亲们保留闺女,即便是武士的女儿,贵族的爱妻",这是民众对奴隶制社会专制王权的憎恶和控诉。史诗这样描写:"人们在议事厅定下了一条规矩:拥有广场的乌鲁克王,为娶亲他设了鼓,随心所欲;连那些已婚的妇女,他也要染指,他是第一个,丈夫却居其次。这样定下来,是按诸神的意旨,而对他这样授意,是在切断脐带的同时。"民众憎恨他说:"日日夜夜,他的残暴从不敛息。"

(载《外国文学评论》2000年第3期)

3. 蔡茂松:《吉尔伽美什是英雄,不是太阳》(节选)

从吉尔伽美什的经历和其性格特征的展示可以看出,吉尔伽美什的英雄特征带有时代文化的特殊性。在处于人类文化发展初期的神话时代,产生的是人与自然(神)浑然一体的神话,神是神话的主角,人是匍匐于神脚下的被动物。当人类的主体意识开始觉醒,察觉到可以凭自己的力量改造自然、造福人类时,便会产生变换主角的愿望,半人半神的英雄人物作为从神向人演变的带有过渡性质的文学形象,就是这种愿望的产物,吉尔伽美什正是这种新型形象的代表。吉尔伽美什是世界文学史上最早将神从主角的地位上置换下来并使之成为配角的艺术典型,它的不可替代性正在于此。它同欧洲中世纪英雄史诗中的贝奥武甫等艺术典型有着很大区别。吉尔伽美什的英雄性格中所含有的时代文化的特殊性,同古希腊神话中的赫拉克勒斯以及中国神话中的后羿所体现的时代文化的特殊性却有着某种相同之处。

(载《外国文学评论》2000年第3期)

三、《一千零一夜》中讲故事的哲学意义

提示:《一千零一夜》是一部民间故事集,在某种程度上可以说,它是中世纪阿拉伯人民认识世界、认识自我的一种方式,他们通过讲故事安顿心灵、提供希望、阐释世界。尤其有意味的是,故事中每每到主人公面临危难时,就迫不及待地需要讲故事,越危险时就需要越神奇的故事。想想讲故事本身的哲学意义到底是什么。

1. 高小康:《山鲁佐德的智慧——人为什么要讲故事》(节选)

其实,山鲁佐德的故事本身就是一种象征。故事中的国王山鲁亚尔对于山鲁佐德来说,象征着自己的命运——即将临头的死亡。从山鲁佐德进宫之时起,山鲁亚尔便如一柄在她头上等待着随时落下的悬剑。故事中山鲁佐德公主的一切努力都设法推拒和延宕死神的到来。有趣的是,她延宕生命的方式是讲故事。靠着故事意义的插入,她才得以一次次地推开了死神,生存下去。山鲁佐德的智慧是人类生存智慧的一个缩影。

人类的讲故事活动,说到底就是在由自然命运制约下的生存过程中插入意义的活动。

(高小康:《人与故事》,北京:东方出版社1993年版,第20页)

2. 刘安军:《生命在话语中延宕——山鲁佐德叙事话语分析》(节选)

……如果山鲁佐德的叙述停止了,那么她的话语也就变成了沉默,沉默就是死亡。但山鲁佐德的话语却一直持续着,在这种持续的话语之中生命在延宕,于是生命被悬置在话语之中。这样就造成了叙事的紧张感,话语只能在小心谨慎的选择中进行。

……

如果我们再细读本文,发现叙事话语对知识话语的借用,早就预设在结构当中。叙事中知识话语这一表象系统,其实构成了隐形话语的谎言系统。山鲁佐德话语的隐形、渗透、拆解、颠覆的特性常常隐伏于知识话语默认的超现实、超人力量的背后。通过借用,谎言在山鲁亚尔的视野中自由地往来。语言成了山鲁佐德延宕生命的一场游戏。

(载《郑州大学学报》[哲学社会科学版]1998年第4期)

3. 杰拉德·普林斯(Gerald Prince):《叙事中的读者与听者》(节译)

《一千零一夜》是一个讲故事需要一个人物作为听者的好例子。山鲁佐德为了不死而被迫讲故事,因为,只要她能掌握山鲁亚尔的注意力,她就将不会被处死。显然,讲述的连续性不仅依靠女主人公的创造和叙述能力,而且依靠山鲁亚尔作为听者的角色。若是他厌倦了山鲁佐德的故事,停止扮演听者,女主人公就将被杀死,故事就将结束。

(*Neophilologus*,volume 55,Number 1,December 1971)

四、帕慕克小说的文化与文明观

提示:诺贝尔委员会在给帕慕克的颁奖辞中说:"帕慕克在追求他故乡忧郁的灵魂时,发现了文明之间的冲突和交错的新象征。"这充分显示了他的作品在探索东西方文明发展关系上的重要贡献。实际上,几乎他所有的作品都有对东西方两种文明的审视。正如他自己所说:"在我所有的小说中,都有一场东方与西方的交会。"

1. 厄达·戈克纳尔(Erdağ Göknar):《奥尔罕·帕慕克与"土耳其民族"主题》(节译)

奥尔罕·帕慕克的每一部长篇小说都包含着对特定土耳其历史语境下的不稳定身份的再现。……帕慕克在他的作品中反复回到作为主乐调的历史,聚焦在四个主要领域:欧洲语境下的土耳其历史,从土耳其帝国到现代中东的过渡,20世纪初期的凯末尔主义文化革命,以及所有三者给予当今土耳其的遗产。

……

奥尔罕·帕慕克不仅质疑土耳其主义者在其各种宣言中的世俗民族主义(土耳其主义)的元叙事,而且还彻底介入查问民族变革的可能性。这在他对土耳其民族历史的再现中最为明显,这种再现广泛地包含了大量世俗的民族禁忌,它们当中包括多种族、多语制、世界大同主义、宗教和同性恋。帕慕克依然不是对首字母大写的历史感兴趣;他感兴趣的毋宁说是作家对想象空间的追求。

(*World Literature Today*, Vol. 80, No. 6, 2006)

2. 贝拉克齐肯、朗道尔(Aylin Bayrakceken and Don Randall): 《东西方的相遇:奥尔罕·帕慕克的伊斯坦布尔视域》(节译)

就帕慕克对伊斯坦布尔作为一个打破东西方关系既定范式的文化地点的感受而言,《白色城堡》是一个主题文本;对作者位置的清晰而简洁的勾勒,通过一系列身份实验而成型。

……

小说的核心是伊斯坦布尔的鼠疫危机,它造成了笼罩全城的恐怖,并显而易见地加剧了霍加和意大利奴隶之间的身份认同游戏。由于鼠疫恐怖现在为他们自己和彼此的视野提供了主要的方向角度,土耳其主人和欧洲奴隶实施了对各自宣称的明确的个体和文化身份的第一次真正决裂。由于彼此被对方的命令式诉求所激怒,一个自我发现与自我重新创造的双重过程现在随着自我的双重丧失而成形。

(*Critique: Studies in Contemporary Fiction*, Vol.46, Issue 3, 2005, http://www.tandfonline.com/loi/vcrt20)

3. 王振军:《东方和西方都是真主的——论〈我的名字叫红〉的意识形态叙事》(节选)

小说揭示的主题之一是文化冲突:一方面,文本在繁复的细密画历史抒写中隐含了"安拉式"观察世界的方式;另一方面,以威尼斯画风强调了个人化观察世界的方式。不过更为重要的是,具有全球目光的帕慕克又通过不可靠叙事解构了"安拉式视角"和"欧洲中心论",表达了对文化冲突中两种文化命运的哲理性思考。

(载《外国文学》2009 年第 4 期)

4. 穆宏燕:《在卡夫山上追寻自我—— 奥尔罕·帕慕克的〈黑书〉解读》(节选)

……《黑书》的真正主人公是伊斯坦布尔这座古老的城市,土耳其民族的辉煌与屈辱都浓缩在这座城市中。……正因为她的失落,现代土耳其人才不由自主地踏上了"做他人"——亦步亦趋地效法西方——的命运。

……在接下来的全面西化进程中,伊斯坦布尔这座曾长期代表伊斯兰世界与西方基督教世界对峙的桥头堡,被强行纳入西方的发展秩序中,整座城市的面貌在急于"画虎类犬地模仿西方城市"的过程中变得面目全非。……

……

作为个体的人，卡利普在经历卡夫山之旅之后，最终获得了"我即凤凰"的觉悟，重新找到了自我……然而，土耳其民族在现代"做西方人"的追寻之旅中又是否能够重新找到自我，寻回自己的身份，觉悟到"我即凤凰"并重建自己失落的文化传统？……帕慕克并不持乐观态度，小说最后写道："伊斯坦布尔，一如我的读者所知，将继续生活在悲惨之中"……"只能顺从地听天由命，安静地等待生命终结的时刻"，只能绝望地眼睁睁地等着"博斯普鲁斯海峡干涸的那天"。

（载《国外文学》2008 年第 2 期）

【拓展指南】

一、重要研究资料简介

1. 仲跻昆：《阿拉伯文学通史》，南京：译林出版社 2010 年版。

简介：该书是我国第一部阿拉伯文学通史著作，八十余万字，分为阿拉伯古代文学和现代文学两卷。上卷主要遵循历史线索，全面论述了自蒙昧时期、伊斯兰时期、伍麦叶王朝、阿拔斯王朝、后伍麦叶王朝直至近古衰微时期的古代阿拉伯文学发展历程。下卷叙述现代阿拉伯文学，先做总论，再分述阿拉伯各国文学，包括 19 世纪初至今约 20 个阿拉伯国家；在叙述国别文学时，又依据诗歌、散文、小说等不同文体，分别对其发展流变以及主要流派、作家、诗人和作品做了全面的分析介绍。

2. 〔美〕爱德华·萨义德：《东方学》，王宇根译，北京：三联书店 2007 年版。

简介：该书是美国著名学者、批评家爱德华·萨义德的理论代表作，也是后殖民主义文化批判的经典著作。它通过对于大量材料的具体分析和研究，系统地批判了西方 19 世纪建构起来的有关东方的学术话语中所包含着的强烈的西方中心主义偏见，对于西方长期以来对于东方的刻板而扭曲的凭空想象给予了深刻的反思，为我们理解和研究西亚、中东文学和文化提供了新视角，并在方法论上富有启迪意义。

3. 郅溥浩：《神话与现实——〈一千零一夜〉论》，北京：社会科学文献出版社 1997 年版。

简介：该书是我国知名的阿拉伯文学专家对《一千零一夜》的专论，视野宏阔，见解独到，尤其是把《一千零一夜》纳入与中国古代的章回小说、"三言""二拍"等小说的比较视野中，更能够把握其独特性和普遍性。该书还论述了《一千零一夜》中的商人生活描写、性主题、故事类型、印度母题等重要问题。

4. 〔土耳其〕帕慕克、陈众议等：《帕慕克在十字路口》，上海：上海三联书店 2009 年版。

简介：该书主要包括帕慕克来我国学术访问期间的演讲录和国内学者对其作品的解读，对理解帕慕克及其创作有重要的参考价值。

二、其他重要研究资料索引

1. 拱玉书：《日出东方——苏美尔文明探秘》，昆明：云南人民出版社 2001 年版。

2.〔德〕狄兹·奥托·爱扎德:《吉尔伽美什史诗的流传演变》,拱玉书等译,《国外文学》2000年第1期。
3. 刘洪一:《犹太文化要义》,北京:商务印书馆2006年版。
4. 梁工、赵复兴:《凤凰的再生——希腊化时期的犹太文学研究》,北京:商务印书馆2000年版。
5. 刘意青:《〈圣经〉的文学阐释——理论与实践》,北京:北京大学出版社2004年版。
6. 游斌:《希伯来圣经的文本、历史与思想世界》,北京:宗教文化出版社2007年版。
7.〔埃及〕艾哈迈德·爱敏:《阿拉伯—伊斯兰文化史》(全八册),纳忠等译,北京:商务印书馆1982年版。
8. 张鸿年:《波斯文学史》,北京:昆仑出版社2004年版。
9. 李荣建:《阿拉伯文化与西欧文艺复兴》,北京:人民日报出版社2005年版。
10. 仲跻昆:《阿拉伯现代文学史》,北京:昆仑出版社2001年版。
11.〔以色列〕谢克德:《现代希伯来小说史》,钟志清译,北京:商务印书馆2009年版。
12. 李琛:《阿拉伯现代文学与神秘主义》,北京:社会科学文献出版社2000年版。
13.〔黎巴嫩〕努埃曼:《纪伯伦传》,程静芬译,长沙:湖南人民出版社1986年版。
14. 甘丽娟:《纪伯伦在中国》,北京:中国社会科学出版社2011年版。

附　录　主要作家作品名称中英文对照表

A

阿达莫夫(Arthur Adamov, 1908—1970)
　《大小演习》(The Grand and Small Manoeuvre)
　《一切人反对一切人》(All against all)
　《泰拉纳教授》(Professor Taranne)
　《弹子球机器》(Ping Pong)
阿尔比(Edward Albee, 1928—　)
　《动物园的故事》(The Zoo Story)
　《谁惧怕弗吉尼亚·伍尔芙?》(Who's Afraid of Virginia Woolf?)
阿里奥斯托(Ludovico Ariosto, 1474—1533)
　《疯狂的奥兰多》(Orlando Furioso)
阿里斯托芬(Aristophanes, 446—386 BC)
　《阿卡奈人》(The Acharnians)
　《鸟》(The Birds)
　《云》(The Clouds)
　《蛙》(The Frogs)
　《黎西斯特拉达》(Lysistrata)
　《骑士》(The Knights)
　《马蜂》(The Wasps)
　《公民大会妇女》(The Assemblywomen)
阿普列尤斯(Lucius Apuleius, ca125—ca180)
　《金驴记》(The Golden Ass)
阿契贝(Chinua Achebe, 1930—　)
　《瓦解》(Things Fall Apart)

阿斯图里亚斯(Miguel Angel Asturias, 1899—1974)
　《危地马拉的传说》(Legends of Guatemala)
　《总统先生》(The President)
　《玉米人》(Men of Maize)
埃里森(Ralph Ellison, 1914—1994)
　《无形人》(Invisible Man)
埃斯库罗斯(Aeschylus, 525—456 BC)
　《被缚的普罗米修斯》(Prometheus Bound)
　《阿伽门农》(Agamemnon)
　《奠酒人》(The Libation Bearers)
　《报仇神》(The Eumenides)
　《波斯人》(The Persians)
　《七雄攻忒拜》(Seven against Thebes)
　《乞援人》(The Suppliants)
艾柯(Umberto Eco, 1932—　)
　《玫瑰之名》(The Name of the Rose)
　《傅科摆》(Foucault's Pendulum)
　《波多里诺》(Baudolino)
艾略特(T. S. Eliot, 1888—1965)
　《J. 阿尔弗瑞德·普鲁弗洛克的情歌》(The Love Song of J. Alfred Prufrock)
　《空心人》(The Hollow Men)
　《圣灰星期三》(Ash Wednesday)
　《荒原》(The Waste Land)
　《四个四重奏》(Four Quartets)

《大教堂谋杀案》(Murder in the Cathedral)

艾米莉·勃朗特(Emily Bronte, 1818—1848)

《呼啸山庄》(The Wuthering Heights)

艾特玛托夫(Chinghiz Aitmatov, 1928—2008)

《白轮船》(The White Steamboat)

《一日长于百年》(The Day Lasts More Than a Hundred Years)

《断头台》(The Scaffold)

爱默生(Ralph Waldo Emerson, 1803—1882)

《论自然》(Nature)

安德烈耶夫(Leonid Andreyev, 1871—1919)

《红笑》(The Red Laugh)

《七个绞刑犯的故事》(The Seven Who Were Hanged)

《人的一生》(The Life of Man)

安纳德(Mulk Raj Anand, 1905—2004)

《不可接触的贱民》(Untouchable)

《苦力》(Coolie)

《晨容》(Morning Face)

《村庄》(The Village)

《剑与镰》(The Sword and the Sickle)

《一个印度王公的自白》(The Private Life of an Indian Prince)

《黑水洋彼岸》(Across the Black Waters)

安徒生(Hans Christian Andersen, 1805—1875)

《卖火柴的小女孩》(The Little Match Girl)

《丑小鸭》(The Ugly Duckling)

《皇帝的新装》(The Emperor's New Clothes)

奥尼尔(Eugene O'Neill, 1888—1953)

《毛猿》(The Hairy Ape)

《琼斯皇》(The Emperor Jones)

奥斯本(John Osborne, 1929—1994)

《愤怒的回顾》(Look Back in Anger)

奥斯特洛夫斯基(Aleksandr Ostrovsky, 1823—1886)

《大雷雨》(The Storm)

奥威尔(George Orwell, 1903—1950)

《动物庄园》(Animal Farm)

《1984》(1984)

奥维德(Ovid, 43 BC—18 AD)

《变形记》(Metamorphoses)

《爱的艺术》(The Art of Love)

B

巴别尔(Isaac Babel, 1894—1940)

《骑兵军》(Red Cavalry)

巴恩斯(Julian Barnes, 1946—)

《福楼拜的鹦鹉》(Flaubert's Parrot)

《十又二分之一章世界史》(A History of the World in 10½ Chapters)

巴尔扎克(Honoré de Balzac, 1799—1850)

《高老头》(Old Goriot)

《欧也妮·葛朗台》(Eugénie Grandet)

《驴皮记》(The Wild Ass's Skin)

《贝姨》(Cousin Bette)

《邦斯舅舅》(Cousin Pons)

《交际花盛衰记》(A Harlot High and Low)

《夏倍上校》(Colonel Chabert)

《农民》(Sons of the Soil)

《幻灭》(Lost Illusions)

巴思(John Barth, 1930—)

《烟草经纪人》(The Sot-Weed Factor)

《牧羊童贾尔斯》(Giles Goat-Boy)

拜伦(George Gordon Byron,1788—1824)
《异教徒》(The Giaour)
《阿比多斯的新娘》(The Bride of Abydos)
《海盗》(The Corsair)
《恰尔德·哈洛尔德游记》(Childe Harold's Pilgrimage)
《唐璜》(Don Juan)
《曼弗瑞德》(Manfred)
班扬(John Bunyan,1628—1688)
《天路历程》(The Pilgrim's Progress)
贝克特(Samuel Beckett,1906—1989)
《莫菲》(Murphy)
《瓦特》(Watt)
《莫洛伊》(Molloy)
《马洛纳之死》(Malone Dies)
《无名者》(The Unnamable)
《等待戈多》(Waiting for Godot)
《终局》(Endgame)
《美好的日子》(Happy Days)
贝娄(Saul Bellow,1915—2005)
《赫索格》(Herzog)
《洪堡的礼物》(Humbolt's Gift)
《只争朝夕》(Seize the Day)
《奥吉·玛琪历险记》(The Adventures of Augie March)
比昂逊(Bjørnstjerne Bjørnson,1832—1910)
《破产》(The Bankrupt)
《挑战的手套》(A Gauntlet)
彼特拉克(Francesco Petrarch,1304—1374)
《歌集》(Lyric Poems)
毕希纳(Georg Büchner,1813—1837)
《丹东之死》(Danton's Death)
《沃伊采克》(Woyzeck)
波德莱尔(Charles Baudelaire,1821—1867)
《恶之花》(Flowers of Evil)
波伏娃(Simone de Beauvoir,1908—1986)
《女宾》(She Came to Stay)
《他人的血》(The Blood of Others)
《人都是要死的》(All Men are Mortal)
博尔赫斯(Jorge Louis Borges,1899—1986)
《巴比伦彩票》(The Lottery in Babylon)
《小径分叉的花园》(The Garden of Forking Paths)
《特隆、乌克巴尔、奥比斯·特蒂乌斯》(Tlön, Uqbar, Orbis Tertius)
博马舍(Pierre Beaumarchais,1732—1799)
《塞维勒的理发师》(The Barber of Seville)
《费加罗的婚姻》(The Marriage of Figaro)
薄伽丘(Giovanni Boccaccio,1313—1375)
《十日谈》(The Decameron)
《菲亚美达的哀歌》(The Elegy of Lady Fiammetta)
布尔加科夫(Mikhail Bulgakov,1891—1940)
《大师和玛格丽特》(The Master and Margarita)
《白卫军》(The White Guard)
《孽卵》(The Fatal Eggs)
《狗心》(Heart of a Dog)
布莱克(William Blake,1757—1827)
《天真之歌》(Songs of Innocence)
《经验之歌》(Songs of Experience)
布莱希特(Bertolt Brecht,1898—1956)
《三角钱歌剧》(The Threepenny Opera)
《四川好人》(The Good Woman of Setzuan)
《大胆妈妈和她的孩子们》(Mother

Courage and Her Children)
《伽利略传》(Galileo)
《高加索灰阑记》(The Caucasian Chalk Circle)
布勒东(Andre Breton, 1896—1966)
《磁场》(The Magnetic Fields)
《娜嘉》(Nadja)
《超现实主义宣言》(Manifestoes of Surrealism)
布洛赫(Hermann Broch, 1886—1951)
《梦游者》(The Sleepwalkers)
《维吉尔之死》(The Death of Virgil)
布宁(Ivan Bunin, 1870—1953)
《乡村》(The Village)
《阿尔谢尼耶夫的一生》(The Life of Arseniev)
《米佳的爱情》(Mitya's Love)
布瓦洛(Nicolas Boileau, 1636—1711)
《诗艺》(The Art of Poetry)

C

策兰(Paul Celan, 1920—1970)
《死亡赋格》(Death Fugue)
车尔尼雪夫斯基(Nikolai Chernyshevsky, 1828—1889)
《怎么办?》(What Is to Be Done?)
川端康成(Yasunari Kawabata, 1899—1972)
《雪国》(Snow Country)
《千只鹤》(Thousand Cranes)
《睡美人》(The Sleeping Beauty)
《古都》(The Old Capital)
茨威格(Stefan Zweig, 1881—1942)
《一个陌生女人的来信》(Letter from an Unknown Woman,)
《一个女人一生中的二十四小时》(Twenty-Four Hours in the Life of a Woman)
《象棋的故事》(Chess Story)

D

大江健三郎(Oe Kenzaburo, 1935—)
《饲育》(The Catch)
《个人的体验》(A Personal Matter)
《广岛札记》(Hiroshima Notes)
《万延元年的足球队》(The Silent Cry)
但丁(Dante Alighieri, 1265—1321)
《神曲》(The Divine Comedy)
《新生》(The New Life)
德莱顿(John Dryden, 1631—1700)
《论戏剧诗》(An Essay of Dramatic Poesy)
德莱塞(Theodore Dreiser, 1871—1945)
《嘉莉妹妹》(Sister Carrie)
《美国悲剧》(An American Tragedy)
狄德罗(Denis Diderot, 1713—1784)
《拉摩的侄儿》(Rameau's Nephew)
《宿命论者雅克》(Jacques the Fatalist and His Master)
《修女》(The Nun)
狄更斯(Charles Dickens, 1812—1870)
《匹克威克外传》(The Pickwick Papers)
《雾都孤儿》(Oliver Twist)
《老古玩店》(The Old Curiosity Shop)
《董贝父子》(Dombey and Son)
《大卫·科波菲尔》(David Copperfield)
《荒凉山庄》(Bleak House)
《艰难时世》(Hard Times)
《小杜丽》(Little Dorrit)
《双城记》(A Tale of Two Cities)
《远大前程》(Great Expectations)
笛福(Daniel Defoe, 1660—1731)

《鲁滨逊飘流记》(Robinson Crusoe)
《摩尔·弗兰德斯》(Moll Flanders)
都德(Alphonse Daudet, 1840—1897)
　《小东西》(Little What's-His-Name)
杜伽尔(Roger Martin du Gard, 1881—1957)
　《蒂博一家》(The Thibaults)
杜拉斯(Marguerite Duras, 1914—1996)
　《广场》(The Square)
　《劳儿之劫》(The Ravishing of Lol Stein)
　《爱》(Love)
　《情人》(The Lover)
杜立特尔(Hilda Doolittle, 1886—1961)
　《林泽仙女》(Oread)
多恩(John Donne, 1572—1631)
　《跳蚤》(Flea)
　《离别辞：节哀》(A Valediction: Forbidding Mourning)
多丽丝·莱辛(Doris Lessing, 1919—2013)
　《金色笔记》(The Golden Notebook)

E

厄普代克(John Updike, 1932—2009)
　《兔子, 快跑》(Rabbit, Run)
　《兔子归来》(Rabbit Redux)
　《兔子富了》(Rabbit Is Rich)
　《兔子歇了》(Rabbit at Rest)
　《记忆中的兔子》(Rabbit Remembered)

F

法朗士(Anatole France, 1844—1924)
　《企鹅岛》(Penguin Island)
　《诸神渴了》(The Gods Are Athirst)
菲尔丁(Henry Fielding, 1707—1754)
　《弃儿汤姆·琼斯传》(The History of Tom Jones, a Foundling)

《约瑟夫·安德鲁斯传》(Joseph Andrews)
《大伟人江奈生·魏尔德传》(The Life of Mr. Jonathan Wild the Great)
菲尔多西(Ferdowsi, 940—1020)
　《列王纪》(Book of Kings)
菲利普·罗斯(Philip Roth, 1933—　)
　《再见吧, 哥伦布》(Goodbye, Columbus)
　《波特诺的怨诉》(Portnoy's Complaint)
　《鬼退场》(Exit Ghost)
　《美国牧歌》(American Pastoral)
菲兹杰拉德(Francis Scott Fitzgerald, 1896—1940)
　《了不起的盖茨比》(The Great Gatsby)
冯尼格特(Kurt Vonnegut, 1922—　)
　《第五号屠场》(Slaughter-house Five)
　《猫的摇篮》(Cat's Cradle)
冯塔纳(Theodor Fontane, 1819—1898)
　《艾菲·布里斯特》(Effi Briest)
伏尔泰(Voltaire, 1694—1778)
　《查第格》(Zadig)
　《老实人》(Candide)
　《天真汉》(The Simple Fellow)
福尔斯(John Fowles, 1926—　)
　《法国中尉的女人》(The French Lieutenant's Woman)
福克纳(William Faulkner, 1897—1960)
　《喧哗与骚动》(The Sound and the Fury)
　《我弥留之际》(As I Lay Dying)
　《圣殿》(Sanctuary)
　《八月之光》(Light in August)
　《押沙龙！伊沙龙！》(Absalom! Absalom!)
福楼拜(Gustave Flaubert, 1821—1880)
　《包法利夫人》(Madame Bovary)
　《情感教育》(Sentimental Education)

《圣安东尼的诱惑》(The Temptation of Saint Anthony)
《萨朗波》(Salammbo)
福斯特(Edward Morgan Forster, 1879—1970)
《霍华德庄园》(Howards End)
《印度之旅》(A Passage to India)
富恩特斯(Carlos Fuentes, 1928—   )
《最明净的地区》(Where the Air Is Clear)
《阿尔特米奥·克鲁斯之死》(The Death of Artemio Cruz)
《换皮》(A Change of Skin)
《我们的土地》(Terra Nostra)

G

盖斯凯尔夫人(Elizabeth Gaskell, 1810—1865)
《玛丽·巴顿》(Mary Barton)
冈察洛夫(Alexandrovich Goncharov, 1812—1891)
《奥勃罗摩夫》(Oblomov)
高尔基(Maxim Gorky, 1868—1936)
《母亲》(The Mother)
《童年》(My Childhood)
《在人间》(In the World)
《我的大学》(My Universities)
《克里姆·萨姆金的一生》(Life of Klim Samgin)
高尔斯华绥(John Galsworthy, 1867—1933)
《福尔赛世家》(The Forsyte Saga)
高乃依(Pierre Corneille, 1606—1684)
《熙德》(The Cid)
《贺拉斯》(Horace)
《西拿》(Cinna)
《波里厄克特》(Polyeucte)

戈迪默(Nadine Gordimer, 1923—   )
《陌生人的世界》(A World of Strangers)
《爱的时节》(Occasion for Loving)
《失落的资产阶级世界》(The Late Bourgeois World)
《贵宾》(A Guest of Honour)
《自然资源保护论者》(The Conservationist)
《伯格的女儿》(Burger's Daughter)
戈蒂耶(Théophile Gautier, 1811—1872)
《珐琅与雕玉》(Enamels and Cameos)
戈尔丁(William Golding, 1911—1993)
《蝇王》(Lord of the Flies)
歌德(Johann Wolfgang von Goethe, 1749—1832)
《浮士德》(Faust)
《少年维特之烦恼》(The Sorrows of Young Werther)
《陶里斯岛的伊菲格尼》(Iphigenie in Tauris)
《亲和力》(Elective Affinities)
《威廉·迈斯特的学习时代》(Wilhelm Meister's Apprenticeship)
《威廉·迈斯特的漫游时代》(Wilhelm Meister's Years of Wandering)
格拉斯(Günter Grass, 1927—   )
《铁皮鼓》(The Tin Drum)
《比目鱼》(The Flounder)
《母鼠》(The Rat)
格雷(Thomas Gray, 1716—1771)
《墓园哀歌》(Elegy Written in a Country Churchyard)
格里美豪森(H. J. C. von Grimmelshausen, 1622—1676)
《痴儿西木传》(Simplicissimus)
格林(Graham Greene, 1904—1991)

《布莱顿硬糖》(Brighton Rock)
《权力与荣耀》(The Power and the Glory)
《问题的核心》(The Heart of the Matter)
龚古尔兄弟(Edmond de Goncourt, 1822—1896; Jules de Goncourt, 1830—1870)
《杰尔曼妮·拉瑟朵》(Germanie Lacerteux)
贡布罗维奇(Witold Gombrowicz, 1904—1969)
《费尔迪杜凯》(Ferdydurke)
《春宫画》(Pornography)
《宇宙》(Cosmos)
果戈理(Nikolai Gogol, 1809—1852)
《死魂灵》(Dead Souls)
《钦差大臣》(The Government Inspector)

H

哈代(Thomas Hardy, 1840—1928)
《远离尘嚣》(Far From the Madding Crowd)
《还乡》(The Return of the Native)
《无名的裘德》(Jude the Obscure)
《卡斯特桥市长》(The Mayor of Casterbridge)
《林居人》(The Woodlanders)
《德伯家的苔丝》(Tess of the D'Urbervilles)
海勒(Joseph Heller, 1923—1999)
《第22条军规》(Catch-22)
《出了毛病》(Something Happened)
海明威(Ernest Hemingway, 1899—1961)
《太阳照样升起》(The Sun Also Rises)
《永别了,武器》(A Farewell to Arms)
《丧钟为谁而鸣》(For Whom the Bell Tolls)
《老人与海》(The Old Man and the Sea)

《乞力马扎罗的雪》(The Snows of Kilimanjaro)
海涅(Heinrich Heine, 1797—1856)
《论浪漫派》(The Romantic School)
《德国,一个冬天的童话》(Deutschland: A Tale in Winter)
海亚姆(Omar Khayyám, 1048—1122)
《鲁拜集》(Rubaiyat)
荷尔德林(Friedrich Holderlin, 1770—1843)
《许佩里翁》(Hyperion)
《恩培多克勒斯之死》(The Death of Empedocles)
《面包和酒》(Bread and Wine)
《帕特摩斯》(Patmos)
荷马(Homer, about the 9th-8th century BC)
《伊利亚特》(The Iliad)
《奥德赛》(The Odyssey)
贺拉斯(Horace, 65—8 BC)
《歌集》(Odes)
《诗艺》(The Art Of Poetry)
赫达亚特(Sadegh Hedayat, 1903—1951)
《盲枭》(The Blind Owl)
《哈吉老爷》(Haji Aqa)
赫西俄德(Hesiod, the 8th -the 7th century BC)
《工作与时日》(Works and Days)
《神谱》(Theogony)
赫胥黎(Aldous Leonard Huxley, 1894—1963)
《美丽新世界》(Brave New World)
黑塞(Hermann Hesse, 1877—1962)
《悉达多》(Siddhartha)
《荒原狼》(Steppenwolf)
《纳尔齐斯与歌尔德蒙》(Narcissus and Goldmund)

《玻璃珠游戏》(The Glass Bead Game)
亨利希·曼(Heinrich Mann, 1871—1950)
　《垃圾教授》(Professor Unrat)
　《臣仆》(The Loyal Subject)
华尔浦尔(Horace Walpole, 1717—1797)
　《奥特朗托城堡》(The Castle of Otranto)
华兹华斯(William Wordsworth, 1770—1850)
　《序曲》(The Prelude)
　《漫游》(Excursion)
　《毁了的茅舍》(The Ruined Cottage)
　《不朽颂》(Ode: Intimation of Immortality)
　《丁登寺》(Tintern Abbey)
　《诗集》(Poems)
惠特曼(Walt Whitman, 1819—1892)
　《草叶集》(Leaves of Grass)
霍夫曼(E. T. A. Hoffmann, 1776—1822)
　《金罐》(The Golden Pot)
　《沙人》(Sandman)
　《跳蚤师傅》(Master Flea)
　《魔鬼的万灵药水》(The Devil's Elixir)
　《雄猫穆尔的生活观》(Opinions of the Tomcat Murr)
霍桑(Nathaniel Hawthorne, 1804—1864)
　《我的堂伯莫里纳上校》(My Kinsman Major Molineux)
　《罗杰·马尔文的葬礼》(Roger Malvin's Burial)
　《教长的黑面纱》(The Minister's Black Veil)
　《好小伙布朗》(Young Goodman Brown)
　《红字》(The Scarlet Letter)
　《七个尖角阁的房子》(The House of the Seven Gables)
　《玉石人像》(The Marble Faun)

J

纪伯伦(Khalil Gibran, 1883—1931)
　《折断的翅膀》(The Broken Wings)
　《先知》(The Prophet)
纪德(Andre Gide, 1869—1951)
　《伪币制造者》(The Counterfeiters)
济慈(John Keats, 1795—1821)
　《夜莺颂》(Ode to a Nightingale)
　《希腊古瓮颂》(Ode on a Grecian Urn)
　《致秋天》(To Autumn)
　《恩底弥翁》(Endymion)
迦梨陀娑(Kalidasa, about the 4th Century)
　《沙恭达罗》(Sakuntala)
加缪(Albert Camus, 1913—1960)
　《局外人》(The Stranger)
　《鼠疫》(The Plague)
　《堕落》(The Fall)
　《卡利古拉》(Caligula)
　《西西弗斯神话》(The Myth of Sisyphus)
贾梅士(Luis de Camoes, 1524—1580)
　《路济塔尼亚人之歌》(The Lusiads)
贾希兹(al-Jāhiz, 775—868)
　《动物志》(Book of Animals)
杰克·伦敦(Jack London, 1876—1916)
　《马丁·伊登》(Martin Eden)
　《野性的呼唤》(The Call of the Wild)
　《白牙》(White Fang)
　《铁蹄》(The Iron Heel)
芥川龙之介(Akutagawa Ryunosuke, 1892—1927)
　《罗生门》(Rashomon)
　《鼻子》(The Nose)
　《地狱变》(Hell Screen)
金斯堡(Allen Ginsberg, 1926—1997)
　《嚎叫》(Howl)

金斯利·艾米斯(Kingsley Amis, 1922—1995)
《幸运的吉姆》(Lucky Jim)

K

卡尔德隆(Pedra Calderón de la Barca, 1600—1681)
《人生如梦》(Life is a Dream)
卡尔维诺(Italo Calvino, 1923—1985)
《树上的男爵》(The Baron in the Trees)
《分成两半的子爵》(The Cloven Viscount)
《不存在的骑士》(The Nonexistent Knight)
《看不见的城市》(Invisible Cities)
《寒冬夜行人》(If on a Winter's Night a Traveler)
卡夫卡(Franz Kafka, 1883—1924)
《变形记》(The Metamorphosis)
《诉讼》(The Trial)
《城堡》(The Castle)
《美国》(Amerika)
《在流刑营》(In the Penal Colony)
《饥饿艺术家》(The Hunger Artist)
《乡村医生》(A Country Doctor)
卡彭铁尔(Alejo Carpentier, 1904—1980)
《这个世界的王国》(The Kingdom of This World)
凯德蒙(Caedmon, about the 7th century)
《凯德蒙组诗》(Cædmon's Hymn)
凯鲁亚克(Jack Kerouac, 1922—1969)
《在路上》(On the Road)
康拉德(Joseph Conrad, 1857—1924)
《水仙号上的黑家伙》(The Nigger of the "Narcissus")
《吉姆老爷》(Lord Jim)
《黑暗的心》(Heart of Darkness)
《间谍》(The Secret Agent)
柯勒律治(Samuel Taylor Coleridge, 1772—1834)
《古舟子咏》(The Rime of the Ancient Mariner)
《忽必烈汗》(Kubla Khan)
科塔萨尔(Julio Cortázar, 1914—1984)
《跳房子》(Hopscotch)
克莱恩(Stephen Crane, 1871—1900)
《街头女郎梅季》(Maggie: A Girl of the Streets)
《红色英勇勋章》(The Red Badge of Courage)
克莱齐奥(Jean-Marie Gustave Le Clézio, 1940—)
《诉讼笔录》(The Interrogation)
《沙漠》(Desert)
库柏(James Fennimore Cooper, 1789—1851)
《皮袜子故事集》(Leather Stocking Tales)
库普林(Aleksandr Kuprin, 1870—1838)
《决斗》(The Duel)
《亚玛街》(Yama: The Pit)
昆德拉(Milan Kundera, 1929—)
《玩笑》(The Joke)
《告别的圆舞曲》(The Farewell Waltz)
《生活在别处》(Life Is Elsewhere)
《笑忘录》(The Book of Laughter and Forgetting)
《不能承受的生命之轻》(The Unbearable Lightness of Being)
《不朽》(Immortality)
《慢》(Slowness)
《身份》(Identity)

《无知》(Ignorance)

L

拉伯雷(François Rabelais, ca 1494—1553)
  《巨人传》(Gargantua and Pantagruel)
拉德克利夫(Ann Radcliffe, 1764—1826)
  《尤道弗的神秘事迹》(The Mysteries of Udolph)
拉法耶特夫人(Madeleine de La Fayette, 1634—1693)
  《克莱芙王妃》(The Princess of Cleves)
拉封丹(Jean de la Fontaine, 1621—1695)
  《寓言诗》(Fables)
拉什迪(Salman Rushdie, 1947—)
  《格利姆斯》(Grimus)
  《午夜之子》(Midnight's Children)
  《羞耻》(Shame)
  《撒旦诗篇》(The Satanic Verses)
  《摩尔人的最后叹息》(The Moor's Last Sigh)
  《佛罗伦萨妖女》(The Enchantress of Florence)
拉辛(Jean Racine, 1639—1699)
  《安德洛玛克》(Andromache)
  《费德尔》(Phaedra)
  《阿塔莉》(Athaliah)
莱蒙托夫(Mikhail Lermontov, 1814—1841)
  《恶魔》(Demon)
  《当代英雄》(A Hero of Our Time)
莱辛(Gotthold Lessing, 1729—1781)
  《拉奥孔》(Laocoon)
  《汉堡剧评》(Hamburg Dramaturgy)
  《爱米丽亚·迦绿蒂》(Emilia Galotti)
兰波(Arthur Rimbaud, 1854—1891)
  《醉舟》(The Drunken Boat)
  《地狱一季》(A Season in Hell)
  《彩画集》(Illuminations)
劳伦斯(D. H. Lawrence, 1885—1930)
  《儿子与情人》(Sons and Lovers)
  《虹》(The Rainbow)
  《恋爱中的女人》(Women in Love)
  《查泰来夫人的情人》(Lady Chatterley's Lover)
勒萨日(Alain Rene Lesage, 1668—1747)
  《吉尔·布拉斯》(Gil Blas)
雷马克(Erich Maria Remarque, 1898—1970)
  《西线无战事》(All Quiet on the Western Front)
  《凯旋门》(Arch of Triumph)
理查生(Samuel Richardson, 1689—1761)
  《帕美拉》(Pamela)
  《克拉丽莎》(Clarisa)
里尔克(Rainer Maria Rilke, 1875—1926)
  《杜伊诺哀歌》(Duino Elegies)
  《致俄耳甫斯的十四行诗》(The Sonnets to Orpheus)
  《布里格记事》(The Notebooks of Malte Laurids Brigge)
刘易斯(Sinclair Lewis, 1885—1951)
  《大街》(Main Street)
  《巴比特》(Babbitt)
卢梭(Jean-Jacques Rousseau, 1712—1778)
  《忏悔录》(The Confessions)
  《爱弥儿》(Emile)
  《社会契约论》(The Social Contract)
  《新爱洛伊斯》(Julie, or the New Heloise)
鲁尔福(Juan Rulfo, 1917—1986)
  《佩德罗·巴拉莫》(Pedro Páramo)
略萨(Mario Vargas Llosa, 1936—)

《绿房子》(The Green House)
《世界末日之战》(The War of the End of the World)
《公羊的节日》(The Feast of the Goat)
罗伯-格里耶(Alain Robbe-Grillet, 1922—2008)
《橡皮》(The Erasers)
《窥视者》(The Voyeur)
《嫉妒》(Jealousy)
罗曼·罗兰(Romain Rolland, 1866—1944)
《约翰·克利斯朵夫》(Jean-Christophe)
罗斯金(John Ruskin, 1819—1900)
《现代画家》(Modern Painters)
《建筑的七盏明灯》(The Seven Lamps of Architecture)
《威尼斯之石》(The Stones of Venice)
洛里斯(Guillaume de Lorris, ca 1200-ca 1240)
《玫瑰传奇》(Romance of Rose)

M

马丁·艾米斯(Martin Amis, 1949—)
《时间之箭》(Time's Arrow)
马尔克斯(Gabriel García Márquez, 1928—)
《百年孤独》(One Hundred Years of Solitude)
《族长的没落》(The Autumn of the Patriarch)
《格兰德大妈的葬礼》(Big Mama's Funeral)
《没有人写信给上校》(No One Writes to the Colonel)
《霍乱时期的爱情》(Love in the Time of Cholera)

马尔罗(André Malraux, 1901—1976)
《征服者》(The Conquerors)
《人类的命运》(Man's Fate)
马哈福兹(Naghib Mahfuz, 1911—2006)
《命运的嘲弄》(Mockery of the Fates)
《拉杜比斯》(Rhadopis of Nubia)
《底比斯之战》(The Struggle of Thebes)
《宫间街》(Palace Walk)
《思宫街》(Palace of Desire)
《甘露街》(Sugar Street)
马克·吐温(Mark Twain, 1835—1910)
《哈克贝利·芬历险记》(The Adventures of Huckleberry Finn)
《卡拉维拉斯县驰名的跳蛙》(The Celebrated Jumping Frog of Calaveras County)
《密西西比河上》(Life on the Mississippi)
《竞选州长》(Running for Governor)
《百万英镑》(The 1,000,000 Bank Note)
《镀金时代》(The Gilded Age)
《汤姆·索亚历险记》(The Adventures of Tom Sawyer)
《王子和贫儿》(The Prince and the Pauper)
马拉美(Stéphane Mallarmé, 1842—1898)
《希罗蒂亚德》(Hérodiade)
《牧神午后》(The Afternoon of a Faun)
《骰子一掷永远取消不了偶然》(A Roll of the Dice Will Never Abolish Chance)
马拉默德(Bernard Malamud, 1914—1986)
《修配工》(The Fixer)
《杜宾的生活》(Dubin's Lives)
马洛(Christopher Marlowe, 1564—1593)
《浮士德博士的悲剧》(The Tragical History of Dr. Faustus)
《马耳他的犹太人》(The Jew of Malta)

马韦尔(Andrew Marvell, 1621—1678)
《致他的羞涩的情人》(To His Coy Mistress)
马雅可夫斯基(Vladimir Mayakovsky, 1893—1930)
《穿裤子的云》(A Cloud in Trousers)
玛丽·雪莱(Mary Shelley, 1797—1851)
《弗兰肯斯坦》(Frankenstein)
麦尔维尔(Herman Melville, 1819—1891)
《白鲸》(Moby Dick)
毛姆(William Somerset Maugham, 1874—1965)
《人生的枷锁》(Of Human Bondage)
《刀锋》(The Razor's Edge)
《月亮与六便士》(The Moon and Sixpence)
梅里美(Prosper Merimee, 1907—1870)
《高龙巴》(Colomba)
《嘉尔曼》(Carmen)
梅特林克(Maurice Maeterlinck, 1862—1949)
《佩里亚斯与梅丽桑德》(Pelléas and Mélisande)
《青鸟》(The Blue Bird)
蒙田(Michel de Montaigne, 1533—1592)
《随笔集》(Essays)
孟德斯鸠(Montesquieu, 1689—1755)
《波斯人信札》(The Persian Letters)
弥尔顿(John Milton, 1608—1674)
《利西达斯》(Lycidas)
《失乐园》(Paradise Lost)
《复乐园》(Paradise Regained)
《力士参孙》(Samson Agonistes)
米南德(Menander, 342—292 BC)
《恨世者》(The Misanthrope)
《萨摩斯女子》(The Girl from Samos)
密茨凯维奇(Adam Mickiewicz, 1798—1854)
《先人祭》(Forefathers' Eve)
《塔杜施先生》(Sir Thaddeus)
密勒(Arthur Miller, 1915—2005)
《推销员之死》(Death of a Salesman)
缪塞(Alfred de Musset, 1810—1857)
《一个世纪儿的忏悔》(The Confession of a Child of the Century)
莫泊桑(Guy de Maupassant, 1850—1893)
《一生》(A Woman's Life)
《俊友》(Bel Ami, or, The History of a Scoundrel: A Novel)
《羊脂球》(Suet Dumpling)
《项链》(Necklace)
莫尔(Thomas More, 1478—1536)
《乌托邦》(Utopia)
莫雷亚斯(Jean Moreas, 1856—1910)
《象征主义宣言》(Symbolist Manifesto)
莫里哀(Molière, 1622—1673)
《可笑的女才子》(Ridiculous Precieuses)
《丈夫学堂》(School for Husbands)
《太太学堂》(School for Wives)
《伪君子》(Tartuffe or the Hypocrite)
《堂璜》(Don Juan)
《愤世嫉俗》(The Misanthrope)
《吝啬鬼》(The Miser)
《没病找病》(The Imaginary Invalid)
莫里森(Toni Morrison, 1931—)
《所罗门之歌》(Song of Solomon)
《宠儿》(Beloved)
莫利亚克(François Mauriac, 1885—1970)
《给麻风病人的吻》(A Kiss to the Leper)
《爱的荒漠》(The Desert of Love)
《黛莱丝·台斯盖鲁》(Thérèse Desqueyroux)

《蝮蛇结》(The Knot of Vipers)
默多克(Iris Murdoch, 1919—1999)
　《黑王子》(The Black Prince)
　《大海大海》(The Sea, the Sea)
穆格法(Ibn al-Muqaffa, 724—759)
　《卡里莱和笛木乃》(Kalila and Dimna)
穆齐尔(Robert Musil, 1880—1942)
　《没有个性的人》(The Man Without Qualities)

N

纳博科夫(Vladimir Nabokov, 1899—1977)
　《洛丽塔》(Lolita)
　《普宁》(Pnin)
　《微暗的火》(Pale Fire)
涅克拉索夫(Nikolai Nekrasov, 1821—1878)
　《在俄罗斯谁能过好日子》(Who is Happy in Russia)
诺里斯(Frank Norris, 1870—1902)
　《章鱼》(The Octopus)
诺瓦利斯(Novalis, 1772—1801)
　《夜的颂歌》(Hymns to the Night)
　《海因里希·封·奥夫特丁根》(Henry Von Ofterdingen)

O

欧茨(Joyce Carol Oates, 1938—)
　《他们》(Them)
　《奇境》(Wonderland)
　《黑水》(Black Water)
欧里庇得斯(Euripides, ca 480—406 BC)
　《美狄亚》(Medea)
　《特洛伊妇女》(The Trojan Women)
欧文(Washington Irving, 1783—1859)
　《见闻札记》(The Sketch Book)

P

帕慕克(Orhan Pamuk, 1952—)
　《我的名字叫红》(My Name is Red)
　《白色城堡》(The White Castle)
　《黑书》(The Black Book)
　《新人生》(The New Life)
　《雪》(Snow)
　《伊斯坦布尔：一座城市的记忆》(Istanbul: Memories and the City)
　《纯真博物馆》(The Museum of Innocence)
帕斯捷尔纳克(Boris Pasternak, 1890—1960)
　《日瓦戈医生》(Doctor Zhivago)
帕斯卡尔(Blaise Pascal, 1623—1662)
　《思想录》(Pensees)
庞德(Ezra Pound, 1885—1972)
　《在地铁车站》(In a Station of the Metro)
培根(Francis Bacon, 1561—1626)
　《论说文》(The Essays)
　《论读书》(Of Studies)
　《新大西洋岛》(New Atlantis)
佩特罗尼乌斯(Petronius, ca 27—66)
　《萨蒂利孔》(Satyricon)
皮兰德娄(Luigi Pirandello, 1867—1936)
　《六个寻找剧作家的角色》(Six Characters in Search of an Author)
品钦(Thomas Pynchon, 1937—)
　《万有引力之虹》(Gravity's Rainbow)
　《V》(V)
品特(Harold Pinter, 1930—)
　《看管人》(The Caretaker)
　《归家》(The Homecoming)
蒲伯(Alexander Pope, 1688—1744)
　《批评论》(Essay on Criticism)

普劳图斯(Plautus, 254—184 BC)
《吹牛的军人》(The Braggart Soldier)
《一坛黄金》(The Pot of Gold)
普列姆昌德(Premchand, 1880—1936)
《戈丹》(Godaan)
普鲁斯特(Marcel Proust, 1871—1922)
《追忆似水年华》(Remembrance of Things Past)
普希金(Alexander Pushkin, 1799—1837)
《叶甫盖尼·奥涅金》(Eugene Onegin)
《茨冈》(The Gypsies)
《上尉的女儿》(The Captain's Daughter)
《别尔金小说集》(The Tales of the Late Ivan Petrovich Belkin)
《驿站长》(The Stationmaster)
《黑桃皇后》(The Queen of Spades)
《渔夫和金鱼的故事》(The Tale of the Fisherman and the Fish)

Q

契诃夫(Anton Chekhov, 1860—1904)
《小公务员之死》(The Death of a Government Clerk)
《变色龙》(The Chameleon)
《套中人》(The Man in the Shell)
《醋栗》(Gooseberries)
《万尼亚舅舅》(Uncle Vanya)
《三姐妹》(Three Sisters)
《樱桃园》(The Cherry Orchard)
恰佩克(Karel Capek, 1890—1938)
《万能机器人》(Rossum's Universal Robots)
《原子狂想》(An Atomic Phantasy: Krakatit)
《鲵鱼之乱》(War with the Newts)
乔叟(Geoffrey Chaucer, ca 1343—1400)

《坎特伯雷故事集》(The Canterbury Tales)
乔伊斯(James Joyce, 1882—1941)
《都柏林人》(Dubliners)
《一个青年艺术家的画像》(Portrait of the Artist as a Young Man)
《尤利西斯》(Ulysses)
《为菲尼根守灵》(Finnegans Wake)
乔治·桑(George Sand, 1804—1876)
《印第安娜》(Indiana)
《康素爱萝》(Consuelo)
《安吉堡的磨工》(The Miller of Angibault)
《魔沼》(The Haunted Pool)

R

热内(Jean Genet, 1910—1986)
《女仆》(The Maids)
《阳台》(The Balcony)

S

萨迪(Sa'di, 1208—1292)
《果园》(The Orchard)
《蔷薇园》(The Rose Garden)
萨克雷(William Makepeace Thackeray, 1811—1863)
《名利场》(Vanity Fair)
萨洛特(Nathalie Sarraute, 1900—1999)
《马尔特罗》(Martereau)
《天象仪》(The Planetarium)
萨特(Jean-Paul Sartre, 1905—1980)
《恶心》(Nausea)
《自由之路》(The Roads to Freedom)
《禁闭》(No Exit)
《苍蝇》(The Flies)
《魔鬼与上帝》(The Devil and the Good

Lord）

《恭顺的妓女》（The Respectful Prostitute）

《肮脏的手》（Dirty Hands）

《词语》（The Words）

塞林格（J. D. Salinger, 1919—2010）

《麦田里的守望者》（The Catcher in the Rye）

塞万提斯（Miguel de Cerantes, 1547—1616）

《堂吉诃德》（Don Quixote）

《伽拉泰亚》（La Galatea）

《训诫小说集》（Exemplary Stories）

莎士比亚（William Shakespeare, 1564—1616）

《维纳斯与阿都尼斯》（Venus and Adonis）

《理查三世》（Richard III）

《亨利四世》（Henry IV）

《亨利五世》（Henry V）

《仲夏夜之梦》（A Midsummer Night's Dream）

《威尼斯商人》（The Merchant of Venice）

《皆大欢喜》（As You Like It）

《罗密欧与朱丽叶》（Romeo and Juliet）

《十四行诗集》（Sonnets）

《哈姆莱特》（Hamlet）

《奥赛罗》（Othello）

《李尔王》（King Lear）

《麦克白》（Macbeth）

《裘力斯·凯撒》（Julius Caesar）

《雅典的泰门》（Timon of Athens）

《安东尼与克莉奥佩特拉》（Antony and Cleopatra）

《暴风雨》（The Tempest）

司各特（Walter Scott, 1771—1832）

《苏格兰边区歌谣集》（The Minstrelsy of the Scottish Border）

《玛密恩》（Marmion）

《湖上夫人》（The Lady of the Lake）

《威弗利》（Waverley）

《艾梵赫》（Ivanhoe）

司汤达（Stendhal, 1783—1842）

《红与黑》（The Red and the Black）

《巴马修道院》（The Charterhouse of Parma）

《拉辛和莎士比亚》（Racine and Shakespeare）

斯宾塞（Edmund Spenser, 1552—1599）

《仙后》（The Faerie Queene）

斯坦贝克（John Steinbeck, 1902—1968）

《愤怒的葡萄》（The Grapes of Wrath）

斯特恩（Laurence Sterne, 1713—1768）

《项狄传》（Tristram Shandy）

《感伤旅行》（A Sentimental Journey）

斯特林堡（August Strindberg, 1849—1912）

《到大马士革去》（To Damascus）

《鬼魂奏鸣曲》（The Ghost Sonata）

《一出梦的戏剧》（A Dream Play）

斯托夫人（Harriet Beecher Stowe, 1811—1896）

《汤姆叔叔的小屋》（Uncle Tom's Cabin）

斯威夫特（Jonathan Swift, 1667—1745）

《格列佛游记》（Gulliver's Travels）

梭罗（Henry David Thoreau, 1817—1862）

《瓦尔登湖》（Walden）

索尔仁尼琴（Aleksandr Solzhenitsyn, 1918—2008）

《古拉格群岛》（The Gulag Archipelago）

《癌症楼》（The Cancer Ward）

《伊凡·杰尼索维奇的一天》（One Day in the Life of Ivan Denisovich）

《第一圈》(The First Circle)
《红轮》(The Red Wheel)
索福克勒斯(Sophocles, ca 496—406 BC)
　《俄狄浦斯王》(Oedipus the King)
　《安提戈涅》(Antigone)
　《埃阿斯》(Ajax)
　《俄狄浦斯在科洛诺斯》(Oedipus at Colonus)
索因卡(Wole Soyinka, 1934—)
　《阐释者》(The Interpreters)
　《沼泽地居民》(The Swamp Dwellers)
　《雄狮与宝石》(The Lion and the Jewel)
　《裘罗教士的磨难》(The Trials of Brother Jero)
　《森林之舞》(A Dance of Forests)
　《孔其的收获》(Kongi's Harvest)
　《道路》(The Road)
　《死亡与国王的侍从》(Death and the King's Horseman)

T

塔索(Torquato Tasso, 1544—1595)
　《被解放的耶路撒冷》(Jerusalem Delivered)
泰戈尔(Rabindranath Tagore, 1861—1941)
　《金色船集》(The Golden Boat)
　《献歌集》(Song Offerings)
　《歌之花环》(Wreath of Songs)
　《再次集》(Punoshcho)
　《吉檀迦利》(Gitanjali)
　《园丁集》(The Gardener)
　《新月集》(The Crescent Moon)
　《飞鸟集》(Stray Birds)
　《戈拉》(Gora)
泰伦斯(Terence, ca 190—159 BC)
　《婆母》(The Mother-in-Law)
　《两兄弟》(The Brothers)
屠格涅夫(Ivan Turgenev, 1818—1883)
　《罗亭》(Rudin)
　《前夜》(On the Eve)
　《父与子》(Fathers and Sons)
　《猎人笔记》(A Sportsman's Notebook)
图图奥拉(Amos Tutuola, 1920—1997)
　《棕榈酒鬼以及他在死人镇的死酒保》(The Palm-Wine Drinkard and His Dead Palm-Wine Tapster in the Dead's Town)
托尔斯泰(Lev Nikolayevich Tolstoy, 1828—1910)
　《战争与和平》(War and Peace)
　《安娜·卡列尼娜》(Anna Karenina)
　《复活》(Resurrection)
　《伊凡·伊里奇之死》(The Death of Ivan Ilych)
　《哈吉·穆拉特》(Hadji Murat)
　《克莱采奏鸣曲》(The Kreutzer Sonata)
　《忏悔录》(A Confession)
托马斯·曼(Thomas Mann, 1875—1955)
　《布登勃洛克一家》(The Budenbrooks)
　《魔山》(The Magic Mountain)
　《约瑟和他的兄弟们》(Joseph and His Brothers)
　《绿蒂在魏玛》(Lotte in Weimar)
　《浮士德博士》(Doctor Faustus)
　《大骗子菲利克斯·克鲁尔的自白》(Confessions of Felix Krull, Confidence Man)
　《特里斯坦》(Tristan)
　《魂断威尼斯》(Death in Venice)
　《马里奥与魔术师》(Mario and the Magician)
陀思妥耶夫斯基(Feodor Dostoyevsky, 1821—1881)

《穷人》(Poor Folk)
《双重人格》(The Double)
《被侮辱与被损害的》(The Insulted and the Injured)
《死屋手记》(The House of the Dead)
《地下室手记》(Notes from the Underground)
《白痴》(The Idiot)
《罪与罚》(Crime and Punishment)
《群魔》(The Possessed)
《卡拉马佐夫兄弟》(The Brothers Karamazov)

W

瓦莱里(Paul Valéry, 1871—1945)
《海滨墓园》(The Graveyard by the Sea)
王尔德(Oscar Wilde, 1854—1900)
《道林·格雷的画像》(The Picture of Dorian Gray)
《莎乐美》(Salomé)
《认真的重要》(The Importance of Being Earnest)
《快乐王子和其他故事集》(The Happy Prince and Other Stories)
《里丁监狱之歌》(The Ballad of Reading Goal)
威尔斯(Herbert George Wells, 1866—1946)
《时间机器》(The Time Machine)
《隐身人》(The Invisible Man)
《星际战争》(The War of the Worlds)
威廉斯(Tennessee Williams, 1914—1983)
《玻璃动物园》(The Glass Menagerie)
《欲望号街车》(A Streetcar Named Desire)
维吉尔(Virgil, 70—19 BC)

《埃涅阿斯记》(The Aeneid)
《牧歌》(Eclogues)
《农事诗》(Georgics)
魏尔伦(Paul Verlaine, 1844—1896)
《感伤诗集》(Saturnian Poems)
《戏装游乐图》(Gallant Parties)
《无题浪漫曲》(Songs Without Words)
《智慧集》(Wisdom)
《厄运诗人》(Accursed Poet)
翁达吉(Michael Ondaatje, 1943—)
《英国病人》(The English Patient)
伍尔芙(Virginia Woolf, 1882—1941)
《达罗卫夫人》(Mrs. Dalloway)
《到灯塔去》(To the Lighthouse)
《海浪》(The Waves)

X

西蒙(Claude Simon, 1913—2005)
《佛兰德公路》(The Flanders Road)
《草》(The Grass)
《风》(The Wind)
锡德尼(Philip Sidney, 1554—1586)
《阿卡迪亚》(The Countess of Pembroke's Arcadia)
席勒(Friedrich Schiller, 1759—1805)
《强盗》(The Robbers)
《阴谋与爱情》(Cabal and Love)
《堂卡洛斯》(Don Carlos)
《华伦斯坦》(Wallenstein)
夏多布里昂(Chateaubriand, 1768—1848)
《阿达拉》(Attala)
《勒内》(René)
夏绿蒂·勃朗特(Charlotte Bronte, 1816—1855)
《简·爱》(Jane Eyre)
夏目漱石(Natsume Souseki, 1867—1916)

《我是猫》(I Am a Cat)
《梦十夜》(Ten Nights' Dreams)
显克微支(Henryk Sienkiewicz, 1846—1916)
《你往何处去》(Quo Vadis: A Tale of the Time of Nero)
《十字军骑士》(The Teutonic Knights)
《火与剑》(The Fire and the Sword)
《洪流》(The Deluge)
《伏洛杜耶夫斯基先生》(Colonel Wołodyjowski)
萧伯纳(George Bernard Shaw, 1856—1950)
《华伦夫人的职业》(Mrs. Warren's Professions)
《鳏夫的房产》(Widower's House)
《巴巴拉少校》(Major Barbara)
小仲马(Alexandre Dumasfils, 1824—1895)
《茶花女》(The Lady of the Camellias)
肖洛霍夫(Mikhail Sholokhov, 1905—1984)
《静静的顿河》(Quietly Flows the Don)
谢德林(Mikhail Saltykov-Shchedrin, 1826—1889)
《戈洛夫略夫一家》(The Golovlyov Family)
谢立丹(Richard Brinsley Sheridan, 1751—1816)
《造谣学校》(The School for Scandal)
辛格(Isaac Bashevis Singer, 1904—1991)
《傻瓜吉姆佩尔》(Gimpel the Fool)
《庄园》(The Manor)
《卢布林的魔术师》(The Magician of Lublin)
雪莱(Percy Bysshe Shelley, 1792—1822)
《麦布女王》(Queen Mab)
《西风颂》(Ode To The West Wind)
《致云雀》(To A Skylark)
《解放了的普罗米修斯》(Prometheus Unbound)

Y

雅科波内(Jacopone da Todi, ca 1230—1306)
《圣母哀歌》(Stabat Mater)
杨格(Edward Young, 1683—1765)
《哀怨,或关于生、死、永生的夜思》(The Complaint: or, Night-Thoughts on Life, Death, & Immortality)
耶利内克(Elfriede Jelinek, 1946—   )
《钢琴教师》(The Piano Teacher)
叶芝(William Butler Yeats, 1865—1939)
《驶向拜占庭》(Sailing to Byzantium)
伊克巴尔(Muhammad Iqbal, 1877—1938)
《驼队的铃声》(The Call of the Marching Bell)
《杰伯列尔的羽翼》(Gabriel's Wing)
《自我的秘密》(The Secrets of the Self)
《非我的奥秘》(The Secrets of Selflessness)
伊拉斯谟(Desiderius Erasmus, ca 1466—1536)
《愚人颂》(The Praise of Folly)
伊姆雷(Kertész Imre, 1929)
《无形的命运》(Fateless)
伊索(Aesop, ca 620—564 BC)
《伊索寓言》(Aesop's Fables)
蚁垤(Valmiki)
《罗摩衍那》(The Ramayana)
佚名作品
《贝奥武甫》(Beowulf)
《吉尔伽美什》(Gilgamesh)
《旧约》(The Old Testament)

《梨俱吠陀》(Rigveda)
《罗兰之歌》(The Song of Roland)
《摩诃婆罗多》(Mahabharata)
《尼伯龙根之歌》(The Nibelungen Lied)
《特里斯坦和伊索尔德》(Tristan and Isolde)
《拖美思河上的小拉撒路》(Lazarillo de Tormes)
《亡灵书》(The Book of the Dead)
《熙德之歌》(The Song of the Cid)
《辛努赫的故事》(The Story of Sinuhe)
《伊戈尔远征记》(The Song of Igor's Campaign)
《一千零一夜》(One Thousand and One Nights)

易卜生(Henrik Ibsen, 1828—1906)
《布朗德》(Brand)
《培尔·金特》(Peer Gynt)
《皇帝和加利利人》(Emperor and Galilean)
《社会支柱》(The Master Builder)
《玩偶之家》(A Doll's House)
《罗斯莫庄》(Rosmersholm)
《海上夫人》(The Lady from the Sea)
《海达·高布乐》(Hedda Gabler)

尤奈斯库(Eugène Ionesco, 1912—1994)
《秃头歌女》(The Bald Soprano)
《上课》(The Lesson)
《椅子》(The Chairs)
《犀牛》(Rhinoceros)

尤瑟纳尔(Marguerite Yourcenar, 1903—1987)
《哈德里安回忆录》(Memoirs of Hadrian)
《苦炼》(The Abyss)

雨果(Victor Hugo, 1802—1885)
《巴黎圣母院》(Notre-Dame of Paris)
《悲惨世界》(The Miserable Ones)
《海上劳工》(Toilers of the Sea)
《九三年》(Ninety-Three)
《欧那尼》(Hernani)

Z

扎米亚金(Yevgeny Zamyatin, 1884—1937)
《我们》(We)

詹姆斯(Henry James, 1843—1914)
《一位女士的画像》(The Portrait of a Lady)
《黛西·密勒》(Daisy Miller)
《鸽翼》(The Wings of the Dove)
《金碗》(The Golden Bowl)
《专使》(The Ambassadors)

紫式部(Murasaki Shikibu, 970—1015)
《源氏物语》(The Tale of Genji)

左拉(Emile Zola, 1840—1902)
《泰雷丝·拉甘》(Thérèse Raquin)
《萌芽》(Germinal)
《小酒店》(The Dram Shop)
《娜娜》(Nana)

后 记

在诸位编者的共同努力之下,"高等院校中文专业创新性学习系列教材"之《外国文学》编撰工作历时三年有余而终于完成。

一般而言,外国文学教材的编写常需面对几个突出问题,本教材亦不例外。

其一,是结构布局和篇章设置问题。外国文学教材中的各国文学应该按照什么格局来分类描述和讲解？国内教材的惯例是采用二分法,分成欧美卷(西方卷)和亚非卷(东方卷),并期待两卷之间保持均衡。但事实上,这一分类存在着"先天性"的不对称性。表现有二:首先,在外国文学教材中,西方文学是完整的,而一个不包括中国文学在内的亚非文学始终不是严格意义上的亚非文学或东方文学。其次,欧美文学大体自成一统,保持着前后一贯的文学传统,而形成亚非文学的文明却分成几个彼此独立的板块。由于这种先在的不对称性,本教材尽管沿用惯例分成欧美和亚非两卷,但并不强求两者在格局上的统一,而是顺其自然地直接采用了不同的篇章结构。其中欧美大致按照古代文学、中世纪文学、近代文学和现当代文学的历史阶段,分为古希腊罗马文学、中世纪欧洲文学、文艺复兴时期欧洲文学、17世纪欧洲文学、18世纪欧洲文学、19世纪欧洲文学(浪漫主义、现实主义、自然主义及其他)、20世纪前期欧美文学、20世纪后期欧美文学共十章。而亚非部分则未像不少教材那样将东方文学四个文明板块纳入统一的由上古、中古、近代、现代构成的历时性框架进行阶段划分,而是各辟一章分别讲述非洲文学、东亚及东南亚文学、南亚文学、西亚文学,以尊重彼此之间文化内涵的独立性和历史进程的异步性。

其二,是篇幅与取舍问题。世界文学浩如烟海,要在一部教材的有限篇幅内巨细无遗、一网打尽古往今来的各国文学是不可能的。外国文学教材的编写只能有所取舍,甚至以"挂一漏万"为常事。外国文学教材需兼顾文学宏观发展脉络的梳理、时代背景的概括、作家群体和文学流派特征的总结,以及具体作家作品的分析和研讨。这样一部教材,其取舍筛选的力度、尺度和难度都不可能很小。本教材以每章概述部分整体介绍当时的社会文化概况、文学史的整体发展情况和流派特点，并扼要介绍作家作品，然后再由各专节详细解析该时期最重要的作家作品。但无论如何编写，对于内容的主次轻重及代表作家作品的取舍，难免会有浓厚的主观色彩和视野局限。编写者在有限篇幅内，尽可能努力做到点面结合、详略互补、主次有别、取舍适当。然而，要真正实现教学目的，在文学史叙述中点到为止之处，更需要学生在拓展环节做出努力，发挥学习实践的能动性。本教材在"基础知识"之外腾出篇幅，另设"导学训练""研讨平台""拓展指南"诸板块，一方面加剧了有限篇幅与庞大内容之间的冲突，另一方面也在一定程度上克服了这一难题，因为在基础知识意犹未尽之处，实践训练的其他三个板块可提供拓展引申的潜能空间。

其三，是语言及资料问题。外国文学教材的编写显然不能局限于本国语言视野和完全依赖二手译本。对于某国文学的了解，要求最大限度地掌握该国语言，尽可能拥有该国语言的学术资料。这就意味着，若要编撰一部理想的外国文学教材，所掌握的资料应涵盖本国语言以外的世界各国语言，其难度是不言自明的。本教材的编写既努力拓展前沿，与国际接轨，又从国内教学实际出发，以使用者为本位。本教材使用者主要是以中文为母语、以中国语言文学为专业、通常以英语为第一外语的学生，因此，教材涉及的外文资料主要限于英文。例如在附录中采用的是作家作品中英文对照表而非中文与原文对照表，很大程度上便是因教材使用者的知识背景和语言背景使然。在"研讨平台"，有些资料取自外文，均由编者进行了中译。"拓展指南"部分适当增加了国外研究成果的介绍，但亦兼顾国内教学之可操作性和资料之可企及性，因此所选的国外学术资料向有中译或国内学生相对容易获得的英文资料倾斜。

其四，是编写队伍的构成与分工问题。国内的外国文学教育者和研究者，或出身于外语学院某国语言文学专业，或来自文学院比较文学与世界文学专业。一般而言，前者对于国别文学及该国语言的研究较为集中深入，而后者颇具世界文学的整体学术视野，并往往是本课程教学任务的直接承担者。本教材的编写同时邀请了这两支学者队伍中人担任编者，以形成和发挥二者的互补作用。作为外国文学而非国别文学教材，有些章节内容涉及众多语言和民族的文学，需要学术背景各异的多位学者参与，加上我们在编写分工时，尽可能邀请对某一专节内容有专门研究的学者担任撰稿人，以提高教材撰写的专业水平，使得本教材的编写总体上参与者甚众，而分工形式则繁复多样、参差斑驳。有些内容相对单一和集中的篇章,往往统一由某位编者担任;而有些篇章,尤其是近现代部分,则由多位编者集合完成。这样的构成,在体现"各专其长、各显其能"的优势的同时,也给教材的组织和统稿工作带来一定的挑战。

本教材由涂险峰和张箭飞负责拟定大纲并组织开展编写工作,由汪树东提供编写范例。各章节具体分工如下:涂险峰、汪树东撰导言;杨龙撰第一章和第十四章第一节;张岱、赵坤撰第二章;吕梁撰第三章;刘燕撰第四章;余迎胜撰第五章;杨丽撰第六章第一、二、四节;尹锐撰第六章第三、八节和第九章第四节;范劲撰第六章第五节和第九章第六节;范小青撰第六章第六节;冯檩撰第六章第七节和第十章第二、四节;姜振华撰第七章第一、六、七、八节;宋时磊撰第七章第二、三、五节和第十章第十二节;何宁撰第七章第四、九节和第十章第七、十四节;卢文婷撰第八章;李志斌撰第九章第一节;黄承英撰第九章第二节;黄艳撰第九章第三节;朱宾忠撰第九章第五、九节;汪树东撰第九章第七、八节和第十四章第二、三节;郑文东撰第九章第十、十一节和第十章第八节;何山石撰第十章第一、九节;陈溪撰第十章第三、十一节和第十一章第五节;王宛颖撰第十章第五节和第十二章第一节第一部分;彭贵菊撰第十章第六节;陈了撰第十章第十节;谢淼撰第十章第十三节;余婉卉撰第十一章第一、二、三、四节;肖书文撰第十二章第一节第二部分和第二、三、四、五、六节;梅晓云撰第十三章第一、二、三、七节;曾琼撰第十三章第四节;刘曙雄撰第十三章第五节;张玮撰第十三章第六节;彭石玉撰第十四章第四、五节。冯檩增补了第五、八、十章"导学训练""研讨平台"和"拓展指南"的部分内容;杨龙对第十二章第三、五、六节局部内容进行了补充修订。涂险峰对第一、五、七、八、九、十、十二、十四章内容进行了增补、修订和统稿;张箭飞对第二、三、四、六、十一、十三章内容进行了增补、修订、翻译和统稿。最后由涂险峰对全书进行统稿。

由于主编及部分参编者事务繁忙,本教材的编写工作滞后于计划,几经延宕,终于付梓。感谢责任编辑艾英女士的宽容、耐心,以及高效率的编辑工作!感谢所有参编者为本书的顺利问世做出的贡献!

涂险峰
2014年2月于武昌珞珈山